叢書・ウニベルシタス　822

ゲーテと出版者

一つの書籍出版文化史

ジークフリート・ウンゼルト
西山力也／坂巻隆裕／関根裕子 訳

法政大学出版局

Siegfried Unseld
GOETHE UND SEINE VERLEGER

This book is published in Japan by arrangement
with Insel Verlag, Frankfurt am Main
through The Sakai Agency, Tokyo.

ブルゲル・ツェーと
本書出版の夢をかなえてくれた
すべての人たちのために

凡例

一、本書はSiegfried Unseld: *Goethe und seine Verleger*, Insel Verlag, 1991の翻訳である（ただしインゼル社の意向をふまえて一部省略した。この経緯については巻末の「訳者あとがき」を参照していただきたい）。なお、翻訳には同社のZweite, revidierte Auflage 1993を底本として用いた。

一、原書の「注（Anmerkungen）」と「出典箇所（Nachweise）」は、邦訳では「注」として一本化した。なお、そのさい本文の一部省略にともなう箇所の「注」と「出典箇所」はむろん削除したほか、インゼル社の了解のもと詳細すぎるものは訳者の判断で取捨選択し、簡略化して訳出した。また本文中の「注記」には、（　）を用い、とくに訳者によるものには（　）内に「訳注」と明示した。

一、作品名、全集・単行本名、新聞・雑誌名には、煩雑さを避けるため、すべて『　』を用い、引用文には「　」を、引用文中の引用には〈　〉の使用を原則とした。

一、原書の明らかに誤植と認められるものは、訳者の責任で訂正した。

一、本文中の人名は煩雑さを避けるため、誤解が生じないと判断される場合は姓のみを表記し、詳しくは巻末の「人名索引」で確認できるように配慮した。

一、原書の「人名索引」にはわかる範囲で生没年を書き入れたほか、読者の便宜を考えて「ゲーテの著作索引」も付け加えた。

一、「参考文献」はあえて訳出せずに原語のままにした。

目次

第六章　コッタ版『第二次全集』（一八一五―一八一九年）
――「今回は二〇巻の全集をお約束できます」　384

第七章　『決定版全集』
――「わが生涯の最重要の仕事」　449

第二版の序

本書の第一版が好評をもって迎えられ、早くも七千部目からこの第二版として刊行する運びとなったのは、望外の喜びである。再版への要望が高まったのは、むろん多くの文学史家が書評で取り上げてくれ、大勢の読者やゲーテ専門家諸氏が嬉しい感想やおほめの言葉を寄せてくれたからにほかならない。著作者、友人、同業者、ゲーテ研究者、書籍出版史家やその他の研究者諸氏からいただいた投書もかなりの数になるが、そのご好意に対しても感謝の意を表明したい。とくに、マンフレート・フーアマン、ヴァルトラウト・ハーゲン、ペーター・ハントケ、ドロテーア・クーン、ならびにアルブレヒト・シェーネの諸氏には、心から厚くお礼を申し上げる。貴重なご教示の数々は、すべてこの第二版編纂にさいして参考にさせていただいた。

S・U

まえがき

拙著『著作者と出版者』(一九七八)所収の諸論文と同様に、ゲーテと出版者の関係について書こうというプランが熟したのは、一九七九年のことであった。当初の目論みでは同じように一つの論文になるはずであったが、その後、フランクフルト大学から名誉ドクトルの称号を授与されたさいの記念講演としてまとめられる一方、このテーマを中心にして研究の範囲が次第に広がっていったのである。

こうして私は一二年間、自分の自由になるわずかな時間、つまり余暇を本書の執筆に捧げたのだが、それは主としてボーデン湖畔ユーバーリンゲン市のブーヒンガー断食病院に入院中のことであった。断食療法からくる一時的に高揚した気分のせいで、なかば趣味、なかば研究という本書の性格が損なわれていないようにと願うばかりである。

正直なところ、これほど厄介な仕事になるという予測があったならばむろんのこと、よしそれが漠とした予感であったとしても、私はこのような大胆な企てに手をつけはしなかったであろう。ゲーテについて書こうとする者は、まずゲーテと格闘しなければならない。誰もが二つのことを経験するだろう。第一に、ある小さな事柄に出くわしてこれを明らかにしようとすると、その事柄自体が十分な研究に値するという新たな次元が開けてくることである。ゲーテその人、彼の詩作品、彼の著作や書簡そのものを読むべし、と私は自分で自分に言い聞かせたものであった。というのも、研究書などの二次文献は読む者の気持ちを萎縮させ、往々にして対象を見る目を狂わせてしまうからである。しかし、だからといって、ゲーテの専門家たちが多くの場合その生涯を賭して収めた研究成果に注意をはらわないのは、不遜というものであろう。そうした労作を私は感謝の念をもって取り上げ、有名なひそみに倣えば、巨人の肩に乗った小人のように自分を感じたものであった。[1] 第二は、ゲーテの思考・執筆のプロセスに関して、対象となった事象や事実、発展の諸段階および成果を言葉で的確に言い表せる者は、ゲーテ本人以外にいないということである。ゲーテをパラフレーズしたり、中途半端な文章で説明したり、あるいは自分の考えで彼の思考のプロセスを要約したりするのはおよそ無意味である。『色彩論歴史編』の「序章」には、彼の「独自の考察の仕方」についてこう書かれている。「他人の意見について報告するのは、とくに、それが近似していたり、食い違っていたり、重なり合っていたりすると、きわめて困難になる。報告者がばか丁寧になれば、苛立ちや退屈感を呼び起こすし、要約しようとすると、自分の見解が他人の見解だとする危険に陥ってしまう。判断をくだすのを避けようとすれば、読者は報告者が何をしようとしているのかわからなくなる。特定の原理に従えば、彼の叙述は一面的になって異議を唱えるものとなり、物語そのものがまた新たな物語を作り出す。さらに重要な著者となれば、彼の意見や真意のほどはそう簡単には言葉で捉えられるものではない。独創性ありと認められているすべての学説は、そう簡単には把握できないし、すぐに要約し、体系化できるものではない。[2]」それゆえゲーテの言を言葉どおりに受け取り、たとえ引用の数が多すぎる危険を冒しても、彼が自ら書いたように引用するにこしたことはない。

私が意図したのは、厳密な意味での学術的な著作ではなかったが、にもかかわらず一定の基準を満たすものでなくてはならない。私の関心事は自分の観方を示すこと、すなわち、今日の著作者＝出版者関係という問題に精通し、それゆえ種々の経験を自分の仕事のうえで生かそうとしている現代の一出版者として、ゲーテと当時の出版者の関係に今日的な視点からアプローチすることであった。確かに、どんなゲーテ研究も、原典を解き明かしながら正確に読むことから始めなければならない。およそゲーテについて書こうとする者は、彼の作品と生涯、その内的・外的展開についてさまざまな問題提起を行なうのだが、提起された問題は、提起した当人の観点および解明の仕方自体と必然的に結びついている。著作者の出版者に対する関係は、出版者の著作者に対する関係同様、複雑多岐であり、両者を結ぶ原稿の範囲だけに限られることはめったにない。したがってそのような関係についての研究となると、いきおい、作家という存在、彼の世界、同時代の人々、彼が生きた時代、彼の作品が写し出す時代を全体的に解明することに向けられる。このため本書にも、脱線と思われるところや、場合によってはやむなく反復したところなど多々あるが、この点はどうか大目に見ていただきたい。

本書の執筆のために使用したゲーテの著作は、インゼル出版社の単行本と並んで、とりわけ『アルテミス版全集』であり、のちに『ハンブルク版全集』と『ベルリン版全集』をも参照した。ゲーテの原文の統一は『ヴァイマル版全集』に拠って行なった。『書簡集』『日記』およびエッカーマン『ゲーテとの対話』は日付のみをしるし、本文の注は番号を付して巻末に収録した。

ゲーテ
ヨハン・ダニエル・バーガー作，1773年頃，油絵.
1895年にヘルマン・ユンカーが模写したもの.
（フランクフルト，ゲーテ博物館所蔵）

シャルロッテ・フォン・シュタイン（1742－1827）
作者不詳，銀尖筆による素描，1780年頃.
（ヴァイマル古典財団所蔵）

ゲオルク・ヨアヒム・ゲッシェン（1752－1828）
ザームエル・グレニヒャー作，石版画，1800年頃.
（ライプツィヒ，ドイツ図書館所蔵）

ヨハン・ハインリヒ・メルク（1741－1791）
ルートヴィヒ・シュトレッカー作，油絵，1772年.
（ダルムシュタット，メルク文書館所蔵）

フルードリヒ・ヨハン・ユスティン・ベルトゥーフ（1747－1822）
A. ヤーコプス作，油絵
（グスターフ・アドルフ・ヘニングの原画にもとづく）1819年.
（ヴァイマル古典財団所蔵）

フリードリヒ・シラー（1759－1805）
ルドヴィーケ・シマノヴィツ作，パステルと不透明水彩絵の具による胸像（油絵〈1793／94年〉のための習作），1793年．
（国立シラー博物館所蔵）

ゲーテ.
ヨハン・ハインリヒ・リップスのコンテによる
素描にもとづく鋼版画，1791年.
（フランクフルト，ゲーテ博物館，原画はヴァイマル古典財団所蔵）

ヨハン・フリードリヒ・フォン・コッタ（1764－1832）
K. J. Th. ライボルト作，油絵，1823年.
（国立シラー博物館所蔵）

ヴィルヘルミーネ・コッタ（1771－1821）
ゴットリープ・シック作，油絵，1802年.
（シュトゥットガルト，国立絵画館所蔵）

クリスティアーネ・ヴルピウス（1765－1816）
フリードリヒ・ブーリ作，コンテによる素描，1800年．
（ヴァイマル古典財団所蔵）

ヨハン・フリードリヒ・フォン・コッタ男爵
作者不詳，石版画，1815年以後.
（デュッセルドルフ，ゲーテ博物館所蔵）

『西東詩集』（初版，シュトゥットガルト，コッタ書店刊，1819年）
の二重のとびら．銅板に彫って彩色されたアラビア文字の表題
『西洋の作者による東洋の詩集《ディーヴァン》』（左頁）はJ. G. L. コーゼガルテン作．
（デュッセルドルフ，ゲーテ博物館所蔵）

マリアンネ・ユング（1784－1860；
1814年結婚後はフォン・ヴィレマー夫人）
ヨハン・ヤーコプ・ドゥ・ローゼ作，パステル画，1809年.
（フランクフルト，ゲーテ博物館所蔵）

ゲーテ
ヨーゼフ・カール・シュティーラー作，油絵，1828年.
（ミュンヒェン，バイエルン国立絵画館所蔵）

カール・フリードリヒ・ツェルター（1758－1832）
カール・ベガス作，油絵（部分），1827年.
（ヴァイマル古典財団所蔵）

書斎で口述筆記するゲーテ，書記はヨーン
ヨハン・ヨーゼフ・シュメラー作，油絵，1829／31年.
（ヴァイマル古典財団所蔵）

序　論――作家に生まれついて

二十二歳のトーマス・マンにとってＳ・フィッシャー社から本を出版するのが「夢」であった。リルケは、一九〇六年十一月十日、インゼル社の社主キッペンベルクに宛てて、「私の今後の作品はすべて貴社にご採用いただきたい」と書いた。カフカは、一九一二年八月十四日、ローヴォルト社宛の手紙で、「貴社から出版された美しい本の数々、そのなかに私の作品もぜひ加えてほしい」と乞うた。ヘッセとブレヒトはズーアカンプに対して自分たちの専属出版者になってほしいと表明した。ブレヒトの言葉はこうである。「もちろん私は、なんとしても、貴殿が社長を務める出版社の著作者になりたいのです。」

ゲーテの場合、特定の出版者を熱望するこのような証言は残されていない。彼は自分の作品を出した出版者をほめたかと思うと、すぐにまたこきおろした。ゲーテは生涯、出版者に不信感をぬぐえず、「ドイツの出版業者は陰険である(1)」として、批判的な態度をくずさなかった。ゲーテと出版者の関係がなぜこのように問題をはらんだものであったのか。すでにホラティウスは作家を「預言者のごとくキレやすい人種(genus irritabile vatum)」に分類したものだが、この分類は今日でも有効である。だが、ひょっとして出版者という人種も、もともと問題をはらんだ人間なのではないか。出版者は不可能事を可能にしようとする。つまり、ブレヒトが矛盾語法を使って簡潔に表現したように、本という「神聖なものとして崇められる…（略）…商品(2)」を作って売ろうとする。要するに、精神と金銭、心と商品を結びつけることなのだが、この二つは、一般的な見解では、原理的に互いに排他的な関係にある。出版者の行為は、すなわち、アドルノの言うあの「パラドックス」、「売り物にならない商品を売り、大当たりを狙っているわけでもないものをヒットさせ、異質でかけ離れたものを身近な親しいものに変換する(3)」ことなのである。

このような人種である出版者が、自分たちの職業習癖に捕らわれてしまうことは大いにありうるのではないか。出版者と生涯を共にするくらいならイエスと一緒に荒波の上を歩いたほうが楽だ、と言ったのはヘッベルであった。

ゲーテも専属出版者コッタに信頼を表明して親密な関係を続けながら、三一年もたってから、出版者どもには「特別な地獄」があればいいと呪わざるをえなかった。とすれば、それは、著作者と出版者の関係という問題の、本質そのものに起因するのであろうか。あの出版者どもが！ ゲーテは出版者に対してつねに批判的であり、不信感をいだき、不当な仕打ちも稀ではなく、たえず疑いの目を向けていた。一八〇二年三月十七日、シラーはゲーテに宛てて書く。出版者たちが「自分たちの事業のほうを促進せよと、私たち著作者に要求するなんてことができる」とは、「まさしく非道」とも言うべきである(4)。するとゲーテは「ひとり残らず汚い奴らだ」と激怒して、「誓って申しますが、奴らにはますます憎悪の念がつのるばかりなのです(5)」と答えるのである。

ゲーテは、多方面にわたって活動したにせよ、つまるところは作家であった。彼は作家として生まれ、ものを書きながら死んでいった。トーマス・マンの解釈によれば、臨終を迎えたさいのゲーテの身振り、空《くう》に何か書きつけようとするあの手の動きは、「夢を見ながら次第に消えてゆく」彼の意識の、最後の表現であった(6)。作家であるというこの自覚は、ゲーテが最初からもっていたものであった。「もともと私は作家に生まれついております。何かをうまく書き上げたと思うときに感ずる喜びほど純粋なものはほかにありません(7)。」もちろん、この「純粋な喜び」には、まもなく、あきらめ、迷い、自暴自棄が、そして瞬時たりとも心を去らない、死ぬまでものを書き続けねばならないという宿命的な感情が加わる。一八二〇年ゲーテは、枢密顧問官フォン・ヴィレマー宛十二月二十二日付の手紙に書く。「作家であることは不治の病です。ですから、あきらめて作家であることに専念するほうがいいのです。」これは、ゲーテのみならず、とりわけドイツの作家に当てはまる。「ドイツの作家とはすなわちドイツの殉教者なのである。(8)」

ゲーテは本当の意味で作家である。彼は書くこと以外の方法で人生を生きることができなかった。だが、彼はいわゆる成功した作家でもあったのか。つまり、いったい彼は自分が書いたもので生計を立てることができたのであろうか。

作家としてのデビュー当初、二つの作品が大成功を収めた。『ゲッツ・フォン・ベルリヒンゲン』(一七七三)と『若きヴェルターの悩み』(一七七四)である。『ゲッツ』で「私は世界史の一つの重要な時期の象徴を私なりのやり方で写し出した(9)」と言って、この活写の成功について『詩と真実』のなかで次のように述べている。「国民に自国の歴史を気の利いた方法で記憶によみがえらせると、独特の満足感が世間一般に広がってゆく。みんなは祖先の美徳を喜び、自分たちがとっくに克服していたと信じていた欠点が祖先にあることを知って微笑ましく思うのである。それゆえ、このような作品には当然、世の関心や賛同が向けられる。この意味で私は数多くの成果を享受することになった。(10)」戯曲『ゲッツ』の影響を語るのに、この「独特の満足感」という言葉以上に控えめな表現はまずあるまい。次作『ヴェルター』の影響となると、まさに荒れ狂う嵐とも言えるほどであった。この青春の書は、流行病《はやり》にも似た自殺熱を巻き起こし、作者自身、そして彼の作家としての独立性をも揺るがさずにはおかなかったのである。「この小さな本の影響は大きかった。いや、途方もないものであった。なんといっても、まさに時宜にかなった作品であったからである。敷設した強力な地雷も、爆発させるにはごく小さな導火線があればよい。これと同じ理屈で、その後読者のあいだに生じた爆発的な人気があれほど猛烈であったのは、若者たちの世界が自己崩壊寸前だったからであり、衝撃があれほど大きかったのは、誰もが自分の過度な要求、満たされない情熱や心を占める苦悩を、この本を読んで一気に爆発させたからなのである。[11]」この二作品による成功のあと、文学的活動の面では休止期に入る。ヴァイマル宮廷に仕官してからの一〇年間、それは、ゲーテが「まじめな事柄」に身を捧げた歳月であった。そしてその後、さらに長い歳月を経て、彼はライフワークとして「最後の収穫」を取り入れる。専属出版者コッタが「国民的な記念碑」と呼んだ『決定版全集』であった。

ゲーテは生涯を通じて富裕ではなかったが、貧乏でもなかった。ゲーテの生涯の財政的な背景はどうだったのか。経済的な観点から見て彼が比較的に独立性を保つことができたのは、一家の資産、正確に言えば祖父フリードリヒ・ゲオルクが成した資産のお陰であった。一六八七年以降フランクフルトに住みついた祖父は商才にたけ、有利な投資と裕福な女性との結婚によって一代で財を成す。一七三〇年に亡くなったとき残された遺産は莫大なもので、現金一七袋は一万九千グルデン(加えて有形資産七万グルデン)に及んだ。息子のヨハン・カスパル、すなわちゲーテの父は、大学教育をうけて法学博士の学位を取得、フランクフルトの名誉帝室顧問官の肩書をもっていたが、生涯収入を得るような定職には就かなかった。それでも彼は遺産の管理を巧みに行ない、一家は年、二千七〇〇グルデンもの金利(当時市長の年俸は一千八〇〇グルデン)で羽振りのいい生活をすることができた。それでもその間の元金が二万グルデン減っただけであり、残額七万グルデンの資産といえば、彼のみならず、彼が死んだあとも妻と息子の生活を支えて余りあった。したがってゲーテは幼いときからおよそ貧乏とは無縁であったし、生涯、困窮に苦しんだことはなかった。重要な作家のなかで、ゲーテのように経済的になに一つ不自由なく人生を始めることができた作家を私は知らない。カフカ、ブレヒト、ヘッセ、トーマス・マンなど、彼らはみな裸一貫で始めなければなかった。シャルロッテ・ブッフの婚約者でのちに夫となるケストナーの証言によれば、ゲーテは法律実習先のヴェツラルで「金満家」のお坊ちゃんとして通っていた。ハノーファーの医師ツィンマーマンはこう書いている。「帝室顧問官の称号をもち、フランクフルトで金利生活を送る大金持ち」のひとり息子である。「父親は息子が定職に就くことを望んだので、彼は法学博士（訳注　実際はその下の法学得業士《リツェンツィアート》。二〇頁参照）となって弁護士を開業しているのだが、勤めぶりは、楽しそうであったり、嫌々であったりする。けれども、ひじょうな有能さを発揮している。」(12)

一七七五年十一月、二十六歳のゲーテは、カール・アウグスト公の招聘に応じてヴァイマルの地を踏む。公爵はゲーテに友人、助言者、宮内官、そして宮廷詩人を期待したのであった。しかし新天地ヴァイマルでの生活が当初そう容易なものでなかったことは、友人メルク宛、一七七六年一月二十二日付の手紙からもうかがえる。「私はいまや宮廷内のもめごとや政治的な争いにすっかり巻き込まれてしまって、当地を去ることなどできそうにもありません。私の立場は十分に恵まれておりますし、それにザクセン＝ヴァイマル＝アイゼナハ公国は、自分がはたして世界的な役割に通用する器であるかどうかを試すための、絶好の舞台なのです。ですから私は判断を急がないつもりです。それに、自由と満足が新しい生活環境に求める主要な条件なのですから。もっとも私は、この世の栄華なるもの、そのまったくのつまらなさを以前にもまして悟ってはいるのですが。」しかしゲーテの立場は、それほど恵まれたものではなかった。当初の生活費は四〇〇グルデン、父カスパルが用立ててくれたお金で、ぶつくさ言われるのも当然、自由帝国都市の名門市民である父にしてみれば、君主の友情とか廷臣たちのお追従などが気に入るはずもなかった。どうしても息子に宮仕えさせたいのなら、公爵が金銭上の責任を負うべきではないのか。公爵からの最初の贈物は一七七六年四月、つまりゲーテがヴァイマル入りしてから半年後のことで、それも、イルム河畔のちっぽけな庭の家《ガルテンハウス》であった。同年四月、ゲーテはヴァイマルの市民権を取得する。六月、枢密参議院の枢密外務参事官に任ぜられると、公爵は一月から六月まで分として六〇〇ターラーをお手許金から支払う。国家の公僕としてのゲーテの年俸は一七八〇年まで一千二〇〇、八四年まで一千四〇〇、九九年まで一千六〇〇、そして一八一四年まで一千八〇〇ターラーであった。当時のザクセンターラーは約二フランクフルトグルデンに相当したので、彼の年収はようやく父カスパルの利子収入に届く程度になった。一八一五年以降はヴァイマル最古参の大臣として三千ターラーを得たが、一般に知られている限りでは、この金額は亡くなるまで据え置かれたままであった(13)。

ゲーテの経済状態は、ザイデルがつけていた家計簿から知ることができる。もともと父カスパルの従僕であったザイデルは、一七七五年ゲーテに付き添ってヴァイマルに赴き、八八年まで従僕兼秘書として仕えた。彼の記録が伝えるのは、当時ヴァイマルの給与所得がいかに低かったかである。例えば、シャルロッテの夫、主馬頭フォン・シュタインの年収は一千六〇〇ターラー、侍従が一千、女官が三〇〇、宗務総監督ヘルダーが一千一〇〇、ゲーテによって任用された宮廷女優コローナ・シュレーターが四〇〇ターラーであった。とすれば、ゲーテの所得は相当なものであったと言えるのだが、それでも彼の「少々膨らんだ家計」には足りなかった。ザイデルのメモによれば、一七七六年の年収一千二〇〇ターラーに対して支出一千四一一ターラー、八〇年と八二年について見ると、年収は同額の一千四〇〇ターラーに対して支出はそれぞれ二千二四九ターラーと二千六〇五ターラーであった。ザイデルはもっと堅実なお金の使い方をするように何度も主人を諌める。一七八一年のこと、彼はついに断固たる態度で、もっと節約してほしい、ワインの購入量、書籍購入費を減らしてほしい、とりわけ郵送料の節約のために高い騎馬便ではなく馬車便にしてほしい、と進言した。しかしこの諌めも効き目はなかった。毎年毎年、急場を救ってくれたのはフランクフルトの両親であり、ゲーテにとって幸いにも、それができたのである。

このようにゲーテの資力はおおよそ限られたものであったが、金銭に関しては――金遣いが荒いわけではけっしてなかったにせよ――じつに鷹揚であった。マルティン・ヴァルザーは、ゲーテが秘書のエッカーマンに対してごくわずかの金額しか支払わなかった理由は、彼の大ブルジョワ的な態度にあったとして、エッカーマンは「俸給が支払われた」のではなく、「生活の面倒をみてもらった」のであると説明している。

一七九五年、ゲーテは戦争税の査定のさい、資産なしと申告するが、一八〇七年になると彼自身の申告では資産四千六〇〇ターラーとなる。ヴァイマル公国に務めて三二年後のことである。[14] 一八〇八年母親が死んだとき、実家の資産は減ってはいたものの、それでも二万二千グルデンないし一万二千七五〇ターラーの遺産をゲーテは手にする。当時五十九歳の彼がこれで大富豪となったわけではないが、お陰で自分流の生活を続けることができたし、ワインの消費量が多いだの、郵送料がかかりすぎる、などと従僕から諫められる必要もなくなった。

このようにゲーテは、全体的に見れば、経済的にはひじょうに恵まれていた。出版者と交渉する場合でも最初から泰然として振舞えたし、自分の望みを伝え、あるいは自分の名声が上がるにつれて、それに見合った要求を出すことができた。にもかかわらず、なぜ出版者に対するゲーテの関係があれほど問題をはらみ、複雑に込み入り、紛糾したままに終始したのであろうか。著作者ゲーテの側と彼の出版者の側、その両面から私はこの問題にアプローチしようと思う。シラーはゲーテの姿勢をよく知っていた。「彼は出版者に対して寛大な人間などではない。[15]」

だが、出版者の使命に対して述べたゲーテの友好的、客観的な証言にも事欠かない。例えば、ブライトコップ、ライヒ、フロマン、ホフマンなどの書籍出版販売業者に対してとった態度がその例と言ってよいし、さらに主要な出版者ウンガー、ゲッシェン、コッタとなると、ゲーテはしばしばほめ言葉さえ寄せた。『詩と真実』において、彼は著作者と出版者のあいだに保たれている「均衡」についてこう書いている。「両者の関係は保護者《パトロヌス》と被保護者《クレンティス》のようであり、じっさい人々の目にはそう映っていたのである。著作者は才能をもっているのに加えて、一般的にはきわめて道徳的な人間と見なされ尊敬されていたので、出版業者よりも精神的には高い地位に立ち、作品が成功すれば、それでもはや労苦も報われたと感じた。一方、出版業者は著作者の下の地位に甘んじながら、利益のほうは相当な金額を得ていた」のである。(16) これが本当に著作者と出版者の関係を言い表す究極的な言葉なのであろうか。著作者は「作品が成功すれば、それで労苦も報われた」と感ずることだけを望んでいるのだろうか。そして、出版者は「利益のほうは相当な金額」を得ることだけで満足しているのであろうか。ゲーテはシラーに宛ててこう書いている。「出版者の利益になることとは、どんな意味でも、著作者の利益にもなることです。よい支払いをうける者は大勢の読者に読まれます。この二つの面は、どちらも称賛に値することです。」(一七九八年四月二十八日)だが、著作者と出版者の関係とは、結局、これだけのことなのであろうか。ゲーテの天才性は確かに「芸術的に真なるもの」を表現しようとした点にあった。しかし、それと並んで、彼が人生のそれぞれの局面において、「人生即詩作品」を実現させてくれるうってつけの人々との出会いがあったことも、彼の天才的な点であった。師と仰ぐ人、恋人、後援者、協力者などの人々との出会い、そしてそのなかには出版者との出会いも含めることができよう。もっとも、生涯の長い道のりを経てなお釈然としないままであったとしても。ゲーテの出版者に対する過敏性や批判性の背後にはいったい何があったのか。この問いに答えを見いだすためには、ゲーテと出版者の個々の関係を考察しなければならない。むろん、すべてを詳細にわたって検討することはできない。というのも、厳密に言えば、おおよそ七〇の作品、一八種の全集（「原作にもとづく」とされた一三種の海賊版全集を含む）の出版に関する経緯を研究し、論述しなければならなくなるからである。当時の出版者とゲーテの関係、個々の出版者との出会い、個々の出版者との関係から出版された作品、そしてゲーテが頻繁に出版社を取り替えて最後にコッタを専属出版者としたことの理由など、疑問は尽きない。わけても、この出版者とはどんな人種であり、当時の諸条件のもとで自分たちの使命をどう考えていたのだろうか。出版者たちとの交渉のなかには、おそらくゲーテの作品の成立史や作品の影響史も反映されているのではあるまいか。私自身、著作者と出版者のあいだに身をおいているわけだが、これらの疑問を以下において、匿名で出版された初期の作品から『決定版全集』に至るまでの全体を考察することによって、解明したいと思うのである。

第一章　初期の出版物

一　初期の匿名出版物
――「僕は騒がれるのが嫌なのに」

ゲーテは『詩と真実』で、ライプツィヒ時代の年上の親友ベーリッシュについて述べている。当時リンデナウ伯爵家の家庭教師であったこの男は「世にも奇妙な変人のひとり」であったが、十八歳のゲーテの習作を「大目に」見てくれたものの、作品をけっして公表しないよう警告した、というのである。「自作を印刷に付さないという条件つきでのみ、彼は私の思いどおりにさせてくれた。[1]」二十四歳のゲーテは自らの確信を手紙にしたためる。「書くことは、徹頭徹尾、内面世界をとおして自分の周囲の世界を再現することなのです。この内面世界こそ、一切のものをつかみ、結びつけ、再創造し、造形し、独自の形式、独自の手法で再び存在させる力なのです。それは、ありがたいことに永遠の秘密であり、私としても世のおろかな傍観者や饒舌家どもに打ち明けるつもりはありません…（略）…しかしいったい誰が読者のために作品を産み出そうとするでしょうか…（略）…どうか、お願いだから、私が創造した人物のことは私に任せておいてほしい。[2]」（F・H・ヤコービ宛、一七七四年八月二十一日）作品創造の信条を表明したゲーテのこの言葉は、同時に、作家たらんとして、すでにこの年齢で彼が世間に対していかに不信感をいだいていたかをも告げている。

作品創造の秘密を語るきわめて重要な発言ではあるが、私は本論との関連でこれ以上解釈するつもりはない。ただ、独自の手法で内面世界をとおして外界を再現するというゲーテのこの説明には、若くしてすでに、自分の作品が世間に与える影響などを気にかけまいとする作家としての意地が表明されている。作家とは、因襲的な姿勢、型にはまった意見、時代の好みや傾向に反逆して、自分自身の世界を描くのである。すでに青年ゲーテが「世のおろかな傍観者や饒舌家」に距離をおいたように、壮年になると「心の卑しい人間」「他の国民の場合よりも品性の悪さがはるかに優勢になりがちなドイツ人」と言って繰り返し一線を画する。晩年になると、比類稀な大詩人として、同胞ドイツ人に関する発言はその度ごとに二極に分化し、批判と矛盾にみちたものとなる。むろん、相手が真の読者となれば話は別で、一七七三年の時点ですら『著作者』という詩で「友なる読者」と称えている。

君がいなかったなら
私という存在はいったい何か
友なる読者よ!
私が感じたことは独り言
私の喜びも
語りかける相手もなし(3)

だが、その一方で不特定多数の読者に対しては、ゲーテは最初から距離をおいていた。一七六七年五月十一日、ライプツィヒから妹コルネリアに宛てた手紙には、『ファラオの王位継承者』という劇作の構想との関連でこう述べられている。「この構想を君に送ってあげたいのはやまやまだが、筆跡が判読不可能なものだから、君にも解読できそうにもないし、あのホルンだってこれを書き写すことができそうにもない。その代わり、別の作品をいくつか送るけれども、僕はこれらを絶対に世間に知られたくはないのだ。親友には見せてもかまわないが、ただ、作品の写しは誰にも渡してはならないよ。」自分の作品が書き写されるのではないかというこの不安は、ゲーテがいかに世間一般の読者を恐れていたかということからのみ説明しうる。その後しばらくして、同年十月十二日、コルネリアに対して、友人たちが不当にも彼の作品を書き写し、「胸糞悪い…（略）…週刊雑誌に、しかもJ・W・Gとイニシアル付き」で発表してしまった、と嘆いている。「僕は気が狂いそうだった」と言って、こう続ける。「君たちに詩集『アネッテ』を送ってあげたい。ただし君たちがこの作品を書き写すのではないかという心配が無用ならね。僕が丹念に手を加えて仕上げたこの小詩集ですら、誰にも知られたくはない。これまで一二人の男性読者と、二人の女性読者しかいなかったのに、世間に読者が出来てしまった。僕は騒がれるのが嫌なのに。」

二 『同罪者たち』

——ゲーテが出版しようとした最初の作品は断られる

次のような経緯について言及しているのは、ゲーテ研究者のなかでもローラムだけである。一七六五年九月三十日、月曜、ゲーテはライプツィヒに向けて出発する。「喜々として」フランクフルトを出発、「僕を産み育ててくれたかけがえのない町をなんの感慨もなく後にしたのである…（略）…あたかも二度とこの地に足を踏み入れまいとするかのように。[4]」馬車にはフランクフルトの出版業者フライシャーが乗り合わせていた。父カスパルがひいきにしていた男で、フランクフルター・ブーフガッセの彼の店はゲーテもよく知っていた。このライプツィヒ遊学の三年間にゲーテが学んだのは法学よりも人生であったのだが――伝記作者たちによればケートヒェン・シェーンコップを含めて一二人の女性との恋愛遊戯、かの「シュトルム・ウント・ドラング」は文学上の新時代となるまえにすでに体験済みとなっていたのだが――喜劇『同罪者たち』を書きはじめ、その決定稿を一七六八年秋フランクフルトに戻ってから完成させた。翌六九年、ゲーテはこれを出版してほしいとフライシャーに頼むと、にべもなく断られるのである。この拒絶はゲーテにとってショックであったにちがいない。「出版に対する私の物怖じの気持ちが徐々に消えていったとき、私は自分でもなかなかの出来と思っていた『同罪者たち』をぜひ出版してみたいと思った。けれども引き受けようとする好意的な出版者が見つからなかった[5]」としるしている。フライシャーの拒絶をゲーテはけっして忘れなかった。のちに『植物変態論試論』を出版しようとしてゲッシェンに断られたときにも、この時のことを思い出している[6]。

『同罪者たち』には三つの草稿が残されているが、第一稿と第二稿が出版されるのはゲーテの死後のことである。一七八七年、ゲッシェン版『ゲーテ著作集』(一七八七―九〇)第二巻に収録されたのは、一七八〇年から八三年にかけ改作されて「より洗練された」第三稿である。その少しまえに成立した牧人劇『いとしい方はむずかり屋』の出版も一八〇六年の第一次コッタ版『ゲーテ全集』においてであった。

一七六六年から翌六七年にかけての冬、ゲーテは『芝居愛好者のための片面刷り』を発行した。女優のコローナ・シュレーターとカロリーネ・シュルツェに捧げる詩を匿名で掲載していたこの印刷物は、今日一部も残されていない。

ゲーテはこの頃きわめて多作であった。もしこの頃の手書き原稿がすべて残されていたならば、手紙、戯曲、詩作品などを所収した巻が数巻にも及んでいたことであろう。しかしゲーテは、ほとんどすべてを焼却処分する。数百編もの詩が失われた、と彼はのちにエッカーマンに語る。あるときゲーテが自ら朗読した詩がゴットシェートの亜流、クローディウス教授から手厳しく批判される。すると、彼はその後半年間、一編の詩も書かなかった。それほどまでに若いゲーテは周囲の言葉に過敏であった。

親友ベーリッシュはゲーテが女の子たちと幾重もの関係を結んでいること、とくにアンナ・カタリーナ・シェーンコップ（通称ケートヒェン）との関係については知っていた。一七六六年四月ゲーテは旅館兼居酒屋のこの娘と知り合い、以来、彼女のことを情熱的に詩に詠って賛美していた。むろん、実名ではなく「アネッテ」と名前は変えられてはいたが。アネッテに捧げられた詩や歌はゲーテによって収集され整えられるのだが、ベーリッシュは出版を思いとどまらせる。しかし「彼の最大の喜びは、滑稽なことに真面目に取り組むこと、何かばかげたことでも思いついたらとことん追求することだった」ので、ゲーテも同意して、ベーリッシュがこれらの詩を書き写して製本することになった。時間のかかる「この企ては彼に最大の暇つぶしの機会を与えた」(7)。一七六七年五月、ゲーテはその先触れとして六編を収めた小詩集をすでに妹コルネリアに送っていたが、これも同じくベーリッシュが清書したものであった。印刷に付されるまえの一七六九年二月十三日、ゲーテはフリデリーケ・エーザーに——どうやら彼女はこれらの詩が気に入らなかったようなのだが——書いている。「僕がこうも軽薄で、すべて良い面からしか見ないのは不幸です。あなたが僕のこれらの詩を良くないと思われたのは、僕の責任です。どうぞ火にくべて燃やしてしまってください。そして印刷されたものなど、ご覧にならないでください。これからもどうかよろしくお願いいたします。ここだけの話ですが、僕は忍耐強い詩人のひとりですから、あなた方が気に入らな

図１　「眠りに寄せて」．歌謡集『アネッテ』，ライプツィヒ，1767年．エルンスト・ヴォルフガング・ベーリッシュによるカリグラフィー．

いというのでしたら、別の詩を作ることにしましょう。」

ここにはすでに、ゲーテのあの作品創造上の基本的な思想が感じられる。抒情詩を書く衝動とは、「私を喜ばせたり、あるいは苦しめたり、その他私の心を動かしたものを一つの形象に、一つの詩に変え、そうすることによって自分自身と折り合いつけること[8]」である、とゲーテは『詩と真実』で説明している。「詩人の前に漂う」「普遍的なもの、本質的なもの、より高次なもの[9]」を一つの形象に、一つの象徴に捉えるための機会は、彼には事欠かなかった。ごく些細な瞬間も「重要な意味をもつ」機会となったからである。ゲーテの全抒情詩は「機会」と「意味」、すなわち個々のきっかけから生ずる体験的詩作とその詩の芸術的な造形との緊張関係にある[10]。「私の詩はすべて機会詩である」と、晩年の一八二三年九月十八日にもエッカーマンに語っている。「それらは現実によって刺激を

図2　ベルンハルト・クリストフ・ブライトコップ（1695–1777）．パステル画．作者不詳．日付なし．ライプツィヒの，かつてのブライトコップ&ヘルテル社所有．

うけたもので、現実のなかにその動機も根拠もある。空《くう》からつかみ出したような詩を私は評価しない。[11]」一七六九年までに成立したこれら初期の詩のうちで、ゲーテが一七八九年ゲッシェン版『ゲーテ全集』第八巻に採録したのは、わずか三編だけであった。四十歳になってもそれほど自分に厳しかったのである。さらに、シュタイン夫人に捧げられた一七七八年刊私家版『初期ヴァイマル詩集』があるが、これはゲーテ自身の筆跡による詩二八編を採録、四つ折判の冊子としてのみ配布された。全集を除くと詩集のみの独立した一巻本が出版されるのは一八一二年であるが、これでさえもコッタ版『第一次ゲーテ全集』第一巻の改題版として出版されたものであった。このときゲーテ六十三歳、『詩と真実』の執筆を開始、早くも自分の人生の総括を行なうのである。

　ゲーテはライプツィヒで、当時音楽出版で名を馳せていたブライトコップと知り合いになる。大勢の客が出入りする裕福な暮らしをしていて、当時としては驚異の蔵書二万冊を備えた私設図書館を開設していた。

ベルンハルト・クリストフ・ブライトコップがこの名門出版社の創設者であった。貧乏な印刷工としてライプツィヒに出て来た彼はここで音楽出版社の基盤をつくり、息子ヨハン・ゴットロープ・イマヌエルが世界的な規模に事業を拡大した。彼の三人の子供たち、とくに長男ベルンハルト・テーオドールとゲーテは親交を結ぶのだが、彼はこの頃書かれたゲーテの詩をよく知っていて、それに音楽を付け、作曲した歌曲がブライトコップ家の集いで演奏され、時には「美しいコローナ（シュレーターのこと）」によっても歌われた。テーオドールはこれを歌曲集として出版するようにゲーテに強く勧めた。彼のお陰と言うべきで、さもなければ多数の歌曲ならびに作曲されなかった詩の多くが失われてしまったことであろう。しかし、この歌曲集にもゲーテの名前はしるされていない。この時点になってもなお、彼は世間を怖がっていたように思われる。こうして、一七六九年十月、通称『ライプツィヒ小曲集』と呼ばれる《ベルンハルト・テーオドール・ブライトコップ作曲『新歌曲集』、ライプツィヒ、ベルンハルト・クリストフ・ブライトコップ&息子社、一七七〇年》が出版されるのである。頁数四三頁、とびら頁にはバラの花弁と葉の飾り模様があるだけで、作詞者の名前はしるされていなかったのだが、にもかかわらずゲーテは、出版されたこの最初の作品にひじょうに愛着をいだいたと思われる。一七七〇年の初めに、彼は手紙を添えてこの歌曲集を学友ランガー（のちにベーリッシュの後任としてリンデナウ伯爵家の家庭教師となる）に贈っている。「ここに僕の歌曲集を同封します…（略）…小さな絵にした僕の心の歴史です。それぞれの詩がバトゥーの原理[12]に従って作られていないのは、一行たりとも模倣ではなく、すべてが自然だからです。だからこそ、この歌曲集は僕自身にとっても友人たちにとっても、青春をしるす永遠の記念碑になるのです。[13]」すべてが自然である。心の歴史。『アネッテ』の詩が――か細くて上品なベーリッシュの筆跡が詩に良くマッチしているせいもあって――なお人工的で窮屈な印象を与えるのに対して、「技巧も苦心の跡もなく」（「歌いた

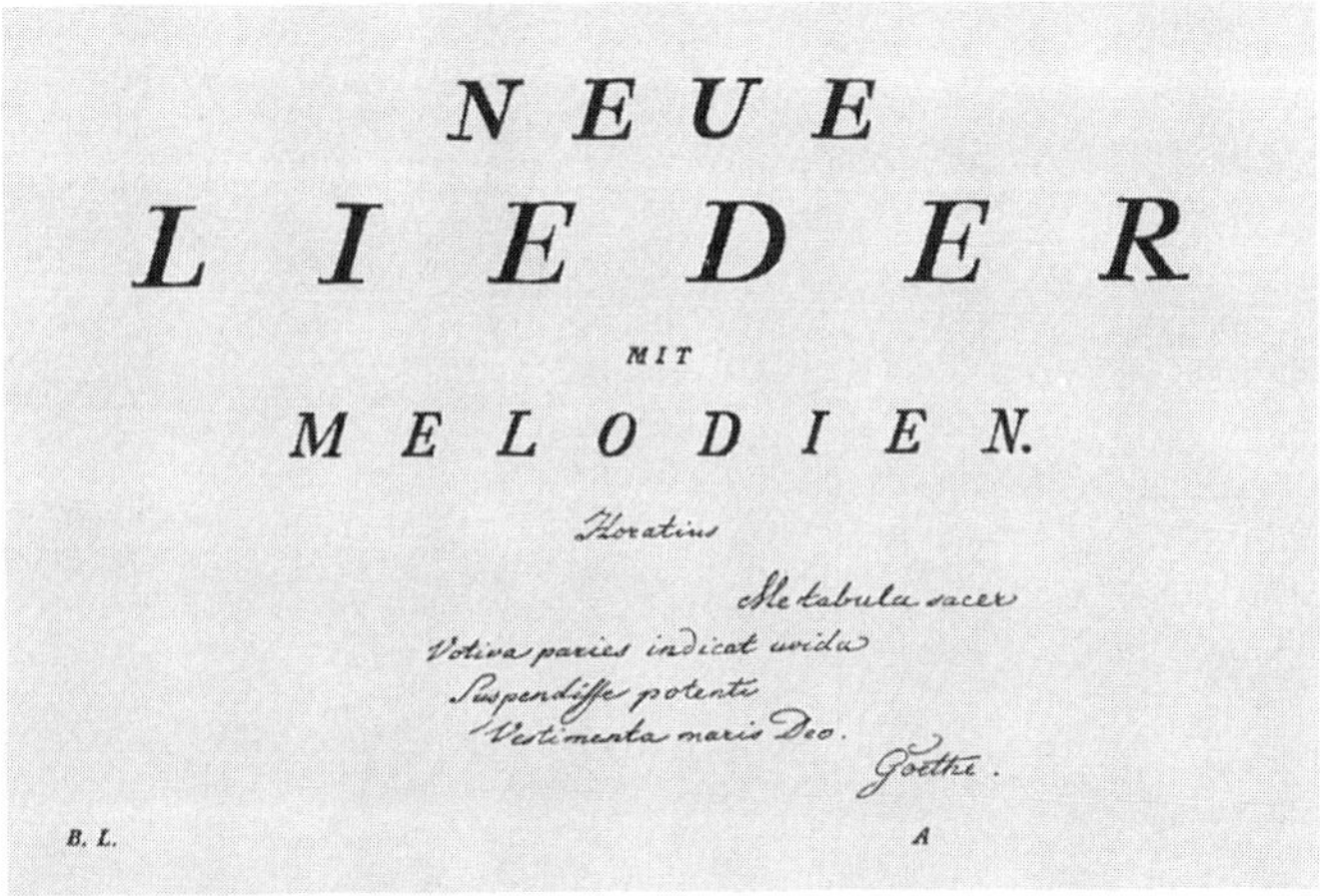

図３　『新歌曲集』（ライプツィヒ，1770）の表紙．エルンスト・テーオドール・ランガーに贈られたもので，ゲーテの献詞（ホラティウスからの引用）がしるされている．

い人に歌わせよ」）作られたこれらの歌曲は、確かにロココ調の豊かな形式の恩恵は蒙っているにせよ、言葉の調子はもっと自由であり、もっと感情にみちている。ゲーテ研究によれば二つの主題が認められるという。死の主題と素朴の喪失という主題である。私の見方では、これらの歌曲が表現しているのは、むしろ、「移り気」の礼賛である。つまり、これらの歌曲の生命は、自由と拘束、享楽と義務との緊張関係にある。男女を結びつけるのはやさしい愛情であって、義務であってはならない。「若者よ、少女よ／生きるのに誠実すぎるな、几帳面すぎるな／結婚の窮屈な枠のなかで。」「青春」に使うべきは「老人の手[14]」、そんなに急いで「罠」に、「結婚の団欒」に陥るべきではない。「尻尾を失ったあの誠実なキツネ」（イソップ童話では、罠に落ちて尻尾をなくしたキツネは、その恥辱を隠そうとして他のキツネたちにも、尻尾みたいな煩わしいものは切り取ってしまったほうがいい、と説得する）みたいに。「こうした罠は君たちにだって仕掛けられているのだよ[15]。」自然に向かうことは社会的慣習に反逆することである。どんな強制もゲーテは憎んだのである。発行部数はわずかであったけれども、初めての出版となったこの作品のなかには、すでに当時の文壇を支配していた伝統的詩学に対抗するための、明確な構想を認めることができる。

次に出版されたのは、ゲーテの学位論文ではなく、法学得業士《リッエンツィアート》取得のための論文である。『法律論題集』と題されたこの論文はラテン語で書かれ、一七七一年、シュトラースブルクの印刷業者ハイツのもとで印刷された。(16) シュトラースブルク大学神学部はゲーテの学位請求論文『立法者について』を「宗教上の理由と用心から」、つまりキリスト教の教義に合わないとして却下、印刷に付することを禁じたのだが、その代替措置として五六項目の命題を『法律論題集』としてまとめて公開討論を行ない、それによって法学得業士《リッエンツィアート》の学位を取得することができたのである。一七七一年八月、ゲーテはフランクフルトに戻ると、法学博士と名乗る。しかし、この称号を公式に用いることができるようになったのは、一八二五年イェーナ大学の全学部から名誉博士の学位が授与されてからであった。

この時期さらに三冊の本が同様に匿名で出版されている。一七七二年十一月には『ドイツ建築について』がダルムシュタットの友人メルクの自費出版によりフランクフルトのアイヒェンベルク書店(所有者は宮廷顧問官ヨハン・コンラート・ダイネット)から出版され、一七七三年に版が重ねられる。同書店からは神学論を載せた二冊の小冊子も出版されている。第一の論文『新任＊＊＊牧師に宛てた＊＊＊牧師の手紙』(一七七三年一月、以下『牧師の手紙』とする)では、「フランス語からの翻訳」という虚構の注記がなされている。第二の論文『従来未検討であった聖書に関わる二つの重要な問題』(一七七三年三月)は、「シュヴァーベンのとある村の牧師著、ボーデン湖畔リンデナウ」となっていて、著者名も偽名、発行地も偽って表記されていた(上述のように実際は二冊ともフランクフルトのダイネット所有の書店からの刊行。

Von

Deutscher Baukunst

D. M.

ERVINI A STEINBACH.

1773.

図４　『ドイツ建築について』初版（1772年，ただし先日付で 1773年となっている）のとびら．

『牧師の手紙』は一七七五年まで別刷りがなされる)。

重要な作家でこれほどまでためらい、慎重になり、自分が著者であることを否定し、すぐさま名声を得るのを断念しようとした作家がいたであろうか。フリーデンタールは『ゲーテ――その生涯と時代』のなかで、ゲーテの神秘化を好む傾向や変装癖を指摘し、「一貫性のない行動」、つまり矛盾を見た。ローラムは、むしろ単純化して、「彼自身が自分の心を知らなかっただけ」と結論づけている。しかし私はこれらの見方には反対で、ゲーテがとった行動は完全に意識的なものであり、自分の才能が開花し、「天職」へと結びつく好機を待っていたのだ、と思うのである。彼自身、この時点では、自分が天職としていったい何を選ぶべきなのか、文学なのか絵画なのか、あるいは本当に法律なのか、まだはっきりわかっていない。情熱に生きる者、法律家、芸術家、詩人など、自分はいったい何になったものか。彼は自由であろうとした、すなわち、いわば遊戯感覚で人生の問題を解決しようとしたのである。はっきりしているのは、自分で自分を拘束したくなかったこと、出世であれ、ケートヒェン・シェーンコップやフリデリーケ・ブリオンといった女性であれ、何物にも何人にも束縛されたくなかったことである。他方で彼は、自分という人間が詩を作り出すのではなく、詩が自分という人間を作り、形成し、形姿を与えてゆくのだ、と感じていたのであろう。当時の彼としては、自分の作品はまだ著者名を公表するほどの価値はない、と思い込んでいたにちがいない。だからこそ沈黙や仮名、あるいは匿名という衣のなかに身を隠したのである。しかし、若いゲーテにとってもう一つ大切なものがあった。彼は自分が書いたものに愛着をもち、原稿を客観的なものとし、自分の大事な読者に仲介してくれる出版ということも好きだったが、「商品」としての本という考え方には反対であったのである。『詩と真実』で、「当時、自分の作品を人前で朗読によって伝えようとする私の昔の楽しみが、またよみがえってきたが、自分の作品をお金と交換するのは厭わしく思われた」と述懐している。彼はのちに自分の態度を変えたけれども、若い頃の彼にとって決定的であったこの点については、なんら変更はなかった。

もっとも、このような態度は書籍出版販売業史上の一般的な、よく知られた、二、三の事実によっても特徴づけられる。すなわち、十八世紀後半になってようやく、作家たちの意識は自分の著作を経済的な価値と見なす方向へ変わってゆき、書籍市場もこの時期に決定的な変化を遂げてゆく。それまで行なわれてきた物々交換取引（本と本）が、いわゆる正価取引ないし現金取引（本と代価）にとって代わられるのである。[17] このことがゲーテの自分の著作物に関する態度にも影響を及ぼしたと思われる。

また、匿名あるいは仮名による出版という方法にもそれなりに伝統があった。匿名であれば、検閲の目をかわして自分の考えを自由に述べることができる。こうした理由と並んで、とりわけ文筆が稼業でないことをどうしても証明したかったのである。「パンを得るための仕事」としての著述業は、身分のある、世に知られた男性にとってはまだ卑しいこと、場合によっては自分の名声を損ないかねないものと思われていた。したがって、たいていの作家は自分のことを余暇に著述にいそしむ者と見なしていた。とすれば、当時弁護士であったゲーテも、初めのうちは、作家業は副次的なものと考えていたのかもしれない。

そのうえ、市民階級の人が著述をすることは、貴族階級にも当局にもけっして歓迎されなかった。詩作が役人の出世のためには妨げになることも稀ではなかった。ゴットシェート、ゲレルト、コツェブーないしイフラントのような成功した作家のみが、作品に自分の名前をフルネームでしるすことができたのである。「通例では、本のとびらに著者名を本名でしるすようになったのは十八世紀末になってからのことである。ちょうどこの頃、ドイツ古典主義の作家たちのすぐれた作品によって…（略）…ドイツ文学の名声が国際的なレベルまで達したのである。[18]」

三　『ゲッツ』
――ゲーテの最初のヒット作は匿名自費出版

一七七一年ゲーテは二度目の遊学先シュトラースブルクで、帝国騎士『鉄の手をもつ男と呼ばれたゲッツ・フォン・ベルリヒンゲンの伝記』を初めて読む。四〇年前にニュルンベルクで出版されたもので、著者はピストリウスであった。ゲーテは作品の題材そのものにたちまち心を打たれるのである。『詩と真実』で彼は次のように回顧している。「ドイツの詩文学に欠けているものは何か、これを仔細に考察してみると、それは内容、しかも国民的な内容であって、才能ある詩人がいない、ということではけっしてなかった。[19]」ゲーテは、それ以前にもドイツ法制史研究の目的で、一六九八年に出版された要覧『ドイツ帝国の公安に関する最新判例集』（全五巻）をすでに読んでいた。[20] 著者はダットで、ピストリウスは一七三一年ゲッツの伝記を書くさいにダットの記述に依拠したのであったが、ゲーテにとっても、最も重要な典拠となった。ヘルダーは法律家メーザーに対してゲーテの注意を喚起していた。メーザーは一七七〇年四月、『オスナブリュック広報新聞』に「自力防衛権《ファウストレヒト》について」という論文を掲載、この論文にゲーテは感銘をうけるのである。メーザーは活写する。自力防衛権《ファウストレヒト》が認められていた時代とは、「わがドイツ国民が、名誉という最も偉大な感情を、最も偉大な肉体的美徳と独自の国民的な偉大さを示した時代[21]」である。メーザーのこの言葉により、ゲーテにとって、「国民的なもの」、国民の名誉のための論拠となる法的なもの、そして時代の本質からじかになされるべき新しい歴史理解という一連のモチーフが首尾一貫するのである。もともとゲーテにはすでにシェイクスピア演劇の知識があったが、ヘルダーによって煽り立てられ、一七七一年八月フランクフルトに帰ると、十月十四日、シェイクスピアと同名の「ウィリアムの日」に、ヒルシュグラーベンの実家でシェイクスピア祭を開催、盛大な祝宴のなかで彼は自作の論文『シェイクスピアの日に寄せて』[22]を朗読するのだが、この論文には、ちょうど形をとりつつあった『ゲッツ』の構想が含まれていた。

『詩と真実』でゲーテは『ゲッツ』成立時のことを語っている。彼の作品執筆の仕方そのものに関わる

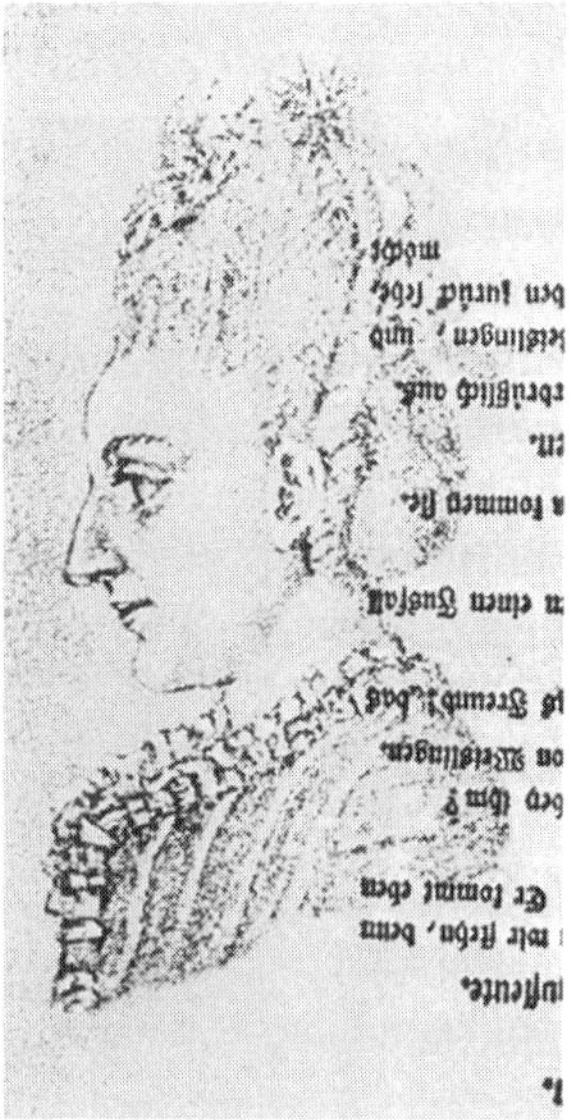

図5　妹コルネリアの肖像．ゲーテが戯曲『ゲッツ』（1773）の刷本の１頁にスケッチしたもの．

典型例であるので、ここに詳細に引用しておきたい。この戯曲のプランを妹のコルネリア相手に「詳細に話し合った…（略）…ところが、私が何度もこの話を繰り返してばかりいて一向に仕事に着手しないものだから、彼女はとうとうじれったさに堪えきれなくなって、好意からしきりに勧めるのであった。いつまでもおしゃべりをしているのではなく、いま私の目の前に浮かんでいるものを、そろそろ紙の上に書きつけてみてはどうか、と。この言葉に刺激されてその気になった私は、ある朝、なに一つ草案も計画もあらかじめ作ることなく書きはじめた。最初の二、三場を書き上げると、晩にはそれをコルネリアに読んで聞かせた。彼女は大いに拍手をしてほめてくれたものの、条件つきであった。つまり、私がこのような調子で先を書き続けられるかどうか疑わしいものだ、それどころか、私にその根気があるとはとうてい信じられない、と言うのである。こうまで言われては、私もさすがに後には引けない気持ちになり、翌日も、その翌日も書き続けた。毎日、進行状況を妹に報告していると、希望も次第に大きくなっていった。もともと題材は自家薬籠中のものとなっていたので、一歩一歩進むうちに私にとってもすべてが活気づいてきた。私はひたすら執筆にかかりきって、後ろを振り返ったり、わき見したりせずに、まっしぐらに書き進んだ。こうしておよそ六週間たって、嬉しいことに私は仮綴じされた草稿を目の前に眺めることになったのである。[23]」

この六週間のあいだにゲーテが見せたのはまさに熱狂的な創造力であった。一七七一年十一月二十八日、友人の裁判所書記官ザルツマンに宛ててゲーテはこう書いている。「あなたは僕のことをよくご存知だから、といっても、あなたにはなぜ僕が手紙を書かなかったのか、その理由は、賭けてもいいですが、当てられないでしょう。それは一つの情熱、まったく思いもかけない情熱なのです。そのようなものに取り憑かれますと、僕は精神が混乱してきて、頭上に輝く太陽や月のことも、星のことも忘れてしまうのです…（略）…僕の全創造力はある一つの企てに向けられていて、そのためにホメロスもシェイクスピアもすべてが忘却のかなたなのです。僕がいま劇化しようとしているのは最も高貴なひとりのドイツ人の物語なのですが、それは、この誠実な男子の思い出を忘却から救うことでもあるのです。執筆に費やされる時間はたいへんなものですが、僕には本当の意味で気晴らしでもあるのです。」

『劇化された鉄の手をもつゴットフリート・フォン・ベルリヒンゲンの物語』――この作品の手書き原稿は一部だけ残っていて、今日ヴァイマルのゲーテ＝シラー文書館に保管されているが、精密すぎる筆跡から、あるいは元原稿を清書したものではないかと推測される。わずか数週間で書き上げたこの初稿の写しをゲーテは一七七二年初めにヘルダーに送る。素材のいくつかの点には変更が加えられていた。歴史上のゲッツは老後、自分の居城で、義手でないほうの左手で弁明書を書くのだが、ゲーテはゲッツに英雄的な死を遂げさせ、力による権利の主張が未来を指し示す。「自由だ！　自由だ！」するとゲッツの周囲の人々も声を合わせて叫ぶ。「高貴な人よ、あなたを突き放すこの時代に禍あれ、あなたを誤解するのちの世に禍あれ。」[24]劇化されたこの物語は疑いもなくシェイクスピアの影響をうけている。さながら一幅の絵巻物と言ってもいいこの戯曲に、ブレヒトは満足をおぼえたにちがいない。というのも、周知のように、シュトルム・ウント・ドラング戯曲の場面の並べ方、その開いた形式ならびに主題の社会批判性は二十世紀の戯曲にも大きな影響を及ぼしており、ブレヒトの叙事演劇理論もその影響下にあるからである。妹コルネリアはこの劇作品に荒削りな力強さを見た。ゲーテが草稿をヘルダーに送って批判を求めたさい、これはまだスケッチにすぎない、決定稿と取ってほしくはない、と弁明している。「当地に引きこもった生活の成果として、あなたにお送りするのは、簡単な草案なのですが、確かに画筆でカンバスに殴り書きをしたみたいで、数箇所はいくらか彩色が施されてはいるものの、やはりまだまだスケッチ以外の何物でもないのです。」[25]『ゲッツ』におけるゲーテの作品創造の仕方から一目瞭然となるのは、作品創造の過程を「進行中の仕事」、絶え間なく「作ること」と「作り直すこと」の繰り返しと見ている点であり、これは、晩年の彼が説く進化論とも一致する。

ゲーテは、その後の数カ月間、『ゲッツ』を出版しようとは考えてもいなかった。確かに、作品はセンセーションを巻き起こし、とくにヴェッツラルでは、帝国高等法務院の法律実習で知り合った若い世代の人々が彼を「実直者ゲッツ」とからかって呼ぶほどであった。ゲーテが初稿の改作をする気になったのは、このようなヴェッツラルをつつむ、彼の心を奮い立たせる雰囲気であったことは間違いない。「僕はいまある立派な作品を印刷に付するべく改作しております。」（ケストナー宛、一七七三年二月一日）

一七七二年十一月から十二月にかけてゲーテはダルムシュタットに新しい友人メルクを訪問する。ヘッセン方伯夫人カロリーネの宮廷で軍事顧問をしていた男で、今度は彼がゲーテに大きな刺激を与えることになるのである。ゲーテの人生の典型的なパターンは、つねに適切な時期に適切な指導者が、ミューズ神としてうってつけの恋人が、彼の前に現れることである（この点ではブレヒトもゲーテに似ていなくもない）。一七四一年四月十一日ダルムシュタットの薬屋の息子として生まれ、九一年自ら命を断つメルクは、早くからゲーテの実家に出入りして、みんなからメフィストフェレスのあだ名で呼ばれていた。『詩と真実』でゲーテは「私の人生に最も大きな影響を与えたこの一風変わった人物」のために記念碑を建てている。「彼の性格には、ある不思議な不調和があった。生まれつき、勇敢で、高貴で、信頼を寄せるのに足る人物なのに、世の中に対してひどく腹を立て、妙なことを考えてふさぎ込むことが多くなってしまい、自分では抑えがたい欲求のままに、わざと悪戯をしたり、いやそれどころか悪役を演じたりしていたのである。[26]」メルクとゲーテとの関係となるといくら述べても尽きることはない。メルクは批判を差し控えたことは一度もなかった。『クラヴィーゴ』を読んだあとで彼は言ったものである。「こんなつまらない作品はもう二度と書かないでくれ。こんなものなら別に君じゃなくても、ほかの連中だって書けるよ。」この言葉をゲーテは『詩と真実』で引用しつつ、「メフィストフェレス・メルク」はやはり自分にいくらか損害を与えた、というのも当時このような戯曲なら自分は一ダースも書き上げることができたであろうし、そのうちの三、四編は生き残ったであろうから、とつけ加えている。[27] しかし、よくあるように、メルクは才能をもちながら実際には創作できないことに悩んでいたのだが、ヴィーラント、ゲーテなど、他の人が有する創造的価値を見抜く確かな眼はもっていた。メルクは妻宛に書く。「私はゲーテが本当に好きになりはじめています。彼は、私の心にかなう数少ない人間のひとりなのです。」彼は二十四歳のゲーテが『ゲッツ』

によって閉塞状況にある時代の核心を衝いたと見ていた。人々は埋もれた真実の発見を好むものである。レッシングは過ぎ去ったものを救おうと試みていたし、中世、それも中世末期はひじょうに魅力があった。この時代、激しく渦巻いていたのは自由への欲求であった。かくして、とりわけ中世の自力防衛権《ファウストレヒト》がまさしくシュトルム・ウント・ドラングの時代にとって象徴的な意味をもつのである。メーザーは前述の論文のなかで書きとめている。「ゆえに、十二、三世紀の自力防衛権《ファウストレヒト》をよく知る者は、誰でもこれを最高の傑作と賛美するにちがいない。したがってわが国の国民もこの偉大な時代を正当に研究すべきであろう。」メルクは初稿『ゲッツ』の改作を完成させるようにゲーテを急き立てる。「遅くならないうちに垣根にかけよ、そうすればオムツも乾く。」『詩と真実』によれば、これがメルクのモットーであったという。しかしゲーテは、おそらく『同罪者たち』の原稿を出版社に持ち込んで断られたときのあの苦い経験から、原稿を出版者に渡さずに匿名で出版したいと希望し、メルクとともに自費出版を思い立つ。こうして一七七三年七月（または六月）にゲーテの最初の大作、劇『鉄の手をもつゲッツ・フォン・ベルリヒンゲン』（一七七三）が、匿名で、しかも発行地も無記載で上梓された。発行部数は五〇〇部ぐらいであったと推計される。

印刷に付されたこの第二稿の手書き原稿は残されていない。一七七一年の初稿の手書き原稿のほうは、ゲーテによって大切に保管されていた。一七七四年、この「合法的」な『ゲッツ』第二版の出版を彼はダルムシュタットのアイヒェンベルク相続人出版社の書籍業者ダイネットに依頼するのである。ちなみに自費出版について言えば、ゲーテはその後もういちどだけ試みている。(28)

ところで、自費出版の場合、販売ルートをいかに見つけるかが問題になるが、それに加えてさらにもっと大きな障害があった。同年、多くの識者がこの時代の最大の知的害悪と呼んだ「海賊版」、つまり不法出版された『ゲッツ』が出回ったのである。ひとりまたひとりと出版者が版下を盗用し、著者名も発行地も記載のない二種類の海賊版を出版したのであった。一八二三年ゲーテは『決定版全集』に初稿『ゲッツ』の採録を計画する。そのために、印刷に付する準備として、彼は従僕クラウゼに初稿『ゲッツ』の写しを作成させるのだが、これは今日残っていない。初稿『ゲッツ』、すなわち『劇化されたゴットフリート・フォン・ベルリヒンゲン物語』は一八三二年から三三年にかけてやっと『決定版全集』第四十二巻（『遺稿集』第二巻）のなかに収録されるのである。

ゲーテは、十八、九世紀の他の著者たちが検閲制度によって蒙った自由な執筆活動へのいちじるしい侵害を、だいたいのところ免れていた。しかし、ゲーテの場合にも、検閲という考えの影響が微妙な形で現れているのが確認される。初稿『ゲッツ』の改作に踏み切ったのも、その理由はおそらくは検閲であった。むろん、この場合、公権力による検閲ではなく自分で行なった検閲ではあったが。一七七三年の第二稿は、七一年の初稿と比べてみると、荒削りなところがなくなっている。「ばたんと閉められる窓というあの有名な場面の工夫がすでに、検閲に対する予防措置と見なすことができる。ゲッツの荒っぽい言葉も、そうすることによって、騒音に掻き消される、あるいは窓の背後に呑み込まれるのである。[29]」ゲーテは自ら友人ゴッター宛の手紙に添えた詩のなかで自己検閲と検閲の介入の可能性について触れている。[30]

自費出版の企画では、紙の費用を受け持ったゲーテも、印刷費用を受け持ったメルクも、作品が巻き起こした反響とは裏腹に、共に頭を抱える結果となった。ゲーテは腹を立てたが、メルクのほうはヘッセン方伯夫人カロリーネのお供でペテルスブルクに旅立ってしまい、販売にはほとんど力にならなかった。一七七三年七月十日、ゲーテは『ゲッティンゲン詩神年鑑《ムーゼンアルマナハ》』の発行者ボイエ宛に書いている。「厄介なことになってしまいました。僕が本を売り捌かなくてはならないのです。それなのにメルクは旅立ってしまい、

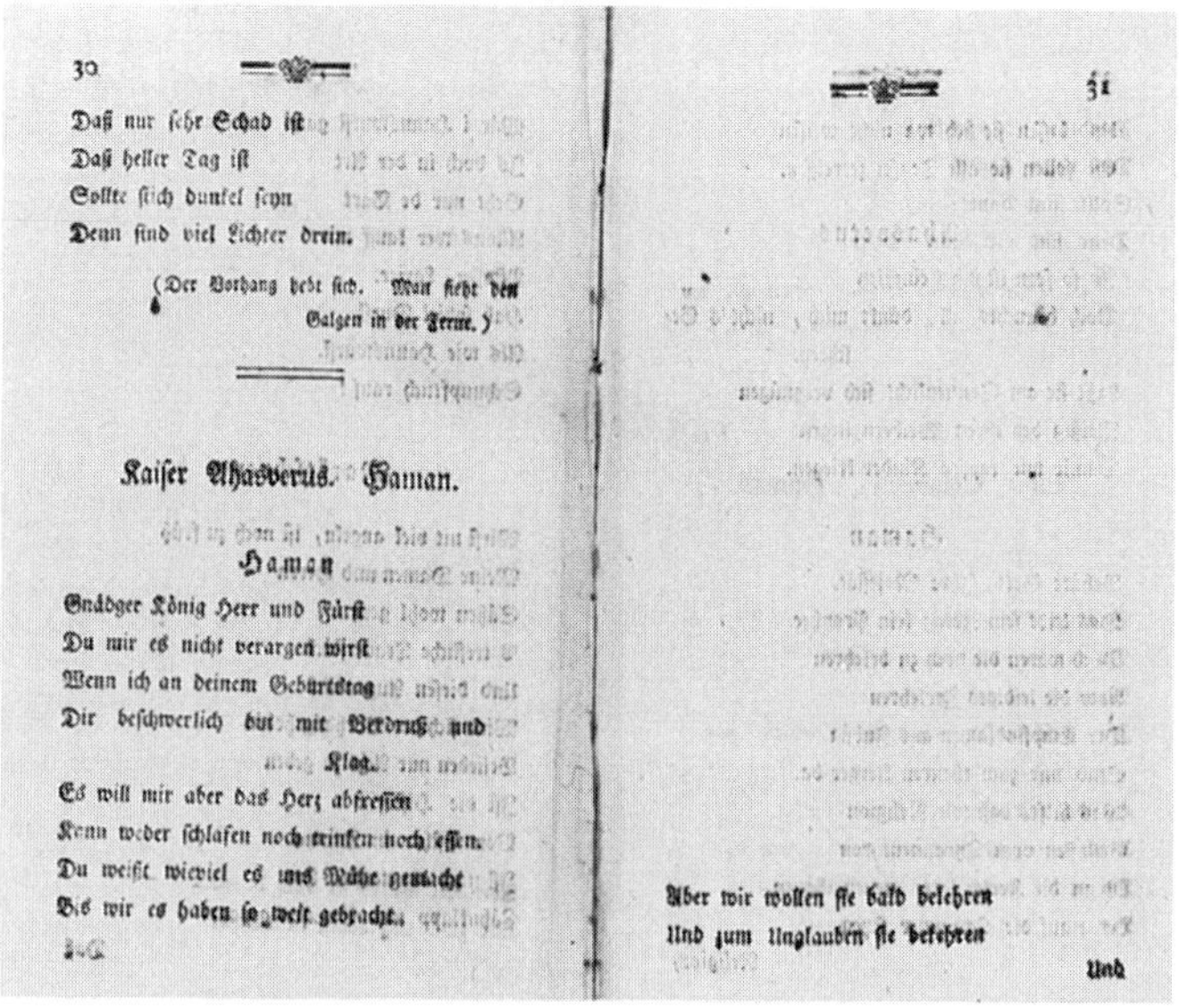
30
Daß nur sehr Schad ist
Daß heller Tag ist
Sollte sich dunkel seyn
Denn sind viel Lichter drein.

(Der Vorhang hebt sich. Man sieht den Galgen in der Ferne.)

Kaiser Ahasverus. Haman.

Haman
Gnädger König Herr und Fürst
Du mir es nicht verargen wirst
Wenn ich an deinem Geburtstag
Dir beschwerlich bin mit Verdruß und Klag.
Es will mir aber das Herz abfressen
Kann weder schlafen noch trinken noch essen.
Du weißt wieviel es uns Mühe gemacht
Bis wir es haben so weit gebracht.

31
Aber wir wollen sie bald belehren
Und zum Unglauben sie bekehren
Und

図６　ゲーテ『プルンダースヴァイレルンの歳の市の祭り』第１版．ライプツィヒ／フランクフルト，1774年．右頁は検閲による削除．デュッセルドルフ，ゲーテ博物館所蔵．

どうしたものかと思っています。僕が手をこまねいていたら、出版に賭けたせっかくの夢がたちまち潰えてしまうのではないかと思います。」ゲーテは友人たちを動かし、ゾフィー・ラ・ロッシュ、ケストナー、ボイエらは本を購入するか、書店に仲介してほしいと頼まれるありさまであった。膨れ上がった借金を返済するために、ゲーテはまた借金を重ねた。一七七三年七月中旬ケストナー宛に書く。「僕は本屋の商売には向いていません。」(31)私の知る限りでは、これがゲーテの企てた自費出版の結末であった。

　周知のように、ゲーテが行なったような自費出版は当時それほど珍しいことではなかった。それは——他の著者の場合もそうであったが——十八世紀後半において著作者と出版者とのあいだに生じていた緊張関係に起因するものであった。

すなわち、出版業者の大きな利益に比べて著作者側がもらう報酬は少なすぎる、両者の関係は適切ではけっしてない。この事実が出版者側に突きつけられ、おりから勃興してきた「自由な著述家」という新しい身分の人々の論議を巻き起こしてゆく。とりわけ文芸作家たちは、理由は千差万別であるにしても、とどのつまりは自意識の欠如から、多かれ少なかれ原稿料なしか、またはごくわずかな原稿料で自分たちの作品を出版させていただけに、にわかに色めき立ったのである。ゲーテは『詩と真実』で著作者と出版者との関係の推移を次のように述べている。

これまで出版業が主に扱ってきたのは、いろいろな領域の重要な学術専門書であり、常備書籍として著作者にわずかな報酬を支払うだけで済んでいたのである。しかし文芸書の出版のほうはなにか神聖なものと見なされていたため、報酬を受け取ったり、その増額を要求したりするのは、ほとんど聖職売買にも等しい行為とされた。そのため、著作者と出版者の関係はなんとも奇妙なものであった。両者の関係は保護者《パトロン》と被保護者《クレンティス》のようであり、じっさい人々の目にはそう映っていたのである。著作者は才能をもっているのに加えて、一般にはきわめて道徳的な人間と見なされ尊敬されていたので、出版業者よりも精神的には高い地位に立ち、作品が成功すれば、それでもはや労苦は報われたと感じた。一方、出版業者は著作者の下の地位に甘んじながら、利益のほうは相当な金額を得ていたので、裕福さとなると関係が逆転、金持ちの出版業者が貧乏な詩人の上に立った。こうして万事、じつに見事な均衡が保たれていたのである。気前のいいところを見せ合ったり、感謝しあったりする。こうした相互関係は珍しいことではなく、ブライトコップとゴットシェートなどは、終生一つ屋根の下で暮らした。けちや卑劣な行為、ことに無断出版はまだ流行していなかったのである。

にもかかわらず、ドイツの著作者たちのあいだには、ある大きな共通の動きが生じていた。彼らはみな比べてみて気づきはじめたのである。すなわち、自分たちの生活は、貧しいとは言えないにしても、とてもつましい、それなのに名高い出版者たちは裕福に暮らしているではないか。ゲレルトやラーベナーのような作家の名声がいかに大きくとも、ドイツでは、こうした人気作家でさえも、別の収入の道によって生活を楽にしなければ、家計のやりくりに苦労しなければならない。こうして、たいした才能もないふつうの作家たちでさえも、自分たちの境遇の改善と出版業者からの独立を強く願うようになった。[32]

有力な書籍出版業に対する著作家たちの批判の動きは、十八世紀七、八〇年代には広範囲に広がっていった。クロプシュトックの「文筆家共和国」という理想が歓迎されたが、これは、思想や書物を自由に交換することによって、伝統的な書籍出版業からの独立を勝ち取ろうとするものであった。ヴィーラント、バールト、ビュルガー、レッシング、ボーデ、その他多数の著作家たちがこの理想を実現しようと試みたが、誰ひとり所期の成功は収められなかったのである。

根本においては、これがシュトルム・ウント・ドラング運動の一つの典型的な動きであったと言えるが、この動きも、著作物を生産する条件というよりも著作物を販売する方法という点で、挫折の憂き目にあった。[33]「クロプシュトックの理想を実現しようとする試みの相次ぐ失敗は、それ自体が不可能な企てであったことを、この時代の人々に思い知らしめたのである。[34]」

最初は、稿本を筆写して送ってもらったごく限られた友人たちだけが読者であった。同様に、自費出版によっても読者の数が激増したわけではない。ゲーテは『ゲッツ』の初稿のときも、自費出版した第二稿のときも、作品の上演は考えていなかった。したがって自費出版の翌年、ドイツの二つの大劇場が舞台上演を敢行したものだから、たいそう驚くのである。初演は一七七四年四月十四日ベルリンのコッホ座によって行なわれ、上演回数は一六回に及んだ。同年十月二十四日にはハンブルクでF・L・シュレーダー座が上演、その後ブレスラウ、ライプツィヒ、フランクフルトなど各地で上演されてゆく。一八〇四年九月二十二日、舞台用に改作された第三稿の上演がヴァイマルで行なわれた。音楽はツェルターが担当、初演は六時間もかかった。このため、その後は九月二十九日と十月十三日の二晩に分けて上演されたりするのだが、舞台上演のためには短縮が不可欠であり、十二月八日にはさらに短縮されたものが上演され、以後、この形での上演が繰り返される。

『ゲッツ』の反響は奇妙なものであった。筆写して送った初稿や自費出版した第二稿のとき読者の数はごくわずかであったのに、劇場で上演されると知識人層の読者から熱狂的に迎えられるのである。題材が新しく、ギリシア演劇やフランス古典劇が規範としていたものすべてを拒絶している。この点に若い文学世代が新しい美学の出現を見たのである。ボルヒマイアーは『ゲッツ』の反響史について詳述しているが[35]、むろん、巻き起こった多くの批判についても触れている。一例を挙げれば、筆頭はフリードリヒ大王で、その著『ドイツ文学について』(一七八〇)において「拙いイギリス劇の唾棄すべき模倣」であると一蹴した[36]。一方、メーザーは『ドイツ語と文学について』(一七八一)において、『ゲッツ』の国民的な意義を強調するとともに、自分はフリードリヒ大王の否定的評価を認めないと述べた。

『ゲッツ』の大成功によってゲーテの本格的な文学活動は緒につく[37]。シュトルム・ウント・ドラングが画期的な文学運動となって、一連の作品が後に続く。最も重要なのはシラーの『群盗』(一七八一)であるが、その他クリンガー『オットー』(一七七五)、J・マイアー『ボクセンベルクの嵐』(一七七八)、バーボ『オットー・フォン・ヴィッテルスバッハ』（一七八二）、テリング『アグネス・ベルナウアリン』（一七八〇）および『カスパール・デア・トロリンガー』（一七七九）など、多数の騎士ドラマが続出するのである。

このように『ゲッツ』に倣った作品が続出した理由は、中世への関心が高まっていたことから説明できるのであるが、この懐旧的な関心はロマン主義の時代になってなおいっそう強まってゆく。ゲーテは『修業時代』のなかで書いている。「甲冑に身を固めた騎士が……（略）……拍手喝采で迎え入れられた……（略）……誰もが高貴な国民精神の炎に燃え上がったのである。ドイツの社会にとって、その性格にふさわしく、自国の土壌で生まれた詩作品を楽しむことが、どんなに喜ばしいことであったことか。」(38)

この関心の強さは十九世紀末まで変わらなかった。ハウプトマンは『ゲッツ』を手本にした戯曲『フロリアン・ガイアー』（一八九六）によって騎士の悲劇を描き出した。一七九九年、イギリスの詩人・作家スコットは『ゲッツ』を英訳し、彼はこれに刺激をうけて歴史小説や歴史叙事詩を書くことになるのである。

このようにゲーテの『ゲッツ』の影響は多方面にわたるものであった。出版された当初はごく限られた範囲での反響にすぎなかったが、舞台上演されたとたん、広範囲な知識人層の大反響となった。ゲーテが名声どおりすぐれた作家であることが実証されたのである。

四　『クラヴィーゴ』と『ヴェルター』
——「僕は自分の作品で何かを得られるなどと考えたくない」

ゲーテは『詩と真実』で回想している。ライプツィヒの出版者ヴァイガントから手紙が届いたのは、一七七三年十一月一日、妹コルネリアの結婚式当日であった。ヴァイガントは一七三〇年ヘルムシュテットに創設した彼の出版社をちょうどライプツィヒに移転させたばかりで、若い無名の作家たちを売り出すことによって自社の出版政策の明確な特徴を示したいと考えていた。そこで彼がゲーテになにか原稿を送ってほしいと依頼したところ、ちょうど『ヴェルター』が書き上がっていたので、ただちに発送したというのである。これは明らかにゲーテの記憶違いで、『ヴェルター』の起稿は一七七四年二月、脱稿は同年四月のことであった。一七七四年五月には二作目の戯曲『クラヴィーゴ』が完成した。[39] わずか八日間で書き上げられたこの作品は舞台上演にふさわしく作られたゲーテの最初の戯曲となった——劇作家になれるのは若いうち、それを逃すともはや生涯その可能性はない。自費出版に懲りたゲーテは原稿を、初めて著者名をしるして、ヴァイガント社に送った。「僕は自分の名前をしるすとしたら、フルネームを書くよ」と、すでに一七七〇年一月二十三日、フランクフルトからライプツィヒのケートヒェンに宛てて書いたものだが、一七七四年七月、二作目の戯曲は、《ゲーテ作悲劇『クラヴィーゴ』ライプツィヒ、ヴァイガント書店、一七七四年》として初めて著者名をしるして出版される。初版に続いて、重版、再版が何度か繰り返される。その少しあとでゲーテは同じくヴァイガント社から『新しく開設された道徳的・政治的人形劇場』を

図7　ロッテ．ダニエル・ニコラウス・コドヴィエツキにもとづくベルガー作の銅版画．ヒンブルク版『ゲーテ著作集』ベルリン，1775年，第1巻所収『ヴェルター』に挿入されたもの．

出版するが、発行地は「フランクフルトおよびライプツィヒ」となっていて、この作品もその後、版を重ねている。

ゲーテとヴァイガントとの関係については、この出版者宛の手紙が散逸してしまっているために、ほとんど不明である。しかし、彼との付き合いは、ゲーテが『ヴェルター』を彼に託していることから考えても、それほど悪いものではなかったにちがいない。『ヴェルター』の原稿は、最初、ライプツィヒの出版者グレディッチュの甥に当たるフランクフルトの出版者ファレントラップに持ち込まれ断られたという噂もあるが、今日これを立証する術もない。

一七七四年五月ヴァイガントは『ヴェルター』の原稿を受け取り、同年九月十九日、見本版三部がゲーテに届けられると、彼はたちまち熱狂的な喜びに襲われ、この見本版を「回し読み」させている。「書かれた、出版された」というわけで、同年秋、聖ミカエル祭書籍見本市で、《『若きヴェルターの悩み』第一部・第二部。ライプツィヒ、ヴァイガント書店、一七七四年、二二四頁》として出版されるのである。たちまち重版となり、そのとき部分的に初版の誤植が訂正されたのだが、また新たな誤植も出る始末であった。(40)この作品も匿名であったが、あまりにも人気が高かったのでたちまち著者の名前が世に知れ渡ってしまう。この作品の成功は途方もなく大きく、出版史上稀に見るもので、しかもさまざまな次元に及んだ。ゲーテは『ヴェルター』によってヨーロッパのみならず世界に通用する文学作品を創造したのである。重要な作品の影響史をたどって見ても、『ヴェルター』のように即反響が生じた作品はごく稀な、一回限りの事例と思われる。また、二〇〇年以上もまえに書かれた作品で今日なおこれほど心を打つものも数少ない。若いゲーテがいかに時代の核心を衝いたか、今日なお実感として理解できるのである。確かに、作品の創作上の原理、とくに語り手の叙事詩的パースペクティヴが有効に働いている。言葉を話すのはもっぱら主人公ヴェルターだけである。書簡体小説は十八世紀にはすでに注目される伝統的なジャンルになっていた。ゲーテは既存のモデルを決定的な方法で、しかもきわめて巧みに変更する。すなわち、彼は視点の多様性を断念し、事件の証明とか事実の記述よりも一個人の内面の歴史、一つの魂の物語を読者に伝え、読者が主人公の歩む道を直接的な共感のうちに共に歩むことができるようにと力を注いだのである。叙事的パースペクティヴによるこの純粋性——今世紀では明らかにカフカに見られる——、外面を内面の現れと見る原理、作品形式が経験的事実認識では内容と一致するとする捉え方、これこそが作品の質的レベルを規定するものなのである。

「この本は、あらゆる時代のなかでも最も偉大な文学的成功であったかもしれない」、とベンヤミンは、一九二八年、彼が執筆したロシアの大百科事典「ゲーテ」の項にしるしている。「この作品でゲーテは典型的な天才作家となる。というのは、偉大な作家とは、最初から自己の内面世界がすなわち世間一般の事柄であり、時代の問題の全体がすなわち自己の個人的な経験・思考の世界の問題であるとする者ならば、ゲーテは青春のこの作品のなかで、この典型的な大作家の特徴を誰にも真似のできないくらい完璧に示しているからである。[41]」ヴェルター・モード、ヴェルター熱、ヴェルター病、自殺への憧れがはやり、ヴェルターの姿が陶器の装飾絵に利用され、オーデコロンならぬオー・デ・ヴェルターまで現れるというありさまであった。本の出版と同時に公的な意見表明や反対意見の表明が巻き起こり、賛否両論の二次文献が続出し、誹謗の文書、パロディーあるいは再話があとからあとからと続いたのである。[42]確かに海賊版も成功の指標であるのだが、『ヴェルター』の場合もたちまち海賊版の餌食となって、このさほど分厚くない本は際限もなく世界中に広まってゆく。突如というよりもいわば一夜にして──『ゲッツ』と同一の作者であることが知られたことも重なって──ゲーテは新しい文学運動の頂点に登りつめ、シュトルム・ウント・ドラングの頭目となったのである。この文学運動は、クロプシュトックの『メシアス』を賛美する。レッシングを芸術の批評家として崇める。ヘルダーと彼の古ドイツ語への志向を称え、またヴィーラントの作品をも熱狂的に受け容れる。この運動の看板に掲げられたスローガンは、政治的自由を求める闘い、社会における個人の自由、身分制度の撤廃、そして情熱の権利を求める闘いであった。フランスの作家に代わってシェイクスピアが輝かしい模範となった。ゲーテは賛歌といってもよいあの演説『シェイクスピアの日に寄せて』のなかで、この大詩人に忠誠を誓ったものだった。だいたい二十歳から三十歳までの若い作家たちが、いまやゲーテのなかに自分たちの世代を代表する真の詩人を認めるのである。ゲーテの言葉、彼の生き生きとしたドイツ語、力強くもあり感情にみちてもいるドイツ語が、知識人世代全体の憧れを表現する言葉となる。シュトルム・ウント・ドラングに共鳴する彼らの多くが、過敏な自意識ゆえに物怖じし、感情の激しさゆえに「洗練された国民」のタブーに躓いて挫折・敗北する青年ヴェルターの姿に、自分を重ね合わせたのであった。

天才作家たる者は、個人的な体験を公にし、世間一般の出来事を個人的な体験の見地から判断するのを恐れない。しかしまた天才作家とは、個人的なものと一般的なものの相互関係を超えて、時代の問題、時代の動き、時代のムードをも引き起こす存在であるのではないか。私はまさしく『ヴェルター』のゲーテがそうであったと確信している。したがって、この点では、『ヴェルター』が感傷主義を呼び起こしたのではなく、それに形を与えたにすぎない」というグッコの主張や、ゲーテの死後に聖地詣でをしたインマーマンの印象を盾にとって、「十八世紀末のヴァイマルでは、人々は作者のことを話題にするものの、もはやその作品を読む者は皆無であった」と結論づけるブルーメンベルクの見解[43]には、私はとても賛成できない。作家と同時代の他の作家との関係は特殊な事柄であるし、もう一点、どだいヴァイマルの一回限りの状況は一般化できるものではない。確かにヴァイマルでは人々の口に上るのはゲーテという人間のことだけで、それに比して彼の作品が話題になることは少なかったかもしれない。しかし、イェーナ、フランクフルト、そして他の「ゲーテの聖地」ではどのような状況だったのだろうか。いずれにせよ、『ヴェルター』が巻き起こした反響についての最も重要な論拠は、次の点に尽きるであろう。この小説が外国でもさまざまな動きを呼び起こしたことは、ひじょうに多くの翻訳書が出版されたことでも裏づけられる。一七七五年初めに早くもフランス語訳が出版され、その後の三年のあいだにフランス語訳だけでもさらに五種類の出版が続く。そして一七七九年には英語版、八一年にはイタリア語版、八八年にはロシア語版というように、ドイツ語版のあとに世界各地で五〇種類以上もの翻訳書が陸続と続くのである。『ヴェルター』の事例では、作者の個人的な思念の世界と体験の世界がそのまま直接的に時代全体にも影響を与えた、と私は確信するのである。

同時代人の激しい毀誉褒貶も、このことを明確に裏づける。仰天したライプツィヒ市参事会委員らは参事会をとおして、一七七五年一月三十日付で、違反者には一〇ターラーの罰金を課すとして販売を禁止し、以後この禁止令が撤廃されることはなかった(44)。ライプツィヒ大学神学部は、この作品は自殺を是認しているが、許されないことだとして、読むことを禁止した。一年後にはコペンハーゲン市参事会もデンマーク語版を禁止、ウィーンでも頒布が禁止された。ミラノに至っては、市民がこの本の影響をうけるのを恐れた司教がイタリア語版の買い占めに乗り出すという、およそ無駄な抵抗までなされた。ハンブルクの司教座教会参事会委員ツィーグラは『ヴェルター』のなかに「呪われた書物」「悪魔の誘惑」を見た。こうした事実と並んで、私にはもう一つの視点が重要であると思われる。すなわち、ゲーテはこのとき初めて大勢の一般読者を征服したのである。『ゲッツ』は個々の読者を獲得したものの、一般読者に受けたわけではなかった。ところが『ヴェルター』の場合、その一般読者に大当たりを取ったのである。ラーヴァター、ヤコービ兄弟、メルク、ハインゼなどは、いずれもこの作品の意義を認め、この作品を信奉したのである。ライプツィヒ大学の道徳哲学の教授ガルヴェは、ヴァイセに宛てた一七七四年十一月十九日付の手紙にしるしている。「私は『ヴェルター』を読みました…（略）…このような著者から、わが祖国は時とともにますます成熟した鑑賞に堪えうる作品を期待しなければなりません。」ヴィーラントも、「この奇妙なほど偉大な人間であるゲーテに対していだいていた不愉快な気持ちがすべて消えてしまった」ことに気づくのである。この関連ではゲルステンベルクの発言が解明に役立つ。彼は当時デンマークの軍務に就いていた作家で、同様にシュトルム・ウント・ドラングの信奉者としてシェイクスピアを崇拝していたのだが、ゲーテと時おり手紙を交わしていた。ゲーテは一七七三年十月十八日、彼にこう書いている。「僕の最善の願いは、つねに、僕の時代の善き人々と結びついていることでした。しかし、それもぶち壊されたというわけで、たちまち自分自身の殻のなかに退散という次第です。」ゲルステンベルクは、一七七四年一月五日、コペンハーゲンから返事する。「本物のドイツ人である君よ、君が始めたとおり、先を続けたまえ。君は至る所で拍手喝采を博している。これに心強くして、君がドイツにあっても、ドイツ人の一般読者を征服することのできる人間であると、私は大いに期待しております。」ゲーテが『ヴェルター』で獲得したこのドイツ一般読者は、しかし、その後しばらく次作を待たなければならない。ゲーテが叙事詩『ヘルマンとドロテーア』で再び一般読者に大当たりを取るのは、二〇年以上もあとの、一七九七年のことであった。ゲーテは不本意にも、生涯をとおして『ヴェルター』の著者と呼ばれた。晩年になってやっと『ファウスト』の著者、「オリンポスの神」とか「精神界の大御所」と呼ばれるようになる。しかし、この不本意な呼称も、ゲーテ自身に最大の勝利をもたらすことになる。すなわち、一八〇八年十月二日ナポレオンに謁見したさい、『ヴェルター』の愛読者であった皇帝はこの作品を話題にしてゲーテと言葉を交わすのである。

　このような大当たりを取った作品の常で、けっして不思議ではないのだが、重版が次々と繰り返されていった。このために『ヴェルター』の印刷史は複雑をきわめている(45)。一七七五年初めに、ライプツィヒ市参事会の禁止令にもかかわらず、第一部と第二部の冒頭に序詩を掲げた第二版がヴァイガント書店から出版された。同年ヴァイガントはさらに三種類の出版を行なう。一つは初版の増刷（これがさらに増刷されるのであるが）であり、あと二つは「フライシュタット」なる偽名の発行地を記載した再版である。さらに七七年にはもう一つ「ヴァールハイム(46)」なる偽名を発行地にしたものが出版される。

　ところで、海賊出版者たちは、初版の出版から一年後にはもう無断複製に乗り出していた。まずハイルマン書店刊『ビール海賊版全集』に収録されたもの、次いでヴァルトハルト書店刊『ベルン海賊版』である。「真正版」と銘打たれた第二版からはヒンブルク書店刊『著作集』に収録された海賊版が出るが、これをヒンブルクは一七七七年と七九年に二度も複製して出版するのである。そしてさらにこれらの版にフライシュハウアー書店刊やシュミーダー書店刊の海賊版が続く。こうして一七八七年までに二〇もの海賊版が出回るのである。これらの不正な版の勢いに押されてか、ヴァイガントは一〇年間ものあいだ『ヴェルター』の再版発行を断念、一七八七年になってようやく新版を出版する。それは初版と第二版の混ざったものであった。なぜそうしなければならなかったのかは理解できない。というのも、最初の数年であのように売れたのだから、彼は出版者として十分元を取っていたにちがいないからである。五〇年後の一八二四年、『ヴェルター』記念祭のおり、当時ヴァイガント書店の社主であったヤスパーは記念版の出版を思いつく。彼はゲーテに、加筆ないし訂正をしていただけないか、せめて緒言を寄せてほしいと頼む。ゲーテは一八二五年五月二十二日付ヤスパー宛の手紙で、報酬として「完全な重量のある［オーストリア］ドゥカーテン金貨五〇枚」、献本二四冊（このうち数冊は上製本）をいただけるなら引き受けてもよいと回答する。さらに彼は、献本は「ライプツィヒで自明となっているように、品よくきちんと製本されたもの」でなければならない、と要求する。ヴァイガントの依頼がきっかけとなって、かつて自分が生み出した「生き物のごとき作品」を再読したゲーテは、心を揺さぶられる。一八二三年夏の、カールスバートの恋の傷がまた口を開く。むかし作品にしるした青春の日々とつい最近の体験、二つが一緒になって心に押し寄せ、詩『ヴェルターに』が書かれる。「おまえは昔かわらぬ青春のままのようだ。」しかし、苦しみと別れは人生の宿命、そして「別れはつまり死だ」。ゲーテはこの詩を記念版の序詩として添え、その後まもなく他の二つの詩『悲歌』『和解』を加えてかの『情熱の三部曲』が編まれるのである。最後の詩行——それは『悲歌』のモットーとも結びついていることを示しているのだが——は、さながら『タッソー』におけるように、書くことがもつ救済の機能が真実であると改めて誓っている。「このような苦悩に巻き込まれたのはなかば己の咎《とが》とはいえ／堪え忍ぶ詩人に、神よ、語る言葉を与えたまえ。」(47)

この記念版は、一八二五年の先日付で、《『若きヴェルターの悩み』、新版、作者による序詩を添えて》として一八二四年に出版される。シューレ作ゲーテの肖像の銅版画を口絵にあしらったこの版をゲーテはひじょうに気に入って、好んで贈物に使った。ここで問題になるのは一七八七年にヴァイガント書店から出された初版と再版を混ぜ合わせたものの最新版のことである。一八二五年の記念版の出版以来、この作品の出版権はヴァイガント書店およびその権利の相続人であるゲープハルト&ライスラント書店が所有していた。この書店は一八三八年以降、『ヴェルター』を自社の所有物と見なし、その後ゲーテの出版者となる人々に権利の主張を繰り返す。コッタでさえも単行本にする権利が得られず、このため『ヴェルター』がコッタから出版されるのは、ほかならぬ『決定版全集』においてであった。

『ヴェルター』に対する原稿料の支払いについてはほとんど知られていない。おそらく、次の二つの証言から推測して、そう高額ではなかったと思われる。ゾフィー・フォン・ラ・ロッシュ宛にゲーテは一七七四年十二月二十三日、つまり『ヴェルター』が出版されて二カ月後のことだが、次のように書いている。「自分の取り分のことなど、僕は考えたくはありません。しかし、あながち出版者に責任はないのかもしれません。著者になったからといって、僕にはまだなんの足しにもなりません。これは今後も変わらないでしょう。」しかし『詩と真実』でゲーテは、全体として満足であったこと、もらった原稿料が『ゲッツ』で蒙った借金を支払っても全部なくなったわけではなかったから、と回想している。

ところで、『ヴェルター』によって異常な反響が巻き起こってからは、何週間も何カ月も、ゲーテは生活を心配する必要はなかった。彼は成功の日々を楽しみ、天才の評価を存分に享受した。「僕は文筆家の

図８　ゲオルク・メルヒオール・クラウス作「アンナ・アマーリア公爵夫人のもとでの集い」水彩画，1795年頃．州立ヴァイマル図書館所蔵．

歴史のなかでゲーテのような人間を知らない」、とハインゼは一七七四年十月十三日付の手紙にしるしている。「このような若さで、もう完璧なまでに独自の天才性を示しているのだから。抵抗しても無駄というもの、すべての人々が彼に引きずられていきます。」この頃ビュルガーは彼を「当代のシェイクスピア」と呼んでいる(48)。

クロプシュトック、クリンガー、そしてラーヴァターなど、友人たちが新旧入り乱れてフランクフルトを訪れる。ゲーテはラーヴァターと一緒にライン旅行に出かけ、バート・エムスでは肖像画を描いてもらう。ヤコービ兄弟と知り合い、ハインゼとはベンスベルクへ、クロプシュトックとはダルムシュタットへ旅行し、生き、詩作し、「まるでレンブラントみたいに」絵を描く(49)。こうして『御者クロノスに』『プロメーテウス』などの詩が生まれる。アンナ・エリーザベト（通称リリー）・シェーネマンと婚約し――詩『新しい愛、新しい生命《いのち》』――、シュトルベルク伯爵兄弟とは一緒にヴェルターよろしく燕尾服姿でスイスを旅して回る。それから突然、婚約を破棄、これは、その後三〇年以上も結婚による拘束に対して身を守ろうとしてゲーテがなした、唯一手荒な挿話となった。落ち着かない、錯誤と混乱の日々を過ごし、混乱に混乱を重ねる。「自分の才能と自分の人生を無駄にしているのではないか」という不安に苛まれる。一七七五年十月十八日、ビュルガーに告白する。この四カ月というものは、自分のこれまでの人生において、「最も放心し、最も混乱し、最も完全で、最も満ち足りていて、最も力強く、最も子供じみた日々[50]」であった。リリーとの別れが「心に重くのしかかって…（略）…僕は再度逃走しようと決心した[51]」と『詩と真実』で述べている。去りたい、去らねばならない、「息もできないこの状況から」「自由な世界へと」。

この自由な世界とはゲーテにとってイタリアであった。彼は旅立つが、馬車がハイデルベルクまで来たとき、一七七五年十一月三日のこと、公爵の命をうけた馬車がゲーテに追いつき、こうしてイタリア旅行を中止し、ヴァイマルへと向かうのである。十一月七日ヴァイマルに到着した彼は「熱狂的な歓迎」をうけ、カール・アウグスト公、公爵夫人ルイーゼ、公母アンナ・アマーリア、公爵の弟コンスタンティンと友情を結び、ヴィーラントやクネーベルとも接触を強めてゆく。以後、五〇年以上もの長きにわたって、ヴァイマルはゲーテが生き仕事をする場所となるのである。

五　ゲーテと海賊出版者たち

『ヴェルター』の印刷史をたどると、当時いかに著作権と出版権との関係が曖昧で多くの問題をはらんでいたかが見えてくる。したがって、ゲーテの著作の出版史と彼の出版者や書籍販売業者との関係は、著作権と出版権がまだ地域を超えてどこでも通用する形では法制化されていなかった、という当時の背景から考察しなければならない。小さな領土の国でありながらまったく法律の保護がないという現実、これはいわゆるドイツ国民の神聖ローマ帝国において無法状態が広まり、やがて崩壊してゆく時代相を反映していたと思われる。今日でも海賊版の出版は時おりあり、出版者は必死に対抗措置をとるのだが、当時横行していた海賊版の出版は、われわれが今日考える海賊版からはまったく想像もつかないものであった。現在、無断印刷は禁止され、著作権侵害は裁判で争われる。しかしゲーテ時代、無断印刷は当該領邦内で禁止され処罰されるだけであった。

十八世紀半ば、書籍出版販売は隆盛を迎えると同時に、危機的状況にも陥っていた。ドイツにおけるこの問題を扱った最初の研究書であるゴルトフリードリヒ著『ドイツ書籍出版販売の歴史』では、十八世紀後半が、文学、書籍出版販売、作家や読者のすべての点において近代に移行した時期と見なされている。この近代への動きの特徴は、とりわけ小説文学が急速に発展して読者の活字に対する関心が高まっていったことであった。本当の意味での読書が盛んになり、激しい読書熱にまでなったのである。貸本屋も現れたが、作家、学者、批評家そして書籍業者らはこぞってこれに反対した。貸本屋が扱う本は、純文学ではなくて、通俗小説、騎士小説、冒険小説や恋愛小説ばかりではないか、このような本ばかり読んでいたらドイツ民族の総白痴化につながりかねない、というのである。しかし、一般読者は貸本に夢中になり、この新しい商売はたちまち目ざましい発展を遂げてゆく。

ところで、近代に入った書籍出版販売業を根底から揺さぶったのは、この職業にとって致命的とも言える海賊版という問題であった。ここで、本が出版販売されるまでを想像してみよう。まず、著作者の希望や指示に沿って入念に印刷されると、著作者は校正刷りを読み、校正のさいにも加筆訂正したりしてやっと校了となるのだが、これにかかる費用を出版者はあらかじめ見積もっておかなければならない。本が出版されると著作者は原稿料や印税の支払いを要求するというわけで、これらすべてが本の店頭価格に影響するのである。にもかかわらず、著作権も出版権もなかったために、一度世に出た本は、多かれ少なかれ法の保護を奪われて、誰にでも複製が可能であった。そのうえ、複製本は粗悪廉価な紙で作られ、たいていは植字もぞんざいで誤植だらけだったが、いずれにせよオリジナル版よりも廉価であった。

海賊出版者との闘い、そして著作者の保護のための闘いは、十八世紀後半のメディア界における最大の関心事であった。一七七〇年刊行の『ゲッティンゲン詩神年鑑《ムーゼンアルマナハ》』にまつわる話はまことに奇妙である。つまり、出版される以前にライプツィヒの海賊出版者が刷本の一部抜きを手に入れ、大急ぎで複製したので、『ライプツィヒ詩神年鑑《ムーゼンアルマナハ》』のほうが先に出版されてしまったという。

この闘いは双方が弁舌をふるい、無数のパンフレットを配布して、力の限りを尽くして戦った。新聞や雑誌や人気のある年鑑など、どれもきまってこの問題を取り上げ、どちらかの味方をするのであった。一八〇四年ライプツィヒで一幕物の劇『海賊出版者たち』が出版される。プラハで上演された芝居の題名は『かくして作家はペテン本屋に復讐する』というものであった。しかし、複製者側の言い分は、ペテン師とはめっそうもない、文学の振興に貢献すること、これこそ自分たちの商売の目的なのだ、というものであった。そもそも複製は当時、市民法でも教会法でも禁止されていなく、したがって合法的行為であり、裁判権から免れることができた。そのうえ無断複製を擁護する強力な助っ人まで現れるといったありさま、例えば哲学者フィヒテや啓蒙主義者クニッゲであり、とりわけ当時重商主義の思想を信奉して自国の利益のことしか頭になかった領邦君主は、こうした海賊出版でぼろ儲けしたのである。輸入は高くつくが国内生産であれば安上がりだった。ヘッセン＝ダルムシュタット方伯はダルムシュタットの書籍業者クレーマーに、外国の本で「値段の高すぎるもの、領民の啓蒙と教養に役立つもの、各専門分野で学問的に必須のもの」ならすべて複製出版してよいという許可を与えていた。つまり自国領内で出版されたのでなければすべて「外国のもの」だったので、じっさいにはあらゆる本の海賊出版が可能だったのである。

ベルリン、フランクフルト、ハンブルク、南ドイツの、とりわけシュトゥットガルト、カールスルーエ、チュービンゲンにはたくさんの複製業者がいたが、なかでもカールスルーエのマクロートは悪名高く、抜きん出ていた。フランクフルトは一七六四年以降、ドイツの書籍出版業の見本市会場として二〇〇年続いた地位をライプツィヒに譲ってから、不名誉にも複製業者のメッカであるという悪評を取った。

しかし、複製業者の王様といったら、なんといってもウィーンのトラットナーである。彼は皇帝から「学問研究に必要な本ならどんなものでも複製出版してよい」という特権を得ていた。さらに、この最も著名な複製業者は、マリア・テレジアから毎年助成金さえうけていたのである。トラットナーはドイツの作家・出版社の著作をシスティマティックに選別する会社を設立し、ずうずうしくも著名な学者に相談しては複製出版の候補となる作品の情報を得ていた。こうして彼はマリア・テレジアからハプスブルク皇室御用達書籍業者、御用達印刷業者に任命され、ついには「高貴な騎士フォン・トラットナー」という貴族の称号まで授けられるのである。

もちろん海賊出版に反対する人々は断固抵抗した。例えばライプツィヒの書籍出版業者ライヒやヴァイマルの出版者ベルトゥーフは複製業者を「肉食獣」と決めつけた。ライヒとベルトゥーフは、各領邦国家が海賊出版を禁止する法律を早急に制定するようにと同業者たちに呼びかけた最初の人物であった。

とりわけ激しく海賊出版者たちに反対したのは作家たちで、彼らはそもそも出版業者と並んで最大の被害者であった。リヒテンベルクはこの戦闘的な反対者のひとりであるが、彼は複製業者とその商売を「やみ印刷屋」「やみ取引」と名づけ、泥棒稼業以外の何物でもない、と非難した。レッシング、カント、ジャン・パウルはそれぞれの著作（『生きることと生かされること――作家と出版者のためのプロジェクト』、『書籍無断複製の不法性について』および『無断複製に反対する七つの最後の言葉またはあとがき』）を通じて、ヴィーラントやシラーとともに、この時代の書籍出版販売における根本的な害悪に対して共同戦線を張った。

意外なことに、大昔から今日まで、もう一つの力が海賊出版に対して公然と戦いを挑んできた。検閲制度である。しかしこの制度はゲーテ時代著作家たちにとって禍でもあった。原稿はまず検閲官に提出し、出版業者は検閲官に原稿検閲の報酬を支払わなければならない。検閲は著作家よりも出版業者、文芸作家よりも政治的作家に対してより厳しく行なわれた。さらに検閲の基準が地域および各領邦国家ごとにまちまちであり、したがって同じことを同じドイツで許可している国もあれば禁止している国もあった。オーストリアでは、しばらくのあいだ、ゲーテとシラーの作品が倫理的な懸念から禁書とされたのである。

『ゲッツ』の海賊出版に対するゲーテの闘いはなお冷静かつ寛大なものであった。彼はそれ以前に『牧師の手紙』の二種類の海賊版がいかに大きな反響を引き起こしたかを経験していた。ラーヴァターはゲーテが一流であることを認識した最初の人と言ってよいが、彼の報告では『牧師の手紙』を海賊版で初めて読んだという。一七七四年アイヒェンベルク相続人社刊『ゲッツ』第二版の「まえがき」に出版者は次のようにしるしているが、これはおそらくゲーテも同意してのことであったと思われる。「この戯曲が出版されると、すぐその海賊版も現れた。ぞんざいな出来上がりで、せめてもう少し丁寧な仕事であったならば、これといって苦情を言う必要もなかっただろうに。」(52)『ゲッツ』は新しい世代の作家としてのゲーテの名声を築いた。したがって、以後、海賊出版者たちは、ゲーテの作品が出るたびに複製の機会をうかがう。

もし今日オリジナル版と廉価な海賊版が同時に出て、書籍販売業者がこれらを頒布したと想像してみよう。オリジナル版は売れなくなって駆逐されてしまうであろう。これが『ヴェルター』の出版者ヴァイガントの身にじっさいに降りかかったことなのである。

「まじめな事柄」のためにヴァイマルに移住したゲーテは、当初あきらめ顔でこの問題に距離をおいていた。海賊版によって、自分の著作が間違いだらけのままに頒布されて受容されてしまう。まさに国家的な禍と思えて腹を立てたものの、依然、対抗措置を打つ気にはなれないでいたのである。しかし、彼の知的所有権に対する侵害の度合いがひどくなるにつれて、さすがにこれ以上放ってはおけないと思うようになる。彼の悪感情は、むろん出版者と自称しながら海賊出版を働いている者たちに向けられたが、勢い余って、自分たちなりの仕方で不正出版と闘っていた合法的な出版者をも一緒くたにしてしまうことも稀でなかった。

複製出版者たちはどれほど狡猾であったことか。それは、きわめて重要なケースの場合、複製出版者たちが無断複製印刷どころか先取り無断複製印刷さえしていたことを見てもわかる。一七七五年から七六年にかけてスイス、ビール市のハイルマン書店から『ゲーテ氏著作集』が出版された。全三巻にはそれまで出た全作品、すなわち『ゲッツ』『クラヴィーゴ』『ヴェルター』『シュテラ』『神々、英雄、ヴィーラント』『エルヴィンとエルミーレ』が収録されていた。ゲーテの驚きが想像できるというもので、最初に出た自分の全集が海賊版だったのである。それればかりではない、もっと驚くべきは、この最初の『海賊版全集』に依拠して、その後の数年間にさらに一二種類はくだらない、つまり全部で一三種類の海賊版全集が出版されたのである。こうなるとさすがのゲーテも経済的な理由から、この事態を等閑に付すわけにはゆかなくなった。著作者に原稿料が入らずに、無断出版した海賊出版者たちと販売を引き受けた本屋たちが

D. Goethens

Schriften

Zweyter Theil.

mit Kupfern.

Berlin,
bey Christian Friedrich Himburg,
1775.

図９　『ゲーテ博士著作集』ベルリン，ヒンブルク書店刊，1775年，第２巻のとびら．口絵はＪ．Ｗ．マイル作「ベルリヒンゲンの紋章」．

売り上げを伸ばし、儲けを得ていたのである。ほかならぬこの点にゲーテが書籍出版販売業者全体に対していだく不信の根があるのだが、こうなってはいかにゲーテに理解を期待しようとも無理な話で、相手の出版業者が非合法であろうが合法であろうが一緒くたにして蔑み、手厳しく非難するようになってゆくのである。ゲーテにとって出版者とは、著作者を守る法律がないこと、知的所有権を保護する法律がないことにつけいって、利益をむさぼる者にほかならなかった。

『ヴェルター』のケースですでに始まっていたことなのだが、このような海賊出版の特徴的な事例として、ベルリンの悪名高い出版者ヒンブルクをここに挙げておこう。彼は『ゲーテ著作集』をすぐに三つの版で無断複製出版した。第一版（一七七五—七六）と第二版（一七七七）は共に全三巻で、とびら頁には口絵を入れたうえ、一一枚のコドヴィエツキにもとづく銅版画が挿入されていた。第三版（一七七九年）は全四巻となるのだが、ヒンブルクは著者ゲーテに数冊献本して、「この著作集の印刷の見事な出来映え、私はこれを私の功績だと思っております」と書き添えるのである。実際、ヒンブルクに不正の意識があったと即断することはできない。一七八一年になって彼はコドヴィエツキの銅版画を出版する。《『闇夜の所業またはドイツ書籍出版販売業史論——すべての功名心の強い書籍出版業者の利益、または警告のための寓意表現』、ベルリン、C・F・ヒンブルク書店所蔵》という題名のこの寓意画は、次のような情景であった（図10参照）。巣窟に隠れていた盗賊が街道を行く人々を襲って身ぐるみ剥いでいる。まさにそれにも似て海賊出版者たちは合法的出版者の財産を盗む。そして正義の女神ユスティティアはお顔を隠してお眠りになっている。

ゲーテが憤りを抑えられなかったのは、ヒンブルク版著作集が木質繊維の入っていない上質紙を使い、コドヴィエツキを模した銅版画を挿入するなどして、それまでに出た版と同様に外見上はまことに美しい装丁となっているのに、内容的には本文の製版そのものがぞんざいで、版を重ねるごとにひどくなる一方であったことである。さらにこのヒンブルク版自体がまた各地で無断複製され、紙質はますます悪くなり、誤植だらけのまま各地に出回った。するとヒンブルクは抜け目なく自社版を複製し、発行地をフランクフルトおよびライプツィヒとして出版するのである。これにはさすがのゲーテも堪忍袋の緒が切れた。彼は

図10 「闇夜の所業」ダニエル・ニコラウス・コドヴィエツキ作，海賊出版を風刺した戯画（銅版画），1781年．デュッセルドルフ，ゲーテ博物館所蔵．

『詩と真実』で次のように述べている。

私の作品を読みたいという声がますます高まり、作品集までが要望されていたのだが、上に述べたような意向から、私は自分でこれを出版するのを躊躇していた。すると、出版屋のヒンブルクが私の逡巡を利用したのであった。それで、私は思いがけなくも、印刷された私の著作集の献本が二、三部送りつけられてきたのを受け取ったのである。このおせっかいな出版屋は厚かましくも、読者に対し示した奉仕を私に向かって自慢し、作者の私に対しては、所望ならベルリン産の陶器を若干贈呈してもよいと言ってよこした。これを読んだとき私は、ベルリンのユダヤ人たちは、王立工場の売れ口を確保するために、彼らが結婚する場合は何口かの陶器を引き受ける義務があるという事実に思い当たった。このことで鉄面皮な著作権侵害者に対して起こした軽蔑の念のために、私はこの略奪に遭って感ぜざるをえなかった憤慨を忘れてしまった。彼には返事を与えなかった。そして彼が、私の所有物に対して勝手な振舞いをしているあいだに、私は詩を作ってひそかに報復した。「…（略）…茶碗や菓子はさっさと取りさげてしまえ／ヒンブルク輩には、私は死んだも同然。」(53)

とは言うものの、ゲーテのこのような反応の仕方、つまりひそかな復讐が、適切なものだったのだろうか。ヒンブルクを出版者欠格者であると非難し、「略奪行為」の罪を着せるのであれば、ゲーテはヴァイマルにおける自分の地位に物言わせて何か対処することもできたのではないのか。イギリスには一七〇九年からすでに一種の著作権法・出版権法が存在した。知的財産に対する明確な保護および保護期間を二一年と規定するものであった。ザクセンには一七七三年十二月十八日公布の有名な禁止令があって、ライプツィヒ書籍見本市に出展された書籍の複製を禁じていたが、これを守った出版者は誰もいなかった。ゲッシェンがのちにこの禁止令の遵守を強く迫ったとき、ザクセン政府からさえ支持を取りつけることができなかったのである。海賊出版に対するゲーテの態度は公的には相変わらず距離をおいたものであったが、それも時間の問題であった。その後、自己の合法的な出版者であるはずのゲッシェンやコッタでさえ無断複製を行ない、海賊出版によって彼自身の収入が直接的な損害を蒙ることになる。こうして彼はやっと海賊出版に対して自ら有効な行動を起こし、『決定版全集』には海賊出版を不可能としてしまう特権を手に入れることに成功するのである。

六　ゲーテの要求

――「ドクトル・ゲーテ氏が書籍業者を徹底的に苦しめようとしていること」

最初にゲーテから要求を突きつけられたのは、ベルリンの出版者ミュリウスで、この人はレッシングの義兄でもあった。ゲーテは一七七五年戯曲『シュテラ』をごく短期間で脱稿、ほとんど同時に歌唱劇《ジングシュピール》『ヴィラ・ベラのクラウディーネ』をも書き上げた。二つの劇の中心を成すのは不誠実というテーマ、ないしは社会の慣習に反逆し、自己に対して誠実を貫くというテーマであった。「どの芸術家のなかにも向こう見ずな行動の芽があるもので」と彼は『箴言と省察』にしるしている、「それなくしてはいかなる芸術的才能も考えられない[54]」。歌唱劇《ジングシュピール》『クラウディーネ』においてボヘミアンのクルガンティーノはありとあらゆる陰謀を謀ったあと投獄される。父方の友人から非難されて彼はいきり立つ（のちにゲーテが、宗務総監督官ヘルダーからヴァイマルにおける生活態度を非難されたときいきり立つのとそっくりそのままなのであるが）。クルガンティーノは言う。「あなた方は僕のような若者の心がもつ欲求をご存知なのですか。あなた方若い狂気の頭脳を。あなた方はいったいどこに僕の人生のための舞台を設けてくれるのですか。あなた方の市民社会は僕にとって堪えがたいものなのです[55]。」彼は市民社会の因襲を打破しようとするが、革命論者として自分が二つの力と同盟を結んでいることを知っている。知力とエロスである。「というのも、生きるとは愛であり、人生を生きるとは知力であるからだ[56]。」ゲーテが執筆を計画していた長編小説『自己の意志に逆らうサルタン』では、四人の違ったタイプの女性がひとりの男に関心をもつのだが、男性のほうは愛想よく四人の女性全員の愛を得ようとする。この長編は、初期の『ファラオの王位継承者』と『シーザーとマホメット』と同様、構想のままに終わった。ヴィトゲンシュタインはこのような事情を洞察して次のように言う。「すなわち私が当初書こうと思ったのは、二部構成の本、つまりここにある第一部と、書かずじまいになった巻から成る本であった。そして、まさにこの第二部が最も重要なのである。[57]」この哲学者にとってこの洞察がいかに魅惑的なものであるにせよ、芸術家および人間としてのゲーテにとって肝心だったものは、確信にもとづいた選択と断念であった。

『シュテラ』でゲーテは市民生活の枠組みから去る。彼自身がただひとりの女性に縛られるのを嫌い、つねに二人の女性を同時に愛し、あるいは「競争相手となる人」を敬愛したのであったが、この作品世界では、二人の女性のあいだで身動きのとれなくなったある男性が、二人のもとから去り、二人のもとに帰ってゆく。これは、当時の倫理規範からすれば、官能的欲望の革命であり、倫理的に向こう見ずなことであった。「私たちはあなたのもの！」と二人の女性が作品の終局で言う言葉は、今日でも何か自由解放の行動のように響く。同時代の劇作家で名のある人は、このような「向こう見ずな行動」を誰ひとりとして作品に描かなかった。この意味で私はゲーテが、一つにはもっと適切な教化の可能性のために――じつは宮廷に対する恭順のジェスチャーにすぎなかったのだが――、そしてもう一つには一八一六年の全集のために悲劇的結末を改作したことが残念でならない。

『シュテラ』の出版に関してゲーテは親友メルクと連絡をとり、彼に仲介役を乞うた。このやり方も以後ゲーテに特徴的なこととなる。すなわち彼は、出版者との直接的交渉に巻き込まれないようにして、仲介者をとおして強力に条件を述べ、要求貫徹を図ろうとしたのであった。メルクはゲーテにミュリウスを紹介し、原稿を渡すまえにミュリウスが二〇ターラーを支払うこと、という要求も取り次いでいる。ミュリウスの冷ややかな態度が理解できるというもので、読んでもいない原稿を採用する出版者などいるはずもないからである。

ミュリウスがメルクに宛てた一七七五年十月十七日付の手紙は、ゲーテが出版業者に対してとった態度を知るうえで重要な資料となっている。「ドクトル・ゲーテ氏がこのような方法で原稿を売ろうとするのは、むろん我儘というものでしょう。と申しますのも、ここだけの話ですが、読んでもいない原稿を買うというのは、古い諺で言えば袋のなかの猫を買うようなもの、なにか滑稽です。さらにこのような小さな戯曲を出版したって、私にはちっとも儲けにはなりません…（略）…ちなみに私はどうも不思議に思えてならないのです。ドクトル・ゲーテ氏が出版業者をどうしてこうまで苦しめるのか、経済的理由ではそうした必要はないと聞いておりますものですから。自分の原稿にこのような高額を支払えと要求するのは、もしかして名声のせいなのでしょうか。『ドクトル・ファウスト』だったら私には釣り合いの取れた値段だと思われるのですが(58)。」

ゲーテはこうして自分の著作の経済的価値を評価しはじめる。出版業者のほうは彼に「苦しめられて」歯軋りをするのだが、それというのもこの「稀有の天才」、この「多作の作家」を自社のために獲得してつなぎとめておきたかったからである。しかしそのための「釣り合いの取れた値段」とは何を意味するのか。一七七六年一月、ミュリウスは《J・W・ゲーテ作『シュテラ――愛する者たちのための、五幕の戯曲』》をベルリンで出版する。ゲーテは、『クラウディーネ』も無断出版されるのではないかと恐れたので、というのも発送した原稿が彼の手許に返送されなかったからなのだが、即座にミュリウスにこの作品の出版も依頼する。こうして同じ一七七六年《J・W・ゲーテ作歌唱劇《ジングシュピール》『ヴィラ・ベラのクラウディーネ』》も出版される。同年のうちに再版が出されるが、その後ミュリウスとの関係が途絶える。代わってゲッシエンが一七八八年「真正版」を出版することになるのである。

第二章　ゲーテとゲッシェン

一　「人生の流れ」
――しかし「もともと私は作家に生まれついております」

ゴッシェン子爵は祖父の伝記『ゲオルク・ヨアヒム・ゲッシェンの生涯』[1]を著しているが、その第六章「ゲーテ、一七八六年六月から一七八七年復活祭」は、次のように書き出される。「ゲッシェンはドイツ文学の大御所に逢い、たちまちにして目をかけられ、貴重な収穫を持ち帰ったが、要は約束一つにすぎなかった。ところがこの会見後、ほどなく、もっと大きな勝利をじかに手中に収める。『ゲーテ全集』出版の依頼であり、これはゲッシェンのような新米の出版者にとってはまたとない光栄であった。」ここで言う「大御所」とは文芸作家として当時最も成功を収めていたヴィーラントである。彼は一七七二年以来ヴァイマルの公子カール・アウグストの傅育官《ふいくかん》でもあった。シラーは友人のケルナーからゲッシェンを紹介された。ドレスデンの法律家で、のちにベルリンの枢密顧問官を務めるケルナーは、ゲーテと親しい銅版画家の娘ヨハンナ・ドロテーア（ドーラ）・シュトックと結婚し、若いシラーを崇拝するザクセンの仲間たちの中心的存在であった。ロマン派の詩人で解放戦争の闘士となるテーオドール・ケルナーは彼の息子である。シラーはシラーでヴィーラントとゲッシェンを引き合わせた。ヴィーラントとゲッシェンは親しくなり、この時点から二人の目標はただ一つになった。出版界で成功するためには、なんとしてもゲーテを

図11　クリストフ・マルティン・ヴィーラント（1733-1813）．鉛筆によるスケッチに水彩を施したもの．ゲーテ作，1776年，ヴァイマル古典財団所蔵．

獲得しなければならない、そのために彼らはゲーテとつながりをもとうとしきりに計画を練った。今日同様、当時も文芸出版社にとって、作家は最高の宣伝材料であった。出版者たちは、自分たちの出版社に所属する作家集団がその時代の文学を代表し、またこの集団のある種の同質性が出版方針にも影響を与えてほしいと願った。もちろん作家たちは自由に操れる「商品」ではけっしてない。出版社の看板となり連帯感さえあったのに、いきなり出版社を破壊しかねない不気味な力へと変わってしまうこともありうる。

ところで、当初ゲッシェンは、ヴィーラントに対して「他の大勢の友人や作家の誰に対するよりもはるかに情愛を注いだ…（略）…二人には似た所が多々あった…（略）…二人ともシラーとゲーテの卓越した才能に心服し、たとえ失うものが多くても、両巨匠を称え続けた。」(2) このようにヴィーラントは、ゲーテが出版者ゲッシェンとつながりをもつことに一役買ったが、おそらくシラーとゲーテが相前後してゲッシェンからコッタへと移るさいの間接的な原因でもあったのだろう。

さて、ゲッシェンがゲーテの出版者になるまでには、なお一〇年の歳月を要した。一七七五年ゲーテが「まじめな事柄」に身を捧げる一〇年間が始まる。つまり、十一月七日「早朝五時」、ゲーテはヴァイマルに到着、しかし当初彼は、この地に長く滞在しようなどと決意していたわけではない。人口六千人、城は焼け落ち、鶏や牛によって歩行もままならない汚い道路など、ヴァイマルは魅力的な町とは言えなかった。ゲーテが詩『イルメナウ』でこのように詠うまでには、かなりの時間がかかった。「私がこの地を見て思うのは、長い旅を終えた旅人が、／祖国に戻ったときに心を満たすあの感情である。[3]」一七八六年九月三日、ゲーテは最初のヴァイマル時代を終えて長い旅へと出発する。自分を見つめ直すため、彼自身の言葉によれば「若返り」と「再生」を図るためであった。彼はヨハン・フィリップ・メラーという偽名で人目を忍び、秘書フォーゲルを連れてイタリアに旅立つのである。ゲーテはヴァイマルを活動の拠点としながら、その後の数十年間にも、何度も旅に出た。留守にした期間は、合計一三年、正確に言えば四千七六五日にも及ぶ。

ヴィーラントは一七七五年十一月十日F・H・ヤコービに宛てて次のように書いている。「ひと目見たときから、この人間のすべてが好きになりました。その日、食事のとき、この素晴らしい青年の隣に座って、すっかり惚れ込んでしまいました。」宮廷は新しい時代を迎えた。それまで宮廷から冷遇されていたヴィーラントはこの青年を、「神々しい魅力的な目」をした「真の精神の王」に喩え、彼の華やかな登場を「朝露が日に輝くさまにも似て宮廷がゲーテによって光り輝いた」と言い表した。

こうして官吏と枢密顧問官としての一〇年が始まった。作家活動に関して言うと、「宮廷劇」や歌唱劇《ジングシュピール》、仮装行列劇、演劇論などばかりで、まとまった作品は一つもない、あるといえば職務上の著作の一〇年間

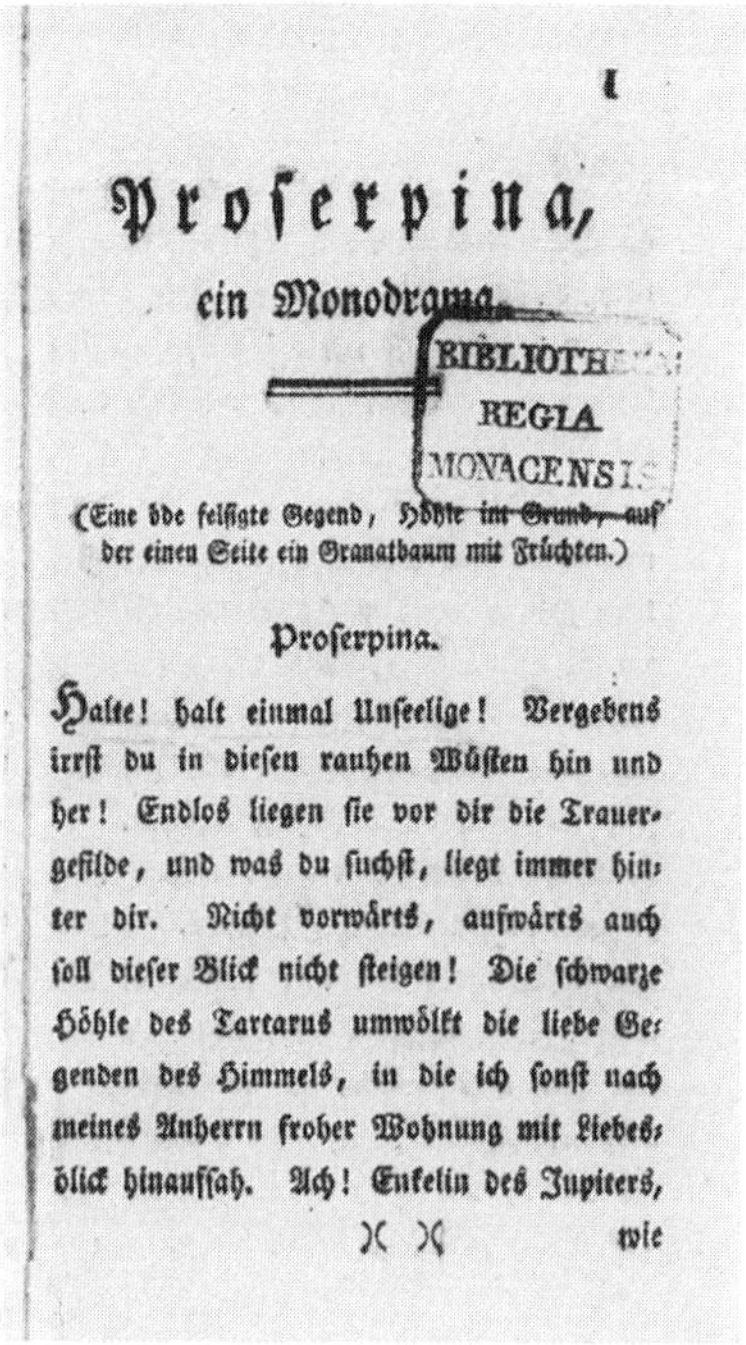

1

Proserpina,

ein Monodrama.

(Eine öde felsigte Gegend, Höhle im Grund, auf der einen Seite ein Granatbaum mit Früchten.)

Proserpina.

Halte! halt einmal Unseelige! Vergebens irrst du in diesen rauhen Wüsten hin und her! Endlos liegen sie vor dir die Trauergefilde, und was du suchst, liegt immer hinter dir. Nicht vorwärts, aufwärts auch soll dieser Blick nicht steigen! Die schwarze Höhle des Tartarus umwölkt die liebe Gegenden des Himmels, in die ich sonst nach meines Anherrn froher Wohnung mit Liebesblick hinaufsah. Ach! Enkelin des Jupiters,

X X wie

図12　ゲーテ《一人劇《モノドラマ》『プロゼルピーナ』ヴァイマル，1778年》の抜刷り，第1頁，国立ミュンヘン図書館所蔵．

である。しかし、見逃してならないのは、この時期にいくつかの古典劇の構想や草稿が出来たことである。

この時期を概観すると、一七七六年、戯曲『シュテラ』と『ヴィラ・ベラのクラウディーネ』がミュリウス書店から（両作品ともいくつかの海賊版や部分出版でも）出版される。翌七八年、一人劇《モノドラマ》『プロゼルピーナ』が、最初はヴァイマルのグリュージング印刷所から私家版で出されたあと、ベルリンの『文学・演劇新聞』（二月二十八日）に掲載される。この二つの版にはむろんいくつかの海賊版が続いた。一七七七年から八七年にかけて書かれたのは、詩といくつかの論文を除くと大作は一つもな

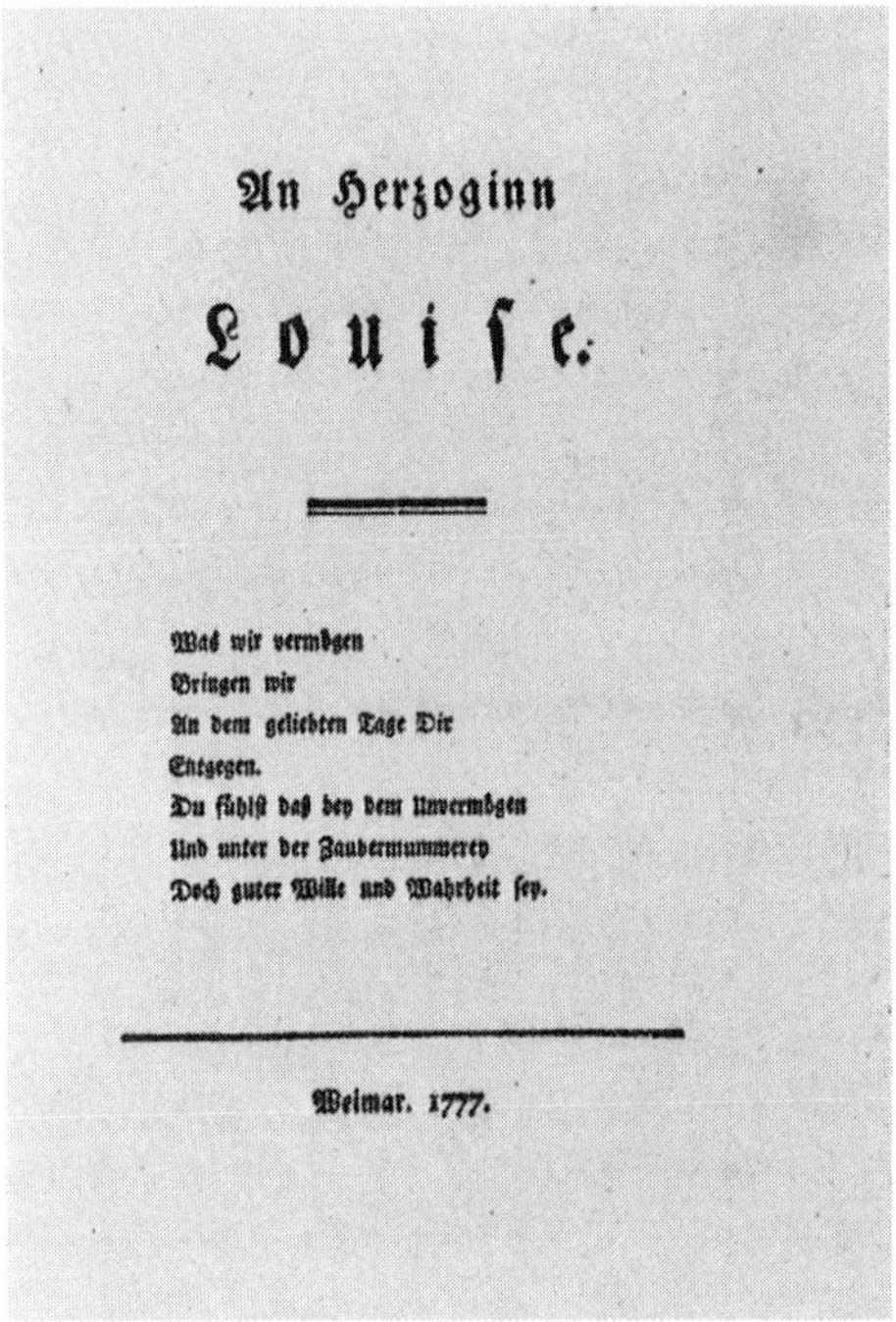
An Herzoginn

Louise.

Was wir vermögen
Bringen wir
An dem geliebten Tage Dir
Entgegen.
Du fühlst daß bey dem Unvermögen
Und unter der Zaubermummerey
Doch guter Wille und Wahrheit sey.

Weimar. 1777.

図13　ゲーテ『リラ』（ヴァイマル，1777年，初版）の献詞の頁．フランクフルト，ゲーテ博物館所蔵．

い。ただ、一七七九年、海賊版出版のドズリー社から『秘密情報――悪名高き自由思想家ヴォルデマールの最期。いかにサタンに懲らしめられ、恋人が目の前で哀訴するなか地獄へと連れ去られたか』が出版されたといわれる。F・H・ヤコービの『ヴォルデマール』をもじったこの一九頁から成るパロディーは、ゲーテの知らないうちに公母アンナ・アマーリアによってエッタースブルク城で印刷されてしまったのである。一七七七年から七八年にかけては、まず「妖精劇」の『リラ』、戯曲小品、歌曲やアリア、そして献詞などが、次に『ヴァイマルを統治する公爵夫人に宛てた女性の淑徳集』『カール・フリードリヒ公子誕生の祝典』や『イルメナウ新鉱山開山の辞』など宮仕えに伴う文書が書かれた。
ゲーテは宮廷の仕事でますます多忙になってゆくが、詩作も宮仕えの職務に加わる。社交界の行事にも参加して盛り上げなければならない。例えば皇太子誕生にさいして行なわれた若い公妃を称える祝い事、公自らが先導したいわゆるベネツィア風の謝肉祭である。行列には一三九名が一〇〇頭の馬で隊列をつくったが、そのなかにはドイツ古来の民族衣装をつけたゲーテの騎馬姿もあった。紫色のマントつきの白いサテンに身をつつみ、羽根飾り付きの角帽を被り、色とりどりの馬具を備えた白馬にまたがって松明をもつ少年たちに囲まれている。彼にとって快い気分のものではなかったであろう。

一七七六年ゲーテは枢密評議会に議席を有する枢密外務参事官に任命され、在任中に五〇〇回にも及ぶ会議に出席した。彼はまた軍事委員会と道路建設委員会の責任者にもなった。内外ともに激動の時代であった。ロシアでは皇帝アレクサンドル一世の死により、政情不穏を招く。バイエルンはオーストリア継承戦争に参戦、フランスとスペインはジブラルタル海峡の封鎖に失敗する。マリア・テレジアは一七八〇年に亡くなり、ヨーゼフ二世が啓蒙君主として改革を推進する。ワシントンはイギリス軍を破り、パリ講和条約を取りつけ、その結果一七八三年アメリカ合衆国の独立が承認される。フリードリヒ大王が亡くなり、フリードリヒ・ヴィルヘルム二世がプロイセンの王位に即く。国内では、啓蒙主義と寛容の思想がますます広がってゆくが、一七九〇年には規制されてしまう。ゲーテはレッシングの戯曲『賢者ナータン』（一七七九）と論文『人類の教育』（一七八〇）を読む。さらにディドロやルソーも読んだ。カントの論文『啓蒙とは何か』（一七八四）では、あの有名な定義に出会う。「啓蒙とは自ら責めを負うべき未成年状態から人間が脱却することである。」しかしスイスでは、一七八二年、まだ最後の魔女の死刑執行が斬首で行なわれていた。

ゲーテの職務は、当然、顕彰や懲戒、昇格や降任などの人事案件を伴っていたが(4)、実行にさいして彼はできる限り自分のリベラルな考えを反映させようとした。賛否が渦巻く内政問題にも精力的に取り組む。「二十四歳以下の結婚の禁止は……（略）……［軍事委員会の見解では］いまはもう必要ではないと思われます。」（カール・アウグスト公宛、一七八三年十二月三十一日）。脱走兵をどうするかは大問題であった。古今東西、軍隊ではいつも問題になることで、どこでも脱走は厳罰に処される。ヴァイマルにおいても脱走兵に対する鞭打ちの刑は廃止されていなかったので、刑に処せられた者たちはしばしば出血多量で悲惨な死を遂げた。とりわけプロイセン軍からの脱走兵の問題は深刻で、ヴァイマルへ逃亡をはかる者が続出、フリードリヒ二世は引き渡しを要求してきたために、ゲーテにとって頭の痛い問題であった。プロイセンはこの点では厄介な隣国であった。この隣国との交渉では、小国ヴァイマルに突然大国が「力」の政治を突きつけたのである。フリードリヒ二世は徴募官をヴァイマル国にまで送り込んで自軍への募兵を行なうというありさま、このような徴兵がはたして許されるものかどうか、自国民をむざむざ引き渡してよいものか、ゲーテはこの深刻な問題に繰り返し直面した。アウグスト公宛の請願書には「不愉快きわまる、嫌悪すべき、恥辱にみちた商売」(5)とある。

自国ヴァイマル軍の兵士たちに対しては、その忠誠心を疑う必要などなかったのだろうか。むろん、騎兵中隊長リヒテンベルク指揮下のヴァイマル精鋭部隊の軽騎兵たちはなくてはならない存在で、要人護衛の親衛隊としてはもとより、時には枢密顧問官ゲーテの恋文の運搬役としても働いてくれたのである。一七八七年、ヴュルテンベルクのカール・オイゲン公は自国民で編成されたカップ連隊をオランダの東インド会社に賃貸する。そんなことに手を染めることはゲーテにはできそうにもない。彼のとった施策は、ヴアイマル公国の壊滅的な財政を部分的にでも再建しようとする「軍隊の半減」であった[6]。

ゲーテがアメリカの独立に共感していたことはよく知られている[7]。一七八二年はそれまでずっと険しかったゲーテの政治家としてのキャリアが頂点に登りつめた年である。一七七六年六月十一日枢密外務参事官の肩書で枢密評議員になった彼は、七九年九月には枢密顧問官になっていた。「素晴らしいことだと思います」、とゲーテは同月七日付シュタイン夫人宛の手紙に書く。「まるで夢を見ているかのようです。私は三十歳にしてドイツで市民が到達できる最高の地位に登りつめたのですから。」そして、三年後の八二年六月三日、ゲーテは皇帝ヨーゼフ二世により（アウグスト公の申請は四月十日付）貴族に列せられるのである。ゲーテ自身はこのことにほとんど触れていないが、それは、うわべを飾る単なる勲章以上のものであった。フォン・ゲーテ氏はもはや平民ではない。「宮中に参内できる」貴族であり、アウグスト公と同じ食卓につける身分になったのである。同月十一日ゲーテはヴァイマル地区の財務長官職を引き受ける。この日、宮廷財政の悪化を招いたとして財務長官カルプを解任したアウグスト公から、「もし貴殿が宮廷の仕事にもっと通暁し、その長になる力をつけたいと思う気持ちがあるならばぜひ……」と望まれ、ゲーテはこれを受諾したのである。枢密評議会長官は財務大臣のようなもので、そもそも枢密評議会のメンバーはみな大臣と呼ばれていた（国務省と呼ばれる役所は、公爵領が大公爵領に昇格した一八一五年に初めて正式に設置された）。新大臣ゲーテは、「私の任務が変わり拡大されたことが、私個人のためだけでなく他の人々のしあわせにもつながるようにしたい」と希望するが、「他の人々のしあわせにもつながる[8]」というのはありえなかった。枢密評議会所属の他のメンバーの反対を押し切って進めた抜擢人事であったので、アウグスト公は各方面を宥めなければならなかったのである。廷臣たちの不満の声はいつまでもやまず、友人たちのなかにも、この出世を批判の目で見ていた者がいた。例えば、ヘルダーは気分を害し、妬み半分、ゲーテは「ヴァイマルのなんでも屋」になったと言った。同年六月十四日、ゲーテは若い頃からの友人カイザーに宛てて、「人生の流れにどんどん流されて、周囲を観察する暇もないほどです」と書く。しかし、いまや否応なく周囲を観察しなければならない。彼の新しい任務は、宮廷財政の再建、予算の有効配分、商工業の経済的支援にあったからである。

世界的に見ると、大変革の時代であった。ワットの蒸気機関の開発と産業革命、ラボアジエの元素分析およびプリーストリとシェーレによる酸素の発見、ボルタによる今日の電池に当たる電堆の発明、自由気球によるドーヴァー海峡横断（一七八五）、ジェフロワによる帆船に代わる蒸気船の建造。そして、モンゴルフィエ兄弟による最初の熱気球の打ち上げは航空時代の幕開けを約束した。「飛行士もいいとは思わないかい？」とゲーテは、一七八三年十二月末、ラーヴァターに訊ねている。「僕は人類にそういったものをぜひ与えたいと思う。発明者と見物人の両方にね。」(9)

ゲーテは自分に課された政治的課題を真摯に受けとめ、執筆するものも職務上のものばかりになっていった。「官用文体の簡略化」を広め、同郷人会の「弱体化」のための「措置」を提案、また、フランクフルトの保護ユダヤ人ライツから出された公への恩赦請願を支援した。(10)まるで水を得た魚のように法律家ゲーテはもろもろの問題に取り組んでゆく。退学処分になった学生を、強制的にプロイセン軍に入隊させられた「領民と交換する」という条件で、プロイセン軍に引き渡すべきかどうか、教会規定による贖罪の廃止はたして可能か、子殺しに対する死刑は存続されるべきかどうか。また、財務長官としては、滞納税金の徴収方法の指示、破産手続きの判断、債務者の処罰などを行なった。(11)水路の建設（治水）と鉱業にも心を砕く。繰り返し『イルメナウ鉱山報告書』を作成する。監督官としてのイルメナウ鉱山やイェーナの自然科学研究所との交わり、度重なる旅行、そして自然に対する生来の関心と共感があいまって、自然科学に向かう新たな姿勢が生まれる。「鉱山関係の問題」に関わりはじめてからは、ゲーテは「全身全霊で鉱物学」に専念する[12]。「地球の地殻の生成過程と同時に、人類がそこから得た食料のことを明確にしてくれる」自然のあの「崇高で素晴らしい舞台[13]」を科学的に解明しようとしたのである。自ら地質学や解剖学の研究を行なうことによって、鉱物界から植物界と動物界を経て人間界に至る、あらゆる生きとし生けるものの自然の進化を考察した。賛歌風の論文『花崗岩について』(一七八四)は、「地質学的な」「宇宙小説」執筆のための予備研究だったという[14]。花崗岩はゲーテにとってあらゆる造山運動の原生岩石(Urgestein)であり、それ以来接頭辞「原《ウル》(Ur-)…」はゲーテにとって重要な言葉になる。この「原《ウル》…」は『始原の言葉、オルフェウス風に』のなかで「生きて発展する刻印された形相」と詠われている。

ゲーテのあらゆる自然科学的な努力には、秘密を解き明かしたいという無数の遊び心が潜んでいた。しかし、この遊び心は彼にとって目的そのものではけっしてなく、彼を繰り返し別の道や目標へと導いてゆく。

宮仕えから生まれたもう一つの「副業」のことにも触れておけば、むしろこちらのほうがより遊び心にみちていた。すなわち、「まるで橇に乗っているかのように私の人生は走る。さっと遠ざかり、鈴を鳴らしながら、あちらこちらと走り抜けてゆく[15]。」一七七四年の城の火災で宮廷劇場が焼失してから、ヴァイマルにはプロの劇団がなかった。素人俳優たちは個人宅を拠点に劇団を作り、そこにゲーテもすぐに引き込まれる。カンバーランドの喜劇『西インド人』にはゲーテも俳優として出演し、一七七六年十月一日からはヴァイマル劇場の上演を任された。『ヴェルター』や『ゲッツ』の作者ゲーテは自作を上演することになり、公母アンナ・アマーリアが曲を付けた『エルヴィンとエルミーレ』、さらに『いとしい方はむずかり屋』『同罪者たち』や『プルンダースヴァイレルンの歳の市の祭り』なども上演された。彼はこの劇場のために歌唱劇《ジングシュピール》や戯曲を書き（『兄妹』、『多感の勝利』、『鳥』、『イェリーとベーテリー』および『漁師の娘』）、演出もし、しばしば自ら主役を演じた。それは、宮廷社交界の望みに応じて特定の機会のために製作したものであった。ゲーテはこれらの作品を「詩的な余暇」の産物であると言い、後年エッカーマンとの対話では、あまり評価していない。「［ヴァイマルの］最初の一〇年間には文学的に重要な作品は一つも生まれなかった」（一八二九年二月十日）。日記には、狩猟や仮面舞踏会、関係委員会、職務上の視察など、無数の活動がしるされている。しかしゲーテには、官吏としてのこうした活動以上に、別の仕事に自分は定められているという揺るがぬ思いがあった。「もともと私は作家に生まれついております。」(16)

むろん、世間の人々はゲーテに有能な官吏を見ても、作家を認めた者はまだいなかった。(17) ヒンブルクによって『全集』と銘打って出版された一七七五年、七七年、七九年の海賊版を除けば、この数年間にまとまったものが出版されていなかったからである。ヴァイマルの宮廷社交界も、これら副産物的な作品やおりおりの機会詩のなかには、じつは本当に「重要な」機会から生まれたものがあることに、ようやく気づきはじめたばかりであった。つまり、これらの歌唱劇《ジングシュピール》や戯曲の多くの作品は、ひとりの女性を称えていた。ゲーテに最も大きな影響を及ぼした女性、シャルロッテ・フォン・シュタインである。

二　シャルロッテ・フォン・シュタイン
――「あらゆるものに立ち現れる」

伝記作者によれば、シュタイン夫人とゲーテの関係は細部の細部まで研究し尽くされているとされるが、本当にそうであろうか。一〇年以上も「法と神託」のような働きをした関係、「あらゆるものに立ち現れ」、「彼にあっては彼女に貢物をせずには何事をするにも不可能であった」とされるひとりの女性との関係、それがはたして研究し尽くされるものなのだろうか。二〇〇年以上も昔の男女関係ではあるが、何か新しい視点から迫ることはできないのだろうか。ゲーテがシュタイン夫人に宛てた一千七〇〇通もの手紙、覚書やメモ（ゲーテは読み返すことはなかったが、ヴァイマルの図書館の金庫に保管、一方シュタイン夫人はゲーテに宛てた手紙を取り戻して焼却）は、読むたびに新しい解釈のできる資料ではないのだろうか。確かに、「最後の一線」という点ではどの伝記作者も意見が一致している。つまり、二人のあいだには、性的関係はなく、肉体的な結合のない、崇高な恋愛であった。

精神分析的観点から、この一点をさながらのぞき見嗜好者のごとく細部の細部まで研究したアイスラーでさえも、やはり同意見に終わっている（アイスラーは、『兄妹』を書き『イフィゲーニエ』の口述筆記を始めた頃のゲーテが、妹コルネリアへの近親相姦的な愛に捕らわれていたと見る）[18]。あるいはゲーテがカールスバートへ出発する直前のあの数日の夜のうちに、やはり何かが起こったのだろうか。そして、もしかしてこの「出来事」こそ、彼をイタリア旅行へと逃亡させたのだろうか。しかしこうした推測は、この頃ゲーテがゲッシェンに旅行の費用のことで交渉していたこと一つを見ても否定される。一七八六年七月六日、ゲーテはシュタイン夫人に「ゲッシェンと僕の著作集のことで折り合いがついた」と報告、七月十日には手紙で彼女に別れを告げる。「お別れします。私のたったひとりの恋人。私の胸の内を明かし、全霊を捧げたいと思います。あなたの愛が嬉しく、今後もずっと変わらないものと信じています。」さらに、七月二十一日付、出発前の最後の手紙には、「もしそれが、少しまえから、溢れるばかりの愛の力で私を意のままにしている天上の女神のご意志であるならば」と書かれている。七月二十四日、早朝五時、秘書を伴い

図14　シャルロッテ・フォン・シュタイン（1742–1827）の影絵．1773年頃，ヴァイマル古典財団所蔵．

カールスバートへ旅立つ三日前のことである。

コンラーディは詳細な伝記の記述をしながら、シュタイン夫人の新しい「人物像」を描き出すことを断念している。新たに報告すべきことは何もない、新たに報告されたものはすべて憶測にすぎないと言うのである。だが、そのような憶測が間接的に新しい認識を引き出すきっかけになることはないだろうか。そこで、この二重の意味で、あえて憶測をしてみよう。ゲーテはヴァイマルに到着した直後にもうシュタイン夫人と出会う。一七七五年十一月十一日、アウグスト公が自らゲーテをシュタイン家に連れてゆく。確かに、シュタイン夫人ほど、その後の一〇年間、ゲーテに対して圧倒的な、望ましく消えがたい影響を与えた女性はほかにいない。この出会いは単なる偶然ではなかった。ゲーテはヴァイマル入りする以前に、二度もシュタイン夫人の影絵を手にしている。最初は一七七五年六月、『人間知と人間愛を促進するための観想学的断章』の著者ラーヴァターをチューリヒに訪ねたとき、二度目は、同年夏シュトラースブルクで、ハノーファーの侍医ツィンマーマンが他の一〇〇枚もの影絵と一緒にシュタイン夫人の影絵をゲーテに見せたときである[19]。ツィンマーマンはとくに彼女にゲーテの注意を向けたにちがいない。ゲーテは同年シュトラースブルクで、この影絵に関係する次のような言葉をしるしているからである。「世界がどのようにこの女性《ひと》の心に映し出されているか、それは素晴らしい見物《みもの》だろう。彼女の心は世界をあるがままに、しかも愛を媒介にして見ている。したがって柔和というのが全体的な印象である[20]。」ここで注目すべきは、判断の的確さ、と同時にこの判断に含まれる、「見物《みもの》(Schauspiel)」のSpiel(演技・戯れ)と「映し出されたもの(Gespiegeltsein)」のSpiegel(鏡)という表現である。演技・戯れと鏡は、私にとって、ゲーテのシュタイン夫人との関係を解くキーワードである。一七七七年六月八日、幸福と罪悪こもごもの感情のなかで結ばれていると感じていた妹コルネリアの突然の死、その五週間後にゲーテは、「無限なる神々はお気に入りの寵児に/ありとあらゆるものを与えたもう/あらゆる喜び、限りない喜びを/あらゆる苦しみ、限りない苦しみを[21]」と書くのであるが、この訃報の届く直前のこと、シュタイン夫人との関係を「愛の糸[22]」と名づけた。しかしすでに十一月(ヴァイマル入り二周年目の記念日のことで、このことを失念していたゲーテはシュタイン夫人から注意される)には、次のような問いを投げかけている。「僕はあなたを本当に愛しているのでしょうか、それともあなたの側にいると、何事もよく映し出すきれいな鏡があるようで嬉しいのでしょうか[23]。」ここにも鏡の比喩が出てくるが、ゲーテは鏡のなかに自分を見ている。彼の自己観察の能力は計り知れない。愛は、愛する者を映し出す鏡である。その一方で、映し出された者を真に愛する者として見せるゲーテの演技の能力も並外れていた。シュトラースブルクのゲーテはまだ知るよしもなかったが、ツィンマーマンがすでにまめな仲人役として乗り出していた。『ヴェルター』の著者と知己を得たかった「主馬頭夫人」、つまりフォン・シュタイン夫人がじつは彼に仲介を頼んでいたのである。ちなみに、ツィンマーマンは彼女にこう警告している。「哀れな女性《ひと》よ、あなたが会いたいと願っているその男性が、どれほどやさしく魅力的であるか、どれほどあなたにとって危険な存在になりうるか、あなたはお考えになっていない。」(24)

シャルロッテ・アルベルティーネ・エルネスティーネ・フォン・シュタインは、七歳年下のゲーテと出会ったとき三十三歳であった。二十二歳で主馬頭のヨージアス・フォン・シュタインと世間の慣例どおりの結婚をした彼女は、七人の子供を産むものの、五人を亡くしていた。孤独で、人生に失望し、病気がちであった彼女は、ゲーテとの関係のなかで新しい命の花を開かせる。シュトルベルク兄弟は「美しい目をした、愛らしく、たおやかなシュタイン夫人」としるし、シラーは簡潔に「彼女は美人ではなかったかもしれないが」と前置きしたあと、「彼女の顔立ちはやさしい生真面目さと独特な率直さを湛えている。彼女の人となりには、良識と感情と真実がある」と述べている。この時代の観察者ならば誰もが、ゲーテが「彼女に愛着をいだいてしまった」わけが理解できたであろう。

シュタイン夫人に出会ったときのゲーテは、またもや恋愛に挫折したあとだった。一七七五年復活祭にエリーザベト(リリー)・シェーネマンと婚約、四週間後この関係から一回目の逃亡を企てるものの、スイスのザンクト・ゴットハルト峠まで行って結局戻ってくる。リリーへの思いを断ち切れなかったのである。二回目の逃亡は、同年十月三十日で、イタリアを目指して旅立つのだが、十一月三日アウグスト公の差し向けた飛脚便に追いつかれ、旅行を中止、ヴァイマルに来るのである。このときゲーテは旅日記にしるす。「リリー、さようなら、リリー、さよならは二回目だね！　一回目のときには、僕たちの運命を結びつけようという希望をもってのお別れでした！　しかし、今度はもうおしまいです。僕たちは別々に自分たちの役を演じ切らなければならない。[25]」ゲーテは自己分析が得意だが、このときもまた、演技という姿勢、役割遊びという言葉を使っている。恋人リリーは手の届かない女性ではけっしてなかった。それどころか彼女は婚約者であり、結婚という市民的な契りを待っていたのである。しかしまさにそのことがゲーテを婚約破棄へ、逃亡へと駆り立てた。結婚は、またもや彼にとって——『新歌曲集』(一七七〇)で歌ったように——「奇妙な」言葉となる。彼は『和解の勧め』で結婚を嘲う。「結婚とは、ああ、奇妙な言葉だ/僕だったらすぐ逃げ出してしまうと思うよ。[26]」また『クラヴィーゴ』(一七七四)にも同様の言葉がある。『クラヴィーゴ』はゲーテが「フリーデリーケの身の上を考えて苦しみ、気にしていた頃」、「詩作品で懺悔を行ない」、「この自虐的な償いをとおして内面的に罪の赦しを得たい」と願って書いたものである。そのなかでゲーテはさりげなく、カルロスに次のような台詞を言わせている。「妙なことを言うじゃないか!……(略)……結婚だなんて。人生がいままさに大きく弾もうとしているこの時期に、結婚して家庭に落ち着き、切りつめた生活をするのだなんて。人生遍歴の半分も済んでいない、一生のあいだに勝ち取るべきものをまだ半分も自分のものにしていないんだぜ[27]!」あとになるとゲーテの警告はいっそう明確になる。「〈恋愛〉は観念的なもの、〈結婚〉は現実的なもの、観念的なものと現実的なものとを取り違えるとひどい目に遭う。[28]」

この言葉がひじょうに重要に思われるのは、ゲーテが、このヴァイマルの一〇年間、シュタイン夫人の影響下にありながら、一方では義務としての政治的な仕事、政治家としての「統治[29]!」を実行していた。つまり、観念的なものと現実的なものとを結び合わせ、それによって一面的・絶対的なものを放棄し、対立するものを和解させ、彼の言う人間性や全体性という理念に至る道を見いだしていったからである。「つねに全体へと邁進せよ。たとえ自分が全体になれなくても/全体に関わって部分として務めよ。[30]」

どのゲーテ研究者にとっても、ゲーテとシュタイン夫人の関係は無視することのできない大問題である。したがってその研究では、つねに最高の要求がなされるものの、最高の成果はけっして達成されない。確かなのはただ一つ、シュタイン夫人宛の手紙だけでも、ゲーテが大作家であることの証明であり、あらゆる時代の全文学賞に値するほどのものである、ということである。しかし「彼女のほう」はどんな犠牲をはらったのか。

シュタイン夫人との関係は最初から高尚な次元で始まる。それは、性的なものを排除しながらつねに全体に向けられた崇高な愛であり、愛と苦しみ、幸福と絶望、成就と諦念が交錯するものであった。「愛しい人よ、あなたが好きなことが苦しいのです。もしあなた以上好きな女性ができれば、隠さずに言うつもりです。そうすれば、あなたを苦しめることもなくなるでしょう。さようなら最愛の人よ。あなたは僕がどれほどあなたを好きか、わかってくださっていない」と、ゲーテは一七七六年一月二十八日の覚書を結んでいる。

シュタイン夫人はおそらくかなり早い時期から自分たちが別れることになるだろうと予感していたのだろう。「ゲーテと私はけっして友達同士にはならないと思います。女性との交際の仕方も気に入りません。いわゆる、根っからの女好きなのです。[31]」しかし、ゲーテのほうは、自分たちの二つの魂はこの世に生まれるまえからたぐい稀なほど深く結ばれていたという誓言を繰り返す。「ああ、そなたは前世では／私の姉か妻であったのだ。[32]」シュタイン夫人はゲーテにとって姉か妻であって、コロナ・シュレーターのような「女」ではなかった。彼はシャルロッテに伝えずにはいられない。「シュレーター嬢は天使です――もし神様がこのような女性を僕に授けてくださるならば、僕はあなたの気持ちを掻き乱さずに済むのですが――けれども、彼女は僕が満足するほどあなたには似ていません。[33]」もちろんゲーテを魅了した天使はほかにもいた。のちにモーザー男爵の妻になり、ゲーテの日記ではたいていリンゲン、カロリンゲンまたはミゼル（かわいい子）[34]としるされるカロリーネ・フォン・イルテン、（日記ではミゼル・ライデとしるされた）アデライーデ・ヴァルトナー伯爵令嬢、そして（日記ではミゼル・ヴィクトルンゲンとしるされた）アイゼナハ市長の娘ヴィクトリア・シュトライバーである。なぜゲーテはこのように暗号化して日記に記入したのだろうか。何ゆえの偽名、偽装、何ゆえの短縮化、そしてエロチックな状況となるとなぜすぐに口をつぐんでしまったのだろうか。カフカがミレナために書きとめた認識、「書かれた接吻は…（略）…幽霊に…（略）…飲まれてしまう[35]」を先取りしたのだろうか。

シュタイン夫人はライバルの女性の存在を嗅ぎつけ、ゲーテのほうも彼女の疑いを煽った。一七七六年一月二十七日、ゲーテはシュタイン夫人に宛てて書いている。「愛しい人、僕は昨夜、初めは最悪の気分でした。ルイーゼも僕もあなたがいないことで気が沈んでいました。あのケラーもかわいらしいベヒトルスハイムも僕を元気づけることはできませんでした…（略）…そのうち僕は女の子たちといちゃついて、やっと少しは気分が晴れました。戯れの恋は、このような状態のときにはじつに特効薬ですね。」同年六月十二日の手紙の記述。「野外の庭園に来ています。あなたがいなくなって、僕はいっそう、自分は何かを所有している、自分にはなんらかの義務がある、という思いを強くしております。僕の情熱を少し他に向けようとして、気晴らしや戯れの恋に興じてはみるのですが、何を試みてもあなたへの愛の糸にたぐり寄せられてしまいます。この糸があればこそ、僕は現在の生活をなんとか送ることができるのですが、あなたがいなくては、すべてが虚しく潰えてしまいます。」つねに予感と疑いが二人の関係に付きまとった。「運命よ、なぜわれらに深い眼差しを与えたのか。／われらの未来を透視する抑えがたき予感を。[36]」「僕の魂はしっかりとあなたの魂に根づいています…（略）…はっきりとした法的な形で私をあなたのものにする誓いなり秘蹟なりがあったならと思います。」このように二人の関係が切迫してくればくるほど、最終的な結びつきの結果に対する不安もまたいっそう大きくなる。ゲーテはこの時期ほど旅に出たことはなかった。ハールツ山脈への冬の旅（一七七七）、このとき一回限りになるベルリンへの旅行（一七七八年五月）[37]、スイスへの旅行、ゴータとアイゼナハへの旅行、二度目のハールツ旅行（一七八三）、三度目のハールツ旅行（一七八四）などである。一七八五年には何度もイェーナに、一七八六年にはカールスバートに長逗留する。ゲーテは愛の証を確認して、夢中になるとともに驚きひるむのであった。シャルロッテはすべてを手に入れたと思った、いや、一七八一年七月八日付の手紙の追伸を読んだとき、すべてを失ったと思ったにちがいない。「僕たちはきっともう夫婦なのでしょう。つまり、愛と喜びを経糸《たていと》とし、苦悩と悲惨の十字架を緯糸《よこいと》として織られた絆によって、僕たちは結ばれているのです。」そして唐突に、彼女の夫、主馬頭への挨拶が続く。あたかも彼に誤解されかねない表現をわびるかのように。「さようなら、ご夫君によろしく。信仰と希望をいだけるように力を貸してください。」

一七八六年九月三日、ゲーテはカールスバートの社交界からまるで逃亡するかのように「ひそかに」抜け出し、イタリア旅行に出発する。したがって、このような「やむにやまれぬ行動」に至った動機が、シュタイン夫人との濃密な関係が自力ではもはやどうしようもなくなったという彼自身の証言に求められる。しかし、このことはあらゆる資料を精査しても証明できない。ローマを見ることは若い頃からのゲーテの憧れであった。「大切なことは」、とゲーテはヴィチェンツァからシュタイン夫人に宛てて書いている、「見たこともないまま三〇年以上も僕の想像力に働きかけ、したがって手の届かない高みにあったこれらの対象のすべてが、いまやきちんとした〈部屋〉と〈家〉という共存の調べとなって降りてきていることなのです」[38]。つまり、シュタイン夫人から逃げたわけでも、幻想の世界に向かって出立したわけでもない。自分の存在の真実を見つけるための試みであったのである。ゲーテは「対象が高揚した精神を見いだすのではなく、精神を高揚させてくれるようにするために」[39]、旅の感激にも溺れまいとする。彼はそもそも最初から、この旅行を、つまり真実と自己発見のための旅行の、「長く孤独な道のり」を、記録しようと考えていた。一七八六年九月八日ブレンナー峠を越えたとき、「ここから水はドイツやイタリアやフランスに流れている。明日僕はこれらの流れをたどってみようと思う…（略）…このように人生の重要な時期にある僕のことを思い出してください」、とシュタイン夫人に書いている。旅の記録は彼女のためでもあった。この旅の記録もシュタイン夫人宛のたくさんの手紙も、ゲーテが芸術創造のうえで有効かつ真なるもの、法則的なもの、古典的なものをいかに必死になってつかもうとしていたかを示している。シュタイン夫人は彼にとって、ヴァイマルにおける道案内人であり、彼女によって彼は社交界へと導かれた。そして彼女はゲーテを自分に結びつけたのであったが、抜き差しならない関係をゲーテが避けたのは言うまでもない。

僕はいつだってその女《ひと》のためにだけ生きているのに
その女《ひと》のために生きてはならないのだから[40]
……
ああ、運命が僕を苦しめる
不可能なものを手に入れるように努めよと[41]。

旅路についたゲーテは別れのことなど考えていなかった。ヴァイマルすなわちアウグスト公との別れも、シャルロッテとの別れも考えていなかった。一七八八年三月十七日付ローマからの書簡で、彼はアウグスト公に新たな根拠にもとづいて再度の伺候を申し出ている。「私がいま申し上げられるのはただこのことだけです。主よ、私はここにおります、汝の僕《しもべ》をいかようにもなしたまえ。どんな地位であれ、たとえどんな小職であれ、殿下が授けてくださるなら、ありがたくお受けします。出所進退、行住坐臥《ぎょうじゅうざが》、なんなりと殿下のお仰せのとおりにいたします。」シュタイン夫人には一七八六年十月二十七日にこうしたためている。「どれほど甘やかされていたか、いま、やっとわかりました。あなたと一緒に過ごし、あなたに愛された一〇年、そしていまは見知らぬ世界におります。僕は前もって申し上げたものですが、ただやむにやまれぬ思いゆえに僕はこの旅行を決心せざるをえなかったのです。お互いに自分たちの人生を全うすることだけを考えるようにしましょう。」いささかも曖昧さのない文面であり、ゲーテは心の真実が吐露できたと思い、シュタイン夫人もきっと同じように受けとめたにちがいない。しかし四カ月後、一七八七年二月二十一日付ローマからの手紙で彼女が読むことができたのは、次のような文面であった。「僕は全身全霊であなたを愛しています。数々の思い出にしばしば心を引き裂かれる思いがして、恐ろしいほどです。ああ、愛するロッテ、あなたにはわからないでしょう。どれほど僕が自分を無理やり抑えたか、いまも抑えているか。あなたが僕のものではないという思い、それをどんなにふうにいじくり回してみても、結局、その思いが僕の心をすり減らし、食い尽くすのです。」これを読んだシュタイン夫人の心には疑いが生じたにちがいない。そして、イタリアで到達したゲーテの認識、「僕にとって、この世の中には、すでに発見されたもの以外に探すべきものがありません(42)」について、彼女は何を考えたのであろうか。

ゲーテは毎日日記をつけていた。最初からその出版を考えていたし、出版にさいしてはシュタイン夫人の協力を得ようとも思っていた。一七八六年九月十八日彼はヴェローナから彼女に宛てて書いている。「ほんの小さな紙切れで、愛するあなたに生きている証をお送りいたします。でも、僕がいまどこにいるのかは教えません…（略）…僕はきちんと日記をつけ、見たり考えたりしたことのなかから、最も大切なことだけを書きしるしています。この日記は、僕の計算では十月中旬にあなたのところに届きます。きっと喜んでくださるでしょう、それに、こうして遠く離れておりますので、僕が側にいるときよりも喜びは大きいかもしれません…（略）…しかし、受け取ったものについては他言無用に願います。差し当たりあなたのためにだけ書いたものなのですから。」そして十月十四日にはヴェネツィアからの手紙。「お送りした日記を少しずつ、四つ折判に折った紙に書き写してくださるのなら、そのさい〈君《ドゥー》〉を〈あなた《ズィー》〉に変えて僕とあなたの関係を他人行儀なものにしてください。あなただけに関するものや、ほかにも削除したほうがいいと思うものがあれば削ってください。そうすれば僕が帰ったとき、すぐにそれに手を加えて完成版に仕上げることができましょう。」

　しかし、出発後一年九カ月たった一七八八年六月十八日、ゲーテがヴァイマルに戻ってきたとき、日記の出版に向けた共同作業はもはや考えられなかった。シュタイン夫人は鋭い目と、さらに鋭い勘でゲーテに起こった変化に気づき、「ローマの恋人」が与えた並々ならぬ影響を感じた。のちに彼女は『ホーレン』に発表された『ローマ悲歌』を読んで愕然とする。こうして、ゲーテが「拒否」について書いていたとおりになったのである。「イタリア、この形態の豊かな国から、私は形態の欠如したドイツへと帰ってきた。晴れ渡った空が薄暗い空に入れ替わった。友人たちは、私を慰めたり再び私を自分たちに引き寄せたりする代わりに、私を絶望的な気分にさせた。遠い、ほとんど知られていない対象《もの》に私が心を奪われ、失われたものについて苦しんだり嘆いたりしたことが、どうやら彼らの自尊心を傷つけたようだ。私の関心事のどれ一つにも興味を示してくれないのを寂しく思った。誰も私の言葉を理解してくれないのである(43)。」

シュタイン夫人さえ、もはやゲーテのことを理解してくれなかった。そして彼がクリスティアーネ・ヴルピウスとの関係を一年もシュタイン夫人に隠し通したとき、彼女はもはや黙過できない侮辱と感じた。一七八九年六月八日、二人はすべての関係を断ち切った。五年後、彼らは社交に限って交際を再開したが、それは堅苦しく、形式的なものだった。風刺詩集『クセーニエン』の一七九五年作の一つの詩が二人の関係に終止符を打っている。

そう、昔、僕はあなたを愛しました。それまでの誰よりも、
しかし、僕らは互いに相手を見いだせなかった、今後も永遠に(44)。

一八二七年一月六日、シュタイン夫人没、ゲーテからはなんの表明もなされなかった。だが、同年一月十五日宰相ミュラーがラインハルト伯に宛てた同年一月十五日付の書簡には、こう書かれている。「少しまえにゲーテの昔の恋人であったシュタイン夫人が当地で亡くなりました。八十四歳でした。ゲーテは一言も言いませんが、かなり落胆しています(45)。」ゲーテの息子の嫁オッティーリエが編集した私家版雑誌『カオス』の一八二九年九月号には、『許婚の男』という題名の謎めいた詩が載っている。真夜中に恋人（シュタイン夫人だろうか）の霊に呼びかける詩である。「ああ、彼女がいなくては、私のたゆみない活動も努力も……(46)」それ以前にも一八一八年に『真夜中に』という詩で、ゲーテはこの「真夜中に」という言葉を三度も繰り返している。彼はこの詩を「命の歌(47)」と呼んだが、これらの「歌」に詠われる星辰の世界

と現実の世界の、遠近交差する雰囲気が『許婚の男』にもある。ゲーテは夢のなかで自分を詩中の許婚の男と同一視し、「夜が明ければ東から」恋人が戻ってくると願っていたのではないだろうか。詩の結論はいたって簡潔で、「やり甲斐のある、良いことだった」、「たとえいかなる人生であっても、人生は素晴らしい」となっている。彼にとっては良いことで、つまり、彼はここでも役割を演じきった。彼にとって演技にすぎなかったものを、彼女がまじめに受けとめたのである。彼がこの役割を楽しんだのは、シュタイン夫人が結婚を迫ることはなかったからで、彼は彼女には一度も、他の女性のときみたいに「引っかけられた」という気はしなかった。事実、彼女自身の言葉によれば、「網でからめ取る」などというのはおよそ彼女の性分ではなかった。

恋愛関係において、二人を結びつけるのは互いが拘束されないことである。『詩と真実』最終章の第二十章に出てくるあの「奇妙な、しかし恐ろしい箴言」――「神にあらざれば、何者も神に抗うことはなしえず(48)」――は、愛する者だけが愛の限界をも規定しうるのだ、と解釈し直してはいけないだろうか。フリーデンタールによると、ゲーテは「相手の女性にも、友人にも仕事の協力者たちにも、つねにとてつもないことを要求した。それが彼の人生処理法の一つであり、そもそも彼の人生は大量の使い捨てで成り立っていたのである。(49)」しかし、この「とてつもないこと」とは、人々が――この場合、しばしば女性なのだが――天才の生活に関わろうとするときに捧げなければならない犠牲なのだろうか。ブレヒトも彼の人生のあらゆる段階で、亡命の時期も含めて、他者のこのような犠牲を必要とした。しかし私たちのテーマにとって興味深いのは、シュタイン夫人が作家ゲーテにどんな影響を及ぼしたかである。影響は存在した、しかもただ単に、鏡像を映し出す鏡、投射の対象という彼女の役割においてだけではなかった。

ペーターゼンは詩『捧げる言葉』のなかの「女神」、すなわち「現世の女性の変容した姿」をシュタイン夫人に関係づけて、「他の女性でこれほどまでに詩人の人生と創作を練成し、向上させた人はいなかった(50)」と言っている。この関係づけは大胆だが、説得力がないわけではない。一七八四年作、シュタンツェ（＝スタンザ）詩形のこの叙事詩『捧げる言葉』は、もともとゲーテが「君たち(51)」、つまりシュタイン夫人とヘルダーのために「着手した」が、結局未完に終わった宗教的叙事詩『秘儀』の序詩として書かれたものなのである。ゲーテは『捧げる言葉』を一七八七年の『ゲッシェン版著作集』に入れた。これがこの詩の初出である。またのちに一八〇六年から一〇年にかけて出版される『コッタ版第一次全集』にも加筆修正せずに入れた。いずれの場合も全集全体の序詞として第一巻の巻頭に置いた。こうしてゲーテはこの詩に特別の意味をもたせたのである。

『ドイッチャー・クラシカー・フェアラーク（通称フランクフルト）版全集』は全詩を「詩集順ならびに製作順に配列」しているが、これも同じように『捧げる言葉』で始まる。編纂者アイブルはこの詩の特別な扱いについて、その理由を次のように説明している。「詩『捧げる言葉』を『秘儀』から外して全集の冒頭にもってきたことは、一種の非常手段であり、また、この詩のアレゴリー的な表現様式は、ゲーテにあってはむしろ典型的とは言えない。しかしながら、少なくとも詩人の聖別をモチーフとして中心に据え、陽の昇るなか霧が晴れてゆく朝の情景と、その情景に重ね合わせて芸術と真理の関係を詠ったこの詩は、ゲーテの文学観を代表するものと見なすことができる(52)。」朝靄のなかから出現した形姿、薄紗《うすぎぬ》を手にした「女神」、それがシュタイン夫人であると、ゲーテは示唆しているわけではないし、そもそも示唆するはずがない。彼はモデルをけっして明かしたりはしなかったからである。しかし詩を読めば、彼が何を見てもシュタイン夫人が「立ち現れる」と言っていたあの歳月のあいだ、彼女が彼の生活や仕事に与えた影響がどのようなものであったか、その点の暗示はあり余るほどである。詩中、「女神」は彼に「詩の薄紗《うすぎぬ》」を授ける。そして女神は、「私の若い肢体が、絶え間ない激情で掻き乱されていたとき／あなたはいつも私に安らぎを与えてくださった」と称えられる。真理の道は幸をも不幸をもたらし、この道を歩む者の人生は、孤独と社会的連帯のあいだにあって極から極へと振り子さながらに揺れてやまない――これがこの詩の主旨なのである。

シュタイン夫人という学校――ここでゲーテは自分自身についての真実を学び、自分はもともと「作家」に生まれついているという認識と繰り返し向かい合うのである。彼は、友人からいくら迫られても、『詩と真実』の続編を書くことができなかった。後年になって彼は言う。ヴァイマルの最初の一〇年間に起こった「本当の事実」は「寓話やメルヘンの装いでしか書けない。そのまましるしても、現実に起こったことだと誰も信じてくれそうにもないからである…（略）…私が何になり、何を成し遂げたかは、世の人にもわかってもらえよう。だが、どのように起こったかの詳細は、私だけの秘密にしておこう。」宗教的叙事詩『秘儀』――ここに見られる人間的宗教の萌芽はシュタイン夫人によってインスピレーションを与えられたのだが――ついに未完のままに終わる。

この時期の戯曲の大作には『タウリスのイフィゲーニエ』と『トルクヴァート・タッソー』があるが、これらは、観念的なものと現実的なものとの和解が可能に思えたヴァイマルの状況ゆえに成立しえた。ヒロインの「イフィゲーニエ」はシラーの「美しき魂」、すなわち男性を救済できる乙女ではなく、むしろ罪の意識と犠牲のなかで成熟してゆく女性である。彼女は、神聖なるものは「天上のかなた」にあるのではなく、人間と人間の行ないのなかにあることを知っている。『イフィゲーニエ』の執筆を開始した一七七九年二月十四日、ゲーテはシュタイン夫人に宛てて書いている。「寝ても覚めても僕はイフィゲーニエのことを考えています。」職務に忙殺されていて、アポルダの靴下製造工場の工員たちの困窮に頭を悩ませ、新兵徴集に嫌気がさし、「精神を集中できないまま、かろうじて片足だけ詩神ペガソスの鐙《あぶみ》に乗せています」。しかし、シャルロッテと親密な関係になってから六週間後の三月六日には全五幕が脱稿、四月六日には初演が行なわれ、ゲーテがオレスト、コロナ・シュレーターがイフィゲーニエを演じた。日記には、「イフィゲーニエの上演。ひじょうに良い影響、とりわけ心の清らかな人々には」と書かれている。七月十二日には、同じ配役（ただし、アウグスト公がピュラデスの役で出演）で、エッタースブルクの夏の離宮で上演された。ゲーテがシュタイン夫人に『旅人の夜の歌』を送ったのはこの地からであり、コロナ・シュレーターに嫉妬していたシュタイン夫人はこの上演には二回とも行かなかった(53)。

戯曲『タッソー』では、詩人タッソーと実務家アントニオが、詩人と社会、自由と拘束、ルソーの理想自然と人道的な理想人間というテーマで論争、公女レオノーレが二人を和解させようとする。『タッソー』の「創案の日(54)」は一七八〇年三月三十日、執筆開始は同年十月である。最初はシュタイン夫人との関係の圧倒的な影響下にあり、一七八一年四月二十日の手紙でゲーテは告白している。「僕はタッソーを書きはじめるやすぐに、あなたへの敬慕の念にひたりました。僕の魂はすべてあなたのもとにあります。」ところが、イタリア旅行中と帰国後に行なわれた改作稿にはすでに、二人の関係が綻びはじめ、ついには決別へと至る経緯が現れる。詩人タッソーは宮廷内における議論の場で宮廷社会の作法に悖《もと》り、また、公女への情熱を抑えきれなくなって、宮廷生活の行動の決まりを二度も破ってしまう。最後にタッソーと実務家アントニオは和解するのだが、アントニオが「確固とした姿」で屹立しているのに、タッソーは「嵐にもまれる波」にすぎない。しかし「この岩を据《す》えた／強大な自然は／波にもまた揺れ動く力を与えた。」タッソーが破滅するのは「才能と人生の不均衡(55)」からである。確かに、神はタッソーに自分の悩みを言い表す力を与え、そして彼の苦しみは実務家アントニオの心をも動かして、彼を友人に変えた。タッソーはその後もなお新しい詩作品を生み出せるかもしれない。しかし、ゲーテはこのとき、それまでの浮世離れも甚だしい天才という詩人のイメージと決別したのである。ここにも彼が身をおいていたヴァイマル宮廷の状況が作用している。社会に敵対するのではなく社会を重んずる大人、個と社会の全体に目を向けることのできる成熟した人間としての詩人――のちにゲーテは、ヴァイマルの「宮廷や生活や恋愛の事情」は『タッソー』に描かれているものと同一であると強調し、一八二七年五月六日エッカーマンとの対話では、「自分のあの描写は、当然ながらこう言ってもいいだろう」、つまり、「あれは私の骨の骨、肉の肉なのである」。

『イフィゲーニエ』執筆の動機となったあの「愛の力」、あの「純粋な精神」――それがシュタイン夫人のもとでゲーテが学んだものであった。「私の内奥の魂は神聖な愛だけに永遠に捧げられていますが、その愛は純粋そのものの精神によって次第に異質なものを追い払い、ついには混じり気のない金糸のようになってゆきます[56]。」シュタイン夫人という学校はゲーテの自己教育の場となった。ゲーテは日記をつけるさい、ある特定の人物を表すのに天文学上の符丁を用いたが、シュタイン夫人は太陽を示す☉でしるされている。この日記も、ヴァイマル時代の最初の頃はほとんどメモ程度のものでしかなかったが、時とともに、自己を説明するための報告、「厳しい個人教授」(シュタイン夫人宛、一七八二年四月十一日)の記録に変わっていった。「この一年来、自分の内部がしっかりしてきたことがわかる」(一七七七年九月二日)、「日増しに実生活への洞察力と技量を身につけている」(一七八〇年四月末)、「早朝、星空の下をそぞろ歩きしながら、自分にはどこが、どんな点がまだ欠けているのかを考えた…(略)…ある種のことについては、可能な限りはっきりした認識ができるようになった」(一七八〇年八月二十八日)。ゲーテが成し遂げた「人間的成長と業績」は、シュタイン夫人のお陰である。あの「徹底した自己観察」へと導いたのは彼女であり、また彼女が目を向けさせたあの倫理的な目標のことが、教えどおりゲーテが純粋な精神を求めて努力するようになるにつれ、日記中で言及される頻度も増してゆく。「最も困難なことに直面しても、平常心を保つことを忘れるな[57]。」節度のある行動の要請、ホラティウスの頌歌の巻頭に掲げられるこの言葉を、ゲーテはすでに一七七六年六月五日の日記にしるしていた。ひそかにハールツへと旅立った頃のこと、七七年十一月三十日には「一日中、純粋な精神を保った」、七八年二月十二日には、「人を避けて完全な孤独を続行。生活と行動に心の平安と確固とした信念が生まれる。心中を満たす愉快な、色とりどりのイマジネーション」とあり、また、七九年初頭には再び「純粋な精神への努力」と書かれている。同年二月半ばの『イフィゲーニエ』執筆開始を告げる短いメモには、「心だけがまったく穢れのない喜びを味わう[58]」とあるが、この言葉はこの作品のために書かれた。七七年十一月には「聖なる運命よ…（略）…いま私にも、改めて十分に、純粋な精神を享受させたまえ」とある。

　シュタイン夫人に送った『旅人の夜の歌』は「甘美な心の平和」への憧れを詠い、この数週間後にはいっそう重要な証言となる詩『運命よ、なぜわれらに深い眼差しを与えたのか[59]』が続く。この詩では現世の体験が前世の因縁や輪廻《りんね》と結びつけられている。これはゲーテ自身の解釈であり、一七七六年四月十日付ヴィーラント宛の手紙の断片には次のように書かれている。「この女性の重要な意味、彼女が僕に対してもつ強大な力は、僕は輪廻によってしか説明できません――そうなのです。僕たちは前世で夫婦だったのです！――いまの僕たちには、互いの姿が前世の薄靄につつまれていて、おぼろげな記憶しか残っていないのですが――僕は二人の関係をなんと呼んでよいかわかりません――過去――未来――すべて[60]。」ゲーテはこの詩を自筆で一枚の紙に書き、一七七六年四月十四日と日付をしるした。

ああ　そなたは前世では
私の姉か妻であったのだ。
私という人間のどんな特徴も知っておられた、
神経の微かな震えさえも感じとられた、
他人の視線では透視できない私の心の内も
ひと目で読み取ってしまわれた。
たぎる私の情熱を鎮静の滴で冷まし、
衝動に駆られた私の迷走を正してくださった、
そして　悲嘆につぶれたこの胸も
そなたの天使のような抱擁によみがえったのでした。(61)

シュタイン夫人が与えた影響、それを、全力を尽くしてこの詩に表白したゲーテであったが、これに続く詩行では、あの「歓びの時」がすでに過去の出来事、つまり「思い出」のなかに組み入れられてしまい、こうして「新たな現実」は「苦しみ」ばかりとなる。(62) しかし彼にとって昔の真実は消えず、役割遊戯によるあの幸福がまたもや呼び出される。

幸いなるかな、私たちを苦しめている運命、
その運命に私たちを変える力がないというのは。(63)

この時期にゲーテは、「リダ」という女性名の現れる三つの詩『リダに』『杯』『遠方』を発表している。また、一八二〇年、これら三つの詩と関連する詩『二つの世界のあいだで』が成立している。一八四八年ヘーンはゲーテの詩についての講義で、次のように述べた。「リダがいったい誰であったかは、まだ明らかになっておりません。しかし、彼女がこのうえなく崇高な世界の住人であることだけは確かです。ゲーテ自身、この愛を覆うヴェールを少しでも上げて見せようとはしませんでした…（略）…リダは詩人が内面的に浄化されてゆくのを助けました…（略）…彼女の影響、彼女の愛は、ゲーテを芸術家に育て上げ、彼に知恵としあわせを贈り、彼の全人格のなかに美しい人間的道徳性を確立させるのに貢献しました。[64]」一八四八年から五一年にかけてシェルがシュタイン夫人宛ゲーテ書簡全三巻を刊行、[65]これ以来リダはシャルロッテと同一視されるようになった。詩『リダに』の初稿には証拠となる事実がある。そこでは、詩の一行目が、「おまえが愛することのできるただひとりの人ロッテ」となっているのだが、一七八九年に出版されたときに、「リダ、おまえが愛することができるただひとりの人[66]」と変更されているのである。「運命よ　なぜわれらに深い眼差しを与えたのか」の詩句はゲーテの最も有名なものに数えられる。合計で一七の詩群が『リダに』としてまとめられているが、各詩のテーマ、つまり熱き血の鎮静、愛の透明さ、愛と愛ではないものとの相克、自由と拘束、遠い世界と近い世界というテーマが全体を結び合わせており、シャルロッテとの関係がいかにゲーテのなかで影響をもち続け、一七八八年の決別後も心の内では切れずにいたかを示している。ゲーテの本質は変化と変転にあり、つねに新しい経験を自分に受け容れて手を加えてゆく彼にあっては、「脱皮した蛇の抜け殻」などはありえない。抜け殻ではなくて「生きながら発展してゆく明確な形をもった形姿[67]」であった。詩『月に寄す』の二つの稿において、ゲーテはもう一度シャルロッテとの関係を総括する。初稿では、安らぎもなく旅を続けるシュトルム・ウント・ドラングの男の初めての体験、すなわち、自分が一つの生活空間のなかに捕らわれてしまったという拘束感が詠われている。しかし、拡大化された第二稿では、すでに節度の理念が掲げられ、男は過去のしあわせを振り返って、心の治癒を願う。
シュタイン夫人が残した書類から、彼女の自筆によるこの詩句の変形が見つかった。ゲーテ作第二稿（決定稿）の最後の連は、

人知れずひそかに、
人にも思われぬままに、
ひとり心の迷路を
夜にさまよう。(68)

となっているが、シュタイン夫人のものは次のように変えられている。

人に知られず、
人に蔑まれるままに、
天上の衣につつまれて
夜空に輝く。(69)

ゲーテは、運命の星が心に潜む個人を描いているのに対して、シュタイン夫人は星をより崇高な、より

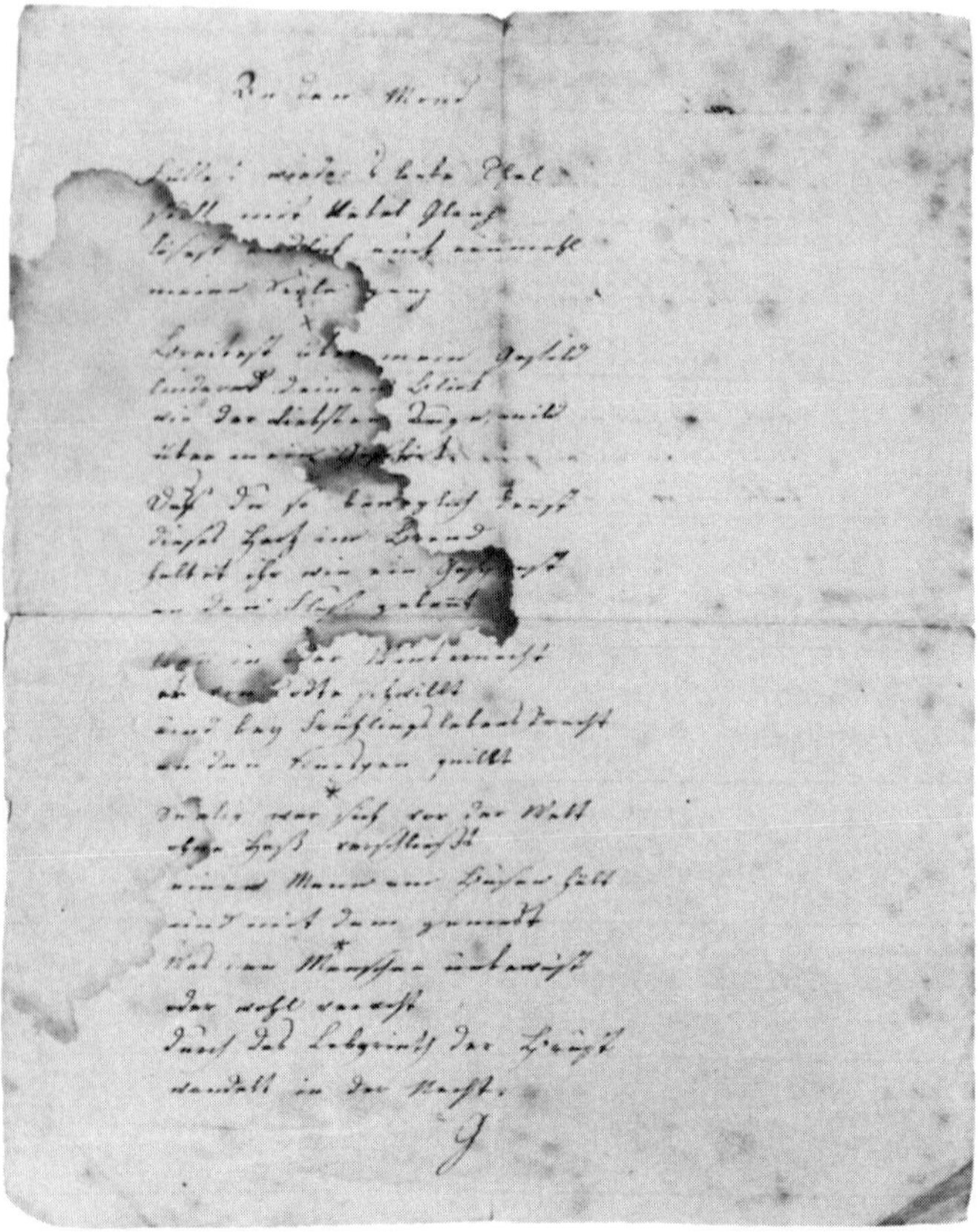

図15　ゲーテ『月に寄す』(第1稿). シャルロッテ・フォン・シュタインが筆写したもの, デュッセルドルフ, ゲーテ博物館所蔵.

純粋な世界の象徴として、多くの人には「知られず、または蔑まれるままに」夜空に孤高の光を輝かせる。シャルロッテのこの本歌取りは、ゲーテとの相愛関係の清算にほかならない。

　晩年になってゲーテは、一八一八年四月二日、文献学者・美学者K・E・シューバルトが『文学と美術の関連性からのゲーテの評価』を著すにあたり、シュタイン夫人との関係を問われたさい、次のように説明する。「私は、私のことを好意的に考えてくれる人々から、多くのことを学びました。それゆえにそれらの人たちを敬愛し、賛美してきたことを隠すつもりはありません。デルブリュックは、リダに寄せた私の小さな、数編の詩に、他のどの詩よりも愛情がこめられていると教えてくれました。私はそんなことは自分で考えたことも思ったこともありませんでしたが、それは彼の言うとおりでした。そのことを考え、そう評価するのは、私にとってじつに嬉しいことなのです。[70]」

一八二〇年、ゲーテは自分が編集した雑誌『芸術と古代』に二つの詩『永遠に』と『二つの世界のあいだで』を発表する。『永遠に』は一七八四年に成立、叙事詩『秘儀』に入れる予定であった。

光、……（略）……
詩人たちをただ美しいイメージへと誘う光、
その光を私は至福のときにはいつも
あの女《ひと》のなかに初めて、そして私のために見いだした。[71]

ここにもまたゲーテの自己観察と自己教育が現れている。一八二〇年成立の『二つの世界のあいだで』という象徴的な題名の詩では、リダ、つまりシュタイン夫人がシェイクスピアと並んで、彼の「人間形成」に影響を与えた人として感謝されている。

ただひとりの女《ひと》に愛を捧げ、
ただひとりの男《ひと》に敬意をはらう

これこそ感情と理知を一つに結ぶもの！
リダ！　私のいちばん近くにある幸福よ、
ウィリアム！　天空のいちばん高みに輝く星よ、
私の今日あるのは君たちのお陰。
歳月ははるかかなたへと過ぎ去ったが、
遠い日々の、共に過ごしたあの時間こそ
私が賜った貴重な人生の収穫であった。(72)

一八一五年五月十二日、ゲーテはコッタ社刊『教養階級のための朝刊』（訳注　以下『朝刊』と略記することもある）紙に『永遠のシェイクスピア』という論文を発表した。当時のゲーテにとってシェイクスピアはどのような意味をもっていたのだろうか。この論文は人間の省察能力の考察で始まる。「人間がなしうる最も素晴らしいことは、自分の思想信条の自覚であり、自己認識をもつことである。これがあれば他人の気持を心から認めることにもつながる。(73)」ゲーテはこのことをシェイクスピアの「遊戯（＝演技）という形(74)」、「なすべきこと」と「なしたいこと」のあいだの均衡をとろうとする彼の努力、「本能的行為」というよりは「精神的言語」を含んだ彼の戯曲をとおして教えられる。むろんシェイクスピアの作品からだけではない。こうした「収穫」をゲーテはシュタイン夫人という存在からも取り入れたのである。
　ゲーテはヴァイマル時代の初期にしばしば、彼を導く「運命」と、「運命」を支える「神々」について語った。政治家、役人、公文書作成者、作家、自然科学者、社交界の名士、さらに恋する男――こうした多面的な自分の役割を、ゲーテは自分で納得できる形でバランスを取っていこうとした。それは、一七七八年の日記で自分の存在を要約しているように、「自分自身のなかに無数の仕事がある」[75]ということなのだが、それもまたつねに繰り返される役割遊びでもあった。

一七七八年には、ゲーテはこのようなまじめさと遊戯という内面生活の揺れどころか、「戦争と平和」という外界の強大な揺れを体験する。すなわち、同年五月十日から六月一日まで、政情不穏を突いてアウグスト公に随行、すでに述べたように、ベルリンへ政治的目的のための旅行をするのである。フリードリヒ大王がバイエルン王位継承戦争に介入、ボヘミアに短期間の遠征、しかも軍事力の誇示のみで会戦もなく終わったために「イモ戦争」と嘲笑されたが、それでもなんとか和平に漕ぎ着けた。ゲーテが「最愛の人」、シュタイン夫人に詩『月に寄す』(「幸いなるかな　憎しみの心なく／身を世に閉ざして…」)を贈ったのは五月一日、その後、アウグスト公とともに臨んだライプツィヒ枢密評議会において、急遽ベルリン旅行の決定がなされたのである。途中デッサウ公のもとに滞在、ゲーテは、十四日付シュタイン夫人宛の手紙にあるように、大きな感銘をうける。「神々が公に、自分の周りに夢のような世界を生み出すのを許されたことに、ひじょうに感動しました。デッサウの町を一巡りすると、話に聞くおとぎ話さながら、まるで天国のような光景、個々のものが柔和な多様性を成して一つに溶け合っております。」そしてその三日後、ベルリンからの報告。「戦争が勃発しようとしているこの瞬間に、ほかならぬその現地に身をおいているというのは素晴らしいことです。王都の華麗さ、生活、秩序、豊かさ——それは、何千人もの人々の犠牲を厭わない働きなしには、ありえなかったものでしょう。人々、馬、馬車、大砲、装備で、すべてがごった返しています。」このように、一方では「純粋な愛らしさ」と他方では「戦争準備」の共存する状況下、ゲーテの反応は、行動する人のそれではなく、観察者そのものである。のちに彼は自分の「冷静沈着な観察方法」について語ることになる(シラー宛、一七九七年八月十六日)。つまり、自分を年代記作者と感じた彼には、次のような予感がしてならなかった。自分は「この劇的な事象の結末」にだんだんに近づいている、「戦争と平和」というこの強大な歴史の揺れもやり過ごすことができる。なぜならば、彼にとってそれは「偉大な人々が人間と、神々が偉大な人々と戯れている」（シュタイン夫人宛、一七七八年五月十四日）ようなものであり、この点がいまや彼の「いっそうの関心事」となっていたからにほかならない。観察者ゲーテは、時代の歴史的大事件を二重の意味における遊戯のように見ている。

仕事と遊び――それをゲーテはすでに一七七八年の初め、特別な仕方で表現していた。公妃ルイーゼの誕生日にちなんで書かれた「気紛れドラマ」の『多感の勝利』である。それは「最新の悪ふざけ」で、「パロディーの悪魔」がゲーテに乗り移ったままである。上演は一月三十日、音楽を付けたのはC・F・S・ゼッケンドルフ、「ユーモラスな王様」主人公アンドラーゾンとその后マンダンダーネはほかでもない、ゲーテとコロナ・シュレーターが演じた。アンドラーゾン王は自分の書いている芝居の続きをどうしたらよいかわからずに困っている。侍女が「王様はドイツ人でしょう。ドイツの劇場では何をやってもかまわないのです」と言う。しかしアンドラーゾン王は、観衆の期待を裏切りたくはない。そこで彼は神々に助けを乞う。彼自身が言っているように、「なにが悪い！　なぜかと言うと、もともとわれわれはわれわれ自身のことを演じているのだから」(76)という具合になる。

こうした遊びと演技への思いはゲーテがけっして棄てようとしたことのないものであった。あとになって『クセーニエン』最後の詩編もその現れで、ゲーテはこのときもホメロスを手に取り、求婚者の裁判から『クセーニエン』用のアイデアをもらった。「すべてが演技にすぎなかったのさ！　君たち求婚者はまだみんな生きているだろう／これが弓、ここが戦いの場所だ(77)」ホメロスの場合、求婚者たちは殺されたが、『クセーニエン』では決闘の真似だけで済むのである。

ゲーテがヴァイマルから逃げ出したとき、三十七歳になったばかりで、まだ若いこの枢密顧問官の数多くの自己分析によれば、この数年間に心がけていたことは、経験を積み重ねること、失望しても深刻に考えないこと、そしてそのどちらも自己の人格形成のための肥やしと考えて活かすことであった。一七八二年以降ゲーテにとってキーワードになるのは「諦念」であり、同年七月二十六日付、プレッシング宛の手紙には、「しあわせの半ばで、〈諦念〉の日々が続いています」とある。ここに、『遍歴時代』の「諦念に生きる人々」の起源がある。

ゲーテの日記は、一七八二年のこの夏以降、一七八六年九月に『イタリア紀行』のためのメモが書きはじめられるまで、四年以上も空白となる。彼は、イタリア旅行に出発するまでのヴァイマル時代を鏡像と認識する。一七八三年九月九日付シャルロッテ夫人宛の手紙には、「他の人々の存在こそ、私たちが自分を認識するための最良の鏡となるのです」とあるように、この倫理的な鏡像が人格形成のために不可欠であることを知っていた。彼は、一八二三年の文芸評論のなかで、「倫理的な鏡像の再現は過去を生き生きと保つだけでなく、過去を高次の生に高めてくれる」[78]と述べる。ゲーテにとって、シェイクスピアは「遊戯の形式」として、シュタイン夫人は遊戯と鏡として重要な存在であったのである。「もともとわれわれはわれわれ自身のことを演じているのだから」というアンドラーゾン王の洞察は、ゲーテの作品創造の特徴をよく表しているが、彼の出版業者に対する態度もじつはそこから生じているのである。

三　仲介者

パリがゲーテの「学校」の一つであったとすれば、ローマはまさに「大学」であった。イタリア旅行以前の人生は、すべて、この旅行のための準備だったかのようである。出発は秘密裏に行なわれた。ゲーテはカールスバートから「旅嚢と穴熊皮の背嚢」だけをもって旅立つ。途中、携行した「書類」(『イフィゲーニエ』、『エグモント』、『タッソー』、『ファウスト』の草稿)を入れるために「小型のトランク」を買い足す。画家ヨハン・フィリップ・メラーという偽名を名乗り、お忍び旅行であったのだが、ローマに到着した最初の夜、ゲーテは旅日記にすでにこうしるしている。「ティッシュバインを呼びにやる」と、彼はすぐに駆けつけてきた。「ティッシュバイン、来訪」。

ゲーテは、この旅行が逃走であったことを自らほのめかしている。「明け方三時にカールスバートをこっそりと抜け出しました。そうでもしないと出発できなかったでしょう。」出発日となった一七八六年九月三日の旅日記の記述である。この日記、つまり『シュタイン夫人のためのイタリア旅日記』は、すでに述べたように、彼女だけを念頭においたもの、いや、まさに彼女のためにのみ書かれたものであった。同年十二月二十三日には彼女にこう打ち明けている。「僕のせいであなたが病気になってしまったと知り、言葉が出ないほど、心が締めつけられます。どうか赦してください。僕だって、命懸けで戦っていました。とても筆舌に尽くせそうもないのです、当時、僕の胸中で起こっていたことは。こうして飛び出してみてやっと、僕は自分を取り戻したのです。ああ、愛しい人よ！」。

しかし、出発前日の九月二日には、ゲーテはまだあれこれ多くのことを片づけなければならなかった。アウグスト公には長文の書簡をしたためて「期間未定の休暇」を請う。従僕兼宮廷会計係であったザイデルには、留守中の家の管理と「フリッツちゃん」の監督を言いつける。この少年、つまりシュタイン夫人の十四歳の息子は、当時フラウエンプラーンのゲーテ家に同居していたのである。もうひとりの従僕ゲッツェはクネーベル家に貸し出された。ヘルダーにはこう言って頼む。「別れの挨拶もせずに出てきてしまったことをご容赦くださるよう、後に残されたみなさんに、私に代わってくれぐれもよろしくお伝えください。また、できましたら、何かつじつまの合った説明を申し添えていただければ幸いです。」ザイデルだけが最初の目的地がローマであることを知っていた。連絡先が「ローマ、ヨゼフ・チオーヤ様気付ヨハン・フィリップ・メラー様へ」となっていたからである。そしてその日の「夜十一時」に、ゲーテはさらにシュタイン夫人に手紙を書く。「やっと旅支度も整いました。と言ってもじつはまだ完全に整ったわけではないのです。本来なら僕が当地でしなければならない仕事はあと一週間分もあるのですから。しかし僕は出発します。もういちどお別れの言葉を言わせてください。ごきげんよう、かわいい人、僕はあなたのものです。」シュタイン夫人のコメントは、「少々礼儀を失したやり方で彼は友人たちのもとを去って行きました」であった(79)。

九月二日、出発準備に忙殺されるなかでゲーテが行なった最も重要な指示は、ゲッシェン書店刊『著作集』(全八巻)の準備に関するものであった。「前半の四巻は」とゲーテはアウグスト公に報告している、「やっと準備が整いました。ヘルダーが根気よく誠実に私を助けてくれたのです。後半の四巻についても……(略)……粗末な仕事にならないようにするためにはどうしたらよいか、いまになってようやくわかってきました……(略)……私はひとりで名前を変えて出発します。いささか奇妙に見える企てですが、そこから最善の結果が得られるようにと私は願っております[80]。」また、ゲッシェンには、次のように報せている。
「ちょっと旅に出る予定でして…（略）…宮廷会計係ザイデルに…（略）…すべてを話してあります…（略）…第一巻は読者への献詞を残すのみです…（略）…印刷に関するコメントをいろいろ書いて同封しておきますので、任意にご利用ください。もしそちらで決めかねる問題が生じましたら、直接ヴァイマル宗務総監督官ヘルダー氏にお問い合わせください[81]。」そしてゲーテはゲッシェンとの契約書に「カールスバートにて、一七八六年九月二日、J・W・フォン・ゲーテ」と署名して、ザイデルに保管させた[82]。

ゲーテの旅行はこのように計算されたもので、旅行の資金源を確保するためには事前に策を練るよりほかなかったのである。それならばいっそのこと、海賊出版者たちのひそみに倣ったほうが手っ取り早かったのではないのか。自分で編集した「作品」をきちんと刊行し、謝礼を支払ってくれる出版社を探すなどという手間を省いて。

ゲーテが、この時期、当時名声の高かったベルリンの出版業者ウンガーとも交渉していたという話は、ゲッシェンの孫ゴッシェン子爵に由来する伝説にすぎない（ゲーテ自筆の手紙を読み間違えたのである）。のちにロマン主義文学の出版をするウンガーは、確かに当時すでに名が知られていた。ベルリンで印刷所と出版社、そのうえ活字鋳造所を経営し、一七九四年には自分の名前をとって命名した活字「ウンガー・フラクトゥーア」を鋳造し、のちにベルリン・アカデミーで木版による版画制作を教えた[83]。

一七八六年五月三十一日、イェーナで発行されていた『一般文学新聞』に、次のような記事が掲載された。「枢密顧問官ゲーテは、初めて、自ら自作『著作集』の編集に取り組んでいる。この『著作集』には、これまで同氏の許諾も得ないで、しかも明らかに不正確なままに刊行された作品が初めて正式な形で収録される。」

ゲーテがゲッシェンとの交渉で用いたのは、かつてミュリウス書店との交渉のさいにメルクを介在させて行なった実験済みの方法であり、それ以後生涯をとおして出版社を相手にするときに使い続けることになる手であった。つまり、実際の交渉を受け持ち、その細部まで詰めてくれる、いわゆる仲介者を立てたのである。ゲーテは、仕事というものはどう行なうべきかについて、一貫して定見をもっていた。戯曲『シュテラ』には「勤勉と善行は、天の贈物、不幸な恋をする心には補いとなるものなのです[84]」とある。一七七九年一月十三日の日記にゲーテは書き込む。「仕事のプレッシャーは精神にとても良い。プレッシャーから解放されれば、精神はいままで以上に自由になり、人生を楽しめるからである[85]。」長編『親和力』ではこう述べられている。「一つだけ、僕たちのあいだできちんと取り決めておくことにしよう。つまり、本来、仕事の領域にあるものは、すべて生活から切り離すことにしよう。仕事には、真剣さと厳格さが必要だ、一方、生活には気ままさがなくてはならない。仕事は首尾一貫した連続性であるのに対して、生活では時に首尾一貫しないほうが、愛らしく微笑ましくていい場合もあるからね[86]。」一八一七年の『イエーナ博物館』では、「どんな仕事も、結局は倫理の梃子《てこ》で動かされています。すべて人間がやるのですから。問題は人格です[87]」とある。私にとってゲーテの人格という点で見逃せない意見が、一八二五年十二月六日の宰相ミュラーとの対話に出てくる。「仕事は抽象的に進めなければなりません。好悪の情や、情熱、えこひいきなど、〈人間臭さ〉を抜きにして。そうすればもっと速く、もっと多くの仕事ができます。簡潔に、有無を言わせず、的確に[88]。」簡潔に、有無を言わせず、的確に——いまでも有効なゲーテの教訓である。

生活と仕事との分離、つまり出版業者との交渉を自分の本来の生活と切り離すこと、ゲーテはこれを終始一貫して実行した。同時代者たちは、それを正確に記録している。シラーは一七八七年八月十二日にケルナーに宛てて書いている。「ヘルダーは、ゲーテが詩人であるのと同じくらい実業家であるのを、いや、詩人以上に実業家に徹している点に賛嘆しております。」

ゲーテの全集が初めて合法的にゲッシェン社から出版されるにあたって仲介者となったのは、フリードリヒ・ユスティン・ベルトゥーフ（一七四七―一八二二）であった。彼はゲーテにとってつかみ所のない人物だったにちがいない。彼の性格を評価すると同時に不信感もいだいていたゲーテは、仕事で接するときはつねに距離をおいていた。ベルトゥーフは宮廷官吏にして個人企業家であり、ヴァイマル市の資産家・名士のひとりで、宮廷ではアウグスト公の秘書兼お手許金保管官の任にあった。工場主としても成功した彼は、公益や公共性を私利に結びつける術に熟知していた。一七八二年には匿名で『小国家が貧民を救済し、物乞いを撤廃させる最善策』という冊子を出版、九一年にはアウグスト公に、「公国産業社」なる機関の設立を建議している。ベルトゥーフは「公国内の地下資源を探索し、文化振興を図り、また住民の芸術意欲を活性化させ、指導し完成させることなどを唯一の目的とした、公益に資する公立ないし私的機関[89]」を考えていた。この「産業社」は設立され、一時は従業員数六〇〇人にもなった。じつにヴァイマルの就業人口の一〇パーセントに相当する数である。ベルトゥーフ作『子どものための絵本』重版の注釈のなかで、ヴェルナー・シュミットは次のように述べている。「ベルトゥーフは儲けるためならどんな物でも売る。彼は啓蒙家にして商人であり、慈善家にして搾取者、それらすべてである。」

ベルトゥーフは企業家として成功しただけでなく、宮廷で行なわれる素人芝居の劇作家としても成功し、時には自ら役者として出演した。翻訳家でもあり、彼の訳した『ドン・キホーテ』は当時では最も出来の良い翻訳であったと言われる。ゲーテの『光学論』を出版したのも彼である。すでに一七七四年、彼はヴィーラントとともに書籍出版社の設立を計画していた。グライムに宛てた手紙によると、「ドイツの最高水準の作家たちを他社よりも高い報酬によって惹きつけ…（略）…大規模な悪徳出版業者たちと張り合い、日雇い労働者としてわずかな報酬しか支払われていない功績ある学識者を、もっと正当かつ公正に扱うよう連中に強要するため」であった。この計画は実現されなかったが、その代わりにベルトゥーフはヴィーラントとともに『ドイツ・メルクール』と『一般文学新聞』を発行、寄稿者には、ゲーテ、シラー、カント、フィヒテ、ヴィルヘルム・フォン・フンボルトなどが名を連ねた。

ベルトゥーフは非凡ではあったが、他人を苛立たせる存在でもあった。ゲーテは一八二一年宰相ミュラーとの会話で、ベルトゥーフを「他人の筆を着服する名人」と呼んでいる。シラーはベルトゥーフと「接触」のあること否定し、一七八七年八月二十九日付ケルナー宛の手紙で、ベルトゥーフとヘルダーが、「まるで蛇とイエスみたいに…（略）…憎み合っている」と述べている。ゲーテはヴァイマル入りしてから数年間のうちに、もうベルトゥーフを嘲笑しきって相手にせず、距離を保っていた。「ベルトゥーフ化する（verbertuchen）」という動詞はゲーテの造語である。「他人の筆を着服する」という表現にはもう一つの意味があった。ベルトゥーフは造花の工場生産という新しいアイデアをパリから輸入していたからである。彼の工場には、あのクリスティアーネ・ヴルピウスも女工として働いていた。当時二十二歳、のちにシュタイン夫人から「無教養な女工」と呼ばれるこの娘とゲーテが出会ったのは、一七八八年六月十二日、ヴァイマルの公園であった。

ベルトゥーフはゲーテにゲッシェンと出版交渉することを勧めていた。この提案をゲーテが奇妙に感じられずにはいられなかったのは、ベルトゥーフが最初に推薦した一七八六年の前半には、ゲッシェンは出版者としてまだ駆け出しであったからである。ゲッシェンにはいつまでも未知数という印象がつきまとった。のちにゲーテは「彼にはどこかまともではないところがある」(90)と言った。

ゲオルク・ヨアヒム・ゲッシェンは一七五二年四月二十二日ブレーメンに生まれた（ただし正確な日付の記録は残されていない）。母親は早くに亡くなり、商人であった父親はまもなく経済的に行き詰まって逃亡、十三歳で孤児になったゲッシェンは親戚のもとに引き取られる。ブレーメンのクラーマー書店で修業を積んだゲッシェンは、やがてライプツィヒの大手書籍業の一つクルジウスに雇われ、ほどなくライプツィヒの文学界とのつながりをもつようになる。ここで彼はケルナーと知り合う。ケルナーはシラーをマンハイムから呼び寄せて世話をし、ゴーリス村の一軒家を仲介するのだが、そこでゲッシェンも間借りしていたのである（今日でもゴーリスのシラー・ハウスの下階にはゲッシェンの部屋の表示がある）。

当時ライプツィヒには、およそ二三の書籍出版販売社と一二の印刷所があった。ゲッシェンは当初、一七八一年にデッサウで作家共同組合として設立された「知識人書店」の経営を引き継ごうとするが失敗、一八五年三十三歳になって一念発起、ケルナーから借りた三千ターラーを資本金にして自分の出版社を設立する。初めて出版した六冊の本は復活祭書籍見本市に出展されたが、いずれも啓蒙主義思想寄りの立場を表明した著作であった。ツァハーリアス・ベッカー著『農民のための困窮時相互援助手引書』はその一つで、このポケット判の実用書は当時のドイツではベストセラーの一つとなった。ちなみに著者のベッカーは後年、ナポレオンの命令で一七カ月マクデブルクに拘留される憂き目にあった。もっとも、ナポレオンによって裁判にかけられ、銃殺刑となったニュルンベルクの出版者パルムに比べれば幸運だったと言える。

この新参ゲッシェン書店の二番目の企画として出版されたのが雑誌『タリーア』の第二号で、シラーが編集し自ら大部分を執筆していたこの雑誌を扱うことによって、ゲッシュンは名実ともに最も重要な同時代文学の出版者となるのである。すでに述べたように、シラーを介してゲッシェンはヴィーラントと知り合い、二人は親友付き合いをするようになる。伝記作家グルーバーはそのヴィーラント伝において、ゲッシェンがどれほどヴィーラントに気に入られていたか、またゲッシェンという人間について、次のように書いている。彼は「才気と幅広い知識を持ち合わせた人物」で、「自分の職業の尊厳を自覚して」おり、出版業によって「自分自身の利益を得ると同時に、つねにわれわれの文学の名声を高め、作家たちに最大限の利益をもたらし、また活版印刷術の分野ではドイツの名誉にも貢献したのである。」[91]ヴィーラント自身がゲッシェン書店お抱えの作家になれなかったのは、彼にはヴァイトマン相続人&ライヒ社との契約があったからだが、それでも一七八九年には『信仰の対象を哲学する自由について考える』がゲッシェン書店から出版された。ゲッシェンは卓越した顧問団を有していた。ケルナー、シラー、ヴィーラントであり、そしてもうひとりはあのベルトゥーフであった。つまり、ゲーテは、自分が出版者との仲介者として選んだこの男から、新米出版者ゲッシェンを強く薦められるのである。ゲーテはベルトゥーフとゲッシェンの関係を知らなかったし、ましてや、ベルトゥーフの推薦の裏にしたたかな計算が潜んでいることなど、知る由もなかった。ゲッシェンのような新参出版者がゲーテを獲得するには、それまで彼が動かすことのできた資金ではとうてい間にあわない。ゴッシェン子爵の記述によると、「祖父ゲッシェンの資金調達源が乏しいこと」をベルトゥーフが知って、二人の合意のもと、ごく短いものながらも正式文書を交わして、「双方はゲーテ著作集を共同で出版するにあたり、費用、収益ならびに損益を等分しあう」[92]と規定し、損害賠償についてはゲッシェンが自分と出資者のケルナーの分を合わせて三分の二を、ベルトゥーフが残りの三分の一を負担することとした。これは、熟慮と議論の末に「紳士」として交わした契約であったのだが、一七九一年には、ベルトゥーフが資本金、利子ならびに利益の取り分を支払ってもらい、この共同事業から身を引いた。ベルトゥーフの関与が明らかになったのは、一〇〇年もあとになってのことである。

一七八六年六月、ベルトゥーフを仲介者として、ゲッシェンとの最初の交渉が行なわれ、ここでもまたゲーテは、著作集は全八巻として、全紙《ボーゲン》（訳注 Bogenは一度に印刷できる頁数を数える単位で、通常一六頁）一枚につき三ルイ金貨の要求を突きつけた。ゲッシェンはなんとかゲーテに負けさせようしてベルトゥーフに頼むと、彼はあいだに入って交渉し、ゲーテは最初の要求を引っ込めるのである。全紙《ボーゲン》一枚ごとの計算はゲーテにとっても煩わしかったからなのだが、その代わり彼は報酬総額を二千ライヒスターラーにつり上げた。

なんとしてもゲーテを自分の出版社の作家にしたかったゲッシェンは、意を決して要求を呑むのである。一七八六年七月六日付シュタイン夫人宛の報告では、ゲーテの満足している様子がうかがわれる。「ゲッシェンと著作集のことで合意しました。［第二版の全紙《ボーゲン》一枚あたりの報酬額を決めるという］一点では譲歩しましたが、その他の点では彼が全部要求を呑みました。(93)」しかしその後も交渉は、契約が交わされる同年九月二日まで続いた。この契約書にはいくつか奇妙な条項が含まれている。第一条では、著者は、「もし時間的余裕があれば、後半四巻を宣伝で予告したよりも、さらに完成された形にすべく可能な限り努力する」「場合もありうる」と約束している。また本の装丁は、よりにもよってヒンブルクの海賊版が手本にされているが、結局は「著者は印刷の調整、本の装丁についてはすべて出版者に委任する」。後日、さらに大八つ折判の「契約を結ぶ」こととする。(94) このような諸々の不確定要素は、しばしば誤解と争いの原因となる。さらに第十条は、「著者の今後の著作は、まずゲッシェン氏に提供されること。しかし著者は事情によってはそれゆえに特別な条件を付ける権利を留保するものとする」という追加条項を含んでいる。法律家でもあったゲーテは、この著作集の契約を定めるにあたって、ほとんど疑り深いまでに細心であった。ゲーテとゲッシェンの結びつきは五年間続いた。ゲーテは契約を守ったが、態度は命令的だった。作家と出版者との関係はつねに間接的なものであった。むろん、手紙や仲介者を介した交渉は頻繁になされたが、二人が個人的に会うことは一度もなかった。

四　「印刷された本の権威」
――ゲッシェン書店から最初の合法的な著作集が出版される

ゲッシェンがゲーテという大きな収穫を手中にしていかに誇らしかったか、その様子はゴッシェン子爵の伝記から読み取れるが、彼の得意げな気持ちは、まず二つの行動となって現れた。一つは、一七八六年七月半ば、『ドイツのためのドイツについてのジャーナル』[95]に掲載された『全集』の広告文である。

> 「ヴァイマルの枢密顧問官ゲーテ氏『著作集』（全八巻）、ライプツィヒのゲオルク・ヨアヒム・ゲッシェン書店より刊行」
>
> このたび、ヴァイマルの枢密顧問官ゲーテ氏自らの編纂による完全版全集が弊社から刊行する運びになったことは、読者諸氏には願ってもない朗報であろう。ドイツ内外のゲーテ愛好家および彼の崇拝者たちが久しく待ち望んでいたところであり、また、早くからゲーテを愛読していた一般読者の声も、彼のもっと多くの作品の提供を要望するものであった…（略）…。

ゲッシェンはこの広告をいっそう効果的にしようと、「作者の…（略）…言葉」と銘打ってゲーテの手紙を公開した。

私はついに私の全著作、すなわち既発表・未発表を問わず全作品を収録した著作集を出版する気になったのですが、その理由につきましては貴下もご承知のことと思います…（略）…全八巻本の内容については次のように予定しております。

第一巻　ドイツの読者への献詞、『若きヴェルターの悩み』
第二巻　『ゲッツ・フォン・ベルリヒンゲン』、『同罪者たち』
第三巻　『イフィゲーニエ』、『クラヴィーゴ』、『兄妹』
第四巻　『シュテラ』、『多感の勝利』、『鳥』
第五巻　『クラウディーネ』、『エルヴィンとエルミーレ』、『リラ』、『イエーリとベーテリ』、『漁師の妻』
第六巻　『エグモント』（未完）、『エルペノール』（二幕）
第七巻　『タッソー』（二幕）、『ファウスト』（断片）、『道徳的・政治的人形劇場』
第八巻　その他の著作、詩(96)

さらに手紙は続く。「前半四巻は確実に予告どおりの作品を収録できるでしょう。しかし第六巻と第七巻に予定した作品はまだ執筆中であり、その全作品とは言わないまでもいくつか完成して掲載するためには、ゆとりと安らぎが必要です。万一完成できなかった場合には、後半四巻は別の内容になるかもしれま

図16 《『ゲーテ著作集』，ライプツィヒ，ゲッシェン書店刊，1789年》の口絵．アンゲリカ・カウフマンにもとづくＪ．Ｈ．リップスの銅板画．ゲーテの胸像の前に悲劇の女神と喜劇の女神とアモールが集う（原画，1787年はヴァイマル古典財団所蔵）．

せん。」

じっさいこの著作集の配本は第一巻から第四巻までが予告どおりになされ、第五巻から第八巻までは内容が変更された。

この手紙でゲーテが未完成のものや断片にまで触れ、作品によっては完成できるかもしれないとか、後半数巻の内容は変更されることもありうるなどと告げたことは、本来ならゲッシェンの意に沿うはずがなかった。のちにゲーテが売れ行きのことで苦情を言うたびに、ゲッシェンはいつもこの広告文のせいにしている。しかし当初ゲッシェンは、この「作者の言葉」を「この著作集が贋作ではなく真作であること、および自分の版権が合法的であることを証明する最も確実な文書」と考えたのである。

いかにもゲッシェンらしく、海賊出版者に対して断固たる警告も発し、このような獲物を狙う複製業者たちの機先を制そうとして、この「広告文」を次のように結んだのである。

無断複製者に告ぐ

ここに予告した作品が、諸君にとっては結構な投機の対象となるであろうことは、容易に想像できます。ただし諸君、諸君が仕事に取り掛かるまえにはっきりと申し上げておきたい。当方でもすでに諸君に対して万全の対抗処置を取らせていただきました。諸君がもし、諸君の不正な商売で当方の正当な営業を妨害しようと考えておいでなら、当方には、利益をすべて犠牲にしてでも諸君の願望を葬り去る覚悟も出来ております。諸君が世間でいくらか名声を得ているとしても、そのような行為によって、その名声が台無しになるでしょう。諸君はしたたか恥をかき、奥方様やお子様から軽蔑の眼差しで見られ、まっとうな紳士のお歴々からは、もう杯を傾けてはもらえないでしょう。

ゲッシェンの布告はどうやら狙いどおり効果があったようであり、少なくともゲッシェン版の海賊版は記録されていない。

だが、ゲッシェン版の滑り出しはけっして好調とは言えなかった。見込んでいた予約注文の一千部を大幅に下回ったのである。ゲッシェンは、一七八六年十月二十九日付ベルトゥーフ宛の手紙にあるように、その原因をゲーテが広告文に未完の作品を載せたことに帰した。「ゲーテが全集を未完の作品を含んだままに出版するかもしれないなどと広告文に書いたものですから、私にはじつに手ひどい打撃で、これが予約注文を取るさいの大きな障害となってしまいました。」もともとゲッシェンは、『ゲーテ著作集』の売れ行きに関しては楽観していた。彼が「自国の重要作家の作品購入」を継続しようとしない「ドイツ精神」を非難したとき（ベルトゥーフ宛、一七八六年七月十二日、および八七年三月十八日）、彼はなお一千部の予約注文を見積もっていた。予約注文が取れない分の販売に関してもこう言っていたのである。「たとえ予約が入らなくても、直接販売すれば利益はその分かえって増します。元は取れますので、心配はしていません。」しかし、予約注文が予想を大きく下回ると、ゲッシェンはヴィーラントに向かって、「ドイツの読者は、ゲーテの著作に関しては、あのガイスラー・ジュニアの不滅と称される作品ほどは好んで[97]予約注文をしない、と断言せざるをえない。一七八七年の復活祭書籍見本市では、予約注文は六九二冊であった。そして、第五巻と第八巻が出たあとは、売れ行きは落ちる一方であった[98]。

若い出版者ゲッシェンにとって、ゲーテがイタリア旅行中、しかもたまにしか連絡が来なかったことは、ひじょうに辛いことであった。「ゲーテがどこにいるのか私は知らない」とゲッシェンはベルトゥーフに何度も嘆いている。『ヴァイマル版全集』にも、一七八七年二月二十日から八月十五日のあいだ、ゲーテからゲッシェンに宛てた手紙は一通も収録されていない。このように空白期間があるうえに、ローマとの連絡を取ることが困難な状況では、まともな編集作業を行なえるはずがない。さらにゲーテは、面倒なことを考え出していた。つまり、既述のように、ヘルダーが刷本《すりほん》や刷本の一部抜きのチェックを行ない、秘書ザイデルが金銭関係を担当するというもので、明らかにこの点に、ゲッシェンとの関係が難しくなってゆく理由がある。疑い深いゲーテは、自分が不在のままに、仲介者を介入させて、彼らも「契約書」どおりにしか動けないようにしたのである。それでザイデルも、じっさい、前金と引き換えにしか原稿を渡さなかった。このやり方はゲッシェンを刺激し、感情を害したにちがいない。ゲーテは一七八八年二月九日ローマからザイデルにこう命じている。「ゲッシェンに対してはおまえのなすべきことをきちんとやりなさい。原稿の最後の部分と引き換えに、その場で原稿料を受け取りなさい。お金を受け取るまえに原稿を渡さないこと。申し付けておいたことだけを実行すること。(99)」ゲッシェンに対する連絡も同様で、例えば一七八七年十月二十七日付の手紙にはこう書かれている。「私は貴殿宛のこの手紙を、そのまま会計係ザイデルに送ります。そうすれば私たちのあいだのやり取りがわかるでしょうから。」ザイデルのほうは次のような指示を受けている。「ゲッシェン宛の手紙は写しを取るか、少なくともその要点を抜書きしなさい。おまえが言われたとおり行動し、ゲッシェンとの交渉の結果を忘れないようにするために。」それからゲッシェンおよびその同業者たちに関わる言葉が続く。「あの連中はみなそうだが、彼にはどこかまともでないところがある。(100)」そしてこの手紙は次のような注意で終わっている。「第五巻の残りの原稿は銅版画と一緒に、おまえ自身の手で渡すように。ただし、現金以外の引き換えには応じないように。契約書はそうなっているのだから、ご機嫌をとる必要はない。」こうしてゲッシェンは、ゲーテの代理人二人と交渉せざるをえなかったのだが、前金払いというこの条件の裏に潜むものが、自分への不信感であることを感じ取るのである。

このようにゲーテとの関係はきわめて難しいものであったが、ゲッシェンは「契約書」の各条項に留意し、違反のないように細心の注意をはらい、紙、製本用の糸・接着剤を選び、校正も校正係に任せっきりにしないで、自分でも目を通した。刷本をヘルダーに送ると、ヘルダーは、ゲーテが落丁などで煩わされたくはないと言ってきている、と伝えた。しかしそれは何かの間違いだったのであろう。一七八七年五月、前半の第一巻から第四巻までが刊行された。そのなかには誤って表紙の見返しに『ゲーテ著作集、第一部から第四部まで』と印刷されたものが何部か混入していた。

読者の反響は好ましいものではなかったようである。ゲッシェンは同年九月二十二日付の手紙で、ヘルダーには世間の批評について嘆き、ベルトゥーフには読者について苦情を並べている。「儲けようとして見本市で本を買い占めた本屋たちが返本したいと言っています。『イフィゲーニエ』は理解できない、『兄妹』は退屈だと言うのです。『多感の勝利』は流行遅れ、出すのが遅すぎました。『鳥』は暗すぎます。読者が求めるものなど、誰にもわかりません！」おまけにゲッシェンのほうも大きな失敗をしてしまう。つまり、ゲーテに献本を送るのを忘れたのである。ゲーテは感情を害し、献本を遅れて受け取った同年十月二十七日、ただちに、「このさい申し上げなければならないのですが」とゲッシェンに切り出す。「著作集の献本三冊を目の前にして…（略）…喜んでいるとは申し上げられないのです。紙質は筆記用紙よりはましな印刷用紙には見えるものの、本の小口を切り揃えたあとでは、本の判型のサイズがまったく小さくなりすぎています。印字された文字は不鮮明ですし、インクの色は紙と同様にムラがあります。そのため読み捨ての雑誌みたいで、とても一定期間保存される本の体《てい》を成してはいません。たまたまヒンブルク版がここにありますが、手にしたものと比べると、これすらサイン入りの贈呈本のように立派に見えます。しかし、これはもう起きてしまったことであり、元に戻すことはできません。また私が目を通したいくつかの作品には、印刷ミスや落丁がありますが、これらが原稿にあったものなのか、校正段階で生じたものなのかはわかりません。」ゲーテはさらに、契約書に「定める」とおり、オランダ紙を用いて「出来のいい」本を作るように要求する。ゲーテはこの手紙をローマからまずザイデルに送り、ゲッシェンに渡すまえにベルトゥーフにも見せるようにと指示した。ベルトゥーフは一七八七年十一月十九日の手紙で次のように述べている。ゲーテの印刷に対する苦情は「怒りっぽいヘルダーの影響」にすぎない、しかし「出来のいい」本をという要求に関しては、ゲッシェンはゲーテの「間違った思い込みを正す」必要がある、「正直言って、ゲーテがこんなに細かい男だとは思わなかった」。

ゲッシェンは打ちひしがれた。自分は最善を尽くしたのに、ゲーテのほうは印刷も校正も他人任せだったではないか。ゲッシェンはベルトゥーフに宛てて次のように愚痴をこぼす（一七八七年十一月二十二日）。「ゲーテのあのような手紙はやる気をなくさせます。あの活字は今回初めて印刷に用いたものなのに、不鮮明だと言うのです！　白色の紙、それも本がむやみに嵩張らないようにする程度の厚さの紙を印刷用紙にせよ、と言うのです。そのとおりなのでしょう！　ヘルダーは自分の著作の版をこれと比較してみるべきでしょう…（略）…正直いって、ヘルダーやゲーテのこういう面を前もって知っていたら、彼らの作品をあれほどいそいそと出版する気になれなかったと思います。二千ライヒスターラーの投資は子供の遊びじゃないのですから。」

ゲッシェンはゲーテの批判を聞き流すことができなかった。ベルトゥーフはさきの十一月十九日の手紙で、「印刷ミスと乱丁についてはザイデル自身が、原稿に原因があるのではないかと言っている」と言いふらしたあげく、ゲッシェンは「ヘルダーに謝罪を求めたらいい、あとはこちらの知ったことですか！」と述べる。この件にヘルダーが関与していたという証拠はないが、ヘルダーとベルトゥーフのあいだに猛烈な敵対感情があったことは確かである。一七八七年八月二十九日、シラーはケルナーに宛てて書いている。「ヘルダーはじつにひどい状態で、ベルトゥーフの名前が出ただけで顔色を変えてしまうありさま、如才のないベルトゥーフのほうも、この点では所詮傷つきやすい人間であることを免れず、まったく異常なことなのですが、いきり立っております。」ゲーテのベルトゥーフとの関係も冷めてゆく。彼の商売の手口は目に見えてゲーテの感情を害するようになり、それまでの「ドゥー（おれおまえで呼び合う仲）」から、距離をおいた「ズィー（あなた）」で呼び合うようになり、ついには完全に疎遠になってしまった。二人のこの離反が、あるいはゲーテのゲッシェンに対する姿勢にも影響したのかもしれない。

ゲーテには本の印刷の仕方と本の美しさについて、特別の尺度ならびに独自の基準があった。ヴァイマルで行なわれた『一七九一年九月九日の金曜会開会の辞』では次のように述べている。「私たちは書籍印刷とその自由のお陰で想像もつかないほどの幸福と計り知れない利益をうけている。」[101] さらに一八二〇年七月にはローテに宛てて「活版印刷術は世界史の第二部を開いた要因です」としるしている。ゲーテは再三「印刷された本の威厳」について語り、「いかなる本でもその本当の飾り」とは、美しい組版面と十分な余白にこそある、[102] とした。しかし別の判断基準をもつ当時の批評家たちはゲッシェン版が気に入り、業界の諸新聞もその装丁を絶賛した。[103]

ゲーテの母親は息子の批判と同意見で、一七八九年三月九日、ウンツェルマンに宛てて書いている。「ゲッシェンはやくざな男です。第八巻を最初の四巻までと同じような紙質の紙で製本して送ってきました。いったい誰に騙されて第五巻だけこんな立派な装丁にしたのでしょうか。しかし、ゲッシェンは思い知ることでしょう。私はすぐに抗議文を送り、このような見さげたやり方にたっぷり苦情を言っておきました。」

しかしながら批評家たちは、第一巻所収の『若きヴェルターの悩み』が、ゲーテが入念に改稿したものであることに気づかなかった。この有名な第二稿はその後あらゆる編集者をてこずらせることになる。ゲッシェンはこの第二稿を『著作集』第一巻に収録したほか、おそらく海賊出版者を寄せ付けまいとしたのであろう、別に単行本としても同じ一七八七年に出版するのだが、この本には、単行本としては初めて、著者ゲーテの名前がしるされるのである。

この第二稿の本文の成立と構成には、編集上なかなか面白い経緯があった。一七八一年十二月三十日、日曜日、ゲーテはヤーゲマンを昼食に招待した。一七七五年以来アウグスト公の母（大公妃）の司書官を務めていた人物で、イタリア語に精通しており、ゲーテは『ヴェルター』のイタリア語訳について彼と十分話し合うつもりだったのである。しかしゲーテの書庫には初版がなかった。そこでゲーテはシュタイン夫人に紙片に走り書きした手紙を送った。「私の魂はあなたを再び求めています。そんな自分を抑えるために私はヤーゲマンを食事に招いています。どうかヴェルター書簡のイタリア語訳とお手許のドイツ語版をお届けください。」信じがたいことであるが、ゲーテもシュタイン夫人も初版のヴァイガント版をもっていなかった。シュタイン夫人はゲーテに海賊版のヒンブルク版を送った。半年後の一七八二年六月十九日、ゲーテは再びシュタイン夫人に「印刷された私の作品を送ってください。素晴らしいことを思いついたのです。それが実現可能か、調べてみたいのです」と依頼している。ペーターゼンはこの「思いつき」が『ヴェルター』の改訂のことかもしれないと指摘している。[104]

しかし、ヴァイマルで枢密顧問官として一〇年を過ごしたゲーテは、もはやヴェッツラル時代やライプツィヒ時代の、あのシュトルム・ウント・ドラングの青年ではなかった。彼が『ヴェルター』改訂のさいに考えたのは、作品の背景をわかりやすくするための変更、挿入であり、説明を加え、文体の調子を和らげることであった。一七八二年十一月二十一日、ゲーテはクネーベルに宛てて「私のヴェルターに一通り目を通しました。もういちど書き直したいと思います。ヴェルターは母の胎内に戻りますので、君は生まれ変わった彼と再会できるでしょう。ひじょうに微妙かつ危険な仕事ですが、とても集中しているので大丈夫だと思います」、と書いている。一七八三年五月二日付ケストナー宛の手紙は次のようになっている。

「落ち着いた時間に私のヴェルターを書き直しはじめています。センセーションを巻き起こした自殺のシーンには手をつけずに、ヴェルターを数段高めたいと考えています。そのさい私は、アルベルトを、感情的な主人公が誤解するのはやむを得ないとしても、せめて読者には誤解されないような役柄にしたいのです。これは望んだどおりの最善の効果をもたらすでしょう。あなたが満足してくださるといいのですが。」また、シュタイン夫人宛、一七八六年六月二十五日付の手紙には、「私はヴェルターを書き直しながら、作者がこの作品を書き終えて自殺しなかったのは罪だったと感じています」とある。同年六月末、ゲーテはベルトゥーフを介してゲッシェンに「改作した」『ヴェルター』の提供を伝えるが、彼自身はその後も改稿を続行、ヘルダーとヴィーラントもこの作業に協力していた。同年七月六日付、シュタイン夫人宛。「ヘルダーがヴェルターを熟読して、構成上不適切な点を正確に指摘してくれました…（略）…ヴィーラントも一生懸命に目を通してくれているので、少なくとも最初の四巻の準備を整えるのは楽になります」。同じく九月一日付、シュタイン夫人宛。「ヴェルターの最後の部分も決まりました。ヘルダーが最後の部分を数日間検討してくれたすえ、改訂したほうに軍配が上がりました。あなたがこの改訂を気に入ってくださり、この改訂で読者のお叱りをうけないようにと願っております。」九月二日、ゲーテは改訂作業を終えた。彼はゲッシェンに、ザイデルを介して原稿を渡すと伝え、前述のように、印刷上の諸注意は「任意にお使いください」と任せた。それが間違いのもとであった。

ところで、この改訂の主な点は、初版から荒っぽい表現を削り、方言を避けるなどして、初版の文体に磨きをかけたことである。文法的に見ると、規則的な語順が守られ、複雑な複合文が二つに分けられている。しかし、内容的にもいくつかの変更がなされ、例えば、ヴェルターの貴族社会との衝突が根本的葛藤として描かれる箇所は削除された。アルベルトは初版よりも好感のもてる人物に描かれ、ロッテの愛情にいっそうふさわしくなっていて、それゆえにヴェルターの葛藤がはっきりと浮かび上がり、苦悩がいや増しに大きくなって結末はいっそう必然性を帯びる。ロッテがカナリヤに餌を与える場面は初版にはなく追加されたものだが、追加された最も重要な箇所はヴェルターが殺人者になる小作農夫の青年に出会う場面で、ヴェルター自身の止めようもない悲劇の到来を暗示している。「編集者から読者へ」という報告は膨らまされ、いちばん大きな変更が施された。

第二版の編集で面白いのは、一年以上もかけて入念に内容に手を入れたのにもかかわらず、ゲーテが外面的な仕上げをおろそかにしたこと、つまり自分で校正をせずに、すべて他人任せにしたことである。(105) 『ヴェルター』の印刷史で触れたように、ゲーテは、自ら校正作業を放棄したために、彼が指示した印刷上の諸注意をゲッシェンの植字工が「任意にお使い」になっても、チェックができなかった。さらに、弁解の余地のない点は、改訂にさいして用いたのが初版の本文ではなく、シュタイン夫人から借りた海賊版『J・W・ゲーテ著作集』(第一巻、第三版一七七九年、ベルリン、クリスティアン・フリードリヒ・ヒンブルク)であったことである。つまり、ヒンブルクはゲーテにとって「死んで」はいなかったわけである。ゲーテの自筆による訂正が書き込まれた第一巻はヴァイマルの文書館に保管されているが、彼が見過ごしたのは、ヒンブルクが単なる海賊版製作者ではなく「改良者」でもあった点である。当のヒンブルクは売れる本を作りたい一心で、彼ないしその協力者たちはゲーテの文体を変えて短くしていた、つまり、当時の観点でモダンにしていたのである。ゲーテはそれに気づかなかったのか、あるいは気づいてもそれで良いと思ったのだろうか。文体上のいくつかの変更はゲーテ自身の新しい文体の傾向に沿うものであった。ヒンブルク版の本文にはそのうえ誤植や脱落もあったのだが、それも気づかずじまいであった。クネーベルに宛てた手紙からわかるように、ゲーテはザイデルに、ヒンブルク版の本文をもういちど書き写すように頼んだ。このようにして出来た手書き原稿は、ヒンブルクの変更や誤植はむろんのこと、ザイデルの正書法や句読法の癖を含んでいる。この手書き原稿もヴァイマルの文書館に保管されており、ゾイフェルトは一八九九年刊『ヴァイマル版全集』第十九巻の編集にあたってこれを参照することができた[106]。ゲーテが本文のどの形、個々の特徴のどれを是とし、どれを見過ごしたか、この点の決定的な解明は今日までなされていない。秘書や校正者たちが勝手にいろいろな書き替えをしてしまったのである。ゾイフェルトは「校正に携わった五人の筆跡」までは突きとめたが、それ以上に区別することは「文書館の経験豊かな司書たちからご助言、ご教示を得てもなお」完全に不首尾に終わったという[107]。

ところで、ゲーテとゲッシェンの関係は続くが、双方ともますます神経過敏になり、苛立ち、怒りっぽくなっていった。ゲーテは第五巻の原稿を引き渡すさい、「原稿料は…（略）…ザイデルに」と懇請している。ゲーテは契約を厳守したのである。例によって簡潔に、有無を言わせず、的確に。しかし、このやり方はゲッシェンにとっては容易ならぬことで、彼は繰り返し抗弁するのであった。自分は自社の作家たちとは信頼をもって接しているではないか、打算によってではない――確かに信頼は大切だが、契約を忠実に実行することのほうがもっと大切であろう。

むろん出版者は商売の成否に反応せざるをえない。ゲッシェンは『ゲーテ著作集』の売り上げに落胆したにちがいない。一七八九年九月までにつぎ込んだ資金七千八七ターラーに対して、収入はたったの五千三六七ターラーしかなかったのである。

ゲッシェンに打撃を与えたのは、ただ単に赤字になったことや売れ行きが後退したことだけではなかった。この『著作集』の刊行を継続すること自体が何度も行き詰まっていたのである。一七八八年六月十八日ゲーテがイタリア旅行からヴァイマルへ帰ってきたときも窮地にあった。ゲーテは刊行続行を迫る。むろんゲッシェンとてぜひとも継続したいと考えていた。彼が言うには、予約注文者たちが、予約のさいにゲッシェン書店が約束したとおりの巻数を「要求した」からである。七月になってゲーテは『タッソー』が望ましい完成度に達していない、と言い訳をする。結局ゲッシェンが『第八巻　その他の著作、詩』を先に出すことを提案、ゲーテはこれを受け容れた。こうして一七八九年の復活祭に第八巻が配本となった。カールスバートで契約書を交わしてから二年半がたっていた。

ところが、『タッソー』出版をめぐるゲッシェンの「受難史」は、これが始まりにすぎなかった。すでに述べたように、一七八〇年三月三十日が「創案の日」で、十月末に口述筆記も含め執筆を開始、第一幕は一七八〇年十一月十二日、第二幕は翌年十一月十四日に書き終える。しかしゲーテから見て作品が完成したと思われたのは一七八五年二月二十日、翌八六年七月十五日、ゲッシェンは「広告」に、新作『タッソー』（二幕）と予告したのである。しかし、彼はゲーテがイタリア旅行に出発するまえに原稿をもらえなかった。いわゆる「初稿《ウル》タッソー」をゲーテがイタリア旅行に持って行ってしまったのである。この「初稿《ウル》タッソー」は散逸してしまったが、ゲーテがイタリアやヴェネツィアから書き送った証言が残されている。「今夜、私はあの有名な舟歌をリクエストした。船人たちが彼らのメロディーにのせてタッソーとアリオストを歌った歌です」（日記、一七八六年十月七日）。一七八七年二月十九日にはクネーベルに宛てて、「いまタッソーに取り組んでいる。仕上げなければならない」と書いている。『イタリア紀行』の一七八七年二月二十一日には、「いままで書いてきたものはすべて破棄しなければならない。長いあいだ放っておいたので、登場人物も構想も言葉の調子も、いまの僕の考えとは少しも似ていなくなってしまった。」これらはすべて、いずれそのとおりになる一種の予言みたいなものであった。というのもイタリアでゲーテは『タッソー』の仕事をほとんどしなかったからである。ヴァイマルに帰ってきてからも仕事は遅々として進まず、困難をきわめる。一七八八年十月十一日にはクネーベル宛に「タッソーはなかなか進みません」と書き、同年十二月二十七日にはヘルダーに宛てて、「相変わらずタッソーは終わりません」と書いている。

『タッソー』の本文の成立過程をたどるのは、執筆の最終段階の手書き原稿が二種類残されているので、『ヴェルター』の場合よりも容易である。最初の清書原稿は秘書フォーゲルによる口述筆記であり、そしてこの清書原稿から版下となる二番目の清書が作成された。この二番目の清書の第三幕は、ゲーテとゲッシェンのたっての頼みで、もう一人の秘書ゲッツェに任された。「ゲッツェを連れて」多くの旅行をしたゲーテは、のちに彼を道路建設監督官と道路建設委員に任命した。しかし正書法と正確さに関しては経験豊かとはいえず、清書するさい、いくつもの間違いを持ち込んだ。のちに秘書たちのためにアーデルング著『ドイツ語正書法完全解説』[108]が購入され、この書の規範化された正書法に則ってフォーゲルが印刷用の清書を作成することになる。原稿の細部にこだわり、推敲に推敲を重ねたゲーテではあったが、このときもまた校正刷りに目を通す単純作業には耐えられそうもないと感じて、ヘルダーが一七八八年八月初旬イタリアに旅立ってしまった（翌年七月まで）ので、今度はヴィーラントに印刷用原稿の正書法と句読法のチェックを依頼した。二番目の清書にはヴィーラントの自筆による校正の跡が残されている。

L・ブルーメンタールは『タッソー』の清書原稿を扱った論文[109]において、ゲーテが清書原稿と版下を最後まで手許にもっていたことを立証した。したがってゲーテは、フォーゲルの綴り方も、主として句読法に関するヴィーラントの校正も、よしとすることも変更することもできたことになる。『ヴェルター』や『イフィゲーニエ』の場合はヘルダーがひとりで校了としたのだが、このときと違い、ゲッシェンのところに送られた『タッソー』の印刷用原稿はゲーテが「積極的に認可した」ものであった。

この印刷用原稿はライプツィヒのゲッシェンに何度かに分けて送られ、校正刷りもまた何度かに分けられてヴァイマルに戻ってきた。一七八九年八月にゲーテは、『タッソー』と『リラ』を収めた『著作集第六巻』を聖ミカエル祭書籍見本市の頃、つまり九月末までに刊行してほしいと迫った。それは無理な要求というもので、魔法使いでもなければできるはずがない。それなのにゲーテは何を思ったのだろうか、公母アマーリアに彼の出版社の「仕事がのろい」と訴えたのである。しかし、別の事情もつけ加わる。ゲッシェンの関心は、自分が興した新しい出版社を軌道に載せることであり、購読者の確保と財政の建て直しが必要であった。彼はヴィーラントと『女性のための歴史年鑑』の創刊を計画、この第二巻（一七九一）にシラーの『三十年戦争史』の掲載を予定していた。この企画はゲッシェンにとっては重要であり、『ゲーテ著作集』の第六巻をそれに優先させるつもりはなかった。「ゲーテにはもうさんざんてこずらされました」、とゲッシェンは一七八九年十二月十六日にベルトゥーフに宛てて書いている。「彼のほうが待つのが当然です。」ゲッシェンの狙いは当たった。この年鑑は六千部も売れるほどの大成功を収め、出版界の注目を浴びた。それに対して『タッソー』は、紆余曲折のすえ、この作品を収録した『著作集第六巻』が一七九〇年一月に刊行されても、さほど大きな読者の反響は得られなかった。『ファウスト断片』、『イエーリとベーテリ』、『からかい、企み、仕返し』を含む『第七巻』がすぐに続いた。ゲーテはイタリア旅行中、『ファウスト』の構想を「練り直す」機会をもった。[110] 一七九〇年一月、彼は『ファウスト』の印刷用原稿をゲッシェンに送った。『第七巻』は五月に刊行され、これで全八巻の企画は完結した。

五　ゲッシェンとの決裂
――「やむを得ず他の出版者を探さなければなりませんでした」

ゲーテは、この『著作集』の本文の質には満足したものの、売れ行きの悪さには腹を立て、今日の作家たちと同様、出版者のせいにした。出版業界とその「勇ましい出版者たち」に対してゲーテの批判的な発言が増えてゆくのは、この頃のことである。ゲッシェンは機嫌をそこねるが、内心、ゲーテがもはや信頼を寄せてはくれないと感じた。

さらに不愉快なことが起こった。契約書には、普及版とは別に「愛好者向け美装・大型版著作集」（全八巻）を刊行することが盛り込まれていたにもかかわらず、ゲッシェンはそれを放棄してしまった。実行されたのは第五巻以降の印刷部数をオランダ紙で五〇〇部増刷したことだけである。当初、同時に前半四巻も再版する計画であったのだが、実行に移されず、オランダ紙に印刷されたその分の全紙《ボーゲン》は単行本の製作に回された。ゲッシェンの完全な契約違反について言うと、彼がこの『著作集』の第二版を四巻本にして、しかも「粗悪な」廉価版をあまりお金のない「ゲーテ作品の愛好者」用に刊行したことである。むしろん、海賊版への対抗措置で、ベルトゥーフは書店名を記載せずにこの廉価版を刊行するように提案するが、ゲッシェンは拒否する。それにもかかわらずゲーテにこの版の企画を知らせ、許諾をもらう手続きを怠った。つまり、ゲーテの合法的出版者が一種の海賊版を作ってしまったのである。当然ゲーテはこのことを知って失望し、以後ゲッシェンと仕事を続ける気がなくなってしまった。

『著作集』の刊行が完結するまえのことだが、ゲーテは、新作はまずゲッシェンに提供するという契約を守って、『植物変態論試論』を見せた。ゲッシェンはある植物学者に専門的な鑑定を依頼、ところがこれが大失敗となる。つまり頼んだ相手というのが、この試論中でゲーテによってあからさまに嘲笑の的にされた専門家のひとりであったのである。鑑定報告は当然否定的で、ゲッシェンはゲーテの原稿を断った。「原稿の運命」についての報告のなかで、ゲーテはことの経緯を次のように書きとめている。

　私はそれゆえ彼に、科学的内容の論文を完成したので出版してほしいと伝えた。彼が私の著作にもはや格別の期待をかけていなかったのか、そうだとしたら、ありそうな話だが、このような異なった分野への挑戦について専門家にお伺いを立てたのか、そんなことを私は穿鑿する気はない。ただ、なぜ彼が私の小論文の印刷を断ったのかがよくわからないのだ。というのは、最悪でも、彼はたった六枚の全紙《ボーゲン》を犠牲にするだけで、内実豊かで、颯爽と再登場してきた、信頼できる、つつましい（原文のまま！）著作者を獲得できたのだから。
　またしても私は、あのフライシャーに『同罪者たち』を持ち込んだときと同じような状況に陥ったのである。しかし、今回はすぐに怖じ気づいたりはしなかった。私との関係を求めていたゴータのエッティンガーが引き受けてくれると言ってきたのである。このようにしてこの一〇〇頁足らずの論文は、ラテン活字体で品良く印刷され、運を天に任せて世に送り出されたのである。(11)

　私たちは、「植物変態論」関係の著作が受け容れられるまでに、どれほど論争があったかを知っている。ゲーテの友人たちでさえ、彼の植物論に対しては懐疑的だった。しかしゲッシェンがうけた打撃は骨身にこたえるもので、自分がとった決断、つまりこの作品を出版するのを拒絶したという事実はついに克服することができなかった。にもかかわらず彼は一七九一年に、もう一度ゲーテに他の作品を出版させてもらえないかと話を持ちかける。同年七月四日、ゲーテは次のように返事する。

本をご送付いただきありがとうございます。また、お手紙に述べられております貴殿のお気持ちには感謝しております…（略）…ひじょうに残念なことではありますが、『植物変態論試論』の出版が貴殿から断られたものですから、私はやむを得ず他の出版者を探して、すでに契約を結んでしまいましたので、これをすぐに解消するわけにはまいりません…（略）…聖ミカエル祭書籍見本市までにはなんとか新著『色彩論』も読者の目に触れるようにしたいと思います。正直に申し上げますと、本当は私の全著作をひとりの出版者にお任せしたかったのです。

私は現在、長編小説を執筆中ですが、今後はこれまで以上に舞台作品に関わってゆきたいと思います。

イタリア旅行に関するものは全部とってあります。ローマで書きました悲歌の冊子も、ヴェネツィアで生まれた警句詩《エピグラム》も、まだ手つかずで、出版される時を待っています。貴殿のお言葉のように、私の作品は他の作家ほどに一般受けするものではありませんので、私自身も作品の内容に応じた対応を考えざるをえません。それゆえ残念ではありますが、私が今後仕上げる著作を引き受ける出版社は完全に分散するであろう、と思っております。…（略）…ご壮健をお祈り申し上げるとともに、私のことをお忘れにならないようお願い申し上げます。

ゲッシェンは自分の過ちがまだわかっていなかった。のちに仲介者の役割を引き受けることになるベッティガー宛に、「ゲーテのような人が本をお書きになったとか、それが心血を注ぎ込んだものかどうかなどは、商人の私にはどうでもよいことです。小商人は、パトロンにはなれないのです」と書いている。これは、のちに出版者について、出版者こそが商人のなかで、「最高の地位」にあると言った人の発言とはとうてい思えない。出版者は作家に対して感情を剥き出しにしてはならない。出版者は、作家というものが独創的な才能をもつのと引き換えにふつうではない、常軌を逸した存在になってしまうことが珍しくない、と心得ておくべきである。作家が失敗したとき、自分の作品を十分に生かしてくれなかったとか、宣伝が少なすぎた、読者獲得のための努力が足りなかったなどと言って、出版者に責任を負わせるのは、自己防衛上、やむを得ないことなのである。作品でもなく、市場でもなく、つまりは出版者のせいにするのである。出版者のこうした立場に耐えることは気質的にいってゲッシェンには無理な相談というもの、彼は屈辱を感じていたにちがいない。譲歩はおよそ彼とは無縁であり、たとえ譲歩したとしても、寛大に、分別をもってするのではなく、細かいことに拘泥し、表裏のない抗議となって、ゲーテの「嫌がらせ」を嘆くのであった。このような状態では、二人の共同作業が長続きするはずがなかった。性格と気質があまりにも違いすぎた。ゲッシェンのほうでも出版者という立場に対するゲーテの偏見（「彼にはどこかまともではないところがある。あの連中はみんな同じだ」）にどうやって対処してよいかわからなかった。

後述するように一七九一年のゲーテは、むろん、ゲッシェンと付き合いはじめた一七八六年頃のゲーテとは別人であった。両者にはゲーテのいわゆる「イタリア性」が介在する。そして、それは、すぐに別の出版社から出された『新著作集』第一巻所収の『カリオストロと呼ばれるジュゼッペ・バルサモの系図』『ローマの謝肉祭』、そしてヴェネツィアとローマで生まれた警句詩《エピグラム》と悲歌となって現れたのである。

ゲーテのイタリア体験はフランス革命体験と絡み合う。彼がローマからアウグスト公に「私の最初の（本当は二回目の）作家生活を終わりにしたいのです、少なくとも新しい作家生活を始めたいのです」と書き送ったときには、すでに根底的な変化が生じており、出版者との関係にも影響を及ぼさざるをえなかった。自分の著作の商品価値をいっそう自覚するようになり、モーリッツ編『ドイツ月報』やシラー編『詩神年鑑《ムーゼンアルマナハ》』（一七九六）に発表した詩や警句詩《エピグラム》に対して稿料を要求するようになる。ゲッシェンは作家ゲーテの第一期の集大成にかかりきりで、イタリアでその第二期が始まっていたことに気がつかなかった。それにしてもゲッシェンが、一度全力を投じて獲得した作家に対して、これほど忍耐も賢明さも失い、のちには関心すらいだかなくなってしまったことは理解しがたい。『ヘルマンとドロテーア』の話を持ちかけられたとき、ゲッシェンは仲介者のベッティガーに答えている。「もちろんゲーテの詩を出したくないわけではありません。とりわけ世間にゲーテと私が永遠に別れたのではないと示すためにも。まあ、成り行きを見守ってください。でも来年の復活祭までは資金のやりくりがつきません。そのあとならご意見に従います。[112]」ゲッシェンのあまりやる気のない、ためらいがちな様子がうかがえる。フィーヴェークの反応は違っていた。彼は『ヘルマンとドロテーア』を獲得したのである。

六　出版者ゲッシェン

――ゲーテとの決別後ヴィーラントによって名声を博す

ゲーテと別れたものの、一七九一年以降、ゲッシェンは出版者としての人生の頂点を迎える。彼は自分の「大きな企画」、ゴッシェン子爵の誇らしげな言葉によれば「ドイツの出版者がそれまで行なった企画のうちで最大のもの」を実現した。すなわち、三〇巻から成る四種類の『ヴィーラント全集』で、各全集とも本文および巻数は同じだが、植字と印刷はそれぞれ別個のものであった。今日に至るまで、一作家だけを対象とするこのような大胆な企てを「実行した」文芸出版者はほかにいない。ヴィーラントこそ当代最大の作家と思い、この最高級の賛辞を公言してはばからないゲッシェンは、確かに軽率のそしりを免れない。しかし彼は、ともかく四種類の全集を出版して自分の発言の責任を取ったのである。いずれの全集も内容、活字、装丁ともに出来映えはずば抜けていたが、この大企画は文字どおり高いものにつくことになる。

この『全集』に関わる「有効と宣言された契約書」にヴィーラントとゲッシェンが——ならびに「証人を依頼された」シラーとラインホルト——が署名するのは一七九二年四月十四日、二人のあいだで最初の協議がなされてからすでに八年の歳月が流れていた。この完全な「決定版（著者自身の手による最終的）全集」について、ヴィーラントはのちに緒言のなかで次のように述べている。「決定版というからには、その著者は、個々の作品が重要であるとか重要でないとかの区別なく、すべての作品に、質的完成度、高い彫琢度、つまり力の限りを尽くして最高の完璧さを与えるように万全の配慮をする義務がある。[113]」ヴィーラントはここで「決定版」編纂の基本姿勢を述べている。しかし「質的完成度」や「高い彫琢度」を「配慮」することで本当に作品の本文が「最高の完璧さ」に到達するもなのかどうか、それは疑問である。著者自身の手による最終決定版というのはどこか「贋作」に似ているかもしれない。というのは原作品《オリジナル》に手が加えられ、最初にあった力強さ、ウィット、自然な詩的喚起力が再現されなくなるからである。『決定版全集』の刊行予告は出たものの、企画の土台は揺らいでいた。つまり、版権に絡む問題で、ヴィーラントの主要作品一七編（それには『ムザーリオン、またの名は優雅さの哲学』『新アマーディス』『アーガトン物語』『アブデーラの人々』も含まれる）の版権は、一七六八年以降ライプツィヒのヴァイトマン相続人&ライヒ書店が所有していた。社主ライヒは一七八七年十二月三日に亡くなっていたものの、この書店はそれまでヴィーラントにはつねに気前のよい原稿料を支払い、彼の著作の在庫を揃えて、いつでも配本ができるようにしていた。このため、ゲッシェンのような新参の、実績もないライバル会社に対して、あらゆる手段で抵抗したのである。ここに初めて浮上するのが、著作権および出版権に関する重大な問題であった。つまり、ある出版社がある作家の相当数の作品について版権を所有している場合、別の出版社がその作家の全集を企画することが許されるか否か。ヴァイトマン社にゆだねたはずの作品に加筆したり、「改訂」したりする権利、あるいは契約を結んだ相手の出版社に以後の著作の提供を取りやめる権利が、はたして著者ヴィーラントにはあるのだろうか。こうして裁判による争いとなった。ゲッシェンは粘り強く三審を乗り越え、世間は裁判の行方を注視した。ヴィーラント本人は事の成り行きについて、繰り返しこう言って注意を喚起したのである。「私は内心穏やかではありません。と申しますのも、この企画をめぐって争ってみても、どだい、あなたにとって不利な結果にしかならない、というのが私の現在の確信であるからなのです。」ゲッシェンに全集刊行の許諾を与えたのは、「あなたが私の出版者でありたいと望まれている、であればその限りにおいて、私のほうも個人的にあなたを優先したわけです」。だが彼は繰り返し警告を発する。「こうして合意した結果が、〈私たちの友情の墓場〉になるかもしれないと考えるだけでも、私には耐えがたくなります。」ゲッシェンはヴァイトマンに対して、当方が考えているのは個々の作品の出版ではなく全作品を収録した全集の出版であり、ヴァイトマン書店刊の奥付がついた単行本を売るつもりはもうとうない、と主張した。ゲッシェンの要請でヴィーラント本人が裁判に介入、結局、一七九一年十一月五日「諸原則」を提示、「これに拠って著者と出版者とのビジネス上の関係が規定される」ことになった。

一七九三年十一月三十日、ライプツィヒ陪審裁判所の判決はゲッシェンの主張を認める。出版への道は開けたように見えた。しかし、一難去ってまた一難、またもや新しい障害が待ち受けていた。だが、画期的な本作りを目指すゲッシェンの野心はどんな障害にもまさっていた。彼は質・量の両面においてライプツィヒの印刷所の能力に満足できず、ディドーの規格による「新しい」ラテン活字体の使用を思い立つ。また、新機軸として、紙の平滑・艶出し用の機械カレンダーを導入する。しかしそのために印刷工程で問題が生じた。というのは、一七九四年夏の異常な猛暑のために、「カレンダー機をかけられた上質ベラム紙」は痛んでしまい、十一月になって最初から印刷をやり直す羽目になるのである。また、彼は大勢の有名な画家から挿絵と銅板画の契約を取りつける。しかしそのために背負い込んだ面倒は数えようもなかった。彼らは有名な画家ではあったが、ヴィーラントの目には彼らの描いた自分の肖像がカリカチュアに映った。虚栄心の強いヴィーラントは、画家に手直しもしくは描き直しをさせるようゲッシェンに迫ったが、画家たちからは断られるほうが多かったのである。

一つの問題が片づくと、決まって次の問題が起きた。経済問題、資金繰りの問題、政治的な問題などであった。当時、ドイツは戦時下にあった。一七九二年四月二十日、フランスがオーストリアに宣戦布告、それはすなわちプロイセンとの戦争も意味した。フランス軍はフランクフルトや他の諸都市を占領、平時の商取引や運輸・通行はもはや望むべくもなかった。しかし、ゲッシェンは全集の出版にすべてを賭けた。自分の人生、自分の財産はもとより親族の財産、縁故関係に至るまで、一切合財であり、ヴィーラントでさえだんだん「励ますよりは警告」しなければならなくなった。事業の失敗による出版社倒産の危険は大きかったのである。だが、ゲッシェンに迷いはなく、ヴィーラントにこう書いている。「ご休心ください。私は、これがどんなに大きな企画であるかはもとより、どのようにすれば実行できるか、人間の生死が予知不可能なものであるということを含めて、すべて熟慮に熟慮を重ねた結果なのですから。この企画はあなたご自身がお考えになっている以上に大きなものです…（略）…商売をしながら私は、日々死を覚悟しております。」これに続けてゲッシェンは、自分がやろうとしていることは、いわば貴族的でもあれば民主的でもある、と書いている。「どんな丁稚小僧でも貧乏学生でも、田舎牧師や安月給の士官でも、誰も彼もがあなたの作品を買えるようにしたいのです。そうすることであなたの作品はドイツ全土で読まれ、ドイツ中に影響力をもつことになります。私は四年間でこの企画を終わらせるつもりです。」一七九四年、復活祭書籍見本市に、四種類の異なった全集の、それぞれの最初の四巻が刊行された。

まさしく見事な成果であった。ゲッシェンは大きな目標をやり遂げたと実感したにちがいない。この全集の実現によって、彼は本当の意味で出版者となったのである。彼はヴィーラントの版権を獲得すべく、ヴィーラントの焦りを宥めながら闘い、ついに作家ヴィーラントおよび出版者ゲッシェンの金字塔を打ち立てたのである。

ゲッシェンは『ヴィーラント全集』によって、三つの点で偉業を成し遂げた。

第一に、ひとりの作家について四種類の全集を出すという通常考えられない企画によりひとりの作家を「作り出し」、しかもこの作家を、当時のドイツ語圏における作家の第一人者に仕立て上げたこと。ヴュルテンベルクの作家シューバルトの息子は、この全集を「ドイツの本屋が企画した最大のもの」と評した。ベルトゥーフは感激して一七九三年十一月六日ゲッシェン宛に次のような返事を書いた。「もっといろいろなことをして差し上げます。私の雑誌の次号には小論を載せましょう。ドイツ文字に対するラテン文字の優位を説いて、ドイツ太字活字を美化しようとするウンガー氏のおろかな思いつきとその失敗を指摘し、それに対するお手本としてあなたの『ヴィーラント全集』を挙げるつもりです。私はあなたの企画が幸運に恵まれると確信しています。なぜならヴィーラントがいまやドイツ国民の第一位の古典的詩人であることは、誰もが認めるところでありますから。彼の本はどんどん売れるでしょうし、二、三〇冊蔵書のあるドイツ人で、ごくわずかな文学的素養であってもそれを自負しているような人なら、誰もがヴィーラントの本を手に入れようとするでしょう。フランス人がヴォルテールを、イギリス人がミルトンやポープをもつように(114)」。

疑いもなく、ベルトゥーフはこの手紙で『ヴィーラント全集』をゲッシェンの最も重要な功績と呼んでいる。他の同時代人、それに幾人かの同業者たちでさえ同じ意見だった。しかしながらゲーテは沈黙を守った。ヴィーラントに対して批判的な態度をとっていたシラーは、書評を頼まれたとき、こう言って断ったのである。「自分は…（略）…出版社の功績以外に何をほめればいいのかわかりません。」いずれにせよ、この企画は世間を驚かせたのである。

今日でもヴィーラントの作品の編集者たちはゲッシェンの功績を認めている。マンガーは『アーガトン』の解説で次のように書いている。「『ヴィーラント決定版全集』は、ライプツィヒの出版者ゲッシェンが、敬愛する作家ヴィーラントと自分のために打ち立てた記念碑である(115)。」

第二に、ゲッシェン自身が出版者としての地位を確立したこと。四種類の全集の製作にあたって、彼は当時まだ一般的ではなかった出版者としての責任を行動で示した。彼はこの企画の実現、この「大きな賭け」のために、自分と出版社のすべてを投入、版権をめぐって訴訟も起こし、以後のドイツの著作権と出版権の発展において指針となる判決、すなわち、あらゆる著作権は出版権に優先する、という判決を勝ちえた。これは今日、どの出版社も遵守しなければならない基本原則である。当時行なわれたこの原則論は、「職業作家」の地位向上にとっても重要な働きを成した。

第三に、ゲッシェンが本のデザインの点でも新しい基準を示したこと。印刷用紙の慎重な選択、紙の平滑・艶出し用の機械の導入、印刷技術やインクの色の改良、自らの手による細部に至る組版のチェック（『豪華版全集』の場合には自ら校正までした！）、こうした一連の意欲的な取り組みによって、彼は模範的な成果を上げたのである。「ドイツのボドーニ」という称号が彼に与えられたのももっともである。これに続く『クロプシュトック著作集』、シラーの『ドン・カルロス』、『新約聖書』およびホメロスの作品の出版は印刷術の傑作であり、国民的財産になった。書籍業者たちのあいだでは、ゲッシェンはドイツの印刷術に再び国際的な名声をもたらしたと称賛された。

ところで、称賛に見合った収益があったのだろうか。ゲッシェンは会社の倒産は回避できたといっても、儲けはそれほどあったわけではなく、なんとか会社を続けられる程度にすぎなかった。ヴィーラントは製作段階でラテン活字体を絶賛している。「この文字のもつ純粋な美しさはいくら見ても見飽きません。一つ一つの文字が独特の雰囲気をもち、まるでメディチ家のヴィーナスのようです。」それにもかかわらず一七九八年十一月、『全集』の改訂版の話が出たときは、「メディチ家のヴィーナス」など論外であった。つまり、ヴィーラントは改訂版を「ドイツ文字」で製作するよう求めてきたのである。およそ実現不可能な要求で、活字を全部組み直すとなると、出版社は倒産を招きかねない。作家は所詮作家でしかない。ヴィーラントの説明はこうだった。「私は、ドイツ人がいわゆる自分たち独自の文字にどれほど固執しているかが、だんだんわかってきました。FとKにすればいいところでも、PHとCにこだわります。些細なことでも慣れ親しんだことをやめさせるのは、民族古来の宗教や憲法を廃止するより難しいのです。」ゲッシェンはヴィーラントの要求を拒絶、とてもそんな財政的ゆとりはなかったのである。[116]

ゲッシェンは世間に認められ、名の通った出版者になった。高い評価をうけたことにより、著作権と出版権を公的にも擁護して、出版界の新しい秩序と海賊版による「略奪」防止のために戦った。ゲッシェンは一八〇二年に自分の考えを『書籍業とその欠点をめぐる私の考察――私の多少の経験と改善へのささやかな提案』という本にまとめた。彼の考え方の核心は、第四項に書かれている。「書籍業とは、書籍を取り扱う商売である……（略）……しかし書籍というものは、人々に知識を与えて向上させる、または人生を美しくすることのできる、それぞれの時代の卓越した人たちの精神的産物である。とすれば、書籍業者とは、最も高貴な商品を扱う商人である。誇りをもって仕事をする書籍業者は、商人のなかでも最も高い地位を占めるにふさわしいのである。」

ゲッシェンの提案は注目されたが、反論もあった。一七九七年以降、書籍業者たちは決算のために書籍取引所で会合を開いていた。この取引所にゲッシェンは、「基盤、尊厳、永続性」が与えられるべきだと主張した。代表者会議ではしかるべき協会を設立する直前まで漕ぎ着けたが、ナポレオン戦争のためにすべてが水泡に帰した。フランツ二世の退位は「ドイツ国民による神聖ローマ帝国」の完全な終焉を意味した。一八一一年になってもなおペルテスは書籍業者の組織的提携はまったく不可能であると考えていたが、一八二五年にはついに実現し、「ドイツ書籍出版販売取引業者組合」が設立された。ゲッシェンをこの組合の主導者と呼ぶこともできるだろう。

その後二〇年間、ゲッシェンは自分の出版社を「誇り」をもって経営し、繁栄に導いた。ゲッシェンとゲーテは一七九一年に別れたあと、もう一度近づき、契約を交わしている。シラーの仲介で、ゲッシェンはディドロの翻訳《『ラモーの甥――ディドロの対話』ゲーテによる手書き原稿からの翻訳と注釈、ライプツィヒ、ゲッシェン書店、一八〇五年》の出版を引き受けた。

のちにゲーテはゲッシェンとのいさかいを忘れて、彼のすぐれた業績だけを見るようになった。一八一七年に「私の全集の編集者であるゲッシェン氏にはあらゆる意味で満足していました(117)」と書いている。ゲーテは、「その功績により彼は後世に久しく名声を残すであろう」という『新物故者名簿』にあるゲッシェンへの追悼文に異存はなかったであろう。

ゲーテ自身はゲッシェンが亡くなったさい、プロイセン枢密顧問官シュルツに話している。「私はゲッシェンのところで出した著作集の最後の数巻に可能な限りの努力をしました。例えば心血を注いだ『タッソー』には、必要以上の精力を費やしたかもしれません。しかしこの勇ましい出版者は、〈この本はそんなに売れませんよ〉と言いました。私としてもこの言葉は認めざるをえません(118)。」のちにゲーテは、ゲッシェンが「世間」はゲーテの作品に関心がないと嘆いていたのは、必ずしも間違っていなかったと認識したのであった。ゲーテ自身も最初の著作集は、以前の名声が消えかけ、また、彼の新たな芸術的発展に対して読者の関心がまだ呼び起こされていなかった不利な時期に出版されたと感じたからである。「しかし残念なことに、最初の著作集の刊行は、ドイツが私のことをもはや理解できず、また理解しようともしない時期に当たっていた。私はその売り上げが私の出版者の思惑どおりではないことに気づいたように思った(119)。」

だが、祖父の伝記を書いたゴッシェン子爵には、「重大な結果を引き起こした二人の決別」の理由を説明するのは辛いことであった。「そういうわけで祖父ゲッシェンの決断は、起きてしまった事実から判断

できるわれわれには、書籍業者としての経歴のなかで最大の間違いだったと思われるのである。」そして
ゲーテとの関係を述べたこの第六章の最後は、次のように締めくくられている。「このようにゲーテの予言は、現実のものとなってしまった。彼の著作の出版はいろいろな出版社に分散された。そして祖父は、彼の時代の最大の詩人、ゲーテの主たる出版者であるという名声を永遠に失ってしまったのである。」[120]

第三章　ゲッシェンとコッタのあいだにあって
——ゲーテの予言「私が今後仕上げる著作を引き受ける出版社は完全に分散するであろう」

一　一七八九年と『ローマの謝肉祭』
——「すべてが私のもとで融合している」

一七八九年一月、正確に言えば一月初めから二十四日に至るある日、フランス革命勃発の半年前のことだが、ゲーテは「自由と平等はただ狂気の陶酔のなかでのみ享受しうるものである」という文を書いた。これは作中人物が言う言葉ではない。それは、『大コフタ』、『市民将軍』あるいは『庶出の娘』のような革命劇の登場人物や、宮廷における典型的な人間存在の危機を描いた『タッソー』の登場人物が口にする台詞ではないし、ヴィルヘルム・マイスターが宮廷的貴族的な理想へと至るその途上で語る言葉でもない。それはフィクションではなくまったくの事実、綿密に仕上げられた一連の草稿のなかにある言葉なのである。この草稿とは、一七八九年の復活祭書籍見本市、すなわち五月の終わり頃、『ローマの謝肉祭』という表題で出版された作品である。「印刷　ウンガー書店」、出版地は「ヴァイマル、ゴータ」、そして「委託出版　カール・ヴィルヘルム・エッティンガー書店」となっていて、三〇〇部の豪華版であった。とびら頁には作者名はない。しかしヴァイマルという出版地、および表題を飾る銅版画——仮面と、雄羊の毛

DAS

RÖMISCHE CARNEVAL.

Berlin, gedruckt bey Johann Friedrich Unger.

Weimar und Gotha.

In Commission bey Carl Wilhelm Ettinger.

1789.

図 17　ゲーテ『ローマの謝肉祭』初版，1789年．とびらの口絵は J. H. リップス作．

皮で飾られた壺があり、その隣に古代の俳優の仮面が三つ描かれている——にスイス人画家リップスの署名があることから、作者が誰なのか推測することができた。ゲーテがイタリアで出会ったリップスが一七八九年から九四年にかけてヴァイマル自由絵画学校の教授として教鞭をとっていたからである。『ローマの謝肉祭』に含まれる二〇枚の銅版画も、ローマでゲーテと同居していた画家シュッツのスケッチをもとにしてクラウスがエッチングして彩色したものであった。画家で素描家のクラウスはフランクフルト生まれで、一七七五年にはゲーテに肖像画の描き方を手ほどきしており、ゲーテの要請に応えて、一七八〇年以降、新設のヴァイマル自由絵画学校の校長に就任していた。五千回もの手による彩色を、クラウスがひとりで行なったとは考えにくい。おそらく彼は、弟子たちをこの作業に参加させ、それぞれの紙の彩色をどのように変えてゆけばよいのか、彼らに考えてもらったのである。ウンガーがこの作品の出版を引き受けることになっていたが、しかしまたもやリスクを恐れた彼は、ゴータのエッティンガー書店に委託出版させたのである。

この版は、ゲーテの生前に出た本のなかで最も高価な装丁の本であった。三〇〇部がまたたくまに売れてしまい、ゲーテが『第二次ローマ滞在』にしるしているように、「なかなか手に入らなくなった」。ゲーテは自身の書斎にあった一冊を、フランス占領軍の略奪にあったヴィルヘルムスヘーエ城の図書館に寄贈したので、彼の手許にはもう一冊も残っていなかった。オークションで手に入れようとしたが、他の買い手のほうが彼よりも高い値をつけて競り落とした。

ゲーテは本の出来に満足しなかったばかりか、怒りをあらわにしていた。一七八九年六月二十九日友人ライヒャルトにこの本を送ったさい、ゲーテは憤懣やるかたない気持ちをこう書き添えている。「次に『謝肉祭』についてですが、私はこの印刷にはまったく満足していません。私はこの小さな作品を念入りに書いて、とても綺麗に仕上げた仮綴じ本を印刷所に送りました。それなのに、いくつかの頁には、もう見たくないと思うようなあまりにもひどい印刷ミスがあります。ウンガー氏は『オイレンシュピーゲル』など吸い取り紙に印刷すればよかったのです。美しい活字と美しい紙を無駄使いすべきではなかったのです。」

『ローマの謝肉祭』そのものについては、「その存在の不可解さ」が話題になって、以下のような学問的な論争が巻き起こった。ゲーテはなぜよりにもよってローマの謝肉祭を描いたのか。ローマで二度見て、二度とも良いと認められず、それどころか嫌悪さえしていたではないか。イタリア旅行からヴァイマルへ戻ったとたん、なすべき職務に忙殺されるなか、よりにもよってなぜこの作品の執筆に専念したのか。さらに次のような疑問もつけ加えられる。ゲーテがイタリア滞在中の記録を調べ、編集し、『イタリア紀行』として出版するのは帰国後二五年もたってからのことである。それなのに、なぜ謝肉祭を扱った作品の完成を優先させ、ほかならぬ一七八九年に単行本として公にしたのか(1)。

一七八七年二月十日初めてローマの謝肉祭を見たゲーテは、同日付でアウグスト公に宛てて、「窓の下を通り過ぎてゆく」「楽しい催しもの」を見たという事実についてのみ報告した。二月十七日シュタイン夫人宛の手紙では、アルベルティ劇場における盛大な舞踏会は「死ぬほど退屈なもの」であったと書く。同じ日の彼の日記には、「常軌を逸した謝肉祭のばか騒ぎ」についてわずかにしるされており、しかも、これをそのまま見出しにしている。二月十九日は彼にとって「謝肉祭でばか騒ぎをする人々のなかにまじって苦痛に耐えながら過ごす一日」となった。苦痛に耐えながら？　誰が彼に苦痛を強いたというのだろう。そして二月二十日の灰の水曜日には、次のようなきわめて辛辣な批評がなされる。「さて、ばか騒ぎもついに終わった。昨晩の無数の灯火は、これまた気違いじみた光景であった。ローマの謝肉祭は一度見てしまえば、もう二度と見る気は失せてしまう。これについては書くべきことはなに一つないのだが、口で話して聞かせるのなら、あるいは面白いこともあるかもしれない。ローマの謝肉祭で不愉快に感じられるのは、人々に心からの喜びが欠けていること、また、人々が感じているのかもしれないわずかな楽しみも、お金がないために発散できないということである。上流の人々は倹約で控えめにしているし、中流の人々は楽しみに出費する余裕はなく、一般民衆はまったく無力である。この数日間、信じられぬほどの騒ぎであったものの、心からの喜びはなかった。限りなく澄んだ美しい空が、この茶番劇を、気高く無邪気な様子で見おろしていた。」辛辣な記述。しかし、この記述の本当の狙いは、謝肉祭の出来事そのものよりも、むしろ「心から楽しむこと」のできない見物人なのである。ちょうど謝肉祭の時期に当たる一七八九年四月十七日、ゲーテはローマ滞在中の公母アンナ・アマーリアに宛てて書簡をしたためているが、この書簡中の彼の言葉はいわくありげである。「妃殿下におかれましては、謝肉祭にはあまりご満足ゆかなかったとお聞きしておりますが、私としましては、今年の復活祭書籍見本市に出版されます『ローマの謝肉祭の記述』をお読みになって楽しんでいただければと思っています。この小さな論文によって、味わい楽しめえないものを味わい楽しみうるものにすることができればと願っており、もしそれができましたら、私にとってこのうえない喜びとなりましょう。」味わい楽しめえないものを味わい楽しみうるものにすること、これがなぜ彼の切迫した願いだったのだろうか。

つまり、何が原因で、あのような詳細きわまりない記述となり、綿密な計画にもとづく出版となったのであろうか。イザベラ・クーンは次のように書いている。「出版者の関心という線は最も可能性が低い」、つまり、ベルトゥーフのような人が『ローマの謝肉祭』なる「作品構成」のきっかけを作ったわけでもない」。しかし、この説がそれほど確かでないのは、少なくとも次の事実があるからである。すなわち、自分の公国産業社を所有し、出版者、さらには企業家になったあのベルトゥーフが、自社発行のファッション専門新聞『奢侈と流行のジャーナル』に掲載するために、ゲーテに最新流行の服と仮面舞踏会用衣装の見本のデザインを依頼していた。この仕事のことが最初に言及されるのは、一七八八年一月十九日付シユタイン夫人宛の手紙においてである。「ベルトゥーフに伝えてください。私は彼のために仮面のスケッチとその説明文を書こうと思っています。」このようなこともあって、ゲーテはのちにベルトゥーフを「企業家」と見なすことになる。

さらに、ゲーテにとって重要であったと思われる、まったく別の動機が二つ挙げられる。子供が好きだったゲーテは、シュタイン夫人の息子フリッツとヘルダーの子供たちにイタリアからお土産を持って帰ろうと考え、彼らのためにゲーテは自ら仮面を描いたのである。ヘルダーに宛てた一七八七年二月十七日付の手紙にはこうしるされている。「子供たちが喜ぶように、謝肉祭の仮面や二、三のローマ風の衣装を、ふつうのスケッチよりももっと詳細に描いてから、すぐに『オルビス・ピクトゥス』（訳注 ゲーテが少年時代愛用していた絵入りのラテン語教科書）のように色づけしました。」二六年後、『イタリア紀行』のために編集された箇所では、この文は次のように書き換えられる。「しかしここで写生を中止するわけにはいかないので、子供たちのために謝肉祭の仮面やローマ特有の衣装を描いておいて、それから色づけした。これらの絵が、かわいい子供たちにとって、『オルビス・ピクトゥス』の欠けている章を補ってくれるだろう。」

第二の動機は、祭りを記述することに対するゲーテの愛着と言うことができるだろう。一七八八年七月十二日にはクリスティアーネとの同棲が始まるが、周知のように、彼女は大のお祭り好きであった。ゲーテはいかにしばしば祭りを描写したことか。皇帝の戴冠式、ビンゲンの聖ロッフス祭、ケルンの謝肉祭など何度も描写し、またヴァイマルの宮廷では仮装行列を自ら企画準備し、『ファウスト第二部』第一幕では、皇帝の宮殿での盛大な仮装舞踏会の情景を描いている。

それと並んでもう一つ、ゲーテが心を動かされる内面的な経緯があったと考えられる。つまり、「二度目の見物」がこれらの事物に対するゲーテの関係を決定づけたとするクーンの見方は、正当なのである。ゲーテは一七八六年九月二十四日の日記にこう書いている。「現に存在する物の純粋な印象を得ようとするならば、なんとしても繰り返し見なければならない。第一印象などというものはじつに奇妙なもので、つねに真実と虚偽が高度に混じり合っているのである。」周知のとおりゲーテは一七八八年に再度ローマの謝肉祭を見ている。「私がローマの謝肉祭を見物するのは二度目であったが、この民衆の祝祭が、他のつねに繰り返される生命の活発な営みと同様、揺るぎない力で進行していることに、私はすぐに注目せずにはいられなくなった」、と『第二次ローマ滞在』の一七八八年二月の「報告」にはしるしている。『第二次ローマ滞在』が『決定版全集』に収録されるのは一八二九年になってのことであるから、この報告は数十年後に書かれたか、書き直されたものということになる。この箇所でゲーテは、個々の出来事について一つ一つ順を追って書きとめていったこと、のちに「この草稿」を『謝肉祭』執筆のために利用したことを明らかにしている。ゲーテ時代の最も重要な古代研究者で、ヴィルヘルム・フォン・フンボルト、シュレーゲル兄弟やヴォルフの師でもあったクリスティアン・ゴットロープ・ハイネに宛てて、一七八八年七月二十四日、ゲーテは次のようなことを書いている。いま自分の興味をひくのは、ただ「ごく単純な事柄だけである。例えば、作品のもとになる題材によって賢明な芸術家の作品がいかに規定され、いかなる必然性をもって形成されるかということなのです。」I・クーンは『ローマの謝肉祭』を、一七八八年九月『ドイツ・メルクール』掲載用としてゲーテがヴィーラントに提供した数点の論文との関連で捉えている。じっさいにこれらの論文は、十八世紀後半に頻繁に目にするようになる芸術論的省察である。レッシングの『ラオコーン』以降、芸術の題材は観察の対象となった。ゲーテは自身の自然哲学的考察において、題材とは「根源的な形式《フォルム》」であり、芸術は一種の「自然の創造物の変容《メタモルフォーゼ》」である、という一つの関連づけを確立する。

しかしながら、この芸術論的な関連からは、なぜという疑問を明確に説明することはできない。すなわち、なぜゲーテは、イタリア人の時間の単位、ナポリ、ラファエロの「キリストと十二使徒」の模写といった他の対象よりも、ほかならぬローマの謝肉祭を記述することに全力を集中したのか。

かつてゲーテは『イタリア紀行』に関して、結局すべてが倫理的である、と述べた。この大旅行記の第一部と第二部は一八一六―一七年に出版されるが、そのときはまだ『わが生涯より』という題名で、副題は「われもまたアルカディアに！」であった。『決定版全集』において初めて、この二巻本は『イタリア紀行』と命名されるのである。(2) このような事実から、これらの作品の本文が自伝的性格を有していることが明らかになる。『ローマの謝肉祭』も、帰国後のゲーテの個人的な経験から記述されたもののなのである。

一七八八年六月十八日、ゲーテはローマからヴァイマルに帰着する。ミラノ、ボーデン湖、ウルム、ニュルンベルク、エルランゲン、イェーナを経由する長旅、しかも到着は「満月の夜十時」であったが、翌日にはもうアウグスト公のもとに伺候、すると公はたちまちゲーテを独占、それが何日も、何週間も、何カ月も続く。つまり、ゲーテの日常は参内の務めや公務に追われる毎日だったのである。帰国後の日記にいちばんよく出てくる記載は、「昼、公爵の食卓」である。「参内して宮中で食事をとるのは、少しはゲーテのためになった」、と八月十五日カロリーネは夫ヘルダーに宛てて書いている。というのは、ゲーテは遠くまで出かけてさまざまな団体を訪問し、至る所でイタリアでの印象を報告しなければならなかったからである。彼はスケッチや絵を見せる。イタリアで製作された風景のスケッチは四五〇点、建築物や芸術作品のスケッチは三五〇点以上にも及ぶ。彼はイタリアでうけた最初の印象を再現しようとする。以前ゲーテは、パリが彼の学校で、ローマが大学であることを望んでいたが、ローマはそれ以上のものとなった。「私は相変わらず同じ私であるのだが、それでも何か骨の髄まで変わったという気がする。(3)」「昨晩また、仕事をしている夢を見た。やはり私は、私の雉船《きじぶね》（訳注『イタリア紀行』一七八六年十月十九日の項で述べられているゲーテの夢に現れた大量の雉を積んだ船のこと）の積荷は君たちのところ以外にはどこにも降ろすことができないかのようだ。それならばなおのこと、立派な積荷にしたいものだ。(4)」「心は高揚し、人間は自分自身が美化されたかのように感じ、自由な生活、より高い存在感、輝きと優美さという感情をいだく。(5)」一七八七年十月二十七日の旅日記には、ゲーテはこれまでにない重要なメッセージをしるす。「いま、私にとって新しい時期が始まる。」さらに彼はこう続ける。多くの観察と認識によって自分の心情が拡大されている、「私は何かある仕事に自分を限定しなければならない」。さらに次の記述も、本書でいま問題にしている事柄と関連があり興味深い。「人間の個性とは不思議なものである。この一年間、私は一方ではもっぱら自分だけを頼みとし、他方では見ず知らずの人間と付き合わなければならなかった。そうなってみて、いま私は、いよいよ自分の個性がわかったような気がする。」

『ローマの謝肉祭』は、この時期最初の、唯一の著作である。しかし一七八九年一月、ゲーテがこの論文に着手したとき、ヴァイマルの現実のなかに身をおく彼にとって、イタリアにおける八七年十月の、あの極度の幸福感は、もはやはるか過去の思い出にすぎなかった。

帰国翌日の六月十九日、ゲーテは早くもシュタイン夫人の「妙な雰囲気…（略）…それが私にはひどく辛く感じられた(6)」としるす。この頃、散歩の途中、ゲーテはひとりの「少女」から一通の嘆願書を手渡される。不遇な兄のために職を世話してほしいというもので、この少女に彼は見覚えがあった。彼女はベルトゥーフの造花工場で働いていたのである。女工の名はクリスティアーネ・ヴルピウス、そしてすでに七月十二、三日からゲーテは彼女と事実上の「結婚生活」に入るのである。その少しまえに「北方の魔術師」と呼ばれた哲学者ハーマンが亡くなっている。ゲーテはシュトラースブルクでヘルダーを通して彼の著作を知って以来、面識も文通もなかったものの、うけた感銘は続いていたのである。ハーマンを「失ったことはとても辛いことだ」。また、ヘルダーはイタリアへ旅立ち、それまでの友人たちの「小さな集まり」が離散してしまう。シュタイン夫人のために書いたあの旅日記も、ゲーテは彼女に手渡すくらいなら、むしろ火にくべてしまおうとする。夏に彼はこうしるしている。「私が当地ヴァイマルにとどまったのは、やって来たときと同様、友人たちのためであった。そう思ったとき、私は自分に向かって執拗なまでに繰り返して言わずにはいられなかった。私は来なくてもよかったのだ、何しろ私はここの人々には関心がないのだから。(7)」また、『詩と真実』の第二の概略《シェーマ》には、「ローマの幸福を失ったあとはすべてのものに対して無関心。孤独」という記述が見られる。すでに引用した『植物変態論試論』の「手書き原稿の運命」についての回想のなかには、次のような文章を読むことができる。「イタリア、この形態の豊かな国から、私は形態の欠如したドイツへと帰ってきた。晴れ渡った空が薄暗い空に入れ替わった。友人たちは、私を慰めたり再び私を自分たちに引き寄せたりする代わりに、私を絶望的な気分にさせた。遠い、ほとんど知られていない対象《もの》に私が心を奪われ、失われたものについて苦しんだり嘆いたりしたことが、どうやら彼らの自尊心を傷つけたようだ。私の関心事のどれ一つにも興味を示してくれないのを寂しく思った。誰も私の言葉を理解してくれないのである。(8)」八月末、ヴィーラントが『ドイツ・メルクール』誌に掲載する論文についてゲーテに問い合わせると、ゲーテはシュタイン夫人に手紙を返してくれるように頼んで、少しずつ「それらを用いて何かをまとめようと」する。つまり、そうでも決意しなければ、古い記録に目を通すことなどおよそできそうもないから、というのである。ゲーテはヴィーラントに続きものの小論を約束、以後毎月投稿しようとする。「そうすれば、私が一種の配分を行ない、一つの論文を他の論文と結びつけることができるでしょう…（略）…つまり、自然史、芸術、風習など、すべてが私のもとで融合されます。」[9] 九月七日、彼はシラーと知り合うが、シラーはもちろんすぐにゲーテに共感したわけではない。「私たちが互いに歩み寄れるものかどうか…（略）…彼の世界は私の世界とは違う。私たちの考え方は本質的に異なっているように思われる。」[10] 十月、執筆者名のないまま、最初のいくつかの論文がヴィーラントの『ドイツ・メルクール』誌に掲載される。「なに一つ捗りそうもない」ので、ゲーテはスケッチの整理を始める。『タッソー』の執筆は休止、『エロティカ・ロマーナ』は続行、そして十二月二十七日、ゲーテはヘルダー宛の手紙のなかで帰国後の半年をこう要約するのである。「私はただただ、何かを失ってしまったと痛感しております。」

一七八九年一月初旬、ゲーテはベルトゥーフに『ローマの謝肉祭』を再び思い出させる。「この本を復活祭までに出版するつもりならば、そろそろ考えなければならないでしょう。私はちょうど『メルクール』のためにいくつか書いているところです。ですから、この機会になんとかして、銅版画に添えたものも数頁書きたいと思っています。」高い芸術性を求める作品を生み出そうとする大きな努力を、これほどまでに控えめに言うことはできまい。

さらに、ある一つの経験が彼にとって重要になる。それは、英国の作家スターンの『センチメンタルジャーニー』以来、旅行記はほとんど例外なく、旅行者自身の感情や物の見方の叙述に向けられてきた、ということである。「これに対して私が原則としたのは、自分というものをできるだけ否定し、客体そのものだけを可能な限り純粋に自分のなかに受け容れることであった。私が実際にローマの謝肉祭に居合わせたときにも、私はこの原則に忠実に従った。目の前で起こるすべての出来事を事細かに図式的に書きとめていった…（略）…この下書きにもとづいて私は『ローマの謝肉祭』の記述を行なったのである。[11]」じっさいにゲーテは、この下書きに拠って『ローマの謝肉祭』を書きはじめたときにも、この原則に従った。つまり、旅行者の視点からではなく、むしろ客観的な観察者の視点から、純粋に把握された現実を書きとめようとする――これもまた、「二度目の見物」があってこそ成し遂げられたのである。

『ローマの謝肉祭』の最初の数行においてゲーテは、次のような異議と戦う。無数の生き生きと感覚に訴えてくる対象は、おそらく記述されうるものなどではなく、ただ眺めることができるだけである。とはいえ、それらは「とくに目を楽しませてくれるわけでも、心を満足させてくれるわけでもない…（略）…動きは…（略）…単調で、騒音は耳を聾《ろう》するばかり、これらの日々が終わるときには、満たされない気持ちだけが残る[12]」のだから、この企てに正当性を与えるのは、記述そのもの、すなわち祝祭の内的現実の描写でなければならない。彼は、自然研究者として、祝祭の本来的な性質を解明したいと思う。形式《フォルム》を尊ぶ大叙事詩人として、祝祭に伴う出来事の形式《フォルム》を描写したいと思う。しかし探求する詩人として、彼の関心事は、内面から見た出来事である。作品の冒頭でなされる次の言明は、そのように評価されるべきものなのである。「ローマの謝肉祭は、もともと民衆に与えられるものではなく、民衆自身が自ら行なう祝祭である。」誰かに命じられたり、国家によって催されるものでもなく、「喜びの環がおのずと動き出し」、こうして民族の自己理解の表明となり、「国民的出来事」とも「自然の出来事」ともなるのである。

この謝肉祭の数日間は、殴り合いと殺傷沙汰以外ならなんでも許された。このことからローマ人は別のお祭り、「サトゥルヌスの祭り」を思い起こす。農耕神サトゥルヌスの支配下では、人々は犯罪も不安もない幸福な黄金時代を体験していた。この時代を思い起こして、十七世紀から十九世紀のローマでは、ザトゥルヌスの祭りが祝われた。祭りのあいだ、人々は羽目を外し、商店はすべて休業、この時ばかりは社会的貴賤の別も撤廃されているように見えた。主人たちは奴隷に自由を与え、それどころか十二月十九日には主人と奴隷は衣服を交換し、いつもとは逆の役割を演じた。奴隷はテーブルにつき、主人から給仕してもらうことができたのである。祭りの乱痴気《らんちき》騒ぎという条件つきではあるが、ここでも自由と平等が実現されえたのである。

謝肉祭の「長くて狭い通りは見渡すことができない」。しかし、ここで記述している本人は、すべてを概観している。「雑踏はほとんど区別することができない」が、彼はこれを区別し、「雑踏の最初の段階」を見ている。記述者は、この出来事を自らの芸術的手法で整理する。「コルソー」、すなわちピアッツァ・デル・ポポロのオベリスクからヴェネツィア宮まで続く街路が祝祭を制約する。記述者は祝祭を記述しながら、祝祭を開始して見せる。彼にとって謝肉祭は、珍しいものでも新しいものでもなく、「ただローマ人の生き方にきわめて自然に接合するものである」。記述者はこの混乱を整理し、「人が経験したことがないもの、人がほとんど注意をはらって見ることのないもの」について報告する。記述者の居場所も示されてはいない。物語の「私は（Ich）」は用いられず、これよりも中立的な「私たちは（Wir）」が稀に出てくるだけである。そして、この「私たち」よりも人格の感じられない「人は（Man）」が優位に立つ。記述者は落ち着いた様子で雑踏を進み、「あらゆる階層とあらゆる年齢の人々」が大騒ぎするなかを通って、私たち読者を導いてゆく。大作家の技巧が頂点へと導いてゆく。しかしここで言う頂点とは、ローマの謝肉祭の頂点ではなく、記述が向けられてゆく最終日の競馬でもない。「最終日」には次のような記述がなされる。「そして人々は競馬の始まるのをいつもよりずっと熱心に待ち受けている。この瞬間もまた、ついにざわめきとともに過ぎてゆく。」その後「夕闇が徐々に濃くなる頃、あたりは静まりかえり、物音ひとつ聞こえなくなる」。この記述は最後の夜の「モッコリ（蠟燭の燃えさしの意）」と表題の付けられた、蠟燭の祭りへと移ってゆく。互いに相手の蠟燭を吹き消そうとして、大声で叫ぶ。「ロウソクノモエサシヲモタヌモノハ、コロサレテシマエ!」蠟燭の点火と吹き消し、そしてものすごい叫びが「途方もない群集のなかに相互の関心を」もたらす。謝肉祭という状況下での殺人の自由! 記述者はこの場面を正確に書きとめる。男の子が父親の蠟燭を吹き消して叫び続ける。「〈オトウサン、コロサレテシマエ!〉父親がその無礼をとがめても無駄である。子供はこの晩の自由を主張し、いっそうひどく父親を呪うだけである。」このようにして蠟燭の夜の狂気のなかで、古来のサトゥルヌスの祭りが、主人と奴隷の、老若男女の平等が、再び生き生きと表現されるのである。少年の口にする言葉はゲーテに衝撃を与えたにちがいない。彼はここにある兆候、ある合図を見たにちがいない。ここでは「華やかな行列は通ってゆかない」。「ここではむしろ一つの兆候が与えられる」と言われる。何の兆候のことだろうか。それはやはり、革命劇『煽動された人々』の題名が本来示しているような「時代の兆候」を意味していると言ってよいだろう。『フランス従軍記』にもしるされているように、一七八五年に起こった首飾り事件は世間を騒がせたが、ゲーテもこれにはとても驚いた。残念ながら、この事件によってゲーテの「恐るべき予感」が外れていないことが裏づけられたのである。「私はその予感をいだいたままイタリアへ行き、それをもっと鋭い形で再び持ち帰った。[13]」この兆候、この予感とは、いったい何であろう。ゲーテはそれを『ローマの謝肉祭』の結びで暗示したと思われる。この結びの記述に彼は「灰の水曜日」という表題を付けているのである。

一七八九年一月の結論。「人生という全体は、見通しのつかない、享受することのできない、いや疑わしくさえあるものだ」。これは、ローマから帰国したゲーテの経験知であり、彼は「いかなる大きな隔たりのなかにも…(略)…狂気の萌芽があるが、これを発芽させ育てることは避けなければならない[14]」ということを知っていた。ゲーテにとって個々の人間の人生は、つかのまの享受の対象となりうるものであっ

(69)

uns erscheinen, uns rühren, und kaum eine Spur in der Seele zurücklassen, daſs Freiheit und Gleichheit nur in dem Taumel des Wahnsinns genossen werden können, und daſs die gröſste Lust nur dann am höchsten reizt, wenn sie sich ganz nahe an die Gefahr drängt, und lüstern ängstlich-süſse Empfindungen in ihrer Nähe genieſset.

Und so hätten wir, ohne selbst daran zu denken, auch unser Carneval mit einer *Aschermittwochsbetrachtung* geschlossen, wodurch wir keinen unsrer Leser traurig zu machen fürchten. Vielmehr wünschen wir, daſs jeder mit uns, da das Leben im *Ganzen*, wie das römische Carneval, unübersehlich, ungeniesbar, ja bedenklich bleibt, durch diese unbekümmerte Maskengesellschaft an die Wichtigkeit jedes augenblicklichen oft geringscheinenden Lebensgenusses erinnert werden möge.

図18　ゲーテ『ローマの謝肉祭』（初版，1789年）最終頁の「灰の水曜日の観察」．

た。私たちは「最も生き生きとした、最高の楽しみというものは…（略）…ほんの一瞬だけ私たちの前に姿を現す」ということを知っている。またこういうことも知っている。平等というザトゥルヌスの理念、蠟燭の祭りにおける自由の理想は、実際には力ずくでしか達成されえない。それゆえに自由と平等の理想は、差し当たりは「ただ狂乱の陶酔のなかでのみ享受しうるものである」。

　この記述の綿密な構

成を偶然だと捉えてはならない。ゲーテにとってはまさにこの見解が重要だったのである。この見解がフランス革命勃発の六カ月前に書かれていることは、彼が一般に思われている以上に深く時代の出来事に関わっていたことを示している。ゲーテの「視《みること》」は、『ファウスト』のあの塔の番人リュンコイス――この名前は、鋭い視力で諺にも出てくるオオヤマネコのギリシア語 Lynx に由来する――の「視」である。

　ゲーテはローマで謝肉祭を訪れた日、『旅日記』に「さまざまな対象をより厳密により鋭く眺めると、人々はむしろ一般的なものへと高められてゆく」としるしている。ここで言われているのは、事物によって引き起こされる「視」ではなく、ゲーテの「視」、すなわち「事物を視ること」である。彼は「事物のもとに、事物とともに」いるのである。もちろん力ずくで自由と平等を獲得することは、彼の考え方には合わない。暴力的なものはすべて、ゲーテにとっては「心に反する。なぜなら、それは自然に則していないからである[15]」。自然的なものからのみ存在が生じ、偉大なるものが発展してゆくのである。「力ですべてのことを成し遂げる」という考えを反映しているのはメフィストであり、ゲーテのメッセージは別のことを言っている。「抵抗のためのあらゆる暴力から自らを守りなさい。」一七八八年ローマで彼は歌唱劇《ジングシュピール》『リラ』を書き改めたが、そこにはこの詩句が収められている。

抵抗のためのあらゆる暴力から
自らを守りなさい、
けっして屈服してはならない
力強く自らを示しなさい
神々の強い力を

呼び寄せなさい[16]。

個人主義者で、いわゆる一匹狼であったゲーテは、ここで神々の力を借りて、兆しを見せつつある革命の暴力と残虐行為に抵抗する。「不正が不正な方法で取り除かれるよりは、不正がなされるほうが、まだましだ[17]。」これが彼の姿勢であった。この言葉はゲーテのフランス革命に対する姿勢を端的に表しており、これによってゲーテは没落してゆくアンシャンレジームの傍観者とされるのである。エッカーマンはゲーテの次のような言葉を書きとめている。「私がフランス革命の友になることができなかったのは、本当のことだ。なぜなら、あの惨劇があまりにも身近で起こり、私は日々刻々、憤りを感じていたからだ。それに当時はまだ、その良い結果を予想することもできなかった。また、フランスでは大きな必然性の結果であったあのような場面を、ドイツでも人工的に引き起こそうとしている連中がおり、私はそれを、知らぬ顔をして見ているわけにはいかなかったのだ[18]。」

なぜゲーテは、同時代の誰もが驚いたあのフランス革命の勃発を予見することができたのだろうか。ここで首飾り事件（訳注　一七八五年、ドゥ・ラ・モット伯爵夫人を名乗る女性が、ロアン枢機卿の王妃マリー・アントワネットに対する恋情につけ入り、王妃への贈物にと言葉巧みに彼に一六〇万リーブルの首飾りを買わせて詐取した一大詐欺事件）について触れておかなければならない。ゲーテには、この事件がアンシャンレジームの没落を告げているように思われた。「フランス革命が広がりを見せ、全世界の注目を集めていたとき、私は再びヴァイマルで生活し、当地のさまざまな人間関係のなかにいて、とりわけ仕事、研究、創作活動の準備をすることができずにいた。一七八五年に首飾り事件が起こり、私はこの事件から言葉では言い表すことのできないような印象をうけた。ここで明らかにされた町や宮廷、国家に蔓延する、驚くばかりの不道徳性のなかに、きわめて残虐な結果が亡霊のように姿を現すのが見えるようだった。それからかなり長いあいだ、私はその光景を念頭から追い払うことができなかった。その頃の私の態度はかなり奇妙に映ったらしく、革命についての第一報が届いたときに私が滞在していた田舎の友人たちは、革命が勃発してしばらくしてからようやく私にこう打ち明けた。彼らは当時私のことを正気ではないと思っていたのだと。私は細心の注意をはらってその経過を追い、シチリアのカリオストロと家族の消息を知ろうと努力した。[19]」

ゲーテにとって重要だったのは、一七八九年一月時点における自分の見解を記録して世に広めることであった、と私には思われるのである。確かに著者名を伏せてはいるが、それゆえにこそ飛びぬけて立派な装丁の本となった。もともとベルトゥーフの『奢侈と流行のジャーナル』に掲載の予定であった。しかし、このファッション専門紙では、自分のメッセージを伝えるための場としては小さすぎるし、いささか重みも真剣味も欠く、とゲーテは思ったのであろう。そこで、独立した一冊の書物にしようという考えが浮かび、大きな活字を用いてこの「兆候」を印刷することになるのである。発行部数はわずか三〇〇部、ゲーテはこれをたいへん残念に思った。彼は一七八九年十二月十四日付で公母アンナ・アマーリアに次のように書いている。「『謝肉祭』はドイツでも好まれました。それなのに、あの企業家ベルトゥーフとクラウスは、臆病風に吹かれて発行部数を少なくしたために、もう版元品切れ、それでも彼らは第二版の出版に踏み切れないでいるありさまなのです。」しかし、『ローマの謝肉祭』が翌一七九〇年にベルトゥーフの『ジャーナル』[20]に掲載されたことが、記録として残っている。その後、何度か海賊出版が現れる。『新しい仮面と古い仮面のポケットブック』や『老若男女のための謝肉祭』などである。『ローマの謝肉祭』が正式に再版されるのは、一七九二年、『新著作集』第一巻収録のさいであった。

『イタリア紀行』が一八一七年に出版されたとき、感動する読者ばかりであったわけではない。ゲーテは、キリスト教的ロマン主義芸術に対して批判的な意見を繰り返したばかりか、キリスト教の信仰そのものにも嫌悪の念をあらわにしていたからである。「異教徒」ゲーテは非難攻撃の的になる。むろん異教的な要素のほかにも、相手方には腹立ちの原因があった。雑誌『芸術と古代』は『イタリア紀行』とほぼ同時に刊行されるのだが、そのなかでゲーテは、ハインリヒ・マイアーと共同で、「新ドイツ宗教的愛国的芸術」を激しく論難していた。古ドイツの芸術を新たによみがえらせようとするロマン主義者たちの努力、それはゲーテの目から見ると「信心ぶった非芸術」でしかなく、彼はこれに自分のイタリア信奉を根本方針として対置させたのであった。つまり、このような二重の理由からゲーテの著作が批判され拒否される状況が生じていたのである。ロマン主義者たちがどうして『イタリア紀行』を受け容れなかったのか。当時プロイセンの駐ローマ大使であった歴史家ニーブールの報告を読むと、その理由がよく表れている。一八一七年にザフィグニーに宛てた書簡中でなされたのだが、ニーブールは次のように報告しているのである。ローマで暮らしている画家コルネリウスは、「ゲーテがイタリアをそのように見た」ことをひじょうに気に病んでいる。「ゲーテは平凡なものだけをほめ称えた。しかし称賛すべきものに対するセンスがなかった。」ニーブールは、ゲーテが、例えばヴェネツィアの共和国首長《ドージェ》の行進を単に表面的な劇としか見なかった、古代の偉大さは彼の心に触れなかった、と非難し、イタリアを北から見るだけではいけない、本当にイタリアを知るためには、本来南から入って旅をしなければならない、と述べている。

しかし、ゲーテが心にいだいていたのは、じつは別のものだった。彼が求めていたのはイタリア的なものではなく、「古代の偉大なる芸術」であった。ゴシック、例えばシュトラースブルクの大聖堂《ミュンスター》の「ゴシック装飾」は、もはや彼が通過し背後に置いてきたものであった。いまや、恣意や思い上がりを一切排したあの建築家パラーディオが、すべての「芸術と生命」への道を、自分自身に至る道を開いてくれた。ゲーテもまたアルカディアに、しかもまさに「その場」にいたのである。彼はローマでの状態を「静かで、生き生きとした幸福」と呼んだ。生き生きとしていること、それは彼にとっては「より鋭く視ること」を意味する。「最高の傑作を再度見ることをもう始めているが、そうすると、最初のときの驚嘆は共感に変わり、作品の価値に対するいっそう純粋な感覚が生まれてくる。」客観性と形式、生命力と明晰さを獲得せんとする努力。これがローマ人ゲーテ、古典的ゲーテの本質を成すものなのである。リドの海の生物を見てゲーテは驚きの声をあげた。「およそ生あるものとは、なんと見事なまでに素晴らしいのだろう！じつにうまくそれぞれの状態に適合していて、真実に、あるがままに存在していることであろう！」しかしアッシジの寺院の前では、彼は自らの印象を「かくも完全！」という二語でまとめた。

当然のことながら、ゲーテがイタリア滞在中にうけた印象は多様なものであったが、興味深いことに彼はその印象をアウグスト公宛の手紙に繰り返し書きしるしている。もちろんこれにはいくつかの理由がある。アウグスト公はつねにゲーテに大きな理解を示してくれた。公爵の計らいによって、イタリア滞在中、給料を減額されることも枢密顧問官の地位を失うこともなく、しかも職務上の業務からは完全に解放されていた。彼は安心して帰国することができるのだ。しかし、ローマとの別れ、イタリアとの別れを名残惜しく感じたゲーテは、帰国の旅に約二カ月を費やす。彼がそのさい見たものは、イタリアの印象、とくにパラーディオによって規定されている。ゲーテは、完全な芸術とは完全な客観性であるということをパラーディオから学んだ。帰路、ウルムで見た大聖堂から、ゲーテはなんの印象もうけない。シュトラースブルク大聖堂に熱狂したかつてのゲーテではもはやなかった。彼は形式と明晰さを求める新しい努力というものを手に入れた。旅日記、報告、日記や手紙は別として、イタリア滞在中のゲーテは文字を書くことよりも絵を描くほうが多かった。形態学的研究についても書いているものの、しかし新しいものはわずかであり、むしろ彼はこれまでに書いたものを修正し、編集した。フランクフルト時代の古い歌唱劇《ジングシュピール》『エルヴィンとエルミーレ』および『ヴィラ・ベラのクラウディーネ』が書き改められる。『イフィゲーニエ』は第四稿（最終稿）の形に改作、詩的散文の自由韻律が五脚抑揚格《ブランクフェルス》の韻文に置き換えられ、また『タッソー』も韻文化の方向で検討された。ゲーテは古代の芸術家の「本質」から次のことを学んだ。「彼らは自然さながら、どこにあっても自分自身であることができ、しかも何か真なるもの、生き生きとしたものを生み出す術を知っていた。」彼らは「自然そのものであるという点で偉大」なのであり、パラーディオに対するゲーテの称賛もまさにこの言葉で結ぶことができる。

　ゲーテが身をもって味わったのは「再生」という体験だった。「僕がローマに足を踏み入れたその日が、僕の第二の誕生日、真の再生の日である。」そう彼はイタリア滞在の初めに断言し、つねに「生まれ変わり」、「教化される」ことを願ったのである。そして、帰国の少しまえ、アウグスト公に宛てた書簡ではこう述べられる。「私は、この一年半に及ぶ孤独のうちに、本当の自分自身を発見しました。いかなる者としてかを申し上げますと、芸術家としてであります。」

二　ヨハン・フリードリヒ・ウンガーの「滋養の乏しい果実」

イタリアからの帰国後、つまり一七八八年後半にゲーテが関係を結んだ出版者がウンガーであった。ウンガー三十五歳、ゲーテ三十九歳、両者の年齢差はわずかである。ウンガーはゲッシェンと違い、プロの印刷業者、出版者、さらに活字デザイナーとして、ドイツ国内はもとより国外でも一目置かれる存在であった。しかし彼の生涯の記録はほとんどなく、正確な生年月日すら知られていない。

ビーダーマンはゲーテとウンガーに関するさまざまな記録を収集し、一九二六年に本を出版した。(21) この本には、ウンガーがゲーテに宛てた書簡八〇通、わずかに残っているゲーテのウンガー宛書簡、さらにゲーテ自身が述べたこと、第三者宛の書簡や日記に書きとめられたゲーテの言葉が収録されている。ウンガーは、当時ベルリンの文学界においてその名を知られた二人の人物と親しかった。ひとりはウンガーがその作品の出版を手がけていたモーリッツ、もうひとりはツェルターであるが、二人ともゲーテの友人である。ゲーテが自伝小説『アントン・ライザー』の作者モーリッツと出会ったのはローマで、以後イタリア滞在中、活発に意見交換を行なう仲になった。モーリッツは一七八八年十二月にイタリアから帰国するが、その後翌年二月までヴァイマルのゲーテの客人としてヴァイマルに滞在した。文学活動の面でゲーテの影響大であったが、ゲーテのほうでもモーリッツのすぐれた韻律論の知識に教えられることが多かった。ゲーテはモーリッツをウンガーとの仲介者に指名、このことはウンガーの一七九四年五月十日付ゲーテ宛書簡から確認される。「ありがたいことに、ひとえにモーリッツ氏のお陰で、あなたの信頼を賜ることができ、

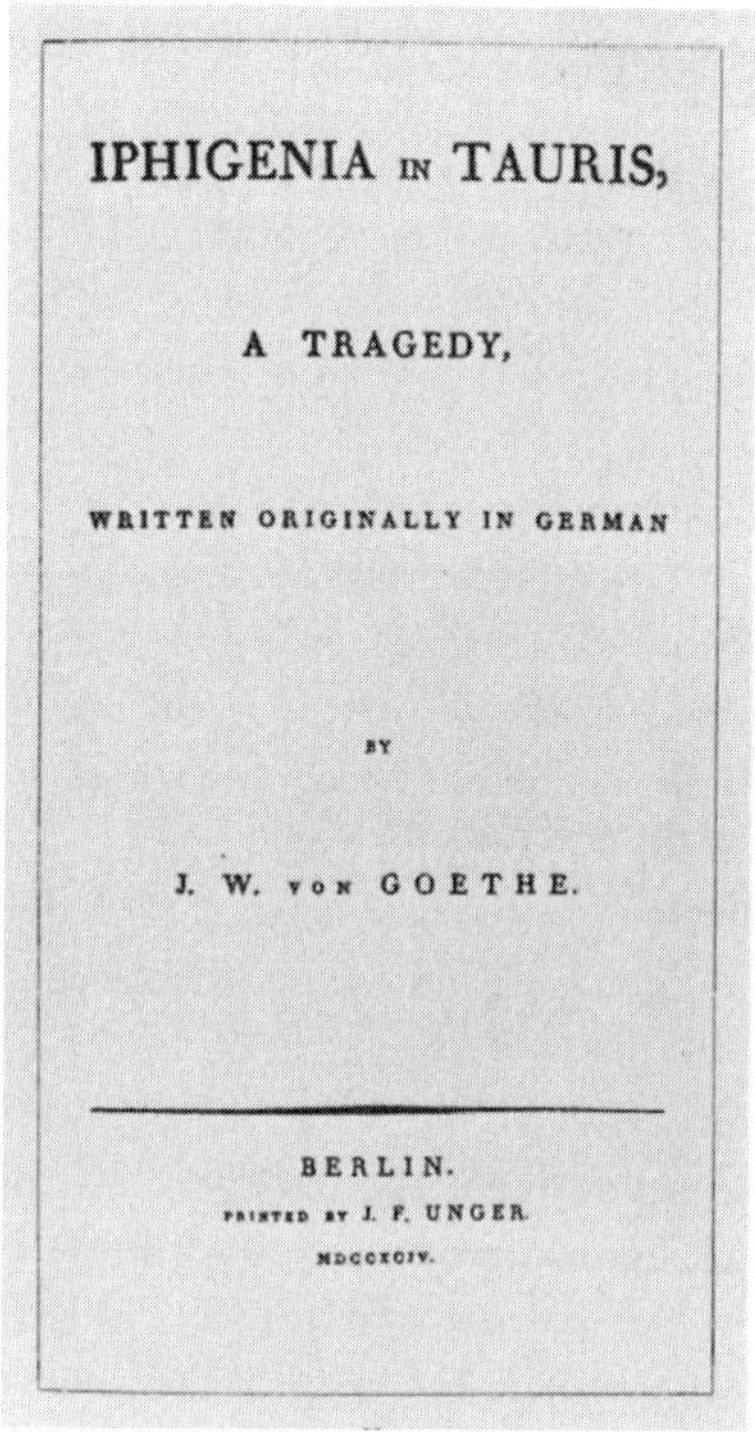
IPHIGENIA IN TAURIS,

A TRAGEDY,

WRITTEN ORIGINALLY IN GERMAN

BY

J. W. VON GOETHE.

BERLIN.
PRINTED BY J. F. UNGER.
MDCCXCIV.

図19　ゲーテ『タウリスのイフィゲーニエ』英語版再版のとびら（ウィリアム・テイラー，ロンドン，1793年），ベルリン，ウンガー，1794年．

あなたの崇高な精神の所産を出版させていただくことができるようになりました。モーリッツ氏のご恩を私は終生忘れることはないでありましょう。」ウンガーはモーリッツが亡くなる一七九三年まで彼と交流を続け、たえずモーリッツの近況をゲーテに報告した。

出版者の使命は、本を出版して販売普及させるだけでなく、作家とたえずコンタクトを保ち、作家に情報を与えたり、重要な出来事について報せたりすることである。ウンガーと親しかったもうひとりの人物ツェルターが加わってゲーテとウンガーとの結びつきが堅固なものになる。

ゲーテより九年後に生まれゲーテと同年に亡くなるツェルターは、一七九九年からゲーテと交流があった。彼はもともと左官屋の親方であったが、ベルリン声楽アカデミーの校長、ベルリン芸術アカデミーの音楽教授となった。ツェルターは、おそらくゲーテの最も信頼する友人と言ってよく、この関係はクネーベルの場合と同じく晩年に至るまで変わらなかった。ツェルターはゲーテの歌謡《リート》や物語詩《バラード》に曲を付けてくれたが、彼の作曲をゲーテは、例えばシューベルトの作曲などよりも好んだ。一七九六年六月ウンガー夫人からゲーテのもとにツェルターの作曲が届けられたとき、ゲーテは夫人に次のように返信した。「私は音楽を評価することはできません。音楽がその目的のために用いる手段についての知識が私には欠けているからです。私にできますのは、ひたすら、繰り返し音楽に耽るたびごとに、音楽が私に与えてくれる作用について述べることだけです。ですからツェルター氏が私の歌謡《リート》に付けてくれた曲について私が何か言うことができるとすれば、音楽にそのようなやさしい音色が可能であるとは思いもよらなかった、ということだけなのです。(22)」この友好的な関係がゲーテとウンガーの関係にとっても吉兆であったことは言うまでもない。

これが重要な前提条件であったのは、ゲーテとウンガーの関係には最初からすでに影が差していたからである。『ローマの謝肉祭』は一七八九年エッティンガー書店から出版されるが、印刷を担当したのはウンガー書店であり、印刷の出来映えはゲーテにはまったく我慢がならないものであったからである。しかしゲーテの怒りにもかかわらず、両者の関係に実際的な摩擦が起こらなかったのは、おそらく二人のパートナーが尽力してくれたお陰と言わねばならない。ゲッシェンとは対照的に、ひじょうに穏やかな気性の持ち主であったため、ウンガーには、ベルリンの大物の書籍出版販売業者ニコライをはじめ、たくさんの友人がいた。ライバルのゲッシェンでさえ、彼については親しみをこめて語っている。「彼は金持ちだが子供はなく、出版者としての名誉を得んとして活動することを喜びとしている。」ウンガーにとっての名誉とは、ほかでもない、当代の最も重要な作家と思われるゲーテを自分の出版社に獲得することであった。彼は、自分が「最も称賛すべき人」「最も崇拝すべき枢密顧問官」ゲーテに何を負っているかを知っていた。

ウンガーの手紙にはゲーテに対する並々ならぬ尊敬の念でみちている。「小生は急いで、あなたが命じられたことを成し遂げます」という表現が繰り返し出てくる。そして、ゲーテのほうもこれに敏感に反応し、この出版者夫妻によって賛美されるのをたいへん好ましく思った。一七九六年六月十三日付で夫人に宛てて、彼はこう書いている。「奥様、ご尽力くださいまして厚くお礼申し上げます。善良で教養のある皆様が私と私の作品に関心をお寄せくださることを、本当に衷心からありがたく思っております。私は、出版された自分の作品をとおして、私の存在の一部を、遠くにいる私の知らない人々にも感じ取っていただくことができるのですから。」

このようにして両者の関係は、もちろんまったく暗礁がなかったわけではないが、ウンガーが亡くなる一八〇四年まで、私情を排した友好的なものであり続けた。ウンガーは一八〇〇年五月シラーに宛てて次のように書いている。「幸運にも、私はライプツィヒでゲーテ氏と知り合いになることができました。私は彼以上に愛すべき人間を知りません。」

一七八九年五月末『ローマの謝肉祭』が出版される。そもそも一七八九年は世界史のうえで重要な年であったが、それと同様、ゲーテにとっても、この年にこの作品を出版したことはきわめて重要であった。「私のこれまでの告白を補足するもの」として一八二二年から二五年のあいだに書かれた『年代記』のな

図20 『ゲーテ新著作集』.（改訂版，第1巻，マンハイム，1801年）のとびらの口絵（ヴァイス作，ゲーテの『大コフタ』の銅版画）.

かで、ゲーテは当時を振り返って、『ローマの謝肉祭』の仕事はイタリアから帰国した直後の自分に「多くの楽しみ」を与えてくれた、と述べている。『大コフタ』の成立はゆっくりとした過程をたどる。つまり、最初オペラとして構想され仕上げられるが、戯曲に改作され、その後さらに「喜劇」という名称を与えられるのである。作品の中心人物は、錬金術師、冒険者、詐欺師のアレッサンドロ・フォン・カリオストロ伯、すなわちジュゼッペ・バルサモである。政治的秩序の危機の兆候としてゲーテが登場させたカリオストロは、パリで起こった王妃の首飾り事件に巻き込まれてゆく。

ゲーテが首飾り事件によってうけた精神的な打撃は大きく、『フランス従軍記』の結びの部分にもこの事件についての報告が見られる。彼は一七八七年シチリア旅行の途中でパレルモに住むバルサモの家族を訪ね、金銭的な援助を行なった。その後、カリオストロは異端者として死刑を宣告されるが、恩赦によって終身刑に減刑される。このことを聞き知ったゲーテは、匿名で『大コフタ』で得た報酬を、すべてその家族に送った(23)。

あの首飾り事件による精神的打撃から、つまり『大コフタ』は生まれたのである。ゲーテ文献学が長いこと気づかなかったのは、この喜劇においてゲーテがフランス革命の必然性を仮借なく描出しようとした、ということである。確かに彼は革命の結果を正当なものとは認めなかった、がしかし、彼はこの必然性を否定するドイツ人たちに抵抗したのである。「私はこのような人々を尊敬したことは一度もない」と『大コフタ』のなかで騎士は堕落した貴族を激しく責める。「彼らは情けをかけるに値しない。彼らが分相応に罰せられて、これ以上策略をめぐらすことができないようになれば、それは人類にとってまたとない恩恵となる。」一七九二年初め、この劇はヴァイマルで二度上演される。しかしその場を占めたのは「全体的に明るい気分ではなかった」、とゲーテは『フランス従軍記』において回想し、こう述べている。「それは、この劇がひじょうに的確であったがゆえに、いっそう不快な効果を観客に与えることになったためである。」

ゲーテは一七九一年春、モーリッツと「このうえなく楽しい数日」を過ごす。ゲーテの報告によれば、この時期に彼が芸術論のみならず「自然論」で展開した論述は、ほとんどすべてがモーリッツと十分に討論したものであり、彼の考えや発言から多くの利点を引き出したという。同年五月三十日のゲーテの書簡リストには、「ベルリン、モーリッツ、カリオストロ…（略）…献呈」という記入がある。また、『イタリア紀行』の補遺とされるゲーテの一通の手紙は、間違いなくウンガーに宛てられたと思われるが、これを読むと、この題材がゲーテにとってきわめて重要なものであったことが、これを特別な仕方で出版しようとしたことからも明らかになる。すなわち彼は、『カリオストロと呼ばれるジュゼッペ・バルサモの系図』に関する作品をすぐにもフランス語に翻訳したいと望み、その理由を次のように書いている。「私はカリオストロの系図をたどるうちに、パレルモで知り合った彼の家族の手紙と、これに関連する他の書類を見つけました。これらを用いて、小品ではありますが、それ自体で完結した作品を作れるのではないかと思われます。それは、いまならひじょうに関心を集めると同時に、そもそもあの訴訟書類に結末をつけるものとしてきわめて重要なものとなることでしょう。これを印刷するとなると、用紙はせいぜい全紙《ボーゲン》二、三枚で済むでしょう。ただ私はすぐにフランス語版が出版されることを望んでおりますので、そうすると次のようなことが問題になります。つまり、段落ごとか、あるいは頁ごとに原文と訳文を並べて、全体を仮綴じ製本で販売できないか、ということです。判の大きさについては細かいことを言うつもりはありませんが、ただ、もしもタイトルとなっている「系図」の銅版画を前に載せるとなると、四つ折判でなければなりません。八つ折判とした場合、「系図」を縮小して挿入することもできるでしょうが、しかしそれは、なにせこの記録文書は全ローマの異端審問書に印章を押すのと同じくらい重要なものなのですから、いかにもけちでみっともないというものでしょう。この件に関してあなたのご意見をお聞かせください。あなたがこの著作にどのようなことが期待できるのかについて、別紙に概略を書いておきます。[24]」ゲーテは他の著作の場合には、初版と同時にフランス語訳を出そうなどと考えたことはない。おそらく、このときのゲーテは、フランスでも人々が自分の考えに耳を傾けてくれることを望んでいたのであろう。二カ国語で出版しようという考えは、モーリッツとの会話から出てきたものと思われる。ゲーテが翻訳者として誰を考えていたかを示唆するものは、記録文書や文献には見つからない。いずれにせよこのフランス語訳が実現することはなかった。一七九一年十一月十七日ゲーテは原稿料を受け取り、ウンガーの予告どおり翌九二年二月にディドー式ラテン活字体を用いてベルリンで印刷に付され、この年の復活祭の書籍見本市に、《『大コフタ――ゲーテによる五幕の喜劇』、ベルリン、ヨハン・フリードリヒ・ウンガー、一七九二年、二四一頁》として出版される。そして同時に『新著作集』第一巻では『大コフタ、カリオストロと呼ばれるジュゼッペ・バルサモの系図』として収録されるのである。本文には「カリオストロの系図」という銅版画が添えられている。ゲーテは再三再四、あの首飾り事件がフランス革命と結びついているということを取り上げ、そして、この作品がどのような歴史的意味をもっているのか、すなわち彼が扱ったこの事件がフランス革命を先取りしており、「いわば基礎」になっていることを繰り返し強調したのである。一八三一年二月十五日、彼はエッカーマンにもこう述べている。「それはつまり、単に倫理的な意義だけではなく、重要な歴史的意義を有しているからなのだ。この事件はフランス革命の直前に起こり、いわばその基礎になっている。あの不吉な首飾り事件に巻き込まれてしまった王妃は、威厳どころか民衆の尊敬の念をも失ってしまった、すなわち、民衆のあいだで王妃としての立場はもはや不可侵ではなくなってしまったのである。人は憎悪では傷つかなかったとしても、軽蔑されるとなると破滅しかねないのだよ。[25]」これが、ゲーテが首飾り事件にフランス革命の兆候を見ていたことを証明する、『ローマの謝肉祭』に続く第二の証拠である。

さらにゲーテの自然科学論文にも、彼の心を占めていたのは、「フランス革命に対して自分の精神をどう方向づけるかという長年にわたる苦心」であったことが示唆されており、この取り組みから、「あらゆる出来事のなかで最も恐ろしいこの事件の原因と結果を文学的に克服しようとする際限のない努力[26]」という意思表明がなされるのである。自分は辛く苦しくともこの努力を続けざるをえない、そして、いままさにひとりひとりが自分の義務を果たすよう呼びかけられているのだと自覚すべき時である、とゲーテは考えた。それゆえに彼は、あの「和解への提案」を行なうのである。「たとえ誰であろうとも、おのおのが自分の権限を確かめ、自らにこう問いかけてみるように。そもそもおまえはおまえの立場にいて何を成し遂げるのか、おまえは何をするのが最適なのかと。[27]」

『大コフタ』の一年後、一七九三年、ウンガー書店から『市民将軍。一幕の喜劇。二通の手紙の続編II』が出版された。この作品は『新著作集』には収録されなかった。作者名のないこの喜劇は一七九三年四月にわずか三日間で成立した。「これら一連の小さな作品のすぐれている点は、考案されるとまたたくまに書き上げられたことです」と、ゲーテは同年六月七日ヘルダーに宛てて書いている。「私が最初に着想を得た瞬間から、それを完成するまでに、三日とかかりませんでした。」『大コフタ』とは異なり、ゲーテは物語の舞台としてドイツを選び、革命さなかのドイツの政治的社会的状況を滑稽に、論争的に写し出そうとする。彼にとって重要なのは、偏狭な俗物たちと機知溢れる小物悪党たち、彼らの意識のなかに暴力的な世界的出来事を反映させることであった。のちに『ヘルマンとドロテーア』において行なったように、彼はこのときにも、問題なのは群集の動きではなく、混乱した状況を改善することだ、という確信を表明している。「それぞれが自分自身で始めるのだ。そうすれば、なすべきことがたくさんあることに気づくだろう。[28]」どの版にも、増刷版にも作者名はなく、一八〇八年になって初めて、コッタ書店刊『第一次全集』の第九巻に収録されたさいに、作者名が明らかにされるのである。

この作品のモチーフは何だったのであろうか。ゲーテがフランスの手本——そのドイツ語版は匿名で出版されていた——を利用したというのは確かなことではない。また彼が、この「あっというまに」考案された「小さな作品」が同じようにあっというまに忘れ去られてもよいと考えていたのかというと、これもまた確かではない。ゲーテが『市民将軍』を書く気になったのは次の経緯による。すなわち、一七九三年春ヴァイマル劇場で農民を扱った二つの作品を上演するさいに、ゲーテは自ら手を加えた。二つの笑劇《ファルス》の一つは、フランスの劇作家フローリアンによって一七七九年に書かれた『二通の手紙』である。この作品はクリスティアン・レーベレヒト・ハイネによってドイツ語に訳され、アントン・ヴァルという匿名で一七八二年に『二通の手紙。一幕の幕切れ後の小劇』として出版されていた。もう一つは、その後、再びアントン・ヴァルという匿名で書かれたハイネ自作の『系図』である。これは、すでに一七九一年に『「二通の手紙」の続編Ⅰ』と題名を変えて公にされていた。『市民将軍』はヴァイマル宮廷劇場においてゲーテの見守るなか一七九三年五月二日に初演の日を迎えた。この年二回上演され、一八〇〇年から一八〇五年までのあいだはゲーテの監督のもとに毎年一度上演された。ゲーテはリハーサルのさいにいかなる労も惜しまず、細部にまで最大の注意をはらった。例えば、主人公シュナップスは旅行鞄からジャコバン党員の制服を取り出すのだが、この旅行鞄は正真正銘のフランスの製品であった。「つまり私は、革命当時〔一七九二年秋〕、フランス国境のそばを移動していたのだが、そこでこれを見つけたのだよ。亡命者が逃亡するさいの通過点だったから、誰かが無くしてしまったか、あるいは捨てていったものなのだろうね。この劇に出てくる他の品物もすべて、この旅行鞄に入っていたものなのだよ。私は、それらにもとづいてあの場面を書いたのだ。」このように、さも気持ちよさそうにゲーテが回顧するのは、数十年後（エッカーマンは一八二八年十二月十六日の日付で書きとめている）のことである。

ゲーテは一八二八年になってもなお新たな上演の可能性を検討している。けれども、彼は、三日という短時間で出来上がったこの作品に対して、まだ完全ではないという印象をもっていたにちがいない。シラーも一度上演を観たあと、友人ゲーテに変更を加えるよう助言し、一八〇五年一月十七日付書簡でこう提案しているのである。「道徳的な箇所、とくに高貴な人物の演ずるその部分を省略してはいかがでしょうか……（略）……この小劇は、当然、作品にふさわしい人気を博し続けるでしょう。筋の展開にいまよりもっとスピード感をもたせれば、この作品は間違いなくひじょうに良いものになります。」同日付のゲーテの返信は次のような内容である。もうすでにいろいろな箇所に変更を加えましたので、書き直した後見用の台本をお送りします。それを見ていただければ変更箇所がおわかりになるでしょう。私はそもそも貴族という登場人物を削除しようとさえ考えていました。「それはやってみる価値のあることだと思われるのです。なぜなら、一つでも多くの劇作品をレパートリーにもつことは、人々が思っている以上に重要だからです。」現代の劇作家ならば誰でも、この言葉に同意するはずである。現代の劇作家ではただひとり、ゲーテと同じく劇作家兼劇場監督であったブレヒトも、賛同するであろう。しかし、その後『市民将軍』は改作されるには至らなかった。シラーの遺稿のなかに二幕の喜劇の概略《シェーマ》があり、主人公がシュナップスとされていることから、のちにシラーもこの題材を手がけようとしたことは明らかである。

『市民将軍』のすぐあとに、断片に終わった二つの劇作『煽動された人々』と『オーバーキルヒの少女』が成立した。この二作の場合にもまた、背景にあるのは、「全世界的な政治的な成り行きに伴って生ずる恐ろしいさまざまな動き」である。『煽動された人々』のテーマは、フランス農民の荘園制度に対する蜂起で、公然たる暴動へと発展していったのは、農民がフランス国内の諸事件によって「煽動された」ためである。さらに、一七八九年八月フランス国民議会が広範にわたる封建的特権の取り消しを決議すると、このテーマは完全にアクチュアルなものとなってゆく。蜂起それ自体は、作品中の中心的出来事ではない。それは第五幕で扱われるはずであったが、ついに描かれずに終わったのである。

エッカーマンは『煽動された人々』に関するゲーテの言葉を一八二四年一月四日に書きとめている。「あの作品を書いたのは、フランス革命の頃だった。だから、あれが当時の私のいわば政治的信条の告白と見なすこともできるだろう。貴族の代表として伯爵夫人を登場させ、彼女の口を借りて、貴族が本来どう考えるべきであるかを明らかにしたのだ。」ゲーテは伯爵夫人の信念を「尊敬に値する」ものと考える。しかし人々はありのままのゲーテを見ようとはせず、「私という人間の本当の姿を示しているはずの一切のものから目をそらす」のである。シラーは、「われわれのなかでは、私よりもはるかに貴族主義者であった」のに、民衆の友と見なされていた。しかしゲーテはそうではなかった。

ゲーテにしてもそう見なされようと望んだわけではない。彼はフランスの諸事件に距離をおく。トーマス・マンは、「彼の人生において他のいかなる出来事よりも」ゲーテを苦しめたのがフランス革命であったことを突きとめたと思った。ヘーゲル、ヘルダー、ヘルダーリン、それどころかシラーとクロプシュトックでさえフランス革命の味方であった。とくにシラーとクロプシュトックは、ジョージ・ワシントンと同様にパリの国民議会によってフランス市民権を授けられる。だが、ゲーテは彼独自の立場をとる。彼は観察者であり、傍観者である。一八三二年三月ゲーテはエッカーマンにこう打ち明けている。「詩人が政治的に活動しようとすれば、ある一つの党派に身をゆだねざるをえない。そしてそれを実行するならば、彼は詩人としてもう終わりなのだよ。自己の自由な精神と偏見のない洞察に別れを告げ、その代わりに偏狭さと憎悪の狂気で出来た帽子を目深に被らねばならなくなってしまうのさ。」こうした態度をとることによって敵をつくり、論争を引き寄せることを、ゲーテはつねに承知していた。彼はエッカーマンに続けてこう言う。「知ってのとおり、私は自分のことで何を書かれても、だいたいは気に病んだりはしない。」「ある種の人たち」に中傷されることもあったが、ゲーテはほとんど気にしない。「そういう連中の意に沿おうとすると、私もジャコバン・クラブの一員となって、殺戮や血の粛清を説いて回らねばならなかっただろう。」ゲーテはフランス革命とアンシャンレジームの終焉を予見していた。革命勃発後、ゲーテは沈黙する。革命についての最初の言及が見られるのは、七カ月後の一七九〇年三月三日付F・H・ヤコービ宛書簡においてである。自分のいまの状態は「およそ人間が望むことのできるような幸福な状態」であると告げたあと、「フランス革命は私にとっても一つの革命であったことは、あなたにも想像できることでしょう」と続く。しかし、すぐにまた彼はこうつけ加える。「ちなみに、私は古代の人々の考え方を研究し、ここチューリンゲンにおいて可能な限り彼らの手本に従っています。」ゲーテが革命の経過について精通していたことは確かで、宮廷でなされる会話も、主にパリの出来事についてであった。それなのに、なぜゲーテはそれほど長いあいだ、沈黙していたのだろうか。ヴィーラントは一七八九年九月には『ドイツ・メルクール』誌に、「啓蒙思想によってフランス国民が用いた力の合法性について」を書いている。クロプシュトックは、詩文の形で歓喜の声をあげた。「フランスは自らを解放した。この世紀の最も高貴なこの行為は／オリンポスの高みへと昇っていった。」ゲーテはこれをいくぶん反感の念をもって見た。どのような「自由の使徒」も彼には不快に感じられたのである。すでに『ヴェネツィアの警句詩《エピグラム》』には、「狂信者はすべて三十歳で十字架にかけよ！」という詩句が綴られている。とくに彼は、政治は文学であると考える「最近の文学者たち」を激しく排撃した。

　一七九二年プロイセン・オーストリア軍は、ヴァルミーでフランス革命軍に大敗を喫するが、この出来事の直後、ゲーテはあの記憶にとどめるに値する言葉を語った。ヴァルミーの戦勝記念碑に刻み込まれている次の言葉である。「この地から、そして今日から、世界史の新しい時代が始まる。諸君は、その現場に居合わせた、と言うことができるのだ。[29]」ゲーテは「フランス革命の友」でも、「専制主義」の友でもありえなかった。彼は「どんな大革命も民衆の責任ではけっしてなく、政府の責任である」と確信していた。「政府がつねに正しく、たえず目覚めていて、時代に即した改革によって革命の意を汲み上げ、また、下からの力によって事態がもはや不可避となるまで抵抗したりしなければ、革命などまったく起こりえないのだ。[30]」ゲーテが自ら行なった自分の政治的見解の総決算を、エッカーマンは一八二四年一月四日の、あの有名な対話のなかに書きとめている。「ところが、私が革命を憎んでいたということで、人々は私を現存するものの友と呼んだのだ。しかし、この肩書はきわめて曖昧なもので、私としては撤回してもらいたいね。もし、現存するものがすべてすぐれていて、有用であり、正しいのならば、私もこの肩書になんら異存はない。けれども、良いものが多くあるのと同様に、悪いもの、不正なもの、不完全なものもたくさん現存しているわけで、それゆえ現存するものの友という肩書は、しばしば時代遅れなものや悪いものの友、ということとたいして変わらなくなってしまうのだよ。」「しかし、時代はたえず進歩している。人間が行なうことは、五〇年ごとに異なった形をとるのだから…（略）…しかし、ある国民のなかに大きな改革を望む真の欲求があるならば、神はその国民とともにあり、その改革は成功する。」「大きな必然性の結果としてのフランスにおける」革命、その後の「良い結果」、そして「大きな改革を望む真の欲求」が実際にあるのだという見方――これは、ゲーテの政治的見解における重要な側面である。ムシュクはこのような側面に価値を認め、戯曲『ゲーテの「煽動された人々」』の中心的な箇所で、若い農民と猟師ヤーコプにこのエッカーマンによって書きとめられた言葉を朗読させている。[31]ブレヒトの一九五三年六月十七日の群集蜂起に関する発言は、ゲーテの革命についての考え方の延長線上にある。これは大胆な態度表明であったと私は承知しているが、しかし一九五三年「六月十七日の群集蜂起」のあと――作家協会のスターリン主義者の秘書が民衆は群集蜂起という犯罪を二倍の仕事によって償わなければならないと要求したあと――に成立した詩『解決』には、次のような皮肉で冷笑的な詩行がある。「ずっと簡単ではないのか、つまり／政府が民衆を解消して／別の民衆を選ぶことのほうが。」ブレヒトはゲーテと同じく、改革への欲求を見てとり、改革が下から起こらなければならないと自得していた。連作詩《ツィクルス》『ブッコワー悲歌』のなかで『解決』のあとに置かれた詩『浪費された偉大なる時』では、告発と要求の言葉が発せられている。「いったい都市とは何なのだ／民衆の英知なしに造られてしまっては。」ブレヒトは、一九八九年十一月であったならば、ライプツィヒ、ドレスデン、ベルリンで民衆の英知の行動を見ることができたであろう。(32)

ゲーテの三つの「革命劇」、『大コフタ』、『市民将軍』、『煽動された人々』、さらに『庶出の娘』と多くの小さな劇作品の構想、論文、断片に終わった寓意的風刺小説『メガプラツォーンの息子たちの旅』のような散文作品。これらの作品に与えられるべき、また与えられて当然である意味づけは、これまでの研究ではまだなされてはいない。デーメッツは「ドイツ古典主義時代の詩人のなかで、ゲーテほどフランス革命と取り組んだ者はほかに誰もいない」と述べたが、確かに彼は正鵠を射ているのである。(33)

この時期のウンガーにとって最も重要な出来事は、おそらく一七九二年から一八〇〇年にかけてなされた『ゲーテ新著作集』（全七巻）の出版であっただろう。一七九二年十二月十五日付ゲーテ宛書簡を見る限りでは、このときは文書による契約は取り交わされなかったようである。もっぱら各巻ごとに取り決めがなされたが、ゲーテの側から新しい付帯条項が出されることもあった。ゲーテが与えた出版権は第一版だけに限られていたが、むろん、将来の作品に対する取引選択権も、そのつど新たに条件を取り決めることで約束されていた。一七九二年、『ゲーテ新著作集』の刊行が始まる。第一巻は『大コフタ』と『ローマの謝肉祭』を収録、『ライネケ狐』収録の第二巻は九四年に、『ヴィルヘルム・マイスターの修業時代』

Göthe's
neueste Gedichte.
Mit Kupfern.
Berlin.
Bei Johann Friedrich Unger.
1800.

図 21　単行本『ゲーテ新詩集』（ベルリン，ウンガー，1800年）のとびらと口絵：悲しみの天使（ネメシス），ウンガー作（J. H. マイアーにもとづく）.

は第三巻から第六巻に収められ、九五年と九六年に出版された。『歌曲《リート》、譚詩《バラード》、物語詩《ロマンツェ》』、『悲歌I・II』、『警句詩《エピグラム》――ヴェネツィア　一七九〇年』、『バーキスの予言』、『四季』、『ヴァイマルで行なわれた劇場スピーチ』を収めた第七巻は一八〇〇年に刊行され、これで『新著作集』は完結した。「著者として私の側のその他の事情ですが」とゲーテは一七九九年九月二十二日コッタに宛てて書いている。「それについては、私はあなたには打ち明けてもよいと思っています。ウンガー氏は第七巻として私の散り散りになっている小詩をまとめて印刷するでしょう。第八巻もおそらく同じような内容になると思われます。」しかし結局ここで述べられているようにはならなかった。

ゲーテは、『新著作集』第七巻の普及版を出そうと思っていた。彼は一八〇〇年四月二日ウンガーに問い合わせている。「あなたが私のために決めてくれた本に別のタイトルを、つまり『ゲーテ新詩集』というタイトルを付けて印刷することをお願いしてもよろしいでしょうか。こうすることによって私は、『著作集』の初めのほうの巻をもっていない読者にも礼儀を尽くすことができると思うのです。[34]」この普及版は、どうやら発行部数が少なかったようで、ゲーテの第一次文献のなかで愛書家から最も珍重される本の一つとなっている。

周知のように、ブレヒトの『老子の移住の途上で《老子》書が成立したという聖人伝』のなかで、賢者のお供をして国境を越える少年は、賢者がその英知の力で「何かを勝ち取ったか」どうか税関役人に尋ねられる。少年がメッセージを伝えると、税関役人は、賢者にそれを書きとめてほしいと言い張って後に引かない。そこで、賢者は言われたとおりにする。この詩は次のように終わる。「しかしほめ称えられるのは／書物に燦然と名をしるす賢者のみにあらず／賢者からはまず英知をもぎ取る必要がある／ゆえに、感謝は税関役人にも向けられよう／賢者に英知を要求して手に入れたのが彼なればなり。」確かに『ヴィルヘルム・マイスターの修業時代』を「要求して手に入れた」のは、ウンガーの功績の一つである。この作品は『新著作集』（全七巻）に収録されたばかりか、同時に単行本『ヴィルヘルム・マイスターの修業時代、ゲーテによる長編小説』（全四巻）としても出版された。この四巻のほうには——多数の二重印刷や版の混合によって第一版のすべての巻にというわけでないが——詩に付けられた曲の楽譜の付録が添付されていた。しかし『新著作集』の巻にある銅版画は入っていない。

ゲーテは半世紀以上ものあいだ、『ヴィルヘルム・マイスター』という長編小説の複合体と取り組んだ。『ヴィルヘルム・マイスターの演劇的使命』なる表題をもつ初稿が書きはじめられたのは一七七七年、同年二月十六日の日記に見られるメモが、『マイスター』に関する最も古い記録である。「庭で『ヴィルヘルム・マイスター』を口述筆記。[35]」このときから何年にもわたりゲーテは繰り返しこの仕事を行ない、八四年十一月、第六巻で完結したかに思ったものの、さらに執筆を継続するのだが、第七巻はなかなか完成しなかった。イタリア旅行、フランス遠征への参加、『ライネケ狐』と革命劇の執筆、光学や形態学の研究のためにこの長編は後回しにされてしまい、結局『マイスター』は断片にとどまるのである。九年後に再び「ヴィルヘルム・マイスターという題材」が彼の心によみがえってくる。一七九三年十月二十三日リヒテンベルクに宛てて書いているように、それは彼を「静かな活動性」へと駆り立て、「約一年半前から過ごしてきた多くの悲しい時間の埋め合わせをしてくれた」。彼はこのうえなく上機嫌で、「おべっか使いみたいに愛想がよかった」とシュタイン夫人は息子のフリッツに宛てた一七九三年十一月二十四日付に書いている。このような気分でゲーテは十二月七日にはクネーベルにこう伝えた。「いま私は、来年は何に取り掛かるべきかを考えたり、決意したりしています。人は何かに執着しなければなりません。それが、私の場合には、私がむかし手がけた長編小説の完成なのだろうと考えます。」

一七九四年、ゲーテは執筆を再開した。彼の心を占めていたのは、革命と戦争の「残虐行為」に文化と人間形成の新しい理想を対置させるという理念であった。改稿にさいして下敷きにしたのは『ヴィルヘルム・マイスターの演劇的使命』の古い手書き原稿であったが、この原稿は残されていない。原稿はいくつかあったのだが、どれ一つ伝えられなかった。ところが一九一〇年になってこの原稿の写しが見つかり、翌年には公にされた。チューリヒのゲーテの友人バルバラ・シュルテスとその娘が筆写したもので、かなり大胆とも言える正書法でしるされている。間違いはこの二人の写し間違いなのかどうか、あるいはどれが写し間違いなのか、いまとなっては判断できない。がしかし、少なくとも、長編小説の完成版をこの写しと比較することが可能になったのである。『演劇的使命』の主人公は才能に恵まれた若い作家である。芸術家小説の限られた世界が拡大してゆく。つまり、『修業時代』のヴィルヘルム・マイスターにとって、芸術と演劇は教養の要素であり、彼は修業時代のあいだに、多面的な教養を身につけ活動的な人物へと自らを高めてゆく。「私自身を、あるがままの私に教育すること、これが若い頃からの漠然とした私の願いであり意図するところであった。(36)」ヴィルヘルムの「内的欲求」は、「もって生まれた性質を善なるもの、美しいものへとさらに高めること」である。改作の過程で、当初の芸術家小説は時代相を描く社会小説《ツァイトロマーン》へと変貌してゆく。作品の時代はアメリカ独立宣言とフランス革命のあいだに設定されている。登場人物はさまざまな社会層に属し、とくにロタ―リオの周囲の集団と塔の結社の人々は、ゲーテが目にしてきたような貴族と市民のあいだにある根本的な葛藤を解決しようとする傾向を代弁している。演劇はもはや目標ではなく、ヴィルヘルム・マイスターの人生の発展段階であり、社会的状況や時代のさまざまな出来事が彼に影響を与える。「美しい魂の告白」との出会いによって、彼は倫理的宗教的原則と取り組むことになる。彼の修業時代の目標は、ちょうどのちにゲーテがヴィンケルマンについてのエッセイのなかで定義づけたような、実用的な活動性と精神的創造性とを結びつける試みになる。「人間は個々の力の合目的な適用によって多くのことをなしうるし、さまざまな能力の結合によって非凡な事柄をも達成する。しかし無比のもの、まったく予想外のものは、あらゆる特性が彼の内部で調和的に統一された場合にのみ成就される。」

ゲーテからウンガーに宛てた手紙のなかに、『ヴィルヘルム・マイスター』出版を承諾したという内容のものは残っていない。ウンガーはゲーテから告げられたこの作品の意味を予感していたのであろうか。彼は一七九四年四月十五日ゲーテに宛てて次のように書いている。「私は自分が果報者だと思われ嬉しさを堪えられないでおります。枢密顧問官閣下、あなたがこの長編小説の出版者に私をご指定くださるとは、まこと身にあまるご好意、お手紙はこれまで味わったことがない大きな喜びを私に与えてくださいました。お手紙のなかで指示されておりますすべての条件を厳密に果たすことを、私は同封の文書によりお約束いたします。読者はみな自分たちの最高の作家であるあなたの、あらゆる点で称賛すべき仕事、誰もが待ちこがれていた仕事に、いつまでも感謝することでしょう。私は、このようなご配慮を賜りました喜びをどう表現したものか、言葉に窮するばかり、いまからもう玉稿を受け取る日が待ち遠しくてなりません。[37]」ウンガーは『ヴィルヘルム・マイスター』を続稿して完成するようにとたえずゲーテをせっついて、一七九四年五月十日にはこう書いている。「読者はいますっかり政治づいてしまっておりますが、このような気分を変えることができるのは、ゲーテのような作家だけなのです。あらゆる読者が夢中になってあなたの小説を手に取り、政治的な作品をわきに置くことでしょう。[38]」おそらく、このようにウンガーから攻め立てられて、ゲーテは一七九四年五月に最終的な出版契約を結んだのである。第一巻が印刷出版されたときは、ゲーテがまだ第二巻以後を続稿の最中であった。『ヴィルヘルム・マイスター』の第一巻の印刷が始まった。まだ多くの難点があると思われた仕事であったが、ついにその完成を宣言しようという決意が固まったのである」、と彼は当時を振り返ってしるしている。「執筆中の巻を完成させる見通しをつけ、さらにその続きを執筆する、この二重の仕事に私は攻め立てられたが、ともかく刊行の開始がなされたことは嬉しかった。[39]」

しかし、一七九四年夏、このような出版者の強い要請や契約のほかに、もう一つ重要な出来事があった。同年六月十三日金曜日、ゲーテはイェーナに出かける。公爵が翌日全教授に食事を振舞うというので、その準備のためであったが、そこで彼はシラーに会い、雑誌『ホーレン』の共同執筆者になるよう要請されるのである。共同執筆者として他にヘルダー、フィヒテ、ヘルダーリン、フンボルト兄弟、フォスとA・W・シュレーゲルが名前を連ねることになっていた。ゲーテは六月二十四日付シラー宛の書簡で雑誌に協力することを約束する。「確かに、発起人となられるような有能な人々と親しくさせていただければ、それによって、私のもとで停滞している多くのことも、生き生きとした歩みを取り戻すことでしょう。」

ゲーテは、これらの仲間との交流は『ヴィルヘルム・マイスター』を書き進めるのに有益である、と気づいた。こうして彼は、シラーがこの長編執筆の過程に関与するように取り決め、シラーと討論をかさねながら全体を進めてゆくことになったのである。十二月六日ゲーテは第一巻の刷本《すりほん》の一部抜きをシラーに送り、彼の批評を求めた。「ついに徒弟ヴィルヘルム――彼は、どういうわけか私にもわからないのですが、マイスターと名乗っています――の第一巻が出ます」と述べ、さらに、第三巻からは「加筆訂正のできる原稿」の形で送ることを約束した。シラーはこの巻を「心から楽しんで」読み、十二月九日付書簡をしたため、これにより文学史上、他に例を見ない、文学理論と実践をテーマとする活発な文通が始まるのである。ゲーテは翌十日にもう感謝の返信を送る。「私の長編小説の第一巻に対して評価するとのご証言をいただき、私はひじょうにしあわせに感じております。この小説は内的にも外的にもすべての面で奇妙な運命をたどったものですから、私がそれで完全に混乱に陥っているとしても、別段不思議ではありますまい。私の最後の拠り所は私の理念以外にありませんでした。ですから、この理念によって私が迷宮から抜け出すことができれば、喜びとしたいと思っているのです。」「もはや書くしかない」という思いとシラーならびにヴィルヘルム・フォン・フンボルトの激励に支えられて、仕事は着々と進み、すでに一七九五年一月二十二日にはゲーテは第三巻の原稿をウンガーに送っている。二月十一日、第四巻が脱稿すると、シラーに送る。「私の第四巻をお届けしますが、ご健康、ご気分ともによろしく、あなたがこれで数時間お楽しみいただけますようにと心から願っております。引っかかると感じられた箇所には、どうか線を引いておいてくださいませんか。フンボルト氏とご婦人たちにも、私の主人公とその仲間のことをよろしくお伝えください。」シラーはゲーテのこの許可に乗じて、とくに「ハムレット」の箇所の展開を批判した。「この素材は、このように次々と間断なく提供されるのではなく…（略）…そのあいだにいくつかの重要な状況を入れることによって…（略）…中断されなければならないと思います。」ゲーテはこの助言に従う。二月中旬ゲーテはイェーナにシラーを訪ね、このとき交わされた対話に「勇気づけられて」、二月十八日付の書簡では「他人のなかに自分を映して見ることは、自分のなかに自分を映して見ることよりも、はるかに有益なことです」と述べ、感謝を表している。またもや鏡という表象によって、きわめて重要な確信が語られる。すなわち、成立しつつある作品を他の人の視点に移し、それによって本文を再び自分に近づけ、改めて「精通すること」、これがゲーテの詩的実践なのである。彼はこの芸術論的な議論を行ない、本文に加筆訂正を加えては決定稿に仕上げていった。それが済むと、彼はもはや関与しなくなり、校正刷りを読むことも拒否、周知のように、ひとたび出版されてしまうと、その本を──むろん、友人や読者が誤植を指摘してくれた場合は別だが──再度手に取ることはほとんどなかった。

『ヴィルヘルム・マイスター』第五巻になって、ゲーテとシラーの往復書簡には両者のきわめて本質的な芸術観がしるされるようになる。一七九五年六月二日シラーはケルナーに宛てて次のように書いている。

ゲーテは「『ヴィルヘルム・マイスター』の続巻の原稿を改訂するさいに、長編小説と戯曲の相違という興味深いテーマについて書いてよこしましたが、そのなかの主要な理念はとても気に入りました。長編小説はさまざまな物の考え方と出来事を、戯曲は性格と行為を必要とする、と彼は言っています。長編小説においては偶然が入り込むことが許されますが、人間がこの偶然に一つの形を与えるよう努めなければなりません。戯曲においては運命が支配し、人間に逆らわなければなりません。」こうして共同制作者の役割を担うことになったシラーは驚き感激して、いっそう踏み込んだ提案を行なうのだが、同時に批判は腹蔵のないものになってゆく。これでは第八巻は予想もつかないほど困難な作業になってしまう、とゲーテが感じていたことは、一七九六年六月二十五日付書簡にうかがうことができる。「この原稿は、まずは好意をもって楽しみ、それから審査するおつもりで読んでください。できるものなら、これでもう私を無罪放免にしてください。なおいっそう完成度を高めなければならない箇所がたくさんあり、実際にそれが必要な箇所がいくつもあります。しかし、どうしたらいいのか、私にはわからないのです。この長編小説が私に要求するものは果てしなく、こうしたことの性質からして、すべてがある程度は解決されなければならないとしても、全面的な満足は得られるはずがないからです。」六月二十七日、最終巻第八巻の原稿を受け取ったシラーは、そのあと四通の長文の書簡（七月二日、三日、五日、八日付）をしたためる。七月二日付では、「この作品の真実、美しい生命、単純な豊かさ、それが私の心をどれほど動かしたか、それはとても言葉で表現することはできません」と言い、この作品については、ゲーテとの対話を終わりにすることはけっしてしない、と約束する。「まさに芸術作品と言っていいこの作品全体について、それにふさわしい、本当に審美的な評価をするのは、途方もない企てです。私はこの企てにこれから四カ月を喜んで捧げたいと思います。…（略）…この作品に表されたあなたの問題を私自身の問題とし、私の内面に実在するすべてを、こうして作品という形につつまれて息づいている精神を映し出す一点の曇りのない鏡に作り上げる、そして、そのようにして言葉のより高い意味であなたの友たる名にふさわしい者となること、それは、私にとっては宗教みたいなものです。このおりに臨んで、私はじつに生き生きとした経験をさせていただきました。すなわち、すぐれたものは一つの力であり、一つの力としてのみ利己的な人間にも作用を及ぼしうる、さらに、すぐれたものに対しては、愛情以外の自由はない、ということなのです。」ゲーテはのちにこの結びの言葉を少し変えて、『親和力』の「オッティーリエの日記」に入れた。「他の人の大きな長所に対抗するには、愛情以外の救済手段はない。(40)」

ゲーテはこれらのシラー書簡に「別世界からの声」を聞く思いがして、七月五日には、「どうかお厭になられることなく、ぜひともあなたのご意見をお聞かせください。この巻はもう一週間、お手許に置いてください」、七月七日付には、「どうか私を私自身の作品に精通させることを続けてください」と書く。しかし、シラーが、これを真にうけて、七月八日付で一つの「欠点」を指摘し——読者が軽率にも空想の戯れとしかねない——あの芝居がかった出来事を「もっと重みのある」表現によって、理性の光に照らしても正当であると認められるようにすべきだと述べると、ゲーテは傷つき機嫌をそこねて、こう答えるのである。「まさにご指摘のとおりなのですが、欠点とされるあの点は、私の最も内なる性質、ある種の現実主義的な特異な性癖に由来するのです。私という存在、私の行動、私の著作を世間の人々の目からそらす、それが私には心地よく感じられますのも、この性癖のせいなのです。ですから私はいつも匿名で旅をし…（略）…実際の自分よりも軽率に振舞い、私はこう申し上げたいのですが、私は、本当の私自身と私独自の外見との中間に身をおきたいと思うのです。」またもや有用な自己洞察である。つまり、シラーが理性と関連づけられなくなっている箇所に、ゲーテは自身の現実主義者としての側面を見ている。シラーが軽率かつ重要でないと批評するところで、彼は、「より軽率に」振舞い、不確かな場合には、意味のある表現ではなくさらにもっと無意味な表現を選んでしまうゲーテの本性を突いてしまう。シラーはさらに議論を続けたいと思ったけれども、ゲーテは対話を中止し、第八巻の原稿をもう一度読み直したいとシラーが望んでも応じようとしない。ゲーテは「私たちの本性の相違」を持ち出して、このテーマに関する手紙のやり取りは突然打ち切られるのである。

八月十日からゲーテは再度、結びの部分の改訂を行ない、八月二十六日に原稿をウンガーに送る。一七九六年十月に第四巻と最終巻が出版され、これでゲーテにとって一つの仕事が終わった。彼はウンガーに、この仕事の特徴をこう述べている。「それは、これまで私が行なった全仕事のなかで、最も必要不可欠な仕事であり、いろいろな意味で最も困難なものでした。」「最も必要不可欠の」仕事、すなわち細部まで完成度の高い形に仕上げるという芸術的要請に最も厳密に従ったがゆえに、最も困難な仕事となったのである。

作家と出版者の双方が満足し、とくにウンガーは、この作品が自らデザインした活字で印刷されるのを見て満足であった。一七九五年五月二十三日、彼はゲーテに宛てて書く。「閣下、幸運にも私の新しいドイツ活字が読者に歓迎されておりますのは、ひとえにあなたがこの活字に拍手を送り、あなたの素晴らしい作品をこの活字で印刷することをご許可くださいましたお陰でございます。もしもあなたのお墨付きがなければ、この活字を現在のように頻繁に使用できるようになるまでには、まだまだ長い時間が必要だったことでしょう。読者のほうもなかなか偉いのではないでしょうか。ゲーテのような人が好むのなら、自分たちもそれに倣おうというわけですから。」むろん、すべての人間がこの活字に満足したわけではない。シラーは、活字は小さすぎ、読者が目を悪くしてしまうと、強い口調で非難し、一七九六年七月二十五日にはゲーテに警句詩《エピグラム》を送ってきた。「ご覧のとおり、次の警句詩《エピグラム》はベルリンからの最新のものです。

　　ウンガー
ウンガー社刊二つの出版物の活字について
『ヴィルヘルム・マイスター』と雑誌『ドイツ』
新しい型の活字を読者に勧めるために、私は大作家《マイスター》の作品を
最初の試しに選ばなければならなかった。
第二の試しも、そして、その後はすべてがうまくゆくだろう。この活字が、
雑な作家の作品を印刷するのに用いられて貶められることさえなければ。(41)」

　ゲーテの母親アーヤの感想はこれとは違って、息子ヴォルフガングに宛てた一七九四年六月十五日付にこうしるしている。「ウンガー氏も、素晴らしい紙とこのうえなく立派な活字で称賛されることでしょう。――おまえの著作が、新作旧作のどれもが、私にとっては厭わしいラテン活字体で印刷出版されなかったことを、私は言葉で表現することができないくらい嬉しく思っているのです。――『ローマの謝肉祭』なら、それも我慢できるでしょうが。一つついでにお願いしておきますが、私はこれからもドイツ文字を使ってほしいと思っています。」

『ヴィルヘルム・マイスターの修業時代』はたちまち同時代の人々に受け容れられた。ケルナー、W・v・フンボルト、シェリング、シラーは賛美の挨拶を送ったが、F・シュレーゲルとティークは激しく攻

撃し、ノヴァーリスはこの作品を「致命的でばかげている」と見た。ヴィーラントにとっては「本当に嫌悪感をもよおすようなひどい作品」であり、「憤激した」F・H・ヤコービにとっては「全体として腹立たしいもの」であった。一七九八年F・シュレーゲルは、『アテネーウム』断章の二一六番において、次のように断言した。「フランス革命、フィヒテの『知識学』およびゲーテの『ヴィルヘルム・マイスター』は、この時代の最も重要な傾向である。」ただし、初稿ではこの言葉のあとに次のように続いていた。「しかし、これら三つはいずれも、徹底的には実行することのできない単なる傾向でしかない。」ジャン・パウルの反応はこれらとは異なっていた。「ゲーテの『マイスター』は、魔法の杖を用いて、ロマン的叙事的形式、すなわちフランスやフランケンの古い長編小説《ロマン》のなかに棲みついていたようなあの精神を、崩れ落ちた廃墟をさながら魔法の杖でよみがえらせるかのように、新築の真新しい園亭のなかに呼び戻した[42]。」ハーバーマスは、「革命が起こった」きっかけをボーマルシェの『フィガロの結婚』であるとしたナポレオンの有名な言葉に従って、同様に『ヴィルヘルム・マイスター』もきっかけとなった、と断言している[43]。

『修業時代』がそれ以後の発展小説や教養小説に及ぼした影響は計り知れない。その系譜は、ジャン・パウルの『巨人』、ノヴァーリスの『ハインリヒ・フォン・オフターディンゲン』、アイヒェンドルフの『予感と現在』、メーリケの『画家ノルテン』、シュティフターの『晩夏』、ケラーの『緑のハインリヒ』など連綿と続き、とくに二十世紀ではトーマス・マンとヘッセにまで達している。

したがって、著者と出版者にとっては大成功と言ってよいものであった。しかし、批判の声のみならず、次第に強まる不満の声もあがる。『ライネケ狐』収録の『新著作集』第二巻には多くの誤植があった。誤植が見つかると、まだ手許にあった初刷りの本には正誤表を付けることができた。しかしゲーテも驚いたことに、このときすでに第二巻には二重印刷（Doppeldruck）の版、つまり無断で別に印刷されたもう一つの版があって、誤植は部分的に訂正済みであったので、この巻には正誤表は付いていなかった。

ゲーテのウンガーとの結びつきは、もちろん原稿料の問題によっても規定されていた。ゲーテは『新著作集』の第一巻と第二巻の初版でそれぞれ五〇〇ターラーを得た。『ヴィルヘルム・マイスター』収録の各巻（『新著作集』の第三巻と第四巻）に対しては六〇〇ターラーを要求し、周知のとおりウンガーはこれを受諾した。

ゲーテの同時代人たちは、彼の稿料要求の仕方を批判的な目で見ていた。ヴィルヘルム・フォン・フンボルトは一七九五年八月シラーに宛てて次のように書いている。「彼［ゲーテ］の出版者に対する振舞いは、当地ではまったく冷酷かつ不当であると言われておりますが、私もさまざまな声を耳にしています。」とくに批判的だったのはヴィーラントで、ベッティガーの日記によれば、彼は次のように述べたという。「『ヴィルヘルム・マイスター』の二巻目を書き上げたとき、ゲーテは四巻本にすることを望んでいたのです。それなのに今度は五巻本にしてはどうかと言っています。全紙《ボーゲン》一枚につき二〇ターラーというのはいかにもおいしい話ですから、さらに六巻本あるいは八巻本にすることも考えているかもしれません。第三巻の半分以上の頁を占める「美しい魂の告白」は、亡くなったあるご婦人が語った話で、それにゲーテは自分のやり方で手を加えたにすぎません。この告白のどの言葉をとっても、何か異質なものが感じられてなりません。要するに、ゲーテ自身の原稿ではなかったのです。」

稿を進めてゆくうちに、ゲーテが『修業時代』を五巻本として出版することを考えたというのは、大いにありうることである。一七九六年三月七日、第三巻の版組みが終わったあと、ウンガーに宛てて次のように書いているからである。「あなたはこの長編小説の最終巻の原稿をすぐにも手にしたいとお思いのこしいひと時だと申し上げることができます。あなたや読者の期待がいかに大きいとしましても、この仕事を首尾よくやり遂げ、そのためにはいかなる労をも惜しむまいとする私の願望のほうがはるかに大きく、きっと比較にならないでしょう。それは……（略）……きわめて困難な仕事です。しかし、成功させようとするのなら、この仕事は最大限、自由に、気楽に、なされなければなりません。そのためには、むろん、時間的ゆとりと執筆にふさわしい気分が必要になります。さらに、この仕事を考えていた以上に芸術的な論議のあるものにしている状況が加わります。つまり、幾人かの人々が、いや親しい友人や知人でさえもが、この作品はその構想からみて一巻で終わらせることはできない、と断言したり、賭けてもいいとまで言ったりしているのですから。」ウンガーはこの手紙には答えなかった。少なくとも、これに対する彼の反応は残されていない。いずれにせよ、ゲーテは『修業時代』を四巻にまとめるが、三巻までが約三〇〇から四〇〇頁であるのに対し、最終巻の分量は五〇七頁にもなった。しかし、ゲーテはまたもや許しがたい誤りを犯してしまう。つまり、校正刷りを読まなかったのである。植字工が多くの箇所でゲーテの協力者リーマーの筆跡を読み違えたことなど、誰も気づかなかったのだが、当時は一般的ではなかったのだが、出版社に原稿を返却させている。しかし彼は、それを次の版の準備に役立てようとはしなかった。彼はよくそういうやり方をした。そのうえ、このときゲーテの手許に届いたのは、すでに無断で二重印刷されたほうの版であった。彼はそれを次の版の手本として用いたので、その結果ゲーテ自身が正しい本文を「損なって」しまったのである。ハーゲンはこう書いている。「自分の本文の手本としてどれを選ぶか、それは作品の本文に甚大な影響を及ぼすので慎重さが期されるのだが、このようにゲーテは不注意であったため、今日でも編集者を悩ますひじょうに厄介な問題が起きている。」

ゲーテが文献学的な問題について、こと自分の著作に関する限り、いかに不注意であったか、日記から知ることができる。一八一四年三月十六日、彼はクネーベルに宛てて次のように書いた。「リーマーはひじょうに有能である。私たちはいま、新しい版に備えて『ヴィルヘルム・マイスター』を一緒に読んでいます。私はこの作品を、他の作品と同じように、夢遊病者のような状態で書いたので、文体についてのリーマーの評は、私にとってきわめて教えられるところが多く、魅力的なものです。ただし、変更という点では、本来の意味で書き間違いや誤植と見なされうるもの以外は、なんら手が加えられてはおりません。(44)」いかにも慎重であるかのように標榜しているのだが、しかし、実践となると慎重さを欠くことも稀ではなかったのである。

たびたび二重印刷について言及してきたが、この特異な事象が、当時の他の作家同様、ゲーテをいかに苛立たせたか、その度合いは、おそらくよく起こる誤植などの比ではなかった。ウンガー出版書店は、他の出版社の例にもれず、ひじょうに汚い商慣習を社是としていた。ゲーテはウンガーに対して与えたのは第一版第一刷の出版権であったのだが、そのさい彼が失念していたのか、あるいはウンガーに一任してしまったのかもしれない。すなわち、何部発行するかという取り決めで、出版者にとってはまさしくリスクとなる点であった。出版者は売れ行きもわからないままに初版の部数を過度に多く刷るのは危険が伴うので行ないたくない。一方で出版者は、商売で儲けようと思うならば、可能な限り多くの部数を売り捌かなければならない。そこで、認められた第一版第一刷の権利を、文字どおり一度だけというのではなく、おりを見て印刷を分けて行なうという方法がとられる。こうしていわゆる二重印刷が行なわれるようなり、しかも、絶対に許せないことに、初刷りと同じ発行年が付けられたのである。ゲーテはたいてい一つの版につき一括概算した稿料を受け取っていたので、第一刷を一定量ずつ分けて発行するというこのやり方は、少なくとも正当ではない、そもそも著者に対する背信行為である。二重印刷にはしばしば間違いが指摘され、第一版第一刷とは異なることが多かった。当時、印刷版は手組みによって製版された。すなわち活字を一つずつ植字して一行が組まれたあと、組まれた行を合わせて印刷版が出来上がるのである。しかし、この印刷版は保存されず、組み版が済むとすぐに活字ごとに解体されて、活字は活字箱へ戻される。したがって複製出版（増刷または重版）をしようとすると、改めて活字を組まなければならず、当然誤植も起こりやすい。また、利益を上げるために、無断増刷ないし重版には廉価な紙が使われるのが通例であった。

クレルマイアーはゲーテの作品の二重印刷に関する研究を多数公刊したが、その成果は、上述のような初版との相違を記録に残したことである。ドイツの出版者にとって名誉な話ではけっしてない。クレルマイアーが突きとめた一例を挙げるならば、シラーの戯曲『オルレアンの乙女』である。ウンガー書店は、この作品の出版権が一八〇二年から一八〇四年までであったにもかかわらず、八回（原文のまま！）、しかも出版権の切れた一八〇四年以降にも初版発行年の一八〇二年を付けて増刷していたのである。

クレルマイアーは、ウンガー書店刊のゲーテ『新著作集』についても、このような無断二重印刷が数多く存在することを立証した。第一巻に一種類、第二巻に二種類、第三巻から五巻にはそれぞれ三種類ずつ、第六巻に二種類、第七巻にはゼロと報告されている。さらにウンガーのやり方が透明性を欠くのは、次の事実でもわかる。つまり、彼は、ゲーテも承知のうえではあったが、『新著作集』の組版をそのまま用いて、表題だけ新しくして『ヴィルヘルム・マイスター』の単行本を出版したのである。このような『全集』とは別の版の製作は、当時はごくふつうのやり方で、一種の慣習法として、ゲーテ全集を出した他の出版者たち（コッタも含めて）がみな行ない、著者側もそれを大目に見ていた。

ゲーテはウンガーのこの手口を見抜いていた、と思われる。彼は一八〇一年四月二十八日付書簡でアウグスト・ヴィルヘルム・シュレーゲルから内報をうけていたのである。「ウンガー氏は私に対して卑劣な真似をしました。『シェイクスピア』翻訳の第一部を私に隠れて増刷したばかりか、そのあとこの件で話し合ったとき、彼は私の正当な要求を拒否したうえに、無礼きわまりない態度をとったのです。ですから私は彼を告訴せざるをえなかったのです…（略）…このことをお伝えしますのは、あなたも出版者ウンガー氏と取引関係をおもちになっているからです。増刷についてあなたの契約がどのようになっているのか、私は存じません、がしかし、次のことは確信をもって言うことができます。ウンガー氏は『ヴィルヘルム・マイスター』の第一巻を新たに印刷しました。ひじょうに信頼のできる事情通の人物が目撃者として、間違いないと断言しているのです。シラー氏にもこの件についてそれとなく知らせておいてください。」

ここで当然疑問となるのは、なぜゲーテがウンガーに異議を申し立て抗議しなかったのか、である。周知のとおり、直談判はゲーテのやり方ではなかった。このときも彼はなんら行動を起こさなかったと推測される。というのも、ウンガーのやり方はなんらかの形でどこでも「行なわれている」ことであり、完全に見抜くこともチェックすることも困難であり、そもそも書類による正式の契約がなかったからである。

こうして一七九七年以降、ゲーテとウンガーは疎遠になってゆく。ゲーテとコッタの親密な関係を不信の目で見ていたウンガーは、翌九八年一月十三日ベッティガーに宛てて次のように書いている。「私の尊敬してやまないあのゲーテが、たった四週間、他の出版者からもてなしを受けたからといって、この私に背を向けるなんてことがありうるのでしょうか。いまはこれ以上のことは言わずにおきますが。」ウンガーには腹に据えかねることがあったのかもしれないが、それならば、ヴァイマルのゲーテのもとへ赴き、彼と話し合えばよかったのだ。ゲーテは、一度傷つけられると、もはや関係の修復はほとんど見込めない人間であることを、ウンガーは知らねばならない。「ヒンブルク輩には、私は死んだも同然。」これが、ゲーテが海賊出版者ヒンブルクとの決別の言葉にしようと考えたものだったが、やがて、ウンガーにも当てはまるようになってゆく。その後も何度か個人的に会う機会が生じた。ウンガーがヴァイマルにゲーテを訪ねたというのではなく、偶然の出会いであった。一八〇〇年四月二十八日から五月十六日までの予定で、ゲーテが公爵に随行してライプツィヒの書籍見本市に出かけた時のことである。ゲーテは五月二十一日クネーベルに宛ててこう書いている。「私は十分に楽しみました。じつに多くのなじみのない対象や人々を再び自分のなかに受け容れるのは、私にとっては本当に苦痛でした。」このなじみのない人々のひとりがウンガーであった。この出会いはゲーテにこれといった印象を与えることはなかったと思われる。日記には、歓談の記録はないし、『新詩集』を収録する『新著作集』第七巻の取り決めがなされて間もない時期だというのに、これについての対話も、『著作集』の反響や売れ行きについての質問も、苦情も異議もない。五月十日付の日記には、次のようにしるされているだけである。「早朝、公国産業社で書籍カタログに半分ほど目を通す。ウンガー氏とヴォルトマン氏に会った。」日記のなかでは、コッタの扱いはすでに別格となっていて、この三日前の日記には、こうしるされている。「コッタ氏と散歩。さまざまな文学的な状況についてじっくり話し合った。」

いかにもゲーテらしい対処の仕方で、すでに一七九八年には、叙事詩『ヘルマンとドロテーア』の原稿をウンガーに提供する気も、ウンガーをオークションに参加させる気も、端《はな》からなくなっていた。ここで、一七九八年に戻って、この年の重要な出来事であるこの叙事詩、ゲーテのいわば「脱線行為」について見ておこう。ウンガーが新しい原稿をほしいと言ってゲーテを急かせば急かすほど、ゲーテはますます躊躇し拒否するような態度をとる。ゲーテとシラー、両者のウンガーに対する不快の念は増してゆくばかりだった。「ゲーテ氏は『著作集』の第八巻を出版するつもりなのでしょうか」と、ウンガーは一八〇一年三月十四日付書簡でシラーに尋ねた。「ゲーテ氏が第八巻の出版を目下の緊急事と考えていないというのでしたなら、私は近々にそれをお願いしようと思っています。ライプツィヒでゲーテは、いちどベルリンを訪れるという約束をしてくれました。しかし、それがいつになるかは明言しませんでした。」この手紙から、一八〇〇年五月十日にウンガーとゲーテが話をしたことが明らかになる。シラーはウンガーの手紙には答えなかった。ウンガーの無理な要求はおそらくウンガーにとっての目下の緊急事なのだ、とシラーは知っていたからである。

ゲーテにはウンガーに対して怒りを覚えるもう一つの本質的な理由があった。ウンガーは雑誌『ドイツ』を刊行していたが、ゲーテはそれにたびたび寄稿をしなければならず、そのことで腹を立てていたのである。のちにコッタの『教養階級のための朝刊』紙でも、同様の状況が生ずることになる。自社社内誌の編纂は、文芸出版者にとって、固有の問題点を有している。

世界市民ゲーテはドイツ人を愛したことが一度もなかった。ドイツ人によって評価され、著名な作家として認められたと感じてはいたものの、しかし、他の作家に比べると彼の作品はそれほど読まれてはおらず、著作の売れ行きもはかばかしくなく、何よりも彼は自分が好かれているとは感じていなかった。ドイツ人に関する彼の批判的な発言は数え切れない。

熱狂を君はドイツ人の読者に求めているのだって？　かわいそうに！
君が礼儀正しさだけでも期待できたら、しあわせというものだ。（『クセーニエン』）

ドイツだって？　しかしそれはどこにあるのか。私はその国を見つけることができない。

学問が始まり、政治が終わるところなのだから。(『クセーニエン』)

「ドイツ的なもの」は、ゲーテが自虐的な対決を行なった問題であった。「ドイツは無である。しかし個々のドイツ人は大勢いる。だがこの大勢はまさにその逆だと思い込んでいる。」「私はドイツ国民のことを考えると、しばしば激しい痛みを感じた。ドイツ国民ひとりひとりはとても卑しからぬ存在であるが、全体としてはとても悲惨である。」大きすぎるテーマであり、ドイツ的なものは、ゲーテにとってはつねに矛盾にみちていた。「しかし、そういうものではないだろうか。」ゲーテによって人間の「最も高い美徳」と認められた「正義」は、「ドイツ人の特性であり幻影」であった。両極端の特性が緊張関係のうちに共存していること、急進性および中庸を求める衝動とは反対のもの、これらがドイツ人を特徴づけている、と言う。ゲーテの内的本性は自己形成に向けられていた。つまり、彼は自分という存在の完成に着手していたのであり、一切を手中につかもうとする衝動の点では、あまりにもドイツ人に似すぎていたので、何度もドイツ人から距離をおこうとせざるをえなかったのである。彼がドイツ人全体を非難・糾弾したとしても、それが絶対的なものであったことはけっしてなく、それを撤回したり、しばしば皮肉をこめて疑問視したりしたのは、彼のほめ称えるドイツ人の特性は彼自身の特性でもあるということ、彼が咎めた欠点は彼も克服しなければならないものである、ということを知っていたからである。(45)

ゲーテはロマン派の人々が要求する「国民文学」に対して、「世界文学」というモットーを掲げた。「国民文学というのは、今日ではたいして意味がない。時代はもはや世界文学の時代であり、それゆえひとりひとりがこの時代を促進するように活動しなければならない。」当時を振り返ってゲーテはエッカーマンにそう語っている(一八二七年一月三十一日)。ゲーテがウンガーの雑誌『ドイツ』の国家主義的保守的な姿勢を快く思わず、『クセーニエン』で揶揄しているのは不思議なことではない。

ウンガーの古いドイツの樫の木へと誘惑されてはならない、
この木の果実じゃ滋養も乏しくて、美しい動物は育たない。(46)

詩句の意味は、ウンガーの雑誌の養分は苦く、渋く、程度に差はあれ豚にしか適さない、というものである。一八〇二年三月六日ウンガーはシラーに、アウクスブルク、ウィーンおよびフランクフルト・アム・マインで『オルレアンの乙女』の海賊版が出回っていると報告した。「しかし私は将来のために増刷するつもりです。しかも可能な限り廉価な本にしようと思っておりますのは、そうすることで海賊出版者たちの不法行為をやめさせるためです…（略）…さて二つ目のお願いがございます。当書店から出版されますハーレム編の雑誌『イレーネ』に、あなたと枢密顧問官ゲーテ氏に、短い論文ないし未発表の詩を寄稿していただきたいのです。お二人のお名前によって、この雑誌が際立って立派に見えるように。」ウンガーのとんでもない思い違いというほかはない。彼の関心事は作品ではなく、自社の雑誌が「際立って立派に見える」ようにするための両巨匠の名前なのである。シラーは激怒し、ゲーテにこのことを三月十七日付で伝える。「あなたと私は、ともに、ハーレムの『イレーネ』にいくつか投稿するようにと、丁重なお招きをうけているのです。これらの紳士たちは、私たちを滅ぼすような真似をやっておきながら、自分たちの事業のほうは促進せよと、私たち著作者に要求するなんてことができるとは、まさしく非道とも言うべき行為です。この申し入れをしてきたウンガー氏には、私は思っていることをすべて言ってやるつもりです。」ゲーテはすぐに返事をよこした。「『イレーネ』へのお招きにご返事するさいは、素晴らしくわさびの利いたユーモアと、これまた素晴らしく効き目のある鉄拳の、両面が出るような文面にしていただければと思います。あなたがあのひとり残らず汚い奴ら全員に当てはまるようなお説教の手紙をうまく書いてくだされればと思います。私も、誓って申しますが、奴らにはますます憎悪の念がつのるばかりなのですから。」二人の作家の気持ちは理解できるし、また理解してやらねばなるまい。二人が達した見解は、出版者にとって大切なのは利益の追求のみ、文学作品を流布させ、その形式や内容をとおして時代の変革に寄与しようとすることなど二の次なのだ、ということであったにちがいない。

シラーはゲーテの意に沿った手紙を書いたが、しかしそれは伝えられていない。(シラーの返書をウンガーは握りつぶしたのだろうか。ウンガーは偉大なる作家の筆になるこの批判書を後世に伝えるつもりはなかったのだろうか。——出版者とは時おりそのような誘惑にかられるものなのかもしれない。)

ゲーテとウンガーはこの件についてはけっして話題にしなかった。こうした応酬を避けるのがゲーテの常であったし、おそらくウンガーのほうは、自分がシラーとゲーテにいったい何を行なったのか、まったく見当がつかなかったのかもしれない。文通は一方通行になっていった。一八〇三年五月六日ウンガーはゲーテに宛てて次のように書いている。「とても長い歳月が流れましたが、もしも私があなたのご好意をほんのわずかでも手にするという幸福に浴したならば、私にはこのうえなく大きな喜びとなったことでしょう。わずかなご好意でも、それは、私があなたの思い出から消えていないことの証明になったと思われるからです。当方としましては、このような罰をうけるようなことを、何か犯してしまったという意識はないのです。」彼はゲーテに「良質の紙」で印刷したエーヴァルト・フォン・クライストの本を献呈した。むろんゲーテの対応は冷静で、クライストの詩と手紙が「私たちをあの時代へと連れ戻してくれました、むろんあの時といまではすっかり異なってしまいましたが…」と述べて感謝している。一八〇三年六月八日付のこの手紙が、ゲーテがウンガーに宛てた最後の手紙となった。一八〇四年十二月二十六日ウンガーは亡くなる。彼の妻は、一八〇五年一月二十六日、尊敬してやまない枢密顧問官ゲーテに問い合わせた。「閣下が私の愛する亡夫に対して何かご用命がおありでしたら、つまりあなたの貴重な作品のなかでご入用のものを送ってほしいというご意向がおありでしたら、私はこれについて、あなたの命令に従う準備ができております。」しかし、ウンガー夫人のもとにはなんの命令も届かなかった。夫人は負債を抱えた出版社と印刷所を継続しようとした。『フォス新聞』への参加に関する契約に曖昧な部分があり、彼女は訴訟を起こすのだが、敗訴に終わった。一八一三年九月二十一日ウンガー夫人没。ツェルターが一八三一年三月十四日付でゲーテに書いているように、出版社、印刷所、ウンガー活字の全資産が「四方八方に」散逸してしまったのである。(47)

三　『ヘルマンとドロテーア』
――「人間を描く画家」の「脱線行為」？

『ヘルマンとドロテーア』の計画について最初の言及がなされるのは、一七九六年七月七日付シラー宛の書簡の、実際には発信されなかった手紙の下書きの部分においてであり、そこでゲーテはシラーに「現代の牧歌」を計画していることを伝えようとしている。執筆開始は同年九月十一日、翌年六月初めに最後の部分が出来上がって脱稿、早くも同年十月には、『一七九八年のポケットブック』として、しかも五種類の異なった装丁で出版された。しかし、当時ゲーテとウンガーの関係はまだ順調で、しかも『新著作集』刊行の真最中であったにもかかわらず、出版元は別の書店であった。ゲーテはウンガーと正式な出版契約を結んでいなかったし、そもそもウンガー書店刊全集は、編集方針のしっかりとしたゲッシェンやコッタの全集と比べると、およそ全集と言えるようなものではなかった。それは、個々の出版物を『新著作集』という名前でまとめたにすぎない。あらゆる証拠資料から判断すると、この全集刊行の継続はそのつどの話し合いによる、つまり、ゲーテの申し出や、たえず新しい作品を求めるウンガーの希望を勘案するとなっていた。また、ゲッシェン書店にもこの『新著作集』同様の仕方によって全八巻に拡大した全集出版の計画もあったようである。したがって、ウンガーとの関係はそれほど緊密とは言えず、いつ解消してもおかしくない。当然ゲーテは『ヘルマンとドロテーア』をウンガーに提供する義務があるなどとは感じていなかったのである。この辺に関連した手紙の下書きが二通残されているが、一七九七年三月三日付および三月二十八日付のいずれにおいても、ゲーテは同じ言い方で新しい出版戦略をほのめかしている。『新著作集』の残りの巻を出すまえに、「さらにいくつかの比較的小さな作品を別の方法で読者に提供しようと考えている[48]」。すなわちゲーテは、「いくつかの比較的小さな作品」をほのめかすことで、刊行中の全集のことを故意に軽く扱う一方、実際には同年一月、すでにフィーヴェーク書店と『ヘルマンとドロテーア』出版の契約を結んでしまっていたのである。

『ヘルマンとドロテーア』はなぜウンガー書店ではなく、フィーヴェーク書店から出版されたのか。何ゆえにゲーテは他の出版者を選ぼうとしたのか。何ゆえに「別の道」だったのか。これは、今日までゲーテ研究者があれこれ憶測を重ねてきた点である。ヴィトコフスキーは一種の脱線行為であったと推測する。なぜなら、『新著作集』がウンガー書店から出版されているあいだに、ゲーテはこの時期の「最高の作品」である『ヘルマンとドロテーア』を他の出版者に渡しているからである。「書籍出版史上おそらく他に類を見ないこと」（ヴィトコフスキー）「奇妙な取引の仕方」（ファータナーム）、この「奇妙な…（略）…交渉法[49]（ローラム）といった疑問のほかに、「法外な稿料」（カロリーネ・フォン・フンボルト）に対する不審もある。すなわち、何ゆえにゲーテは六歩格《ヘクサーメター》の詩行二千行に対して金貨で一千ターラーという通常では考えられない稿料を要求したのか。「お金の話になると、天才までもがさらに倍も妄想をたくましくする」とはトーマス・ベルンハルトの警句[50]だが、ゲーテはそれをよく心得ていた。しかし、ゲーテが重要な作品を書き上げたと確信していたとしたら、「中身を見ずに買い物をする」というやり方を仕組んだのは何ゆえだったのか。ゲーテのこの大博打は、同時代の著作家や出版業者たちに大きな波紋を投じた。それは無意識に犯した脱線行為などではけっしてなく、彼から言えば計算し尽くされた出版戦略であった、と私は確信している。すなわち、この作品はゲーテ個人にとってもドイツ人全体にとっても特別な意味をもつ特別な作品であった。それゆえに、一途ではあるが、なんといっても保守主義的な性向の否定できないウンガーにはこの作品は任せられない、ひとつ他の出版社から出してよりいっそう広い読者を獲得しなければならない、そうゲーテは望んだのである。絶好のチャンスを与えられたのがフィーヴェークであり、彼は要求どおりの、当時としてはきわめて高い原稿料を支払う。こうして彼は、ゲーテの生存中にゲーテのたった一作品の出版によって儲けたただひとりの出版者となるのである。

しかし、この作品に関して何が特別な点だったのだろうか。

『ヘルマンとドロテーア』は同時代の人々にとって「最高の作品」であり、それが作者ゲーテの評価でもあった。そもそもこの作品の成立史も通常では考えられないものである。すなわち、この叙事詩の成立の経緯を見ると、一方ではいわばきわめて高い詩作の原理を実践しながら、他方では将来の読者との関係を築こうと全力を投入していることである。一七九六年八月中旬からイェーナに滞在していたゲーテは、毎晩のようにシラーと会い、執筆の進め方、とりわけ芸術上の主要問題、六歩格《ヘクサーメター》という形式について議論した。ヴィーラントは『ドイツ・メルクール』十二月号において、フォスによるホメロスの翻訳を批判、アウグスト・ヴィルヘルム・シュレーゲルも『一般文学新聞』（八月二十六日）で韻文の「不自然さ」に苦言を呈した。他方、ゲーテもシラーも、フォスの牧歌『ルイーゼ』に魅了されていた。「もうずっと以前から私は、この分野［「叙事詩」のこと］に挑戦してみたいと思っておりましたが、いつもホメロスの作品に見られる統一・不可分という高次の概念にひるみ、一歩を踏み出せずにいました。ところがいま、あなたが」、とゲーテは一七九六年十二月二十六日、一年前自著『ホメロス序説』を贈ってくれたハレの古典文献学者ヴォルフに宛てて書いている。「これらの素晴らしい作品がいずれも吟遊詩人の集団の手に成るものであると示唆してくださいましたので、思い切って偉大な詩人の輪のなかに入ってゆき、フォスが『ルイーゼ』で見事に示してくれたあの道を［『ヘルマンとドロテーア』によって］たどることが、向こう見ずであるにしても、その程度がいささか減じてきたという次第です。」一七九六年九月の日記には、ゲーテがこの「道」をたどるのを見ることができる。九月十一日、「牧歌の韻文化を開始」。九月十三日、「朝、牧歌。第二の歌が完成」。シラーはケルナーに宛てた有名な一七九六年十月二十八日付の書簡で、自分が『ヘルマンとドロテーア』製作に関わっていることを明かし、ゲーテの功績と日々の成果についてこうしるしている。「ゲーテはいま、新しい詩作品に取り組んでいますが、もう大部分、完成しています。一種の市民的牧歌で、フォスの『ルイーゼ』によって改めて執筆意欲を掻き立てられたことは間違いありませんが、この作品が直接的な誘因になったというわけではありません。ですから、全体の手法はフォスのものとはまったく対照的です。全体は驚くほど思慮深く計画されていて、真の叙事詩の音調で仕上げられています。私はそのうちの三分の二、すなわち四つの歌を聞きましたが、それはとても素晴らしいものでした。全体はおそらく全紙《ボーゲン》一二枚（約一九二頁）になるでしょう。ゲーテがこの作品の着想を数年来いだき続けてきたことは確かですが、それにしても、いわば私の目の前でなされていると言ってもよい執筆の進み方は、私にはとても考えられないほど易々として素早く、ですから彼は九日間ぶっ続けで毎日、一五〇行以上の六歩格《ヘクサーメター》の詩行を書いたことになります。」イェーナではこのようなテンポで仕事が進められた。しかしゲーテは、十月五日ヴァイマルへ戻らなければならなくなって、仕事は行き詰まる。最後の二つの歌は、と彼は十月十五日付でシラーに伝えている、「まだしばらくのあいだ、天国に入れない霊魂が憩うあの辺獄《リンボ》にとどまっていなければならないでしょう。実際ここヴァイマルの状況は一種の恐ろしいほどひどい散文みたいなもので、おそらくこれ以上のものは想像もつかないほどなのです。」ゲーテは新しい歌の執筆を進められず、すでに書き上げた歌を繰り返し改訂しはじめた。十二月初旬、ゲーテはこの叙事詩全体の導入の役割を果たすものとして悲歌「ヘルマンとドロテーア」を書くが、シラーは急いで出版することを思いとどまらせた（この詩は一八〇〇年になってようやく『悲歌』の諸作品のなかに加えられ、一八二〇年刊の普及版『ヘルマンとドロテーア』になって、最初に予定された箇所に掲載された）。十二月五日、ついに作品の本文の三分の二が書き上げられ、そしてゲーテは、新年になれば「残り三分の一を書く気分になれるのでは」と希望をもつ。翌九七年三月中旬ゲーテは再びイェーナのシラーのもとにいて、またたくまに最後の歌を完成させる。三月十三日月曜日の日記にはこうある。「朝、詩の執筆、終わり間近。」三月十五日、「朝、詩を書き上げ、ホーエザーレへ散歩。天気はとてもよかった。お昼、シラーのもとへ。」三月十六日、「朝、第一歌の訂正。」三月十七日、章の分け方について初めてシラーと話し合い、それまでの六つの歌（六章）を九つの歌（九章）にすることになり、元原稿の三つの歌、すなわち第三歌、第四歌、第六歌がそれぞれ二つの新しい歌に置き換えられた。こうして総計九つの歌となり、それぞれに表題が付けられたが、この九つの表題というのはミューズの女神の数に一致している。ムネシュネはテッサリアのピエリアでゼウスの腕のなかで九夜を過ごし、九人の娘を産むが、この九人姉妹が詩、芸術、学問を司る霊験あらたかな女神であり、詩人たちは詩作の大業を前にしたとき、その成功を女神たちに祈願したのである。一七九七年四月二十八日、ゲーテはこうしるすことができた。「私の叙事詩は完成した。六歩格《ヘクサーメター》を駆使した二千行から成り、九つの歌に章分けされている。」同日付のマイアー宛には、私はこの作品によって「少なくとも私の願いの一部がかなえられる」のを見たとある。

ゲーテが彼の叙事詩のために見つけた題材は、一七三一年末にザルツブルク大司教領を追われたプロテスタント信者の亡命史を伝える逸話で、この逸話が作品のプロットの主要な要素を提供してくれたのである。すなわち、故郷を追われた少女と市民の息子の出会い、それまで女性に内気で、異国の少女を見ただけで頰を赤らめた彼が、にわかに嫁取りを決意し、その結婚を実現して幸福な結末を迎える、というものである。ゲーテはこの寓話に独自の詩的形式を与える。まず、フォスによるホメロスの翻訳の影響をうけるとともに、さらにはヴォルフが『ホメロス序説』で示した認識、つまりこのギリシアの吟遊詩人の作品はただ彼ひとりの手になるものではなく、何人かの詩人たちによって書かれたものであるという主張に勇気づけられたのであった。かくして、古代の人々の手法を用いて新しいことをあえて行ない、フォスの『ルイーゼ』が示してくれた道をたどることが、「それまで考えていたほど向こう見ずではない」ことのようにゲーテには思われたのである。だが、彼によって創造されたのは斬新なものであり、感嘆に値する点は、ゲーテがまるで憑かれたみたいに夢中になり、完全に主観的に叙事詩に取り組んだばかりではなく、同時に、叙事詩文学における客観的基準を展開し、その定義づけを行なったことである。一七九七年四月シラーに宛てた次の二通の書簡において、彼は詩学に関する自分の考えを述べている。「叙事詩というものについて私が考えたことを、早速お伝えしようと思います。叙事詩は、きわめて平安かつ安楽な状態で耳を傾けられるべきものですから、聴き手の悟性は他の種類の文学形式に対してよりも、ずっと多くのことを要求するでしょう…（略）…叙事詩の主要な特徴は、それがつねに前進したり後退したりするということです。それゆえに、筋の展開を遅らせるモチーフはすべて、叙事詩的と言えます。しかし、それは、本来の障害であってはなりません。そういった障害というのは、本来、戯曲に属するものなのです」（四月十九日）。「私は、筋の展開を遅らせる法則を、より高次の法則に従属させようとしました。この法則は、次のような要求をする高次の法則の支配下にあるように思われるのです。つまり、すぐれた叙事詩からは結末の見当がつけられる、見当がつけられるようでなければならない、関心を引き起こすのは、もともと結末へと〈いかに〉たどり着くか、という一点だけなのでしょうから…（略）…私の『ヘルマン…』において、この計画の特性が、次のような特別な魅力を生み出しています。つまり、すべてが決定・完了済みでありながら、同時に、逆行する動きによって、いわば新しい詩が再び始まっているのです」（四月二十五日）。作品を完璧に仕上げようとするゲーテの努力は、シラーと議論を交わすことによって、近代詩学の法則とジャンルの相違を古典古代の文学との比較から導き出して定義づけようという、共通の努力へと発展してゆく。この努力の理論的な成果は、周知のとおり、ゲーテとシラーによる一七九七年十二月の論文『叙事文学と劇文学』である。いったいゲーテ以後の文学に、自分のなかから生まれてきた作品を執筆することが、同時に文学ジャンルの法則と基準を導き出し定義づけることでもあったような創造的力の発現が再度あったであろうか。さらに、ゲーテが「芸術的に真なるもの」に機能として含まれているとした主観的なものを客観化し、文学の理論と実践の統一を行なった作家がいるだろうか。二十世紀の文学においては、わずかにホフマンスタールが、さらに自分の長編小説の成立について省察し、長編小説という

「芸術形式」を定義づけたトーマス・マンが思い起こされる。ブレヒトも忘れてはならない。彼は自由詩行で詩を書き、「変則的なリズムを用いた、韻を踏まない抒情詩」という考えを展開した。彼は二〇年代の終わりに『三文小説』成立との関連で、『アリストテレス的長編小説について』と『非アリストテレス的長編小説執筆について』という理論書を書いているが、最も印象に残る業績と言えば『叙事詩的演劇の理論』である。彼はこの理論をさらに展開し、その最終的に要約した形が『演劇のための小研究法』となった。

特別な点の第二は、『ヘルマンとドロテーア』の場合、ゲーテにとって重要だったのは最初から読者と接触をもつことで、これは他の作品の場合ほとんど見られないことであった。つまり彼は、まだ作品執筆の最中なのに出来上がった詩節を友人や知人の前で繰り返し朗読したのである。シラーの義姉ヴォルツォーゲンは『シラーの生涯』の記述のなかで、一七九六年九月十七日の朗読について伝えている。「梨の木の下でヘルマンと母が会話を交わす様子を歌った詩が出来上がるとすぐに」、ゲーテはそれをみんなの前で朗読し、「深く心を動かされ、涙を流した」。「こんなふうにして、人は心の奥底に燃える熾火《おきび》で熔けてゆくのだよ、とゲーテは涙をぬぐいながら言った(51)。」アウグスト公の前でも宮廷の小さな集まりの席でも、ゲーテは朗読し、聴衆のひとりは「ヴィーラントが泣いている」のに気づいた。カロリーネ・フリデリーケ・フォン・フンボルトはラーエル・レーフィンに宛てた手紙のなかで、一七九六年十一月二十九日に行なわれたゲーテの朗読について書きとめている。「執筆中の詩節でも、出来上がったところまで彼は私たちに朗読してくれました。みんなは何も言えないまま、ただそれに耳を傾け、最も深い真理と豊かな人間性を言葉で言い表す才能、神のようなこの人間に対する心からの崇拝の感情を存分に味わうのです。」

さらに特別な点の第三は、刻々と動いてゆく世界の歴史、フランス革命の影響が『ヘルマンとドロテーア』成立の一因となって作用している、いや、それどころか、この数年のあいだに完成した比較的大きな作品、つまり『修業時代』も叙事詩『ヘルマンとドロテーア』も、これらすべての本当の背景にはフランス革命が意識されていることである。ゲーテはフランス国民公会の恐怖政治を記録している。一七九三年、ルイ十六世とその王妃、ギロチンで処刑、マラー、浴室で刺殺、翌九四年、ダントンをギロチン刑にしたロベスピエール、処刑、と続く。九六年、バブーフは「平等派の陰謀」と呼ばれる最初の共産主義的な秘密計画を企てるが失敗、翌年には彼も死刑に処される。こうした「相次ぐ処刑によって暴力的に進む世界史」が『ヘルマンとドロテーア』のなかにはっきりと感じ取られる。この「対応関係」については、すでに一七九六年十二月二十五日ゲーテが最初の朗読を行なったさいに、カール・アウグスト・ベッティガーがこう書きとめたところであった。「この作品は、フランス革命という恐ろしい事件を基礎としており、それゆえにこそ作品執筆が急がれたのであり、その波及規模の全体が明らかになるのは三、四〇年後というような革命のさまざまな影響を描くことによって、時代を一世代も先行しているのです。この恐ろしい、他に類を見ない諸国家の転覆によってのみ、この牧歌は可能になった……(略)……私たちの時代にあってもなお可能と思われたのは、唯一『オデュッセイア』のみである。というのは、この叙事詩では、ただひとりの人間の迷妄は、二つの世界の戦い、つまり破壊されたトロヤと帰還のさいに滅びたギリシア人との戦いという暴力的な背景から生じている。これと同様に、『ヘルマンとドロテーア』では、ある旅館主の尊敬すべき誠実なひとり息子が難民の貧しさに身をおく高貴な少女を花嫁に得んとしてとる迅速な行動は、押し寄せる戦争と国外移住という背景から生じているのですが、こうした状況は次世紀には再び起こることがないでしょう。」(52)

最後の点でベッティガーの言は外れてしまったが、二十世紀の残虐行為を予言することなど不可能だったのだから、それは仕方ないことである。しかしベッティガーが「諸国家の転覆」という激震と後世への影響について書きとめたことは、ちょうど二五年後にヘーゲルが記録したのと同じように正確なものであった。すなわち、ヘーゲルもベルリン大学における美学講義において、ゲーテの叙事詩のなかには「時代の大きな関心、フランス革命に端を発する諸戦争、祖国防衛、こうした点が、きわめてふさわしい形で、重要な意味を帯びて入り込んでいる」と判断したのである。

ゲーテがつねづねフランス革命に対していかに批判的な態度をとっていたとしても、『ヘルマンとドロテーア』は、とどのつまりは、この世界的な事件を実際に映し出した作品となっているのである。作品のなかで彼は、最高の財産はお金と所有物であるとする小市民の偏狭な人生観を裁く。崩壊してゆく物的な価値に対して彼は、精励恪勤《せいれいかっきん》、援助の手を差し伸べる気持ち、他者への尊敬といった心的価値を対置する。作品世界に満ち溢れるのは、人間同士の清らかな関係、息子の父親に対する愛情、母の息子に対する愛情、ドロテーアがヘルマンのために行なう自主的な決意、共通の強い「絆」である。「不安定な時代」にその心までもが「不安定になっている」人間がいるとしたら、「僕たちは二人で持ちこたえ、立派な財産を守り抜いてゆこう。」(53)

もういちど述べておくと、ゲーテは『ヘルマンとドロテーア』によってドイツ人に与えたものが何であるかを知っていた。この作品は読まれ、広範囲に広められ、議論されてほしい、ぜひとも成果を得たい、と望んだがゆえに、これまでにない際立った形で出版したいと考えた。彼は意識的にゲッシェンを避けていたが、当のゲッシェンはベッティガーからこの作品に注目するよう助言をうけていた。『ヘルマンとドロテーア』は、とベッティガーは一七九六年十二月二十八日ゲッシェンに宛てて書いている。「新しい世代のあるべき姿を示す最初の民族詩になります。」しかしゲーテとゲッシェンの関係はもはや回復されうるものではなかった。すでに述べたように、ウンガーとの関係も冷める一方であった。しかし、その後ベッティガーに新たな着想がひらめく。彼は書籍商フリードリヒ・フィーヴェークと関係があったのである。フィーヴェークは無名の人物ではなかった。フリードリヒ・ニコライとヨアヒム・ハインリヒ・カンペなどの啓蒙主義者の影響をうけていた彼は、一七八六年ベルリンで神学関係著作と文芸作品を扱う出版社を設立し、まもなく当時の最も重要な学者や作家たちを自社に集めることができるようになった。レッシングは、ハンブルクの首席牧師ゲッツェに対する反論『ゲッツェを駁す』をフィーヴェーク社から出版している。ヴィーラント、ヘルダー、フォスも、フィーヴェーク社刊『文学年鑑』に原著論文を寄稿していた。フィーヴェークはとくにこの『年鑑』に寄稿してくれる作家を探していた。ゲーテの心を捉えたのは、この新しい「年鑑形式」（訳注　暦と教訓的・娯楽的読物を内容とした刊行物で、Almanach ないし Kalender と言われ、この頃流行しはじめた）だったのだろうか。ゲーテがフィーヴェークの申し出に耳を傾けたのは、この形式によって従来以上の作品の流布を望みうると考えてのことだったのだろうか。いずれにせよフィーヴェークと出版契約を結んだあと、ゲーテはマイアーに対して次のようにはっきり述べている。「ベルリンのフィーヴェークから出されている〈年鑑形式（の雑誌）〉でも発表されます。この方式なら作品がいちばん多く読まれ、よく売れるようになるでしょう。ひとりの作家がこれ以上何を要求することができるでしょうか」（一七九七年三月十八日）。

　ゲーテはフィーヴェークに「じつに奇妙なやり方」を提案した。一七九七年一月十六日付書簡で示した条件は以下のとおりである。「私は、六歩格《ヘクサーメター》の約二千行から成る叙事詩『ヘルマンとドロテーア』の出版を、ベルリンのフィーヴェーク氏に任せようと思います。ただし、この作品が一七九八年の年鑑の内容になること、また、二年が経過したあとは、場合によっては同一の作品を私の著作集に収録できるとすること。稿料に関しては、長老会役員でもあるベッティガー氏に送付してあります封印した書付に当方の要求額がしるされていますが、これは私が、フィーヴェーク氏が拙著に対して支払えると考える金額であると予想したものです。氏の申し出額が当方の要求額より少ないならば、封書は開封しないまま返却していただき、取引は不成立、提示金額のほうが高ければ、ベッティガー氏により開封される用紙に記載の金額以上の要求はいたしません。」

どのような内容なのか知らない作品に対して、出版者に金額を提示せよというのである。とんでもない要求であり、仮に出版者がこんな無理な要求に従おうものなら、彼の評判はいずれ失墜するだろう。しかし、フィーヴェークはおそらくベッティガーからこの叙事詩について情報を得ていたはずで、したがって、「中身を見ずに買い物をする」ことにはならなかった。けれども、ゲーテにとってこの博打は、自分の作品に出版者が自らどれくらいの賭け金を奮発してくれるか、それを確認するためのものであったのである。

ゲーテがベッティガーに託した書付には、「叙事詩『ヘルマンとドロテーア』に対して私は金貨で一千ターラーを要求する。一七九七年一月十六日、ヴァイマルにて、ゲーテ」としるされていた。(54) いったい何を考えてこのような奇妙なやり方をしたのか、その動機は私たちにはわからない。自信があったのなら、関心を示した出版者たちに、なぜ原稿を部分的にでも読ませられなかったのか。のちに彼はもう一度同じ手を使うが、そのときは失敗している。出版者が、出版者としての使命に真剣であるならば、こんなやり方はとうてい受け容れられるものではない。このような一種の入札に参加するのを、出版者は、今日同様、当時も拒否したであろう。

しかし、ゲーテはどのような根拠から、こともあろうに一千ターラーという金額を思いついたのだろうか。従来の文学研究では問われることのなかった問題であるが、推測するにしても、一千組の六歩格《ヘクサーメター》だから一千ターラー、とするくらいが関の山であろう。これは、「博打うち」のゲーテにとって、まさにモデルケースであると言えそうで、さきに見た簡潔に、有無を言わせず、的確にという彼の取引の手口を見てもわかる。さらに、ここで光を当てなければならないもう一つの点は、ゲーテとシラーが『ヘルマンとドロテーア』成立の数カ月のあいだ、その前後の時期よりもはるかに密接に結びついていた、ということである。コッタが『ホーレン』の刊行を中止せざるをえなくなったとき、活動的なシラーはすでにこれに代わるものを準備していた。彼は『詩神年鑑《ムーゼンアルマナハ》』の構想を進め、すでにそのための出版者を見つけていたのである。イェーナのグリーゼバッハ家で知り合いになったザロモン・ミヒャエリス博士で、ひじょうに教養のある、社交界にも顔の利く文芸愛好家であった。彼はベルリン、ブレスラウ、イェーナあるいはヴァイマルなど行くさきざきで著名な人々の知遇を得ていた。モーリッツ、ガルヴェ、ヴィーラント、フィヒテ、ヴィルヘルム・フォン・フンボルト、ヤコービ、そしてシラーやゲーテなどである。ミヒャエリスはカール公の指示にもとづいてノイシュトレリッツに書店と出版社を設立、この分野でも自社の顔になる人気作家を獲得したいと考え、コッタ書店史をまとめたリーゼロッテ・ローラーの記述によれば、『詩神年鑑《ムーゼンアルマナハ》』のような出版に対して「一千ターラーという夢のような報酬の提供」をシラーに申し出た。ただし、『シラー国民記念版全集』の付録に収められている記録およびシラーとミヒャエリスとの契約書に出ている金額は、一千ターラーではなく、三〇〇ライヒスターラーとなっている。しかし、いずれにせよ、シラーの財政状況を考えれば、魅力的な金額であったにちがいない。間違いなくシラーはこのことをゲーテに伝えている。とすれば、なぜゲーテは叙事詩『ヘルマンとドロテーア』に対して同様の高い金額を要求しなかったのだろうか。シラーはミヒャエリスと結びつくことで、確かに金を手に入れはしたが、しかし出版という点ではツキを呼び寄せることはできなかった。これとは違って、ゲーテとフィーヴェークの場合、著作者の要求額を出版者が言い当て、正確に一千ターラーを差し出した。すでに言及したように、ベッティガーが口を滑らしたため、フィーヴェークはゲーテの望む数字をあらかじめ知っていたと思われるふしはあるが。フィーヴェークに宛てたベッティガーの手紙には、「あなたは二〇〇フリードリヒスドール（＝一千ターラー）以下を提示することはできません」と書かれている。いずれにせよフィーヴェークはゲーテの要求を満たし、『ヘルマンとドロテーア』の出版を任せられたのである。確かに金額は通常では考えられないほど高いが、この点でも、ゲーテには博打をうつ勝負師のような感覚があった。一月二十九日、彼はシラーに宛ててこう書いている。「さらに、私の叙事詩についての取引を行ないましたが、そのさいいくつかの好ましい出来事が起こりました。」シラーは一月三十一日付で答える。「あなたの叙事詩につきましては、あなたが良い出版者と話をつけられたと思っております。この作品は素晴らしい売れ行きを記録することでしょうから、このような著作の場合、出版社は、当然のことながら、利益を得ることではなく、その栄誉にあずかることで満足すべきでありましょう。儲けたいのなら、粗悪な本ですればよいのです。」

シラーのこの考え方に私はいかなる点でも同意できない。「粗悪な本で」利益を得ようとする出版者は、そもそも良質の本の出版計画など作り上げることはできないのである。したがって、シラーの考えの間違いであることが本の売れ行きによって証明されたのは、歴史の皮肉以外の何ものでもない。『ヘルマンとドロテーア』は出版者にとって、利益を上げることのできる企画だったのである。

十月、この叙事詩は『一七九八年のポケットブック』、《J・W・v・ゲーテ作『ヘルマンとドロテーア』ベルリン、フリードリヒ・フィーヴェーク・シニア。一七四頁》として出版された。口絵にコドヴィエツキの原画によるプロイセン王家団欒の銅版画一枚を添えたほかに、風景を題材にした銅版画数枚が挿

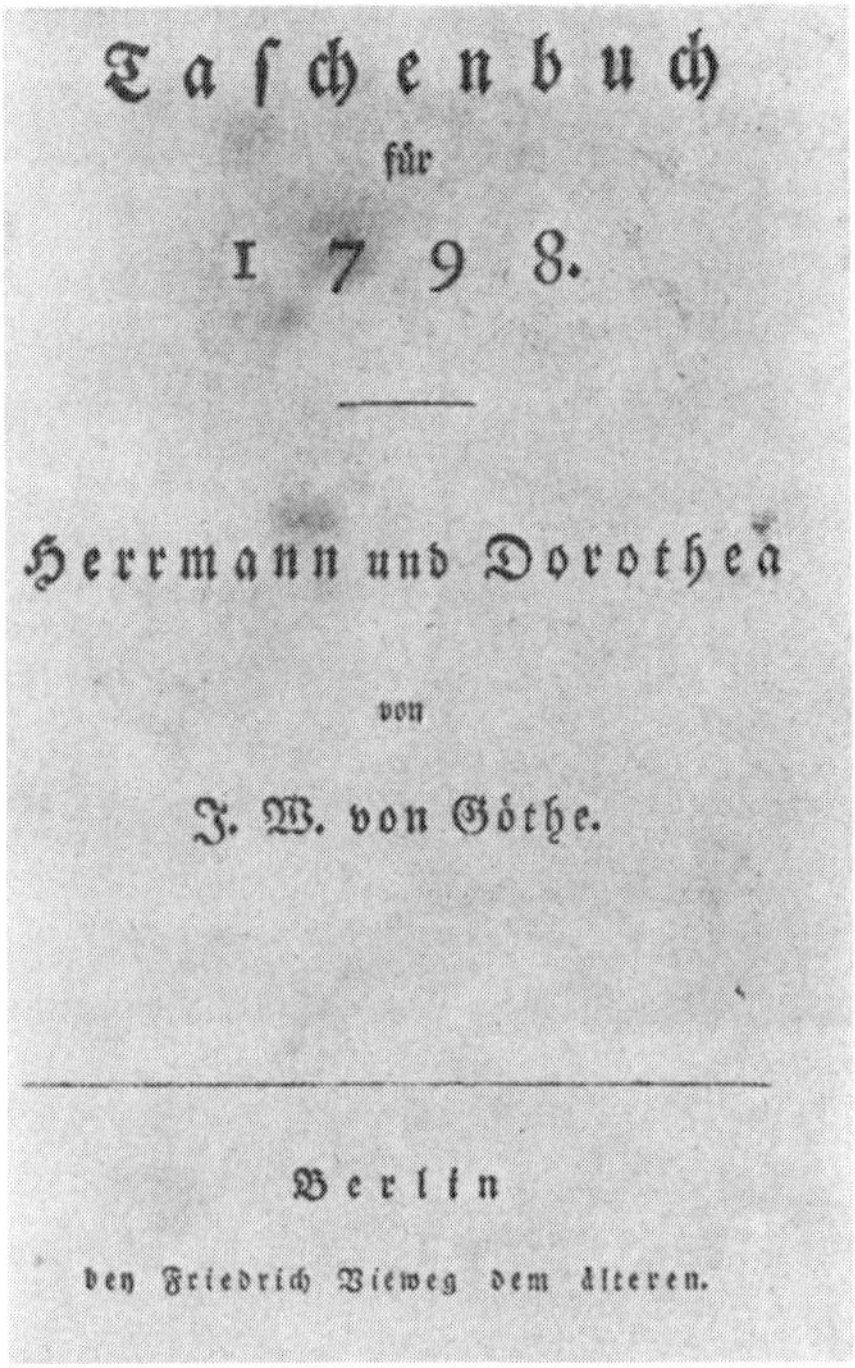

Taschenbuch

für

1798.

Herrmann und Dorothea

von

J. W. von Göthe.

Berlin

bey Friedrich Vieweg dem älteren.

図 22 『1798年のポケットブック』のとびら，ベルリン，フィーヴェーク書店刊．

入され、本文はドイツ活字で印刷されている。この『ポケットブック』は五種類の異なった装丁で出版され、いちばん上質のものは刺繍を施された絹かモロッコ皮の装丁である。購読者はナイフとハサミをおまけに貰えた。出版社がターゲットとした購読者、すなわち上流階級のご婦人たちも、このような実用的なものを貰って、詩情を味わうばかりでなく裁縫道具を手にして喜んでもらえたら、というのが狙いであった。この点についてシラーは、一七九七年十月十八日付ベッティガー宛の書簡でコメントしている。「死すべき運命にある人間に対するきわめて高い欲求と、きわめて低俗な欲求、この両方が同時に満たされているの

図 23　D.N. コドヴィエツキ「プロイセン王フリードリヒ・ヴィルヘルム二世の家族の団欒」『1798年のポケットブック』の口絵銅版画，ベルリン，フィーヴェーク書店刊.

がわかります。」最初は著者も出版者も大満足の様子であった。売れ行きは良く、叙事詩は当時の最も好まれる文学作品のひとつとなった。短期間のうちにこの本は読者の共感を勝ち得て、ゲーテは再び作家として注目を浴びる。つまり、『ゲッツ』と『ヴェルター』の著者としてばかりではなく、いまや『ヘルマンとドロテーア』の著者として再登場、読書界で人気の的となったのである。ゲーテの作品で『ヘルマンとドロテーア』のように、これほど短期間で、文学者、批評家そして学者のあいだで広く受け容れられた作品はない。研究結果は、論文や講演において詳述されたのである。

名だたる美学者たちも、この作品について、また形式を手がかりにして作品中に見られる文学の法則について、すぐれた研究を残した。アウグスト・ヴィルヘルム・シュレーゲルはこう述べている。「この作品からうける印象は、何よりも感動である。しかし女性的な苦悩をするような感動ではなく、慈悲深さを呼び起こすような感動である。『ヘルマンとドロテーア』は偉大なる様式を備えた完璧な芸術作品であり、同時にわかりやすく、真情にみち、祖国愛に溢れて、国民的である。英知と美徳についての貴重な教えの詰まった一本である。[55]」ヴィルヘルム・フォン・フンボルトは次のように捉えている。「描写されている対象の簡潔さ、そこから生ずる作用の大きさと深さ。ゲーテの『ヘルマンとドロテーア』において読者が知らず知らずのうちに最も強く感動させられるのは、この二つの要素である……（略）……単純な筋が簡潔に描写され、そこにわれわれは世界と人類の忠実で完全な姿を認識する。[56]」

その後フィーヴェークが度を越してしまったのは、もしかしたらこの大きな反響のせいだったのかもしれない。彼の権利は、契約書にしるされているように、一七九八年から一八〇〇年までの二年間に限られていた。一七九九年にフィーヴェークは再び特別なことを思いついた。彼は『ゲーテ新著作集』として、一〇枚の銅版画を添えた新しい版を出版するのである。その間にコッタとの結びつきをつくっていたゲーテは、一七九九年九月二十二日付でコッタに対して次のように書いた。「フィーヴェーク氏は『ヘルマンとドロテーア』を新しい著作集の第一巻として出版します。このことについては私たちのあいだでなんらの約束もされていないのです。ですから彼はけっして良いことをしているとは言えないのです。」一八〇六年にもフィーヴェークはもう一度『ゲーテ新著作集』というタイトルで、同じような版を計画した。これについてもゲーテは一八〇八年一月二十四日付に穏やかならぬ心境を綴っている。「これはひどい海賊行為です。彼はまったくその権利をもっていないのですから、彼から私のほうに挨拶がないのも、もちろん想像されうることです。」

一八二五年フィーヴェークは、「一八二五年二月四日から五日の夜に洪水に見舞われた人々のための版」という副題を付けて、またもや不当な版を出版した。再びゲーテは抗議するが、それでもなおフィーヴェークは、権利のないままに増刷を行なった。ゲーテは結局、言葉による抗議にとどめておいた。ゲーテにとっては、もうフィーヴェークなどどうでもよくなっていたのである。このとき、またもやゲーテは出版者のことで苦い経験をしてしまったのである。

もちろん彼は、「お気に入りの詩」を自身で価値評価するさいに、そういった外部のことに惑わされることはなかった。『ヴェルター』が教養ある読者層に向けられたものであるとすれば、『ヘルマンとドロテーア』は、幅広い層の民衆が話しかけられていると感ずるような作品である。「仕立屋、お針子、女中、みんながそれを読んでいる。」ゲーテは、老年になってもなお、彼の比較的大きな詩作のなかで、あとにもさきにも彼に喜びをもたらした唯一の作品が『ヘルマンとドロテーア』である、と述べることになる。一七九八年一月三日、彼はシラーに次のように書いた。「『ヘルマンとドロテーア』において、題材に関して言えば、私はドイツ人の望みをかなえてやりました。それで、彼らはひじょうに満足しています。」ドイツ人は今日でもなお満足しているのだろうか。『アルテミス版ゲーテ全集』の編集者エルンスト・ボイトラーにとっては、『ヘルマンとドロテーア』は「統一的で、不要なものがなく」「純粋」である。これに対してオスカー・ザイトリンは、七〇年代にこう書いている。『ヘルマンとドロテーア』はもう読者、「とくに若者たち」の興味をひくような作品ではない。それが文学の使命であるかどうかは、いまは問わないでおこう。白状すると、私も何回も読んだが、読んでいて私なりに問題があるなという感じを禁じえなかった。――著者はしばしば適切な表現を見つけるのをおろそかにしているし、韻文化された詩句に力が感じられない箇所も多い。作品全体の叙事詩としての調子となると、確かにもはや時代に即したものではない。とは言っても、私はゲーテのこの仕事を称賛することができる。価値の崩壊に瀕したあの時代に抵抗すべく古来の価値を持ち出し、秩序の崩壊に作品が示すより高い秩序を対置させるという意図、これは理解できるのである。しかし、人々は作者の意図には感心できても、作品が伝えるメッセージについてゆくことはおそらくもはや不可能であろう。ゲーテが『ヘルマンとドロテーア』において女性たちに与えた役割、家庭の範囲に限定したあの役割は、いかにも古めかしい。ドロテーアの述べる格言は、歴史的に限定されたものとしてのみ受け容れることができる。批評家によって繰り返し強調される、あのきわめて高い美学的なものを形成しようという要求、この要求が文学への接近を困難にしていると言われるのも、当然のことかもしれない。

さらに私の念頭にはもう一つの観点が浮かび上がってくる。つまり「外国人」、避難民、亡命者というもう一つの視点である。一九八〇年代には難民の流れがドイツに達し、ドイツにある町のいくつかの場所は「外国のように」になった。当時のドイツ民主主義共和国からチェコ大使館やハンガリー大使館に避難してきた人々は、あの一九八九年十一月の静かな、流血のない、多くの方面にさまざまな結果をもたらすこととなる革命を引き起こした。彼らはドイツの「難民仮収容所」に収容され、「歓迎のお金」を支給された。私たちは移住してきたドイツ人にどのように接しただろうか、また、今日「外国人」にどのように接しているだろか。ゲーテは『ヘルマンとドロテーア』の第一の歌に「運命と同情」という題名を付けた。運命。フランス革命の混乱とその結果の、難民の大流入は、まさしく運命であった。「与えるのは金持ちのすること」とゲーテの作品では言われている。しかしゲーテの場合には、外国人に「同情」を示すのは裕福な階級の人々ではなく、むしろ外国人に対しルサンチマンをいだいていると噂される小市民なのである。あの難民のひとり、アーデルベルト・フォン・シャミッソーは 彼の晩年の詩『ボンクール城』のなかに難民の自己同一性喪失を描いた。一五〇〇年後にブレヒトは、他の多くの人々とともに亡命という運命を負わなければならなかったが、『難民の会話』において亡命者のおかれた状況を描き出した。難民としてのドイツ人はけっして好かれない。ロシア人が経済的政治的理由からドイツ人の移民を促進した十九世紀において、すでにそうであった。プーシキンの物語『スペードの女王』のなかにこう書かれている。「ヘルマンはドイツ人である。彼は打算的だ——これがすべてである。」ドストエフスキーの長編小説は、冷たく計算ずくめのドイツ人に対する意地悪な皮肉でみちている。ゴンチャロフの『オブローモフ』は例外中の例外である。ゲーテは二十世紀の残虐行為と難民の流れを予測できなかったにせよ、「外国人」といかに交流すべきかについて、一つの手本を与えているのではないだろうか。

「題材に関して言えば」、ドイツ人の望みをかなえてあげた、とゲーテは書いているのだが、「題材」という言葉で彼は何を言っているのだろうか。それは、限られた小都市、ステレオタイプの、牧師だの薬剤師だのがいるドイツの小市民階級なのだろうか。ゲーテが言おうとしているのは「近代的な衣装」、あるいはもしかしたら「詩句論の構成」、すなわち六歩格《ヘクサーメター》による特別な言語形式の形成なのだろうか。あるいは、それは、個々の人間の「力」が全体的なものの「力」に対して、自分の意見を主張することができる、という彼の希望であろうか。おそらく人間を描く画家は、この点に「真の純粋な人間の姿」を見たのかもしれない。

いずれにせよ、出版者フィーヴェークは一千ターラーでゲーテの望みをかなえてやったのである。彼はリスクを負い、それから一儲けした。しかし彼は違法な版を刊行し、「海賊出版者」にまでなる必要があったのだろうか。ゲーテが出版者に対してますます懐疑的になっていったとしても、誰がいぶかしく思うであろうか。

第四章　コッタへの接近
――「彼は出版者に対して寛大な人間などではない」

一　ヨハン・フリードリヒ・コッタとその初期の段階
――「私は良質の書籍以外のものは出版しないでしょう」

出版者の偉大さとはひとりの人間の偉大さではない。偉大な出版者が偉大であるのは、生まれによってではなく、自分たちが身をおいた時代の文学的精神的状況を、出版者という立場から見定め、いかに出版物として刊行できたかにある。出版者の使命は奉仕である。出版物への奉仕、他者への奉仕、著作者への奉仕である。著作者とどのように関わっているかを見れば、それがどのような出版社であるかがわかる。当時もそうであったし、今日でもそうであり、将来も急に変わることはないであろう。

偉大な出版社の創設者とは、自分がおかれた時代の文学的精神的状況を活かすことができた人である。このことは十九世紀末の出版者ヴィルヘルム・フリードリヒにも当てはまる。彼がこの時代のドイツ文学に与えた活力は戦闘的と言えるほどで、一五年間、のちに「文学的リアリズム」と呼ばれる出版を続け、彼のもとに集まった著作者たちにすべてを与えたのであった。しかし一八九五年、絶え間のないもめごとが原因で彼が出版業から身をひくと、ハーゼンクレーヴァーが書いているように、彼のもとにいた著作者たちの名前も「忘れ去られてしまった」。こうしたなか、一八八六年十月二十二日、出版社を創設した

S・フィッシャーが名声を獲得してゆく。彼は文芸誌『フライエ・ビューネ』と『ノイエ・ルントシャウ』を創刊、その誌上でトーマス・マン、ヘッセ、ヤーコプ・ヴァッサーマン、ハウプトマンなどの作家たちが文学論を戦わせ、自然主義時代を本質的に方向づけてゆくのである。のちにS・フィッシャーは、トーマス・マンの賛同もあって「自然主義のコッタ」と呼ばれるようになる(1)。

ペーター・ズーアカンプの場合も、自分が出版者、しかもきわめて重要な出版者になるなどということは、夢にも思わない出来事であった。彼も二回、自分がおかれた時代の文学的精神的状況をうまく捉えた。最初は一九三二年、彼がS・フィッシャーによってその出版社に迎え入れられたときである。その後まもなくして経営をも委託されたズーアカンプは、ナチス政権下、危険を冒しながらフィッシャー社を率いるのだが、その出版活動により彼自身、強制収容所に入れられることになる。二度目は戦後一九五〇年、ズーアカンプがフィッシャー社から分離する形で出版社を再開したときである。ヘッセ以下三二人の作家たちから激励をうけた彼は、自分に提供された文学的状況を活用、彼の出版社は、自己資本がないにもかかわらず、作家たち、とくにヘッセに支えられて発展してゆくのである。

ヨハン・フリードリヒ・コッタの場合も同じような状況であった。一七六四年四月二十七日生まれのコッタは、一八一七年にはヴュルテンベルク王ヴィルヘルム三世から貴族の称号「コッタ・フォン・コッテンドルフ」を与えられ、一八二二年以降はバイエルン王マックス・ヨーゼフにより世襲の男爵を名乗ることを許された。彼もまた出版者になることなど考えてもいなかったし、まして時代を代表する出版者、好意と羨望の念をもって「書籍商のなかのナポレオン」と呼ばれるような存在になるなどとは、夢にも思っていなかった。父の出版社も「J・G・コッタ書店、チュービンゲン」も引き継ぐことなど、およそ念頭になかったのである。なぜなら彼は、父クリストフから、シュトゥットガルトの宮廷および官房の印刷業者としての活動のほうがチューービンゲンの会社運営よりも重要であること、また出版業の魅力よりもそれにつきまとう困難な問題のことばかり聞かされていたからである。息子コッタがためらい、書店の継承を拒否したことは無理のない話であった。

コッタは、一四人の兄弟姉妹の五番目、三男であった。母ロザーリエ・ピュルカーはシュトゥットガルト宮廷オペラ劇場の歌手であったが、カール・オイゲン公により「不服従の罪」で、八年間近くもホーエンアスペルクの要塞に囚われの身となっていた。ひとり欠けたが生き残った子供たちは一三人、父の全収入が一家の生活のために消えていった。このような状況を考えれば、息子ヨハン・フリードリヒが他の職業を目指す気持ちになったとしても、なんら不思議はない。彼はシュトゥットガルトで成長し、ギムナジウムを卒業すると、一七八二年からチューービンゲン大学に籍を置いた。専攻は神学、代父でもあった大学事務局長のヨハン・フリードリヒ・コッタの希望に応じたものだったが、最初に目指した職業はおよそ神学とは無関係、彼はいわゆる工兵隊《ジェニートゥルッペ》の士官になろうとして物理学と数学をも専攻したのである。士官を志したのは、むろん偶然ではなかった。コッタには、少年時代から、決断の喜び、断固とした態度、士官らしさが備わっていたからである。その後、法律学専攻に移ったあと、一七八五年大学での勉学を中断、パリに旅行し、そこでフランス語の知識のみならず、ゲオルク・フォルスター、シュラーブレンドルフ伯爵、ヒュットナーのような、きわめて個性的で教養ある重要な人物たちと知り合い、彼らとは生涯を通じて交際することとなるのである(2)。

ある思いがけない体験が彼の生き方を決定する。つまり、恩師プライデラーから推薦されたワルシャワの貴族、ルボミルスキー侯の教育係の職が、就任直前になって先方の事情で沙汰やみとなるのだが、その補償として相当額をもらうのである。初めてまとまった額のお金を手にしたコッタは、父と書店の経営について話し合うことができるようになった。話し合いは長引き、その間に彼はチュービンゲンで博士号を取得、法学博士となった。彼はさらにチュービンゲンの宮廷裁判所の弁護士として登録、将来の職業に備えて真剣に準備を進める一方、当時の最も有名な書籍商ライヒに助言を求めている。「私は見識のある書籍商の助言が必要な状況にありまして、それゆえ失礼をかえりみずに、こうしてあなたにご助言を求める次第であります。(3)」コッタが持ち出した問題は、出版社と書店の融資と収益率に関するもので、質問はきわめて慎重かつ厳密になされた。さらに手紙はこう続く。「とにかく私は良質の書籍以外のものは出版しないでしょう。重視したいのは、つねに美しい紙に美しく印刷された本だけなのです。(4)」出版界の流行や新しい動向などはどうでもいい、自分の出版物で何か空隙を埋めるというのではなく、内容的にも外見的にも良質の本を出版して読者を獲得すること、これこそが肝心な点であり、コッタは、以後この信条を自らの拠り所としてゆくこととなる。ライヒによって勇気づけられたコッタは、出版業の成功の見込みを入念に検討したあと、父の強い要請に根負けして、一万七千グルデンで会社を譲り受けることに折り合いがついた。分割払いとし、最初に支払った金額一千五〇〇グルデンは、ワルシャワで手に入れた補償金と同額であった。コッタはチュービンゲンの二棟並んで立つ狭いコッタ家へ移り、一七八七年十二月一日、家業を受け継いだ。八九年三月、大学時代の学友ヨハン・クリスティアン・ツァーンが共同出資者として入社、一七九八年までコッタのパートナーとして協力した。

著作活動といっても、当時チュービンゲンやシュトゥットガルト地域では、微々たる動きしかなかった。コッタがまず直面した現実がこれであり、作家の数そのものがひじょうに少ないうえに、彼らが拠り所として自由に利用できる雑誌もなかったし、コッタ出版社も彼らに活動の可能性を提供できないでいたのでである。シュトゥットガルトには、当時、領邦の文学的中心都市としての魅力はなかった。のちにホイスはこの状況を次のようにまとめることになる。「シュヴァーベンの精神史について熟考してみると、突然、次の事実に突き当たる。すなわち、シュトゥットガルトが、本来ならば当然与えられてしかるべき中心的地位を占めたことは一度もない、ということである。」しかし、この関連でホイスは、出版の伝統、演劇の伝統、そしてほかならぬ「コッタ」は例外であったとも述べている(5)。

出版社は繁盛しはじめる。コッタは国中を旅し、定期的にライプツィヒの書籍見本市を訪ねた。最初の旅は、節約のために徒歩であった。チュービンゲンとライプツィヒ間を徒歩で往復するのに何日かかったのか、われわれには想像すらできない。当時、従業員数はごくわずかで、コッタの事務所にしても、店主の彼自身を除くと誰もいない状態であった。彼が自ら大量の取引上の通信を処理し、会計帳簿をつけ、印刷所に指示を与えた。彼の筆跡は細かくて読みにくく、現代のわれわれにとってだけでなく、同時代人にとってすら判読に手を焼くほどであった。手紙にしても彼の手紙はいつも乱筆乱文、それゆえシラーはおりに触れてからかったものだが、彼にとってコッタが使う「草々」は、もはや「コッタの決まり文句」となっていた。それにしても、コッタはいかに多くのものに眼を通し、まとめなければならなかったことか。アレクサンダー・フォン・フンボルトがコッタの仕事のやり方をこう表現しているのも不思議ではない。「多方面にわたる活動と込み入った営業活動」とのごた混ぜ。だが、勤勉で、活動的・精力的なこの男は「破綻を来たしていた店」の再建をやってのけ、一七九八年、共同出資者ツァーンに出資金を全額返済して独り立ちするのである。

ツァーンと別れて独り立ちしたあと、出版者コッタの野心はもはやとどまるところを知らなかった。彼は、この間に、彼の出版事業の新たな展望にとって決定的な意味をもつ天才的人物シラーを助言者として獲得していたのである。

シラーはどのような経緯でコッタと手を組むようになったのか。第一に、彼は助言者、編集者、首唱者として、当代の輝かしい頭脳をコッタ書店へと引き寄せてくれた。しかし、不思議なのは、どうして彼が作家としてコッタに接近できたかである。というのも、シラーは、ゲッシェンとは法的にも約束のうえでも結びつけられていた、いや、いずれにせよ道義的には、解消などとてもできない関係にあったはずである。同じくライプツィヒの出版者クルージウスとは、散文作品の全集と詩作品の全集の出版契約を結んでおり、しかもこの契約では、彼の死後もクルージウスは全集出版の権利を要求できることになっていたのである。

二　シラーとコッタ
——相互の尊重

出版業界では、ごく「あたりまえ」と思われる商売の仕方が、時として結果的に過ちとなることがある。それがまさしくゲッシェンの場合であった。彼は、彼の視点から「あたりまえ」に行動し、彼の考え方に従ってきちんと仕事をこなしていったのだが、それがシラーに対して二重に誤った仕打ちであることを、ついぞ認識することができなかった。どんなことがあっても出版者が行なってはならない三つの過ちがある。第一の過ちは許されない過ち、第二の過ちは理解できないこともない過ち、第三の過ちは作家の心理からのみ説明されうる過ちである。出版者たる者は、当代の最も重要な作家は誰かという問いには、けっして答えてはならない。まして、その出版社にとって誰が最も重要な作家であるかと聞かれて答えることなど論外である。私は幸いにも、このような質問に答えざるをえない状況に置かれたことはなかった。恒星ブレヒトは議論の余地のない作家であったし、ヘッセの影響力はあらゆる国境を越えるものであったせいであるかもしれない。また、マックス・フリッシュの仕事はまだ完結していなかったし、サミュエル・ベケットは誰からも尊敬され愛され、一九六九年に文学の死を宣言した人々のあいだでさえも信望があったからである。

ゲッシェンは慎重さを欠いていた。彼にとって、当代の最も重要で、最も成功を収めた大作家は、明らかにシラーではなかった。ゲッシェンが語り合った相手はシラーである。ゴーリス村で彼の家に客として招かれ同居人同然となり、友情の絆を結んだのはシラーである。にもかかわらず、ゲッシェンにとっていちばん大事な作家はヴィーラントだったのである。このようなことを口にするのは、むろん出版者に許されることではなかった。シラーは傷ついたにちがいなく、ゲッシェンとの関係に根本から疑いをいだくのである。

第二の理解できないこともない過ちとは、第一の過ちから生じたものである。ゲッシェンは自分の判断にくるいがないと信じて、ヴィーラントの全集刊行に踏み切った。それも、既述のとおり、四種類の、それぞれ活字も違えば、印刷用紙も装丁の材料も違うという凝りよう、四種類とも全三〇巻であった。この投資によって、すでに財政難の淵に立っていたこの出版者は、いっそうひどい状況に陥る。戦争と略奪の時代であった。ゲッシェンは、外国製の活字と選りすぐりの製紙工場産の紙を用いて、美的に最も美しい版を出版するという野心のために、法外な額をつぎ込んだばかりか、大損をして、その莫大な額を個人資金で補塡しなければならなかった。彼は身も心も、物心両面にわたって、完全に消耗しきってしまった。

二人の離れがたき友《ディオスクロイ》、すなわちゲーテとシラーは、ゲッシェンの仕事ぶりをよく観察していたので、この状況を察知せずにはいなかったが、二人にしてみれば、ゲッシェンがその企画に成功したとしても、格別に嬉しかったわけではないであろう。というのも、一七九三年十一月六日、ベルトゥーフはゲッシェンに対して、「というのはいまやヴィーラントは議論の余地なく国民の第一の古典的作家だからである(6)」と断言してはばからなかったからである。

そもそも作家ヴィーラントに注意を向け、彼の全集を出すようにと助言したのは、シラーであった。このように、著作者と出版社との関係は、じつに皮肉なものと言わざるをえない。一七九二年十月、ゲッシェンは計画中のいろいろな年鑑の出版についてシラーに相談している。「私は年鑑発行の話はすべて思いとどまらせました」と、シラーは同年十月十五日付でケルナーに宛てて書いている。「この形式はいまではもう古いのです。多すぎる同業が彼とわずかな儲けを分け合うことになるのです。それに、読者の好みなど変わりやすいものなのですから。」さらに手紙は次のように続く。「もしもゲッシェンが、年鑑だの、軍事ジャーナルだの、祈禱書だのと気を散らさずに、ヴィーラント全集と『ドイツ・メルクール』だけを引き受けるのであれば、彼はこの五年間のうちに最も尊敬すべき書籍商、そして裕福な身分にもなれるでしょうに。」シラーはいったいどうしてこのような助言を与えることができたのか。それに時期も時期である。つまり、小出版社ゲッシェンは、きわめて困難な状況にありながらも、ゲーテの著作集を出版するが、所期の売れ行きが望めなかった時期である。さらに、シラーも知ってのとおり、レッシング著作集の出版権を獲得したばかりの時期でもあった。そもそもゲッシェンは『ゲーテ全集』の出版によって、すでに「最も尊敬すべき」書籍商となっていたのではなかったのか。この間の経緯を知っている人がいるとすれば、シラーしかいない。いゆる文壇政治、ゲーテを除く当時の有力な作家たちが夢中になって行なっていた政治的駆け引きにおいて、シラーが果たした役割は、両義にとれる、じつに曖昧なものとなっている。

ゲッシェンの第三の過ちは、原稿料の前払いによって著作者に義務を負わせることができると考えたことである。しかし、これは誤った思い込みで、前払いをうけたからといって著作者は出版社と結びついているのだという気持ちにはならない、つまり、経済的な依存から両者の心の絆が生まれることはないのである。ゲッシェンは借金で首が回らなくなっていったが、債務者、印刷業者、印刷用紙納入業者に対する支払いをどんなに延ばしても、著作者に対してだけは申し分のない支払いをした。前払いはあたりまえのことであり、それどころか、著作者は誰もが、一七八八年十一月ヴィーラントがゲッシェンに宛てた手紙のなかで述べたのと同じことを望んでいた。つまり、出版者にぜひお願いしたいのは、つねに「半ダースに二を乗じること」。この一七八八年という年は、そもそも書店にとって最悪の一年であった。聖ミカエル祭書籍見本市において、二つの出版社（フォス社とデッカー社）がフリードリヒ大王の著作を「現金払い」で販売したために、書籍見本市に来ていた本屋は手許にある有り金を振り向け、殺到して買い求め、他社の出版物には見向きもしなかったのである。二社以外の出版社は、フリードリヒ大王は再びドイツの諸国を破産させようとしている、と陰口を叩いた。

イェーナ時代のシラーは、金銭面でひどい困窮状態にあった。ゲーテはアウグスト公に頼み込んで、シラーにイェーナ大学の教授の職をあてがうのだが、と言っても、それは無給の講座であった。大学担当大臣、さらに当時は財務担当大臣でもあったゲーテがいったい何を考えてそうしたのか、私にはわからない。確かにシラーはなかなかのやり手で、彼のジャーナリスティックな仕事には需要があり、ゲッシェンとクルージウスのところから出ていた彼の出版物が成果をあげていなかったわけでもない。しかしそれで手にする報酬は、生計を立てるのに十分な金額ではけっしてなかった。ゲッシェンには多額の借金があったうえに、約束した原稿の引き渡しの期限を守れないことも稀ではなく、ゲッシェンの関心事である雑誌『タリーア』にも、締め切りに間にあわないことがよくあった。「胸の病気」のために、何日も、何週間も、それどころか何カ月も仕事ができないことがあったからである。シャルロッテ・フォン・レンゲフェルトとの結婚は確かに彼を幸福にし、活力を与えてくれはしたが、ひとり多くなった分だけ生活費はかさんだ。それに、なにしろ彼には住まいがない。一七八九年三月八日シラーはゲッシェンに宛てて、「私を心配から解放してくれ、私に静かな晴れやかな生活を保障してくれる」小さな住まいがほしい、と書いている。これを読んだゲッシェンはすぐにシラーに援助の手を差し伸べる。シラーは彼に感謝し、そのお返しとして一つの作品を約束した。「遅くとも二年後に執筆開始、脱稿は私の人生が終わる以前にとはいかないでしょうが、私の友人ゲッシェン氏にとって儲けの出る商品として売れ続けるようにしよう、と私は考えております。それは、新しい雑誌の創刊による長所と、作品独自の永続的な価値とが結びついたものなのです。」ゲッシェンはこの申し出にどのように反応すべきだったのか。確かに出版者たる者は、著作者たちがそのようなプロジェクトを必要としていること、可能性を実現できるのは、たえず不可能なことを目標として自分に課している者だけでしかない、ということを知っている。当時シラーが心にいだいていた「儲けの出る」計画とはいったい何を指していたのか。それは定かではないが、おそらく彼がのちに『ホーレン』で実現したものがそれであろう。しかし確かなことはただ一つ、ゲッシェンがこのときうけた感触であった。つまり、シラーは友人として作家として生涯にわたって自分に恩義を感ずるだろう、と彼は思ったのである。その後すこしたってからシラーはゲッシェンに『タリーア』の原稿を送るのだが、またもや約束が並べられていた。以後、原稿の引き渡しが遅れることはない、「何編か習作を書いて歴史ものを執筆する訓練を終えたあと」、「私が円熟した腕で、たっぷりと時間をかけて生み出す」作品、その出版者となるのはゲッシェン以外には考えられない。この時期ゲッシェンとシラーのあいだで交わされた手紙をたどってみると、二人が共同企画による理想的な建物を構築していく様子、また、どちらにも、いや、少なくとも出版者ゲッシェンのほうには、この建物がやがてトランプのカードで築いた家さながら崩壊することになるなどという、予感すらなかったことがわかる。この時期にシラーが彼の出版者にかけた期待は、もちろん理解しがたく、信じられないことである。

シラーがシャルロッテ・フォン・レンゲフェルトに英語の聖書を送ろうとしたとき、ゲッシェンがそれを調達することになった。ちょうど彼は「第三者を介してイギリスの本屋と取り引きしよう」と考えていたからである。(7) ゲッシェンは結婚後シラー夫妻を招待し、ライプツィヒを訪れたおりには親切にも自宅に泊めている。だが、シラーのほうは気がとがめてならない。彼は内心、ゲッシェンが「恐ろしい声で出版者に対する著作者の義務についてお説教するのではないか」と恐れていたのである。一七八九年七月三十日付の手紙——そのなかでシラーは「著作者の出版者に対する義務」の履行を誓うものの不機嫌を隠せずにいるのだが——この手紙も、他の多くの手紙と同様に「永遠にあなたのもの」という決まり文句で結ばれている。彼は十二月二十一日付手紙に同封してついに『タリーア』第一冊分の原稿をゲッシェン宛に発送、出版者の忍耐と「変わらぬ友情」に感謝の意を表する。一七八九年一月シラーは再び深刻な財政的困窮に陥る。彼はドレスデンの「ユダヤ人金融業者」バイトに借金があって、年の初めにその返済を厳しく迫られたのである。シラーが二月十日付でゲッシェンに宛てた手紙にはこう書かれている。「あなたは、私のこの不愉快な重荷を軽くするのを手伝おうと、全力を尽くしてくださる、と私は確信しております。もし二〇〇ターラーを三、四カ月間だけ前貸ししていただけましたら、私は六パーセントの利息をお支払いいたします。」(8) ゲッシェンは希望の額を彼に無利子で貸した。それにしてもそれほど大きな金額ではないことから、逆にシラーの状況がいかに絶望的であったか、少なくともその状況を彼がどう感じていたかがわかる。しかし、こうした懇請の手紙においても、シラーは洒落を忘れなかった。ゲッシェンの初子、長男の誕生にこのようにお祝いを述べている。「親愛なる友よ、このたびの貴社のご出版、まことにおめでとうございます。ただ私は、貴殿が一部だけしか印刷なさらなかったのが残念でなりません。二部印刷なさっておけば、世間の人々に惜しまずに見せられたでしょうから。しかし私は、この度のご出版が一〇巻ないし一二巻から成る大全集の最初の巻でしかないこと、そして来年の聖ミカエル祭書籍見本市には第二巻が出されるものと期待しております。」一年間、シラーはなにものにも妨げられることなく仕事に専念することができた。借金から解放されたうえに、ゲッシェン書店刊『婦人のための歴史年鑑』第二冊に掲載する『三十年戦争史』の原稿料として四〇〇ターラーの前払い金を受けたからである。一七九〇年十月二十七日、献本を受け取ったシラーは礼状にこう書いている。「ひじょうに見事な出来上がりです…（略）…私はいま言葉が見つからないでおります。友よ、それほど私は、私たちの年鑑成功の報せを、じりじりして待ち望んでおりました。戦闘結果の報せを待つときよりも期待に胸をふくらませておりました。」つまり、出版についてシラーの判断にも、変化が現れたのである！　そのあとを彼はこう続けている。「あなたは私に稿料を支払ったのではなく、私の労苦をねぎらってくれたのです。これ以上のことは、どんな飽き足らない作家でも望まないでありましょう。」この手紙はまたも前便と同じく「永遠にあなたのもの」と結ばれている。しかし年が改まると、シラーは再び借金返済を迫られて、およそ尋常とは思えないことを考えつく。一七九一年一月二十八日、シラーは再度ゲッシェンに「いつものお願い」をするのだが、応諾を得るまえに自分ですでに既定事実にしていたのである。「ご寛容なお心を当てにさせていただきまして、私は額面六〇ルイスドールの手形をあなた宛に振り出しました。その手形は数日中にあなたに呈示されることになるでしょう…（略）…何卒この手形をお引き受けくださいますよう、そして何卒私めの身勝手な行為を悪くお取りにならないようお願い申し上げます…（略）…ごきげんよう。永遠にあなたのものであるシラー。」ゲッシェンはいったいどう思ったのであろう。よりにもよって、会社の運転資金すらどこで工面したものかわからない時期であった。シラーは繰り返し年鑑への寄稿を約束しては前払いをうけるのだが、彼の原稿は約束の期日までに届くことはないのが毎度のこと、出版社側はいつも期日延期を余儀なくされた。一七九一年五月シラーは三度目の大病を患い、もう長くはないと思った。再びお金に窮したシラーは、ゲッシェンに『ドン・カルロス』を「改訂版の形で」提供すると伝え、原稿を新年までに渡すことを約束する。そこでゲッシェンは、またもや前払い金を送ると、シラーは一七九一年五月二十一日付で受け取りの手紙を書く。「親愛なる友よ、あなたの前便に同封されていた計算書を拝見しまして、私はいまさらのように思い知りました。あなたにどれほど大きな債務を負っているか、あなたのご好意に報いるために、私がどんなに多くの義務を果たさなければならないか、私自身のこの心が、他から言われるまでもなく、私に教えてくれるでしょう。ですから、親愛なる友よ、どうかこのようにお考えください。私の幸福とあなたの最善とがいつも一致し、共に違うことがないようにするために、私がなしうるすべてのことを行なうつもりなのです。」またもやシラーは「義務」という言葉を用い、自ら、下線を引いて強調する。しかしながら、そうまでされたとしても、ゲッシェンはこの心情吐露を真にうけてはならなかったのではないだろうか。いかにも説得力のある文面であり、作家が彼の幸福を出版者の最善と一致させることを約束しているのである。もはや撤回できない言葉であり、共同作業継続の合図であって、それが「共に違うこと」は許されない。九カ月間シラーは重い病床にあり、仕事は休止状態だった。しかし、クルージウスも約束の『オランダ史』の原稿を催促する。病気の回復期になって、シラーは『三十年戦争史』の結びの章を書き上げ、ゲッシェンに送ることができた。隔月刊行になっていた『タリーア』誌のために、シラーはさらに幾編かの原稿を約束し、一七九一年十二月十六日ゲッシェンに宛てて次のように書いている。「親愛なる友よ、お送りいただいた二〇〇ターラーを確かに受領いたしました。衷心より厚くお礼申し上げます…（略）…これから一週間、私は全身全霊を傾けて続きに取りかかり、〈完〉とするまで、けっして中断いたしません。」この言葉は確かにシラーの本意であった。全力をふりしぼってこの著作をついに完成に漕ぎ着けたのは、一七九二年九月であった。むろん、そのまえに重要なことが起こっていた。窮状を案じた友人たちがデンマークのアウグステンブルク公に懇請して、首尾よくシラーは三年間にわたって年額一千ターラーの年金を与えられることになったのであった。シラーはやっと慢性的な金銭的困窮から解放されたのである。『三十年戦争史』の仕事を終えたシラーは、一七九二年九月二十一日付でケルナーにこう伝えている。「いま、私は自由です。それがいつまでも続くことを願っております。他の人が私に課す仕事、自分の好みや愛着のもてる仕事以外はもうやらなくてもいいのです。」やっとという感慨ひとしおのこの言葉から、シラーがこれまでどんなに傷ついていたかがうかがえる。いつも注文をうけて、前払いを当てにして執筆するのだが、そうして手に入れた収入とて、生活するのにとても十分と言える金額ではなかった。この点でシラーの「幸福」は、ゲッシェンの「最善」と「共に違うことなく」結びついてはいなかった。二人の大きな連帯もすでに役目を終えていたのである。一七九四年五月四日付の手紙でシラーは『タリーア』廃刊の提案をする。ゲッシェンにはその理由が理解できない。この日、シラーはコッタと『ホーレン』出版を取り決めていたのである。シラーはもはや自作原稿を提供せずに、代わりに父の樹木栽培に関する著作の原稿をゲッシェンに送る。ゲッシェンとて受け容れるはずはなかった。

しかし、この不採用の決定を伝えても、シラーのゲッシェンに対する態度はなんら変わらなかった。つまり、上述のように、この日もう一つのことが起こっていたからである。シラーの友人で機知に富んだ警句詩《エピグラム》を書いていたハウクが、コッタの申し出を届けてきたのは、一七九三年十月であった。シラーは十月三十日付の返信に、この申し出には興味をひかれるとしるし、こう続けた。「しかし私のゲッシェン氏との関係がどうであれ、ゲッシェン氏は私の友人であり、少なくとも私のことを最初に照会するにあたっては、友人としてそれを知る権利をもっております。」さらに、自分はすでにゲッシェンにも『作法の理論』の出版を申し出ているが、ゲッシェンのほうが復活祭までに出版できなければ、この著作についてはは自分に自由裁量権がある、と伝えている。

一七九四年三月チュービンゲンにいたシラーは、初めてコッタと会い、親しく話をする機会をもった。二人が何を話したかは知られていない。しかし、じつに奇妙なことが起こった。シラーは、彼がゲッシェンの名前で振り出した手形で、二〇〇ターラーを支払ってくれるようにコッタに頼んだのである。そればかりではない、あろうことか、一七九四年五月四日、つまり『タリーア』誌の廃刊を提案した日まで、このことが伏せられていたのである。

この日シラーとコッタは会い、シュトゥットガルト近郊を馬車で散策した。彼らはカーラー・シュタインを経由して、ウンターテュルクハイムへ行った。同年代、そのうえ同じシュヴァーベン人とあって、二人は気持ちがよく通じ合う。散歩のさい、シラーが『ホーレン』誌の計画を話すと、感激したコッタは、自分のほうにも日刊紙発刊の計画があって、それは独立した、政党色のない、全ヨーロッパ向けの新聞であることを話して聞かせたのである。

この日の夕方シラーはゲッシェン宛に書く。「親愛なる友よ、あなたは私の前便をすでに落手されたことと思います。そのなかで私は、額面二〇〇ライヒスターラーの手形の件をお願いしておりますが、支払期限は六月半ばとなっており、チュービンゲンのコッタ氏があなたに呈示することになりましょう。この手形をお引き受けくださいますようお願い申し上げます……（略）……お金に窮してしまい、私としては『カリアス』をコッタ氏に譲り渡す以外になすべき方法がなかったのです。」それは、ゲッシェンにとって、とんでもない出来事だった。シラーの主要美学論文となる『カリアス』は、明らかにゲッシェンに約束されていたのだ。それがいま、この約束が破られる可能性のあることをシラー自身がほのめかしたのである。いま初めてシラーは出版社をコッタに変える話を、ゲッシェンに持ち出したのである。ゲッシェンは傷ついたが、闘わず、不興をあらわにしただけであった。しかし、にもかかわらず、それはまたもやゲッシェンの過ちであった。シラーが五年前ゲッシェンに宛てて書いたあの言葉を思い起こしてみると、彼の態度が理解されるかもしれない。ここにシラーのあの言葉をもう一度引用しておこう。「親愛なる友よ、どうかこのようにお考えください。私の幸福とあなたの最善とがいつも一致し、共に違うことがないようにするために、私がなしうるすべてのことを行なうつもりでおります。」

数日後、コッタがライプツィヒの書籍見本市に赴き、イェーナに滞在したとき、シラーと彼は二枚の自筆の契約書に互いに署名をしなければならなかった。一つは「宮中顧問官シラー氏編集による一般ヨーロッパ諸国新聞」発行に関する一〇項にわたるコッタの契約書、もう一つはシラーの二八項目を含む「月刊文学雑誌『ホーレン』に関する契約書」である。この二つの契約書は、一七九四年五月二十八日付で署名がなされた。シラーはしかし、六月十四日、署名を取り消す。健康上の理由から、政治的日刊紙の「危険を伴う企画」に専念することはできない、という説明であった。むろん、健康上の理由だけではないこと

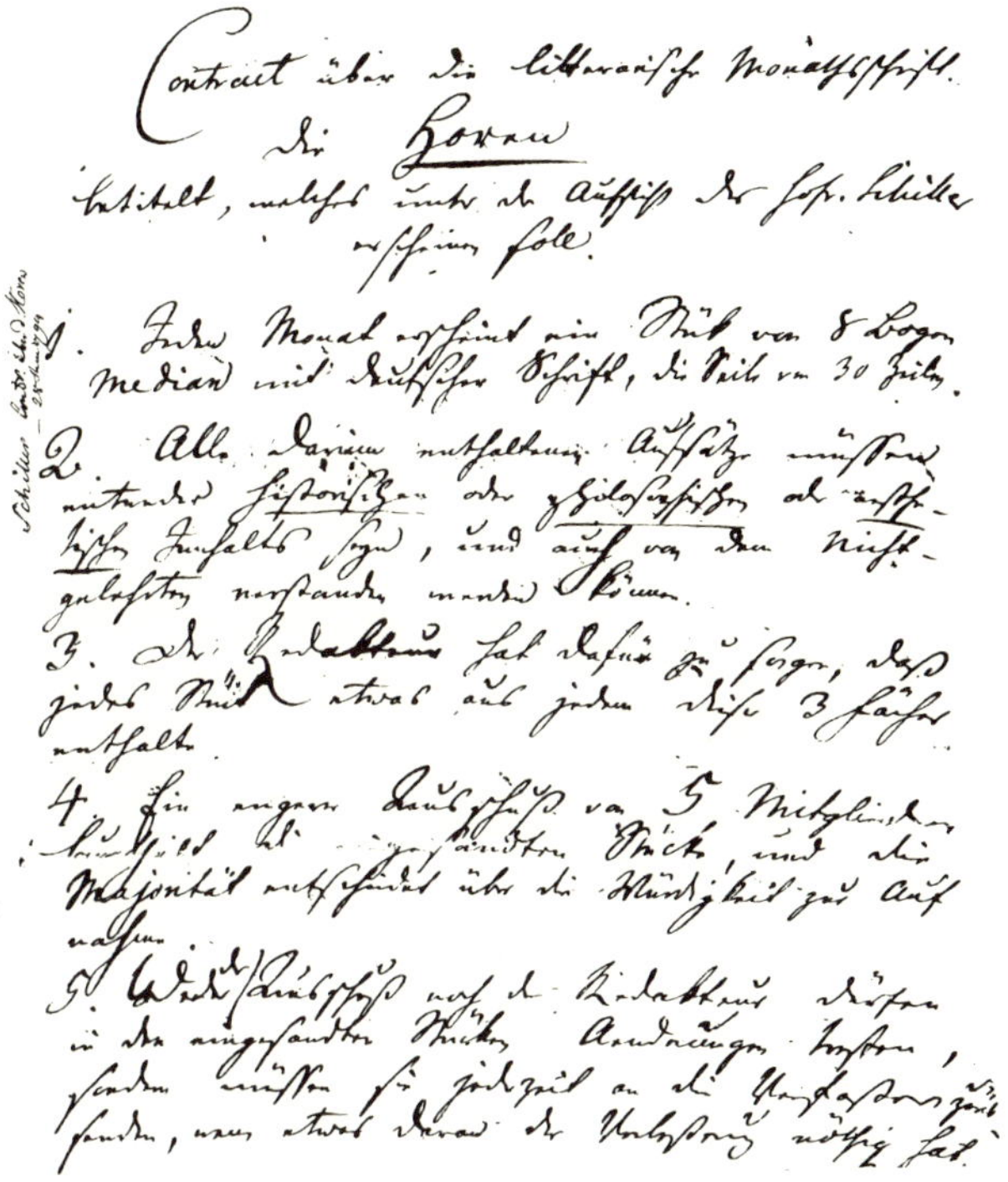

Contract über die litterarische Monatsschrift. Die Horen betitelt, welche unter der Aufsicht des Hofr. Schiller erscheinen soll.

1. Jeden Monat erscheint ein Stück von 8 Bogen median mit deutscher Schrift, die Seite von 30 Zeilen.

2. Alle darinn enthaltenen Aufsätze müssen entweder historischen oder philosophischen oder aesthetischen Inhalts seyn, und auch von den Nichtgelehrten verstanden werden können.

3. Der Redakteur hat dafür zu sorgen, dass jedes Stück etwas aus jedem dieser 3 Fächer enthalte.

4. Ein engerer Ausschuss von 5 Mitgliedern beurtheilt die eingesandten Stücke, und die Majorität entscheidet über die Würdigkeit zur Aufnahme.

5. Weder Ausschuss noch der Redakteur dürfen in den eingesandten Stücken Aenderungen treffen, sondern müssen sie jederzeit an die Verfasser zurücksenden, wenn etwas daran der Verbesserung nöthig hat.

Schillers Contr. über d. Horen — 28 Mai 1794

図24　フリードリヒ・シラー／ヨハン・フリードリヒ・コッタの文学月刊誌『ホーレン』の契約，1794年5月28日（国立シラー博物館）.

は明らかであった。彼の「愛好と内的使命」がこの件に決着をつけたのである。すなわち、このときシラーにとって重要なのは、政治的な新聞よりも『ホーレン』のほうであった。『ホーレン』の綱領を見ていけば、それは明らかである。「近づく戦争の騒ぎが祖国を不安に陥れている時代である。政治的見解と利害の対立のために、人の集まるところほとんどすべてにおいて、新たな戦争が生み出されて、ミューズ（学問・芸術の女神）とグラティア（美と優雅の女神）が追放されることが頻繁すぎる時代である。一切を追及するこの国家批評なる魔神《デーモン》の前では、対話にも日々の歩みにも救いのない時代である。このような時代であればこそ、気もそぞろな読者をまったく正反対の娯楽に招待することは、意味のあることであり、同時にまた大胆な企てと言えるでありましょう…（略）…しかし現在の制限された関心が人々を緊張状態におき、閉じ込め、征服すればするほど、内心の欲求はいっそう切実なものとなってゆきます。それは、時代のあらゆる影響を超越した、純粋で人間的であるものに対する普遍的でより高次の関心によって、人々を再び自由にし、真理と美の旗のもとに政治的に分割された世界を再び一つにしようという内心の欲求なのです。」シラーは、六月十四日付の手紙で、コッタに出版者としての名声を請け合う。「出版者に関しては、私はこのように思うのです。つまり、出版者が何か名誉ある仕事ができるとすれば、国民のなかの、一流の頭脳をもった人々を一つに結集するような著作の出版以外にないのではないか、ということです。ですから、もしもあなたの出版されたただ一冊の著作がそれであったとしたら、この一冊によってあなたの名前はドイツの書籍商のなかで不滅のものになるにちがいありません。」宣伝文句みたいなシラーの言葉に私たちが出会うのは、これで二度目である。ゲッシェンがヴィーラントの著作によってドイツの「最も尊敬すべき書籍商」の地位に就いたあと、コッタが『ホーレン』によって「ドイツの書籍商のなかで不滅」となるのである。しかし、シラーがこのような政治的な駆け引きを駆使して追い求めていたものは、さらに別の目標であった。彼が欲しかったのはより大きないわば「自由裁量権」であり、それにより自分の著作をコッタに近いうちに提供し、この出版社のために傑出した作家を集めること、何よりもまずゲーテの獲得を望んだのである。この意図は、やはりゲーテを自分の出版社に獲得したいと考えていたコッタの野心と一致した。『ホーレン』の契約に含まれていた選択条項（作家の次作に対しては出版者の側に優先権があること）によって、作家たちには、出版社を変えることも、これまでどおり新作原稿をコッタに引き渡すこともできる、という可能性が生じたのである。シラーはこの逃げ道を自分自身とゲーテのためのものと考えていた。「私について言えば」、とシラーは一七九四年六月十四日付で書いている。「考えられる道はただ一つ、あなたが今後私の書く全著作の出版者になってくれることです。と言いますのは、私がこの雑誌のために書いたとたん、他の結びつきはすべて解消となることでしょうから。」「今後私が書く全著作の出版者。」この言葉は、コッタと手を組みたいという合図であった。

シラーはコッタに受け容れられた。最初は話し相手・顧問として、次いで編集者として、最後には著作者として。こうして二人は盟友となったのである。コッタは、出版者としての経験こそ浅かったものの、人間的感覚には過不足なく、作家を相手にするにはとにかく徹底的な話し合いが必要であることをすでに感じ取っていた。彼はシラーと対話をかさねてゆくのだが、その結果、シラーの金銭面の込み入った状況、そしてそこに起因する彼の心理的圧迫が明らかになる。それゆえコッタは、最初からシラーには金銭面での配慮はやむを得ないと考え、顧問料、編集料、原稿料など、いずれも十分な金額を支払う。こうしてシラーは、以後、お金の心配をすることなく執筆に専念できるようになるのである。「この時点を境に」、とローラーは『コッタ出版の歴史』のなかで述べている。「詩人シラーの物質的困窮は終わりを告げる。大切な友人が安心して創作活動に専念できるような環境作りは〈高潔な職務《ノビレ・オフィキウム》〉、コッタの信条であった。(9)」著作料は、コッタにとって、彼の描く出版社の構想の本質的な要素であった。彼は精神と金銭の両方を愛しており、書籍という品物もその二重性において愛していたのである。すなわち、本は、作家の精神的な生産物であり、――ゲーテが定義づけたように――「販売という強制」のもとで出版者を介して商品となり、読者の手のなかで再び精神的財産へと形を変えてゆく。一八四二年、ゴットヘルフは長編小説を著すが、その表題は『金銭と精神』、副題が付いていて「和解」となっていた。とても信じられない話で、そもそも精神と金銭のあいだには和解などありえない、その事情は出版の世界においても変わらないからである。むしろ出版の仕事は、まさに精神と金銭、この二つの緊張関係のなかに息づいているのである。

いずれにせよ、コッタが支払った顧問料や原稿料は、この時代としては破格の金額であった。彼は、フィヒテ、カント、レッシングやヴィーラントといった著作者たちが安い原稿料を批判しているのを知っていた。それゆえにこそ、彼の「高潔な職務《ノビレ・オフィキウム》」、すなわち稿料の値上げを打ち出したのである。一八二六年、コッタは次のように回顧している。「以前よりも高い原稿料、それがすぐに支払われるようになると、知識人たちのほうにも、いままで以上に自分たちの力を発揮する余裕が出てきます。読者にしても、この新しいやり方に永続性を期待して好ましく思っております。なにせ出版者たちが、自分たちの側からの提供によって、正当な根拠があると自ら考えて始めたことなのですから、続かないはずがありません。このような知識人に対してそれまでよりも高い謝金を支払うこと、これを最初に行なったのは、この私であったと思います。全体的に言って、私にはこの件で後悔したことは一度もありません。文学を心底から敬うなら、文学は間違いなく向上してゆきます。それに読者の感受性にしても、知識人の活動の場が開かれる比率にじつに正確に反応している、つまり二つは相互に作用しあっているのです。[10]」一八二六年にコッタがこのように主張するのももっともで、彼は「功労金」のみならず、適切な額の賃金すら支払っていたのである。ファルンハーゲン・フォン・エンゼは一八〇八年に訪れたさい、「コッタの原稿料がいちばん高い」と述べている。ジャン・パウルの未亡人カロリーネは、一八二六年五月二十六日付コッタ書店宛の手紙で、次のように書いている。「将来いつの日にか、作品の価値に則したドイツ文学史が出版されるとしましたら、そのなかでは、文学のために、そして文学を通じてドイツ国民の教養を深めるために重要な寄与をなした出版社に栄誉を与える章が割かれなければなりません。そうなりますと、すべての書店のなかでコッタ書店が、というよりはむしろその社主コッタ氏が、特別に称賛されなければなりますまい。なぜなら、初めて作家たちに彼らの努力と仕事に見合う以上の報酬の支払いを認めたのは、ほかならぬコッタ氏だったからです…（略）…コッタ氏はまた、文学的財産、すなわち有名な作家の全作品を安価な版で提供し、ドイツ国民共有の財産とすることを最初に考え出した人物でもありました。」出版者ならおよそ誰もが望むほめ言葉であった。コッタは当然ゲーテの同意も得られると確信していた。ゲーテは一七九八年四月二十八日付シラー宛の手紙に、こうしるしていたのである。「出版者の利益になることは、どんな意味でも、著作者の利益にもなります。よい支払いを受ける著作者の作品は大勢の読者に読まれます。この二つの面は、どちらも称賛に値することです。」この見解の初めの部分はゲーテに賛成できる。しかし、著作者がよい支払いを受けているからといって、その作品がはたして大勢の読者を得るものかどうか、この結論はきわめてあやしいものである。

コッタは、駆け引きのない態度で原稿料を支払ったものの、自分が文芸の保護者であるとは思っていなかった。勘定高く、度胸を据えて自社の出版物に比較的高い値段をつけることもあった。それがもとで他の出版者から妬まれたのは当然のことである。コッタは自分が抱える著作者たちの精神的産物に敬意をいだき、商品としての本の価値を認める、いやそれと同じくらいこの商品で行なっている商売をも大切にしていた。彼の仕事は果てしなく広がってゆく。彼は経営の多角化によって財政的なリスクを少なくする。すなわち、印刷所と製紙工場を設立するかたわら、バーデン＝バーデンのホテルに共同出資し、飛行船や蒸気船の運行という近代的な事業にも乗り出す。それに、彼は広大な耕地をもつ地主でもあった。こうしたことすべてはやがて作家たちの知るところとなったが、彼らはコッタのこうした手広い商売を容認していた。原稿料のことで不平を言う必要がなかったうえに、コッタこそ自分たちの出版者であると思っていたからである。つまり、作家たちにとって、コッタは自分たちの「このうえないつましい暮らし」を償ってくれる人、ふさわしい額の稿料を支払ってくれ、それにより執筆活動の基盤を作り、保障してくれる、どんな場合でもある程度は実現してくれる人にほかならなかった。

　この新しい関係のなかで、シラーは元気を取り戻す。再び創作意欲に火がつき、コッタの顧問、『ホーレン』の編集者として、さらには、コッタ書店から出版予定の「未来の著作」の作家として、仕事に専念した。むろん、新作の件はまだ内密にされていたが、それでも何かのおりにもらしたところでは、『ヴァレンシュタイン』を執筆中、コッタのために、ということであった。シラーはまたかというように相談を持ちかける。「さらに、私がどんな点であなたのお役に立つことができるか、よくお考えになってください」と、シラーはイェーナから書く。一七九四年五月十九日付、チュービンゲンでコッタと会ったあとのことである。「きっと、私たちの長所は手を取り合って力を発揮することでしょう。」事実、そのとおりで、シラーの出版社に対する尽力、とりわけ『ホーレン』が取り持った作家たちの結びつきによって、コッタ出版社はますます国民的な、それどころか世界的な文学書籍出版者となってゆく。コッタもシラーも、会話を重ねるうちに出版社ともどもヴァイマルへの移住を考えるようになる。この頃、シラーは、若い作家たちにとって、一種の「出発駅」であったと言えよう。このことは当時もいまも変わらない。例えば、ベルンハルト、エンツェンスベルガー、ムシュク、ヴァルザーらの作家の場合にも見られたものである。すなわち、作家になろうとする若者は著名な作家の独特の作風に従って針路を定めようとするのだが、それはお手本と見なす作家であったり、逆に情熱的な、しばしば攻撃的な力で闘いを挑みたくなる作家であったりする。このように、次世代の作家たちにとって、良い手本となったり、悪い手本となったりする作家はいつの時代にも存在するものなのである。疑いもなく、シラーはそのような作家のひとりであった。ゲーテとは異なり、彼には自分自身の書き方と対照的な原稿であっても、その質を見極める能力が備わっていた。つまり、その原稿に「詩的実体」が備わっているように思われると、シラーはためらうことなく推薦したのである。一例として、一七九五年三月九日付のコッタ宛の書簡を挙げておこう。「ヘルダーリンは短編の小説『ヒュペーリオン』を執筆中です。その抜粋が『タリーア』の前々号に掲載されましたが、第一部は、およそ全紙《ボーゲン》一二枚、数カ月後には完成することでしょう。貴社がその出版を引き受けてくださるならば、私としてはとてもありがたいのですが。じつに天才的なものでして、私も、この作品にさらに少しでも影響を与えることができればと思っております。そもそも私は将来『ホーレン』に参加してもらいたいと考えております。と申しますのも、ヘルダーリンはひじょうに勤勉であるのみならず、才能にも不足なく、将来きっと、文学界でひとかどの者になれると思われるからであります。」『ホーレン』に『旅人』と『樫の木』が掲載されたあと、一七九七年、一七九九年には『ヒュペーリオン』が小型の二巻本でコッタ社から出版となる。売れ行きが悪く、このためコッタは予定していた詩集の企画を断念せざるをえない。その後『ヒュペーリオン』は長いあいだ、絶版のままであったので、友人たちは再版を提案した。《ルートヴィヒ・ウーラントおよびグスタフ・シュヴァープ編『ヘルダーリン詩集』、コッタ書店》の出版は、一八二二年と一八二六年のことであった。

作家シラーの登場。むろん、コッタは当初見込んでいたよりも長く待たなければならなかった。仕事がゆっくりとしたペースでしか進まなかったのである。それは、むろん、彼の病気のせいであったが、もう一つ、他の出版者との結びつきが、なおあるにはあったにせよ、次第にぼやけてきて不確かになっていたせいでもある。とりわけ『ヴァレンシュタイン』は待たせた。シラーは、原稿が遅れても窮するどころか、出版者の気持ちを憂鬱にさせない術を心得ていた。「『ヴァレンシュタイン』を楽しみにしていてください」と彼は一七九八年一月五日に書いている。「私の人生でこれほどうまく運んだことはありません。私はこの作品において、青春の荒々しい力と激情、熟年の落ち着きと明晰さ、この二つのものをうまく結び合わせることができたように思います。」一八〇〇年、ついに『ヴァレンシュタイン』が出版され、その一年後に『マリア・ステュアート』が続く。これに反して他のことでは、コッタは煮え湯を飲まされる思いにも耐えなければならなかった。一七九九年、『シラー全詩集』はクルージウス書店刊、おまけに『オルレアンの乙女』は、動機も理由もわからないのだが、再度ウンガー書店刊『一八〇二年のポケットブック』に渡されていたのである。このような脱線行為をコッタが許したのは、例外的にシラーの場合だけであり、他の作家たち、例えばジャン・パウルに対しては、他社に色目を使うのなら関係を断ち切ると言って脅かした。しかし、『オルレアンの乙女』はウンガー書店刊となったものの、それ以外の戯曲作品はすべてコッタ書店刊となり、一八〇四年には全集として収録された。シラーはこの校正刷りは見ることができたのだが、友人ケルナーの編集になる『全集』全一二巻（一八一二―一五年）は、生きて目にすることはなかった。

シラーのコッタとの関係は、作家と出版者の理想的な関係と見てよいだろう。それは、コッタがどの時期にも、どのような状況においても助力を惜しまなかったから、という理由だけではない。二人は対等のパートナーとして互いに意思の疎通をはかった。個人的な出来事、家族の話はもとより悪口や噂話に至るまで、なんでもつつみ隠さず伝え合うことができた。ついに貴族の称号が授与されたシラーは、このことをコッタに報告するのだが、その伝え方はじつに手紙ならではの芸当である。貴族に列せられたことにより彼と妻は宮中に参内する資格を得たのだから、シラーにとってはたいへんな重要事であったにちがいない。それなのに彼はこう書くのである。あなた（コッタ）には、「容易に想像できることでしょう。この件は、私自身にとりましては、たいして重要ではないのです。[11]」二人の関係には、確かに共にシュヴァーベン出身ということもそれなりに役割を演じていた。しかし、本質的に重要だったのは、物質的利益を十分に享受し、互いに相手の仕事の成果を認め合えたことであった。シラーはこのことを、ごく早い時期に、すなわち一七九八年五月二十九日付の書簡にすでに書きとめている。「敬愛する友よ、私はこの手紙が、あなたがご家族のもとに無事戻られた頃に届くように願っております。あなたが当地で私たちに贈ってくださいましたあの日のことは、いまでもなお喜びとともに思い出されてまいります。旅の途上にありながらあなたが自ら与えてくださいました私と私の家族への愛情溢れる友情の新たな証に、私は心から感動いたしております。私は、私たちの関係が損なわれることなく存続するだろうと信じて、一瞬たりとも疑いをいだくことはありません。最初はただ単に表面的な関心が共通することで結ばれた関係でしたが、よく知り合うようになってから、ひじょうに素晴らしい尊いものへと変化してゆきました。いまや私たちは、互いに相手を理解しており、そのうえ、シュヴァーベン気質に対しては互いに心から好感をいだいております。私たちの信頼は相互の尊重に、つまり人間と人間のつながりに不可欠な最高の担保にもとづいております。」コッタとの関係が「損なわれることない」とシラーが言うとき、もちろん彼のあの誓言「互いに離れることのできない関係」とか、あの決まり文句「永遠にあなたのもの」などを思い起こしてみる必要がある。しかし、コッタとシラーの場合は、シラーとゲッシェンとの結びつきとは対照的に、なんと言っても自分たちの関係を確信し、互いに対等のパートナーと認め合う二人の人間の出会いであった。シラーが、いま見てきたような心情吐露をしたあとに、こう続けているのも、いかにも彼らしいのである。

「さて、次に火急の仕事の件ですが…」

三　つなぎの環としての『ホーレン』

手を結んだ作家と出版者が全力を傾注して取り掛かったのは、雑誌『ホーレン』の刊行であった。おそらく、コッタには、たいして儲けにならない企画という予感はあったことだろう。むろん、シラーのほうは、自分がこのような雑誌を望むわけをよく自覚していた。すなわち、自分自身の意向に編集方針を合わせることができる雑誌、いわば彼の文壇政治のための道具であった。一七九四年六月十四日、彼はコッタにこう説明している。「この仕事は私に〈お誂え向き〉です。私はこの分野では〈定評があり〉、資料も〈十分な量〉をもっております。それに、〈健康がすぐれないときでも〉、この仕事なら続けることができます。この仕事なら、私はおのずとその気になれ、心の声に促されると思うからなのです。」また、別の手紙にはこう書いている。「私の企画には失敗はありえますが、私がそれを試みたことを後悔することは、けっしてありえません。[12]」しかし、この企画はじつはコッタにも「お誂え向き」だったのである。その理由は一つだけではない。何よりもまず、名声と栄誉を得たいという期待感、つまり、議論の対象とも時代の意識を映し出す鏡ともなるような雑誌を出版して、自社の顔としたいと思ったこと、さらには、新しい重要な作家たちを獲得し、コッタ書店を当代きっての偉大な精神の持ち主が集う憩いの場、魅惑のスポットに仕立て上げたいと考えたのである。

この事情は現代の出版者の場合でも変わらない。インゼル出版社発展の礎となったのは月刊雑誌『インゼル』で、これは、ビーアバウム、ハイメル、R・A・シュレーダーにより一八九九年から一九〇二年まで発行された。S・フィッシャー書店は『ノイエ・ルントシャウ』を創刊、ローヴォルト・ウント・クルト・ヴォルフ書店の雑誌『ヴァイセ・ブレッター』の構想は、『ノイエ・ルントシャウ』に集まる作家、トーマス・マンやハウプトマンに対する批判の論陣を張ることであった。[13] 一九五〇年、ズーアカンプはフィッシャーから独立、新設なった自社から独自の雑誌を発刊しようと思案するのだが、注目すべきことに、このとき望ましい対象として彼の念頭に浮かんだのは文芸愛好者向けの雑誌『ごちゃ混ぜ活字《ツヴィーベルフィッシュ》』（一九〇九年フランツ・ブライ発刊）であった。ズーアカンプは自社の出版物を紹介・宣伝しよう考えて『ヤーレスシャウ――詩作と志向』や、コッタの『教養階級のための朝刊』紙に倣った『文学愛好家のための朝刊』紙を発行するのだが、これらは規模こそ小さくなったものの、すべてその目指す目的は同じであった。このような独自の雑誌の発刊という野心的な願望は、私にとってもなんら異質なものではなかった。雑誌は、時代の精神的思潮を伝えて世の注目の的となり、作家たちが論戦を闘わせる場とならなければならない。その理想的な編集者として私が見込んだのがエンツェンスベルガーで、彼は何年も渋り続けてから、タウヌス山地を一緒に散歩したさい、やっと引き受けてくれたのである。雑誌名は、彼が最初に考えついた『ハレルヤ』を思いとどまらせ、もう一つの提案『時刻表』とすることで私は了承、一九六五年、著名な作家たちの協力のもと全力を傾注した結果、創刊号が発行されるに至った。第十五号から寄稿者たちは『文学の花輪』を編纂、この雑誌全体の精神に則って、文学の死を宣言したのである。とくに槍玉に上がったのはハントケであった。学生紛争の結果として生じたこの姿勢は、無分別で笑止千万と私個人には思われたのだが、もとより出版社としての意図を代弁するものではなかった。こうして私たち、つまりエンツェンスベルガーと私は手を切ることになるのだが、それはまさしく雑誌発展の一時期のことで、エンツェンスベルガーが出版社と無関係に別の行動に走ってしまったためであった。その後、彼と行動を共にした誰ひとりとして、「文学の死」の議論に関心をもとうとした者はいない。

『時刻表』の経験は私にとって、文芸出版社は文学雑誌を発行すべきかどうかという問題を考えるうえで、決定的なものとなっている。つまり、こうした雑誌は、例えば『ノイエ・ルントシャウ』が発行当初から今日まで一貫しているように、もっぱら出版社側に利するように、内容も自社の編集者によって決定できるものであるか、出版社からは完全に独立したものであるかの、どちらかでしかない。後者の場合、編集者が出版社の利益とそれとは独立した編集方針との調整を図ることができなくなった時が危機で、もはや作家や文学のための論戦の場ではなくなって、自社に集まる著作者たちがもはや支えきれない別の構想に向かってしまうのである。

ところで、コッタはむろんそのような例を知らなかったし、そもそも『ホーレン』は彼の最初の雑誌企画で、きわめて高い水準で始められた。雑誌名からして野心的で、ホーレン、ホーライ、ホーレはギリシア神話の豊饒の女神、ヘシオドスでは法的秩序、正義、平和とされ、古典後期に始まる伝統的な解釈では四つの季節となり、これがシラーにとっても決定的な意味をもつものとなった(14)。『ホーレン』発行は一七九五年一月十五日、九七年までに各巻三冊から成る一二巻（季刊）が出され、総計一千四〇〇頁、七七編の論文が収められている。この雑誌が廃刊となったのは、イデオロギー上の争いでも、売れ行き数の減少が原因でもない。寄稿していた作家たちの関心が薄れていったからであった。

むろん、最初はセンセーションを巻き起こし、シラー作成の「寄稿への誘い」が当代の重要な作家、著述家、学者に発送された。文字どおり、寄稿を促すことが目的であったが、その内容は同時に、フランス革命という出来事に対するドイツ古典主義の模範的な反応となっている。

寄稿への誘い――『ホーレン』

この誌名の月刊誌が一七九五年初めに創刊されますが、同誌の発行にはすでに学識ある著名諸氏の協賛を得ております。本誌は、美的感覚および哲学的精神をもって論じられる論考のすべてを対象としており、したがって哲学研究にも歴史や文学の著述にも投稿の道が開かれております。ただし、知識人の読者層のみを対象とする原稿、逆に非知識人の読者層のみを対象とする原稿は除外されます。とりわけ、国教や政治体制に関わる原稿については、すべて無条件に投稿禁止とします。本誌は「美的」世界に捧げられ、人間の教化と陶冶を目指すとともに、「知的」世界に捧げられ、真理の自由な探求を目指し、両々相まって実り豊かな思想交換の場となるよう、その実現を追求します。本誌の趣旨にお力添えをいただけますなら学問そのものが豊穣となり、同時に本誌のこのあり方によって、読者の環がいっそう拡大してゆくことが期待されます。

『ホーレン』については、すでに述べたように、シラーとコッタのあいだで契約が交わされた。「文学月刊誌『ホーレン』に関わる契約書」で、シラーが作成、形式・内容ともにシラーの自筆である。形式面では、毎月一号（一冊）発行、各号、一頁三〇行、全紙《ボーゲン》八枚から成り、使用活字はドイツ文字、とする。内容面では、すべての論文は「歴史、哲学、美学を対象」にしたものとするが、ただし、非知識人にも理解されるものでなければならない。契約書に既定条項はないが、シラーとコッタのあいだでは、政治色の濃い論文は掲載しないという了解がなされていた。シラーが志向するのは、現在の世界というよりは人類の未来で、いくつかのドイツの新聞に出した広告文に自らしるしているように、彼は「真実と美の旗のもとに政治的に分断された世界を再統一すること」(15) を試みるのである。

原稿料についても詳細に定められていた。すなわち、稿料は一律ではなく、最低額は三ルイスドール、最高額(のちにゲーテのために定められた特別額)は八ルイスドール、五ルイスドールがその「中間の額」であった。

構成員五名の編集委員会が設置され、シラーを主宰者として、ゲーテ、フィヒテ、ケルナー、ヴィルヘルム・フォン・フンボルト、ヴォルトマン(歴史家、外交官、イェーナ大学の哲学および歴史学の教授)が招聘された。この編集委員会が投稿原稿を審査、「採用・不採用は多数決とする」となっていた。じつは、これがこの雑誌の先天的な欠陥でもあった。一握りの編集者が投稿原稿の採用・不採用の決定をくだすというのは、どだい無理な話である。このやり方では、雑誌のもつ活力と意味も、作家の権利も、あまりにも制限されすぎてしまう。もう一つの欠陥は、組織に起因するもの、つまり、編集の仕事が最終的にはすべてシラーの負担となったことである。なにしろシラーが牽引力であり、のちになってゲーテが助言者として協力はしたものの、つまるところはシラー次第、彼が雑誌継続を断念したとき、雑誌の運命も決まってしまったのである。

さらに、とくに重要な点を指摘しておかなければならない。シラーは――コッタの言をうけてのことかどうか定かではないが――契約条項のなかに明らかに投稿作家獲得のためにと思われる次の規定を考え出していた。「『ホーレン』誌の出版者は、定期的投稿者全員の、投稿原稿以外の著作に対して、それらが『ホーレン』刊行以前に他の契約に縛られていない限り、先買権をもつことを条件として留保する。(16)」シラーとコッタがこの明確な条項によって意図したことは、疑いもなく、シラーがゲッシェンからコッタへ移るのを決定づけようとする方策であり、また同時にゲーテを釣るための餌でもあったにちがいない。もっとも、当のゲーテがこの条項に引っかかったのかどうか、それを示す記録はない。しかしシラーが、ゲーテにこの条項の背景について情報を与え、この条項には出版社変更を可能とする点が含まれているのを説明していたというのは、考えられることである。作家たちがこの条項にもとづいて行動したかどうかも知られていない。しかしそれは、間接的には作用を及ぼす。つまり、『ホーレン』の寄稿者の何人かは――とくにヘルダーリンやジャン・パウルの名前を挙げておこう――コッタ出版社の作家となっていったのである。

創刊号はシラー、ゲーテ、フィヒテ、マイアーの論文を収録、強い印象を与えた。W・v・フンボルト、ヘルダー、A・W・シュレーゲル、エンゲル（ベルリンの著述家、舞台監督）、カント、クロプシュトック、ジャン・パウルも創刊号に執筆を約束していたが、その後、延期を願い出ていたのである。雑誌の構想はもとより、最初の何冊か発行されたこと自体、特筆に値する重要な出来事であった。『ホーレン』は、この時代の知的討論の場として権威をもち、後世の出版社の自社雑誌が到達することのできなかった高い地位を占めるに至った。ここでは、文学、芸術、哲学がその最も重要な代表者によって論じられ、対立する論点も、合目的一方の啓蒙主義的哲学に、調和的人間像という理想を対置させる努力によって折り合う。『ホーレン』が自らに設定したこのような高い要求は、読者にとってあまりにも高すぎ、批評家諸氏ならびに妬み深い同業者にとって、いっそうの批判と羨望のはけ口となったのかもしれない。一七九五年一月九日、シラーは『人間の美的教育に関する書簡』の原稿をコッタに送付するが、次の注釈が付けられていた。「これらの書簡は、芸術理論の全体をくまなく論じようとするものですが、私がこれまでになした仕事、これからなす仕事のなかで最良のものであると、表明いたします。」「これらの書簡によって、私は、不滅の存在になれる、と思っております。」すぐに反応したのはケルナーで、一七九四年十一月七日付で書く。「君の美学書簡ほど私に影響を与えたものは、これまで長いあいだ、なに一つありませんでした。」ゲーテの反応は意味深長で、距離をおき、この美学書簡は「好ましく、ためになるもの」と思うのだが、そのなかに自分自身の考えの正しさが証明され取り入れられていることにも気づき、こう書いたのである。「それはそうでしょう。私がずいぶんまえから正しいと認識していたこと、一部は私が生きるなかで追求してきた、一部は私が生きるなかで追求しようと望んだことが、総合的な、気高い方法で示されているのを見いだしたのですから。」（シラー宛、一七九四年十月二十六日）フィヒテは『真理に対する純粋な関心の覚醒と高揚について』と題した論文を寄稿、これが彼の唯一の掲載論文となった。第二の寄稿論文『哲学における精神と文字について』はシラーが不採用としたからである。マイアーは『芸術の将来の歴史についての理念』を寄せ、シラーはこの論文を採用とした。マイアーのような人物がイタリアを見て回る幸福に恵まれたこと、そしてイタリアを見て回ることができた人がマイアーの説く芸術理解をもつことができたことは、シラーには無類のことと思われたのである。「このような論文が貴重であるのは、この論文がいろいろな稀な事物が出会った結果、可能になったからなのです。」(17) W・v・フンボルトの論文『性の相違について』はシラーによって「素晴らしい偉大なる理念」と称賛され、ヘルダーの『自己の運命』も『ホーレン』には「とくにふさわしいもの」と見なされた。なぜなら、「雑誌『ホーレン』にはどこか神秘的なところがあるが、この論文がこの雑誌を何かある普遍的な真理と結ぶ絆となっているからである。」(18) これら最初の数号は、それ以上は望めないほどの出来映えであった。判型は大判、組版（植字）には特別な活字が選ばれ、印刷も適切、用紙と装丁の材料も同様に特別に選ばれたものを使用、カバーは古典的なタイポグラフィーを維持していた。気前の良い原稿料が支払われる。一千五〇〇部の第一刷がすぐに二千部に増刷されたのである。コッタは満足したのなんの、彼は、あとで触れるように、出版者の義務からとしても、やや肩入れしすぎていたからである。

ゲーテに関して言えば、彼は喜んでシラーの誘いに応じ、『ホーレン』のために考え、その成功のために貢献したいという気持ちでいっぱいであった。彼はシラーに助言し、また、可能なときにはシラーの代役を果たしていたことが、書簡から明らかになっている。シラーと並んで、作家たちのなかでいちばん多く原稿を寄せたのは、やはりゲーテである。もちろん『ヴィルヘルム・マイスター』、『ファウスト』、『ヘルマンとドロテーア』のように待ち望まれていた「主要作品」ではないにせよ、各号ごとに次々と重要な論文を寄稿したのである。

一七九五年（第一巻）の最初の一冊、すなわち第一「号」に、ゲーテの詩『第一の書簡』が掲載された。それは、ホラティウスの書簡形式を借りて編集者シラーに宛てられたものであった。それに短編集『ドイツ避難民閑談集』の連載が続く。緊迫感に富んだこの散文物語はこの時代の出来事をじかに扱っている点で、意識的に政治色を避けるという『ホーレン』の本来の構想には合わなかった。同様に、古い奴隷制度の打破、罪のある人のギロチン台送りをすべてのドイツ人に促すあの革命による新事態を擁護している点も、適切ではなかった。シラーは続けて掲載された『ドイツ避難民閑談集』に口をはさみ、バランスの欠けている点にゲーテの注意を向けた。この論争は、これに続く「数号」で調停されることとなった。『ドイツ避難民閑談集』は、疑いもなく「メルヒェン」という奇妙なまでに謎につつまれた本文で頂点に達する。その不可解さを解明しようと、今日に至るまで多くの解釈者や作家が取り組んできた。ハントケの『不在』と題された「メルヒェン」は、ゲーテのこの作品からインスピレーションを得て書かれたものである。

一七九五年（第四巻）の第五号はゲーテとの共同編集で仕上げられ、ゲーテ自身は『文学のサンキュロット主義』を寄稿した。一七九五年（第一巻）の第五号にはゲーテの『ローマ悲歌』が発表された。『悲歌』はもともと『ホーレン』の第一号に予定されていたのであるが、一七九四年十月二十六日にこの原稿を受け取ったシラーは、ゲーテがそれを第一号に掲載するのを望んでいないと知って驚いた。否定的な批評が予期されたからで、ヴァイマルの読者とその道徳的因襲をよく知っているゲーテであってみれば当然のことであった。「私がお願い申し上げたいのは」、と一七九四年十月二十六日、彼はシラーに宛てて書いている。「あなたがこの作品をお手許に留めおいて、これを雑誌に採用するか否かの判断について、あなたが尋ねなければならない人たちに読んで聞かせてくだされば、ということなのです。」シラーがこれを実行したかどうかは知る由もないが、二日後に承諾の返事をしている。「『悲歌』に対しまして私たちはみな、あなたにたいへん感謝しております。この詩は、暖かさ、繊細さ、真に剛健な詩人の精神にみち溢れています。それは、今日的な詩の世界が生まれようとしている状況下にある者を、素晴らしくしあわせな気持ちにすることでありましょう。それは、すぐれた詩的創造力がさながら交霊術によって出現したようなものなのです。」しかし、事実、『悲歌』が『ホーレン』に掲載されても、読者はそれほど「素晴らしくしあわせな気持ちに」なったわけではなかった。ヘルダー、カール・アウグスト公、シュタイン夫人などゲーテと親しい人々は、出版された作品を読んで不快の念をいだいたのである。(19) 他の人々の反応は熱狂的で、とくにカール・テーオドール・フォン・ダールベルクは、この『悲歌』はオウィディウス、プロペルティウス、カトゥルスの手になる一切を凌駕していると評価した。一七九五年（第三巻）の第九号にはホメロスの手になるとされる賛歌『アポロの誕生』のゲーテ訳が掲載された。一七九六年（第六巻）の第四号からは、ゲーテによる『ベンヴェヌート・チェリーニ』の翻訳が一一回にわたって掲載される。リヒテンベルクは一七九六年九月十七日に『ホーレン』の何冊かに連載された翻訳について、こう述べた。「あなたの『ベンヴェヌート・チェリーニ』は、私と私が知っているすべての人々に、ひじょうに大きな贈物をしてくださいました。」

すべてが順調に進んでいるように見えたのだが、まもなく定期刊行物がみな体験し耐えなければならない悲惨な状況が始まる。延期を申し出た問題の作家たちの仕事は遅れる一方、しかし、命令して執筆を促すわけにもゆかない。これはシラーにとっては苦い経験となった。原稿の提出期限は励ましにはなるが、効き目がないことも多く、また、とにかく指示された期限に間にあわせようとして送られてくる原稿は、往々にして望ましい質に達していなかった。シラーがケルナーに愚痴をこぼしたのは、すでに一七九四年十二月二十九日のことであった。「私たちが読者にいくら絢爛豪華さを示したいと思っても、よい寄稿者の数が足りなすぎます。私たちが予定している寄稿者たちからもらえる原稿数は、今年の冬号に必要な半分ほどでしょう…（略）…ゲーテは『悲歌』が最初のほうの号にすぐに掲載されることを望んでおりません。ヘルダーも原稿を何号か先まで待ってほしいと言っていますし、フィヒテは講義に追われています。ガルヴェは病気、エンゲルは怠惰、他の人々は音沙汰なしというありさまです。ですから私は叫ぶのです。主よ、私を助けたまえ。さもなければ私はだめになります。」一七九四年といえば、最初の冊子が出版される以前のことである。のちに作家たちのあいだには緊迫した状況が生ずる。シラーはゲーテに『ヴィルヘルム・マイスター』を部分的に掲載したいと頼み込むが、ゲーテは応ずることができなかった。この長編小説はウンガーに渡すことになっていて、単行本出版前の雑誌掲載を拒否したからである。カントとジャン・パウルが約束していた原稿は、期日を過ぎていた。ガルヴェには論文『著述家の読者に対する関係について』の寄稿を依頼していたが、彼からは何の連絡もなかった。フィヒテは二つ目の原稿が掲載を拒否されたことに立腹して、編集委員を辞任、この雑誌のあり方を批判しはじめた。

雑誌の水準、雑誌に課され、作家たちが宣言した要求、「読者に示そうとした絢爛豪華さ」、これらが、あまりにも高望みだったのではないだろうか。読者側には、この雑誌に対してこのような「高い要求」があったわけでもないし、まして『ホーレン』の中核を成す哲学的論文にはなおさらである。多くの論文が、あまりにも難解、複雑すぎて読むに耐えない、と批判された。書店から返品が相次ぎ、コッタは印刷部数を最初は一千五〇〇部に、次いで一千部に減らした。

それにもかかわらず、もしかしたら、雑誌は生き残れたのかもしれない。しかし、奇妙な事情が加わった。同時代人のなかにはいきり立つ者が現れたのだが、そうでなくとも彼らはこの雑誌に集う作家たちの「絢爛豪華な」言葉、他の機関紙を排除するこの雑誌の独占的権利によって、初めから自尊心を傷つけられていたのである。最初になされた批評は、あるいは『ホーレン』誌からお呼びのかからなかった作家たちが書いたのかもしれないが、好意が感じられるものではなかった。しかしその後、イェーナの『一般文学新聞』に詳細な論評が発表される。それは耳目を驚かすもので、今日ならさしずめ『フランクフルト一般新聞』に見られる絶賛ないし酷評に比べられるものであった。論評の筆者は、イェーナ大学の詩学・雄弁術の教授で、同紙の編集発行者でもあったクリスティアン・ゴットフリート・シュッツである。彼は熱狂し、『ホーレン』はまもなく他の雑誌をすべて押しのける、いや、それどころか、それらを不必要としてしまうだろう、と述べたのである。このような見解を述べたのは、それ以前には『ホーレン』の編集者しかいない。じつは、この論評の依頼者はコッタで、彼は筆者のシュッツに金を払い、つまり世の人々が言うように、買収したのであった。事実が失言によって明るみに出たとき、すべてはスキャンダルに発展していった。むろん、事の次第は新聞という新聞すべてをとおして人々の知るところとなり、当然と言えなくもないが、批評家たちは出版者、雑誌、とりわけその編集者に襲いかかったのである。もともと、この雑誌の企画が掲げる要求や自負心は、悪く思われていた。シラーが同時代の人々に与え、人間性の目標にしようとしたこと、すなわち「人間の美的教育」は受け容れられず、批判は激しさを増す一方であった。ニコライは、一七九五年六月三十日付のアウグステンブルク公に宛てた書簡において、次のような批評を展開している。「ついに、と思われますのは、これらのお歴々が、瑣末きわまりない対象でも、スコラ哲学の専門用語を用いて論ずるなら、哲学だなどと思い込んでいることです。『ホーレン』はそのきわめて稀な証明となっております。ここでは、美というものに照らして、芸術について、男性的なものと女性的なものについて、スコラ哲学の通性原理を用いて論じられているのですが、そこで露呈しているのは、このお歴々が何を自分がしようとしているかをまるでわかっていない、ということなのです。ほとんどドイツ中の各地から、人々の苦情が伝えられております。私たちの散文体ドイツ語がまたもや、それも指導的な人々によって損なわれているのは、残念でなりません。いままさに磨かれるべきドイツ語文が、後退しているのですから。かつて先人たちですらこのような文を書いたでしょうか。英語の本を読むと、とても楽しくなります。いずれ私はもうドイツ語の著作は読まなくなるでしょう。」グライムは一七九五年四月五日にヘルダーに伝えている。「いったい誰が『一般文学新聞』にあの『ホーレン』賛辞を書いたのでしょうか。最後の審判のラッパみたいなこの響きは、少なくとも私には気に入りません。」『ホーレン』に関する批判は過度になる一方で、新聞紙上では作家たちの正規の論争が始まった。W・v・フンボルトは一七九五年七月十七日付でシラーに知らせている。「ヘニングスは数カ月前に、『時代資料集』誌にだと思われますが、『ホーレン』についてのシュッツの論評について反論を載せました。それは『ホーレン』を礼儀正しく扱っていますが、そのぶんシュッツの扱いは酷くなっているということです。」フンボルトはベルリンにおける情報を収集してシラーに伝えた。書籍出版業者ウンガーは言っている、世間の人々がみな不満なのだから『ホーレン』は今年で廃刊せざるをえまいと。シラーは八月二十一日付でフンボルトに返事を書く。『ホーレン』関係のニュースを添えたお手紙、とても面白く読ませていただきました。しかし、あなたと私が期待を裏切られたのも当然、ということは否定できません。私たちは読者から多くの称賛をもらおうと期待していたわけではありませんから。私はいま、あのような題材をあのような形で『ホーレン』誌で論ずるのは間違いであった、と思っております。ですから、もしも『ホーレン』が継続するならば、今後はこのような間違いをしないように気をつける所存です。世間中に広まり、しかもいずれも一致した批判となっておりますので、私たちは軽視したり無視したりすることはできないでしょう。」批判にまわる人の数はどんどん増えていった。『文芸美術文庫』ではマンゾーが、ハレの『哲学年鑑』ではヤーコプ教授が、シラーとゲーテに有罪の判決をくだした。第九号に論文『ホメロス、時代の寵児』を発表したヘルダーは、フリードリヒ・アウグスト・ヴォルフから盗作であると訴えられた。ゲーテは多くの批判の声によく耳を傾け、十月二十八日シラーに次のように提案をする。「いまこそあなたは周囲を見まわして、『ホーレン』批判について、雑誌全体に対する事例と個別の作品に対する事例を収集してみてはどうですか。そして年末にはそれらの批判例をちょっと裁判にかけてみるのです。その機会に、あの『時代の寵児』の奴（訳注　ヘルダーの論文を非難したヴォルフのこと）も姿を見せるかもしれません。ハレの『哲学年鑑』も不穏当な態度をとったと言われています。あれこれまとめて束にしておけば、いっそうよく火がついて燃えるというものです。」

シラーは、まさにどのような「戦う教会《エクレジア・ミーリタンス》」が対『ホーレン』戦に結束したかを知っていた。「まずは、ハレのヤーコプ氏の指揮下、マンゾー氏が『新科学文庫』によって出動させた軍勢、ヴォルフの重装備の騎兵、それ以外に私たちは、近いうちにベルリンのニコライの猛攻撃を予期しなければなりません。彼の『旅行記』第十章では、旅行どころか述べられているのはほとんど『ホーレン』のことばかり、私がカント哲学を適用した点を攻撃し、よく調べもせずに一切を、この哲学が生み出してくれた善きもの、恐るべきものを一緒くたにして、一つの鉢のなかへ投げ込もうとしているのだそうです。[20]」事実、こうした攻撃の矢面に立たされるのはシラーで、とてもたいへんなことだった。『ホーレン』掲載の論文は匿名、そのために批評家の多くは執筆者を取り違えたのである。

シラーは大量の抗議の手紙を受け取る。友人からのものも、匿名のものもあった。とうとう彼は覚悟を決め、一七九五年九月三日付でコッタ宛に書く。「『ホーレン』の滋養たっぷりの料理を味わうよりも、ほかの雑誌の水っぽいスープを飲みたいとか、あるいは既刊『ホーレン』で読んだ全紙《ボーゲン》五六枚のなかには、これから出る雑誌が束になってもかなわない価値があるのがわからないとか、読者がそうだとすれば、むろん困った事態ですが、しかし、私にはなんらなす術がありません。こうした読者のために、彼らが喜ぶような雑誌を編纂するなどというのは、不愉快です…（略）…私たちのあらゆる努力にもかかわらず、世論が『ホーレン』に異を唱えるのなら、この企画は断念せざるをえません。私としましては、これから先ずっと、無感動かつ没趣味な輩に抵抗し続けることは、およそ不可能です。私がこの雑誌に身も心も打ち込めるのは、この仕事に喜びと確信があればこそなのですから。」同じくコッタに宛てた一七九五年十月三十日付書簡も、多くの批判に対してシラーが起こしたリアクションとなっている。「まったく笑止千万もいいところです。ライプツィヒやハレでは、駆け出しの哲学者やヘボ作家どもが私の『美学書簡』について憤慨している、ところが、このテーマのまさに最高判事と言ってもいいカント自身が、いくつかの点で私が当人を論駁しているにもかかわらず、この論文を素晴らしいとほめているのですから。」

こうなっては、もはや喜びも確信も湧いてくるはずがなく、逆に状況全体が暗雲につつまれていった。「良いものが楽しいものであることは、めったにないのです。」シラーのこの見解は月並みだとしても的を射ており、今日でも有効である。この見解から彼が導き出す結論は、「読者の気に入るような寄稿者を登場させること、たとえそのような寄稿者を私がどんなに嫌だとしても」[21]となるのだが、これでは問題の解決にはならない。一七九五年十二月七日、すでに『ホーレン』廃刊の決定が最終的にくだされた。その理由は、読者の問題だけではなく、シラーの側の問題でもあった。すなわち、「自分の仕事なのだから他者の原則などに頭をさげたくない、とりわけ詩的活動にわが身をゆだねたい、という抗いがたい気持ちがあったこと、二つ目は『ホーレン』の協賛者たちの支援がほとんどなかったこと」[22]である。アウグステンブルク公に対して、シラーはもういちど、状況を整理して説明を試みている。「知識人の読者の要求と、趣味人の読者の願望、両者が相反するのは，よくあることです。前者が求めるのは深さと徹底性、この深さと徹底性を追求すると、まま難解・無味乾燥なものになってしまいます。後者が求めるのは軽快さと美しさ、この軽快さと美しさはおうおうにして浅薄・皮相に堕してしまいます。この二つの難関をうまく通り抜けるのは、きわめて困難なことであり、したがいまして、このことがいくぶん、私たちの雑誌がもつ弱点の弁解ともなってくれるでしょう。」（一七九六年一月九日）こう述べてから、シラーはこの書簡中で再度、言い切る。私の本来の企図は、「理論的研究における薄っぺらさ、文芸における才気に欠けた退屈な嗜好、私たちの時代にはびこっているこのような傾向と全力で戦い、現在優勢の観のある軽薄きわまりない精神をより雄々しい原理によって排除することなのです。私の試みは失敗することはありえますが、私がそれを試みたことを後悔することはけっしてありません。」明らかに『ホーレン』はもう終わりと言っているように聞こえてくる。コッタはシラーに続行を助言、コッタは、たとえ売れ行きが一千部を割ることがあっても、雑誌発行を堅持するつもりであった。

一七九七年八月二十四日、フランクフルト滞在中のゲーテは、少なくともあとになって考えてみると重要な一つの提案をシラーに行なっている。「さらに、私が着手した仕事についてお話ししようと思いますが、これは『ホーレン』に寄稿されることでしょう。いま私はおよそ二〇〇枚の銅板画を目の前にしております。フランスの風刺銅版画なのですが、それらを図式化してみました…（略）…銅版画の一枚一枚の特徴を記述する作業は順調に進んでいます。と申しますのは、これらの銅板画はたいてい何か考えさせるところがある、つまり、機知に富み、象徴的、アレゴリー的であり、そのため、しばしば、眼に対するのと同じくらいよく、あるいはもっとよく、想像力に訴えかけてくるからです。こうしたものをひじょうに数多く概観することができれば、フランスの精神と芸術の全般について、じつに有用なコメントをすることができます。一枚一枚の銅板画についてのコメントも、かのリヒテンベルク先生みたいに扱えませんし、その気もありませんので、ひじょうに楽しく、生き生きとしたものになって、人々はぜひ読んでみたいという気になるでしょう。私は、スイスでは、もっと多くの、おそらくもっと古い銅版画を見つけられるでしょう。それらから、きわめて有用な論文が仕上がれば、十月号にかなりの貢献となることでしょう。」

不思議なことに、シラーの反応はのちのゲーテ研究がなしたのと同じで、彼はこの提案にほとんど関心を示さなかった。『ホーレン』の編集の苦しい状況を考えれば、当然ゲーテの提案に耳を傾けるべきであっただろう。しかし、シラーはこのときゲーテのほかの手紙、つまり自作の物語詩《バラード》『イビクスの鶴』に関するゲーテの批評、ヘルダーリンの訪問に関するゲーテの報告などで、頭がいっぱいだった。もちろんシラーは、ゲーテが当時フランクフルトで実際に何をしようとしていたのかは知る由もなかった。八月三日、フランクフルト着、彼は四年ぶりに母と再会する。人々がいちばん大騒ぎをしていたことは、フランス軍による前年七月十四日から九月八日までのフランクフルト占領があとに残したこと、つまり、誰もがもっぱら賠償金と賠償額のつり上げをめぐって議論していた。ゲーテは伝えている。民衆は獲得と費消の常態化のために興奮状態にあり、そのため「読者の雑誌と長編小説を求める大きな傾向」が生じている。それは、雑誌や長編小説が気晴らしのための気晴らしを提供してくれるからである。詩作品に対してはある種の物怖じが観察されるのは、「詩作品というものが、広い世界のなかでは……（略）……さながら貞節な愛人と同じように楽しくないからである[23]」。

八月十六日、ゲーテはベッティガーに宛ててこう書いている。

私は、この活気溢れるフランクフルトから、私の近況をぜひご報告しておかなければなりますまい。当地の滞在は、目下、とても興味深いものです……（略）……フランス革命とその影響が、当地ではずっと身近に、直接的に感じられます。なぜなら、あの革命はこの都市にもひじょうに重大な結果をもたらし、いま人々はさまざまな点でフランス国家との強い結びつきのなかにあるからです。ヴァイマルでは、いつもパリを遠くに見ているだけです。さながら青い山脈みたいなもので、視覚ではほとんど何も知ることができないのですが、その代わり見えない分、想像力も情熱もいっそう活発にもなりうるのです。当地フランクフルトでは人々はすでに、個々の部分なのか、地方色という全体なのかの違いを区別しております。

「フランス革命とその影響」――それは、この時点では驚きに値する言い回しである。ゲーテは革命を変化と捉える。彼にとって重要なのは、フランス国内の状況がどのように変化したかを理解することであった。

ゲーテがフランクフルトのどこで、あのフランスの銅版画を眼にしたのかは、不明である。すぐにその選別・分類を行なったゲーテは、銅版画を整理する特別な体系、すなわち次のような分類方法を考案する。外国人向け、自国民向け（このなかにはとくに芸術家嫌いも含まれる）という分類である。

ベッティガーに手紙を書いた八月十六日の数日前に、ゲーテはフランクフルトの銀行家ヨハン・フリードリヒ・シュテーデルを訪問、その翌日、シュテーデル家にあった八点の絵画について、記憶を頼りに記述する。また彼はこの頃、スイスの画家フュスリの思い出について『ホーレン』に書こうと考えており、このような一連の活動から、あのフランスの風刺銅版画について論評しようという気になったにちがいない。

確かなのはただ一つ、フランスの風刺銅版画について書かれた一連のゲーテの論評を、フランス革命に対する彼の態度を考慮に入れて重く受けとめなければならない、ということである。ゲーテは自分でもこの風刺銅版画論評の計画をひじょうに重視していた。『ホーレン』が廃刊になったとき、彼はこれを『プロピュレーエン』に掲載しようとするのだが、この計画も実現には至らなかった。ゲーテの秘書ガイストによって口述筆記されたこの論評は、もちろん信頼できる確実な本文の形でではないが、一八九六年になって初めて『ヴァイマル版全集』第四十七巻に収録された(24)。

一七九八年一月、最終的な決定がくだされた。ちょうど『クセーニエン』について議論が沸き起こり、『詩神年鑑《ムーゼンアルマナハ》』は第三版が出たところであったが、『ホーレン』についてはまったく静か、人々はこの雑誌を「安らかに葬り去った」のである。シラーは再び『ヴァレンシュタイン』の執筆に集中し、一月五日にはコッタにこう書くことができた。「私は『ホーレン』の廃刊に本当に満足しています。ただ、少しでも騒ぎが起きないようにしていただきたく、第十一号と第十二号の発送にさいしては、世間の目に触れるような説明文は付けずに、その旨を各書店に連絡していただきたく、どうかよろしくお願い申し上げます。」もちろん『クセーニエン年鑑』（訳注「クセーニエン」を掲載した『詩神年鑑《ムーゼンアルマナハ》』のこと）は再び新たに出版されることになった。「私たちが読者の前で『ホーレン』廃刊に哀悼を表明するためには、『詩神年鑑《ムーゼンアルマナハ》』第二版刊行の広告文を、四週間のうちに『文学新聞インテリゲンツブラット』に掲載することができますならば…（略）…私にとってとてもありがたいのですが。」一七九八年一月二十六日、ゲーテは『ホーレン』廃刊の知らせをシラーから受け取った。

ちょうどいま私は、三人の女神オイノミア、ディケ、エイレーネの死刑の宣告に正式に署名したところです。この高貴なる死者たちのために、敬虔なるキリスト教徒の涙を流してください。しかし弔意を表するのは禁止されています。

「あなたが私たちの女友達を眠りにつかせるお考えだったとは、私はまったくもって予期しておりませんでした」、と翌日ゲーテは返事を書いて、こう続けている。「月刊誌を一年間限りの予定で出版するという考えについて、あなたはどうお思いになりますか…（略）…多様な内容にすることを規則として、興味深い、あまり長すぎない諸論文を、一年間ですべて完結し、最後に一冊の独立した著作として販売できるようにするのです。」しかし、この提案にシラーもコッタも応ずることはなかった。いますぐ問題なのは、これから出る最後の号に良い論文を「装備すること」であったが、もとより、それもうまくゆかなかった。結局、ゲーテも『チェリーニ』の退屈な続き以外には、書き下ろしの、魅力的な原稿を提供できなかった。このヴァイゼンフェルト在住（一最終号に掲載されたのは、ルイーゼ・ブラッハマンの詩だけであった。

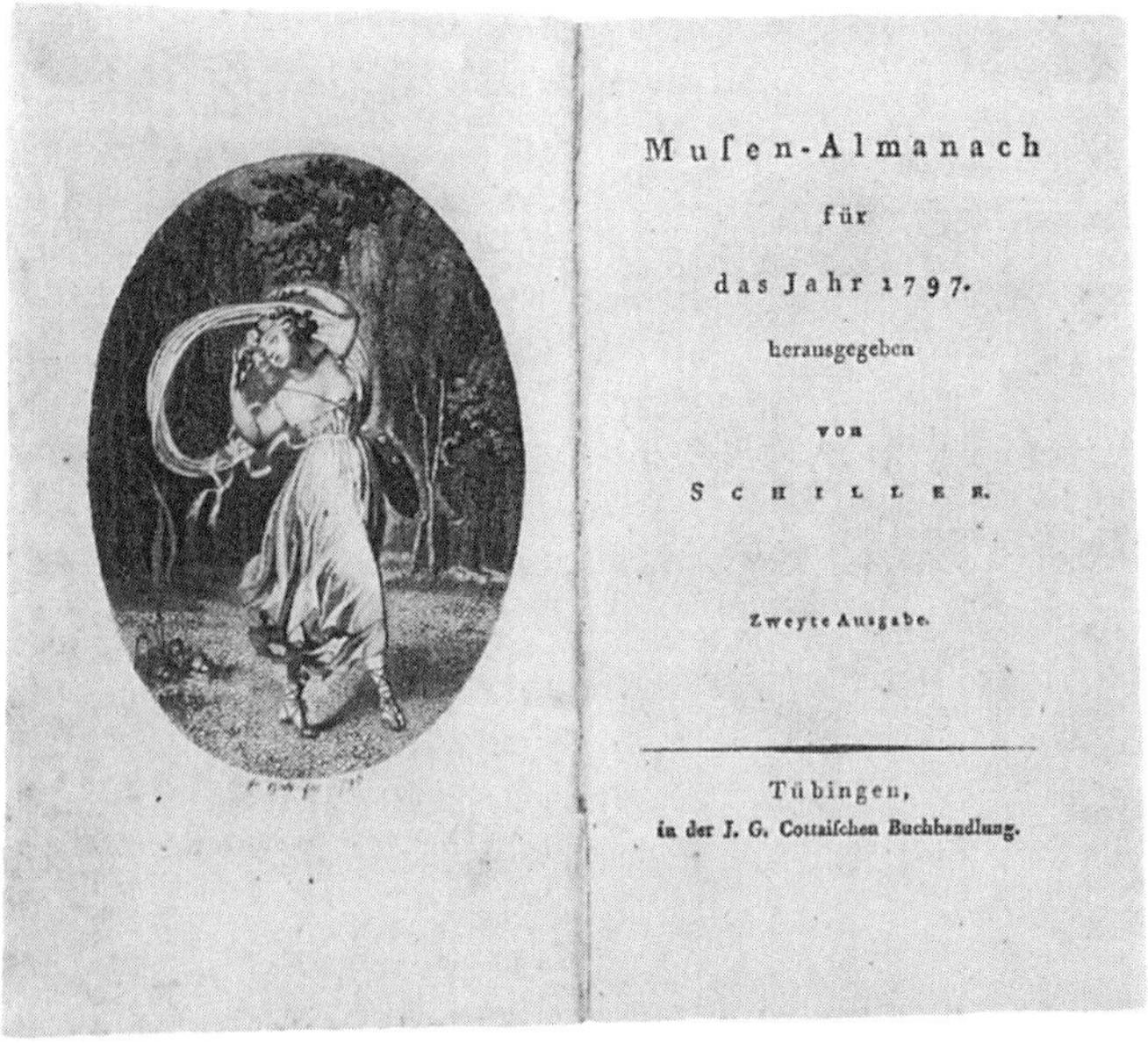

図25　『詩神年鑑《ムーゼンアルマナハ》1797年』のとびらと口絵銅版画.

七七七年から一八二二年）の無名の女流作家は、『ホーレン』の最初の何冊かを参考にして、この雑誌に合う形で詩を書き、シラーに送っていたのである。シラーは彼女を評価した（「詩と散文の国ドイツの隅々から、編集者のもとには無数の詩が送られてきます。そのなかに美しい、真に文学的な感情を表現した作品がありますと…（略）…それだけいっそう快い驚きとなります。[25]」）シラーは自分の判断に従い、ブラッハマンの詩を『ホーレン』に掲載した。しかし文学年鑑には採録されなかった。一七九八年六月十二日『ホーレン』の最終号がイェーナで出版された。

『ホーレン』廃刊を決意した直後[26]、シラーの戯曲の出版と、その有名な上演が相次いだ。『ヴァレンシュタイン三部作』、『マリア・ステュアート』、『オルレアンの乙女』、『ヴィルヘルム・テル』、『メッシーナの花嫁』などである。ゲーテは『ヘルマンとドロテーア』を発表することができた。

一八〇九年の『親和力』まで、ゲーテには『庶出の娘』以外に大作はなかったが、この間、『ヴィルヘルム・マイスターの修業時代』を完成し、悲劇をいくつか書き、チェリーニの伝記の翻訳、詩や悲歌を発表する。これと併行して、劇場監督、イェーナおよびヴァイマルにおける学問芸術関係の諸官庁の監督、ヴァイマルとラオホシュテットの劇場改築など、「公務」を果たさなければならなかった。さらにイェーナの「鉱物学協会」の会長に就任し、色彩論の歴史に没頭していった。一七九六年八月二十六日の日記にしるす。「『ヴィルヘルム・マイスター』第八巻の送付。」

一七九六年十月この長編小説の最終章が、『新著作集』第六巻としてウンガー書店から出版された。すでに見てきたように、『修業時代』の第一巻が出版された当時、ゲーテはこの長編小説をまだ書き終えてはいなかった。『新著作集』の第七巻は遅れ、一八〇〇年まで出版されないままであった。ゲーテには、これといった新しい詩的題材が浮かんでこなかったのである。そこでシラーは、ばらばらに公表された『譚詩《バラード》』、『物語詩《ロマンツェ》』、『悲歌《エレジー》』、『ヴェネツィアの警句詩《エピグラム》』などの詩を、第七巻に収録することを、ゲーテに勧めた。しかし、ウンガーが一八〇四年に亡くなる以前に、もうゲーテとコッタとの関係が始まるのである。

四　ゲーテおよびシラーのコッタとの関係
――『幸運な出来事』

一七九四年六月十三日、シラーはゲーテに宛てて一通の手紙を書く。ゲーテ宛の第一信、それは、両者の最初の接触、一時代の幕開けを告げ、二度と起こりえない交流の契機となった手紙であった。二人の書簡は、初めから公表が決められていたのだが、のちにその数は一千通以上にもなり、これを収録した書簡集は尋常ならぬ規模の本となった。ゲーテと出版者の関係、その新時代の幕開けを裏づける証拠であり、直接的な記録となっている。

六月初旬、ウンガー書店から『ゲーテ新著作集』第二巻の著者献本が届けられた。この『新著作集』に収録された叙事詩『ライネケ狐』は新作で、ゲーテがフランス遠征のあいだにも稿を進めていたものであった。『ライネケ狐』は、キツネが無鉄砲とも言える勇敢さと狡猾さであらゆる危険を回避し、ついには「帝国の宰相」にまで出世するという物語で、古来の動物文学を翻訳と改作の中間ぐらいの扱い方で仕上げたものである。ゲーテは、時代のあらゆる時事的出来事と関連するものを意図的に省略したが、にもかかわらずこの叙事詩は、時代の重要な出来事に対する彼のアクチュアルな態度の表明であった。

私生活の面では、いろいろな変化があった。一七九三年六月八日、亡き父の蔵書で、ゲーテがかねてから欲しいと思っていた何冊かが、フランクフルトから送られてきた。マインツ攻囲戦に参加したさい、フランクフルト滞在中の八月十二日には、ヒルシュグラーベンの家の売却を母アーヤに助言、母は引っ越し、父の蔵書および地下貯蔵室の大量のワインは分配または売却された。つまり、ゲーテは、父の書庫から何冊かを自分用に予約しておいたのである。

ゲーテはフランス遠征に加わり、一七九二年九月二十日のヴァルミーの砲撃戦、一七九三年の六月、七月にはマインツ攻囲戦を体験する。カール・アウグスト公の意をうけて馳せ参じた遠征であったが、ゲーテ四十四歳、これで彼の世界的政治的事件に対する積極的な関与は終わる。こうして対外政策の現場から退いたゲーテは、いまいちど、すでに引用したように、自らの政治的思想の結論を引き出す。「私は、無秩序に耐えるよりは、むしろ不正を犯すほうがよい。」たとえばゲオルク・フォルスターがゲーテと会ったとき、政治が話題になっていたならば、彼はゲーテの言う「不正」にきわめて革命的な正当性を見いだしただろう。しかし、両者はじつにいろいろなことを話題にしながら、政治の話題だけは避けたのである。私は、ゲーテの言葉はあの時期の彼の考え方を端的に表していると思う。少なくとも彼は、個人的な領域、すなわち彼によって構想された世界において、秩序をつくり、秩序を保とうとし、のちにその思いが『ヘルマンとドロテーア』(一七九七)において文学的に表現されるのである。しかし、この時点の一七九三年末と翌年、彼はそのような秩序を作り上げようと試みるのだが、この頃の彼には、特別に結びついた出版者はいなかった。

一七九二年十二月末ゲーテは、フランクフルト市より申し出のあった市参事会員の地位を断るとともに、ヴァイマル永住を決める。九四年六月十七日、アウグスト公はゲーテの労をねぎらう。九二年六月から居住を許され、クリスティアーネと愛情溢れる平穏な家庭生活の場となっていたフラウエンプラーンの立派な家屋敷が、ゲーテに下賜されるのである。アウグスト公のこの贈物は、「真に個人的な親愛の念から」なされたもので、フランス遠征とマインツ攻囲線のさいにゲーテがなした協力に対する感謝のしるしであった。下賜証書には、「家にしかるべく家具調度を備えるための」費用として、金一千五〇〇ターラーが書き添えられ、そのうえ、公国官房が土地税を支払った。アウグスト公の感謝のしるしであった。

一七九四年六月十三日付のシラーの手紙は、ゲーテは人が変わったと告げている。対外政策の現場から身を退き、以後積極的な関与をすることを拒絶したゲーテは、ヴァイマルを生活の場、執筆活動の場と定めるのである。

シラーの手紙を受け取ったとき、ゲーテはどう思ったのだろうか。二人の出会いは、もとよりゲーテの関知するところではなかったにせよ、これまで星回りがよくなかった。一七七九年十二月半ば、アウグスト公はゲーテを連れてスイスに旅行、帰路、シュトゥットガルトのカール・オイゲン公の「カール藩校」を訪問するのだが、ここには当時二十歳のシラーが生徒として在籍していたのである。旅行中の他の滞在地のことは日記に詳しく書きとめてあるのに、この訪問についてはゲーテはなに一つしるしていない。なんという巡り合わせであろう。シラーの前に現れたのは、あの著名な『ゲッツ』と『ヴェルター』の作家、特権を与えられた官吏、しかも、少しまえに枢密顧問官に任命された人間であった。かたや、あらゆる点で成功した者、かたや、ヴュルテンベルク公の弾圧に苦しむ者、ひそかに『群盗』の構想をめぐらせ、反乱を起こし逃亡も辞さない血気はやる青年であった。この出会いのあと、一七八七年七月、シラーはヴァイマルに移住する。すでに『群盗』、『フィエスコ』、『ドン・カルロス』の劇作家として名を馳せていた彼は、「美神の苑《ムーゼンホーフ》」ヴァイマルでの歓待を確信するのも当然であった。しかし、期待はずれの展開となる。彼がいちばん会いたいと願っていたゲーテは、この時イタリア旅行中で不在、親切に迎えてくれたヘルダーにしても、シラーにはまったく無関心であった。あなたの作品はまだ一つも読んでいない、と言ったのである。「そもそも私に対する接し方は、この男はひとかどのものだという世間の評判以外は、なに一つ知らない人に対するようなものでした。[27]」ヴィーラントはシラーの劇作品を知っていたのだろうが、激情の悲劇作家のどの作品も彼の好みには合わなかった。あまりにも粗野、あまりにも直截的すぎて、上品さ、繊細さに欠ける、と彼は感じていたのである。ゲーテの友人としてフラウエンプラーンのゲーテ家を守っていたクネーベルは、主の留守中にシラーを同家の庭園に招いた。周知のとおり、クネーベルはゲーテの仕事に活発に関与した人物だが、シラーは彼に失望する。クネーベルがゲーテによって、「彼のサークルに集うすべての人間と同じく、型にはめこまれてしまった」と言うのである。「ある種の子供みたいな単純な分別が、ゲーテと当地のその一派全体をしるす特徴となっております。彼らは薬草を探し回ったり、鉱物学を論じたりするほうが好きなのです」と、このときの訪問について、一七八七年八月十二日、シラーはケルナーに宛てて書いている。全体的に見て、ヴァイマルの社会そのものがシラーには気に入らなかった。「世帯数も多いうえに、それぞれがカタツムリさながら殻のなかに閉じこもって、外に出てきて陽に当たることすらしないのです。[28]」これではシラーが、自分をはるかにすぐれた人間であると感ずるのも当然であった。「生まれたままで世間知らずも甚だしい彼らのなかにおりますと、私のほうがじつに立派な世間通になってしまいます。[29]」しかし、そのあとシラーは主のいないゲーテ家で、ゲーテ生誕をみんなと一緒に祝い、その翌日、ケルナーに報告している。「私たちは腹いっぱい食べ、私はゲーテの健康を祈ってラインワインで乾杯しました。イタリアにいる本人は、私がゲーテ家に招かれていることなど思いもよらないことでしょう。しかし、これも運命のしからしめるところ、じつに素晴らしいことです。[30]」一七八八年六月十八日ゲーテはヴァイマルに帰着、すぐに「世間」に知れわたり、シラーもゲーテとの出会いを待ちこがれた。その願いが実現したのは九月初めのことで、場所はルードルシュタットのレンゲフェルト家であったが、むろん、つかのまの出会いに終わった。九月二十日、シラーは『一般文学新聞』紙上で

『エグモント』を論評、ゲーテの反応を心待ちにするのだが、期待はずれ、なんの音沙汰もなくシラーは機嫌をそこねるのである。心おだやかならぬシラーは、一七八九年二月二日付と三月九日付書簡で友人ケルナーに、ゲーテが「嫌いだ」、この男がどうも自分の「行く手」を阻んでいる、と告白する。「ゲーテのそばにいることが多くなると、私は不幸になってしまうでしょう……（略）……事実、彼は尋常ならぬエゴイストである、と私には思われます。……（略）……このようなわが物顔の振舞いを、人々は自分たちの周りにはびこらせるべきではないでしょう。私が彼を嫌うのはそのためで、どんなに彼の精神を心から好きになろうとしても、寛大な気持ちで見ようとしても、だめなのです。」「この人間、このゲーテが、どうも私の行く手を阻んでおります。つまり、彼を見ておりますと、運命がこれまでこの私をどれほど過酷に扱ってきたか、このことが思い起こされてならないのです。彼の天才は、彼の運命によっていかに軽々と担われてきたことか。それなのに、私はいまのこの瞬間になってもなお、どれほど戦ってゆかなければならないことか。」ゲーテ自身は距離を保ち、たとえシラーに思うところがあっても、シラーのようにわれを忘れて軽率な発言をすることはなかった。つまり、ドイツの青年たちが歓呼で迎えているシラーの戯曲作品もゲーテの好みではなかったし、彼の哲学関係諸論文のテーゼにしても、とうてい自分の考えとの一致点を見いだせる代物ではなかったのである。彼は、アウグスト公の力を借りて、シラーをおだてて体よくイェーナへ追い返す。ちなみに、このときシラーがフランス国民議会交付の名誉市民証——むろん、両者が知るのは数年後のことだが——に心動かされてパリに移住したとしても、ゲーテはなんら異論を唱えなかったであろう。ゲーテの仕打ちを悪く取ることはできない。例えば、トーマス・マンとブレヒトがダルムシュタットの詩人村パルク・ローゼンヘーエで共同生活をしていたならばなどと、今日、私たちは想像できるだろうか。ゲーテはシラーのイェーナ転居で厄介払いできたことを喜ぶ。ゲーテが紹介した教授職は無報酬であったが、断れぱすなわち断絶、シラーは拒絶できなかったのである。シラーは外交的手腕のある男で、いわば文壇政治家でもあった。彼はコッタと手を組んで『ホーレン』を刊行し、文壇を動かそうとするのだが、ゲーテなしでは事が運ばないのに気づいていた。「私にとって、彼（ゲーテ）は女で言えばさながら気位の高い淑女、ぜひとも口説いて子供を孕まさなければなりません。」これ以上は考えられないくらい露骨な物言い、しかし、シラーは一七九四年六月十三日付の書簡で、この気位の高い淑女に見事子供を産ませるのである。この書簡はまさしく求愛のお手本、リヒテンベルクの言葉を借りれば、「心をつかむ雄弁術」の模範となっている。

枢密顧問官閣下

謹啓　同封の別紙には、あなたを限りなく尊敬する仲間たちのお願いがしたためてあります。じつは私どもでは目下、月刊雑誌創刊の企画を進めているところでございます。閣下のお書きになるものにつきましては、私どものあいだですでに定評のあるところであり、ぜひともご寄稿を賜りたくお願い申し上げる次第であります。ご寄稿によって本企画をご支援くださるというご決心をいただけますならば、私どもの雑誌の首尾よい成功はいよいよ決定的なものとなることでしょう。ご承諾の条件として何かございましたら、できる限り対応させていただきますので、なんなりとお申しつけくださいますようお願い申し上げます。

当地イェーナでは、フィヒテ、ヴォルトマン、フンボルト氏などが、この雑誌の編集に小生と協力することになっております。なお、雑誌編集上の必要性から、投稿原稿につきましては、小人数の委員会によって採否の判断がくだされることになっており、ご審査を賜るために投稿原稿をお届けすることを閣下がお認めくださいますならば、私どもはまことにありがたく、幾重にもお礼申し上げます。私どもの企画に賜るご厚情が大きく、緊密であればあるほど、いっそうそれが読者にも伝わって、この雑誌は高く評価されることになるでしょう。私どもにとって読者の称賛は最重要事なのであります。

謹白

イェーナ、一七九四年六月十三日

閣下の忠実なる僕《しもべ》にして誠実なる崇拝者、F・シラー

この書簡が二人の呪縛状態を打ち破る。へりくだった、いや、卑屈とも言えるまでに無条件に相手を敬うシラーの態度、これが、狙いどおりの効果をゲーテに及ぼしたのである。確かにゲーテはそれでもなお距離をとりながら答えてはいるが、しかし、このときにすでに、のちにあの往復書簡を貫くあの創造性の問題に話は及んでいる。

拝復　貴下は二重に喜ばしい期待を私にいだかせてくださいました。一つは、あなたが創刊なさろうとお考えの雑誌に対する期待、もう一つは、あなたがお誘いくださったこの雑誌に同人として参加することに対する期待であります。私は心から喜んでお仲間に加わります。

まだ印刷に付されていない私の原稿のなかに、このような論集に適したものが見つかれば、私は喜んでお知らせいたします。発起人に名を連ねる勇敢な諸氏と親しくさせていただけますれば、私のもとで停滞している多くのものも、かならずや再び元気よく動きはじめることでしょう。

きっと、ひじょうに興味深い話し合いになると思われますのは、投稿原稿を審査するさいの基準に

ついていかに意見を一致させるか、内容と形式をいかに注意深く見守って、この雑誌を他の雑誌から際立たせ、その長所を少なくとも数年間維持させるか、という点でありましょう。

私は近いうちにご拝眉のうえ、この点に関してお話しいたしたいと願っております。あなたとあなたの同人の皆様に、心からご挨拶申し上げます。

敬具

ヴァイマル、一七九四年六月二十四日

ゲーテ

こうして、二人の巨匠の他に例のない関係が始まる。「男同士」の友情でもなく、「おれおまえの仲」の友人でもない。二人の接し方は、時には友好的で時には敵対しあう二大強国間の外交官さながら、共同の行動にさいしては同盟を結ぶが、それぞれの異なった立場をあくまでも守る、という関係であった。だが、のちの回想のなかでは、二人の共同性の面が強調される。「私にとって、それは新たな春を意味した。あらゆるものがいっせいに喜々として萌芽し、発芽した種子、芽吹いた枝となって姿を現した」と、ゲーテはのちに回想している。シラーに捧げた追悼論文には『幸運な出来事』という表題が付けられている。この出来事は、一七九四年七月二十日の二人の出会いに始まる。イェーナの「自然研究所」の会合の帰路、彼らは「植物の変態《メタモルフォーゼ》」について話し合った。ゲーテは「いくつかの特徴をペンでスケッチして、象徴的な植物を［シラーに］描いて見せた。彼は私の説明に耳を傾け、植物が素描される様子を眺めていた。ひじょうに興味深そうに、明晰な理解力を働かせて。しかし私が描き終えたとき、彼は首を振って、こう言った、それは経験ではありません。理念です、と。私はぎょっとして、いくぶん腹立たしい気分になった。というのは、私たち二人を別け隔てている点が、この言葉によって明確に表現されたからである。」(31) この相違点が両者の関係をしるす特徴である。共通点や一致点が繰り返し追求され、書きとめられても、じっさいにはほとんど生ぜず、考え方の隔たりや相違点のほうが際立ってしまうのである。一〇年間続いた往復書簡の一千通にも及ぶ手紙は、言葉の真の意味での対話である。それは、詩の秘密を明るみに出すのではなく、二人が性質を異にするゆえに緊張する立場の相違を説明している。シラーの絶え間ない呼びかけによって、ゲーテは動機づけを与えられ、意欲を掻き立てられ、自分についてこれまで以上に「告白する」。「あなたは、私が自分自身について語るようにと望んでおられました。それで私はあなたのお許しを使わせていただくことにしたのです。」そしてゲーテは尋ねる。「そのような場合にあなたはどのようにして仕事に向かっていったのでしょうか。私はそれが知りたいのです。」シラーは、自分の主観的な見方をはるかに超えた高い要求を作品の本文に突きつけるのだが、それが両者の異なった考え方に起因することが明らかになる。このことはわれわれがすでに『ヴィルヘルム・マイスター』成立までの共同作業に見たとおりで、ゲーテはシラーの異論に対して、「この作品があなたの要求を完全に満たすことはありえないのは、私たちの本性の相違に原因があるのです」と述べるのである。

この往復書簡は自分だけのものを追求しているが、互いに二人に共通するものをも追求しあっている。最初のうちは互いに「行く手」を阻んで、両者の口から親しい者が交わす呼びかけ「君《ドゥー》」が出てくることもなく、どちらも相手の個人的な生活状況に理解を示そうとはしなかった。それでいて彼らは、あるときは相手を自分の一部と見なしたり、あるときは相手を自分の対極と見なしたりしたのである。シラー没後三週間たったとき、ゲーテはツェルターに宛てて次のように書いている。「私は自分自身を失うのではないかと思いました。そして私は、いまひとりの友を失い、その友の死によって私という存在の半分を失うのです。」ゲーテとシラーの往復書簡は、ドイツ古典主義文学の頂点、生命と意識の出会い、母性的なも

の の闇と父性的な理性との出会い、と呼ばれている。カール・シュミットは注意深い学者だが、彼はこの往復書簡のなかに「ヨーロッパの建築に見られる、ぴんとせり合わせられて架かるアーチ」を見て、この往復書簡は「ヨーロッパの財産」であり、「アーチ建設現場の仮設小屋からの生きた記録」であると述べている。一九四七年ルカーチは、「世紀の転換期における芸術観をしるすきわめて重要な歴史的記録」、今後も影響を与えるであろう「時代の重要な芸術的遺産」という格づけをこの『往復書簡集』に与えた。そのような後世への影響の例は、同じ一九四七年のブレヒトにも見られる。亡命先のアメリカから戻ったブレヒトはスイスに滞在し、ヘルダーリンの翻訳『ソフォクレスのアンティゴーネ』上演のための仕事をしていた。一九四七年十二月二十五日ブレヒトは、ゲーテとシラーの往復書簡に関するルカーチのエッセイを読む、と研究日誌に書いている。また翌四八年一月二日には、ルカーチに刺激されてとくにシラーの書簡に眼を通し興味をそそられたとしるしている。ブレヒトを「楽しませたのは、シラーの悲劇的対象に寄せる喜び」であり、シラーが理念、概念、理論を強調していること、そしてシラーが「叙事詩と戯曲の関係のなかに驚くほど明確に弁証法」を見ていることであった。その一方で、彼、すなわちブレヒトの指摘は、「批判的対立的性格」のせいで、「しばしば誤解されやすかった」ことも事実である。ブレヒトはシラーに由来するあの伝統のなかに自分自身を置き、トーマス・マン、さらにヘッセに至ってはなおさらなのだが、二人ともゲーテの「自我の経験」を力説したのは、不思議ではない。デュレンマットはシラーの側に、同様にマックス・フリッシュはゲーテの側に立っていると言える。だが、むろん、それは、彼がもはや「自我を物語る」時代ではないという認識を示しつつ、しかし人間の生は「他のどこでもない、個人の自我において」営まれる、と述べる意味においてにほかならない(32)。

往復書簡の最初の頂点はすぐにやって来る。八月二十三日付の書簡において——それは二十八日の誕生日に対する祝意の表明だったのだろうか――シラーは、自分たち二人の思考方法について見事な論述を展開させ、次のように分析するのである。あなた（ゲーテ）は「個々のものを明らかにするために、自然全体を総合的に見られます。さまざまな現象の総体のうちに、個を説明する根拠を求めております」。ここでもゲーテは先入観も甚だしい反応を行なう。つまり、彼は、シラーが「私という存在の総体を引き出し、思いやりを込めて、私にもっと勤勉に、もっと活発に自分の力を用いるようにと、励ましてくれました」と述べるのである。「喜びをもって」共同作業を始められるとゲーテに直感させたのは、この手紙であった。「と申しますのは、私の企ては人間の力とその地上における存続の枠をはるかに越えていることが、ひじょうに生き生きと感じられますので、私はあれこれをあなたに預かってもらい、それによって、それらを保持するだけではなく生気づけたいと思っているのです。」ゲーテは、シラーとの意見交換を、「預かってもらい」、保持し、より高いものになる、という意味における止揚《アウフヘーベン》のために利用したのである。

シラーは手綱をゆるめることなく、コッタの名前を出して、著名な作家たち、とくにゲーテにコッタ書店が出版するものへの協力を繰り返し要請した。「コッタの要求は正しいのかもしれません」、とゲーテは一七九四年十二月六日にシラーに宛てて書いている。「彼は署名が欲しいと言っているわけですが、彼は、中身よりも証印のほうに目をとめる読者の心理を見抜いているからなのです。」ゲーテは自分の名前を、そのような「証印」代わりに使わせるつもりなどなく、相変わらず距離をおいて、またとない好機を待ち受けていた。とりわけ報酬の話を性急に切り出そうという気持ちはなかったので、急かすシラーに彼は、創刊号が出たあとなら、と述べるのである。「自分の取り分の計算も自分の条件も考えられるでしょう。と申しますのも、私たちの収穫物をコッタ氏の勝手な秤で計らせるのは、継続する仕事であることを考えるなら、有益ではないと思われるからです。[33]」ゲーテとコッタの最初の接触は、このように希薄なものであった。親しく出会ったのはただ一度だけ、一七九五年四月二十四日、コッタが書籍見本市の帰途、イェーナのシラーのもとに立ち寄ったときであった。コッタは、五月四日付の共同出資者ツァーン宛の手紙に、「私たちは、ゲーテと一緒に、ひじょうに楽しい一日を過ごしました」と書いている。この時期の手紙には残されていないものがある。

決定的な出会いがなされるのは一七九七年九月、スイス旅行の途上にあったゲーテは、フランクフルトからダルムシュタットを経由して、八月二十九日シュトゥットガルトに到着、彫刻家ダンネッカーを訪ねた。彼は秘書ガイストとともに、ホテル「レーミッシャー・カイザー」に投宿、眠れぬ夜を送ることとなった。彼はシラーにこのように伝えている。「私は今夜、眠れぬ状況に悩んでいる人間の子供たちすべての聖人であるあなたに、繰り返し助力を求めました。そして実際、あなたのあのお手本、〈レーミッシャー・カイザー〉のお腹のなかで、最悪の南京虫事件の一つを克服する勇気を得たように感じました。」シラーはゲーテが旅行中であることをコッタに連絡、すでに七月二十一日付で、念入りに段取りを整えていた。「ゲーテは二、三日すればスイスへ向かいます。間違いなく、あなたのところに立ち寄るでしょう。どうか親切に迎えてください。彼はそうした点を重視しますので。それから、彼を何人かの興味深い人々に紹介するようにしてください。差し当たり（シュトゥットガルトの）商人ラップにも、私がゲーテに彼の家を紹介してある旨をお報せください。ラップはゲーテと知り合いになれて大喜びすることでしょう。」コッタはラップ氏に手紙で報せ、こうしてゲーテはコッタが配慮した「好意的な招待」に応ずるのであるが、次の事情もあって感謝の念は大きいものがあった。「私はこの時…（略）…とくに暑い日々が続いて、宿でとても苦しい思いをしましたので、親切な家族の家庭的な輪のなかで元気を取り戻したいと願っていたものですから。」ゲーテはシュトゥットガルトで社交生活の醍醐味を味わい、晩にはラップ家で『ヘルマンとドロテーア』の一節を朗読した。朗読の邪魔にならないようにと、ラップが五歳になる娘を遠ざけようとしたとき、ゲーテは少女のためにとりなした。彼女は同席を許され、母親の足もとに座って朗読に耳を傾けた。ゲーテの感激もひとしおというもの、つまり、朗読を終えたとき、少女が「もっと読んでくださいい」とねだったのである。九月十二日付のシラー宛には、素晴らしい朗読を「実現」しました、「私は、彼『ヘルマン』がもたらした効果を喜ばずにはいられませんでした」とある。九月七日ゲーテはシェーンブーフ山を経由してテューービンゲンへと旅を続け、コッタのところに立ち寄った。シラー宛九月十七日付には、このときのことが書かれている。「コッタ家で、私は明るい部屋を用意してもらいました。古い教会とアカデミーの建物のあいだからは、ネッカー川の谷の、狭いけれども感じのよい眺めが見えました。」コッタはじつに手厚いもてなしぶりであった。大学教授との会見を設定する、散歩のお供をする、大学の施設を案内して回る、動物学の図書館も一緒に見学するなど、誠意を尽くしたのである。九月十一日付のクリスティアーネに宛てた手紙にはこうしるされている。「私は当地のコッタ氏のもとで、手厚いもてなしをうけています。町そのものはひどいものですが、ほんの少し歩けば、周囲にはとても美しい自然の風景が広がっています。」

このように、ゲーテはテューービンゲンの町をあまり好きにはなれなかったが、コッタとの関係はどんどん良くなっていった。九月十二日付シラー宛の書簡にはこうしるされている。「私はコッタ氏を知れば知るほど、彼が好きになってきております。考え方は前向き、行動は積極的、それでいてとても節度があり、穏やかかつ冷静そのもの、そのうえ明晰な頭脳と根気強さを備えているのです。私にとっては稀に見る人物です。」滞在の後半の日々、九月十五日までは、散歩、訪問、観光に費やされた。九月十六日朝、ゲーテは秘書ガイストと御者コルプとともにテューービンゲンを後にして、ドーナウタールを通ってスイスへと向かった。シャフハウゼンでは、ラインの滝について「刺激的な理念」という表題を付けて詳述する（滝を見に行ったとき、激しく落下する大量の水の上に虹が出ていた。ゲーテはその様子を「驚異的な荒々しい力と並ぶ確実性」としるした。）そのあとチューリッヒを経由し、九月十九日には、無事ヴァイマルに帰着したことをコッタに伝えている。手紙には、「ご親切なおもてなし、楽しく有益な会話の数々を思い出しながら、そして何よりも私の旅行にまで賜ったご配慮の数々をしのびつつ」と感謝の言葉が添えられていた。数日後、コッタのもとにシラーから九月二十一日付の手紙が届く。「ゲーテは御地で過ごした日々がよほど楽しかった様子、ほめちぎっております。彼はあなたの家でとても満足したようで、あなたのことについても私に話して聞かせるのですが、本当に心をひかれているみたいです。」そのあとシラーはゲーテの手紙を直接引用して書き、次のように締めくくる。「あなたがこの機会にゲーテと親しくなったことは、私にとって小さな喜びではけっしてありません。このよしみを利用すれば、きっと何かとても重要な結果を手にすることができるかもしれません。」

コッタは、このチャンスを「利用する」準備が完全に出来ていた。「まさかこれほどゲーテに気に入られる」などと夢にも思っていなかったコッタは、シラー宛の返信で、自らの「筆舌に尽くしがたい喜び」を告げる。「ゲーテのような稀に見る人物に受けがよかったのですから、喜びが倍増しないはずはありません…（略）…私は、彼と過ごした時間のことをけっして忘れません。ただ、残念に思うとすれば、私があなたや彼と一緒に人生を送ることができないことだけです。このような仲間とお付き合いができるのなら、人はまったく違った人間にもなれます。と申しますのも、人間の価値や無価値がいちばん痛感されるのは、そのようなお手本になる人物に照らして、自分が何になることができるのか、あるいは自分自身に照らして、自分がなれないものは何か、それがわかるときなのですから。」しかしコッタは、ゲーテとのこの最初の出会いのさいに、「この観点で」何かに言及するには自分はあまりにも臆病で、そのため「こうした観点で」自分の気持ちを伝えられなかった、また自分の配慮が「私利私欲からくるもの」ととられたくなかった、と打ち明けている。しかし、それからコッタは自らの希望を表明する。それは、これまでのコッタには考えられない初めての希望である一方、ゲーテという人間の姿勢や個性を正確に考慮した希望でもあった。コッタは、ゲーテが自ら再三再四出版者に対するさいに望んだあの立場に就いてくれるよう、つまりゲーテとの仲介者になってくれるようシラーに乞うたのである。

私は一度だけ、著作の面で関係をもちたいという希望を表明したのですが、彼はまんざらでもないという様子でした。あなたにはこれまで数々のご厚情をいただいておりますが、このさい仲介者になることによって、あなたのご厚情をいまいちどお示しくださるならば、あなたと私の結びつきは強固なものとなることでしょう。もとより私は、この種の関係は、ひとたび始まった以上けっして損なわれることがあってはならないと、誇りをもって申し上げているのです。ですから、私は、この関係を維持するためにはなんとしても可能な限りのことを行ない、私と関係を結んだ人々に、けっして後悔をさせないようにするつもりでおります。

ですから、あなたがゲーテに口を利いてくださるのでしたら、私はいかなる条件でも喜んで受け容れるつもりです。そして、そのさい、私が純粋に商取引上の関心のほかにもう一つ関心をいだいていることを彼に知ってもらえたら、と思うのです。

こうして、ゲーテとコッタが結びつくための基盤が作られた。ゲーテは契約上の義務をいくつか負うており、そのため、ゲーテの専属出版者としての功名心にみちた願望がかなえられるまでには、コッタはさらにしばらく待たなければならない（ゲーテの作品がコッタ書店の奥付が付されて最初に出るのは、一八〇二年のことである）。しかし、道は拓かれたのである。シラーは進んで仲介者の役割を果たす。あるときにはコッタ出版にさらなる名声を獲得させ、ドイツで最も重要な出版社に仕立てようとする。またあるときは、往復書簡が示すような意図からであろう、ゲーテを自然科学研究から文学の領域へと引き戻そうとする。繰り返しシラーは、ゲーテに「継続的な詩作活動」を促し、「あなたの本質が発展」するのは間違いないと請け合う。彼はたえず「生まれつきの性質の必然的な歩み」を見ていたのである。「あなたにはある一時期、けっして短いとは言えない一時期があったにちがいありません。私があなたの分析的な時期と呼びたい一時期で、このときあなたは、区分と分離によって全体をつかもうとしました。あなたの天性はいわば自分自身と折り合いがつかなくなって、そのため芸術と学問によって自分自身の回復を試みました。いまこそ、と私は思うのですが、修業をつんで円熟に達したあなたは、いまこそ再び青春時代へ回帰し、あなたは果実を花と結びつけるときでありましょう。この第二の青春時代とはいわば神々の青春時代であり、神々と同じく不滅なのです。」シラーはある程度納得して仲介者として活動を引き受け、ゲーテの代理となって、例えば報酬額について話し合い、その増額を行なおうとする。しかし、シラーは、自分の報酬額をこの問題に絡めて提示するために、このようなことを行なったわけではない。もっぱらゲーテの意向をうけての交渉であった。すなわち、ゲーテのほうは他社からの提示額に照らして考えているのだが、自分の品位を損なうという理由から、自分で直接に伝えるのではなく、友人をとおして伝えようとしたのである。シラーが亡くなって数年たってからも、ゲーテは仲介者を失ったことを残念がり、シラーがいない寂しさを告白している。

シラーおよびゲーテのコッタとの関係において明白なのは、シラーを仲介者に選んだのはゲーテではなくコッタ本人であったことである。シラーは責任ある仕事を任されたと感じ、勧めたり思いとどまらせたり、出版者に警告し、たとえ儲け商売が期待されない仕事も引き受けるように勧めた。ゲーテの作品の市場での成果はどうなのか、世間の人々にどのような影響を与えているのか。これをシラーほど的確に評価してくれる者はゲーテの周囲にはいなかった。一八〇二年五月十八日付のコッタに宛てたシラーの手紙は、このことを示す典型的な例と思われる。シラーは「出版予定の作品の件で…（略）…あなた（コッタ）のためにゲーテと交渉しました」と書いている。まずシラーは、ゲーテに詩の『年鑑』を出版する意図のあることを伝える。この『年鑑』は、その後、コッタ書店刊『一八〇四年のポケットブック』（『社交の集いに捧げる二十二の詩』）として出版されることになるのだが、ゲーテのほうは、素晴らしい成果の期待できることの企画を実現するだけではなく、さらにいくつかの企画をも心にいだいていた。『過ぎ去った世紀における芸術の歴史』であり、『ヴィンケルマンとその世紀』（一八〇五）であり、『ベンヴェヌート・チェリーニ自伝』である。シラーは、これらの作品から何がしかでも儲けられることはないという見通しを、コッタに率直に伝えた。しかし、このあとにあの彼の発言が続くのである。シラーはゲーテを評価すると総額でどのくらいになるかをしるし、さらに作家の出版者に対する関係にまで触れている。「もしもゲーテの『ファウスト』で、一度にすべての損失が補償されるというご希望があるのならば、あなたはこれらの危険など一切意に介さずにいてよいでしょう。けれども、そもそも彼がこの作品を完成させるかどうかも疑わしいのです。それに彼は、これまでのさまざまな経緯や、あなたが費やした金額のことなどまったく考慮しないでしょうし、他の出版者に売る場合よりも安く『ファウスト』を提供してくれるということも、まずありえないことです。彼の要求額は大きくなると思います。率直に言って、ゲーテ相手にいい取

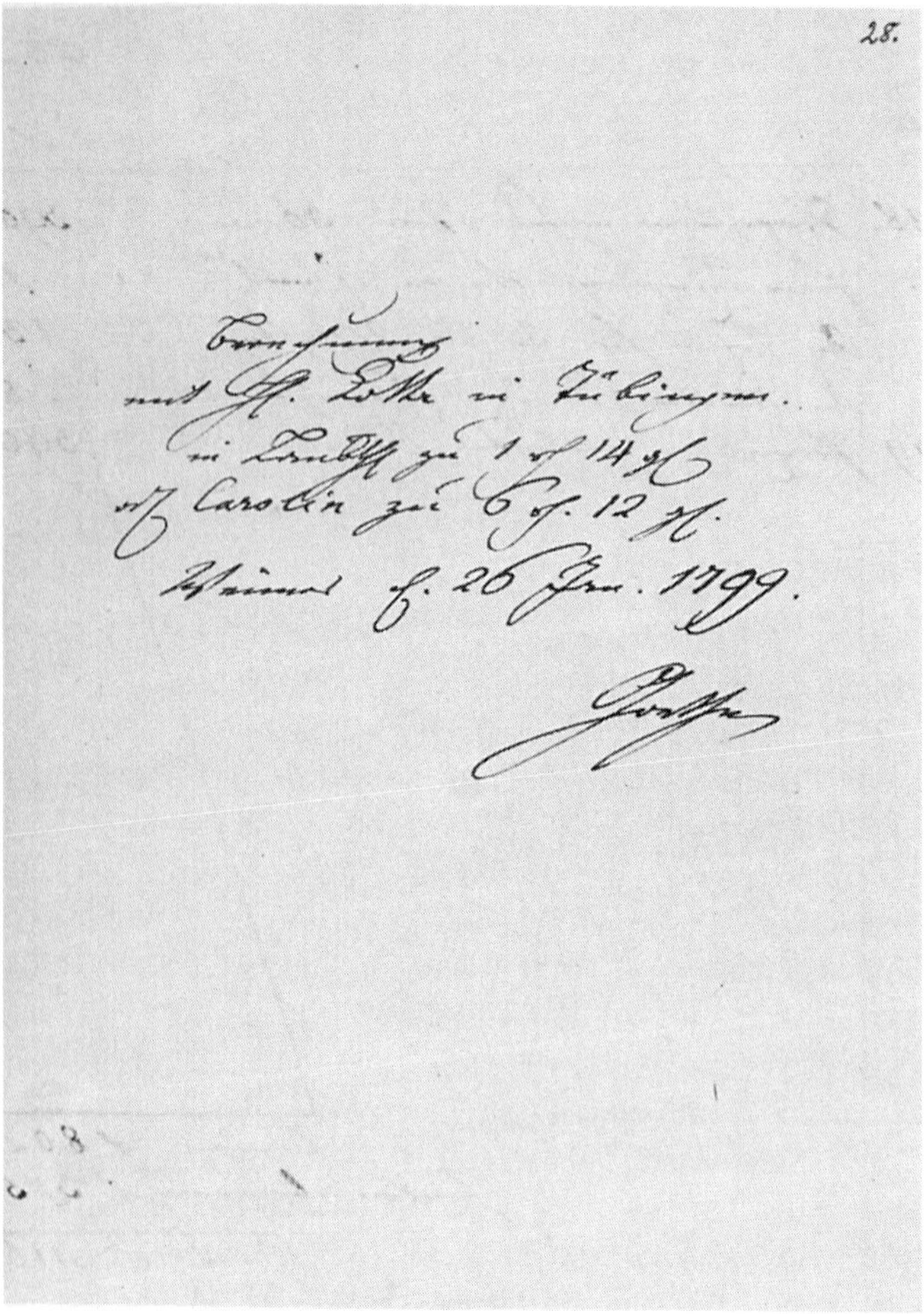

図 26　コッタに対する「貸借表」の決算書（ゲーテの自筆），1799年 1月 26日，国立シラー博物館所蔵．次頁も参照のこと．

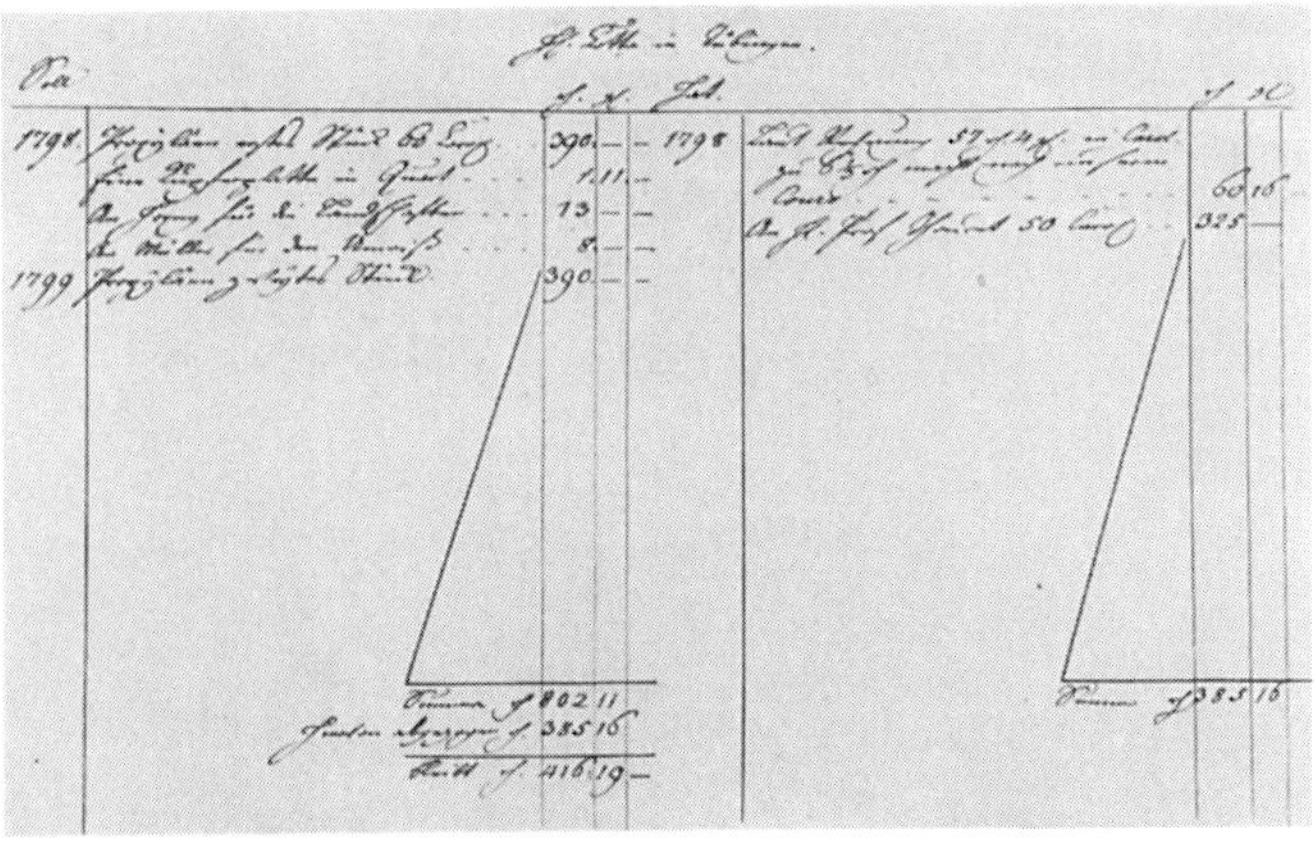

図 27　コッタに対する「貸借表」の決算書（ゲーテの自筆），1799年 1月 26日，国立シラー博物館．

引はできません。なぜなら彼は自分の価値をよく知っていて、自分を高く見積もり、書籍出版者の幸福——これに関して彼はそもそも漠然とした考えしかもっていないのですが——を配慮することなどないからです。ゲーテと関係のあった書籍商でいまなお続いている者はひとりもおりません。彼はどんな書籍商にも満足しませんでしたし、また、彼に満足しない人も多かったのです。彼は出版者に対して寛容な人間などではないのです。」

シラーの指摘はまったく正しい。彼はコッタを繰り返し促して、ゲーテの作品なら小さなものでも受け取り、ゲーテに「魅力的な申し込み」をするように仕向けた。「ゲーテのような人物は、数世紀間にひとり出るか出ないかであり、獲得するには貴重すぎて、どのような値段であれ、お金で買うことなどできるものではありません。」コッタはこれに応ずるが、この時期のさまざまな企画はさして成果もなく、時代に作用することもなかった。ゲーテとコッタの関係において初期の段階ではいくつもの失敗があったということは、注目すべきことである。しかしそれらの失敗が、両者の関係を悪化させるこ

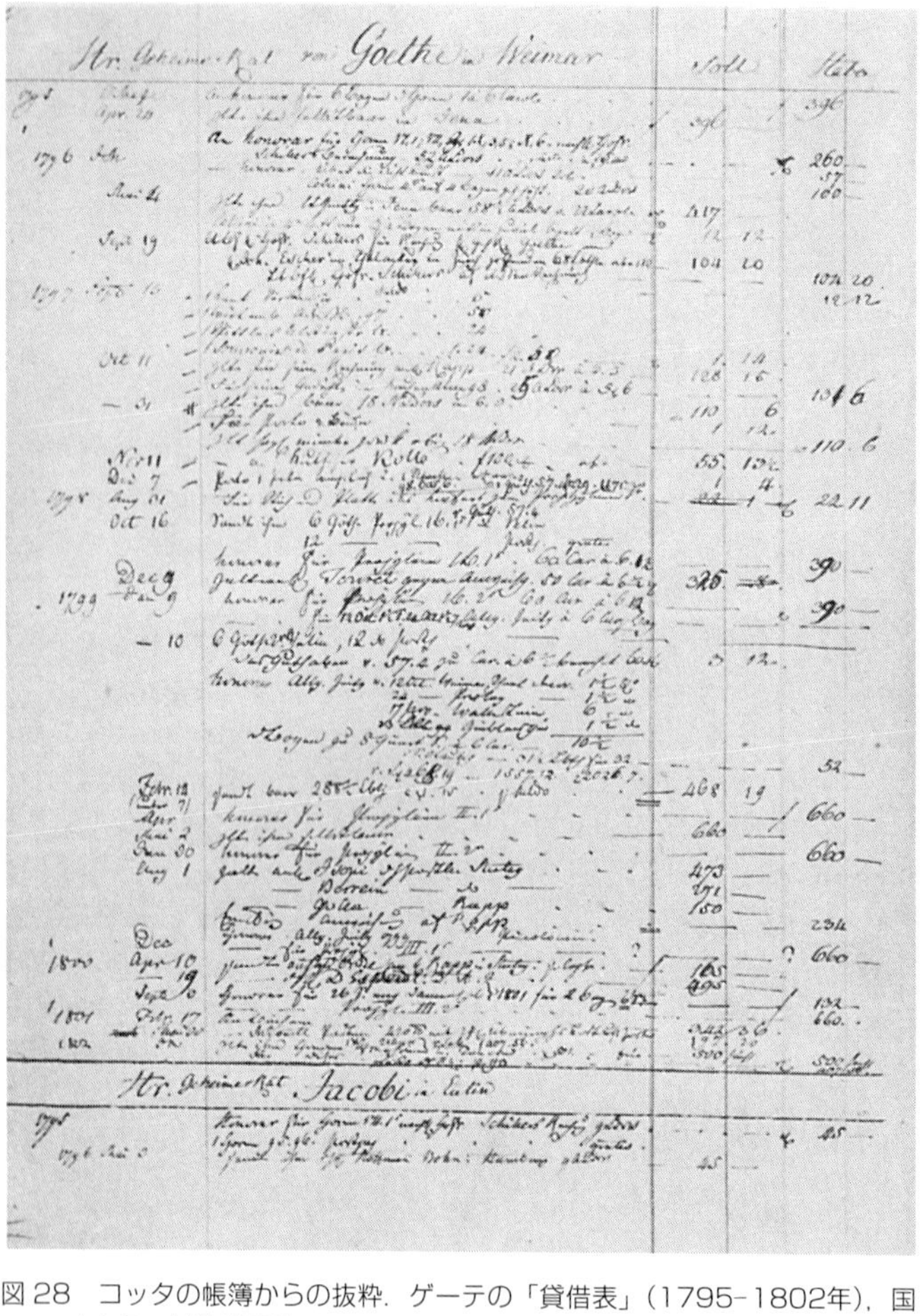
Hr. Geheimer Rat von Goethe in Weimar | Soll | Haben

Hr. Geheimer Rat Jacobi in Eutin

図 28　コッタの帳簿からの抜粋．ゲーテの「貸借表」（1795-1802年）．国立シラー博物館所蔵．

とはなかった。ゲーテは他の作家と違って、最初のこれらの失敗を出版者のせいにはしなかった。出版者コッタとしては、本の出版はたとえ失敗しても名誉はもたらしてくれたと感じたものだから、失敗で蒙った赤字を『詩神年鑑《ムーゼンアルマナハ》』の利益で差引勘定できたのである。こうして、シラーおよびゲーテのコッタに対する関係の始まりは、全体としてみれば『幸運な出来事』でもあった。

五　「宮廷顧問官シラーの仲介により実現する」

シラーの手腕であった。ゲーテがコッタ書店に加わったのである。日付は一七九八年五月二十七日としておこう。五月二十日以来ゲーテはイェーナに滞在していた。彼は『ヘルマンとドロテーア』が好意的な批評を得て、「少なくとも私の詩人としての経歴の終わりに近い時期に批評との一致を見た」と述べ、上機嫌でヴァイマルを後にしたのである。しばしばシラーと一緒に過ごし、散歩したり、フンボルトの『ヘルマンとドロテーア』の分析について語り合ったり、叙事詩というジャンル全体の原理について議論したりした。対話はひじょうに実り多いものになったのは、「詩的な事柄に関するきわめて重要な問題が話題にされたためであった」。五月二十五日、二十六日の金曜日と土曜日、ゲーテはコッタ宛の手紙の下書きを書き、聖霊降臨祭の日曜日の二十七日、『プロピュレーエン』の原稿を添えて長文の手紙をコッタに発信する（『プロピュレーエン』は、当初シラーの提案で『芸術家』という題名にされることになっていた）。『プロピュレーエン』の構想は、ゲーテの出版の意図を特徴的に示している。いわゆる「読本」になってはならない。彼が望んだのは、読みやすくて教養ある読者に「歓迎される」作品、いつまでも価値を失わず、その「広範囲にわたる流布」の確実な作品である。厚かましい意図でも、傲慢な願いでもない。同時にゲーテからコッタに対して、「この作品を出版前に予告してはならない」という断固とした要求がなされ、その少しあと、一七九八年八月三十一日には再度次のような指示がコッタに出される。それは、明らかに「華麗な」言葉の拒否であり、『ホーレン』の「(最後の審判の)警告のラッパ」を教訓に発せられたものである。「あなたがさらに称賛や推奨の言葉をつけ加えることのないように、ただ私はそれだけを望んでおります。」

このような控えめな予告と、内容紹介の綿密なやり方にもかかわらず、まもなくこの雑誌企画が継続不可能となることは、すでに見たとおりである。『プロピュレーエン』は、発送された一千三〇〇部のうち四五〇部しか売れず、多額の損失を蒙る。このことをゲーテに伝える勇気のなかったコッタはシラーに手紙を書き、シラーのほうから、この雑誌は見込みがないことをゲーテに伝えてもらった。「私は雑誌を断念することなど考えてはいけないのでしょう」と、一七九九年七月五日付の手紙でシラーはゲーテに宛てて書いている、「しかし、この件で私の血が煮えくり返っているものですから。と申しますのも、ドイツの読者がこれほど低級であるとは、これまで私は考えたこともなかったのです。」確かにシラーはまだあきらめるつもりはなく、コッタがこの雑誌にどれほどの資金を投入したかを考慮したうえで、「人々がこれから先この雑誌に愛着をもつ可能性はないのかどうか」を見極めようと思ったのである。そこで彼はゲーテに、「もしあなたが何か興味深いものを投稿してくださるなら、よい結果につながるでしょう」(七月九日付)と提案する。けれどもゲーテは、「放った一の矢が当たらなかったからといって、二の矢をつぐようなものだ」と思うのである。しかし、内容に関する対立があったことは明らかである。ベルリンの彫刻家シャドウは、ベルリンの芸術に関するゲーテの見解を攻撃し、自然主義を低いものとする記述を批判した。(34) もはや『プロピュレーエン』の存続は望みえなかった。

さて、一七九八年五月二十七日に始まったゲーテとコッタの強固な関係はゲーテが亡くなるまで続くが、その期間が三四年にも及ぶ点では、一作家と一出版者との関係では、稀に見る結びつきと言える。ゲーテからコッタに宛てた最後から二番目の手紙、一八三一年六月十六日付の結びの箇所を、私たちは感動を覚えずして読むことはできない。「けれども、勇気のない終わり方であってはなりますまい。むしろ、はっきりこう申し上げておきたいのです。〈私に深い関心を寄せてくれる人々にとって、最期までそれに値する人間であるために、いかなる好機も逃すまい、と私は心がけております〉、と。」人と人の結びつきにおいて、これ以上充実した中身はありえないし、これ以上に明確な姿勢もありえない。このことは、ただ単に作家と出版者の関係においてのみならず、二人の人間関係においても一般的に言えることである。コッタはあの一七九八年五月二十七日以来、彼が望んだ目標地点に立っていた。第一、第二の共同企画が失敗に終わったにせよ、大作家ゲーテの「将来の著作」を出版するのは自分しかいないと確信していたのであろう。むろん、ゲーテがドイツ最大の作家として歴史に名を残すことになるなどとは知る由もなかった。にもかかわらず、この目標を根気よく目指したのは、彼の出版者としての天性の現れである。

言うまでもなく、コッタは耐えに耐えなければならなかった。ゲーテが彼に過酷な試練を与えたのである。損失しかもたらさなかった二つの企画、『ホーレン』『プロピュレーエン』に始まり、あとに続いたのは、『マホメットとタンクレード——ヴォルテールに倣って』(一八〇二)、祝祭劇『われらがもたらすもの——プロローグ、ラオホシュテットの新劇場のこけら落としに際して』(一八〇二)、『ベンヴェヌート・チェリーニ自伝』(一八〇三)、および評論集『ヴィンケルマンとその世紀』(一八〇五)など、まったくの副次的な作品ばかりであった。

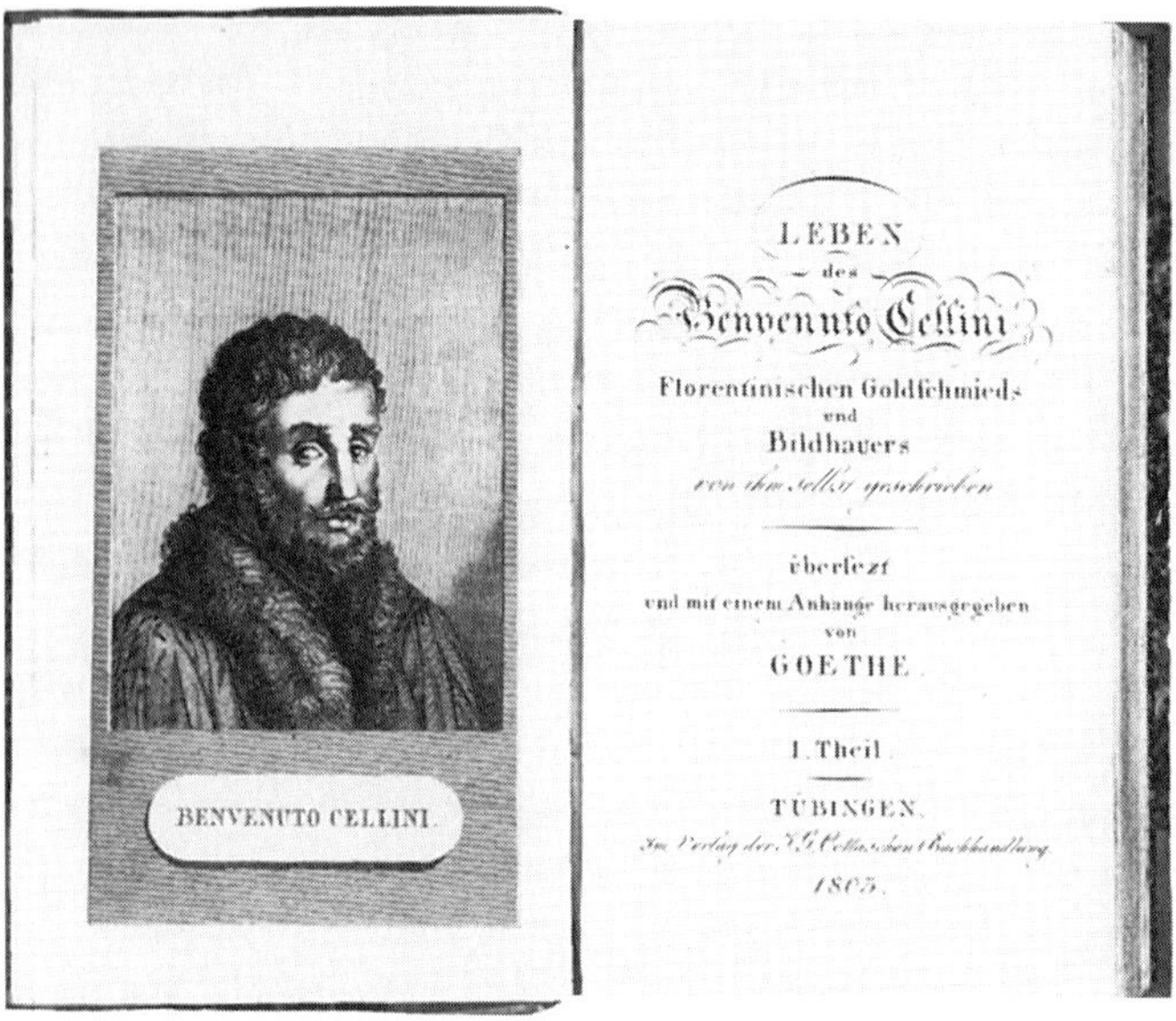

図29　ゲーテ『ベンヴェヌート・チェリーニ自伝』のとびらと口絵の銅版画，第1部／第2部，チュービンゲン，コッタ，1803年．

新作が提供されたのは一八〇三年、『一八〇四年のポケットブック』に『庶出の娘』が掲載された。これは、一八〇八年の『ファウスト』を除けば、ゲーテ最後の戯曲となる。革命の混乱を扱った『市民将軍』、『煽動された人々』、『大コフタ』といった一連のドラマの最後に位置する悲劇『庶出の娘』は、すでに『フランス従軍記』に概略がしるされており、三部作として計画された。一八〇三年四月二日初演となるが、劇場での反響も批評も芳しくなかった。ちなみに、この作品のもとになっている『ステファニー＝ルイーゼ・ドゥ・ブルボン＝コンティの自筆備忘録』にゲーテが注目するようになったのは、シラーの影響である。シラーは、シェリングやフィヒテとともに、この悲劇を称賛したわずかな人々のひとりであった。「それは完全な芸術であり、真理の力によって最深奥の自然

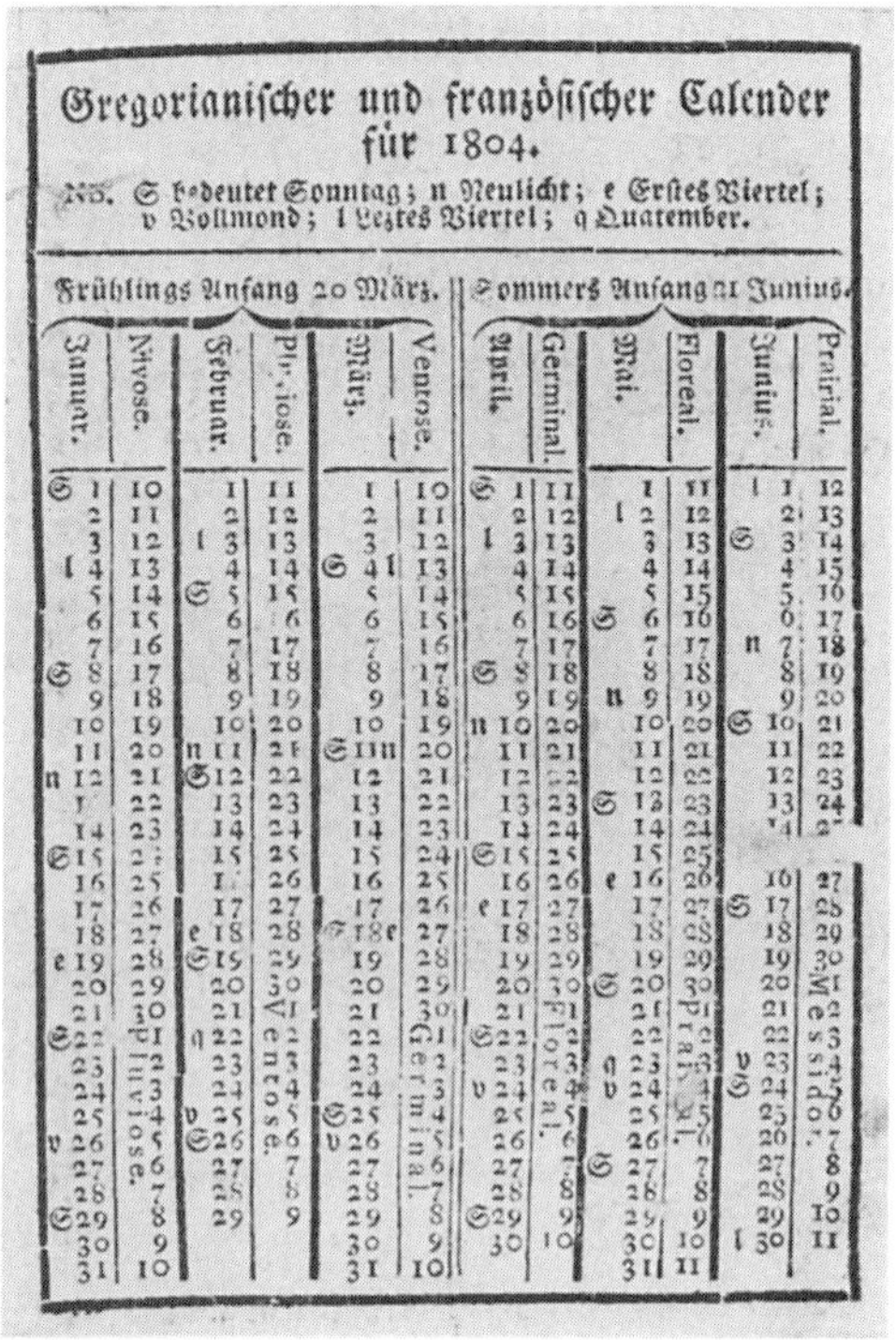

Gregorianischer und französischer Calender für 1804.

NB. S bedeutet Sonntag; n Neulicht; e Erstes Viertel; v Vollmond; l Leztes Viertel; q Quatember.

Frühlings Anfang 20 März. ‖ Sommers Anfang 21 Junius.

	Januar.	Nivose.		Februar.	Pluviose.		März.	Ventose.		April.	Germinal.		Mai.	Floreal.		Junius.	Prairial.
S	1	10		1	11		1	10	S	1	11		1	11	l	1	12
	2	11		2	12		2	11		2	12	l	2	12		2	13
	3	12	l	3	13		3	12	l	3	13		3	13	S	3	14
l	4	13		4	14	S	4 l	13		4	14		4	14		4	15
	5	14	S	5	15		5	14		5	15		5	15		5	16
	6	15		6	16		6	15		6	16	S	6	16		6	17
	7	16		7	17		7	16		7	17		7	17	n	7	18
S	8	17		8	18		8	17	S	8	18		8	18		8	19
	9	18		9	19		9	18		9	19	n	9	19		9	20
	10	19		10	20		10	19	n	10	20		10	20	S	10	21
	11	20	n	11	21	S	11 n	20		11	21		11	21		11	22
n	12	21	S	12	22		12	21		12	22		12	22		12	23
	13	22		13	23		13	22		13	23	S	13	23		13	24
	14	23		14	24		14	23		14	24		14	24		14	[illegible]
S	15	24		15	25		15	24	S	15	25		15	25			
	16	25		16	26		16	25		16	26	e	16	26		16	27
	17	26		17	27		17	26	e	17	27		17	27	S	17	28
	18	27	e	18	28	S	18 e	27		18	28		18	28		18	29
e	19	28	S	19	29		19	28		19	29		19	29		19	30
	20	29		20	30		20	29		20	30	S	20	30		20	1 Messidor.
	21	30		21	1 Ventose.		21	30		21	1 Floreal.		21	1 Prairial.		21	2
S	22	1 Pluviose.	q	22	2		22	1 Germinal.	S	22	2		22	2		22	3
	23	2		23	3		23	2		23	3	q	23	3	v	23	4
	24	3		24	4		24	3	v	24	4	v	24	4	S	24	5
	25	4	v	25	5	S	25	4		25	5		25	5		25	6
v	26	5	S	26	6	v	26	5		26	6		26	6		26	7
	27	6		27	7		27	6		27	7	S	27	7		27	8
	28	7		28	8		28	7		28	8		28	8		28	9
S	29	8		29	9		29	8	S	29	9		29	9		29	10
	30	9					30	9		30	10		30	10	l	30	11
	31	10					31	10					31	11			

図 30 「革命暦」『1804年のポケットブック』（チュービンゲン，コッタ，1804年）の外箱に貼られていた（このなかにゲーテの『庶出の娘』が収録されている），国立シラー博物館所蔵．

が捉えられている」（イフラント宛、一八〇三年四月二十二日）。ヘルダーは会話のなかでじつにうがった見方をして、よく知られた「切り札」――ゲーテは伝えていない――で結んだ。「あなた自身の庶出の息子よりも、あなたの『庶出の娘』のほうが私には気に入りました。」[35]ヘルダーはこのようにゲーテに言った、あるいは書いたと言われる。これを聞いたゲーテは、ヘルダーとの関係を絶った。彼はそれほど傷ついたのだろう。今世紀になってこの作品の評価は変わった。ルードルフ・アレクサンダー・シュレーダーはこのように指摘したのである。悲劇『庶出の娘』は「混乱する時代を制御しようとしてゲーテが行なった最高の試みであり、同時に、時代と国民にじかに話しかけようという雄大な構想のもとになされた最後の試み[36]」となっている。ごく最近では、ドルフ・シュテルンベルガーもこの戯曲を「迫害の寓話[37]」として激賞している。

コッタがゲーテとの関係から成果を摘み取るのは、かなりあとになってからのことである。コッタ社からの主要出版物は、当初は全一二巻で計画されのちに全一三巻になった『第一次全集』（一八〇六―一〇、略号A）、『第二次全集』全二〇巻（一八一五―一九、略号B）、『決定版全集』全四〇巻（一八二七―三〇、略号C）である。その間、重要な新作として次のような作品も単行本で出版されている。『詩と真実』（一八一一―一七）、『イタリア紀行』と『西東詩集』（一八一九）、『ヴィルヘルム・マイスターの遍歴時代』第一稿（一八二一）。『ファウスト第一部』は最初、全集Aの第八巻として出版され、その後、他の作品と同じように、全集と同じ組版で二巻本が追加制作された。

ゲーテ、シラー、コッタの結びつきは多数の書簡に記録されている。しかし相互の訪問は比較的稀で、随時、第三者を介して連絡が取られた。シラーとコッタの往復書簡は、一八七六年になってヴィルヘルム・フォルマーの編集により出版される。初出版、しかもこの版が最後となっている。しかし、すでに手書き《オリジナル》の書簡に拠って編纂され、しかも多数の注釈、図表、索引が理想的な形で添えられたこの版は、信頼のおける、書籍出版の歴史においても模範的な事例となっている。

当然、これが出版されたあと、ゲーテとコッタの往復書簡出版の話も持ち上がった。しかし、まさに困難の連続、ゲーテのコッタ宛書簡だけを別個に出版するのさえ難航したのである。文献学者にとってコッタの手紙は、程度の差はあれ、いずれも純粋な商取引上の通信でしかなく、また、ゲーテを商業的なレベルで見たくないというのが大方の声でもあった。ところが著名なゲーテ研究家ドロテーア・クーンがゲーテ＝コッタ往復書簡の歴史の詳細な調査に着手、[38]その結果、コッタの手紙は価値がないとする従来の見方は間違いである、したがって二人の手紙は単なる商業的な通信にすぎないとする根拠が完全に覆されるに至った。往復書簡には、高揚と落下の揺れのなかで展開する魅力的な人間関係の現場が、そのまま保存されているのである。双方の経験、人生観、仕事に対する考え方、著作と出版という共通の「事業」を実現しようとする双方の努力の跡。ゲーテはコッタが「商売に強制されている」のを見たが、これはコッタの立場であって、自分の立場ではなかった。しかし同時に、ゲーテにはすでに全体に対する認識があった。すなわち、書籍出版により自分の精神的財産が商品と化し、市場で価値を証明しなければならない、ゆえに精神的財産といえども商習慣、さまざまな規則や制約のもとにある。そして、理にかなっていると認められる商慣習、規則や制約であれば、彼はおとなしく従ったが、自分の作品がうける影響を考慮したうえで、そのほうが適切であると考えた場合には、対抗したばかりか、それらを変えることもあった。この点でもゲーテはいつものやり方で自らの基準を設け、それを商取引にも当てたのである。

ゲーテとコッタのあいだでは贈物のやり取りはなかった。二人の手紙を読んでみるならば、間違いなく次のような印象をうけるであろう。すなわち、彼らは自分たちが何に関わろうとしているのかを自覚し、おのおのが特別な使命、特別な役割を与えられていて、二人が与えられた自分の役を「演じている」ように見えてくるのである。いずれにせよ、私にとっては、彼らの関係が始まったさいに述べた二人の言葉は、意味深いものとなっている。ゲーテは一八〇五年十月三十日付でコッタをやさしく宥めている。「それでも、慰めが残ります。人生のさまざまな出来事を概観することに早くから慣れてしまった者は、いかなる禍に巻き込まれても、自分自身のなかにすぐれた平衡感覚があることに気づくものなのですから。」――出版者たる者は、作家との衝突に耐えねばならい、また耐え抜くことによってのみ、「自分を取り戻すこと」ができると言うのであろうか。一八〇五年十一月十二日、コッタは「深甚なる敬意をいだいて」返事をしたためる。「精神は、自ら命をもたない単なる力に対しては、永遠に勝ち続けます。私たちは最善を願い、そして最悪の事態に対する覚悟をもちましょう。じっさい、これこそ、私のいまのモットーというにとどまらず、私の一切の行動の規範でもあるのです。」事実、コッタが必要としていたのはこの確信であり、「最悪の事態」を突き抜けて「最善」に到達するのである。

ゲーテとコッタ。この作家と出版者の関係を扱った著作は数多い。単行本、論文、エッセイ、雑誌論文、記念論説、講演から、随筆、小説、書籍史として扱ったものなど、広範囲に及んでいる。古いもので重要なのは、ヴァクスムート、ヴィトコフスキー、ファータナーム、マルケルト、ローラム、さらにゲプフェルト、ケンプ、ヴィットマンの労作である(39)。しかしながら、これらの研究はすべて作家と出版者の関係をテーマとしながら、いずれにも私が啓発されるところはなかった。

私が本書の叙述にあたって依拠したのは、ドロテーア・クーン編纂の『ゲーテ＝コッタ往復書簡集』(全三巻)である。彼女が何十年にもわたる調査研究(40)を経て出版したこの『書簡集』は、原典批判の精緻さ、注釈の十全さゆえに、まさに称賛すべき功績である。ニュートンは学問の進歩の歴史をごく短い言葉を用いて特徴づけた。「私がさらに遠くを見ることができたのは、私が巨人の肩の上に立っていたからだった。」アメリカの社会学者ロバート・K・マートンはニュートンの言葉を、「学問の迷路を行くさいの楽しい手引き」であるとしたが、そのさい、彼が突きとめたこの言葉のオリジナルは、こうなっている。「巨人の肩の上に立つ小人は、巨人自身よりも遠くを見ることができる(41)。」

私は、クーン編纂の『往復書簡集』に盛られた資料の助けを借りて、「さらに遠く」を見渡すことができるようにと願うばかりである。私も彼女に、かつてブレヒトがデーブリンに言ったように、感謝の言葉を捧げておきたい。「私にとってあなたの著作は喜びと知恵の宝庫、そこで見つけた貴重な宝が私自身の著作の中身になるようにと願っております。ですから、私があなたのもとへ参るときはまさに盗掘者、それ以上にふさわしい役割はありません。(42)」それゆえ、私はクーンの労作の上に乗せてもらい、彼女の編纂に成る『書簡集』を使わせていただくのも、そのなかには必ずや独自の宝発見の可能性が潜んでいる、と思うからである。

第五章　『第一次全集』
――ゲーテとコッタ

一　『第一次全集』に向けて
――「この投機はもちろん逃すわけにはまいりません」

シラーは一七九九年の暮れにヴァイマルに移り、一八〇二年には一軒家を手に入れた（購入価格は四千二〇〇ターラー。そのため多額の負債が生じ、相応の家具調度を整えることなど、問題外だった）。彼はここで亡くなったので、その家屋は今日に至るまで「シラーの家」として知られている。コッタは、シラーを助言者として頼りにすることができた。彼はいつでも進んでゲーテ家で情報を仕入れ、ゲーテに「探りを入れて」くれたのである。「ゲーテの創作意欲に火をつけることができれば、私の心は休まるはずなのですが」、とシラーは一八〇四年六月八日コッタに宛てて書いている。「残念ながらいまのところその気配はありません。彼は他のことで頭がいっぱいなのです。」他のことというのは自然科学に関する事柄である。ゲーテはこの六月に『色彩論歴史編』を執筆するため、ロンドン協会の歴史記録を調べており、ライプツィヒから届いた鉱物標本は三日がかりで荷ほどきしている。

九月二十五日、ゲーテは「自然科学研究所」の所長に任命される。栄誉には感謝いたしますが、と述べてゲーテはいかにも彼らしい返事をしている「これにより新たな責任が生ずることになりますので、この名誉ある義務をお引き受けするまえに、貴研究所の組織と現状、ならびに今後の方針と計画について教えていただきたいと存じます」（ズッコー宛、一八〇四年九月二十六日）。一八〇四年十月二十二日にはゲーテはイェーナの鉱物学協会の会長に就任する。さらに彼はヴァイマルの劇場に積極的に関わり，シラーの『ヴィルヘルム・テル』の稽古をつけ、同じくシラーの『芸術への恭順』を十一月に演出した。ヴァイマル公太子カール・フリードリヒとロシア皇女マリア・パヴローヴナの結婚を寿ぐ祝典劇で、二人がヴァイマルに到着する十一月十二日の上演になっていた。そしてさらにもうひとつの出来事で彼の頭は「いっぱい」だった。九月十三日、ゲーテは「閣下」の称号を伴う正枢密顧問官に任命されたのである（九月二十九日付、カール・アウグスト公宛にはこう書かれている。「殿下はお仕えする私ども枢密顧問官［ゲーテのほかにはシュミット、フォークト、ヴォルツォーゲンがいた］を皆様方の前ですぐれた者どもとおほめくださいました。私どもは謹んでお礼申し上げます。とりわけ私は、今後とも殿下のご命令やご希望を実現すべく宮廷で努力を重ねる所存です。そしてまずまずの者と思ってさえいただけますなら、本望でございます」(1)）。ゲーテはこのとき正式に「閣下」の称号を得たのである。ちなみにコッタは文通を始めたときからゲーテに「枢密顧問官殿」と呼びかけており、一八〇〇年九月二十七日以降はつねに「閣下」を用いている。彼の手紙は「閣下」に始まり、ほとんどの場合「閣下の僕《しもべ》コッタ」に終わっている。

一八〇四年十月十六日付のシラーの手紙によってコッタの願望の最初の目標は達成されたにちがいない。けれどもそのまえの十月六日の手紙には、もうひとついさかいの元になるような内容が述べられていた。コッタは「このうえなき友であるあなた（と彼はシラーに呼びかけていた）が公太子ご夫妻歓迎の抒情詩『バッカスのインドからの行進』に筆を染めている」という間違った情報を耳にし、活字にするさいには自分をお忘れなく、と頼み、装丁のことまで考えていたのである。「造形美術の見事な装飾、すなわち、古代の壮麗な記念碑をもとにした太古のバッカスの凱旋行進…（略）…を応用できましょう。」だが、シラーは十月十六日付の手紙で過敏な反応を示した。「公太子妃に捧げる詩など考えたこともありません。なんの理由もなくそのような嘘が捏造されてしまうとは驚きです。バッカスのインドからの行進の詩を作ろうなどとはいまも昔も考えたことがありません。そもそもあまりにも多くの者が拙い筆をとるこのような機会に、私は指一本動かすつもりはありません。」彼の怒りは確かに客観的に見れば理解できる。真の芸術家は誰でも外部からの注文に対して身を守るものだから。けれどもよくよく考えるとつじつまが合わない。というのもシラーはゲーテと話し合ったうえで、公太子のご成婚を祝して、ゲーテが『芸術への恭順』を演出することに同意しているからである。つまり彼は「指を動かした」のだ。この十月十六日の手紙はまた別の理由でコッタに「歓喜の日」をもたらした。コッタはフランケン地方のある新聞でシラーが死亡したという記事を読んでいたのである。ところが、十月十六日付のシラーの手紙が届き、やっと「恐怖の三日間」に終止符が打たれたのであった。十月十六日は今後「わが家にとっては歓喜の日となる」だろうとコッタは強調している。(2)

だが喜びの本当の理由は、ゲーテがコッタ社からの全集出版に乗り気であるという、コッタが待ちに待った報せであった。シラーは次のように報告している。

ゲーテはいま、華美や装飾を排した、中型本による著作全集の出版を考えています。私が聞き出したところによれば、彼はこの仕事を、全巻が二年半以内に印刷され、さらに最初の配本から数えて五年後には新版の権利が自分に帰属するようにしたいと考えています。それゆえ出版者はこの短い期間に全集を売り尽くすよう、急がねばならないでしょう。探りを入れたところでは彼は印刷された全紙《ボーゲン》一枚につき、四カローリンは期待しているようで、全体はおよそ全紙《ボーゲン》三八〇枚から四〇〇枚になると計算しています。そのなかには彼のごく若い頃の未発表作品が含まれていますし、ファウストも、たとえ完成に至らないとしても、仕上げた分は全集に加えるつもりです。この提案に応ずるかどうか、ご検討くださいますよう、そしてもしその気がおありなら、いつかごくふつうにゲーテに出版用の作品を依頼しておいて、それによって彼が全集をあなたに提供するよう仕向けたらよろしいかと思います。

このひじょうに重要な報せをシラーは満足気に伝えるが、むろん、その直後には典型的な作家の苦情が続いている。作家が「自分の」出版社の刊行物に制約を加えるのである。「当地ではあなたがヘルダーの著作を出版するという噂があります。もし本当なら、十分な出来高払い制によって防御を固めておいたほうがよいと考えます。というのも、この企画は私には少々危険に思えるものですから。」この情報は正しかったが、コッタはさらりと受け流す。全四五巻の著作集ともなれば何はともあれけっして小規模とは言えない。にもかかわらずコッタは、努めて軽く扱い（「他にやりようがなかったのです」）、シラーを安心させようとする。自分はこの著作集の刊行によって「何の危険も冒してはおりません(3)」。

ゲーテには全集のことではなく、「ごくふつうに」「出版用の作品」について尋ねるようコッタに勧めたとき、シラーは何気なくそんなことを言ったのであろうか。読みの鋭い人間であったシラーは、ゲーテが本当に二人で話し合ったことを実行に移すつもりなのかどうか疑っていたにちがいない。それどころかゲーテにそれが実現できるかどうかも疑わしかった。十月一日にシラーはゲーテと会っている。おそらく『芸術への恭順』の演出について話し合うためである。公太子の到着は十一月の初めに迫っており、「考えるべきこと、なすべきことは山ほど」（ゲーテからコッタ宛、九月二十二日）あった。この会談でシラーは全集の出版を提案したはずである。というのも、その直後にゲーテは全集の計画を立てているからである。彼はそれを「草案」(4)と呼び、十月二日にシラーのもとに送る。「あなたの昨日の提案を受け、一通の草案をお届けいたします！　どうぞご高配のうえ、良きご助言により私を助けてくださいますように！」ということは、つまりゲーテは、この全集の構想に関する助言を頼んだのであり、シラーと話し合いたかったのであって、この段階でコッタに情報を伝えてほしかったわけではけっしてない。それゆえシラーは万が一の場合を考えて、コッタに忠告しておかなければならないと感じたのである。

ゲーテがシラーに触発されて書いた計画、彼のいわゆる「草案」は保存されている。ゲーテの遺稿中、俗に「文書」と呼ばれ、分野別にファイルされた書類からD・クーン(5)がこの記録を発見したのである。秘書ガイストによる口述筆記に、シラーのコメントが加筆されている。

ゲーテの構想は全集の構成という点でも、報酬についての考えという点でも、たいへんはっきりとしたものである。

署名者は自らの著作を新たに出版する意図を有しており、それは完全な豪華版ではなく、ドイツ活字を使用した、端正な、しかし趣きのある中型本でなければならない。私の芸術的著作のうち幾ばくかのあいだ存続に値するものはすべてそこに収録され、そのなかにはいくつかの未発表作品も含まれる。

次の諸作が一六巻、もしくは求めに応じて一二巻に分配される。

いとしい方はむずかり屋
同罪者たち
マホメット
タンクレード

ベルリヒンゲン
エグモント
シュテラ
クラヴィーゴ

イフィゲーニア
タッソー
オイゲーニア

クラウディーネ
エルヴィンとエルミーラ
イェーリとベーテリ
リラ
兄妹

コフタ
多感の勝利
鳥
われらがもたらすもの
市民将軍

ファウスト

ヴェルター
ヴィルヘルム・マイスター

ヘルマンとドロテーア
ライネケ狐

詩の小品

散文の小品

『コフタ』の巻にゲーテはさらに『からかい、企み、仕返し』、『魔笛（続編）』を書き加え、『ライネケ狐』のあとには『アキレウス』を持って来た。シラーは『ファウスト』の欄外に「人形劇」と注釈した。さらにゲーテは次のように書いている。

以上につき次のことを述べておきたい。

アレクサンダー詩脚で書かれた一幕ものの喜劇『いとしい方はむずかり屋』は現存する私の作品のうち最も古いものである。

『ファウスト』は今回も未完成作品として出版されるが、この作品はまた多かれ少なかれ未完成のままであろう。

すべての作品は校閲し、作品の特性を損なわぬ範囲での正確さを目指す。そのさい、校閲者は自分の判断だけをすべての基準にはしないものの、見識ある友人たちに助言をあおぎ、いかなる労も惜しまない所存である。

筆者の意図するところは次のとおりである。出版者には印刷開始から数えて五年間版権を預ける。すなわちこの冬に仕事に着手した場合、契約は一八一〇年まで続き、それ以後は著者もしくはその家族が新版を発行する権利を得る。

以上が今後の協議の基礎となる最初の構想である。

ヴァイマル、一八〇四年十月二日　　ゲーテ(6)

同日の日付をもつシラーのコメントは次のとおりである。

私の見解によればゲーテ全集の全巻は三部に分かれ、書籍見本市が三回経過するまでに配本される。各部を仮に四巻もしくは五巻とすると、その購買価格は九ライヒスターラー、すなわち正味六ライヒスターラーとなる。この九ライヒスターラーによって買い手は全紙《ボーゲン》三二―三六枚相当の本を四冊、あるいは全紙《ボーゲン》二五―三〇枚相当の本を五冊購入する。ただし購入価格や著者との契約は各巻の発行部数には左右されない。

出版者は著者に対して各部につき一千ドゥカーテンずつ報酬を支払うと、（それぞれの購入価格を正味六ライヒスターラーで計算した場合）一千三〇〇部販売すれば採算がとれる。

しかしながら二回目・三回目の配本のさいには売上高がより正確に算定しうるので、第一回目の配本の契約は暫定的に結ぶだけにしておいて、その後の配本のときに売上高に応じた契約を定めるのが、契約者双方の側にとって得策かもしれない。

購入者の便宜のために全巻を四回に分けて配本すれば、それぞれの配本の購入価格は六ライヒスターラーもしくは正味四ライヒスターラーとなるだろう。この場合出版者は各回の配本につき二千二五〇ライヒスターラー支払えば、報酬の総額は完全に同額となる。ただし購入者は出版者の負担によりいくらか得をすることになる。だがその代わりに出版者は売上増を見込めるであろう。

私が提案した報酬額はヴィーラントが彼の著作集によって得た額の二倍であることをつけ加えておく。(7)

以上が件の記録であって、これをもとにシラーは一八〇四年十月十六日付のコッタ宛の手紙を書いたのである。シラーはそのなかで細かな事実を挙げずに、ゲーテの覚書を要約し、コッタに向かってさらに、ゲーテには「出版用の作品」についてだけ尋ねるよう助言した。それほどシラーは慎重だったのである。しかしまたシラーは法的状況が不安定なことも心得ていた。彼は出版者ウンガーがウンガー社刊「新著作集」の第八巻を出版するようゲーテに迫っているのを知っていたのである。ゲーテは一八〇三年八月二十九日にツェルターに宛てて書いている。「私は了承することも拒絶することもできません。なぜ拒絶できないかと言えば、本当に全巻揃えたいと思っているからであり、なぜ了承できないかと言えば私の次の著作はコッタに任せることになっているからです。それ相応の理由があって彼にはたいへん満足しているのです。」ウンガーは当然要求を引っ込めることなく、ゲーテと親しい人物たちをとおしてゲーテの考えを変えようとした。けれどもA・W・シュレーゲルからウンガーは一八〇四年四月三十日に次のような報せをうけなければならなかった。「ゲーテとはしばしば会話し、あなたの要求を思い出させる機会もありましたが、確かな返事をさせることはできませんでした。自分の全作品の新版を出す気は全然ないようでした。」だがシュレーゲルは間違っていた。ゲーテは完全に乗り気であった。けれどもその全集はウンガーのところではなくコッタのところから出版しようと思っていたのである。そうこうしているうちに問題はひとりでに解決した。ウンガーが一八〇四年の十二月二十六日に死去したからである。（こののちコッタに対してゲッシェンが名乗りを挙げ、ゲーテ作品の以前の版権を主張することになる。）

以上が、シラーがコッタに慎重な行動を促した背景である。コッタはこの忠告を守った。彼は十月二十六日付のシラーへの返信で「このうえなき友」に「ゲーテの計画を打ち明けてくれた、友情に根ざした好意」の礼を述べている。彼はこのような全集が自分にとっても出版社にとってもどれほど重要であるか心得ていたので、ゲーテのところにしゃしゃり出て、「拒絶」されてしまうような振舞いは絶対に避けるつもりだった。「この投機はもちろん逃すわけにはまいりません。友情に免じて、私の立場を守ってくださいますようお願い申し上げます。」コッタは「これまでにお伝えくださったことすべてに満足して」いたものの、出版者はとても急がなければならない、というシラーの考えに躓きの石を感じ取り、それを事前に取り除けておきたいと願った。「ただし、版権の期日は出版の開始からではなく、終了から数えて、それも五年ではなく七年もしくは六年にしてほしいと思います。また、この期間が過ぎても私には優先権が認められるようお願いいたします。」しかしコッタは他の理由があってゲーテに勢い込んで問い合わせるわけにはいかなかった。前回のゲーテからの手紙には、コッタの求めていた「メモ」が同封してあると書かれていたのに、なかには何も入っていなかった。「というわけでこの件につき手紙を出しておりますし、その返事をもらうまではおそらくこちらから手紙を出すのは良くないでしょう。」コッタはこのようにひじょうに慎重に、心細やかに自分の出版社の著者に対処することができたのである。コッタは続けて、どうかシラー自身が物事を進行させてくれるように、と頼んでいる。「全体をどのように導けば良いか、あなたが誰よりもご存知でしょうから。」十月二十六日以降、コッタはこのひじょうに重要な用件について、何も連絡をうけなかった。十二月四日付の手紙の追伸で彼はシラーに尋ねている。「ゲーテについて何も書いてくださいませんね。前回こちらから出した手紙はお手許に届いてますね。」十二月十三日付でシラーは返事をする。「刊行予定の全著作集については、ゲーテからもう長いこと何も聞いておりません。少なくともいまは全集のことは何も考えていないようです。」その後シラーから十二月の終わりに示唆があり、それをうけてコッタはゲーテに直接決定的な問い合わせをしても構わないと考え、一月七日に実行した。彼は重大な関心を巧みに隠し、雑誌『婦人年鑑』の編集者で出版者であったルートヴィヒ・フェルディナント・フーバーの死について語り、続けて、しかしながらまさにこれを契機として「閣下が今度こそ、私の願いを無下になさらずに、何編かの詩をお譲りくださる」よう願っている、と述べている。(ゲーテは『婦人年鑑』には詩を提供しなかったが、七月三十一日に『シラーの「鐘の歌」のためのエピローグ』を送っている。）しかしこのあと、コッタは本来の依頼に移る。彼はそれを三行で書き表している。「宮廷顧問官シラー殿が、遠大な計画について書いてくださいました。閣下のご好意に感謝することになるかもしれません。この件につきましては当方、格別お役に立てることと存じます。」ゲーテは一月十五日に、いくつかの「内的・外的な障害」により「遠方の友に私の消息をお伝えする」ことができなかった、とむしろ冷静に返事している。外的な障害とは既述したように公太子カール・フリードリヒのご成婚祝いにゲーテが関わったことであり、内的とはすなわちゲーテの健康状態である。ゲーテはこの頃かなり危険な腎疝《せん》痛に悩まされていたのである。ゲーテはコッタへの返事のなかで細かいことには触れなかった。彼はシラーから、コッタがライプツィヒの書籍見本市に向かう道すがら、五月にヴァイマルを訪問することを知らされていたので、「遠大な計画」に関する、コッタにとってはひじょうに重大な意義をもつ問いにはっきり答える必要はなかったのである。「いくつかの懸案を話し合うためにあなたがいらっしゃるのを私たちは楽しみにしています。」コッタは二月五日にゲーテの手紙を拝受したことを報せた。「ありがたくもご確約くださったことに慎んで感謝の意を表明いたします。いまからお会いするのを楽しみにしております。」

ゲーテの手紙からはしかし、コッタに詳細な情報を与えたことをシラーが連絡していなかったことがうかがえる。それはここ数カ月間、ゲーテとシラーの意思疎通がたいへん複雑に行なわれていたことと関係があるかもしれない。ゲーテはシラーが重い病を患っていることを知っていた。元日の朝、彼はシラーに新年の挨拶を書こうとした。自分の書いた書き付けを読み返し、ゲーテはぞっとした。彼は「最後の元日」の挨拶とシラーにしたためていたのである。ゲーテは紙片を破り捨て、新たな紙に書きはじめたが、この二度目の下書きでその不吉な箇所にさしかかったとき、彼はやっとの思いで「最後の元日」という言い回しを控えることができた。一月二十四日にゲーテはシラーにディドロ作『ラモーの甥』の翻訳を送り、彼の「意見」を求めた。シラーはいくらかのコメントを書いてよこしたが、その他に自分の病気、彼の述べているところによればカタルについて嘆いている。のみならず息子たちの病気にも触れ、要するに彼の家は「野戦病院にほかならない」と書いている。二月にはゲーテが肺炎を病んだ。両者の文通はこの頃病床から行なわれている。ゲーテ、「それでは、お体の具合をお知らせください」。そしてシラー、「再びあなたの手による数行を拝見することができ、喜ばしく思っております。かつての日々が戻ってくるであろうという私の信念がよみがえりました。ときどきそれがまったく信じられなくなってしまうのですが。七カ月のあいだ私が耐えねばならなかった病の過酷な衝撃は私を根底から揺さぶってしまいました。回復には努力を要するでしょう。」一八〇五年三月一日には両者の健康は持ち直したようで、シラーは「親愛なるゲーテ」を訪問している。(8)

三月にゲーテは病気がぶり返し危険な状態となったが、かろうじて持ち直した。四月六日にはまだベッドに横になったままで、ヨハン・ハインリヒ・フォスの息子、ハインリヒ・フォスと一緒に計画中の全集と関連のある本文に手を加えていた。四月十九日にはシラーに向かってもういちど、法的状況について述べている。「コッタはおそらく近いうちにやって来るでしょうが、そのさい私の作品の出版が話題になる可能性があります。それゆえ私はあなたにゲッシェンとの以前の関係をお知らせしておく必要があると思います。あなたの友情と商取引に関する洞察力があれば、私は不愉快な書類にいま目を通さずに済むのです。ついでに言っておきますと、ゲッシェンは四巻本の全集を一七八七年と一七九一年という間違った発行年を付けて印刷してしまいましたが、いまだに何も言ってきません。」ゲッシェンはゲーテの個々の作品から何度も新版を発行した。『クラヴィーゴ』と『ゲッツ』からはそれぞれ二回、『エグモント』と『ヴェルター』からはそれぞれ三回、『タッソー』からは五回、そして『イフィゲーニエ』からは七回重版が印刷されているが、ゲーテはなんの連絡もうけず、報酬もまったく受け取っていない。シラーはゲーテとゲッシェンの契約を調べたようだが、コッタとの契約の妨げになるものは何も見当たらなかったらしい。ともあれゲーテは翌日にはもうシラーに「書類に目を通してくれたこと」の礼を述べ、「私たちがこの懸案について同意見であること」を嬉しく思う、と伝えている。二人の作家が意見の一致をみる一方で、二人の出版者は激しく意見を戦わせた。一八〇五年十月七日、コッタはゲッシェンから一通の手紙を受け取った。そのなかでゲッシェンは当然のことながら、自分のところで出版された作品についてはゲーテと契約が結んであり、それは「初版とそれ以降の版」に適用されるのだと述べている。ゲッシェンは「それ以降の版」を複数（Auflagen）ではなく単数（Auflage）でしるしているため、厳密に解釈すれば彼は初版と第二版の版権しか要求できなかったはずであるが、コッタはその点には触れていない。彼には別の観点が重要であり、一八〇五年十月十八日付のゲッシェン宛の手紙では、超然とした態度で次のように通告している。「私の見るところでは、あなたはヴィーラント全集の出版により、ドイツの出版業界をまったく別の方向に導きました。私の思い違いでなければ、その頃まで出版者と作家の関係が法的に議論されたことは一度もなかった。それはいわば友情に根ざした関係で、出版者の利益が作家の利益を上回ることも珍しくなかったのです。とりわけ作品の売れ行きの良い作家の場合はそうでした。あなたはヴィーラント全集の出版によって、初めて作家たちにその精神的労働の当然の見返りとして多大な利益があることを気づかせたのです。法曹界の衆目の一致するところ、あなたは大きな貢献をなさったのです。そしていまや法的原理にもとづく関係のために、以前にはなかった類の不利益が多くの出版者に生ずることとなりましたが、これは当然の結果です。〈純然たる好意〉に法律がとって代わったのです。そしてまさにそれゆえに、あなたがどんなに公衆に向かってゲーテ氏のことを弾劾してもなんの効果もなかろうと私は思うのです。いま問題になっているのは、あなたのところで印刷された〈旧作〉の初版、そしてそれ以降の版にはすでに契約が結んであるという、あなたが断言し、私もゆめゆめ疑ってはおりませぬ事実です。だとすれば私にはこの契約は枢密顧問官ゲーテ氏がそれらの作品を個々の版によって出版する場合にのみ有効であると思われるのです。しかしゲーテは自分の全作品を全集として出版しようとしているのですから、あなたはそのことに法律上とやかく言うことはできないし、私にもできません。全集中のいくつかの作品は私のところから出版されることになるでしょうが。」コッタはさらに、ゲーテがかつての作品の再版を禁止するかもしれないと匂わせてもいる。ゲッシェン宛の手紙は次のような文章で締めくくられている。「あなたのほうで何かもっともな理由があって全集の出版に抗議することができるというのなら、契約のなかに次のように明白に定めておかなければならなかったはずです。わが社から出版された作品はゲーテ全集に収録することを禁ずる、と。そうでなければ、私の思いますところ、あなたにはどのような抗議も不可能なのです。それどころか枢密顧問官ゲーテ氏は、自分の全集を出す出版社に損害を与えたくないという理由で、あなたに再版の禁止を求めることすらあるかもしれません。ついでながら以上はただ私一個の意見としてあなたの判断にゆだねます。私のほうといたしましてはどのようなことになろうともいっこうに構わないからです[9]。」

　このようにコッタは根本的な反論をしたわけである。すなわち、出版者は初版とそれ以降の版の独占的出版権（そのうえ当時は時間的制限もなかったわけであるが）をもっているのか、それとも著作者には本人だけに属する、所有・利用の権利があり、それゆえ自作の出版にさいしては版や体裁はもとより希望する出版期間が認められているのではないか、という問題である。ヴィーラントの作品の版権をめぐる争いでゲッシェンはかつて著作者の優先権を引き合いに出した。その当時彼が問題としたのは、すでに出版されている作品の版権であり、まさに既刊の作品も全集に収録することができるという権利であった。しかしコッタはさらに一歩進んで、次のような要求を持ち出したのであった。すなわち全集の内容、および本文を改訂する場合の形式を決定するのは著作者であり、新たな全集に収録された個々の作品はまさに新しい作品となって、ひとつの全体を構成する新たな部分を成している、と見るべきではないのか。ゲーテはコッタの説明に「適切で当を得ている」と満足の意を表した。「ゲッシェンが今後どのような行動に出るか事態を見守りましょう。」けれどもゲッシェンのほうからそうした動きはなかった。一八〇六年二月二十四日付の手紙でゲーテはコッタに述べている。「ゲッシェン氏は私にいまのところ何も言ってきておりません。それがまず最初になすべきことでしょうに。私の思い違いでなければ、彼は上手く答えられない問いを課されたと感じています。」

これでコッタはゲーテの作品を刊行できるようになったが、双方の出版者は依然としていがみ合ったままだった。「ドイツ書籍出版販売取引所組合」は一八二五年の設立後、ライプツィヒに建物を造ったが、そのロビーの一つには隣り合って二つの胸像が置かれた。片方はゲッシェンのものであり、もう一方はコッタのものである。これについてゴッシェン子爵は次のように述べている。「片方の胸像はシラーが人生の苦難と格闘していた若き日々に彼を困窮から救った気前の良い、親切な友のものであり、もう一方は成功の道を突き進んだ、裕福なパトロンのものである。生前、ドイツの最も高名な詩人たちに気に入られようと熱心に、そしてまた妬み深く競い合った両者は、いまや数々の名誉に彩られた出版業者の年代記において偉大な、傑出した人物として平和に後世の尊敬を分かち合っている。」(10)

四月十九日から二十六、七日にかけてゲーテとシラーの手紙が集中しているのは奇妙である。ゲーテは『ラモーの甥』の翻訳に付ける注釈を作成し、シラーはそれに対して意見を述べている。ゲーテはシラーのコメントを丹念に読んで、そのほとんどを原稿に取り入れた。そしてシラーを経由してライプツィヒのゲッシェンに転送するために、それをまた送り返している。四月二十五日のゲーテの手紙を見ると、ゲーテはこの注釈を「ひじょうに心配」しているものの、オウィディウスの『悲歌』のなかの、「われなくも本は在り」という言葉で自分を慰めている。「なぜなら本の行くところならどこにでもついてゆきたいと思っているわけではないので。」そして次のように続けている。「そうこうしているうちにも色彩論歴史編の口述筆記を開始しました。」四月二十六日と二十七日のシラーへの最後の手紙で、ゲーテはその概要について簡単な計画書を同封しているが、シラーにはもうその返事を書くことはできなかった。

一八〇五年五月九日の午後、ヨハン・ハインリヒ・マイアーはゲーテ家に居た。彼は戸口に呼ばれ、シラーが午後五時四十五分に死去したという報せをうけた。マイアーはこの報告をゲーテに伝える勇気がなく、別れの挨拶もせずにゲーテ家を去った。クリスティアーネもまたシラーの死を知っていたが、ゲーテにはその日の晩になっても何も言わなかった。ゲーテがそれを知ったのは翌朝だった。クリスティアーネの証言にもとづき、フォスの息子ハインリヒがその様子を描いた文章からその様子を知ることができる。「その朝、ヴルピウス夫人はできるだけ衝撃を与えないよう、死という言葉を使わずに彼に事実を打ち明けた。するとゲーテは横を向き、一言も言わずに涙を流した。(1)」

「私は自分自身を失うのではないかと思いました」と彼は六月一日にツェルター宛に書いている。「そして私は、いまひとりの友を失い、その友の死によって私という存在の半分を失うのです。」息子のアウグストは「時間にも周りの人間にも癒すことのできない、父の人生に加えられた衝撃」と表現した。ゲーテは翌日シュタイン夫人を訪ねている。彼女はシラーのことがゲーテにとっていつまでも「取り返しのつかない喪失」となってしまった様子を書きとめた。彼女はこうメモしている。「ゲーテは今日、とても見事に、そして独創的に肉体的人間と精神的人間について語った。」シュタイン夫人はシラーの亡骸をもう一度見るようにと言ったが、ゲーテは断った。「いいえ、いけません、もう傷んでます！」五月十二日深夜、ヴァイマルの風習に従って午前零時から一時にかけて、モミの木で造った簡素な棺を用いて、聖ヤコブ教会旧墓地にある共同墓所、いわゆる「カッセンゲヴェルベ」で葬儀が行なわれた。先祖代々の墓をもたない身分の高い市民が葬られるところである。通常のギルド職人ではなく、友人たちが棺を運んだ。ゲーテは病気を理由に欠席した。『シラーの「鐘の歌」のためのエピローグ』でゲーテは次のようにしるすことになる。「そのとき私は真夜中の鐘を聞き、恐れおののく／鈍く、重く鳴る鐘に悲しみはいや増す／こんなことがあってよいのだろうか／これはわれらの友のことだろうか。」

すでに述べたように、シラーの死にさいしてゲーテに届いた最初の手紙のうちの一通はコッタからのものであった。一八〇五年五月十五日、彼は「私たちの不滅の友を失った心痛」を表明し、さらに次のように手紙に続けている。「それゆえある計画をお伝えするのをお許しください！　当地の劇場は追悼式を行なうつもりですが、そこで私は以下のようなことを思いついたのです。未亡人を傷つけぬよう細心の注意をはらってですが、彼女を援助するためにこの機会を利用するのです。当地（ライプツィヒ）の劇場支配人はその気になっておりますし、ベルリンやハンブルクもそれに倣うかもしれません。そうなれば収益は少なからぬ額に達するはずです。あなたはそちらの劇場のためにこの機会にふさわしい作品を何かお書きになるとうかがいました——私からそう伝えることが、各劇場の支配人に依頼していま述べたような目的をかなえるためには最も有効な手段なのではないでしょうか。私は昇天の祝日後の土曜もしくは日曜日にそちらに到着するつもりです。そのまえに取り急ぎ私の考えをお伝えしておきました。」ゲーテは六月一日に返事を書いている。

私たちのシラーを追悼する記念行事をドイツの劇場で行なおうではないか、というあなたの問いかけに対し、申し訳ありませんが、私は目下のところ、いろいろな形でその要請をうけているとしかお答えできません。私は確信しているのですが、芸術が苦痛と結びつく場合、苦痛を掻き立てなければならないというのは、ただその苦痛を和らげ、慰めをもたらすより高次の感情へと解消せんがためなのです。そこで私は、私たちが失ったものよりも、私たちに残されたものを描くつもりです。もう計画は立てましたので、それを速やかに実行に移したいと思っております。ですが期限についてはお約束することができません。私がうけている要請に少しは応えられるような作品を生み出すことができれば、他の都市の劇場にも渡す気になりましょうし、またそのためであれば草稿と総譜を喜んであなたにお届けすることになるでしょう。

ゲーテは計画を立てていた。『年代記』一八〇五年の項を見ると、ゲーテがシラーの死後最初に考えたことがシラーの『デメートリウス』を完成させることであったことがわかる。ゲーテはシラーとこの作品についてしばしば語り合っていたが、いまやこの対話を「死を乗り越えて」続けようという「意欲に彼は燃えていた。」ゲーテはシラーの思想、見解、意図を一つ一つ保存し、二人の共同作業の「頂点を最後にいまいちど…（略）…示そうとした」(12)のである。この作品はあらゆる劇場で上演され、ゲーテが自分とシラーのためにできる「最上の追悼」となるはずであった。けれども計画は挫折した。死者としてのシラーや「棺台」を扱うことはゲーテの想像力にとっては不可能だったのである。コッタに一八〇五年六月一日に返事を書いたとき、ゲーテはもう別の考えをいだいていた。彼はラオホシュテットでシラーの記念に『鐘の歌』を劇化したものを上演しようと考え、八月四日にはツェルターにラオホシュテットを訪れ「誰か大作曲家」の「それにふさわしい交響曲」を教示してくれるよう頼んでいる。一八〇五年八月十日にはラオホシュテットでシラーの『マリア・ステュアート』より第三幕から第五幕までが上演されたあと、『鐘の歌』が劇として舞台にかかり、ゲーテのエピローグは女優のアマーリエ・ヴォルフ＝マルコルミが朗読した。八月十二日、ラオホシュテットを去るまえにゲーテはコッタにこう書いている。「『鐘の歌』の劇化上演はひじょうに効果的で、聴衆の期待を完全に上回りました。」十詩節から成る自作のエピローグについてゲーテは何も語っていないが、それは韻文によるシラーの人生の総括であった。「なぜなら彼はわれらのものだから！　この誇らかな言葉が／激しい苦痛を力強く凌駕せんことを！」詩は次の二行で締めくくられている。「彼はわれわれの前方で輝いている、消えてゆく彗星のように／永遠の光に自らの光を連ねて。」

一八一〇年五月九日には、ヴァイマルでシラーの作品の数々の場面とこの機会に書き足されたゲーテの『エピローグ』を使って二度目の追悼式が行なわれた。シラーとイフラントに捧げられた一八一五年の記念式典のためにゲーテはさらに二つのシュタンツェ（訳注　一行で一詩節を成す）を『エピローグ』につけ加えている。

シラーへの手向けとなったゲーテの文芸作品はしかし、ずっとあとになってから成立している。一八二六年、共同墓所「カッセンゲヴェルベ」は廃止され、棺の腐敗のために生じた混乱のなか、シラーの頭蓋骨や遺骨が探索された。大公家霊廟に移して祀るためである。一八二六年の九月二十四日、ゲーテはしばらくのあいだ、自宅にシラーの頭蓋骨を持ち込ませた。「棺台」や死、死ぬこと、埋葬や腐敗に対するゲーテの嫌悪感を考えると異例の振舞いである。けれどもゲーテは四五年ものあいだ、骨相学に取り組んでおり、ラーヴァターの観相学に触れてからというもの、彼は人間の頭蓋骨に興味をいだいていた。そしてその後解剖学者で骨相学者のガルに頭蓋学の手ほどきをうけているのである。かくして一八二六年九月二十五、六日に詩『厳粛な納骨堂のなかだった』が生まれ、一八二九年『ヴィルヘルム・マイスターの遍歴時代』第二稿の末尾、散文による格言集「マカーリエの文庫から」の後に付されて初めて印刷された。さらに一八三三年の『遺稿集』第七巻に再び印刷されたが、その時の題名は『シラーの頭蓋骨を眺めながら』であった。ゲーテはこの詩を一八二七年十月二十四日のツェルター宛の手紙で、「シラーの遺骨」と呼んでいる。つまりはっきりとシラーを示唆しているわけで、これは重要である。というのも詩のなかにはシラー自身の名前は一度も出てこないからだ。この詩は一一年間いちども途切れることのなかった交友からゲーテが導き出した総合的な結論である。両者の関係が根本的には反感にもとづいていたとか、ゲーテは最後までシラーに向かって親称の二人称（du）を使わなかったとか、『庶出の娘』のような作品をシラーに見せなかったとか、シラーはしばしば友人たちにゲーテの躊躇や意志の弱さを嘆いていたとか、ゲーテの「家庭の不幸」などはシラーにとってつねに認めがたいことであったなどといったたぐいの意見に、それは真っ向から対立する。またシラーはゲーテのためを思って、ヴァイマルを離れベルリンに赴くという輝かしい可能性を断念しており、そしてゲーテはシュレーゲル兄弟を初めとしていろいろな人物から忠告をうけていたにもかかわらず、シラーとの友情を大切にし、コッタやゲッシェンに対しては彼を再三仲介者として用いたのであった。それゆえ両者の関係は結局のところ、互いに自由を認め合っていたことや、対等な知的協力関係、そしてまた多くの場合、軽やかで朗らかな付き合い方にも支えられていたのである。

もちろんゲーテは哲学やカント理論に対するシラーの傾倒ぶりが自分の創造性の妨げとなることを認識していたものの、すでに一八〇一年、シラーの偉大さに感服していた。それは、のちにアーベケン教授夫人となるクリスティアーネ・フォン・ヴルンプが書きとめたシラー家のお茶の席での情景に思いを馳せながら、エッカーマンに語った次の言葉からもうかがうことができよう。「シラーはいつものとおり、高貴な性質をまったく失わずにここに表現されている。彼はお茶の席でも、枢密院にいるときと同じくらい偉大だったよ。何事にも妨げられず、何事にも制約をうけず、何事も彼の思考の飛翔を食い止めることはできない。数々の壮大な見解を糧として彼のなかに息づいているものが、なんの恐れも気兼ねもなく自在に姿を現す。これぞ真の人間というものであり、誰もがこうあらねばならないのだ——これに対し私たち他人間はいつも制約を感じている。周りを取り囲む人や物に影響をうける。例えばスプーンが金製だったりすると、私たちはスプーンは銀で作るものだろうと思っていらいらする。このように無数のことに気を取られて力を失い、私たちは自分の内部にあるひょっとすると大きく成長するかもしれないものを自由に解き放ってやることができない。私たちはさまざまな事物の奴隷であり、事物が私たちを狭めたり、自由な拡張を許したりするのにしたがって、卑小になったり堂々としたりするのだ。」エッカーマンがシラーと最近の悲劇作家たちを比較したとき、ゲーテは即座に答えた。「シラーは好きなように振舞うことを好んだ。彼には今の悲劇作家たちの最上の作品よりもいつもはるかに壮大に終わるようなものしか書けなかった。シラーは爪を切っているときだってこうした連中よりも偉大だったよ。(13)」こうした敬意とシラーの偉大さが、シラーの神々しいまでの遺骨について語る前述の詩には表現されている。「凝固した数多のもの」のただなかに、この詩は「言いようもなく見事に一つの形象」を保持している。それはあたかも「死から生の泉が湧き出たかのごとくである。」

詩は最後の四行に向けて高揚する。神＝自然が人間に啓示されるのだ。精神のなかには全体という観念が存在し、「神の考案した軌道」がこの精神や全体を表現するのである。ゲーテは最後の四行の特別な意味を、三行詩節を続けてきたこの詩の最後の詩節に一行加えて四行詩節に拡大することでも表している。

コッタとの「実務的なやりとり」ではシラーは「たいそう好ましく、うってつけの仲介者」であったが、もちろんゲーテはシラーの詩的・知的な業績をより高く買っていた。ゲーテの義理の娘があるときシラーの文学は退屈だ、と述べたときは、にべもなくその発言を退けた。「あなたはシラーを理解するにはあまりにも卑小で世俗的です。」

D・クーンの推測によれば、前もって知らされていたゲーテとコッタの出会いは、一八〇五年五月三日もしくは四日に実現しているが、そのとき全集についてのゲーテの覚書が話題となったことは確実である。ゲーテの「メモ」は五月一日の日付になっている。さきに触れた五月十五日付ライプツィヒからの手紙でコッタは、同月二十五日に訪問する旨を伝えている。すでに九日にはシラーが亡くなっており、コッタは「遺族のために尽力したい」と願っていた。彼はそれを「自分に課せられた、永遠に記憶にとどめられるべき人物からの遺言」と受けとめていた。けれども自社の重要な作家で、友人でもあったシラーの死によってどれほど痛手を蒙ろうとも、コッタは、時に探りを入れ、時に仲介役となり、またあるときは刺激を与え、あるときは苦言を呈して和解をもたらしたシラーが、ゲーテとの関係において不可欠な役割を果たしていたことを忘れてはいなかった。そこで彼は手紙のなかでぜひともしておかなければならなかった依頼を述べている。「私たちの不滅の友人の死による損失にどれほどお心を痛めていらっしゃるかは、私自身の悲しみからお察しいたします。ですからあれこれのことはまたの機会に申し上げることにします。ただ一つだけお願いがあります。あなたのあの献身的な仲介者は、今後はあなたご自身であるということにさせていただきたいのです。」五月二十六日と予告されていたコッタのゲーテ訪問は実現しなかった。コッタはこの晩ヴァイマルに居たものの、ベルトゥーフの息子カールの日記を見ればわかるとおり、ゲーテとの会談は流れてしまったのである。ゲーテは病気にかかっていた。もしくはコッタを相手にシラーの死について語る気になれなかった、と推察することもできよう。六月十四日にゲーテは全集に関する覚書、「コッタ氏がもうご存知のメモ」を送っている。末尾には「心からのご挨拶を送ります。あらゆる意味で無事に（チュービンゲンに）到着なさいますようお祈りいたします」と書き足されていた。この新しい覚書は、一八〇四年十月二日にゲーテが「草案」という形でシラーに伝えていたものといくつかの点で異なっている。

最初の計画に対してゲーテは構想も各巻の順序も変えた。第一巻に収める詩と第二巻、第三巻に予定していた『修業時代』には大きな変更が加えられている。ゲーテはリーマーにこの新たな計画を口述筆記させた。計画書はリーマーの筆跡で、ゲーテの直筆の署名があり、新作や未発表作品には赤線が引いてある。以上が一八〇五年五月一日時点での状況であった。六月十四日にゲーテは次のように書き加えた。

コッタ氏がもうご存知の先のメモに以下のごとくつけ加えておく。

一　版権は五年から六年間とする。これに対し私は一万ターラーの報酬を受け取ることを希望する。一千ターラーは第一稿の郵送と引き換えに、残りは一八〇六、一八〇七、一八〇八年の復活祭書籍見本市でそれぞれ三千ザクセン・ライヒスターラーずつ受け取りたい。

コッタは七月五日にゲーテの考えを了承するものの、五つの変更を提案し、その手紙を次の文章で締めくくった。「今月末頃の帰宅のさいに、前述事項の承認を閣下から伺えるものと存じます。なぜならすべては正当な要求にもとづいておりますし、私の考え方は、自信をもって申し上げられるのですが、閣下にとってけっして不利にならないとの観点に立って表明されているからです。」ゲーテは腎臓病の療養に訪れていたラオホシュテットから、手紙でこれを承認した。それは「さまざまな気晴らしのために」(ゲーテはともあれ八月十日にラオホシュテットの劇場でヴァイマル宮廷のために、前述したようにシラーを記念する演出を請け負っていたのだから奇妙な言いぐさではあるが)遅くなった。ゲーテの「説明」はコッタの五つの修正案一つ一つにきっちりと意見を述べている。これを見れば、ゲーテがこの全集の契約面をひじょうに重視していたことがわかる。

コッタ、「寛大にも当方にお任せくださった貴著全集の出版を、規定の期限内に、報酬一万ザクセン・ライヒスターラーにてお引き受けいたします。ただし、全部で相当な資本金が必要となりますので、以下のようにあらかじめ条件を定めておきたいと思います。第一項。全集の版権は最後の配本の印刷から数えて六年間に延長すること。すなわち、仮に最後の配本が一八〇八年の復活祭に出版されるとすると、一八一四年の復活祭までは版権は小社のものである。」

第一項対するゲーテの答え。「双方の意見の一致を目指すさいには、確実さが望まれますので、版権の期限は最初の配本の発行から勘定するのがいいでしょう。それと引き換えに版権を八年間に延長しましょう。例えば一八〇六年の復活祭から一八一四年の復活祭までというように。」

重大な変更である。コッタは最後の配本の印刷から数えて六年間の契約期間を望んでいたが、経験豊富なゲーテは、この最後の配本がなんらかの理由で——出版者、印刷業者、もしくは時代状況が原因で遅れるにしろ、あるいは著者自身が原因で遅れるにしろ——かなりの期間、ややもすると数年間も遅れることがあり、その場合、それからさらに六年間の契約期間を定めねばならないことが想像できたのであろう。だから彼はこの提案にこだわったのである。契約期間は初回の配本に始まり（ここでゲーテは新しい条件を出しているのだが）六年後ではなく、八年後に終了すること——そのさいゲーテは巧みに数字を操作して、コッタの挙げた期日と同じ期日で終わるようにしている。

コッタ、「第二項。当方は必ずしも契約に定めた、ドイツ活字を使用したこぎれいな、品のよい中型本に拘束されるわけではなく、例えばもしポケットブック版を発行するのが得策と考えた場合には、その他の発行形態を選択することができる。」

第二項に対するゲーテの答え。「異存なし。」

私は、ゲーテはこの点に関してコッタの考えをよく理解していなかったと思う。「その他の発行形態」という表現は曖昧である。言わんとしているのはポケットブック版のことであろうか、それとも「ドイツ活字」（つまり亀の子文字）以外の活字を使用した版のことなのであろうか。もしかするとこの曖昧さに後年の不愉快な事件の原因があるのかもしれない。

コッタ、「第三項。当方は六年間の契約期間が終了したあとで、同様の契約を結ぶさいには、他のいかなる出版者に対しても優先権を有する。」

第三項に対するゲーテの答え。「この件も異存なし。（ただし八年間の契約期間が終了したあと、と表現するべきであるが。）」

コッタ、「第四項。ゲッシェンやウンガーなどかつての出版者に対し、当方の立場を守ること。」

第四項に対するゲーテの答え。「シラーが私に全集の出版を勧めたとき、それまでの事情はすべて知らせておきました。するとシラーは正当な根拠にもとづく抗議は不可能であると述べました。私は彼の直筆による書状をもっています。万が一そのような事態になったときは、あなたに連絡し、ご忠告に従わせていただきます。」

ゲーテはこの点を不快に思っていた。すでに述べたとおり、一八〇五年四月十九日、ゲーテはゲッシェンに関する「不愉快な書類」に目を通すようシラーに頼んでいる。ゲーテの言うシラーの「書状」は残っていない。コッタの立場を守るということの眼目、すなわちゲッシェンやウンガーに法律的に認められたかもしれない権利を無効にするものが何であったかは不明である。

コッタ、「第五項。第一刷が完売するまでは、たとえそれが六年以上かかろうとも、増刷はしない。」

第五項に対するゲーテの答え。「この条件は、筆跡からするとあとになってから書き加えられており、おそらくあなたは発送を急いでいたため、それが第一項を無効にしてしまうことをお考えにならなかったのでしょう。発行部数や、出版者の販売方法について著作者が悩まなくても済むよう、あそこであらゆるトラブルを未然に防ぐような期間が定められています。この第五項を採用すれば、その期限は無効になり、いろいろ厄介なことが生ずるでしょう。」

ここでゲーテはひじょうに正確にいざこざの可能性を予見している。まず第一にコッタはまたしても確認済みの八年間を六年間と取り違えている。第二に彼は版（Ausgabe）と刷（Auflage）を明確に区別しなければならなかった。コッタが望んでいたことはしかし、おそらく次のようなことだろう。もしも初版の販売が、最初の配本から六年間もしくは八年間のうちに終わらなかった場合、ゲーテが第一項に従って指名することのできる他のいかなる出版者にも新版を発行することは許されない、ということだ。ゲーテがここに「トラブル」の種になりかねないような、第一項で合意したこととの矛盾を見いだしたのはもっともなことであった。著作者が発行部数や販売の問題に煩わされたくないのは当然である。

一方コッタは支払わなければならない報酬の額を考えれば、契約期間の制限を重視せざるをえず、それに加えて八月三十日にゲーテに書いているように、ゲッシェンやウンガーが「廉価版にすればたった九ライヒスターラーの新旧の作品の在庫を、割引価格で短期間のうちに販売し、読者の一部を私から奪い取るよう全力を傾注する」のを心配しなければならなかった。状況は明らかである。D・クーンはこの契約のやり取りについて述べている。「ここで重要なのはゲーテが発行部数は出版者側の問題であって、それゆえ出版者には二重印刷の権利があると強調していることだ。ただ契約期間が過ぎてから新しい版を出す権利は認められないだけなのである。[14]」しかし新しい「版」に関しては両者は何も触れていないのである。契約期間内にコッタは好きなだけ増刷することができる。けれどもけっして、ゲーテが「二重印刷」（修正・無修正にかかわらず）を容認したと考えることはできないのだ。コッタはゲーテに抗議されてから第五項を取り下げたが、クーンが、ゲーテのほうでは九月二十八日の手紙で「結局許可を与えた[15]」と推論しているのは間違いである。

簡潔に、有無を言わせず、的確に——ゲーテは方針を曲げなかったが、しかしいったん交渉で原則を説明し、了解を得たとなると、彼のほうでも信頼や好意を表した。既述したように、この直後に執筆されることになる『親和力』のなかで、ゲーテは仕事と人生の区別を要求している。仕事は真剣さと厳しさを求めるが、人生は恣意を求める、「仕事は首尾一貫した連続性であるのに対して、生活では時に首尾一貫しないほうが、愛らしく微笑ましくていい場合もあるからね。」そして「仕事はダンスと似たようなものだ。つねに同じ歩調で進む人物が必要である。好意の交換が必ず生まれなければならないのだ。」

ゲーテがこの好意をどれほど感じていたかは、「親愛なるコッタ殿」に宛てて書かれた九月三十日付の手紙が示している。契約条件を徹底的に討議し、決定したゲーテは安心して、『ヴィルヘルム・マイスターの修業時代』の原稿を送ったさいに、いまいちど愛想良く、打ち解けた態度で全集の企画について意見を述べている。ゲーテは本全体が「朗らかな印象になるように」と願っていた。この手紙はゲーテという作家や彼が切望していた出版者との協力関係をよく表していると思うので、そのまま引用してみたい。

今日の郵便馬車で『ヴィルヘルム・マイスター』を送りました。これまで二巻だったものを一巻にまとめましたので、これが全集第二巻と第三巻分になります。

さあ親愛なるコッタ殿、どうぞ印刷と本全体のレイアウトをお考えくださいますよう。そう、できれば試し刷りと紙の見本を送ってください。私は全体が朗らかな印象になるよう願っております。

ですがそれよりも大切なことは印刷の正確さです。心よりお願い申し上げます。おわかりでしょうが、原稿は細心の注意をはらって目を通して訂正してあります。もしまたしても不完全に印刷されてしまおうものなら、私は絶望することでしょう。どうか校正は注意深い男にお任せくださいますように。その際切にお願いしたいことは、送られてきた原稿を正確に印刷すること、正書法、句読点、その他を変更しないこと、いやそれどころか万が一間違いが残っていたとしても訂正せずにそのまま印刷してしまうことです。以上、要するに私が望んでいるのはただいまお手許にお届けした原稿の寸分違わぬコピーにほかなりません。

第一巻に予定されている詩の小品はすべて草稿に書き移してあり、よく整理してから近日中にお届けいたします。戦時中ではありますがこれらは郵送しても大丈夫だと思います。

第四巻に何を持ってくるかはまだ決めかねております。どうにか可能であれば、私はただちにファウストを登場させます。ファウストとその他の木版画のような戯れの作品によって、第四巻全体の構成は良くなりますし、最初の配本がなされるとすぐ読者の関心を掻き立てることでしょう。私がおおよその見通しが立てられるように、第四巻の原稿を引き渡さなければならない最終締め切りがいつになるか、教えていただけませんか。

それからどうぞあなたのお住まいの地方の様子を一言お知らせください。またヴィルヘルム・マイスターの原稿が届きましたらすぐご連絡くださいますよう。

原稿が無事であることを願っております。

二 『全集』の成立

——「私たちは最善を願い、そして最悪の事態に対する覚悟をもちましょう!」(コッタ)

一八〇七年三月、「全集」の最初の四巻が三種類の版により上梓された。発行年は一八〇六年とされている。ゲーテもコッタもこれといった反応は示さなかった。コッタは三月二日、「本日発の郵便馬車で」著者献本を送っている。そのさいコッタは「不手際」について謝罪しなければならなかった。ベラム紙装丁版が印刷工の不注意で遅れてしまったのである。うっかり二種類の紙を混ぜて使ってしまったのだ。コッタは印刷工程をやり直させ、その結果ベラム紙版はようやく五月に配本された。手紙のなかで予告されていた著者献本は三月十六日の午後にゲーテのところに到着した。二日後、ゲーテはコッタに、それぞれの版の「見栄えがなかなかよろしい」と書き送っている。だがゲーテはベラム紙装丁版が遅れたことには遺憾の意を表明せずにはいられなかった。「ベラム紙版の手違いは残念に思います。財布の紐をゆるめかけていた愛好家諸氏の数が減ってしまったでしょうから。」

「数が減る」というのは多少理解に苦しむところである。というのも愛書家向けの豪華版の場合、特別な製本をする都合上、購入希望者がしばしば配本を待たされるのはあたりまえのことだからである。とはいえ総じてありきたりな反応と言えるだろう。コッタはしかし満足していたらしい。四月五日にこう書いている。「お送りした著者献本におほめの言葉を賜りたいそう快く思います。」これが全集刊行に関する彼の唯一のコメントで、この手紙のその他の箇所では別の話題が取り上げられている。復活祭後の第三日曜日に「慎んで表敬訪問いたします」とコッタは申し出ている。「じつは拝顔の栄に浴することが今回の旅行の主な目的の一つと申し上げてもよいのです。ライプツィヒで私にどれだけの商売ができるというのでしょう。」これはまさに謙遜というものである。戦時の破滅的な負担にもかかわらず、一八〇七年五月六日の『教養階級のための朝刊』紙によればコッタは継続中の雑誌五誌に加え、一〇点の新刊（複数分冊を含む）を出展している。ベッティガーのような人物がコッタに宛てて一八〇七年四月十九日、次のように書いているのはこの復活祭書籍見本市に出展した作品数が原因であった。「この新刊案内を見て、私はあなたの驚くべきエネルギーに感嘆を禁じえません。まことにあなたはナポレオンが王者のなかで占めているような位置を、書籍業者たちのあいだで占めていると言えるでしょう。」書簡集の注のなかでコッタの「書籍取引」を入念に考証したD・クーンはこの点について、ナポレオンとの比較は同時代人によって賛嘆の念とともに何度も繰り返されたが、時には問題提起や中傷の意味合いをこめてなされることもあった、と述べている。このレッテルは今日なお生きており、出版・書籍業者の歴史を扱った多くの本のなかでコッタは「書物のナポレオン」と呼ばれている。

けれどもコッタとゲーテはなぜ、二人の関係の待望の成果が全集の最初の四巻という形で日の目を見たときにこれほど言葉少なだったのだろうか。そこには間違いなく時代情勢が大きく関与している。コッタはシャルロッテ・フォン・シラーに一八〇六年十一月十日付で書いている。「見本市用の商品はすべてニュルンベルクに置きっぱなしです…（略）…たいへんな損失です…（略）…［ナポレオンの］進軍は商売のひじょうな妨げとなりますので。」だが原因はそれだけではなく、ゲーテの不安定な健康状態や、全集収録予定の本文の改訂が思ったほど捗らなかったこと、また『色彩論』の困難をきわめた執筆過程なども大きな影響を与えた。しかし最大の要因はゲーテが時代をどのように判断しナポレオンをどう捉えていたかに関わる。同時代人にはナポレオンを天才と見るべきか悪魔と見るべきか、抑圧者なのか解放者なのか判断がつかなかったのである。コッタの態度も揺れていた。一八〇五年十一月十二日彼はゲーテに宛てて書いている。「ナポレオンは——彼をどう捉えるかは各人の自由ですが——途方もない存在です。ですから、このような場合に生ずることは、歴史をとうてい信じられないような事柄で埋め尽くしてゆくことでしょう。精神は、自ら命をもたない単なる力に対しては、永遠に勝ち続けます。私たちは最善を願い、そして最悪の事態に対する覚悟をもちましょう！　じっさい、これこそ、私のいまのモットーというにとどまらず、私の一切の行動の規範でもあるのです。それでもどうしてよいかわからない瞬間がままあるのですが。」コッタ社から刊行される雑誌にもさまざまな意見が発表された。例えば『ヨーロッパ年鑑』ではナポレオンを一貫して封建貴族制からの解放者として賞揚している。コッタが「祖国の災厄」と見たものに『ヨーロッパ年鑑』は異なる判断を示したのである。D・クーンはフリードリヒ・ブーフホルツが南ドイツ人について次のように述べているのを発見した。「諸君が同情に値することに疑問の余地はない。だが諸君の繁栄が永久に消え去ってしまったわけではない。産業を抑圧していたすべてのものや富を一手に収めていた人間がより完全に消滅すればするほど、それは速やかに回復するであろう。世界市民は、諸君が近づきつつある新たな発展にすでに歓喜している。[16]」

だが差し当たり歓喜と新たな発展どころの話ではなかった。「助かりました！」——一八〇六年十月二十日付のゲーテのコッタへの手紙は勢い込んで始まっている。「私たちの家はまるで奇跡のように略奪や火災を免れました…（略）…一八〇六年十月十五日、皇帝が到着しました。」コッタのほうからは一八〇六年二月七日に似たような「無事の報せ」をゲーテに送っている。「黄泉の国に行かずに済んだというわけです。ですが晴れ晴れとした気持ちでいるわけでもありません。祖国の不幸に打ちひしがれておりますので。」

一八〇五年以来、ナポレオンの軍隊はドイツ全土を覆っていた。ネイ元帥は一八〇五年九月二十九日、シュトゥットガルトに進駐し、過酷な軍事支配を行なった。フランス軍は南に進軍したので、チュービンゲンは不可避と思われた報復措置を免れた。差し当たり敵はオーストリアとロシアだけで、プロイセンその他のドイツ諸侯は宣戦布告を長いあいだためらっていた。フランス軍はオーストリア軍を何度も打ち負かした。ウルムの軍隊も包囲され、十月二十四日に投降しなければならなかった。一八〇五年十一月二十五日にゲーテはコッタ宛の手紙にこの事件を取り上げている。「ドナウ沿岸では驚くべきことが起こりましたが、わがチューリンゲンは兵隊だらけです。事態がどう転ぶかわからないので、恐怖も希望も宙づりにされたままです。誰もがいま現在を切り抜けることだけを考えています。」ナポレオンは十月二十四日にはミュンヘンに、十一月十四日にはウィーンに進駐した。コッタの言う「祖国の不幸」とはアウステルリッツの戦い、すなわち一八〇五年十二月二日に行なわれた「三帝会戦」のことであり、この戦いでナポレオンはロシアのアレクサンドル皇帝とオーストリアのフランツ一世に壊滅的な打撃を与え、降伏を余儀なくし、和平条約を結んだ。オーストリアはバイエルンとヴュルテンベルクの領土を失い、両国の選帝侯は勝利者として奇妙な王位を得た。

こうした状況であってみれば、そもそも全集の刊行が行なわれたのがじつは驚くべきことなのである。ゲーテは一八〇五年から一八〇六年にかけて何度も腎疝痛に見舞われ、一八〇六年の七月と八月にカールスバートに療養に赴いたあと、ようやく回復した。リーマーとともにゲーテは見本刷りと校正に手を加えていったが、郵便事情の悪化のためヴァイマル―チュービンゲン間のやり取りは当然大幅な遅延を伴った。ゲーテは印刷の体裁や間違いを調べ何度も校正刷りを要求した。一八〇六年六月二十日の手紙ではそのような校正刷りに対し次のように述べている。「言うべきことは何もございません。もっとも南ドイツの印刷技術がある種の優雅さという点で北ドイツに追いつくまでにはいましばらく時間がかかりそうですが。」コッタはこの言葉を快く思わなかっただろう。というのも戦時下にあっては北ドイツで印刷出版することなど論外、南ドイツの印刷会社もたいへんな困難と戦いながら営業していたからである。

ゲーテは全集刊行のために計画していたさまざまな改作を思ったように進めることはできなかった。一年近く、ゲーテはリーマーとともに『ファウスト』に手を加え、全集第四巻「戯曲」に収めることができるのではないかと期待していたが、その願いはかなえられなかった。ファウストは、当初の予想どおり第十巻に登場することになる。コッタはこの重大な利害の絡んだ全集の編纂をただ気長に待っているつもりはなかった。そこで彼は別冊版の刊行を提案し、ゲーテもそれに同意した。「種はできるだけ広い範囲に播いておいたほうが良いでしょう。」だが挿絵を付けるというコッタの案には反対だった。一八〇五年十一月二十五日付の手紙でゲーテは書いている。「ファウストは木版画や挿絵を付けずに出したほうが良いと思うのですが。詩の意味や響きにふさわしいものを作るのはたいへん難しいことです。銅版画と詩はた

Nro. 84.

Morgenblatt

für

gebildete Stände.

Donnerstag, 7. April, 1808.

Blick' hinweg vom Erdgetümmel,
Wo sich Träum' um Träume dreh'n!
Sieh dein Herz ist selbst ein Himmel!
Kann ein Himmelreich vergeh'n?

Tiedge.

Glockenklang und Chorgesang.

(Neue Szene aus Goethe's Tragödie: Faust, welche in der Fortsetzung der sämmtlichen Goethischen Werke auf die Ostermesse erscheinen wird.)

Chor der Engel.

Christ ist erstanden!
Freude dem Sterblichen,
Den die verderblichen,
Schleichenden, erblichen
Mängel umwanden.

Faust.

Welch tiefes Summen, welch ein heller Ton
Zieht mit Gewalt das Glas von meinem Munde?
Verkündiget ihr dumpfen Gloken schon
Des Osterfestes erste Feyerstunde?
Ihr Chöre, singt ihr schon den tröstlichen Gesang?
Der einst, um Grabes Nacht, von Engelslippen klang,
Gewißheit einem neuen Bunde.

Chor der Weiber.

Mit Spezereyen
Hatten wir ihn gepflegt,
Wir seine Treuen
Hatten ihn hingelegt;
Tücher und Binden
Reinlich umwanden wir,
Ach! und wir finden
Christ nicht mehr hier.

Chor der Engel.

Christ ist erstanden!
Selig der Liebende,
Der die betrübende,
Heilsam' und übende
Prüfung bestanden.

Faust.

Was sucht ihr mächtig und gelind,
Ihr Himmelstöne, mich am Staube?
Klingt dort umher, wo weiche Menschen sind.
Die Botschaft hör' ich wohl, allein mir fehlt der Glaube;
Das Wunder ist des Glaubens liebstes Kind.
Zu jenen Sphären wag' ich nicht zu streben,
Woher die holde Nachricht tönt;
Und doch, an diesen Klang von Jugend auf gewöhnt,
Ruft er auch jetzt zurück mich in das Leben.
Sonst stürzte sich der Himmels-Liebe Kuß
Auf mich herab, in ernster Sabbathstille;
Da klang so ahndungsvoll des Glockentones Fülle,
Und ein Gebet war brünstiger Genuß;
Ein unbegreiflich holdes Sehnen
Trieb mich durch Wald und Wiesen hinzugehn,
Und unter tausend heißen Thränen
Fühlt' ich mir eine Welt entstehn.
Dies Lied verkündete der Jugend muntre Spiele,
Der Frühlingsfeyer freyes Glück;
Erinnrung hält mich nun, mit kindlichem Gefühle,
Vom letzten, ernsten Schritt zurück.
O! tönet fort, ihr süßen Himmelslieder!
Die Thräne quillt, die Erde hat mich wieder!

Chor der Jünger.

Hat der Begrabene
Schon sich nach oben,
Lebend Erhabene,
Herrlich erhoben;
Ist er in Werdelust
Schaffender Freude nah;
Ach! an der Erde Brust
Sind wir zum Leide da.
Ließ er die Seinen
Schmachtend uns hier zurück;

図31　コッタ書店刊『教養階級のための朝刊』1808年4月7日第84号に掲載された『ファウスト第1部』の 抜刷予告.

いてい互いの効果を相殺してしまうものなのです。私は思うのですが、魔術師は独力で困難を切り抜けるべきでしょう。」そしてこの魔術師は実際やり遂げたのである、ものの見事に。

断片のままになっていた悲劇『エルペノール』の執筆も滞っていた。カールスバートに滞在したあとゲーテは新稿に着手したが、やがて断念し、結局リーマーにはヤンブスで書かれた稿の清書を任せて、「最終稿」は未定とした。一八〇六年十月二十七日原稿はチュービンゲンに送られた。「郵便馬車がまだ出ませんので、『エルペノール』をひとまず騎馬便で送ります。」（コッタ宛、一八〇六年十月二十八日）

状況が困難をきわめるなか、ゲーテはこの時期に『色彩論』のための研究を続けている。ゲーテは執筆のさい、何度も何度も、自分で自分を追い込まなければならなかった作家である。書き上げたばかりのものを組版へ、さらには印刷へ回すのも珍しくはなかった。それによって刺激をうけ、滞っていた作品が速やかに完成するのではないかと期待したのである。すでに見たように『ヴィルヘルム・マイスター』はその例だ。「『色彩論』からは全紙《ボーゲン》六枚分が印刷されています。第一部から三枚分、第二部から三枚分です。一年以内にこの作品を完成させることができないのは確実です。復活祭書籍見本市のために宣伝したりなさらないよう、あらかじめ申し上げておきます。」コッタは本の刊行を早まって予告しかねない、とゲーテのほうでは心配していたわけだ。『色彩論』は一八〇六年に印刷開始、一八一〇年二巻に分けて、図版一巻を添えて出版された。

ゲーテはコッタに「印刷の正確さ」を心がけるよう説くのが常だったが、今回もその点に注意するよう「いまいちど、心から」依頼している。次のような苦情すら言わなければならなかった。「もう一つお願いがあります。私の名前をGötheではなくGoetheと印刷するように。[17]」そんなことを一八〇六年の時点でまだ言う必要があったとは奇妙であるが、この点ではゲーテ自身にも非があった。ゲーテは印刷用原稿によく自著の旧版や、時には海賊版まで使用することがあった。そしてゲッシェンやウンガーや海賊版製作者たちはゲーテの名前をいろいろに表記していたのである。名前の表記が混乱したのはそのためである。

作家たちはたいてい、自著を出している出版社の刊行物には矛盾した態度をとる。一方で彼らは良質で進歩的で先進的な書籍を出版している出版社から本を出すことを良しとする。他方、その出版社から出る自著以外の本はすべて余計なものなのだ。何よりも出版者がそのときどきでとくに重視しているらしいものに彼らは嫉妬深く目を光らせる。コッタが頻繁かつ強引に(『婦人年鑑』への寄稿を)ゲーテに「お願い」しているのは驚嘆に値する。そしてこの困難な時期にあってもなお、彼は粘り強く、ゲーテがまずそれほど簡単には手放さないであろうたぐいの原稿について問い合わせている。いろいろな詩や『ファウスト』の「雑誌にふさわしい」抜粋などである。コッタの気持ちはよくわかる。『婦人年鑑』の売れ行きは好調であり、年鑑(訳注 暦と教訓的・娯楽的読物を内容とした刊行物)で商売することは必要でもあった。コッタの刊行する多くの書籍からは利潤がほとんど望めなかったからである。彼はこの数年間に、時期に応じて四種類の年鑑を出している。『トランプ年鑑』、『婦人年鑑』、年鑑式に編集された『ヨーロッパの国の歴史』、『婦人のためのポケットブック』である。コッタが一八〇六年二月七日、「またもや年鑑の準備をしております。『婦人年鑑』へのご寄稿により私を喜ばせていただきたいとあえてお願い申し上げる次第です」と書いてよこしたとき、ゲーテはこの手紙は無視するわけにはいかないと考えた。だがこの時の対応はまたもやゲーテ流であった。詩や代表作の抜粋ではなく、それなりに意義はあるものの、傍系に属する作品を渡すのである。どういうわけかゲーテは『婦人年鑑』には登場したくなかったようだ。その後一八〇八年にコッタがまたもや『婦人年鑑』をゲーテに「思い出していただこうと」したとき、ゲーテは一月二十四日付の手紙できっぱりとした返事をし、彼の「危惧」と「特異体質」を打ち明けている。「『婦人年鑑』向けのものは何か見つかるにちがいありません。ですがこの小冊子に私がいだいている危惧について一言言わせていただきたい。こうした本では本文にそぐわない銅版画が挿入されてしまうのです。他の人々はあまり気にしないのかもしれません。しかし私の場合、正直申しますと、好感のもてる小説をわくわくしながら読んでいるときに突如としてまったくそぐわない聖母像やらヴァレンシュタインの陣営の情景やらが割り込んでくると、他人の作であってもいたたまれない気がするのです。こうした物言いをどうかお許しください。けれども私が怠惰や不親切からあなたの願いを無下にしているとの嫌疑を恐れるよりは、正直に私の特異体質を打ち明けてしまったほうが良いと思ったものですから。」コッタはゲーテのこうした考え方をわきまえておかなければならなかったはずである。ゲーテはこの少しまえに『ファウスト』の挿絵の件で同様の意見を伝えていたのであるから。

作家と出版者の関係をこじらせかねないもう一つの分野は、出版者が直接、もしくは自社の作品の刊行を通じて行なう政治的意図や立場の表明である。コッタが出版の次に重視した活動が政治であったことは間違いない。彼はヴュルテンベルク領邦議会の議員を務め、関税交渉や、のちに見るように著作権・出版権問題において傑出した働きを示した。ウンガーの雑誌『ドイツ』とコッタの雑誌『ホーレン』に触れたさい、すでに述べたことだが、あらゆる出版者は自社の出版品目にそれとなく表されているメッセージを、ある一定の編集方針にもとづく雑誌のなかで直接表現してみたいという誘惑によくかられるものだ。そうした試みが繰り返されるのはいまも昔も変わらないが、それは必ず失敗に終わることになる。ある出版社の作家たちのあいだでたとえ政治に関するなんらかの基本的合意があったとしても、政治・歴史・倫理・宗教などあらゆる時事問題において意見の一致を見ることはありえないからだ。ましてや文学的評価とならばなおさらである。出版者は開かれた存在でなければならず、他人の自由に寛容で、自分では賛成のできない意見を他人が言うことを保障する心構えすらあるのに対して、作家のほうはわが道を行くのみだ。たとえその道が見極めがたい、錯綜とした、迷路であろうと、たとえ方向を何度も変えようとも、作家は自分の星を追いかけるほかないのだ。

コッタの『一般新聞』は一七九八年、チュービンゲンで『世界新報』という名で設立され、その後日刊紙としてシュトゥットガルトに移された。その記事は繰り返し宮廷の政治検閲やのちにはフランス軍司令部の不興を買ったため、編集局と印刷所をウルムとアウクスブルクに移さなければならなかった。だがこうした困難にもかかわらず、コッタはこの新聞を死守した。基本的な編集理念は非党派的でヨーロッパ的な日刊新聞であり、編集長にコッタはほかならぬシラーを望んでいた。この計画は実現に至らず、やはりシラーが重要な役割を果たした文芸月刊誌『ホーレン』も廃刊の憂き目にあった。けれどもコッタはかねがね彼の「拠点」であり、彼の「新聞」である時事的な「一般新聞」に文学専門の「機関」を追加したいと考えていた。それは論争と無縁で、完全に非政治的でなければならなかった——すぐれた文学は例外なく新しく、それゆえ未知であり、また批判的で、それゆえ政治的であることを考えれば、それ自体矛盾した話ではあるが。一八〇七年一月一日から発行された日刊紙『教養階級のための朝刊』はこうした構想にもとづいていた。一八〇六年八月十五日コッタはゲーテに伝えている。「新年から南ドイツのために『デア・フライミューティゲ（「率直な人」の意）』のような機関紙を発行しようと思っております。ご協力をお願い申し上げてもよろしいでしょうか。」ゲーテからの返事はなかった。この手紙はしかし、すでに見たとおり、よりによってヴァイマルの戦況が最も悪化した時期に出されており、またコッタは『フライミューティゲ』の名を引き合いに出せばゲーテは乗り気になるよりも、むしろ怖じ気づいてしまうことをわきまえておかなければならなかったはずである。『デア・フライミューティゲ』とはコツェブーの編集による一八〇三年創刊の『教養ある公正な読者のためのベルリン新聞』のことで、あらゆる時事問題を至上のものとするゴシップ新聞であった。この新聞にはゲーテのかつての友でのちに敵となったベッティガーが協力していた。それだけでもコッタは注意を喚起されてしかるべきであったが、この新聞がゲーテその人を何度も非難・中傷していた事実を考えれば、計画をすっかりあきらめていたはずである。しかしコッタは一八〇六年十月に依頼を繰り返す。「平和が訪れた暁には非政治的新聞を出そうと考えています…（略）…ご協力をお願いしてもよろしいでしょうか。あなたの玉稿で私を喜ばせていただけないでしょうか。それによってぜひ発刊号を飾らせていただきたいのですが。」ゲーテからの返事はなかった。けれども『一般新聞』のある広告のなかでコッタは『デア・フライミューティゲ』との関心のあり方の違いを強調している。「この『教養階級のための朝刊』の目的は「政治を除くすべての対象を網羅する機関を作ることであり、その目指すところは教養ある人士の興味をひく、精神的・倫理的文化に必要な知識を広め、娯楽を通じて快い教訓を与えることにほかならない。(18)」

明らかにコッタは「真実・熟慮・人間性を原則とする」という意図を掲げることで、他の機関紙、とりわけ「デア・フライミューティゲ」との区別をつけたかったのである。だがゲーテはコッタから創刊以来、定期的にこの新聞を受け取っていたにもかかわらず、返事を留保していた。コッタが一八〇七年二月二日にいまいちどゲーテに「この機関紙にも参加していただきたいのですが」と「お願い」したとき、ゲーテはその年用にいくらかの原稿を提供したが、これまでの例にもれず、それは主要な著作ではなく、むしろ単発的なものであった。

ヴァイマルのルポ記事を載せる『一般新聞』はゲーテにとっては不快な、苛立ちの種であった。その種のルポルタージュの一つがゲーテとコッタに最初の深刻な不和をもたらすことになる。けれども全集の仕事は双方が正直に意見を述べ合ったため、続行させることができた。

こうして全集の最初の四巻が一八〇六年の発行年を付され一八〇七年三月に、第五巻から第七巻が一八〇七年に、そして第八巻から第十二巻が一八〇八年に出版された。最後の数巻が印刷されている最中にゲーテは早くも満足の意を表した。「あなたと仕事をするときには、私は自分と家族の利益をすっかりあなたにお任せすることができます。」一八〇八年七月二十六日、ゲーテはコッタに「閑暇」と「朗らかな気分」に導かれた結果を報告している。「長編小説を…（略）…書き上げることができました。おそらくかわいらしい二巻本になるでしょう。みなの前で朗読してみる機会があったのですが、刊行されれば読者に受けるだろうと思います。長編小説とは心地よい、一般の人にわかりやすい、また作家にとってもまことに楽しんで書くことのできるジャンルです。私は言いたいことをこの形式で表現してみたいという意欲にかつてなく燃えています。」ゲーテはこのように『親和力』を予告したわけである。だが「心地よい・一般の人にわかりやすい・楽しい・かわいらしい二巻本」とは！　ひょっとするとこれはコッタのことを考えての予告なのかもしれない。出版者からの鼓舞・激励を待っているだけではなく、作家のほうからも出版者を励ましたほうが良い結果が得られるものなのである。

『親和力』はもともと『遍歴時代』のなかに挿入される短編群の一つとして構想された。ゲーテは一八〇八年六月、カールスバートの湯治場で口述筆記を始め、七月中には第一部全体と第二部末尾を口述し終えた。コッタに長編の予告をしたのはこの時である。一八〇九年四月、イェーナでゲーテは草稿を再び手にとって訂正や書き足し、書き直しをした。このときもゲーテは第一部を一八〇九年七月終わりから徐々に印刷させることで自分を急き立てた。『親和力』全二巻は一八〇九年秋の書籍見本市に出版された。そして補巻（第十三巻）として全集につけ加えられ、第一次全集はこれで完成した。報酬についてはゲーテとコッタはすぐに合意に達した。

ゲーテはなぜ短編『親和せる者たち』から長編『親和力』を作り出す気になったのか。リーマーに『親和力』を口述筆記しながらゲーテは「閑暇」と「朗らかな気分」を感じていた。けれども私は一八〇六年十月の出来事がその原因であったと確信している。正式結婚の決心を固めるきっかけとなった歴史的事件のショックと挙式の反応に対するショックである。ゲーテは結婚の理由について述べている。「あらゆる絆が消滅する戦時の不安定な時期にあっては、家族の絆の大切さに気づかされるのです。」『親和力』では事態はまったく正反対だ。「暗い情熱の必然的な力の軌跡」が悲劇的な結末に向かってゆくのである。ゲーテ自身は一八〇九年九月四日の『朝刊』紙でこう予告している。「著者は、物理学において、人間の知識の範囲から遠く隔たったものをより身近なものにするために、しばしば倫理的な比喩が用いられていることに気づいたのだろう。そういうわけで著者も、倫理的な問題にある化学上の比喩をあてはめて、この比喩の精神的な根源まで遡ってみようと思ったのだろう。なぜなら自然界にも精神界にも存在するのは唯一の自然であり、明るい理性の自由な国をも貫いてとどまるところを知らない暗い情熱の必然的な力の軌跡は、より高い者の手による以外には、そしておそらくこの地上の生のなかでは完全に消し去ることがないだけに、なおさらその思いを強くしたのだろう。[19]」ここでは悲劇的結末が暗示されているわけだが、しかしこの物語はそう簡単に把握できるようなものではない。どの解釈も、登場人物が結婚し、結婚を望むこの長編小説が、結婚小説ではないという点で一致している。この作品の真の内容を探り当てようとした批評のなかで壮大な理論を構築したベンヤミンはこう要約している。「『親和力』が対象としているのは結婚ではない。[20]」さらにベンヤミンの信ずるところによれば「真の愛でもない」。結婚するのかしないのか、期限付きの結婚か、婚姻届を出さない共同生活か、といったテーマが小説のなかでは議論される。この作品の魅惑はいまでは、その芸術的センスや見事な叙事的構造や、舞台の統一や尋常ならざるストーリーの完璧な必然性や、登場人物が自身を越えたものを暗示していることであると考えられている。だが何よりも『親和力』はそのイロニーの屈折によってすぐれて今日的なのである。例えば結婚の賛美はよりによってミットラーという人物の口から発せられる。あの「奇妙な、不可解な」「無愛想な」男、その独善的な理論がオッティーリエを死に追いやり、仲介者としての限界点、すなわち「仲介できぬもの」に突き当たって挫折するミットラーによって。「結婚とはあらゆる文化の始まりにして頂点である。」一つの制度のもつ文化を決定する力を、世界中どこでも、そして今日も変わることなく通用する形で表現した一文である。しかしこれに続くミットラーの文章の途中で、事態を前もって知っている語り手によって一つの留保がなされる。もちろんミットラー自身はそれを知らないわけであるが。「結婚は粗野な者をやさしくする。そして最高の教養を身につけた者にとってはおのれのやさしさを示すのに結婚ほどうってつけの機会はない。」[21] 小説の登場人物により議論が進行するなか、伯爵は異様な提案をする。五年間だけ結婚してみようというのだ。読者はこの選択肢が真剣に議論されるのではと期待するのだが、しかしそれはすぐに会話の餌食になってしまう。——語り手によるイロニーである。カールスバートその他の土地で、ゲーテは時代の特徴としてまったく「自由な道徳」を目にしていたが、一八〇七年の夏には「結婚に関する」厳しい原則を述べて主任宮廷教会説教師ラインハルトをいぶからせた。「文芸告白」のなかでゲーテは書いている。「この小説を読んで、治癒しようとしながらふさがることを恐れている深い情熱の傷口を見落とす者はあるまい。」とはいえこの作品を自伝的要素に一方的に引き寄せてしまうのは間違いだろう。誇張された人物エードアルトをゲーテと同一視することはできないし、オッティーリエを十八歳の少女ミンナ・ヘルツリープや、ゲーテがカールスバートで知り合い、詩のなかで「娘、友人、恋人」と呼んだジルヴィエ・フォン・ツィーゲザルと同一視することはできない。シャルロッテという人物のなかにはシャルロッテ・フォン・シュタイン夫人の厳しい流儀と面影が影響を与えているのは確かだ。けれども重要なのは『親和力』（この作品では行為は選び取るよりも強制されることのほうがはるかに多い）のなかには「体験されなかったことは一行も含まれないが、どの一行も体験されたとおりではない」[22] ということである。

かくして一八〇九年、『全集』第十三巻が発行された。すでに述べたように、この『全集』は数回に分けて配本された。第一巻から第四巻、第五巻から第七巻、第八巻から第十二巻、そして締めくくりの第十三巻である。そのさい、出版者（と著者）にとってある問題が生じた。予想よりも需要が大きかったため、コッタは第二回配本時の発行部数を第一回配本時より増やさなければならず、第三回配本時には前二回よりもさらに増刷しなければならなかった。ところがすでに述べたとおり、当時の印刷所は組版をそのまま残しておくことができなかった。そのため新しく版を組み直さなければならず、そのとき植字工による間違いが紛れ込んでしまったのだ。コッタにこのように増刷を行なう権利があることは法的に見てなんの問題もないように私には思える。だが『奢侈と流行のジャーナル』誌の一八〇八年一月号に次のような出版予告を掲載したのは誤りだった。

ゲーテ（フォン）全集全一二巻。八つ折判。第二版。白上質紙、予約価格二カローリン。普通紙、予約価格一と二分の一カローリン。

この広告は八つ折判の第二版を予告していることになるが、それに対する権利はコッタにはないのである。しかし広告の言わんとしているのは、完全な新版全集のことではなくて、全巻を揃えるために足りない分の印刷用全紙《ボーゲン》を、版を組み直して印刷した混合版全集のことであろう。(23) とはいえゲーテはこのことで契約上の取り決めに不安を感じた。コッタも自分のしていることに自信がなかったのかもしれない。いずれにしろ一八〇八年八月には自分のほうから報酬を支払っている。ヴァルトラウト・ハーゲンは『第一次全集』（略号A）の複雑な成立過程を詳細に記述している。(24)

この全集の出版に対する反応はさまざまだったが、大きな反響を呼んだ形跡はない。同時代人の手紙からは全集の装本・装丁があまり好評でなかったことがうかがえる。これには第一回配本後に書かれた『一般文学新聞』の書評が影響しているのかもしれない。「予告されていた三種の版のうちベラム紙装丁版は、公表されたところによれば、事故があったため日の目を見なかった。いわゆるふつうの印刷用紙を用いた版は上質紙版(Papier velin)というにはとうてい値しない。粗悪紙版(Papier vilain)というのが妥当なところだ。そして白上質印刷紙版も似たり寄ったりと言わざるをえない。ねずみ色の薄い、しみのある紙質も悪ければ、印刷の質も悪い。[25]」ゲーテは確かに初めのうちは見本刷りの水準を認めていたが、時間がたつにつれやはり印刷の結果に不満を感ずるようになった。

一八一一年八月二十二日、ゲーテはコッタにウィーンで海賊版が出ていると訴えた。ウィーンの出版社ガイスンティンガーの委託を受けて、一七巻の「ゲーテ全集」が出版されていたのである。(一八一七年までにさらに七巻が加わった。)ゲーテは本文の間違いの多さと、その配列がコッタの『全集』と異なっていることに腹を立てたが、しかしこの「海賊行為」のいわゆる法的根拠については心得ていた。あの「古くさい、粗野で上品さを欠いた箴言」を持ち出して、「あれは皇帝ヨーゼフに由来するもの」(訳注 皇帝が文筆家を「家畜」、出版社を「チーズ屋と同類」と蔑称したことで、ゲーテはシラーと『クセーニエン』で辛らつに風刺した)、「確かに実直ではあられたが、時として退屈きわまりないお方だった」と述べているからである。コッタはこれに対してゲーテとの契約上、当然言う権利のある意見を表明している。一八一一年九月十七日ゲーテ宛の手紙は言う。「海賊版の製作者たちをこらしめてやるために、あなたの全集の八ポイント活字の中型本を三ラウプターラーの価格で広告に出したいと思います。」これに対する返事はゲーテにとってとても「重要」であったため、ゲーテはすぐに筆をとり、その覚書を「早馬の急使」に手渡し、コッタの返事は「騎馬便」で送るよう求めている。この、ゲーテの一八一一年九月二十八日の手紙は作家の手になる外交術の傑作である。ゲーテは「より小型の判による全集」の「複製」に同意しなかったのである。それが八つ折判全集のずっとあとに出版されることになるのがゲーテにとっては「多くの点で憂慮すべき[26]」と思われたのだ。どうやらゲーテは自伝の仕事に取り組むことによって、新しい全集に収録してみたくなるような材料をさらに発見したようである。「それよりもこうするほうがより望ましく、効果的かつ得策なのではないでしょうか」と、ゲーテは九月二十八日付のこの手紙に書いている。「つまり、いますぐ正確で包括的な新全集の刊行に取りかかるのです。このように私の考えを申し上げますのも、まだ作品としての域に達していない幾つかを新全集の一部として収録できるようになり、その分よりいっそう完璧な全集になると思うからです。」コッタは三日後の十月一日に返事を出した。彼は新しい全集は「賢明ではない」と考え、もっともな理由を挙げている。『第一次全集』をもっているほとんどの読者は前回からまだあまり時間がたっていないため、『第二次全集』を買わない。新全集にゲーテの新作『詩と真実』『遍歴時代』を収録することになってしまったら、それより先に単行本として出版することができない。さらにコッタはいまが書籍業にとってあまり有利な時期ではないことを指摘せざるをえなかった。「もっと良い時期がやって来るまで、フランスとオーストリアで海賊版に対する防止強化ないし完全禁止の措置が講じられるまで、何年か待ってみたほうが良いのではないでしょうか。」コッタとしてはこのように答えるしかなかった。契約により彼には一八一五年まで『第一次全集』を販売する権利が認められていたのである。新版全集を出すとなれば、改めて契約を交わさなければならず、それは出版者にとって、まず版権が貰えるかどうかという不安と、そしてまた新たな報酬を支払う義務を意味する。コッタの念頭には競争相手のこともあった。ゲーテ宛に「少なくとも将来の完全版全集の仕事相手を私どもに決めて」いただ

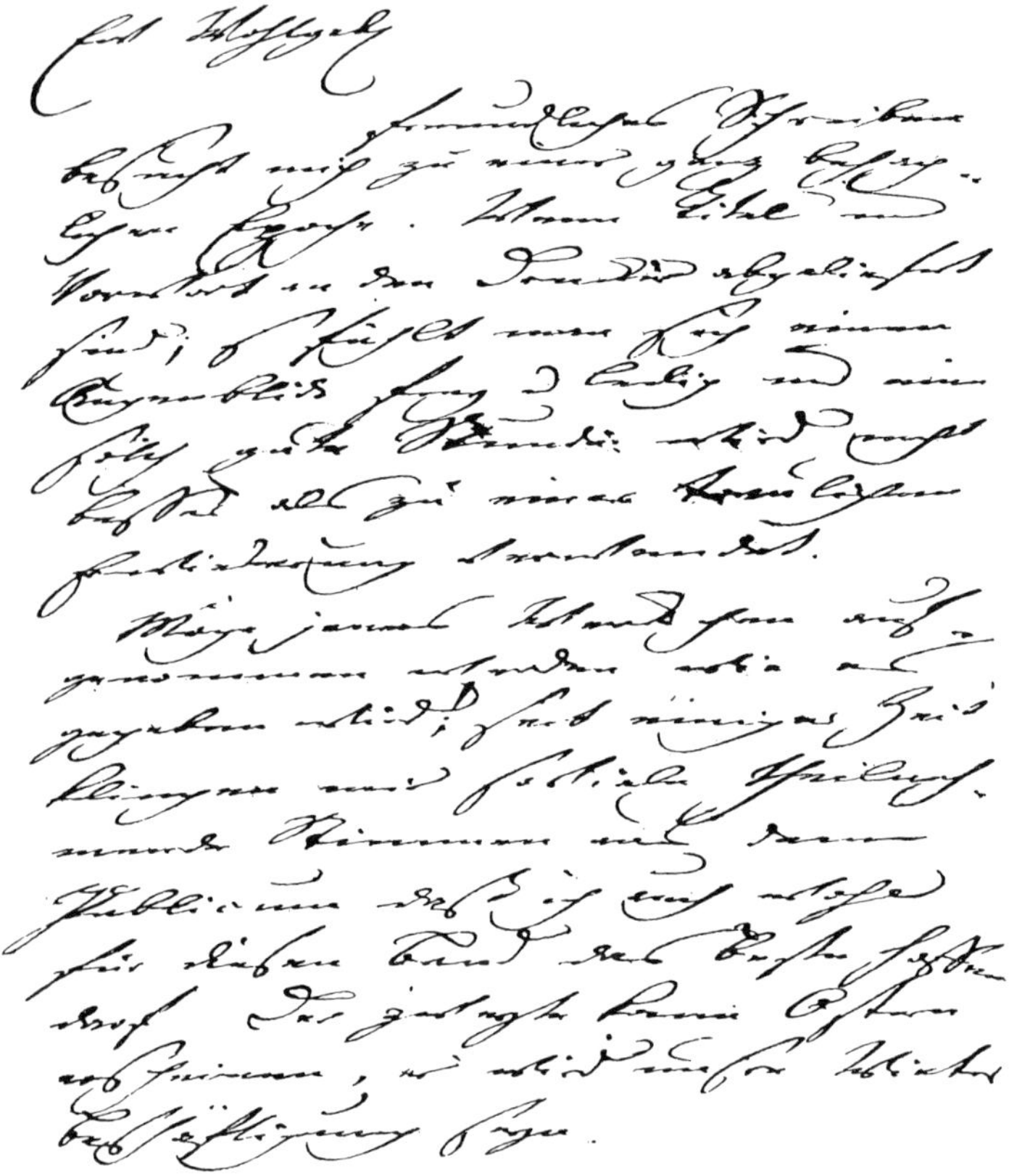

図32　1811年9月28日付ゲーテのコッタ宛の手紙（全文）．国立シラー博物館所蔵．

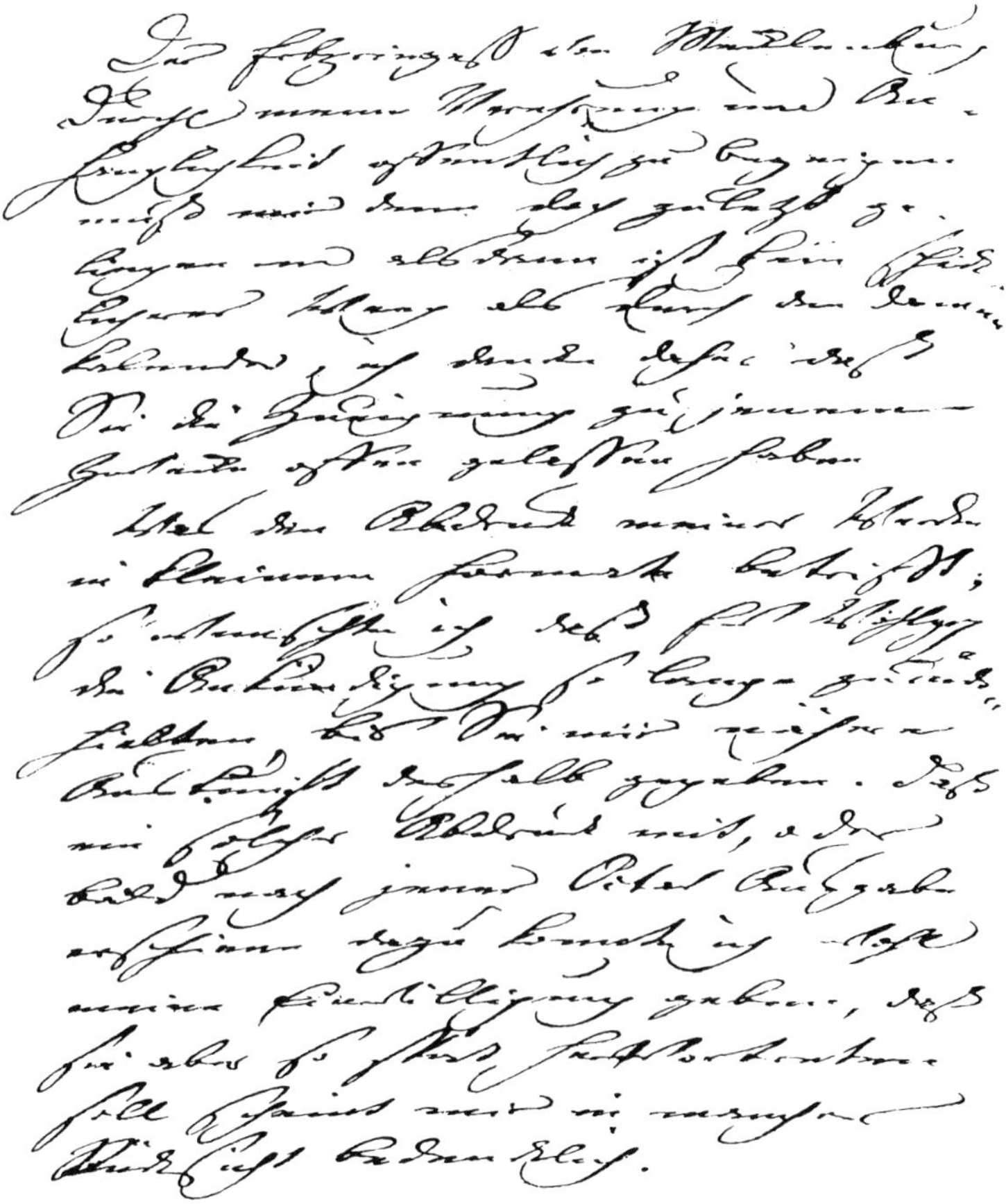

Sollten als nicht besser, als die schöne
und vortheilhafte Lage, gleich jetzt
zu einer ordentlichen, und vergnügten
[illegible] zu [illegible], die uns so
vollständige Lage biete, als
meine [illegible] den [illegible]
bekommen, [illegible] etwa frei sich
nicht bestünde als einen Theil
des Ganzen aufzustellen.

Die Reise ist schon [illegible] über-
[illegible] und [illegible] und ich
[illegible] [illegible] [illegible]
[illegible] [illegible]; [illegible] und [illegible]
[illegible]; [illegible] ich [illegible]
[illegible] [illegible] [illegible]; ein
[illegible] [illegible] könnte und
[illegible] die [illegible] [illegible] bringen.

Eine [illegible] auf 400 [illegible]
habe ich in diesen Tagen ([illegible])
auf [illegible] [illegible] [illegible]; nun
aber [illegible] ich [illegible] allen Dingen
meinen [illegible] zu [illegible], die ich an-
[illegible] [illegible] haben, [illegible]

けるよう心より望んでおります、と書いているからだ。

けれどもゲーテは態度を変えなかった。一八一一年十月十四日にゲーテはコッタ宛に、これらすべての問題に関しては直接話し合いたいと書いている。だがそのあとでゲーテはいまいちど、一八〇八年の例の全集広告の件に立ち入り、こう言っている。私が当時何も言わなかったのは、あの時点ではあなたは契約にもとづき六年間全集を販売することができたためと、私があなたに「たいへんお世話になり、いつも感謝し続けていたからです。」だが、ゲーテはこの感謝の念にも終わりが訪れたことをはっきり告げる。「けれどもいま、契約期間の終了まぎわに新しい、『第一次全集』とほとんど内容の変わらない全集が廉価版で刊行されるとなれば、私がぜひこの目で見たいと願っている私の正確かつ完全な全集は、いつ実現するともわからなくなってしまいます。海賊版の存在や、時代の厳しさを考えればなおさらです。」そして、このような根本的な考察を重ねたあとともなればもっともなことではあるが、自分の生活の安定の問題に初めて触れている。

そして私はたいそう困惑しているのです。というのも私は家の者（訳注　おそらく、この頃からゲーテ家の財政問題で発言力を増していく息子アウグストのこと）に、人間何があるかわからないので私の経済状況についてメモを渡すことにしているのですが、今回の件はひじょうな疑いの目で見られているのです。それを晴らすのは私の手に余ります。ひょっとすると取引の経過をよく知らないので心配しているだけかもしれませんが、そうであれば面と向かってお互いに説明しあえば安心することでしょう。

私たちの素晴らしい信頼関係のためにもこの不快の種をあなたに打ち明けておかなければならない

と私は考えました。そして前便にて申し上げた、新全集に着手すべきというあの提案をひとつの清算手段と考えたことを否定するつもりはありません。ただしあなたに残されたあと二年間の販売期間のことはしかるべく考慮に入れなければならないでしょうが。

例の、簡潔で、有無を言わせない、的確な口調である。コッタは驚いてポケットブック版を出すという案をひとまず引っ込めた。もっともこの頃の手紙からわかるように、彼の気持ちは収まらなかった。一八一一年十一月二日の手紙で、コッタはかつてのような関係の回復を呼びかけ、さらに警告をつけ加えている。「この機会に正直に申し上げますと、私を書籍業につなぎ止めているのは、私がたいそう誇りに思っているあなたとの、そしてシラーとの関係だけなのです。もしそれがなければ私をあれほど苦い目にあわせたこの泥沼から、足を洗ってしまうことでしょう。この関係があってこそ、書籍業は私にとっていまだにかけがえのないものなのです。」

一八一二年三月七日にコッタはもう一度ポケットブック版の出版を提案している。このときの手紙はシュトゥットガルト発になっている。コッタ社はその間に移転したのである。コッタはウィーンの海賊版がベルリンにも「忍び込み」、おそらくそれを阻止するにはポケットブック版の出版が最善の策と思われる旨を述べている。ゲーテは三月十七日に返事をしたが、拒絶的な態度は変わっていない。ポケットブック版の出版は自分にとって不都合であるが、かといってどうすれば損失の危機を回避できるのか、「私の利益とあなたの利益を一致させることができるのか」見当もつかない。「私は〈利益〉という言葉を口にすると自分でも不思議な気持ちになります。私は若い頃は〈利益〉のことなど歯牙にもかけず、中年になってもほとんど気にとめず、いまでもどう対処して良いのかよくわかりません。それなのに、煩わしく平凡な人生を終えて舞台を去るときに負債を負っているのが嫌ならば、それについてしっかり考えなければいけないのですから…（略）…今度こそ、私のためらいが心変わりのせいではなく、状況の変化によるものであることを納得していただきたい。」

難しい状況である。ゲーテとの契約上、コッタには確かにポケットブック版を出版する権利がある。けれども彼はあきらめた。おそらくは、出版者たるもの、たとえもっともな理由があったとしても重要な問題で作家の意見に逆らって行動してはならぬ、という経験則に従ったのであろう。これをもってコッタの『第一次全集』の企画は終了した。ゲーテはすでに一八一二年十一月十二日に計二一巻の予定の新全集の計画を送っていたが、コッタはこの申し出には応じなかった。同年十二月六日彼は書いている。「どっちにしろ全集出版は現在の戦闘の終結を待たなければならなくなるでしょう。残念ながら、戦争は書籍業界にひじょうに悪い影響を与えています。」ナポレオンはロシアに遠征し、モスクワは焼け落ちた。「モスクワが焼けたからといって私に何の関係があろう」というゲーテの警句（F・V・ラインハルト宛、一八一二年十一月十四日）は有名である。しかし今度はナポレオンとそのドイツの援軍の敗北がロシアで始まる。コッタが事態の成り行きを見守ったのは正解であった。

三　コッタとゲーテ独特の「副次的作品」

二年前にゲーテはコッタに二つの重要な執筆計画を打ち明けていた。そしてコッタにイェーナを訪問するよう頼み、一八一〇年五月十一日、クネーベルの家で両者の会見が実現したのである。ゲーテはまず、

『色彩論』を脱稿後、打ち合わせどおりイェーナのカール・フリードリヒ・エルンスト・フロマンの印刷所に送ったこと、そこで印刷と製本が行なわれることを伝えた。その後『色彩論』全二巻は一八一〇年の復活祭書籍見本市に合わせて出版された。コッタは「この他に類を見ない唯一の作品の出版者となったことを大いなる感謝の念とともに確認」し、五月二十九日に報酬一千二〇〇ライヒスターラーの支払いを申し出た。「他に類を見ない唯一の作品」という表現がどれほど正しかったかは、当時のコッタには知る由もなかった。光と色の研究はゲーテのライフワークの重要な一環であったが、それはのちに明らかになるように、よりによってゲーテの味わった最大の失望に終わり、ゲーテは生涯その失望感と戦い続けなければならなかったのである。「私は詩人として成し遂げたことを鼻にかけるつもりは毛頭ない」とゲーテはエッカーマンに語っている。しかし『色彩論』には「半生の労苦が注ぎ込まれているのだ」[27]。だが、一八二三年九月三十日にエッカーマンが、ゲーテの論は孤立しているではないか、と言って挑発したとき、ゲーテの「優越感」に火がついた。「あの偉大なニュートン、そしてあらゆる数学者や高貴な算術者が、そろいもそろって色彩論に関しては致命的な誤りを犯し、何百万人のなかでこの偉大な自然現象について真理を知っているのは私だけなのだ。二〇年来、そう自認するほかなかったのだから、誇りに思ってもいいではないか[28]。」ゲーテの死後、五〇年たってベルリン大学の学長で、物理学の教授を務めていたある人物はゲーテの『色彩論』を「独学のディレッタントによる失敗に終わったなぐさみもの[29]」と退けた。ゲーテがこの評価を聞いたら「おろかな思い上がり」と言ったことだろう。ゲーテは自説に自信があったのだ。エッカーマンには次のような有名な発言をしている。「この世で一時代を画そうと思うなら、周知のように二つのことが不可欠だ。第一に頭が良いこと。第二に大きな遺産を受け継ぐこと[30]。」ゲーテによれば自分が受け継いだ遺産はまさにニュートンが犯した誤りで、それが「私に贈与されたのだ」。そして「学術

図 33　カール・フリードリヒ・フロマン（1765–1835）．ヨハン・ヨーゼフ・シュメラー作，コンテによる素描．1830年，ヴァイマル古典財団所蔵．

的な努力」とは自分にとって人間を知る最上の手段であり、学問の問題とはつねに、人間存在とその発展の問題にほかならない。エッカーマンがその発展とはどのようなものでどのくらいの期間続くのか、と質問したとき、ゲーテは黙示録的な予想を述べている。「私には神がもはや人類を喜ばず、すべてを叩き潰し、再び原始の天地創造の状態に戻すのがわかっている。すべてはそこに向かう仕組みになっており、原始に還る時の到来する時刻は、遠い未来においてすでに定まっている。」しかしゲーテは「ことのほか高揚した上機嫌で」続ける。私たちはまだ何千年も「この愛しい地上であらゆる楽しみを味わうだろう。」[31]『色彩論』の受容史の文献は文字どおり山を成している。一九六五年のある研究のタイトルは『色彩論、そして終わりはない』となっている。最近発表された、一連の議論に終止符を打つかもしれない重要な論文は、一九八七年のアルブレヒト・シェーネのもので、『色彩論』を「色彩の神学」として解釈している。シェーネの見解によれば、ゲーテは『色彩論』で「世に一時代を画す」ことはできなかったけれども、「唖然とするほどアクチュアルな文章」を書いた。私たち「後世に生まれた者はしかし、自然破壊や自己破壊の能力をもつに至り、このひじょうに特異な、取り付く島もないような作品を新しい目で読まなければならないだろう——あたかものちの世のために書かれた、誤りのなかに思いがけない真実を含んだ本のように。[32]」

コッタはこうした『色彩論』の問題性を知る由もなかったにしろ、ゲーテを訪問したときのことを感極まった調子で書いている。五月二十九日の手紙では「イェーナの親密な夕べのひととき」の「最上の楽しみ」に対する「衷心からの感謝」が、七月十八日の手紙では「イェーナで閣下と過ごした忘れることのできない時間」の幸福が述べられている。

コッタの一八一〇年五月十一日の訪問のさいにゲーテが打ち明けた二つ目の計画は、二部に分けて発表する予定であった「自伝の重要な試み」であった。この自伝執筆の計画は一八〇二年一月十九日、最初にシラーに伝えられていた。「少し人生を振り返って考えてみておりますうちに…（略）…私は気づいたのです。体験したことを書きしるせばどんなに興味深い作品になるか。過ぎ去った歳月のおかげで、もはや全体を展望することができますし、悲喜に心乱されることもないでしょうから。」一八〇六年二月二十六日付の『イェーナ一般新聞』のなかでゲーテはS・M・ローヴェ編の著作集『現存するベルリンの知識人の肖像』について述べている。「現存する知識人に短い伝記を書いてもらい、それをすぐに一般読者に提供するというのは素晴らしい考えだ…（略）…歴史の書き方には二種類ある。一つは知識人向け、もう一つは非知識人向けである…（略）…後者の場合はある大きな統一体を描くときにも、個々の事象をはしょったりせずに完全に伝えなければならないのである。[33]」この言葉はまた『詩と真実』の執筆方針でもあったようだ。ゲーテはコッタ社からの『第一次全集』を準備しているときからすでに、自分の作品が未完成で暫定的で、断片的ですらあるという印象をいだいており、すでに見たように原稿を印刷に回すのを何度も長いことためらった。だがイェーナの攻防に続き一八〇六年十月、ヴァイマルで略奪、焼き討ちの危険に脅えた経験はそのためらいを克服する契機となった。一八〇六年十月二十四日ゲーテはコッタに宛てて書いている。「あの不安な夜、私がいちばん心配したのは原稿のことでした。当然です。他の家では、略奪者たちが原稿の類を無残に扱い、破り捨てないまでも撒き散らしてしまったのですから。私はこの時期を乗り越えたからにはより早急に原稿を印刷に回すつもりです。迷いの日々は過ぎました。私たちの試みを完成させ、計画したものは実行に移す。そう期待できる心地よい時がやって来たのです。」

そして一八〇六年のもう一つの発言が重要である。フィリップ・ハッケルト宛にゲーテは四月十四日付で書いている。「シラーの死によって私の存在のなかに大きな裂け目が生じてからというもの、私は過去の思い出に、より生き生きとした関心を向け、そして永遠に消え去ってしまったように見えるものを記憶のなかにとどめるのがどれほど重要な務めであるかを狂おしいくらいに感じております。」

このようにゲーテは自分の作品と健康状態を「心から憂慮」し、神聖ローマ帝国の終焉とナポレオン戦争を時代の転換点と捉えていた。ゲーテはまた読者の好みがどんどんロマン派の作家たちのほうに傾きつつあると感じていたが、彼らの発言にはどうしてもなじめなかった。これらすべてが原因となって、ゲーテは自分自身を執筆の対象とし、歴史化することに傾斜してゆく。

『詩と真実』のまえがき、あの架空の手紙のなかで、ゲーテは読者に対する新たな姿勢についても述べている。「というのも、若い頃はひたむきにわが道を行き、迷わされないように、他人の要求は苛立たしくはねつけてしまうものだが、歳を取るとなんらかの助言によって刺激をうけ、新たな行為へとやさしく促される可能性を待ち望むようになるからである。(34)」

一八〇七年ゲーテはリーマーに対して何度も子供の頃や青春時代の体験を語っている。ライプツィヒの学生の悪戯の話が出たり、一八〇七年十二月十六日にはフロマンに「ヴァイマルの黄金時代」について書き送ったりしている。そして同月、イェーナからヴァイマルへの帰途、同行したリーマーには「リリー・シェーネマンとの恋の物語」を話して聞かせている。けれどもゲーテはまだ自伝の執筆を実行に移さなかった。一八〇八年には初の大規模な全集の刊行が完結し、ゲーテは「歴史的存在になり」はじめていたのだが、『親和力』はまだ刊行されておらず、「中心的仕事」である『色彩論』に依然として携わっていた。けれども一八〇九年十月十一日になるともう自伝の断片的な計画を口述筆記させている。ゲーテは同年十二月までそれに手を加え、一八一〇年に補足した。扱われている年代は一七四二年から一八〇九年に及ぶ。最初の歴史的日付はカール七世戴冠の一七四二年、さらにはロシア軍の援助によりマリア・テレジアに有利な形でオーストリア継承戦争が終結したアーヘン和約の一七四八年である。最後は『パンドラの再来』、すなわち一八〇八年に雑誌『プロメーテウス』第一号、第二号に『パンドラの再来』という題で発表されたゲーテの祝祭劇『パンドラ』、それから『親和力』と『色彩論歴史編』によって締めくくられている。

以上が一八一〇年五月十一日、ゲーテがイェーナでコッタに向かって自分の計画を伝えたときの状況である。コッタは自分のほうからこの自伝を出版してもよいと申し出た。一年後には一巻につき一千五〇〇ライヒスターラーという報酬の契約が交わされた。ゲーテはコッタの訪問が、自伝の執筆にひじょうに役に立ち、良い刺激をうけたと感じていた。以下に挙げる一八一一年五月四日のコッタ宛の手紙がその証拠である。「あなたが私のところにいらしてからというもの、自伝の仕事を続行しようという意欲が増してきました。このように無邪気に公言することで、私に好意を示してくれるすべての方々とまた新たに生き

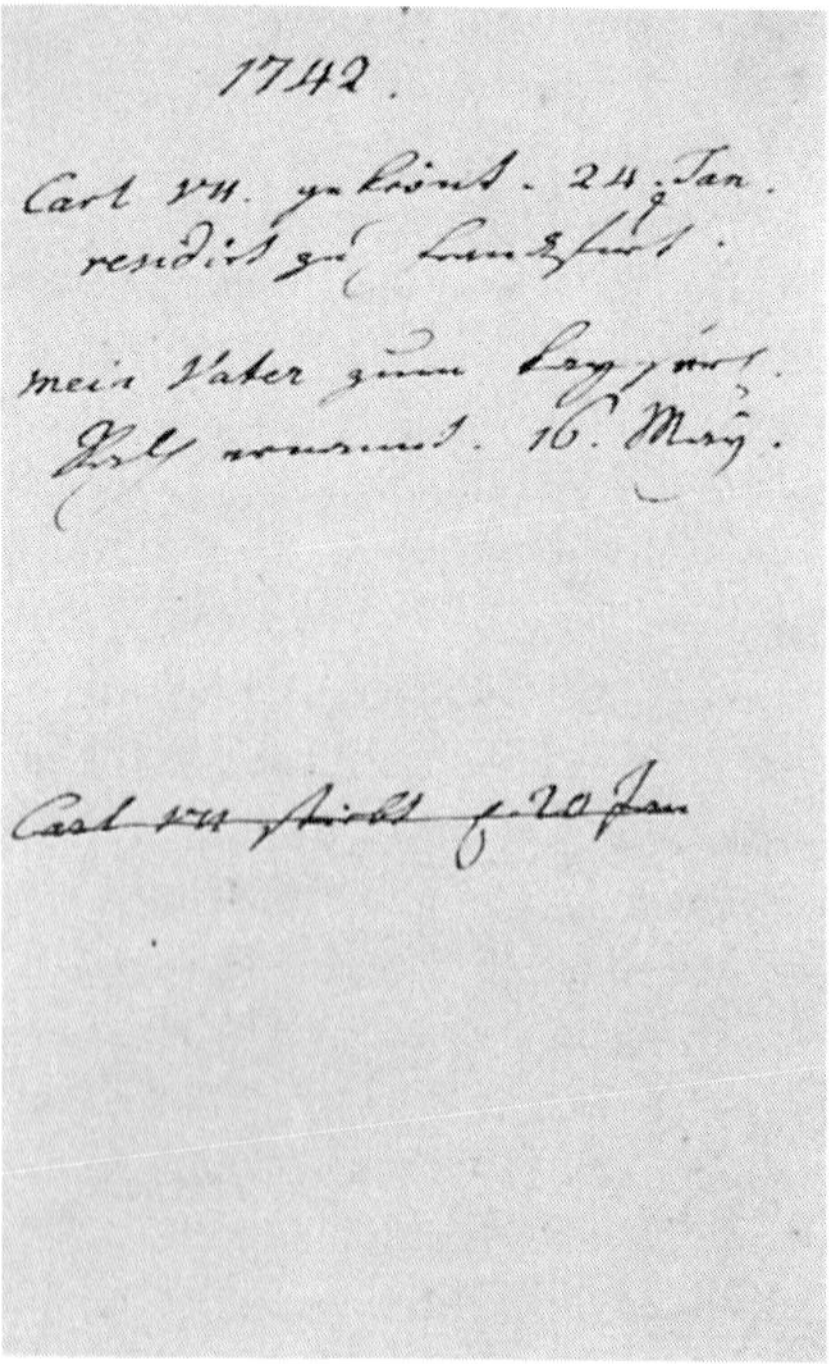

図34 『自伝シェーマ1809年』の1ページ．ゲーテ自筆（『ヴァイマル版全集』第1部第26巻，349–364頁参照）．フランクフルト，ゲーテ博物館所蔵．

生きとした関係が結べればと思いますし、これまでどうにか書きしるしてきたものを、とりわけ友人たちのために、いまいちど生彩のある、興味深いものに仕上げたいと思います。」実際ゲーテはコッタの訪問の直後から、自伝執筆の計画に精力的に着手している。カールスバートへの旅の道すがら、一八一〇年五月十八日にフランツェンスブルンに滞在したとき、ゲーテは日記にメモしている。「伝記と美学について歓談」。そしてさらに次のような記述が続いている。

英雄的および旅・恋愛

のモチーフ、性格的、そしてある状態を描いたもの。

人生に対するより高い意味でのイローニッシュな見方。それにより伝記は人生を超越する。迷信的な見方。それにより伝記は人生に再び引き戻される。前者の方法では理性・知性が優先し、後者の方法では想像力の官能性が優先する。そしてうまくやれば、最後には満足のゆく総合性が現れるはずだ(35)

……(略)……

告白を書く者は誰でも嘆き節という危険な罠に陥る。病的なもの罪深きものだけを告白し、けっして自分の美徳を打ち明けようとしないから。

私が誕生したときの星の位置と星占い。

ドイツ文学については語らない。偉大な外国人たち、ヴォルテール、モンテスキュー。世界の来たるべき運命に対する心構え。ドイツだけは除く……(略)……

一種の人文主義的文化へと向かうドイツ人の傾向。貴人が自らの価値を高めるために野に下ること(36)。


この書き込みの数日後にゲーテはカールスバートで自伝の計画をさらに進め、もう素材や資料を集めていた。一八一〇年十月二十五日ゲーテはベッティーナ・ブレンターノ宛に書いている。「打ち明けます。告白を書こうとしているところです。それが長編小説になるか物語になるかは予測がつきません。ですがいずれにしてもあなたに手伝ってもらわなければなりません。母は亡くなってしまいましたし、私が大方忘れてしまった過去をよみがえらせることのできそうな人々の多くもまたしかりです。でもあなたは母と貴重な時を過ごし、昔話や小話に繰り返し耳を傾け、すべてを新鮮で生気溢れる記憶のなかに保持しておられる。ですから、さあ、すぐ机に向かって私や私の一族のことを書きはじめてください。そうしていただけたらとても嬉しく思いますし、あなたに感謝いたします。[37]」ゲーテは『年代記』の一八一一年の項で歴史的な出典や証言や、手紙や日記や友人の報告などからなる「魔法の装置」について述べているが、ベッティーナもその一部であったわけだ。

一八一一年には資料の収集は終わっていた。けれどもゲーテはまだフィリップ・ハッケルトの伝記を執筆していた。一月二十八日ゲーテは「ハッケルト伝の最後の三分の一をまとめた（出版は一八一一年。『フィリップ・ハッケルト。伝記的素描、主に本人の自伝遺稿をもとにゲーテが編集執筆』）。翌二十九日火曜日の日記の書き込み。「自伝」。二月には、自伝的著作を口述筆記した、というような記述が繰り返し現れる。一八一一年四月二日にはこの自伝的作品が「晩、ご婦人方の前で朗読」される。同年五月には第一部が脱稿し、各巻に配分される。七月十七日には第一巻が組版のためにイェーナのフロマンのもとに送られ、同年九月七日まで、短い間隔をおいて残りの四巻が続いた。リーマーはゲーテに『わが生涯から』と『真実と詩』という題名を提案していた。ゲーテはとりあえずそれを採用したが、ささやかな変更を施した。『真実と詩（Wahrheit und Dichtung）』ではdの文字が衝突しくっついてしまうので、口調の良さを考えて『詩と真実（Dichtung und Wahrheit）』としたのである。一八一一年十月二十六日、この作品は『わが生涯より。詩と真実。ゲーテ作。第一部』という題名でシュトゥットガルトのコッタ社から秋の書籍見本市に合わせて出版された。十月にコッタは報酬の一千五〇〇ライヒスターラーをヴァイマルに送金した。

一年後、一八一二年五月十日の日付で「カールスバート、ドライムーレン（訳注　ゲーテが宿泊していた旅館で〈三人のムーア人〉の意）にて」として、次のように書き出される奇妙なゲーテの手紙がコッタのところに届いた。「あの高貴なシラーが生きていたら」どんなに良かったことでしょう。「彼は私たちの仕事の好意溢れる、うってつけの仲介者でした。私としては、人間的な関係を保っておきたいだけの人物と経済的な問題で交渉をするのが、いつもたいそう苦痛に感じられてならないのです。私たちの前回の会合がおそらく私たち双方に不満を残す結果となったのもそのためでしょう。そして私はあのとき言いそびれたことをいま改めて申し上げなくてはと切実に感じております。」こう書き出したあとにゲーテは、自伝第二部は、それに対して二千ターラーの報酬が支払われ、さらに第一部に五〇〇ターラーの報酬が追加された場合にのみ、執筆を続行し、出版することが可能であると告げる。「以前私の境遇について打ち明けたことすべてをその理由として挙げたいと思います。さらに以下のことだけをつけ加えます。またしても逼迫した状況のおかげで、気の進まなかった説明を時期を早めてせざるをえなかったのです。」コッタはゲーテの願いを容れた。ゲーテは一八一二年暮れに原稿をシュトゥットガルトに送り、こうして第二部は一八一三年の復活祭書籍見本市に合わせて出版された。

　コッタが第二部の末尾、書くことについての作家ゲーテの意見を読んだかどうかは伝えられていない。「書くことは言語の濫用である。ひとりきりで黙読するのは会話の悲しい代用品である。人間は何をやるにも人格によって他人に影響を与えるのだ。」ゲーテはこの辛口の裁断をすぐに和らげてはいるが[38]、『西東詩集』の準備を進めていたとき、古代ペルシアの詩を称賛してこの思想をまた繰り返した。「かの地で言葉が大切だったのは／口づてであったからである。」語ること、話すこと、言うこと、歌うこと、聞くこと――それはゲーテにとっては断じて消滅したわけではない言語・発話文化の諸要素であり、若きゲーテにとっても青春を振り返るゲーテにとってもつねに重要なものであった。

　『詩と真実』第三部は一八一四年五月に出版された。ゲーテは自己を歴史化する作業から向こう五年間離れるので、これをもって自伝はひとまず完結したことになる。またもや新しい仕事、すなわち『西東詩集』が押し寄せ、新たな個人的な体験が始まったためであった。だが、『詩と真実』の続編で描かなければならないのはあのリリー体験であり、当時まだ生きていたリリー・フォン・テュルクハイム夫人（一八一七年没）のプライバシーに関わることは書きたくはなかったという事情もある。こうして続編執筆は延期されたのである。その代わりに『イタリア紀行』が取り上げられ、一八一六年と翌一七年に第一部と第二部の二巻にわけて出版されるが、《ゲーテ著『わが生涯より。第二編』第一部、第二部。われもまたアルカディアにあり》という表題になっていた（訳注「第二編」となっているのは、ゲーテはこの時点では既刊の『詩と真実』第三部までを『わが生涯より』の第一編と考えていたためである）。それが、やがて『決定版全集』第二十九巻に完結編となる『第二次ローマ滞在』（一八二九年）が収録されるに至って、初めて現在の『イタリア紀行』という表題になるのである。ゲーテは後期ヴァイマル時代の叙述にも取り掛かるが、そのために選んだのは《Annalen》ないし《Tag-und Jahres-Hefte》という年代記的叙述形式であった。『決定版全集』の広告によれば全集には自伝的な文章を包括した自叙伝が収められるはずであったが、実現には至らなかった。一八二一年十月、『ヴィルヘルム・マイスターの遍歴時代』がひとまず終了してからようやく、ゲーテは『詩と真実』の仕事に着手する。一八二五年二月には改めて『ファウスト』を取り上げ、以後一八三一年夏までそれがゲーテの「最重要の仕事」となった。一八三〇年十一月九日の日記にはこうしるされている。「晩、わが人生の第三部を読み、第四部の準備を始める。かつての様子をありありと目に浮かべ、草稿が見やすいように新しい書類挟みに入れて整える。[39]」三月三日、ゲーテはいまいちどこの仕事に「真剣に取り組む」。一八三一年十月十二日まで仕事は順調に進み、そしてゲーテは死の直前に最後の作品として自分の青春の物語を完成させることができた。この第四部は一八三三年に初めて『決定版全集』遺稿の部第八巻に印刷された。

余話——往復書簡に反映しているもの

ゲーテとコッタが著作者—出版者として関係を結んだ最初の一〇年間を概観すると、並外れて実り豊かな、堅固な結びつきという印象をうける。コッタはシラーとは心からの友情で結ばれていたが、ゲーテはむしろ仕事の相手であった。そこには当然距離が保たれていた。著作者としてのゲーテを心から尊敬していたし、またゲーテには社会的な地位があったからである。両者はそれぞれ著作者、出版者という役割を演じ、互いに尊敬しあっていた。ゲーテは多くの要求を出したが、けっして不可能ことは要求しなかった。コッタはこの時代の出版・書籍業につきものであったあらゆる困難にもかかわらず、口で言うよりは楽にその要求を満たすことができた。シラーとゲーテのお陰でコッタは豪華な出版目録を作り上げた。同時代の最も重要な作家たちがコッタ社から本を出した。ヘルダー、ヘルダーリン、ジャン・パウル、シェリング、フィヒテ、ティーク、ヘーベル、フンボルト兄弟、シュレーゲル兄弟。コッタはこの時代の「新しい巨匠たち」の出版者だった。ゲーテは自分のしていることや自分の地位については揺るぎない確信をいだいていた。ゲーテの作品を手がけることができなくなった暁には出版業から手を引くつもりだというコッタの考えは、ゲーテには不愉快であったかもしれないが、その存在を脅かすほどのことはまったくなかっただろう。これらすべてが原因となって、二人のやり取りには自主性と落ち着きが生まれた。二人の往復書簡はまた、商売上の話題に終始した単なるビジネス・レターであったわけでもない。批評家マルセル・ライヒ＝ラニツキーの意見では、これらの書簡はさして面白いわけでもなく(40)、文学的な輝きを放つのは例外的で、ドイツの書籍商によって「慈しまれてきた伝説」、すなわち「ここで双方の分野の第一人者が対等のパートナーとして対峙している」という伝説には終止符が打たれたことになる。さらにライヒ゠ラニツキーは、コッタはゲーテにとって「つねに仕事の相手であり、対話の相手であったことは一度もなく」、「ドイツの書籍商が心から称えてきた共同作業は、ただコッタがゲーテの望むことをつねに実行していたから実現したにすぎない」と述べている。だが、コッタにそれができたのであれば、それはそれで出版者としてはけっして悪くない態度である！　百戦錬磨の出版者といえども、著作者とその作品による挑戦に同意し、時には不快にすら感じられる著作者の革新性、特異体質、敏感さ、意見、偏見を是認しないまでも、理解して責任を負うてやって初めて、著作者の望みを双方にとって利益をもたらすような形で継続的にかなえることができるのだ。そして著作者のほうでも出版社の全体的な特徴やそれを取り巻く一群の著作者たちに賛同しないまでも理解を示さなければならない。私にとってこの往復書簡は直接性、具体性、信憑性の輝きを放っている。それにゲーテという前代未聞の現象を前にしては——しかもゲーテはそれを自覚し、その可能性を最後まで汲み尽くしたのであるが——対等な知的関係はいずれにせよありえなかった。

ともあれコッタはゲーテの重要な文通相手であった。出版業務にとどまらず、頻繁に時事問題に触れ、重要な出来事を報告するこの往復書簡がその証である。そのうちの三つの出来事を次に取り上げてみたい。

a　ナポレオン、「歴史に実現した最高の現象」

ゲーテはナポレオンについてそれほど頻繁に語ってはいない。ナポレオンその人との会見も例外ではなく、その報告にはつねに謎めいた要素が含まれている。だがコッタに宛てた記述ほど明確なものはほかにない。

ゲーテは一八〇八年エアフルトでの諸侯会議のさいにナポレオンに会っている。ナポレオンは九月二十七日から十月十四日までロシアのアレクサンドル一世ならびにナポレオンの恩恵を蒙って王位に即いたザクセン王、バイエルン王、ヴュルテンベルク王、ヴェストファーレン王、さらにライン同盟諸侯とプロイセン王の弟を身の周りに集めていた。ナポレオンはまさしく帝王として振舞い、ロシア皇帝に露仏同盟を強制したり、ドイツの王や諸侯を臣下さながらに束縛するなど現実的な政策を展開していた。それによって対スペイン戦争のために背後の危険をなくし、ドイツの諸邦に軍隊の派遣を義務づけることによりナポレオン軍のための一大兵力補給体制を築いたのである。ドイツの知識人たちはナポレオンに喝采を送った。ヘーゲルはナポレオンを世界精神の具現と見なした。カッセルをドイツの新しい首都に定めようとする計画があった。ナポレオンについての自説を一八〇度変えたヨハネス・フォン・ミュラーはその計画を歓迎し、自ら筆を取ってナポレオンの基礎文献を執筆することになった。ヤーコプ・グリムはカッセルの図書館司書に、ベートーヴェンは宮廷楽長に望まれたが、後者の計画はウィーンの人々が阻止した（ウィーンにとどまることを条件に終身年金の支給を申し出たのである）。

カール・アウグストにはヴァイマル公国の独立がこの時、累卵の危うきに瀕していることがわかっていたので、エアフルトで自国をできるだけ印象的に見せたいと思い、ゲーテに同席するよう頼んだのである。十月二日、ナポレオンは本陣にゲーテを迎え、謁見した。ゲーテの日記の書き込みを見ると、ゲーテはこのときナポレオンとの会見にほとんど興味をいだいていなかったらしい。ゲーテにとって、「殿下」と呼んで幼時から心を砕いてきた公太子、すなわちカール・アウグストとルイーゼ・アウグスタの長子カール・フリードリヒ――世襲公爵、ナポレオンの没落後は世襲大公――のもとに残っていることのほうが大切だと思われたのである。十月一日、ゲーテは妻クリスティアーネとエアフルトを散策したことを記録し

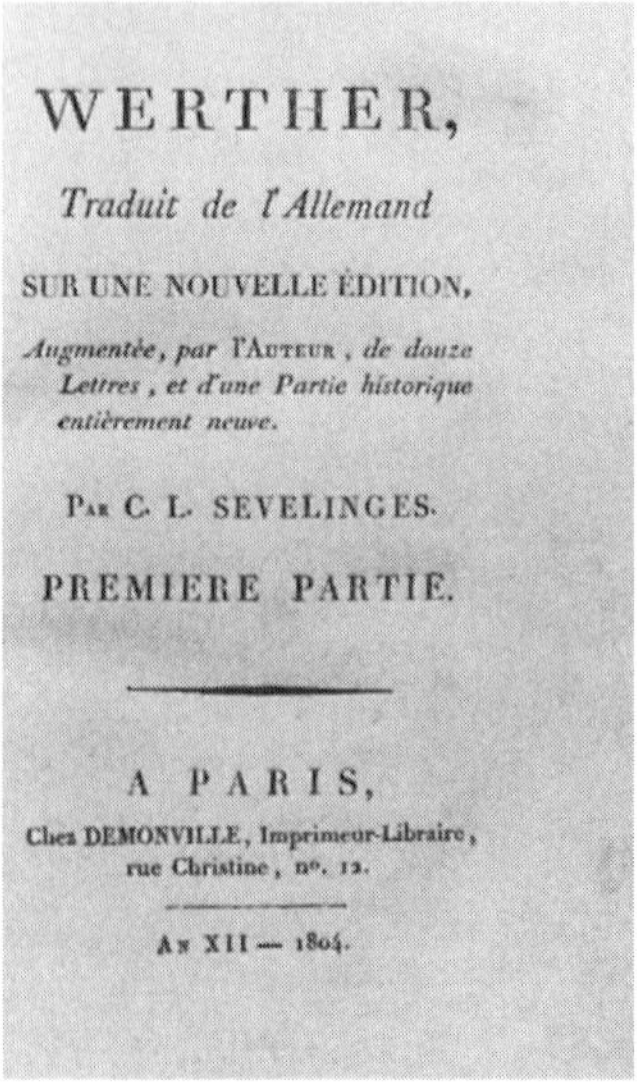
WERTHER,

Traduit de l'Allemand

SUR UNE NOUVELLE ÉDITION,

*Augmentée, par l'*AUTEUR*, de douze Lettres, et d'une Partie historique entièrement neuve.*

PAR C. L. SEVELINGES.

PREMIERE PARTIE.

A PARIS,

Chez DEMONVILLE, Imprimeur-Libraire, rue Christine, nº. 12.

AN XII — 1804.

図 35　フランス語版『若きヴェルターの悩み』（パリ，1804）のとびらと口絵銅版画．ヴァイマル古典財団所蔵．

ている。そして翌日。「二日。［十月、エアフルト］朝、公の朝の引見。その後皇帝のところに。」記述はこれだけで、あとは「訪問客」についてどうということのない報告が続いている[41]。会談はフランス語で小一時間行なわれた。数少ない信憑性のある資料を伝記作家や学者が集めたのである。ゲーテはその後一八二四年に『ナポレオンとの会談』のなかで具体的な出来事というよりもその雰囲気を伝えているが、『若きヴェルターの悩み』についての会話だけは詳しく書いている。ナポレオンがゲーテに「これこそ人間だ（Voilà un homme）」と言って挨拶したことは確かだとされており、「私を出迎えた、皇帝の素晴らしい言葉だ」とゲーテは一八〇八年十一月十四日にラインハルトに語っている。ナポレオンはゲーテをパリに招き、パリ旅行の案はしばらくのあいだゲーテの念頭を去らなかった。けれども謁見についてそれ以上は当時のゲーテは何も語らなかった。宰相ミュラーは回想録でこう述べている。「ゲーテはこの謁見のいきさつについて長いあいだ沈黙を守っていた。そもそも個人的に衝撃をうけた重要な出来事には容易に口を開かないというゲーテの性格によるものかもしれないし、慎みやデリカシーのせいかもしれない。けれどもナポレオンの発言がゲーテにきわめて強い印象を残したことは、ゲーテの様子からすぐわかった。ゲーテ自身は会談の内容を問う［カール・アウグスト］公の質問を巧みにかわしていたが。(42)」間違いなくゲーテは強い印象をうけていたのだ。かねてからの驚嘆の念が新たに裏づけられ、ナポレオンを「歴史に実現した最高の現象」（クネーベル宛、一八〇七年一月三日）と評価したことの正しさが証明された。ゲーテにとってナポレオンはまさにデモーニッシュなものの具現であった。デモーニッシュなもの、それはゲーテによれば天才と生産性の結合なのである。すでに一年前、ゲーテはヨハネス・フォン・ミュラーが一八〇七年一月二十九日ベルリン芸術アカデミーで行なったフリードリヒ大王とナポレオンについてのフランス語講演「フリードリヒの栄光について」をドイツ語に訳し、コッタの『朝刊』紙に発表している。(43)

ナポレオンについて「天才」という言葉を「デーモン」という表現で表すのは大胆な方法であるが、とはいえ政治に携わり、さまざまな影響や並外れた痕跡を残す天才は誰もがデーモンなのかもしれない。一八二九年に過去を振り返って証言されたことではあるが、一八〇八年にゲーテはまさに次のように感じていたのであろう。「だから私はこのような考えを禁じえない。デーモンたちが人類を冷やかし、からかうために時おりあれこれの人物を遣わすのである。彼らはたいそう魅力的であるため、誰もがその後を追うが、あまりにも偉大であるために誰にも追いつくことはできないのである。」ゲーテはこの点に関してラファエロ、モーツァルト、シェイクスピアの名を挙げ、その「天然の、生まれつきの偉大さ」を語る。「ナポレオンも同じように手の届かぬところに屹立しているのだ。(44)」

一八〇八年十月十四日、ゲーテは（ヴィーラントと医学者シュタルクとともに）レジオン・ドヌール勲章を授けられた。ゲーテはナポレオンの大臣マレーに「衷心よりの深謝」を告げた。ゲーテは公式の場に出るときはいつもこの勲章をつけ、ナポレオンが敗退し追放されてもそれを外さなかった。友人たちがその点を指摘するとゲーテは思わず叫んだ。「どうしろというのだ！　私だって愛の詩や『ヴェルター』を二度と書けなかったのだよ。」[45]ナポレオンはゲーテにとって無二の挑発であった。ナポレオンは「誰の手も届かず」「比類ない」。そしてナポレオンに拮抗することが自分の課題であるとゲーテは考えていた。自分がこの「より高次の人物」にひるむことなく、彼から「いわば価値を認められ」「私の存在が対等であったこと」――こうしたひじょうに重要な経験をゲーテはよりによってコッタに打ち明けているのである（コッタを評した「書物のナポレオン」というベッティガーの言葉をゲーテが知っていたかどうかは明らかではない）。だがそれは単なる偶然ではないだろう。コッタにナポレオンが自分を高く評価したことを知ってほしかったのであり、それを他の人々にも伝えてほしかったのだ。ゲーテはこの件に関心を寄せてくれる「多くの友人」に触れているからだ。「多くの友人たち、とりわけあなたは私の身に起こった良き出来事に生き生きとした関心を寄せてくれるものと思います。私は喜んで告白いたします。人生においてあのフランス皇帝とあのように向かい合ったことほど高貴で喜ばしいことはありませんでした。会談の細目には立ち入りませんが、こう申し上げてよいでしょう。より高次の人物が、私に特別な信頼を寄せ、こうした言い方を許してもらえるなら、いわば私の価値を認め、私の存在が対等であることをはっきりと示した――あのように受け容れていただいたことはかつてありませんでした。[46]」

ナポレオンと彼の自分に対する態度についてゲーテがこれほどはっきり述べ、自身とその働きをナポレオンと比較したのは、このときだけであった。その代わり、ゲーテは、ナポレオンを単なる征服者・暴君と捉えそこから解放されることのみを考える人々からの批判には耐えることができた。ゲーテは「ドイツ人が一生かかっても目にすることのできなかったような、ましてや気にとめることなどけっしてなかった」[47]事柄に対して非難の声を上げる悲憤慷慨の士に反論した。いわゆる解放戦争中に生じたドイツ至上主義をゲーテは嫌悪した。それらはすべてゲーテにとっては地域的なことであった。もっともその後ゲーテは「わがドイツ人たち」の自己主張に対する国民的な意欲をもっと肯定的に評価し、例えば『エピメーニデスの目覚め』についてのコメントでは、かつての自分のナポレオン崇拝に一種の自己批判を加えてもいるのだが。

b　クリスティアーネ、「かわいらしい、私の小さな恋人」

ゲーテの存在の大きさを考えれば、のちに妻となったクリスティアーネ・ヴルピウスとゲーテの関係がコッタとの往復書簡にも姿を現し、さらにコッタの新聞にも報道されてしまったことも不思議ではない。（ゲーテはこれを遺憾に思い、立腹した。）ゲーテとクリスティアーネの関係はあまりにもセンセーショナルで、単なるプライベートな関係として世間から見逃してもらうわけにはいかなかったのだ。今日でも伝記作者たちは一七八八年七月十二日を引き合いに出す。その日、ゲーテは二十三歳のクリスティアーネと初めて出会い、肉体関係をもったのである[48]。けれども、それ以外のこととなると、伝記作者にとってはいまだに扱いにくい出来事でもある。彼らは天才にはそれなりの代償がつきものなのだといって、恩着せがましく、偉大なゲーテの失態を許す。私はこの不当な評価にはゲーテ自身にも大いに責任があると思う。「わが家の宝の恋人」を隠し、自分だけのものにし、世間から遠ざけるのはゲーテの勝手であるが、ゲーテ自らがこの関係についてひじょうにおかしな発言をしているのだ。まず第一にゲーテは一年以上ものあいだ、ク

図 36　クリスティアーネ．ゲーテ作，1788/89年．鉛筆とコンテによる素描．古典古代風に様式化されている．ヴァイマル古典財団所蔵．

リスティアーネのことをシュタイン夫人に黙っていた。シュタイン夫人はゲーテの教え子であった息子のフリッツからそれを知り、一七八九年六月八日の手紙でゲーテとのすべての関係を絶った。シュタイン夫人はひどく感情を害し、ゲーテの次のような返事にますます激怒した。「この関係がどれほどのものでしょうか。そのために誰かが迷惑を蒙りますか。私がこの哀れな娘にいだいている感情や彼女と過ごした時間について、いったい誰にとやかく言うことができるのでしょう。」(49)「哀れな娘」「愛しい子」「かわいらしい小さな恋人」「小さな自然児」——これらはゲーテによる誤解を招きやすい表現で、当時の世間や後世からの不当な評価のもととなった。

「家政婦」はヴァイマル社交界からまさに存在しない人のように思われていたのである。ゲーテの友人たちはそろって口を閉ざし、シラーでさえもクリスティアーネの存在を単に無視していた。この「哀れな娘」がゲーテを愛していたことには疑問の余地はない。ゲーテは彼女のすべてで、唯一無二の存在であった。二八年間二人は生活を共にし、クリスティアーネは五人の子供を産んだ。彼女は自ら述べているとおり、生涯「愛しい枢密顧問官様」の「真の家宝」であった。だがゲーテのほうでもクリスティアーネがとても家庭的で、安全で、世話好きで、かいがいしく、のみならず情愛に溢れ、官能的であることにしごく満足していた。ゲーテはそのことを十分彼女に示してやっただろうか。ともあれクリスティアーネが悩んでいたことは確かだ。世間では自分のことを、ゲーテとくっついた、おろかでやかましい、飲酒癖のある、分不相応な女と言っているのを知っていたからである。ゲーテの女性関係、イェーナやカールスバートからヴァイマルに流れてくるいろいろな噂話も彼女の悩みの種だった。クリスティアーネにはゲーテが人生と作家活動のためにそのような刺激を必要としていることはかろうじて想像できたが、こうしたそのときどきの関係が、大半はプラトニックであったとは知る由もなかったのである。クリスティアーネはある手紙に書いている。「いったいあなたのいい人たちと何をなさるつもりなのですか。もうたくさんです。私ははるか以前からあなただけのものです。その私をどうぞお忘れになりませぬよう。お願いです、ご自分のことも少しはお考えになってくださいね。でも私はあなたを固く信ずるつもりです。言いたいことは言わせておけば良いのです。私のことを思ってくださるのは、なんと言ってもあなただけなのですから。」ゲーテだけがいつも得をしていたわけではないことは、女優カロリーネ・ヤーゲマンの回想からもうかがえる。彼女は「ゲーテがあまりにもクリスティアーネを甘やかし、その下品な嗜好にもかかわらず放任を決めこんでいた」(50)と非難している。「私があの偉大な人物からうけた全体的な印象は、良いものばかりではけっしてなかった。」

ゲーテとクリスティアーネが一八〇六年十月十九日に突如結婚したとき、その関係は(少なくとも一時的に）スキャンダルとなった。ゲーテのこの頃の境遇を思い出してみよう。戦争があった。プロイセンは八月まで宣戦布告を控えていたが、ナポレオンがアンスバッハとバイロイトを占領してからようやく参戦に踏み切り、ザクセン選挙侯国も同盟関係にもとづき参戦を余儀なくされた。カール・アウグスト公はプロイセンの将軍として自国の軍隊を動員せねばならなかった。けれども十月十四日にはイェーナおよびアウアーシュテット近郊のヴァイマル領でナポレオンはプロイセン軍を潰滅させる。ゲーテがこの日何を体験したかは、日記に記録されている。「早朝イェーナで砲撃。続いてケートシャウで戦闘。プロイセンの敗北。夕方五時、大砲の弾丸が家々の屋根を打ち砕く。五時半、狙撃兵が進駐。七時火災、略奪、恐ろしい一夜。決然とした態度と幸運により、わが家は持ちこたえた。(51)」プロイセン軍はヴァイマルを通り抜けて敗走し、フランス軍の軽騎兵は追い討ちをかけ、家々を占領し、略奪した。ゲーテは事の成り行きを何度もコッタに報告した。十月二十日ゲーテは次のように報告している。「助かりました！　わが家は略奪と火災をまるで奇跡のように免れました。」略奪行為に抵抗したものは厳しく処罰された。シュタイン夫人は、重症を負ったシュメッタウ将軍をかくまったので、彼女の家は完膚なきまでに荒らされた。ゲーテの旧友で、絵画学校の校長であったメルヒオール・クラウスは抵抗したためひどい虐待をうけ、そのすぐあとに死亡した。ゲーテの義兄ヴルピウスの家もすっかり略奪された。夜中には暴徒と化した軽騎兵がゲーテの家に押し入り、ゲーテを叩きのめそうとした。リーマーはクリスティアーネが略奪をはたらく兵士たちに決然と立ち向かい、彼らを戸外に追いやってドアを閉めたと伝えている。翌朝には宿営することになっていたランヌ元帥がやって来て、家の前を見張り兵が行進し、危機はひとまず去った。けれども見張り兵が撤退し、二回目の宿営がなかなか始まらなかったときに状況は再び切迫した。ゲーテの十月十六日の日記の記述によれば、「極度の不安」があたりを支配した。ゲーテが十月二十四日付コッタ宛の手紙で

図 37　ゲーテのライフマスク．1807年 10月 13日カール・ゴットロープ・ヴァイサーが骨相学者ガルのために型取りしたもの．ヴァイマル古典財団所蔵．

触れた十月四日から五日の夜にかけてのことはすでに引用した。ゲーテは「原稿をより迅速に印刷所に回す」つもりになった。ためらいの日々は終わり、そして本当に「以後原稿を手元に留めておく」ことはなくなったのである。

この十月十六日にはさらにある出来事が起こった。ゲーテが名を連ねるヴァイマルの「枢密評議会」がナポレオンに城内での謁見を求めたのである。略奪行為の中止とザクセン＝ヴァイマル公国の存続を直訴するためであった。けれどもそこに出向いたのは法律家クリスティアン・ゴットロープ・フォン・フォークトとヴィルヘルム・フリードリヒ・エルンスト・フォン・ヴォルツォーゲン男爵だけであった。ゲーテは驚くべきことに、国家の重要な請願にさいして、病気を理由に短期間公務を離れる旨を伝えたのである。おそらくゲーテはナポレオンの前でカール・アウグスト公を弁護しきれないと感じたのであろう。ゲーテはアウグスト公にプロイセンの将軍として参戦することを繰り返し思いとどまらせようとしていたのである。とはいえゲーテはこのような愛国的な機会に任務を断り、役に立てなかったことに良心の呵責を感じていたのかもしれない。のちにヴァイマルでドゥノン男爵と会見したとき、ゲーテは彼なりのやり方でその埋め合わせをしている。このフランス博物館総監督は征服国の重要美術品をパリへ調達すべく、ナポレオンに登用された人物であるが、ゲーテは、おそらくこの同時代最大の芸術略奪行為にさいして、ヴァイマルとイェーナを無傷に保つことに成功したのである。

生活の不安、「極度の心配」、壊滅的な被害をうけた友人たちへの同情、「試練の時」、国家の要人として役に立てなかったという気持ち、進むべき方向をすっかり見失ってしまったこと、ヴァイマルの国家機構の将来への不安、未来そのものに対する不安、もうこれ以上書くことも仕事をすることもできないかもしれないという恐怖——この頃、ゲーテはこうした深刻な苦境にあった。ゲーテが頼りにできるものは一つだけだった。生活のパートナー、クリスティアーネである。彼女はゲーテの「救世主」であり、活動的で、何くれとなく世話を焼き、略奪に遭った友人の援助も行なった。ゲーテが絶体絶命と感じた日々において、彼女はまさに生き生きと活動していた。十月十七日金曜日、ゲーテは宗務局長官ギュンターに手紙を書いた。

ここ数日間、日夜考えた結果、かねてからの計画を実行に移す決心が固まりました。私のために尽くし、そしてまたこの試練の時を共に切り抜けた私の小さな恋人を妻として、完全に、戸籍の上でも承認するつもりです。

つきましては、猊下、どうぞ私たち二人ができるだけ早く、日曜日、もしくはそれよりもまえに結婚できるよう、何から手をつければ良いのかご教示下さい……(略)……猊下ご自身に司式の労をおとりいただけないでしょうか。私としましては、市教会の聖具室を望んでおります。

一八〇六年十月十九日日曜日、ゲーテとクリスティアーネはそこで結婚式を挙げた。このニュースは差し当たりヴァイマル領内でセンセーションを巻き起こした。略奪に遭い大きな被害を蒙ったシュタイン夫人はすぐさま不快感を表明した。「シラー夫人のところの損害はわずかなもの、ゲーテのところときたら何ひとつ失っていません…（略）…そして略奪のさなか、ゲーテはおおっぴらに愛人と教会で式を挙げたのです。しかもこれが教会最後の儀式となったのでした。なぜなら私たちの教会はいまやすべて、野戦病院と倉庫に化してしまったのですから。」ゲーテが身分違いの女と契りを結んだことにヴァイマルのご婦人たちは度を失った。クリスティアーネはおろかだ、飲酒癖がある、月並みでやかましい、とあげつらう悪意ある噂が公然とささやかれた。シャルロッテ・フォン・シラーは、ゲーテが「太った伴侶」を手に入れた、と言って嘲った。ゲーテの知人で枢密書記官・劇作家であったフリードリヒ・ヴィルヘルム・ゴッターの娘、パウリーネは「低劣顧問官夫人（Frau Gemeinerätin）」と言った。ヨハンナ・ショーペンハウアーの発言は控えめであった。彼女は十月二十四日に息子アルトゥーア宛に書いている。「ゲーテは（婚姻に関して）こう言いました。平和なときは法律をないがしろにできるかもしれないが、いまの私たちのような状況にあっては尊重しなければならない、と。」ゲーテにとってこのとき法律を尊重することが本当に大切だったのだろうか。確実なのは、すべての慣習が崩れようとするとき、慣習の手本を示すのがいかにもゲーテらしいということだ。ひょっとするとゲーテは、この尋常ならざる結婚も、このような時代情勢ならほとんど注目を集めず、誤解も少ないだろうと考えていたのかもしれない。だが最大の原因は間違いなくクリスティアーネへの感謝の気持ちである。一八年間、彼女はゲーテに尽くし、このときは命を

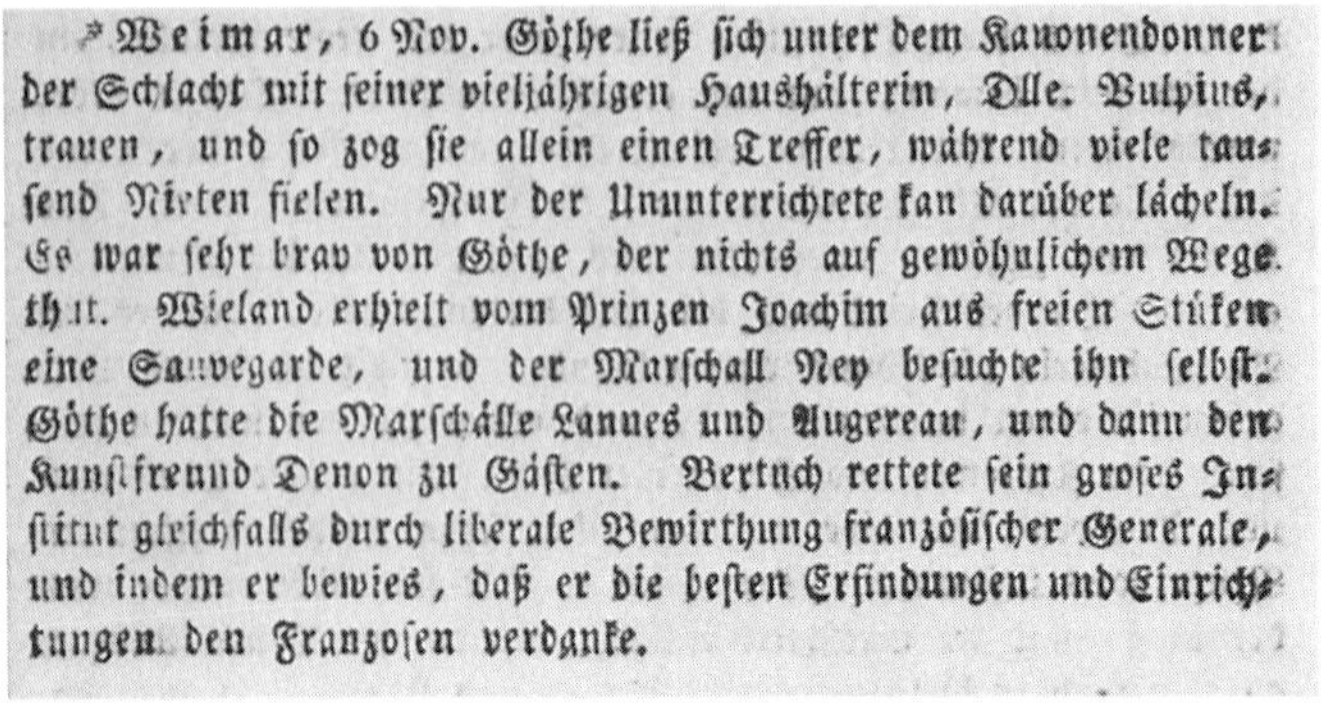

Weimar, 6 Nov. Göthe ließ sich unter dem Kanonendonner der Schlacht mit seiner vieljährigen Haushälterin, Dlle. Vulpius, trauen, und so zog sie allein einen Treffer, während viele tausend Nieten fielen. Nur der Ununterrichtete kan darüber lächeln. Es war sehr brav von Göthe, der nichts auf gewöhnlichem Wege thut. Wieland erhielt vom Prinzen Joachim aus freien Stüken eine Sauvegarde, und der Marschall Ney besuchte ihn selbst. Göthe hatte die Marschälle Lannes und Augereau, und dann den Kunstfreund Denon zu Gästen. Bertuch rettete sein groses Institut gleichfalls durch liberale Bewirthung französischer Generale, und indem er bewies, daß er die besten Erfindungen und Einrichtungen den Franzosen verdanke.

図38　ゲーテとクリスティアーネ・ヴルピウスの結婚を報ずるコッタ社『一般新聞』1806年11月24日. 国立シラー博物館所蔵.

賭してゲーテを守ったのだ。この機に関係を認知することで、クリスティアーネと息子の生活を保障してやることがゲーテにとって責務であったにちがいない。だが同時に大きな不安も感じていたようだ。フォスの息子は一八〇六年十二月六日、ゲーテの友人ゼッケンドルフ男爵宛に、ここ数日ゲーテには心から同情しました、と書いている。「私は彼が涙を流すのを見ました。彼は叫びました。〈私が遠くへ行けるようにと、宮廷や家庭を代わりに引き受けてくれる者がいるだろうか。〉」突然結婚を決意した理由がなんであれ、ゲーテはそうせずにはいられなかったのである。ゲーテはいったいなぜ、結婚指輪に十月十四日の日付を刻ませたのだろうか。その日はシェイクスピアの日であり、そしてイェーナの敗北の日であった。それはただの戦いではなかった。ゲーテはその結果を見越していた。ザクセン選挙侯国崩壊の可能性、要塞の陥落、敵方への寝返り、カール・アウグスト公の不名誉な降伏、政治的さらには倫理的立場の放棄。「デーモン」ナポレオンが支配していた。ナポレオンはベルリン、そしてサンスーシー宮殿へと駆けつけ、フリードリヒ大王の剣を自分のものにした。これでもなおゲーテはこれまでどおりの生活を続けようという気持ちになれたであろうか。ゲーテにとっては婚礼の日から人生の新しい時期が始まったのだ。それ以前の歴史的時代をゲーテは「大洪水以前の時代」と呼んでいる。

ゲーテが一八〇六年十一月二十四日の『一般新聞』の次の記事を読んで憤慨したのはもっともなことだった。「ヴァイマル、十一月六日。ゲーテは戦闘の砲声が轟くなか、昔からの家政婦、ヴルピウス嬢と結婚した。無数の空くじが出る一方で、彼女はひとりで大当たりを当てた。微笑むことができるのは、事情に疎い者だけだろう。何事も一筋縄ではいかないゲーテにしてはたいそう従順なことである。」一八〇六年十二月十八日『一般新聞』第三五二号により噂はもう一度広まった。今回の標的はゲーテの義兄ヴルピウスと作家ヨハネス・ダニエル・ファルクであった。ファルクは一七九七年からヴァイマルに暮らし、ゲーテとは軽い付き合いがあり、『親しい個人的交際から描いたゲーテ』という本を残している。

ゲーテは激怒した。そしてクリスマスの晩に一通の手紙を口述筆記させたが、結局出すのをやめた。「ヴルピウスやファルクを扱った記事の卑劣な書き方」「下品きわまりない陰口が……（略）…ウルムの新聞の凸面鏡に反射して私たちのところに戻ってくると」「むかむかする」といったことが書かれていたのである。ゲーテはコッタにもう来年から新聞は送ってこないようにと告げた。翌日ゲーテはこの出さなかった手紙を巧みに数行に要約した。「コッタ殿、昨日私はあなた宛に長い手紙を口述筆記させました。ですがそれは送らないことにしました。不愉快な事柄をくどくど述べるのは良くないからです。ただ簡潔にあなたに注意を促したい。しばらくまえから『一般新聞』にはヴァイマルの近況や領主のご家族、私人についてなんと無礼な、下品な記事が書かれていることでしょう。第三五二号の新聞がその証拠となるでしょう。私たちがまだ計画中である善きことを重要とお考えになるなら、そして私たちの関係の素晴らしさをしっかりと感じ取っていらっしゃるなら、お互いの信頼をすぐにも損ねてしまいかねないこの下品なゴシップをやめさせてください。もうたくさんだ！　G[52]」

コッタもやはり自分の新聞のこの記事に驚いた。編集者の「信じがたい手違い」から『一般新聞』に掲載されたこの「恥知らずな記事」を読んだとき、その「衝撃」によってほとんど呆然といたしました、とコッタは書いている。ゲーテの手紙はもちろんコッタの個人的感情を傷つけた。一八〇七年一月九日にコッタはゲーテ宛に詳しい手紙を書いたが、そのなかに次のような箇所がある。

けれどもヴァイマルに関する恐ろしく厚かましい記事ほど私を深く傷つけ、不安にさせたものはありません。この苦悩と不安にあなたの手紙が追い討ちをかけ、私はさらに憂鬱な気持ちになったのでした。男同士、腹を割って正直に申し上げます――あなたはあの手紙を書いたとき、私のことを十分にお考えになってはくださらなかった。私に罪はないのです。さらにあなたの知遇を得るという光栄に浴した長い年月のあいだ、私があなたの心からの崇拝者であり、心細やかな、あなたに心服する男であることを疑わせるような出来事は何も起こっていないはずです。「私たちの関係の素晴らしさをしっかりと感じ取っているのなら」という文章の代わりに「……を感じ取っているので」とお書きになっていただけたら。それなら、私を正しく評価してくださったものとして、今回のひどく不快な出来事は随分耐えやすくなったはずです――いま、私は気持ちを掻き乱され、なおも苦しんでおります。

コッタのこの対応はひじょうにまずい。出版者たるもの、「罪がない」ということはけっしてなく、自社の名前で印刷されるすべてのものに責任を負わなければならないのである。それやこれやにもかかわらず、全集の出版を滞らせたくなかったゲーテは、一月二十三日の手紙で態度を和らげた。「親愛なるコッタ殿、もし私の手紙にあなたにとって不愉快なことが含まれていたなら、それは私たちの直面している状況のせいだと思ってください。私の感情のせいにしないでください。プロイセンに踏みにじられ、フランスに略奪され、南ドイツに嘲笑され、しかもそれらすべてがここ二週間ほどの出来事なのです。相当手荒い試練でした。運良くまたお目にかかれた暁には、こうしたすべての災厄を過去のこととして語りたいものです。」だが、ゲーテの非難はやまなかった。一月二十四日のコッタ宛の手紙ではこう書いている。「ただでさえ多くの苦悩を抱えたこの時代に、災厄を報告するのが役目であって、それを生み出してはならないはずの者たちによって、ますますその数が増えてしまうのは悲しいことと言わざるをえません。ですが残念ながら、新聞・日刊誌の類はもはや何も良いことを期待できないまでに堕落しております。またもや文句が多くなってすみません。でもこのお願いは黙っているわけにはいかなかったのです。ついでながら私の昔からの気持ちに変わりがないことは、お疑いなきよう。」この深刻な事態にもかかわらず、すでに述べたように、全集の仕事は進められた。ゲーテのなかには事件のしこりが残ってはいたのだが。

確かなことは、ゲーテが以上の件に関してクリスティアーネを十分守ってやらなかったことである。兄から最新の陰口を報されたとき、クリスティアーネはイェーナにいたゲーテに手紙を出した。ゲーテは一八〇八年七月二日の手紙でクリスティアーネを宥めている。「ヴァイマルの人々がおまえの悪口を言っているからといって、心配することはない。世間とはそういうものなのだ。誰も他人の長所を認めたりはしない。どんな長所であってもね。なぜならそれを自分のものにすることはできないからだ。それでケチをつけたり、長所を否定したり、長所とは逆のことを言ったりするんだ。だから幸運がおまえに与えたもの、そしておまえが手にしたものを楽しみ、それを失わないよう努めなさい。私たちの愛を支えとし、より簡素により上手に生活を整えよう。他人の目を気にせずに、私たちらしく生きられるよう。」(53)

またもやゲーテ流の対応である。クリスティアーネが与えてくれる有益な影響を受け容れ――自分らしい生活のためにはそれが不可欠だった――、社交界の噂や不平不満を払いのけ、なんの疑いもなく、二人の関係を固守する。これがゲーテの協力の仕方であった。さらにクリスティアーネはゲーテの詩的財産の一部でもあった。ゲーテはすでに『ローマ悲歌』のなかでクリスティアーネに思いを馳せていた。『訪れ』『朝の嘆き』『幸福な夫婦』といった多くのクリスティアーネ詩編は彼女に寄せる愛情を「より高次の世界」に移し替えている。二人の出会いから二五年目にゲーテは旅先から詩『見つけた』を送っている。「ゲーテ夫人」という宛名と一八一三年八月二十六日の日付を付して――つまり非公式の銀婚式用に。「僕は草陰に／小さな花が咲いているのを見た。／星のように輝き／つぶらな瞳のように美しい。」「僕」はこの花をきれいな家の庭に移し替える。「いまやそれはいつも葉を茂らせ／花を咲かせ続けている。」そしてこの少しまえに詩『似合い同士』が書かれている。その花は「愛らしい花を咲かせていた。そこへ一匹の蜂が飛んできて／やさしくその蜜を吸った。／花も蜂もきっと／お互いのためにあるにちがいない。」ゲーテはクリスティアーネの面影を詩のなかにとどめただけではない。主に二人の関係の最初の二〇年間に、クリスティアーネをモデルにしたゲーテのスケッチがかなりの枚数存在する。その多くは明らかに古典古代の様式を模している。絵筆をとったゲーテは似ているかどうかということよりも一つの理想のタイプを造り出したかったのだ。ゲーテとクリスティアーネの関係の多くの部分はいかにもゲーテらしい謎につつまれている。それはやはり「探求」されてはならないだろう。しかし二人の関係はもっと正当な扱いをうけてしかるべきだろう。ゲーテにとって、クリスティアーネと彼女とともに過ごした二〇数年間が直接証言されている以上の意味をもっていたことは疑いない。一八一〇年の詩『日記』はその一つの例であると私は思う。そのなかでは「女主人」がゲーテの官能的な生活を悠然と支配しているのだ。[54]

とはいえ、ゲーテはクリスティアーネを公的にあまり守ってやらなかった。そのことには何度も首をひねらずにはいられない。一八一一年九月十三日にクリスティアーネ・ゲーテとベッティーナ・フォン・アルニムは連れ立って、ゲーテの美術の顧問であったマイアーの企画した展覧会を訪れた。ベッティーナはマイアーに関して侮蔑的な発言をした。クリスティアーネはかつてゲーテ家に住み込んでいたマイアーが侮辱されたと思い込み、大声で反論した。このときのいさかいがどの程度までエスカレートしたのか、例えば暴力沙汰に及んだのかは論証されていない。いずれにしろベッティーナの眼鏡が割れたことは確かである。ヴァイマルのご婦人たちはゲーテの「太った伴侶」のスキャンダルを手に入れたのだ。一八一四年にマリー・フォン・キューゲルゲンはこう書いている。ベッティーナは「ブラッドソーセージが乱心して自分に噛みついた、とヴァイマル中に言いふらした…（略）…そしてゲーテ夫人は本当にブラッドソーセージに瓜二つだということである。」ここに至ってゲーテはようやく腰を上げ、アルニム夫妻の出入りを禁止した。

ゲーテはもっと早く断固とした行動に出るべきだったのかもしれない。かつてコッタには「もうたくさんだ！」と啖呵をきったものだが、そのとき出さなかったほうの手紙でゲーテは「以前不愉快なあれこれをやり過ごしてしまったことで」自分を「責め」ている。「自分自身にうんざりしています。いまこうしたものを書いているからではなくて、あなたにもっと早く忠告しておかなかったからです。」

ゲーテがクリスティアーネを枢密顧問官夫人にしたとき、彼女はもう四十代だった。ゲーテはそのとき、これまで避けてきたことを実行しなければならないと思った。クリスティアーネのいろいろな癖を注意しようと考えたのである。他方ゲーテはカロリーネ・ウルリヒを話し相手として、また礼儀作法を教える女性としてクリスティアーネに付き添わせた。「ウーリ」は社交的な交際にたけ、クリスティアーネを少なくても悪質な悪口や中傷から守ってやることができた。もっともこの結婚は、だんだんゲーテ流の生活術の所産と化していった。ゲーテはますます頻繁にヴァイマルからイェーナに赴き、湯治にでかけ、旅行をした。結婚生活の最後の数年間では、顔を合わせているときでも、深い結びつきはもう消えてしまったように見える。ゲーテはフランクフルトのヴィレマー家に滞在したあの夏の日々に、ベルカに湯治に行かなければならなったクリスティアーネに対してマリアンネとの出会いを報告している。その手紙の内容は完全にプライベートなものだ。だが、ゲーテは本当にクリスティアーネと離れ離れでいることを寂しいと思っていたのだろうか。そしてゲーテがそれらの手紙の口述筆記を依頼したとき、従者シュタールマンはいったいどう思ったのだろう。クリスティアーネももはや直筆の返事は書かず、お相手役のウーリに筆記を任せていた。クリスティアーネにとってゲーテは相変わらず「枢密顧問官様」であり続けたが、二人はそろって「枢密顧問官」と「枢密顧問官夫人」という役割を演じたのであった。

死の二週間前、一八一六年五月二十二日、クリステイアーネはゲーテに一通の手紙を書いている。それは次の言葉で結ばれている。「さようなら、私のことを忘れないでください。」同封の追伸からは彼女の「枢密顧問官様」に対する細かな配慮がうかがえる。「今日は地下室に〈シャンパン〉が見つかりませんでした。ラーマンがまだ送ってこないのです。〈ヴェルトハイマー〉二本を手紙と一緒にお送りいたします。」(55)

長いあいだ病床に暮らし、ひどい死の苦しみを味わったあと、クリスティアーネは一八一六年六月六日の正午近くに亡くなった。この日のゲーテの日記には、次のように書かれている。「快眠…（略）…妻の死期が迫る…（略）…肉体の最後の恐ろしい戦い。正午近くに死去。わが身の内外に空虚と深い沈黙。王女イーダとベルンハルトの到着、華やかな入城。…（略）…晩、街にまばゆい松明の飾り。妻は夜中の十二時に霊安室に送られる。私は終日ベッドに横たわる。[56]」六月八日にはゲーテは次のようにメモしている。「妻は明け方四時に葬られる。」日記の記述は双方ともかなり奇妙に思われる。一方では「空虚と深い沈黙」があり、その日のうちに四行詩が生まれている。「おお、太陽よ、御身は徒に／陰鬱な雲を通して輝こうとする！／わが人生でなお得るものがあるとすれば／彼女の喪失を嘆き悲しむことだけだ。」さらに「私は…（略）…絶望すれすれです」（一八一六年六月二十四日ボアスレー宛書簡）。他方、ゲーテは同じ日にザクセン＝マイニンゲンの王女イーダとその夫の華やかな入城に触れ、「街のまばゆい松明の飾りに強い印象をうけ」ている。この時期ゲーテは『西東詩集』の仕事を進めており、頭のなかではマリアンネ・ヴィレマーや彼女とのあの特別な関係を考えていたのかもしれない。とはいえクリスティアーネの飾り気のない素朴さに、ゲーテはいつもくつろぎを感じていた。たとえ彼らの結婚生活にしばしば内的・外的な隔たりがついてまわったとしても、それは二八年間続いたのである。もちろん、結婚とはたいていの場合、その正面しかうかがえないものだ。だが、二人の手紙のやり取りからは、結婚による連帯の様相が伝わってくる。

クリスティアーネの死に同情を寄せたのはごくわずかの人間だけだった。ヨハンナ・ショーペンハウアーはエリーザ・フォン・デア・レッケ宛の手紙に次のように書いている。「私は不愉快です。思いやりをこめて彼女の死を考えるものは誰もおらず、すべてのこと、彼女に確かに備わっていたたくさんの美徳が忘れ去られ、彼女が良くしてやった人々や生前彼女にあらゆる方法で取り入っていた人々までもが欠点だけを口にするのです。」レッケはこう返事している。「亡くなったクリスティアーネに私が好感をもったのは、彼女の口から他人の悪口を聞いたことがない点です。彼女の会話にも、私が知る限り、いつも飾り気のない、明るい、とても自然な理性が現れており、私たちのゲーテを引き付けたのももっともだと思わされました。ゲーテは彼女を私にこう言って紹介したものです。〈折り紙付きの女房です。彼女がわが家に足を踏み入れてからというもの、喜びはひたすら彼女のお陰なのです〉。」

二八年間ゲーテはクリスティアーネのお陰でさまざまな喜びを味わうことができた――人生の少なからざる時間であることは確かだ。二八年間クリスティアーネはゲーテの望む生活をかなえてやった。フラウエンプラーンの家はゲーテにとって快適で実り豊かな、生活と仕事の場であった。

c　原稿審査官としてのゲーテ

今日の出版者と同じように、コッタも原稿の公募と懸賞によって作家を見つけ出そうとした。一八〇七年一月二日の『朝刊』紙にはコッタ書店の「懸賞課題」が公示された。「エゴイズムについての押韻詩脚による最上の風刺文」には五〇ドゥカーテンの賞金が、「最上の悲劇」には一等二〇〇ドゥカーテン、二等五〇ドゥカーテン、「最上の喜劇」にはさらに一等三〇〇ドゥカーテン、二等七五ドゥカーテンもの賞金が懸けられた。面白いのは各ジャンルの市場価値である。テーマの決まった風刺文は最低額で、娯楽としての価値がある喜劇には悲劇よりも多額の賞金が懸けられている。コッタは世間の注目を集めることを重視していたので、賞の審査官も最高の公的権威の持ち主で、その名が賞の授与にさいして公表される必要があった。一八〇八年八月二十日、コッタは最高の権威に照準を定めた。ゲーテに問い合わせたのである。「『朝刊』紙編集局は懸賞に応募してきた何編かの悲劇を受領しました。そのうちの二、三編はひじょうに価値のあるものです。これらの作品をお手元にお送りし、賞の判断をしていただいてもよろしいでしょうか。」驚くべきことに、ゲーテは了承した。「悲劇を送ってくだされば、正直に意見を申し上げます。」

D・クーンはこのときの背景を探っている。公募には数多くの風刺文が寄せられたが、『朝刊』紙編集局はいずれも賞に値しないと考えた。悲劇部門でもたいした収穫はなかったが、ともあれ二等が授与された。編集者ゲオルク・ラインベックは予備選考で四編の悲劇を選び、それが「決定権のある審査官」ゲーテに回される手はずとなっていた。ラインベックはそれらの作品を「われわれの文学における喜ばしい現象です」といってコッタに出版を勧めた。四編の悲劇とは『イドモン』『ザイラ』『子孫の贖罪』『ジムゾン』であった。最後の作品の作者はヴィルヘルム・ブルーメンハーゲンなる人物であった可能性があるが、他の作者については不詳である。

一八〇八年十一月十四日のゲーテの選評はまたしても簡潔で、的確で、有無を言わせなかった。「送ってくださった四編の悲劇にすぐ目を通しましたが、あなたがおそらくすでにご自身で想像なさっているように［見事な修辞的なごますりである。コッタはともかくも〈価値のある〉作品と書いているのだから！］慰めになるようなことはほとんど言えません。この手の作品を論じて、注意深く評価するような温かい批評があることはよく承知しておりますが、私にとってはこれらの作品は存在しないも同然です。もしたまたま原稿を手にしていたのだったら、最初の数頁で読むのをやめてしまったことでしょう。」

だが続けてゲーテは個々の作品を論じている。『イドモン』は「着古されたギリシア風の衣装」で『ザイラ』は「まったく力がなく」、『子孫の贖罪』は「見事な幽霊譚にはなったでしょうが、劇場作品としてはまったく効果が上がりません。」そして『ジムゾン』は「何事も成し遂げていません」。あなたのためにさらに本文を読み込んだのですが、私にはどの作品も「現在のドイツを…（略）…支配している特殊な文化」の兆候のように思える、と言ってからゲーテはこう続ける。「手許にある四編の作品にはすぐれた官能性、華々しい想像力、心と精神の高揚、その他文芸作品に欠かすことのできない多くの物がほんの少しも見当たらないのです。」私は自分の意見が、公表されないことを望みます、「凡庸なものに対してどうして残酷になる必要があるというのでしょう。」というわけで、ゲーテは『朝刊』紙が約束した選評の公表を拒否したのである。ラインベック編集長はゲーテの判定に同意しなかった。それは「明らかに一方的」であり、私はゲーテの判断を「完全には信用しかねる」、「ここには数多くの不公平が見られます」。そして次のように述べている。「将来、これらの作品がわれわれの文学のなかで、黙殺されただけに終わらなかったことが証明されるでしょう。」さてしかし、作品は依然として無視されたままだ。ラインベックは誤り、ゲーテはあくまで正しかったのである。『朝刊』紙は選考結果を次のように伝えている。「作者たちの間違いなく称賛に値する努力と、多くの見事な箇所にもかかわらず、今回の四編の悲劇はいずれも、われわれの劇文学のなかに重要な地位を占めるには至らなかった。ほとんどの作品には称賛すべき規則性と簡潔さがあったとはいえ、芸術作品をおのずと息づかせるような、あのプロメーテウスの炎、あの心情の深さが欠けていた。いかなる点においても悲劇『ジムゾン』は傑出しており、真の詩的精神がしばしば強く訴えかけてきたのは事実だが、劇場作品としてはまだ望みうる点を多く残している。[57]」

　ゲーテに原稿審査官のような役割を任せようとコッタが目論んだのは、この一回だけである。ゲーテはコッタ宛の手紙でさらに続けている。「この手の作品には言うべき言葉が見当たりません。」こう言いながらもゲーテはさらに言葉を継ぎ、少なくとも私にとっては重要で本質的なことを述べている。「というのも真の芸術作品は独自の論理を伴っており、その作品を測る基準をわれわれに与えてくれるのに対し、このような生半可なディレッタントの足元のおぼつかない習作では、作品の至らなさをすぐに明らかにするような、理論上の芸術モデルをまず作り上げなければならないでしょうから。」ゲーテは自分の「確信」をもう一度告げる。「これらの作品はどのような賞にも値しません。なぜなら厳しく言えば、戯曲的観点からしても、演劇的観点からしても、悲劇的観点からしても、いずれもばかばかしいと言わざるをえないからです。」

　原稿を判断する尺度は要するにその原稿のなかにある、すべての文学作品には独自の論理があるのだから――驚嘆すべき芸術理論的見解である。(58) いまふうに言えば、原稿審査係、批評家、審査員といった役目でコッタに向かって述べたゲーテのこの発言は、ゲーテ自身の芸術理論を暗示している。ゲーテはこうした美学理論はもちろんのこと、「理論上の芸術モデル」すら論文として抽象的に述べたことはなかった。ハインリヒ・ルーデンによればゲーテは一八〇六年八月十九日の会話でこう言っている。「詩的精神の生み出したものは、詩的な心の持ち主によって受けとめられなければならない。冷ややかな分析は詩を破壊し、実状を何も伝えない。残ったものは何の役にも立たない、煩わしいだけの破片にすぎない。」一七九〇年にはカントの『判断力批判』が出版された。その仮借の無さはさまざまな人士を刺激した。シラーは称賛し、ヘルダーとヴィーラントは否定し、ゲーテは拒絶した。芸術は「感ずる」べきで、理性や学問によって制限されてはならない、と考えたのだ。『若きヴェルターの悩み』でゲーテは公爵についてこう語っている。「彼もまた僕［ヴェルター］の理性を、僕の才覚を、この心よりも高く評価している。だが心こそ僕の唯一の誇りだ。それだけがすべての源であり、力のすべて、しあわせのすべて、そして不幸のすべてなのだ。ああ、僕の知ることは誰にでも理解できる――僕の心は僕にしかない。」だが、とはいうものの、ゲーテの芸術、文芸、美学に関する意見は、さまざまな分野からなる多彩な著作にむしろ一貫してうかがえる。色彩論や造形芸術論、文学的散文、そしてもちろん紛れもない文芸批評に至るまで。とくにゲーテの文学的散文には美学的な記述や、詩作の根拠を示す記述が数多く含まれている。たとえそれらが帰納法的にしか理解できないことが少なくないにしろ――あるいはまさにそれゆえに――ゲーテの芸術に関する省察は広範な影響力をもつに至った。ゲーテの「体験」を引き合いに出して精神科学の根拠としたディルタイ、オスカー・ヴァルツェルによる形態論的文学研究の創設、エーミール・シュタイガーの名前と密接に結びついた作品内在的解釈、あるいは文学のさまざまなジャンルの理論をめぐって繰り返される文芸学の試みを思い起こせばそれで十分だろう。ゲーテの芸術についての省察によって幕を開けたこの小宇宙をたどるのはほどほどにしなければならない。ここでは、ゲーテの芸術論的考察のなかで、コッタのために書かれた「原稿審査結果」に光を当てるような要素に注目することが大切なのだ。

単に合理的であるだけの啓蒙主義や規範詩学のあらゆる形式に反対するゲーテの立場――ゲーテの全著作の特徴である――はあらゆる芸術の基本的な作用に関する広範な定義を生み出した。不当にも閑却されることの多い書簡体の論文『収集家とその仲間たち』を紐解いてみよう（第八書簡）。「戯れと真剣さの親密な結びつきからのみ芸術は生まれる。」第六書簡でもやはり芸術の与える効果が具体的に述べられている。「だがしかし、造形芸術であれ言語芸術であれ、すべての芸術的効果が収斂する場所、そしてそこからあらゆる芸術の法則が流れ出す普遍的な場所がある――それは何か――人間の心情だ。」そして人間を知的活動だけに限定してしまう短絡を防ぐため、ゲーテはつけ加える。「だが人間は単に考える存在ではない。同時に感ずる存在なのだ。人間は一つの全体であり、多様な、密接に結びついた諸力の統一体なのだ。そして芸術作品は人間全体に語りかけなければならない。芸術作品は人間内部の、この豊かな統一性、この統一された多様性にふさわしいものでなければならないのだ。」(59) 引き続き、この芸術的効果を説明するために、あらゆるすぐれた芸術作品の成立についての、理想モデルが略述される。それによれば、芸術は芸術家のある特別な、独自の体験から出発する。芸術家がこの外的なものの再現に専念してしまうと、その作品は単なる繰り返しにすぎなくなる。個人的なものを無視し、ジャンル概念の記述を目指せば、学術論文にしかならないだろう。それを乗り越えて、すべてのジャンルの理想を、自己のなかに顕現する究極のものを目指したとしても、哲学者どまりである。芸術家がこうした諸段階を経て、前述した一般的な諸側面を個別の経験に即して描き、前者を後者に還元して初めて、すぐれた芸術作品が出来上がるのだ。特別なものから一般的なものを経て、意義のある個別的なものへと至るこの円環、それを実現するには美が必要なのである。「人間の精神は、敬愛し、崇拝するとき、そしてある対象を賞揚し、その対象によって高揚するとき、素晴らしい状態になる。けれども精神はこの状態に長くとどまりはしない。ジャンル概念がその熱を冷まし、理想が、精神を自身を越えた高みへと引き上げる。だが次に精神は自身のなかに舞い戻ろうとする。精神はかつて個別のものに対していだいていた愛をまた味わいたいと願う。ただし、かつてのあの限定性に後戻りすることなく。重要なもの、精神を高揚させるものをなおざりにすることも望まない。もしこのとき、美が姿を現さず、謎を首尾よく解決しなければ、こうした状態にある精神はどうなってしまうことだろう！……（略）…美しい芸術作品は円環をすべて潜り抜け、そして再び個なるものとなる。われわれは愛情とともにそれを抱きしめ、自分のものにすることができるのだ。」(60)

芸術の成立と効果に関するこうした理解を背景にして、ゲーテはこの理想が実現されていないさまざまな状態を分類することができた——そしてゲーテが否定的な判断をくだした応募原稿の筆者たちはこのカテゴリーのいずれかに分類されるのかもしれない。模倣者は、現実の再現に専念するのみなので、芸術固有の真実が欠けている。他方、幻想家は体験から完全に離れてしまい、空想力しか頼りにしない。性格分類家は固有のものに気づかず、もっぱら一般的なものを目指すが、ウンドゥリスト（訳注　Undulist とは、絵画において、形の定まらない、柔らかな、波状のものを重んずる人々）はその反対にいかなる恣意的な形式によっても一般的なものが描けると考えている。小芸術家は細部にこだわりすぎるため、全体を造形することができず、点描家たちは初めのうちこそ物事の関連を発展させることができるが、それをやり遂げることはけっしてない。

こうした規範モデルは一見したところでは「真の芸術作品は独自の理論を伴う」というゲーテの発言と矛盾している。けれどもこの外見上の矛盾は、先に明らかにした芸術作品の成立と効果の諸要素をより正確に関連づければ解消するのである。芸術作品は多様なものの統一体である人間に働きかけなければならない。芸術家は自分の体験から出発するが、一般的なものから個別的なものに至る円環運動によってそこへ帰ってくる。それはただ芸術的な美を創造することによってのみ、可能になる。つまりゲーテにとってあらゆる芸術作品の根源は経験にあるのだ。ただしゲーテは経験を受動的に生起するものとは考えなかった。それは能動的なものなのである。経験は芸術家によって生まれ、創造される。この芸術の根源が芸術と外なる自然との関係、芸術とその対象との関係を決定する。芸術家によって産み出された経験の力によって「芸術家はその対象のみならず、自身の心情の深みへと降りてゆくことができるようになる。作品において単に軽く表面的な効果をもたらすものだけでなく、自然と覇を競いながら、精神的・有機的なものを創造するために。そしてまた、芸術作品に、自然であると同時に、超自然的に見える内容と形式を付与するために。」[61] 芸術とはつまり、その精神的・有機的な特徴において、またけっして分離することのない形式と内容の相互浸透によって決定される。ゲーテにとって内容と形式は両極を成す概念ではない。それは一つの「芸術的真実」[62]の異なる側面なのである。形式のない体験や素材は存在しない。すべての素材にはあらかじめ形式が含まれているのと同じように。芸術家がその作品において自ら創り出した経験に含まれる形式を明確にし、そしてこの内なる経験の明確化によって自らの経験に普遍的な形式を付与すること。

それによって特別な経験にもとづいているがゆえに個別な、しかしながら内的な形式にもとづいているがゆえに普遍的な芸術形態が成立するのである。芸術はそれゆえ経験された自然から出発しなければならないが、この経験を形象化することで、伝達可能なものに変えなければならない。それゆえゲーテはこう述べることができるのである。「詩は自然の神秘を告げ、そして形象によってその神秘を解こうとする。」芸術作品が成し遂げる変容においては、三つの側面が区別される。真実、美、完成である。真実とは、個別的なものの一般的なものに対する必然的関係を明らかにする、変換のきっかけを指す。美とは感覚によって捉えうる芸術作品の質のことであり、イメージの形象化である。完成とは内的形式と外的形式の一致を表している。

この三つの側面とともに、ゲーテの言う芸術作品の有機的な関連は「芸術的真実」によって決定される。個別のもの（芸術家によって産み出された経験）は同時に、その内的な形式にもとづき、全体を含んでいる。そして全体は、個々のものをある関連のなかで解釈して初めて全体として認識されうる。したがってあらゆる芸術作品は——それが真の芸術作品であるとしての話であるが——個人の全体性のなかでの普遍的なものと個別のものの統一なのである。それゆえそれぞれの芸術作品はどれも、全体として捉えた場合はシンボルになる。その働きについてゲーテは次のように言っている。「象徴表現は現象を理念に変え、理念を形象に変える。そのようにして、形象化された理念はつねに無限の効力を保ち、手の届かないものであり続ける。そしてあらゆる言語で語られてもなお、語りえないものであり続けるのだ。」[63]

ある芸術作品がシンボルと化すには、芸術家に独自のスタイルの創造が求められる。スタイルはゲーテにとって芸術の最高の刻印である。「真の方法の帰結がスタイルと呼ばれるのであり、単なる癖とは対極を成す。スタイルは個別のものを、そのジャンルに到達可能な限界まで高める。それゆえすべての偉大な芸術家はその最高の作品において似通ってくるのである。[64]」さらに「スタイルという言葉に最高の敬意を払うことが、われわれにとってはまさに大切なことなのだ。芸術がかつて到達し、今後も到達するであろう頂点を表す表現を保持しておくために。[65]」ハンス゠ゲオルク・ガダマーは『真理と方法』のなかで、ゲーテの芸術観にとっての様式概念の意義を印象的に記述している。「芸術家たるものは、愛情深い模倣のみならず、それによって自分自身にとっての一つの言語を創り出せるようになったとき、一つのスタイルを確立する。芸術家は所与の現象に結びついているものの、その現象は彼にとって拘束ではない――彼はにもかかわらず、そのとき自己を表現するのだ。〈忠実な模倣〉と個人の方法（物の見方）が一致することはごく稀であるが、まさにそれがスタイルを作り上げるのである。」

ゲーテの芸術理論に関する以上の手短な解釈によって、それがあらゆる規範美学や規範詩学からかけ離れていることが明らかになった。個々の芸術作品はその成立事情や文学的伝統や同じ芸術家の他の作品などによって理解されるものではない。またけっして作品と無関係に存在する規則、ゲーテの言葉遣いによれば「法則（Gesetze）」によって理解されるものでもない。そうではなくて、芸術家はスタイルの力によって作品をシンボルへとまとめ上げるとき、その作品だけに当てはまるような独自の諸原則、その場限りで有効な法則を作品に付与するのである。作品の理解と評価が可能となるのは、読者がこのシンボルの内的形式を把握し、そのうえで個別のものと普遍的なもの、理念と概念を相互に関連づけることができた場合だけだ。

したがってゲーテがコッタに向かって述べた意見のなかには、極度に圧縮された形で、ゲーテの美学の基本的思想が含まれているのである。あらゆる先入観を捨て、個々の芸術作品に没頭し、その構造を把握することだけが、ゲーテの判断の基準なのである。

真の芸術作品はそれ自体の内部から判断すべきだ――この基準は私にとって大きな意味をもっている。文芸出版の出版者や、原稿審査係は、どのようにして送られてくる原稿を日々審査することができるのか。そこにはどのような基準があるのか。私が世間からいちばんよく質問されるのは、次の二点だ。「あなたはどのような基準に従って持ち込まれる原稿を判断するのでしょうか。若手・ベテラン・有名・無名すべての作家に適用できる客観的な基準はあるのでしょうか。」私は、外側から原稿に当てはめることができるような客観的な基準はありませんし、ありえないのです、と答えて質問した人を失望させてしまうことがよくあった。数え切れないくらい繰り返し言ってきたことだが、決定的な基準は、原稿のなかに存在する（もしくは逆に存在しない）内実や質なのである。それは作家が個人的な観察や、体験や、感情にもとづき、言語と形式の特質によって読者に伝え、理解できるようにするものだ。

いまとなっては、私は自分の個人的見解をゲーテの意見によって裏づけることができる。それによれば「豊かな官能性、奔放な想像力、心と精神の高揚」が根本的問題であるのだが、と同時にそれらを文学的形姿へと変換する形式的な能力もまた欠かすことができないのである。

第六章　コッタ版『第二次全集』（一八一五—一八一九年）

——「今回は二〇巻の全集をお約束できます」

一　「ドイツ人の運命」（一八一二年十一月—一八一四年十二月）

一八一二年十一月十二日、ゲーテはコッタに新しい全集の編纂を提案した。コッタは、すでに述べたように決定を先送りして、ひとまず戦争の終結を待とうとしたのだが、彼が言うには「この業界が戦争で蒙った被害があまりにも大きすぎた」からである。その後、ゲーテは、一八一四年二月七日付コッタ宛の手紙で再度、「私は全集の編纂と改訂をこの冬の仕事にしておりました」として、「もう少し出版事情が回復したならば、完全版の全集が作れるようになりましょう」と述べる。しかし、それは、この年の十二月二十一日まで待たなければならなかった。

一八一二年十一月から一四年十二月——それは、じつに激動の時代であり、ゲーテ個人にとってのみならず、全世界にとっても波瀾にみちていた。一八一三年から一五年にかけての二年に及ぶ解放戦争、これによってドイツの諸国、イタリア、スペインはフランスの支配から解放され、ナポレオン一世の帝国は終焉する。一八一二年十二月十五日、ナポレオンはロシアから身分を隠して逃走する途中、郵便馬車に橇を付けてヴァイマルを通過するが、そのさい、ザクセン宮廷へのフランス全権公使サン＝テニャン男爵にゲーテへの挨拶状を託した。アウグスト公もオーストリアのマリア・ルドヴィカ皇后のゲーテへの挨拶の言葉を託されていたので、両方を持って行くことになった。二つの挨拶は翌日ゲーテに伝えられるが、そのさいアウグスト公はこう言ってゲーテをからかった。「いいかい、サン＝テニャンは夜の帝王から君に素適な伝言を頼まれたのだよ。つまり、君、君は天国［マリア・ルドヴィカのこと］と地獄［ナポレオンのこと］の両方から色目を使われているというわけさ。」アウグスト公の変わり身は速く、自分に課せられた重い義務から解放されようと、いまやナポレオンの敗北をひたすら待った。ゲーテはナポレオンに対する世論に迎合する気にはなれなかった。この時点でもなお、ナポレオンのなかに支配的な歴史の力を見ていたのである。従来の政治体制を解体する新しい政治体制、無秩序から生まれる新しい秩序、これを認めることができないのはむろんのこと、ますます声高になる祖国愛というものも、彼は信用しなかった。

ナポレオンに対する抵抗は民衆からではなく、知識人層から始まった。潰走するナポレオン軍はほとんど攻撃をうけることなく撤退して行った。このためナポレオンは、魔法でも使ったみたいに、数カ月後には新しい軍隊を編成することができたのである。

ナポレオンが夜中にヴァイマルを通り過ぎた直後の一八一二年十二月三十日、プロイセン軍司令官ヨルク伯爵は独断で、タウロッゲン近郊ポシェルン村の水車小屋において、ロシア軍司令官ディービッチュと協定を結び、これによってロシア遠征に参加していたプロイセン援軍は、中立宣言をするのである。まだフランス軍の包囲下にあったプロイセン王フリードリヒ・ヴィルヘルムは、やむなくヨルク司令官を罷免して反逆罪を宣告するのだが、プロイセン蜂起はほかならぬ彼が結んだ協定によって開始される。一八一三年二月二十八日、プロイセンとロシアは、シュタイン男爵の主導のもと「カーリッシュ同盟」を結び、三月十七日、フリードリヒ・ヴィルヘルムはブレスラウで布告「わが国民へ」を発し、三月二十七日に対仏宣戦を布告する。フランス軍はドイツの大部分から撤退する一方、軍を立て直したナポレオンは激戦のすえ、プロイセン軍を二度撃破、同盟軍をシュレージエンに撤退させた。メッテルニヒはオーストリア参戦をちらつかせて、六月四日の停戦協定のあと、ナポレオンに和平条約を結ばせる。六月二十六日になされた会見についてメッテルニヒはしるしている。ナポレオンは即座に、二度の戦いで勝った戦争を終わらせる気はないと答えると、メッテルニヒは現在のナポレオンの軍隊は子供の集まりではないかと応酬した。ナポレオンは怒って言い返した。「あなたは軍人ではないから、軍人の気持ちがわからない。私は戦場で育ちました。私のような人間には、百万人の命もたいして気にならない。」ちなみに自分はいつもフランス人兵を大切にし、可能な限り、ドイツ人兵とポーランド人兵を犠牲にしてきた。「私はモスクワ遠征において三〇万の兵士を失いましたが、フランス人兵は三万人以下でした。」「閣下、あなたはドイツ人の私と話しているということをお忘れになっている」とメッテルニヒは激怒して叫ぶが、ナポレオンは戦争を続けると応酬、この戦争で「帝位を失うことになろうとも、世界を瓦礫の下に埋めてやる」と言った。メッテルニヒの回想録中の言葉をそのまま引用するなら、彼はナポレオンに、「陛下、あなたの負けですよ」と言ったという。――ゲーテならどう言っただろう。

メッテルニヒが六月二十六日の会見で行なったせっかくの調停も徒労に終わったとき、オーストリアがライヒェンバッハ秘密条約の成立後、プロイセン・ロシアの同盟国側につくと、イギリスとスウェーデンも連合戦線に加わった。八月、軍事行動が始まった。最初ナポレオンがドレスデン近郊で同盟軍本隊を撃破するが、ビューロ、ブリュヒャー、クライストらの司令官の指揮する同盟軍側は、ナポレオンが自ら指揮をとることができなかった部隊を打ち破る。ブリュヒャーは、十月三日、ヴァルテンブルク近郊でエルベ川渡河を強行し、連合軍がナポレオン軍を包囲しはじめると、ナポレオン軍はドレスデンから撤退した。この戦争は、十月十六日から十九日にライプツィヒ近郊で行なわれた「諸国民の戦い」で決着がついた。

最初のうちナポレオン軍が優勢だったが、情勢が一変すると、ナポレオンは、十月十九日、退路を絶たれる危険を招くまいとして全軍に撤退命令を出すのである。

ゲーテとヴァイマルにとっても騒然とした時代であった。四月半ばプロイセン軍がヴァイマルに入ってくると、町はフランス軍の攻撃をうける。再度自ら姿を現したナポレオンはアウグスト公に表敬訪問をさせる。ゲーテは聖土曜日（復活祭直前の土曜日）の四月十七日、友人の勧告に従ってヴァイマルを離れていた。彼は早朝六時に秘書のヨーンと馬車でボヘミア方面に向かった。ゲーテは変装し、プロイセンの旅券を携帯していた。四月二十日、「プロイセン王軍狙撃義勇兵団」の部隊に見破られたゲーテは、われらの武運を祈ってほしいと乞われると、「神とともに進軍し、潑剌たるドイツ魂に祝福あれ」と言ったといわれる。翌日、ゲーテはドレスデンのケルナーの家でエルンスト・モーリッツ・アルントと出会う。愛国詩人アルントは自分のフランス嫌いを隠さなかった。すると、ゲーテは怒ってこう怒鳴ったと、アルントは回想録にしるしている。「いくらガタガタ言ったってあの男［すなわちナポレオン］は君たちとは桁が違うよ。負け犬の遠吠えみたいなものだ。」

八月、ゲーテはヴァイマルに戻ったが、十月になると次々に兵隊が宿営に来た。最初はフランス兵で、次がオーストリア兵だった。ゲーテは十月二十日の日記に、朝にはフランス兵がいたのに、夜にはコサック兵が来た、と書いている。大砲の音が聞こえ、小競り合いや、軍隊が通過する音も聞こえた。十月二十二日、突然「コサック兵の野蛮な一団」が彼の家の前に立っていた。十月三十日、ゲーテは「望んだとは言え、あまりにもつらい運命のために長いあいだおびえて暮らしていたのですが」と皇后マリア・ルドヴィカの女官、オドネル伯爵夫人に宛てて書いている。「十月二十一日と二十二日、とうとう私たちは禍に見舞われました。剥き出しの暴力を前にして、いったい何をされるかと恐れ、あれこれ耐えなければなりませんでした。丸二日、身の毛がよだつ行為から卑劣きわまりない行為まで、その全部にじっと耐えなければならなかったのです。そのさまを想像してくだされば、あなたもきっと私に同情してくださるでしょう。」十月二十三日になるとオーストリア軍司令官コロレドが彼の家に宿泊した。コロレドは、ゲーテがフランスのレジオン・ドヌール勲章を付けて自分を迎えたことに腹を立て、意趣返しとばかりに、滞在中、毎日食卓に二四人もの客を招き、飲食費（ことに酒代）をゲーテにつけてよこした。やがてコロレドは出て行ったが、ゲーテが十月二十六日にメッテルニヒにそれとなく訴えたからであろう。そして、ベルリン公使になっていたヴィルヘルム・フォン・フンボルトが数日訪問してくれたあとになって、ゲーテは最悪の事態は過ぎ去ったと感じた。一八一三年十月二十九日付コッタ宛の手紙に彼は、「最悪の事態は私と私の家族から過ぎ去ってゆきましたので、もうなんらこぼす必要はないほどです」と書いた。コッタは「あんなひどい日々」が終わってよかったと喜ぶとともに、将来への期待を述べる。「この平和な数日間が素晴らしい時代の前触れであるとよいのですが。素晴らしい時代にするもしないもナポレオン次第でした。あんなにたくさんの血を流したり苦しんだりしないで済んだはずです。これはナポレオンに対する最大の非難でしょう。彼はやり方ひとつで世界の救世主になれたのですから。」この回想からすると、コッタはナポレオンのことを、征服するだけでなく「崇高な目的」をもった人間と考えていたのだろう。

いまやコッタの心中にも失望と怒りが広がっていった。しかし、十月二十九日付のゲーテの手紙がコッタを大いに喜ばせる。『『ヘルマンとドロテーア』をポケット判の本として印刷し、廉価な値段で広く出回るようにするのはいかがですか。お考えをお聞かせください。」戦争の混乱とは正反対の世界を描き、旧来の秩序の安定と美徳の記憶を思い起こさせるこの叙事詩が、改めてその力を発揮する好機が来た、とゲーテが考えたのは当然のことであった。コッタはゲーテの提案を喜んだ。このような権限の付与を長いあいだ待ち望んでいたからである。というのも、フィーベーク書店は、ゲーテとの協定を勝手に都合よく解釈して、『ヘルマンとドロテーア』の初版を出した一七九八年以降、重版を繰り返していたうえ、つねに版権を主張して引かなかったからである。コッタはゲーテの要求をすぐに受け容れると、シュトゥットガルトにある自社印刷所で印刷に付し、一八一四年二月に出版した。コッタはフィーヴェークのものより大きな判型を選んだが、これによって印刷された叙事詩の見た目が美しくなり、とくに六歩格《ヘクサーメター》の詩行を途中で行替えする必要がなくなったのである。

一八一三年十月二十九日、「最悪の事態」が、彼と彼の家族から過ぎ去ったと言ったものの、ゲーテの心配がなくなったわけではない。ライプツィヒを撤退してきたフランス軍の残りの部隊が相変わらず駐留していた。たいていの部隊はロシア軍によって南方へと追いやられていた。十一月六日ゲーテは再び危険な目に遭う。「一二人のドンコサック兵」が無理やり家に押し入ってきて、ゲーテは危うく難を逃れるのである。やがてナポレオンの敗北がはっきりしてきた。もはや決定的で、彼の軍隊はすでに壊滅状態になっている。途方もない数の戦死者や負傷兵が、脱走兵や占領した要塞を守って置き去りにされた兵士がたくさんいた。戦争では命拾いしたのに流行病のチフスに斃れる兵士もいた。ただナポレオンはもう一度小さな勝利を収める。十月三十一日、ハーナウでヴレーデ将軍率いるバイエルン＝オーストリア軍が、退路を絶とうと立ちはだかったとき、ナポレオンはこれを突破し、軍の一部を引き連れて祖国の地を踏むことができた。しかし、ドレスデン近郊に集結した七〇万人の兵は、いまや二〇万人そこそこになっていた。

ドイツにおけるナポレオン体制は崩壊し、ライン同盟の諸侯たちは、優勢な連合国側に加わって、自分たちの文書によって保証された既得権を維持し、ヨーロッパの「王政復古」で発言権を確保しようとしたのである。至る所で次つぎと義勇兵団が生まれ、フランス軍との戦争を継続して徹底的に決着をつけようとした。ゲーテの息子アウグストもこうした類の義勇軍に入ろうとしたが、父親がうまく阻止した。ヴァイマルのアウグスト公もまた軍事行動を起こす。今度はナポレオンと敵対するロシア軍の司令官として、小編成の部隊を立ち上げた。同盟軍は対ナポレオン戦争の続行を決め、カウプ近郊でラインを渡河した。三月三十日、パリが陥落する。ナポレオンは戦況をついに打開できなかった。いまやウェリントンまでがイギリス軍を率いてスペインからフランス南部に侵攻し、パリを目指して進軍していた。ナポレオンがフォンテンブローで退位するのは、一八一四年四月六日のことであった。外務大臣コランクール回想録からは、ナポレオンがもういちど将軍たちを召集して反撃しようとしたが、将軍たちから拒否されたことがわかる。四月十一日にかけての夜、絶望したナポレオンは服毒自殺をはかるが、未遂に終わる。こうして四月二十日彼は自分の護衛隊に別れを告げ、同盟国警備隊の監督のもと、エルバ島へと追放された。五月三十日、同盟諸国はパリ平和条約に署名、フランスは一七九二年現在の国境を保有した。フランスの外交戦術は巧みで、望まれるかつての王国を革命後の帝国から切り離して実現できるという虚構がこの条約の決め手となった。なるほどフランスはナポレオン大帝国の解体と改革の協議から外されたが、ヨーロッパの新体制づくりについて協議すべく召集されたウィーン会議では、ともかく発言することが許されたのである。ヨーロッパには、ナポレオンのヨーロッパ統治の破綻をうけて、なんとかヨーロッパの均衡を生み出せる平和な状態に漕ぎ着けたという安堵感が漂っていた。

このような和平の楽観的な気分から、一八一四年五月十七日、ベルリン王立劇場総監督イフラントはヴァイマル宮廷顧問官キルムスに依頼したのであろう。用件は、ナポレオン征旅からの帰還、つまりプロイセン・オーストリア・ロシア連合軍の凱旋行進、これを祝うための祝祭劇を書く気がゲーテにあるかどうか聞いてほしいというものであった。ゲーテはこの申し入れを「丸一日、あらゆる角度から」じっくりと考えたすえ、五月十八日キルムスに、光栄な申し入れではあるがお断りするほかないと伝える。しかしすぐにまた考えが変わり、その二日後、承諾する旨をイフラントに伝えると、ゲーテの受諾に感激した彼はこう答えた。「ルターの宗教改革以来、このたびのドイツ解放ほど輝かしい出来事はありません……（略）……ドイツ国民の第一人者がこの成果を書きしるすほどの高貴な祝祭もありますまい。」ゲーテは湯治先のベルカで、数日後には『エピメーニデスの目覚め』の構想を立て、イフラントに送って意見を求めた。そしてゲーテの言葉によれば、昼夜を徹して励み、六月十五日には、音楽を付ける部分も含む最初の部分を早馬でベルリンに送った。イフラントは早速ベルリンのドゥンカー&フンブロート社に印刷させようとすると、ゲーテは承諾し、彼のほうでは翌年の復活祭前にこの作品を再度印刷させないと約束した。そして美しい四つ折判での印刷を提案し、さらにポケット判の本の作成も提案した。六月二十三日には作曲家ベルンハルト・アンゼルム・ヴェーバーが出版者ドゥンカーと一緒にヴァイマルに到着、ベルカに向かい、この湯治先でリーマーとの共同作業が進められた。リーマーはわざわざベルカに呼び寄せられたのである。彼は一八一二年三月二十四日ゲーテの秘書を辞し、ヴァイマル・ギムナジウムの教授に就任していた。一八一四年七月七日脱稿したあと、秘書クロイター（四月三日リーマーの後任となり、ゲーテが没するまで務める）によって清書され、七月十二日、ベルリンに送られた。ゲーテはクネーベル宛一八一四年七月九日付の手紙に書いている。「最後がいちばん苦労しました。こうした状況に生まれた子供ですから、洗礼をうけさせるまでには、厄介なことこのうえありません。」しかしゲーテは、この仕事はベルリン王立劇場のためだけでなく、ドイツの将来のためにもなると思っていた（カール・リービヒ宛、一八一四年七月七日）。

わずか四週間で、しかもこうした状況では当然人目にさらされる劇作品を書けという要求を、ゲーテが最初断った理由はよく理解できる。本能的に拒絶の気持ちが働いたのである。その一方で彼は、自分に寄せられる多くの質問に回答を強いられている、また、一連の解放運動や一八一三年から一四年のあの戦争をどう考えるのか、自分の信念を表明する必要にも迫られていると感じていた。最初から彼の念頭には、大規模で音楽が中心的役割を占めるオペラのような作品があったのだが、同時に舞台装置、振り付け、衣装などの舞台芸術の面にも大きな注意をはらおうと考えた。「『エピメーニデスの目覚め』は〈祝祭劇〉と呼ぶのがいちばんよく合っています」、と一八一四年十二月二十一日彼は作曲家ヴェーバーに宛てて書いている。「歴史的な祝典のさいに初演となるのですから、そして好評を博したなら、再演も祝典の日だけになるでしょうから。」「作品で中心となる軸」（ツェルター宛、一八一五年四月十五日）は、ギリシア神話のエピメーニデスである。伝説によれば父親の羊の群れを放牧していたが、洞窟で五六年間も眠り続けたあと、目覚めて、国民の予言者になったという。ギリシア神話ではエピメーニデスは五六年間眠るが、ゲーテは神々がエピメーニデスを眠らせる時間を計算しなかった。神話的な眠りによって実際的な行動から離れていたことはエピメーニデスの言い訳になるのだろうか。作品冒頭に掲げられる序詞には「詩人は運命のもつれを解きほぐそうとする」とある。ゲーテはのちに『西東詩集』でも同様のことを試みる。キリスト教聖人伝の「聖七兄弟殉教者」には、長い眠りのモチーフが描かれている。この殉教者たちは二〇〇年間洞窟のなかで眠り、デチウス皇帝によるキリスト教徒迫害からガブリエル大天使によって守られるのである。(1)

ゲーテは以前にも祝典劇を一つ書いていた。『パンドラ』で、この作品は本来ティルジットの講和を祝うために構想されたものである。一八〇七年十月にゲーテは二人の若い友人、ゼッケンドルフとシュトルから、彼らがウィーンで創刊しようとしていた文芸誌『プロメーテウス』への寄稿を依頼された。だいそれた誌名のとおり、一八〇六年以降のドイツ語圏の精神生活に新風を吹き込むという大きな目標を掲げていた。この雑誌の第一号と第二号に『パンドラ』の一行から四〇二行までが、途中の二七七行から二九一行までは欠けたまま掲載された。この間、ゼッケンドルフとシュトルは『プロメーテウス』の発行者ガイスティンガーと喧嘩別れになって、シュトルはこの雑誌をコッタへと移そうとするが、これも成功しなかった。ガイスティンガーがどうやってゲーテから印刷許可を取りつけたかはよくわからないが、この祝祭劇はガイスティンガー社から一八一〇年『ゲーテのパンドラ　一八一〇年版ポケットブック』として刊行されるのである。ガイスティンガーはベルトゥーフ社をとおして稿料を送金したと主張している。とすれば、ウィーンで最大のこの海賊出版業者は、少なくともゲーテの一作品については「合法的に」出版したことになる。(2)

祝祭劇『パンドラ』は、人類の危機と希望を象徴的な形で扱っている。人類にとって危機は独裁制や戦争から発し、犂ではなく兵器の生産能力から生まれる。ゲーテが一八〇七年十月末から一八〇八年六月にかけて取り組んだこの劇では、舞台が二つに分けられ、一つはプロメーテウス側、もう一つは彼の弟エピメーテウス側になっている。この作品を贈られたヴィルヘルム・フォン・フンボルトはゲーテの「最も素晴らしい作品(3)」の一つだと言った。中心にあるのは、冷静で休みなく生業に励むプロメーテウスと、感傷的で日ごと自らの不幸を嘆いて過ごすエピメーテウスという、まったく性格の違う兄弟のコントラストである。神話によると、パンドラはツォイスの命令をうけたヘパイトスによって創られ、一つの箱をもって地上に遣わされた。その箱には、プロメーテウスが火を盗んだので、人類を罰するためにあらゆる災いと病気が詰め込まれているのだが、エピメーテウスはプロメーテウスの反対を押し切ってパンドラと結婚してしまう。

元来この作品は『パンドラの再来』という題名になるはずであったが、ゲーテがこれを最後まで書き上げることができなかった。断片に終わった作品の続編、つまり本来この劇のクライマックスとなるパンドラ再来部分については、一八〇八年五月十八日にしるされた構想「第二部パンドラ再来のシェーマ」が伝えられているだけである。ゲーテは二度とこれに手をつけなかった。『親和力』の執筆のために、この神話風祝祭劇への関心が薄れてしまったこともあるが、『エピメーニデスの目覚め』により人類文化の理想のヴィジョンを描出したからには、改めて取り掛かる必要もなかったのである。(4)

しかし、ゲーテがイフラントの依頼に応じたとき、彼の念頭に『パンドラ』があったことは明らかである。ゲーテは、一八一四年六月、イフラントに宛てて書いている。これこそ願ってもない機会、「喜びも悲しみも、私がどれほど国民と分かち合ってきたか、いまも分かち合っているかを、国民に表明する」ための絶好の機会と考える。

『エピメーニデス』では「策略の霊たち」の加担もあって、最初のうちは「圧制の霊」が勝利を収め、「愛」と「信仰」は捕らえられる。しかし、庶民から力強い運動が起こり、「希望」と「一致」の合唱の協力を得て、「若い王」が暴君を倒し自由と和合への道を指し示す。エピメーニデスは知る。「素晴らしいかな、最高の方にこの身をゆだねること…（略）…あの方は、いま目の前にあるものを知れと教えてくださった。」現前のものを知れ——これが、この作品の言わんとするところである。そしてこのことがわかる「合唱」は歌うのである。「こうして私たちは再びドイツ国民となり／こうして再び偉大となった。」(5)

ゲーテは一八一四年七月中に作品を完成させるように急ぐが、本の製作が遅れ、上演日程を立てることもできないありさま、しかし、理由は不明であった。彼はこの遅れにたいへん憤り、作品が一八一四年から一五年にかけての時局の変化で時代遅れになってしまったと思った。一八一四年秋にウィーン会議が始まったが、なされるのは社交的な催しものばかり、会議は踊る、されど進まず、の状態であった。だが、一八一四年十月になってついに正式な会議が始まると、人がどう言おうと、この会議での決定がヨーロッパ諸国の関係を長期間にわたって確定してしまったのである。一八一五年三月七日、ウィーンに急報が届く。ナポレオンが二月末にエルバ島を脱出し、パリに向かっているというのである。しかし、ナポレオンの百日天下のあいだ、会議日程は中断されなかった。ワーテルローの戦いで決定的な勝利を勝ち取るまえに、ウィーン会議は一八一五年六月九日ウィーン条約への署名をもって閉会した。解放運動が目指したドイツ国民の自由と統一は、巧みな外交戦術によって棚上げにされたが、それでも、制定されたドイツ連邦規約には、新しく生み出されるべき「ドイツ連邦」のための基本法が盛られていた。すなわち旧ドイツ帝国とナポレオン体制下のライン同盟に代わって、連邦議会の議長国をオーストリアとする三八の主権国家から成る連邦が成立したのである。ヴィルヘルム・フォン・フンボルトはこのドイツ連邦という体制、つまり主権をもつ君主たちの連邦に賛成していた。彼はこれをドイツ統一に至る「中間形態」と考えていた。フンボルトはこの連邦制に広くヨーロッパの課題が、すなわちヨーロッパにおける力の均衡保持と「平和維持」が実現されうると見たのである。彼はドイツの独自外交を、ドイツにとって不幸な結果になりかねないとして否定し、ひとたび国際紛争に巻き込まれると、「ドイツがドイツであるだけではなく、真のドイツ人なら誰も望まない征服者になる」のを防ぐことが誰にもできない、と述べた。ウィーン会議の黒幕であったメッテルニヒは、基本的には新らしいものは出てこないことがわかっていた。「旧体制のヨーロッパは終わろうとしている」が、新しいヨーロッパの姿はまだ見えてこないと「内心ひそかに考えていた」のである。彼は生涯の終わりになって吐露する。「正直に言えば、事態について明確な認識はあったが、オーストリア帝国とドイツに新しい建物を建てることの不可能さも認識していた。それゆえ私の関心は、とりわけ現状維持に向けられた」と言うのである。

ゲーテにとってウィーン会議の結果は、何年にも及ぶこの激動の歳月に彼が守り続けた政治姿勢が間違

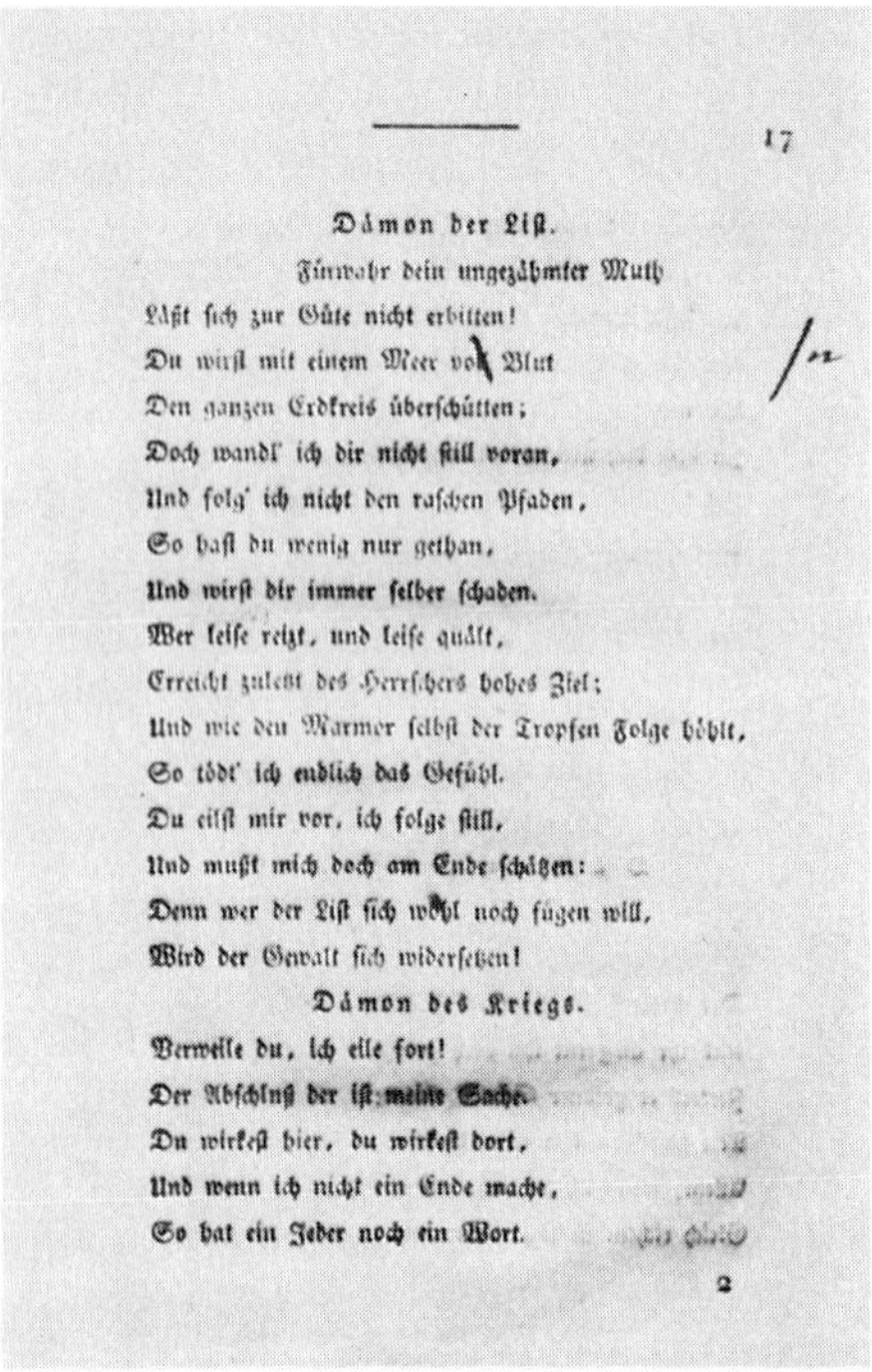

17

Dämon der List.

Fürwahr dein ungezähmter Muth
Läßt sich zur Güte nicht erbitten!
Du wirst mit einem Meer von Blut
Den ganzen Erdkreis überschütten;
Doch wandl' ich dir nicht still voran,
Und folg' ich nicht den raschen Pfaden,
So hast du wenig nur gethan,
Und wirst dir immer selber schaden.
Wer leise reizt, und leise quält,
Erreicht zuletzt des Herrschers hohes Ziel;
Und wie den Marmor selbst der Tropfen Folge höhlt,
So tödt' ich endlich das Gefühl.
Du eilst mir vor, ich folge still,
Und mußt mich doch am Ende schätzen:
Denn wer der List sich wohl noch fügen will,
Wird der Gewalt sich widersetzen!

Dämon des Kriegs.

Verweile du, ich eile fort!
Der Abschluß der ist meine Sache.
Du wirkest hier, du wirkest dort,
Und wenn ich nicht ein Ende mache,
So hat ein Jeder noch ein Wort.

2

図 39　ゲーテ『エピメーニデスの目覚め』（1813年）．校正刷り 17頁にはゲーテの自筆による校正の跡が残されている．ヴァイマル古典財団所蔵．

いでなかったことの証明でもあったにちがいない。一七八九年初頭、ゲーテは、自由と平等はただ狂気の陶酔のなかでのみ享受しうるものであると書いた。四半世紀たったこのときも、自由と平等は達成されていない。革命と王政復古は表裏一体を成していて、両者の弁証法が近代の世界史を決定しているように思われる。

『エピメーニデス』の上演は何度も延期された。一八一四年九月二十二日イフラントが亡くなり、後任の劇場監督ブリュール伯爵もヴァイマルと関係が深かったので、上演には全力を尽くした。こうして、同盟軍がパリを占領した一周年記念日の一八一五年三月三十日に行なわれることになった。しかし、なんという偶然であろうか、この日、ナポレオンがエルバ島からパリに向かっていた。覇権争いと領土争いの度合いがますます強まっていったウィーン会議は、勝利をもたらした諸国民になんの権利も与えなかった。これらすべてがエピメーニデスの希望と矛盾していた。この祝祭劇で表現された懸念を、ゲーテは上演を空しく待つあいだにベルリンの劇場監督に宛てて格言詩にして送る。「思うに、エピメーニデスの／ベルリンの目覚めは／早すぎ、そして遅すぎる。[6]」しかし、その後は万事ひじょうに順調に進み、ドゥンカーは三月八日に最後の校了原稿を受け取った。ドゥンカーは三月二十五日にゲーテに宛てて書いている。「あなたの『エピメーニデス』上演の日程がたいへん切迫していますので、初演が行なわれる来週の木曜日、三十日までに台本を完成させるには、印刷機その他を初めとして私自身もフル回転しなければなりません。」ところがこの手紙にはゲーテには考えられないことも書いてあった。監督ブリュール伯爵の依頼で、ベルリンのフリードリヒ＝ヴィルヘルム＝ギムナジウムの校長J・A・C・レーヴェッツォーが、「観客の皆様へ」というまえがきを書くことになっていた。「観客がこの祝祭劇を正しく鑑賞し、より深く享受できるようにするため」というのである。『エピメーニデスの目覚め。ゲーテによる祝祭劇』が三十日に出版されたとき、実際に八頁ものまえがきが、K・Lのイニシアル入り、頁数はローマ数字でしるされて、作品に付されていた。ゲーテの驚きは小さくなかったであろう。私たちの知る限り、ゲーテの作品で第三者のまえがきの付いた初版はこれだけであったし、まして彼はその内容を知らされていなかったのである。出版社とまえがきの執筆者は運がよかった。四月十三日ゲーテはレーヴェッツォーに宛てて書く。「三部に分けられた巧みなまえがきの意図は、最終的な目的に完全にかなっています。迅速な、好意的な観客の反響を得るのに役立ちました。[7]」

上演は結局この一八一五年三月三十日に行なわれた。四月五日ゲーテは友人クネーベルに宛てて報告している。「三月三十日、『エピメーニデス』がベルリンでやっと目を覚ましました。まさしく好機到来、ドイツ人がこれまで何度も味気のない散文で伝え合ってきたことと同じことを、象徴を使って再現して見せるのです。彼らが長い年月にわたって耐えがたきを耐え、しかるのちにこの苦しみから解放された素晴らしさを詠うのです。この勝ちえたものを守って維持してゆくためには、新しい力が必要なことは言うまでもありません。」

それゆえこの祝祭劇も（のちの稿では）、「軍楽隊の音楽とともに」次の「合唱」で終わる。「真っ二つに叩き切り、身を解放せよ／上へ、前へ、進め、高みへ」そして「若い王」もこの力強い言葉を繰り返す。「前へ、進め、高みへ。かくして偉業は成し遂げられた。」しかしエピメーニデスにとっては、最高の方が「いま目の前にあるものを知れ…（略）…と教えてくれた」のである。

それ以後、この作品は、ベルリンではあまり上演されなかったが、ヴァイマルでは三回上演された。これらの上演のさいに劇場のチケット売り場で販売された台本は、一八一五年ベルリンのドゥンカー＆フンブロート社刊『エピメーニデスの目覚め。ゲーテによる祝祭劇』の初版を底本としている。その後この『エピメーニデス』は、ゲーテの生前にはもはや印刷されなかった。もっとも初版が出るまえに、合唱曲「兄弟よ、立ち上がれ、世界の解放のために」が『前進の合唱』という曲名で別個に二箇所で出版されている。詞華集《『目覚めたヨーロッパ』ベルリン、一八一四年》およびコッタ書店の『教養階級のための朝刊』紙（一八一四年十一月十七日）であった。[8]

結局、ゲーテは冷やかな反響に失望する。アレゴリーを取り入れたために観客にはもともと筋がなじめなかったのである。クネーベルも、「多くのアレゴリーが洗練されすぎているために、いったい何を意味するのか、観客にはよくわからなかったのです[9]」と言った。

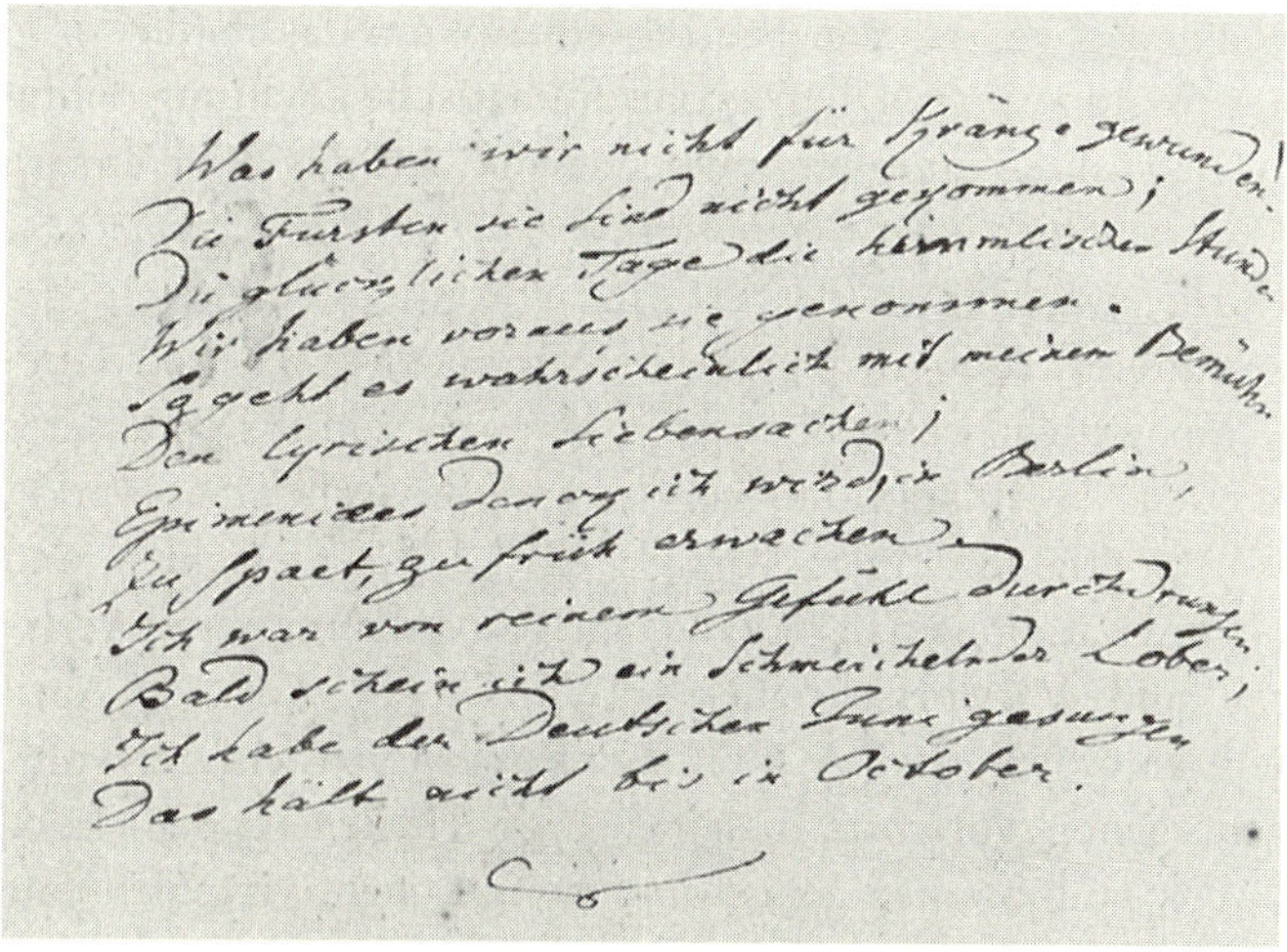
Was haben wir nicht für Kränze gewunden!
Die Fürsten sie sind nicht gekommen;
Die glänzlichen Tage die himmlischen Stunden
Wir haben voraus sie genommen.
Ergeht es wahrscheinlich mit meinen Bemühn
Den lyrischen Liebensachen;
Epimenides denk ich würdig in Berlin,
Zu spät, zu früh erwachen.
Ich war von reinem Gefühle durchdrungen
Bald schein ich ein Schmeichelnder Lober;
Ich habe den Deutschen Jammer gesungen
Das hält nicht bis in October.

図40　ゲーテの自筆による『穏和なクセーニエン』の清書原稿（1815年）.『エピメーニデス』の上演が遅れたさいに書かれたもの. ゲーテ＝シラー文書館／ヴァイマル古典財団所蔵.

のちに、この作品の結末部に遺稿からの詩行がつけ加えられた。ゲーテが生前に発表を控えたので、遺作として初めて公表される『穏和なクセーニエン』のなかの一節である。ウィーン会議後に書かれたと思われるが、ゲーテの失望が表されている。『エピメーニデス』で詠ったあの無限の期待、それは満たされなかった。ウィーン会議とは、結局は既存の体制を承認しただけではないのか。「現実肯定派」と思われたくないゲーテだったが、繰り返しそう決めつけられる。のちにルートヴィヒ・ベルネは、『パリ便り』のなかで、ゲーテのことを「公爵の奴隷」「専制君主の下僕」ないし「抵抗勢力」と呼んだ。

ゲーテの目覚めは、ギリシア人エピメーニデスの洞窟での目覚めと同じではない。ゲーテは中国の箴言「行くところまで行かないと流れは逆にならない」を知っていたのだろうか。彼は世界全体に対して個人的な世界を、生真面目さに対して遊びを対置させた。一八一四年六月七日、『エピメーニデス』執筆の最中のこと、ゲーテは突然、日記に『ハーフィズ詩集』としるすのである。

二　『西東詩集』（一八一四―一八一九年）
――「世界史の大きな尺度で計られた小さな個人的問題」

ゲーテは、彼の「ディーヴァン遊戯」（『西東詩集』のこと）を、そしてその時代の背景および自伝的性質を秘密のヴェールにつつんでしまっている。それゆえ、『第二次全集』以前に遡るこの作品全体の成立に関わる最も重要な証拠を出版者に知らせようとしたのは、ひじょうに意味深い。一八一五年五月六日コッタに宛てて、秘書クロイターに口述筆記させるが、実際に発信されなかったこの書簡のなかでゲーテはこう告げるのである。「つまり、私はずっと以前からひそかに〈オリエント文学〉に取り組んでおりまして、もっと慣れ親しむために、東洋の考え方や手法を使って幾編かの詩を作りました。そのさいの私の目論みは、楽しい方法で、西洋と東洋、過去と現在、ペルシア的なものとドイツ的なものとを結び、両方の風習と考え方を重層的に絡み合わせることでした。」ゲーテはコッタの前年の贈物についても触れて、感謝の意を表している。一八一四年五月十日、コッタはゲーテに頼まれた『ベンヴェヌート・チェリーニ自伝』の献本および『ゲーテ全集』第四巻を送るさいに「コッタ出版社の新刊書」を添えたのだが、そのなかに『モハメド・シェムセッディン＝ハーフィズの詩集《ディーヴァン》』が入っていた。ヨーゼフ・フォン・ハンマー＝プルクシュタルがペルシア語からドイツ語に初めて全訳した二巻本、一八一二年から一三年にかけてシュトウットガルトおよびチュービンゲンのコッタ書店から出版されたものである。ゲーテはこのときの読後の感想を『年代記』一八一五年の項に書きとめている。「私はすでに昨年フォン・ハンマー訳による『ハーフィズ全詩集』を入手していた。この素晴らしい詩人の個々の詩はあちこちの雑誌で翻訳されて紹介されていたが、以前は読んでも、私はなに一つ詩の魅力を見いだすことができなかった。それだけにいっそう、全体を読んだ今回の衝撃は強烈で、私としても創造によってこの衝撃に対処せずにはいられなかった。そうでもしなければ、私はこの詩集が呼び起こした強大な幻像に押し潰されてしまいそうになったからである。働きかけてくる力はあまりにも強く、ドイツ語訳が手許にあったので、私は自分でもぜひ作ってみようという気になったのである。私も題材や意味のうえで類似する詩想を大切に温めていたのだが、それらがことごとく心に浮かんできて、当時の私の気持ちと呼応していっそう活発に動き出したのである。現実の世界は内外ともに崩壊の危機に瀕している、いまは脱出のとき、自分の興味、能力、意志のままに楽しく関わることのできる観念の世界へ逃げ込まなくてはならない、と私は痛感していたのである。[10]」ゲーテの創作過程の解明にたいへん役立つ言葉である。他の詩人のすぐれた点と向かい合ったとき、作家としての彼には自らを救済する手段が一つ残されていた。「創造」による対処、つまり、これを「きっかけ」として自分でも「作ってみようという気になること」であった。

ゲーテはハーフィズの何に魅了されたのだろうか。(「コーランの暗記者」の意味をもつ)ハーフィズ(本名シャムス・ウッディーン・ムハンマド)は、一三二六年、ペルシア(現イラン)ファールス州シーラーズに生まれ、一三九〇年、同地に没する。ゲーテと同じく小王朝の君主に仕える詩人であった。最初の詩集はモンゴル人の宰相《ワジール》アブー・イスハークに向けられたものである。その後彼はシーラーズのイスラム教神学大学《メドレセ》の教授となり、熱狂的な原理主義者の宰相モッツァファリデン・モバレッツォディンやシェシャン王の寵愛をうけた。ハーフィズは王侯を称賛もしたが批判もした。禁酒法が一時的に解除されたのはハーフィズの影響である。『西東詩集』「観察の書」に登場するシェシャン王はヴァイマルのカール・アウグスト大公であり、大公国よ永遠であれという祈願がなされている。「観察の書」の観察者は、「主《あるじ》を見つけたこと」を「至高の恩寵」と感じている。ゲーテがナポレオンと会見したように、ハーフィズは第二次モンゴル襲来のさい、征服者ティムール・ラングと会見している。『西東詩集』「ティムールの書」のティムールは、間違いなくナポレオンを指している。ゲーテは『注解と論考』(一八一九)において、「あまりに卑近な解釈が、途方もなく大きい出来事を大所高所から見て判断する妨げとならなくなるには[11]」、数年の時間の経過が必要ではないかと述べている。ボアスレーは、一八一五年八月三日の日記に、ゲーテと交わした対話の概略を書きとめている。「オリエント文化の習得——ナポレオン、いまの時代はこれを題材とするのに事欠かない。ティムール。強大な自然力の現れであるチンギス・ハーンに似て、自然力がひとりの人間のなかに現れている[12]。」このように、「ティムールの書」の冒頭の詩『冬とティムール』でも、独裁者を滅ぼすのは、人間ではなく自然の力であると詠われる。『詩と真実』では、「魔神的《デモーニッシュ》なもの」と捉えられている。それは「道徳的世界秩序と交差する力」であり、この力に打ち勝つことができるものは、「宇宙そのもの」、人間など問題外である。

伝説によれば、ティムールはハーフィズが神々を冒瀆したと非難した。ハーフィズが詠った天使が、「粘土の塊のアダム」に酒亭でワインを飲ませ、人間を「永遠に酩酊するもの」にしてしまったからである。これに対してハーフィズは、こうティムールに釈明したと言われる。すなわち、ワインを飲むことは認識の獲得であり、それを飲ませる酒亭は認識の場所である、ノアの箱舟だってワインを満たした大きな杯のようなもの、ユダヤの伝承でもノアはワインの発明者だとされているではないか、ワインが教えてくれるのは天国が人間の故郷であること、地上の愛の戯れは天国の愛の前奏でしかない、ゆえに人間の憧れも、その故郷である天国への憧れとなるのである。

ゲーテはハーフィズの敬虔さを称賛する。死は、ハーフィズにとって、神との合一に至る門にすぎない。彼の有名な詩はこう詠う。「彼の無限の美しさがどれほど愛する者たちを殺そうとも、すぐに新たな愛する者の群れが彼岸から生まれてくる。」しかしハーフィズはこのような振舞いの弊害も批判する。例えばムバリサディンの振舞い、この残酷非道の独裁者はコーランの朗詠を中断したというだけで、八〇〇人もの人間を斬首刑に処した、と自ら語ったのである。おそらくゲーテが共感したのは、この詩行ではなく、次の詩行であっただろう。「私が私の腕に衷心から感謝するのは、他者を苦しめることができるほどの腕力がなかったこと。」ゲーテはハーフィズに自分の「双子の兄弟」を見て、その敬虔さと官能的享楽を評価した。ハーフィズは彼にとって「聖なる手本」、「聖ハーフィズ」こそ、私の「心の通じ合う人生の道連れ」であるという。とりわけ彼は「ガゼル」という独特の抒情形式、その前人未到の巧みさ、現世的であると同時に神秘的でもある二重構造に驚嘆する。二行ごとに完結する個々の詩行は確かに対位法的に絡み合い、テーマもきわめて重層的であるが、にもかかわらず一つの大きな詩的統一に達している。ゲーテにとっての聖書は、ハーフィズにとってはコーランだった。したがって『注解と論考』に「旧約聖書について」という題名で次のような文章があるのはけっして偶然ではない。「私たちは聖書にひかれてオリエントへと旅立ったように、いつもまた同じ聖書に戻ってくる。時にはそこかしこで濁ったり、大地にもぐり込んで見えなくなったりするが、やがて澄み切った新鮮な清水となって地上に湧き出るさわやかな泉である聖書に。[13]」繰り返しゲーテは聖書に立ち戻る。イエスの受難の物語に。『詩と真実』は『西東詩集』とほぼ同時期に成立したが、これを読んでも、いかにゲーテがヴェローニカの聖骸布の上に写し出されたイエスの顔《かんばせ》に感銘をうけていたかがわかる。それは、「現在において受難する人の顔ではけっしてなく、気高く変容を遂げた、天上の生命に光り輝く人の顔」であった(14)。『西東詩集』「ハーフィズの書」の詩『異名』においてなされる詩人とハーフィズとの対話も、それを示唆している。

ハーフィズもゲーテも自分たちの宗教心を、独善や教条主義、「否定、妨害、略奪」から守らなければならなかった。あるとき、ゲーテはボアスレーに、ハーフィズは自分にとって「もうひとりのヴォルテールだ」と打ち明けたという。宗教支配に反対した大啓蒙主義者ヴォルテールである。つまり、「生意気千万、私はあなたたちの天国とやらに足を踏み入れる気はありませんね、天女《フーリー》が二、三人かしずいてくれでもしない限り(15)。」ゲーテはあまりに一義的なハーフィズ解釈にも反対した。最初は「取り消し」という題名で、最終的には『目配せ』という変わったタイトルになった詩のなかに、「言葉は扇子だ！」という件があるように、ゲーテは「否定と妨害」にも反対し、繰り返し、信心深さというものは人生を陰鬱にするためにあるのではないと強調する。ハーフィズとゲーテは現世肯定者であり、彼らの思慮深さは快活さと、時には軽率ささえ結びついていた。二人に共通する特徴は、とにかく陽気な点であり、彼らは信仰に明るいイメージを求めていたのである(16)。

ゲーテにとってハーフィズは生命そのものであった。彼は、ハーフィズの詩あるいはハーフィズが手本としたペルシアの詩から、自分に大切なものを借用し、「死して成れ」という自らの大規模な歌へと変容させた。燃えさかる蠟燭の火という形象、焔に焼かれて純化した生命を得る蛾という形象。これらはいずれも、ハーフィズ詩《ディーヴァン》集の範となったペルシアの詩からきている。ゲーテにあって、これらの形象や比喩は、変容と純化の象徴となり、自分という人間存在の比喩ともなる。この世は暗い闇ではないし、自分もまたこの地上の暗く悲しい滞在者などではない。ズライカが「地上の子たちの最高のしあわせは／ひとりの人間であることだと言われます」というと、ハーテムは答える、「そうかもしれない！　ふつうはそう言われる／だが私の考えは違う／地上のしあわせのすべてを／私はズライカただひとりのなかに見いだすのだ」。(17)

一八一四年六月二十一日、ゲーテが日記で『詩集《ディーヴァン》』に触れてから二週間後のことだが、これに収録される詩群の最初の詩『創造と生命賦与』が成立する。いかにも荒削りな詩であり、読んでも最初のうちは気に入らないかもしれない。しかし詩人を「理解」しようとして「詩の国」へと入ってゆくと、ゲーテがこの詩の着想をペルシアの詩からとったことがわかる。創造された人間はなかば「泥人形」にすぎないが、ノアが「大杯」という「いちばんの真実」、つまりワインを見つけ、この「泥人形」がそのワインに自分の「身を浸した」とたん、「泥人形」は生気を得る。このような比喩から読者にはほとんど何の霊感も湧いてこない。しかし、酒、歌、恋、神への憧れなどのトポスが、ハーフィズにもゲーテにどれほど意味のあるものであったか、この点が確認されるのである。『創造と生命賦与』が書かれてからほぼ一カ月後の七月二十五日、ゲーテは「私たちの創造主の寺院」へと旅立つ。しかしこの旅は、「清らかな東方」で「族長時代の空気を味わう」ためではなく、いわば逃避、過去と未来への逃避であった。過去への逃避というのは昔の故郷に帰り、かつての恋の思い出の場を訪れること、未来への逃避というのは心に浮かぶ明確な「現像」を信じて前進することである。「たとえ頭に霜をいただこうとも／恋に恵まれることもあろうというもの。」『西東詩集』の冒頭を飾る詩は、一八一四年十二月二十四日、ヴァイマルで成立した。題名は『ヘジラ』、アラビア語で「逃走」という意味の言葉がフランス語化したもので、マホメットの逃走と重ね合わされている。預言者マホメットがメッカからメディナに逃れたのは、六二二年、この年がイスラム紀元の始まりとなる。この預言者マホメットの例にゲーテは倣ったのである。彼の幻想のなかで、デイーヴァン・ツィクルス（一連の詩作品）を書こうとする詩人にとって、いわば東洋世界への亡命の時が、思いのたけを歌い上げる比類のない時代が開始するのである。

かの地は、純粋と正義の世界、
私はそこに赴き、人間の種族の
はるかな起源をたどってわけ入ろう、
人間がまだ神の口から天の教えを
地上の言葉でじかに受け取り、
悩むこともなかった、かの始原の地。

この詩は明らかにコーランにも聖書にも関連がある。晩年になってゲーテは再度マホメットの遁走を作品化しよう思ったが、もはや果たせなかった。彼にとってマホメットは、直接、神につながる預言者であり、それゆえ読み書きの能力は不要であった。そんなことはゲーテにとって本質的なことではなかった。コーランからの引用として、ゲーテは次のように書きとめる。マホメットは「神の使者以外の何者でもない」、彼は「説教者にすぎない」。信仰の幅は広いが、思想は狭いというのである。[18]ゲーテはイスラム風の詩句に仕上げて書いている。

かの地で言葉が大切だったのは、
口づてであったからである。[19]

よく知られているように、マホメットはキリスト同様、自分の手になる言葉は何も残さなかった。ゆえに彼の言葉はキリストの言葉と同じく、本来の意味で「詩人の言葉」でもある。「知るがよい、詩人の言葉は／楽園の門の周りをただよい／秘めやかに戸を叩いては、／永遠《とわ》の生命を請い求めていると。」

ゲーテは旅立つ（訳注　一八一四年七月十五日から十月二十七日にかけてのライン・マイン旅行）。創作意欲はまことに旺盛、一日目に二編、二日目にすでに九編を物する。「詩作は昂ぶり溢れる命／誰も私を咎めるな！」七月二十八日フランクフルトに到着、いまは他者所有の生家のそばを通り過ぎたとき、あの古い大型箱時計が時を打つのを聞く。数日後、「WBd31Jul1814（ヴィースバーデン、一八一四年七月三十一日）」としるされた詩が生まれるのである。題名は、この手書き原稿では「サードの書、ガゼレI」なっていたが、のちに『自己犠牲』と変更され、『一八一七年版婦人のためのポケットブック』に掲載されたときは『完成』、『西東詩集』としての出版のさいには『至福の憧れ』となった。

ほかには告げるな、賢い人以外には、
凡人はあざ笑うだけなのだから。
焔に身を焼かれて死のうと憧れる
生ける物のいちずさを私は称えよう。

おまえの命を、おまえが命を、しるした
愛の交わりの幾夜、情炎のほてり冷めて

蠟燭の火、秘めやかに燃えるとき
ふと、あやしい感情がおまえを襲う。

もはやおまえは暗闇の翳りのなかに
じっと身体を抑えてはいられない。
新たな欲望がおまえを捉え
至高の交合へと駆り立てる。

隔てる距離がどんなにあろうとも、
心ははや虜、まっしぐらに飛び進む。
そして、燃える火への欲情きわまり、
蛾よ、おまえは身を焼きつくすのだ。

死して成れ！　これを
会得しない限り、
おまえは暗い地の上の
悲しい滞在者にすぎぬ。

強弱格《トロヘーウス》と交差韻からなる四行節——それは、『西東詩集』で最も頻繁に用いられる（また、ドイツ文学ではロマンツェ（民謡調物語詩）詩群で多用される）ものなのだが、この詩形を使って生ける物のいちずさが悠揚迫らず称えられる。すでに述べたように、この詩のモチーフはペルシアの詩『ハーフィズ詩集』を範としたものである。純化と変容の形象と比喩――のちにリルケが「変容でないとしたら、いったい何がおまえの緊急の課題なのか」と述べることになる。ゲーテが最後の詩節で、詩行を短縮し、強弱格《トロヘーウス》を用いて高らかに告げるのは、まさにこの問いかけにほかならない。一八一四年七月三十一日、ヴィースバーデンでこの詩を物したゲーテは、もはや悲しい滞在者でも厭世を嘆く者でもなかった。彼は「別の軌道」にいる。「地上のしあわせのすべてを／私はズライカただひとりのなかに見いだすのだ。」

八月四日、銀行家ヤーコプ・フォン・ヴィレマーがヴィースバーデンにゲーテを訪ね、そのさい同行した養女の「ユング嬢」を紹介する。あのマリアンネ、『西東詩集』のなかで「愛しい子」、私の「ズライカ」と呼ばれ、ゲーテの心の友となるあのマリアンネであった。最初のつかのまの出会いは、九月十五日フランクフルト近郊ゲルバーミューレにあるヴィレマーの別荘における再会となる。その日は「素晴らしく晴れ…（略）…マリアンネは健やか」とゲーテはヴァイマルに報告している。[20] このあと、九月二十三日、ヴィレマーはハイデルベルクにゲーテを訪ねる。ゲーテの同市滞在は、ボアスレーが収集した中世および低地ドイツの美術コレクションを見るためであった。ヴィレマーが「ご婦人方」より一足先に来たところをみると、マリアンネとの結婚の意志を打ち明け、二人だけで話したかったのであろう。ゲーテは、自分の恋愛経験を思い出し、ヴィレマーの決心の後押しをする。二人の結婚は九月二十七日、婚姻予告も婚約期間もおかない、突然の挙式であった。マリアンネには出生証明書もなく、むろんフランクフルト市民に登録はできない。ゲーテはクリスティアーネに二人の結婚をすぐには知らせず、十月十二日になってようやく秘書のシュターデルマンにクリスティアーネ宛の手紙を口述筆記さる。「夕方、枢密顧問官夫人ヴィ

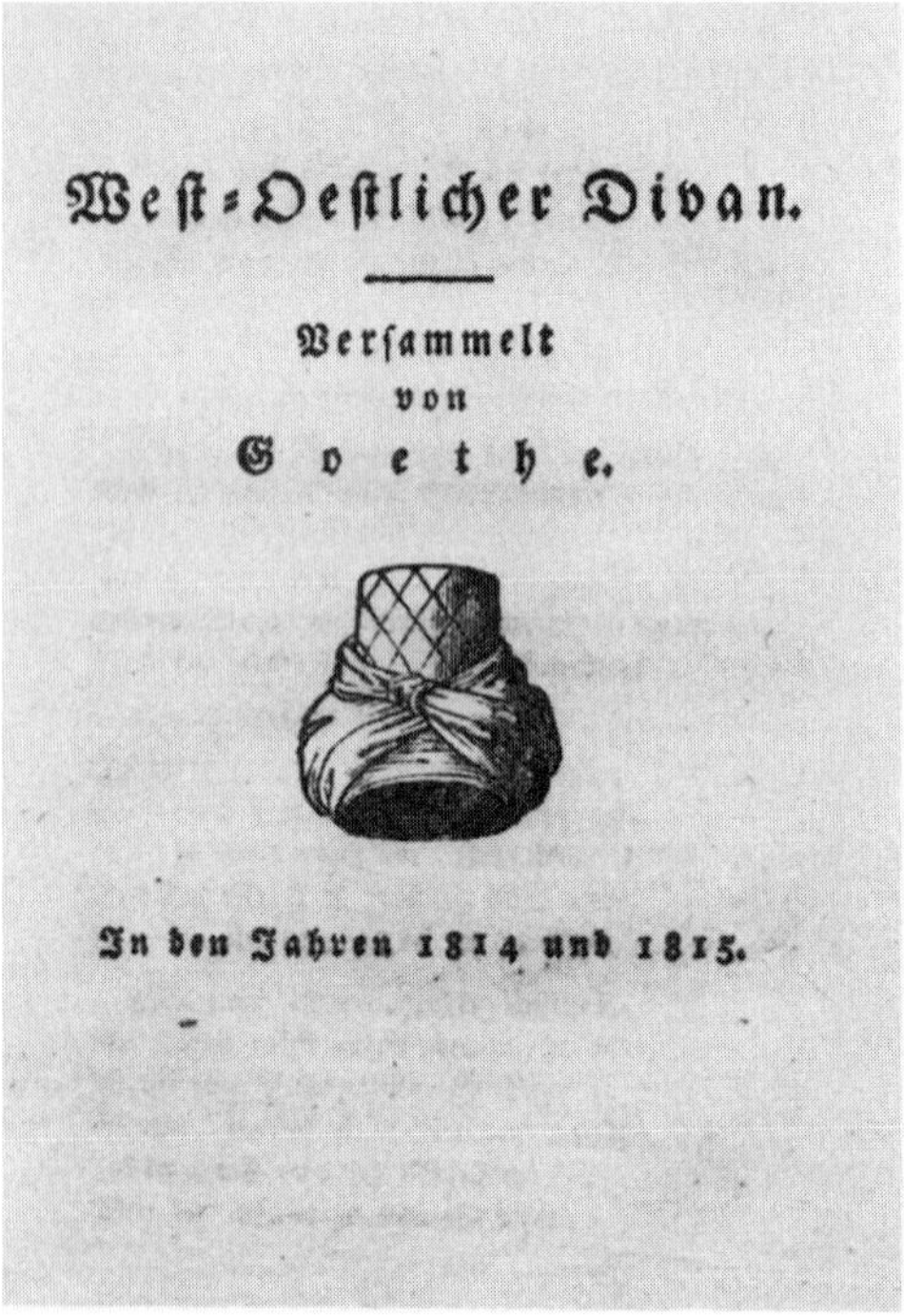
West-Oestlicher Divan.

Versammelt
von
Goethe.

In den Jahren 1814 und 1815.

図 41　『西東詩集』の刊行前に同書から詩や格言が選ばれたものがコッタ書店刊『1817年版婦人のためのポケットブック』に掲載される．口絵は L. ヘス作，木版画．

レマー宅に行きました。私たちの敬愛する友人ヴィレマー氏が内輪で式を挙げたのです。夫人は以前と変わらずやさしく親切です。ヴィレマー氏は不在でした。」ゲーテはフランクフルトでは親戚のシュロッサー夫人と二人の息子の家に止宿、十月二十日まで滞在した。

　ゲーテの日記には十月二十日木曜日についてこうしるされている。「マリアンネを訪問……（略）……二時に失礼する。」後日ゲーテはまたもやコッタの『朝刊』紙に腹を立てるが、それも無理のない話、同紙編集部が彼のフランクフルト滞在に関し風刺文を掲載したのである。「一七年の歳月のあとに……（略）……平和を取り戻したフランクフルト市は……（略）……生誕の地である同市を訪れたゲーテ氏に親しくまみえる。ああ、ドイツの誇り、ドイツの誉れ、存命中の詩人の最高峰、われらがゲーテに。」しかし、この風刺記事は誤報にもとづくでっちあげで、実際にフランクフルト市がこのような表彰式を行なって騒いだわけではない。にもかかわらず、長らく事実と思われていたのである。(21)

一八一四年の夏には多くの詩が生まれ、それらはすでに「小さなまとまり」を成していて、「気分が乗ればもっと大きくなってゆくと思います(22)」（リーマー宛、一八一四年八月二十九日）。気分は乗り続け、詩集の規模はどんどん広がっていった。十二月十四日の日記では、それまで『ハーフィズに寄せて』であったこの詩集の題名が『ドイツのディーヴァン』に変わっている。こうして詩集の基本構想を得たゲーテは、いまやその完成を目指す。一八一四年のクリスマス・イヴには詩『遁走《ヘジラ》』が成立するが、それは『ドイツのディーヴァン』の冒頭を飾るプロローグにしようと、この時点になって考えられたものであった。これらの日々には、一種のエピローグと言ってよい『おやすみ』という詩も成立している。ゲーテが『遁走』で呈示したのが詩的な自己描写であったことはすでに述べたとおりなのだが、同時に見て取れるのは、いまいちど過去の時代（「王座は砕け、国々は震える」）を呼び起こし、「私たちの小さな個人的問題を世界史の大きな尺度に当ててみようと(23)」していることである。彼にとって、個人的な体験（「多くの人々と味わった心配、恐れ、不安、驚愕そして苦しみ」）は、これらの時代の政治的事件と無関係ではありえなかった。一時代の終焉と新しい時代の開始、ナポレオンの台頭と没落、神聖ローマ帝国の崩壊と新しい平和秩序の模索。こうしてゲーテの『西東詩集』ははからずも、「彼の政治的信仰告白の手段(24)」になっていった。しかしゲーテは自分の歌は、『西東詩集』の最後の詩『おやすみ』で告げられているように、「わが国民の胸に」託したものであった。つねに「新しいもの」が「たえず四方に生まれ育つ」ことを願ったのである。こうして複合体『ドイツのディーヴァン』は出来上がった。いわゆる「ヴィースバーデン目次表」の一八一五年五月三十日の項には、一八一四年末までの詩編五三編に加えてさらに四七編（執筆中のものもあった）が収録されている。しかし、ゲーテは予想できなかった。じつは、仕事はまだ始まったばかりであったのである。

その後数カ月間、ゲーテは手に入る限りのオリエントに関する書物を体系的に研究する。初めはハンマー＝プルクシュタルの『オリエントの宝庫』と『ペルシアの修辞学の歴史』である。さらに旅行記や新しい翻訳を読み、オリエント研究者たちと話し、大公の文庫用にオリエントの写本を購入した。彼はハーフィズを原典では読むことができなかったが、写本は重要だと考えたので、「美しく筆写すること」に「熱中」した。(25) 出典を調べ、例えば有名な七つのアラビアの詩『モアルラカト』（メッカのモスクに掛けられていたもので、一八〇二年に『アラビア詩の空に輝くプレイアデスたち』とドイツ語訳されて出版）を研究した。またマルコ・ポーロの『東方見聞録』を読み、ハーフィズの『詩集』とコーランを繰り返し紐解いた。ゲーテは自分にとって最重要な原典を、ふつうは用いないような献詞用紙に書きとめた。

これらの研究から、一八一六年から一八年にかけて成立するのが『西東詩集　注解と論考』（初版の題名は『西東詩集のよりよい理解のために』）であり、次の序詩が掲げられる。

詩を理解しようとする者は
詩の国に行かなければならない。

詩人を理解しようとする者は
詩人の国へ行かねばならない。

そして、序文は有名な言葉で始まる。「物事にはすべて時あり。」まことに真理を衝いた言葉である！しかし『注解と論考』は、単なるより良い理解のための示唆にとどまるものではない。『西東詩集』から独立した第二部だと言われるのももっともである。[26]今日ゲーテのオリエント研究については、カタリーナ・モムゼンの著書『ゲーテとアラブの世界』によって詳細を知ることができる。[27]モムゼンによると、ゲーテはアラビアの心性の男性的な面も女性的な面も取り入れている。かのシェエラザード（訳注『千一夜物語』の語り手の女性）が女神ミューズとして作家ゲーテの傍らに鎮座し、マホメットとコーランが抒情詩人ゲーテの霊感の泉となったが、ゲーテはベドウィン人の詩人たちにも魅了される。遊牧民族としての彼らの生活形態、自然との一体性、豊かな想像力、勇気、客に対する手厚いもてなし、彼らの生命力など、魅惑の対象であった。ゲーテがアラビアの言い回しに生涯親しんでいたという点には、大いに啓発される。『西東詩集』の冒頭に置かれる「うたびとの書」のモットーは、アラビアの諺のような言い回し「バルメキーデの世さながらに素晴らしい」がもとになっている。預言者マホメットを扱った著作で出会った言葉で、[28]ゲーテはこれを借用、秘密めいたきわどい個人的な発言に使っている。

星霜二十年過ぎるまま私は
わが身に恵まれた幸を楽しんだ。
まことと素晴らしきこと次つぎと

バルメキーデの世さながらに。

『注解と論考』の「往古のペルシア人」の章でゲーテは、バルメキーデとはバルヒのゾロアスター教信者の出であるとして、次のように述べる。バルヒは、「清浄な火を守る神殿が存続し、この宗派の大寺院が作られ、無数の拝火僧《モベーテ》が集まってきた」町である。「しかし、それらの営造物の施設がどんなに壮麗であったかを証明するのは、バルヒ出身の卓越した男たちである。バルメキーデの一族はこの土地の出で、勢力ある高官として長らく栄光を保ったが、ついには、私たちの時代の同じ一族のように、根絶やしにされ、追放されてしまった。」「回教君主《カリフ》たち」の章でゲーテはもう一度バルメキーデを取り上げる。「それゆえ、いまなお最も輝かしい時代であるとされるのは、バルメキーデの一族がバグダットに影響を及ぼしていた時代である…（略）…それゆえバルメキーデの時代は、諺みたいな言葉で人々の口にのぼる。すなわち活発な営みと活動が局地的に現れた一時期であり、ひとたび過ぎ去ってしまえば、かなりの時がたってから、よその土地で、似たような条件のもとで、あるいは突如再現するかもしれないような繁栄の時代なのである。」(29) バルメキーデの時代は、八世紀の文学的にも政治的にも重要な一時期であった。この時代、往古のペルシアのこの一族がバグダットの町や回教君主《カリフ》たちに大きな影響力を及ぼしていた。ゲーテが強い印象をうけたのは、この諺が信仰を異にする一族をこのように称賛していること、しかし、とりわけバルメキーデの一族が「勢力ある高官」であったという事実に心を打たれたのであろう。ゲーテは否応なしにヴァイマルをバグダットと比較し、自分の姿をそのような高官と重ねてしまう。「活発な営みと活動が局地的に現れた一時期」「かなりの時がたってから、よその土地で、似たような条件のもとで、あるいは突如再現するかもしれない」という期待は、ゲーテ自身の生涯を考えるうえでも重要な示唆を与えてくれ

図 42　ゲルバーミューレから見たフランクフルト市の眺望．ロゼッテ・シュテーデルによるアクアチアント（腐蝕銅板画の一種）．1816年8月28日ゲーテの誕生日にさいして．フランクフルト，ゲーテ博物館所蔵．

る。ゲーテは往古のペルシア人とハーフィズを使って、彼の詩を自国の民の胸に届けようとしたのである。彼は文学で偉業を成し遂げようとした。詩作は確かに「昂ぶり溢れる命」であるが、「詩人の清らかな手で掬われると／水はおのずと珠を成す」のである。

一八一五年五月二十四日ゲーテはヴィースバーデンに向けて出発、フランクフルト経由であったが、ヴィレマー夫妻には会わなかった。再会を急がなかったせいでもある。彼は旅の途中でもヴィースバーデンでも『西東詩集』を書き進め、最初の「ズライカの書」が出来上がった。おりしもナポレオンの再登場により、政治的にも軍事的にも騒然としていた。ゲーテの『年代記』によれば、六月二十一日ヴィースバーデンでは、ワーテルローの戦いについて「初めは敗戦の報が流れて人々は驚かされたのだが、それだけにそのあと勝利の報に訂正されると、いっそう大きな驚きとなり、われを忘れるような喜びとなった」[30]。七月、ゲーテはシュタイン男爵およびエルンスト・モーリッツ・アルントとともにケルンに旅行、八月、ヴィースバーデンでボアスレーと会い、ボアスレーはこの時からヴァイマルへ帰る十月までゲーテと同行することになる。八月十二日になってようやくゲルバーミューレでヴィレマー夫妻と再会する。マリアンネへの贈物としてハーフィズ『詩集《ディーヴァン》』を携えていた。重大な結果を伴う贈物であった。八月二十八日ゲルバーミューレで誕生祝賀会が催される。気の重い催しで、ゲーテはこの種の祝い事を好まなかった。そのため、これがフランクフルトで行なわれた最初で最後の誕生祝賀会となった。ゲーテは日記にこの日のことを謎めいた調子、含みのある言葉でしるしている。「西東詩集《ディーヴァン》、始まり——終わり」。「ズライカの書」が、同時に主人公の名前が生まれようとしていた。「こうして君がズライカと呼ばれるのだから／私にも名前がなくてはなるまい／君が愛する者を称えるのなら／ハーテム！　この名こそふさわしい(31)」ゲーテは「ハーテム」という名前をサァディーの詩からとった。ハーテム・タイは「アラブ人のなかでもいちばん気前のいい男だった」。序詩はオスマントルコ帝国の詩人サルタン・セリム一世の作をそのまま借用したものである。象徴的な二行詩節《ディスティヒョン》。詩人が夜中に月の夢を見ていると思い込むのだが、しかし思いがけずに「太陽」が昇る。太陽である。別の軌道だ。九月十二日マリアンネはゲーテから、直接自分に向けられた最初の詩を受け取る。

ハーテム

違う、機会が盗人をつくるのではない、
じつに機会こそ盗人の最たるもの。
私の愛の残り火を奪ったのも機会、

心の奥に隠した最後のものだったのに。

…（略）…

彼の命は彼女だけから何かを「期待していて」、彼は彼女の腕に抱かれて「運命のよみがえり」を喜ぼうとしている、と詠われる。これは明白な恋の表明であり、詩という形は距離をおくための究極的な試みでしかない。経験豊富なゲーテならこそ、はにかむどころか、はっきりと愛を表明するのだが、一方ではマリアンネに何が起こるか、彼女がこれまでの人生でずっと心満たされることもなく、いまは尊敬する男性のなかにのみ充実感を見いだしていただけに、結果を予感できないはずはなかった。現代の私たちがよく理解しなければならないのは、次の点であろう。つまり、自分自身の人生の偉大な演出家であるゲーテが、ここで、愛とは違うもので結びついた男女の関係の挫折を演出する役割を果たしているのである。

マリアンネは——そして、これこそ「ズライカの書」の奇跡となるのだが——四日後、一編の詩で答える。相手の愛の告白にはっきりと応じている、いや詩才すらきらめく詩の出来映えに、受け取ったゲーテは面目躍如たるものがあった。また、この詩によってドイツ語は、hochbeglückt（こよなくしあわせな）という新造語を獲得する。相聞歌はこう始まる。

ズライカ

こよなきしあわせ、あなたの愛に抱かれるとは

私は機会の咎《とが》を責めようと思いません。

たとえ機会があなたの心を盗んだ大泥棒だとしても、

このような盗み、私は嬉しくてならないのです！
…（略）…
ご冗談はよしてくださいな、落ちぶれたこの身などと！
愛が私たちを豊かにしてくれるではないですか。
あなたをこの腕に抱きしめれば、
私の幸福に及ぶ幸福などあるはずがありません。

ゲーテはこの敬慕の証を受け取り、それに少し手を入れ、清書して、他の手書き原稿のなかに入れた。後代の研究者たちは、マリアンネがゲーテの草稿を下敷きにして書いたのではないかと考えたが、その草稿が伝えられていない以上、いまとなっては立証すべくもない。逆に、一八五六年四月五日付ヘルマン・グリム宛の彼女の手紙(32)が、彼女の作であることを証明することとなった。むろん、自分が何をしているかをゲーテは心得ていた。マリアンネと共演する「二人芝居《ドゥオドラマ》」である。そして、彼の常套手段、このときも逃げ出そうとするのだが、『ハーフィズ詩集』は眠っていたマリアンネの詩才に火を点けてしまったのである。この詩集になされた彼女の感情移入の素早さと集中力、あのこつ会得の妙は、ゲーテが『注解と論考』の「符諜(33)」の見出しで述べているように、まさに驚嘆に値するものであった。「つまり、二人の人間が前もって一冊の本を決めておけば、何頁の何行目かという数字をつなぎ合わせて手紙にしておくだけで、受け取り人は、難なく、確実に手紙の意味が読み解けるであろう。」

ゲーテとマリアンネが「符牒」を用いて交わした書簡では、ハーフィズの詩の詩節と詩行の一つ一つがきわめて精巧に組み立てられ、愛の告白や含みをもたせた言葉の遊戯であるばかりではなく、「美しい表

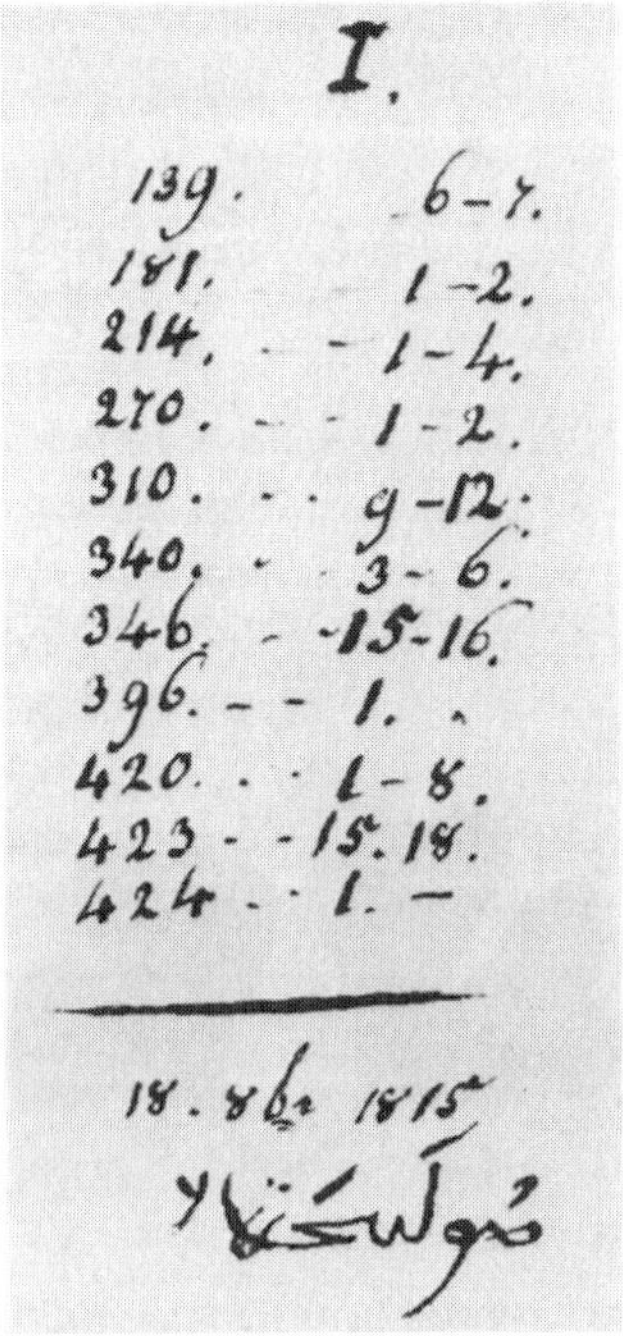

図43　マリアンネ・フォン・ヴィレマーの数字暗号による手紙．ゲーテが使用していたハンマー訳『ハーフィズ』のなかに貼られてあったもの．『ヴァイマル版全集』第1部第6巻，492頁以下参照．ヴァイマル古典財団所蔵．

現のきわみの歌」となっている。伝えられる「符諜」書簡四通のうちの三通は、ゲーテが自分の『ハーフィズ詩集』に貼り付けておいたものであった。この三通は整理番号「一七七一」と付されてヴァイマルのゲーテ家蔵書の中に保管されており、今日でも目で確かめることができる。

　一八一五年九月十八日、ゲーテはハイデルベルクに向けて旅立つ。ヴァイマルへの帰路、もうフランクフルトに立ち寄らないと友人たちに告げもしない出発であった。九月二十三日ヴィレマー夫妻がハイデルベルクにゲーテを訪ね、マリアンネは彼に詩を贈った。「心のこの動きは何を告げるのでしょう。／東

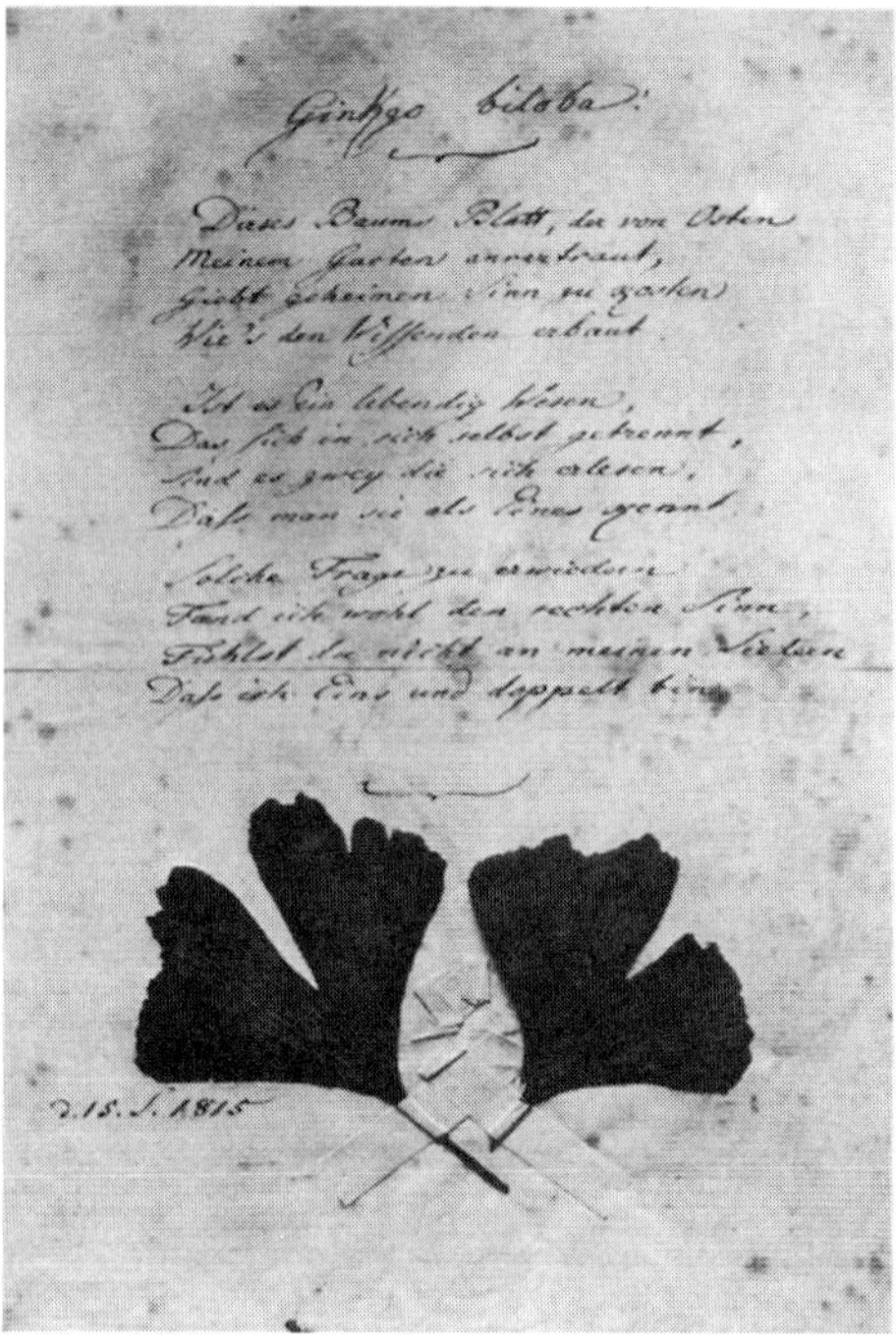
Gingo biloba

Dieses Baums Blatt, der von Osten
Meinem Garten anvertraut,
Giebt geheimen Sinn zu kosten,
Wie's den Wissenden erbaut.

Ist es Ein lebendig Wesen,
Das sich in sich selbst getrennt,
Sind es zwey die sich erlesen,
Daß man sie als Eines kennt.

Solche Frage zu erwiedern
Fand ich wohl den rechten Sinn,
Fühlst du nicht an meinen Liedern
Daß ich Eins und doppelt bin.

d. 15. S. 1815

図44　ゲーテ作　詩『ギンゴ・ビローバ』. マリアンネ・フォン・ヴィレマーのためにこの詩を自筆で清書したもの. ギンゴ（銀杏）の葉が２枚貼られている. 1815年9月15日. 個人所蔵.

風が、嬉しい報せを運んできてくれるのでしょうか。」二人はいまいちどハイデルベルクで「心にしみわたる喜び」を、しあわせな日々を体験した。

　ゲーテはマリアンネを城の庭園に誘い、銀杏の木を見せる。こうして銀杏の木に彼女の注意を促すのは二度目、フランクフルトでは彼女に銀杏の葉を贈ったことがあった。銀杏は針葉樹類、球果植物で、元来は中国や日本の樹木であり、仏寺や僧院の庭では聖なる木として尊ばれている。ヨーロッパに入ってきたのは十八世紀、ハイデルベルクには一七八〇年頃伝わった。葉の真ん中に一筋の切れ込みがあるため、二枚の葉が接合したとも考えられる。そこにあの「秘密」を見たゲーテは、詩『ギンゴ・ビローバ』[34]の最初の詩節に書きとめたのである。ボアスレーの日記には、ゲーテがフランクフルトからマリアンネに銀杏の葉を送ったことがしるされている。「友情の象徴……（略）……一つが二つに別れたのか、二つが一つに結びついたのかはわからない。」

別れる日に、ヴィレマー夫妻とゲーテはハイデルベルク公園を散歩した。彼はマリアンネをわきにつれて行き、その前日にハイデルベルクのオリエント学者ハインリヒ・エバーハルト・ゴットロープ・パウルスから習ったアラビア文字で、「ズライカ」の名を砂地に書きしるす。「かくしるしても砂塵は動くもの／風がズライカの名を吹き散らす、だがその力は／深く地核にまで達していて／大地に結びつけられている。」

その翌日の九月二十六日、ヴィレマー夫妻はハイデルベルクを後にする。彼らは、ゲーテが帰路に立ち寄ってくれなくとも、また別の機会に彼に再会できると思っていた。しかしゲーテはそうならないことを知っていた。九月二十五日の日記には、「夕べの音楽。対話。別れ」とある。また二十六日には、「友人たちの旅立ち。ディーヴァン。終日家に」[35]とある。ゲーテはペルシア研究に没頭した。ヴィレマー夫妻が旅立った翌日、ハイデルベルクで古代研究者ゲオルク・フリードリヒ・クロイツァーを訪れた。クロイツァーの自伝『老教授の思い出』によると、ゲーテは彼とギリシアやアジアの神話の象徴について話し合い、古代神話の意味の二重性を銀杏の「一つにして二つ」に喩えた。『ギンゴ・ビローバ』の第二、第三節もこの「一つにして二つ」について語る。詩の問いかけは修辞効果を凝らしている。「互いに選び合って、一つとしか見えない二つなのだろうか。」そして「私の歌を聞いてあなたは感じないのか／私もまた一にして二なるものだと。」ひょっとしてマリアンネはゲーテという人間を、彼本人の行動によってではなく、彼が詠う歌をとおして、知ったのではないだろうか。数日後、ハイデルベルクで、ハーテムの詩「巻き毛よ！　私を捕らえていておくれ！」が生まれた（いったい誰の巻き毛だろう。マリアンネのか、それともクリスティアーネのか）。ここでゲーテは詩によって戯れる。つまり、ゲーテとすべき箇所でハーテムの名前を使うのである。

君は朝焼けのよう、その赤い光は
峰々の表情峻厳な岩壁さえも恥じ入らせる。
すると、またもやハーテムは感ずるのだ、
春の息吹を、夏の身を焼く灼熱を。

これに続くズライカの詩「絶対にあなたを失いたくないのです！」は、有名な言葉「なぜなら、命とは愛であり／命の命は精神なのですから」で終わる。この詩は長いあいだマリアンネの手になるものだと考えられてきた。しかし、これは女性の感情ではない。ボアスレーの遺品のなかから、この詩のゲーテ自筆草稿も見つかっているからなのだが、しかしきっかけを与えたのがマリアンネということはありうる。一八五六年四月五日、彼女はヘルマン・グリム宛に次のように書いている。「私がきっかけとなったもの、動機づけたもの、じっさいに手がけたものなど、いくつかございます。」(36) 事実、マリアンネの筆になるものとしては、あのハイデルベルク「東風の歌」の対を成す「西風の歌」があるが、おそらくはゲーテと別れてハイデルベルクからフランクフルトへの帰路に作られたものであろう。「ああ、西風よ、おまえの濡れたつばさが／私は羨ましくてならないのです／おまえはあの人に伝えられるのですから／別れを私がどんなに悲しんでいるかを。」この詩の作者を知らなかったエッカーマンは著書『詩論──ゲーテを中心に』において、ゲーテの詩の典型であるとほめ、当然のこと最終節を激賞している。「けれども、お願い、つつましく伝えておくれ／あの人の愛こそ私の命であると／愛と命の喜びの感情は／あの人のおそばにいてこそ私に与えられるのです。」

このような詩的な相聞歌は文学史上比類がない。確かにベアトリーチェ、ラウラ、ディオティーマなど、素晴らしい（文学作品に描かれた）恋する女性たちはいた。師匠と弟子とのあいだに取り交わされた詩的な相聞歌も、アウソニウスとノラのパウリヌスの例などがある。しかし、ゲーテとマリアンネの例のような高い詩的水準の共同制作はほとんどない。私はいま、ブレヒトの『詩集』出版後に、ズーアカンプ社を訴えようとした女優がいたのを思い出す。自作の詩一編が無断で収録されているというのである。確かにそのとおり、しかしブレヒトは数箇所修正して自分の詩に改作していたのである。けれども、第二版では問題の詩は削除された。

ゲーテとマリアンネは二度と会うことはなかった。一八一六年七月二十日、クリスティアーネが亡くなって数週間たった頃、ゲーテはコッタから招待されてフランクフルト経由でバーデン＝バーデンに向けて出発するのだが、あるいは再会につながったかもしれないこの旅も頓挫してしまう。すなわち、七月二十二日付コッタ宛の書簡によると、ヴァイマルを出てまもなく「御者が不器用で、馬車が転倒」、同行のマイアーが負傷したため断念、二人はヴァイマルへ取って返すのである。

一八一五年十月六日ゲーテは詩集を整理し直し、とりわけ「ズライカ」詩編を新しい一群にまとめた。

日記にはこうしるされている。『西東詩集』を数冊の書に分割した。[37]」ゲーテの肉筆原稿（ヴァイマルのゲーテ＝シラー文書館に保管され、そのうち二八編の詩は、一九一一年コンラート・ブルダハによるファクシミリで見ることができる）は、清書され、組版を待つだけとなった。一八一六年二月二十四日付の『朝刊』紙第四八号には、ゲーテの「著者自身による宣伝」が掲載された。「詩人は自分を旅人と見なしております。すでにオリエントにたどり着いた詩人は、オリエントの風俗や習慣、さまざまな事物、宗教上の信念や考え方を目にして楽しんでいる、いや、それどころか、自分がもはやイスラム教徒になってしまったのではないか、という疑念を払拭できないでおります。[38]」

ところが、印刷が始まったにもかかわらず、『西東詩集』の構想はいまだ完結してはいなかった。ゲーテは再び学術的な研究を始めた。その過程で芸術や人生、歴史や社会についての重要な思考を書きとめ、修辞学の位置づけについての新しい考え方も展開してゆく。なかでも翻訳技法についての論述は卓越しており、今日でも通用するものである。彼の主張はあらゆる翻訳家に対する挑戦とも言える。「翻訳は原典と同一であってほしい…（略）…したがって一方が他方にとって代わるのではなく、一方も他方も同じ順位になることが望まれるのです。[39]」

ゲーテにとって新たな大きなテーマとなったのは、宗教と敬虔の問題であった。「往古のペルシア人」の章で彼は、「往古のパルシー教徒」の敬神が純粋な自然観照にもとづいていると述べている。彼らの「たいへん繊細な宗教」は「感覚世界における神の遍在」に合わせせられている。この点でゲーテは、自分の宗教観との同一性を見いだす。世界のあらゆる創造物のなかで神は、自然と「再び＝結びつけるもの」、開かれた存在という意味で宗教であり、いかなる宗派的な枠に限定されるものではない。ゲーテはのちに一八三一年三月二十二日付ボアスレー宛の書簡で、自分には「完全に信仰告白したいと思った宗派は見つからなかった」と書く。さらに続けて、ずっとまえから自分を「ヒュポジストス教徒（訳注　紀元四世紀古代アジアの一地方カッパドキアに興ったキリスト教の一派）の名にふさわしい者になろうしてきたことに気づきました」と述べている。「さて、私は晩年になってから、異教徒と、ユダヤ教徒とキリスト教徒とのあいだにはさまれているヒュポジストス教徒という宗派を知りました。彼らは自分たちの認識できる最善、最高を尊び、賛嘆し、崇拝するのです。それは神に近い存在にほかなりませんから、祈願の対象になるのです。そのとき私には、突然、暗い古代から喜ばしい光が差し込みました。と申しますのは、私は生涯自分をヒュポジストス教徒の名にふさわしい者になろうと努めてきたからなのです。しかし、これは並たいていの苦労ではありません。個という制限のなかに閉じ込められている私たちは、どうしたら最高のものを認識できるのでしょうか。」[40]

このような研究をとおして『注解と論考』はだんだん膨らみ、『西東詩集』という全体のなかで独立した意味をもつ重要なものとなったのである。ゲーテは自分で本を二分冊に分けた。一八一八年の一月にはそれぞれにアラビア文字で表題を付けた。一八一八年九月二十三日、最後の詩となる『より高きものと最高のもの』（「楽園の書」所収）が成立した。

それからイェーナのフロマン印刷所で編集が始まったが、これがまたひじょうに複雑な作業であった。ゲーテは完成した詩は黒インクを使い、ラテン文字で清書した。そのうち一八四枚が現存している。『西東詩集』でゲーテが書いた原稿は、全部で三〇〇枚伝えられている。彼は自筆原稿は自分用に保管し、「けっして印刷用原稿にはせず」に「私用分」としておき、友人に朗読するときなどはこれを使った。フロマン印刷所には自筆原稿を秘書のクロイターに筆写させたものを渡した。ゲーテは編集の準備を綿密に行ない、一八一八年の初頭以降はほとんど主として印刷所のあるイェーナに滞在した。印刷中、『西東詩

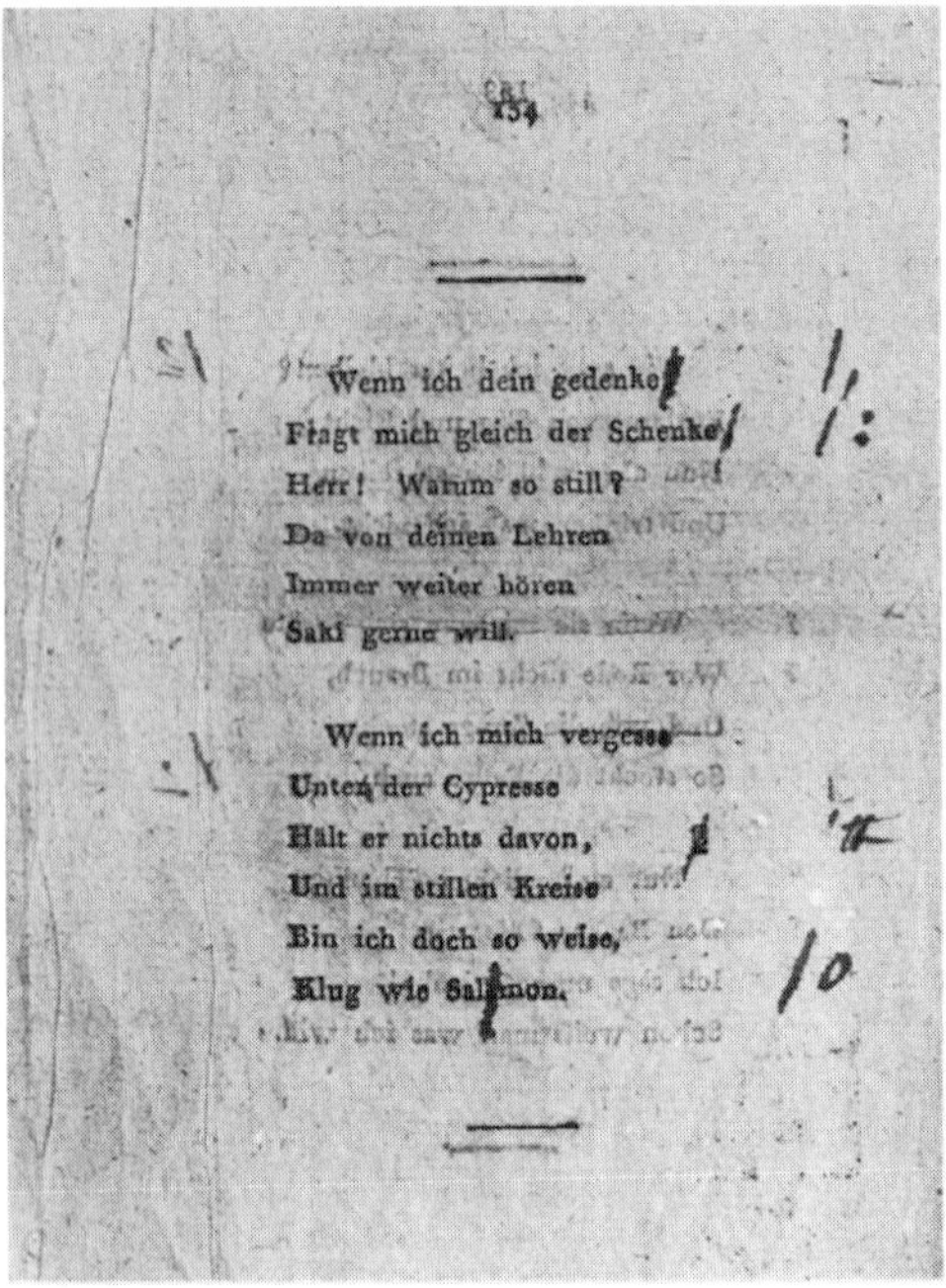
Wenn ich dein gedenke,
Fragt mich gleich der Schenke:
Herr! Warum so still?
Da von deinen Lehren
Immer weiter hören
Saki gerne will.

Wenn ich mich vergesse
Unter der Cypresse
Hält er nichts davon,
Und im stillen Kreise
Bin ich doch so weise,
Klug wie Salomon.

図45　シュトゥットガルト，コッタ書店刊『西東詩集』初版（1819年）の校正刷り．ゲーテの自筆による訂正の跡が残っている．デュッセルドルフ，ゲーテ博物館所蔵．

集』を構成する各「書」の配列を変える一方、「書」の数を全部で一二にまで減らし、すでに頁数まで入った印刷用原稿に新しいものを何度も差し込んだ。印刷段階になっても詩に加筆するばかりか、東洋の名前を確認するために校正刷りを東洋学者コーゼガルテンに送る念の入れようであった。ゲーテは直接フロマンと手紙で連絡をとった。この何カ月ものあいだ、コッタとの文通はほとんどなかったが、ただ一八一九年八月十一日に次のような報告をしている。「『西東詩集』がいまやっとまとまりました。途中いろいろな困難にぶつかったこの仕事が終わり、私はとても安堵しています。」

八月二十二日フロマンは印刷終了を伝えた。

初版が出版されたのは一八一九年夏、発行部数は二千部（うち三〇部はベラム紙に印刷）、ゲーテの稿料は二千ターラーであった。八つ折判、総頁数五五六頁、さらに索引のあとの五五五頁と五五六頁にはコーゼガルテンによるアラビア語訳の詩が二編、それぞれドイツ語訳とアラビア語原詩が対照されて印刷されていた。最初の詩は『シルヴェストル・ドゥ・サシー』になっており、これはフランスの著名なオリエント学者で、十九世紀初頭のヨーロッパにおけるアラビア学とイスラム学の創立者アントワーヌ・イザク・シルヴェストル・ドゥ・サシー男爵に対する敬意の表明であった。

各詩編は新しい頁で始まっている。ただ短い格言詩だけは、ゲーテの手稿にあるように、分類されている。長い詩は複数頁にわたって均等に配分されている。どの章も右頁から始まり、左頁で終わる。しかし、残念ながらこの初版には誤植があって、ゲーテや彼の協力者たちが見過ごしたものに加えて、フロマン印刷所の校正者たちがゲーテの句読点や正書法を「内々に」書き換えたさいに生じたものもあった。一月二十一日、ゲーテは訂正した一冊をフロマンに送り、ウィーンに転送させた。ウィーンで「完全に正しい版」を作るためである（このウィーン版では誤植が多少訂正されている）。『西東詩集』は第二十一巻に収録された。発行年一八一九年としるされた単行本は、「原典版」第二十一巻の別冊版で、カウルフースとアルムブルスター書店から一八二〇年に出版された。のちに『決定版全集』のさい、カール・ヴィルヘルム・ゲットリングが本文の校正を頼まれるが、ここでも本文は完全にはならなかった。『西東詩集』の遺稿からの詩編は、《『ゲーテ　詩と散文集』全二巻、シュトゥットガルトとチュービンゲン、一八三六年》に初収録、さらに他の詩編は一八四二年の『遺稿集』（『決定版全集』に付された）第十六巻に収録された。総じて『西東詩集』の本文成立の経緯は複雑である。なぜならエッカーマンやリーマーが用いることができた手書き原稿の二、三が散逸してしまったためである。したがってゲーテが目指した「完全に正しい版」になっているのかどうかは、いまでもわからない。私たちがいまもっているのは、ゲーテが書いたとおりの本文でもなければ、最善の本文でもないのかもしれない。だが、それでも、この『詩集』のもつ影響力の所以を十分納得させてくれる。

一八一九年『西東詩集』が出版されたとき、読者の反応は小さかった。時代が変化していたのである。「若いドイツ」やカールスバートの和議、検閲の強化などがこの時代の文学を政治的にしていた。作家ゲーテには友人の数よりも敵の数が多くなっていた。コッタの『朝刊』紙の付録「一八二〇年の文学作品」には、アドルフ・メーナーの次のような『西東詩集』評が掲載されている。「要するに、インテリ新聞は東洋と西洋の文学の橋渡しなどと、あれこれ御託を並べるがいい。しかしこの本は、ゲーテのいままでの作品でいちばん不可解な作品である。いわば答えのない謎である。われわれ読者のように、気分よく楽しみたいと思っている者からすると、『西東詩集』はまったく好みに合わない。」劇作家グラッベは一八二二年の喜劇『洒落、風刺、イロニーと深い意味』のなかで、『西東詩集』を「腐ったニシン」に数え入れている。まさに敵対者の統一戦線が編成された観がある。政治がかった評論家シュパンやプストクーヘンなどの毒舌売文業者たちは、嘲笑的な風刺文でこきおろした。最も厳しい攻撃をしたのはベルネである。彼は一八三〇年五月二十七日の手紙にこう書いている。「ゲーテの『西東詩集』を読み終えました。私はこの本を理性で読まなければなりませんでした。以前、いちど心で読もうとしてうまくゆきませんでした……(略)……オリエント諸国の市場に並べられている珍品の数々、そのなかからゲーテがどうしても欲しくてたまらなくなったのは、鼻っぱしの強い君主たちに対してへいこら奉公することだけだったというわけです。他のものだってあったでしょうに、これが彼の探し物だったというわけ、ゲーテが韻を踏んでばかりいる人であるのは、ヘーゲルが韻を踏めないでいる人であるに等しい。」これに対してハイネは、ゲーテの死後、彼を弁護した。一八三五年に次のように書いている。「陶酔するような生の享楽が、ここでは、ゲーテによって詩句のなかに持ち込まれている。そして詩句は、まことに軽妙、幸福で、快活で、天上の霊気をたたえているので、ドイツ語でもこのようなことが可能だったのかと感嘆させられる。」『注解と論考』の散文については、こう称賛する。「時とするとあの散文もまた、夕闇の迫る天空のように魔術的で予感にみち、そしてゲーテの思想が星のように清らかで金色に夜空にきらめく。この本の魔力は筆舌に尽くしがたい。」(41)

しかし『西東詩集』は基本的には初版のときも一〇〇年後も、適切な評価や正しい理解をうけなかった。よく言われることであるが、第一次世界大戦前までは『西東詩集』の初版は本屋に置いてあり、コッタ書店から取り寄せることもできた。ゲーテが成したことは長いあいだ理解されなかった。『西東詩集』を出した数年後になって彼は、自分が目指した目標にヴィーラントに由来する「世界文学」という概念を当てはめようとした。ゲーテは一八二七年一月三十一日エッカーマンに、「国民文学はもう説得力をもたない」と語る。「世界文学の時代が来ている。この時代の到来を早めるために、みんなで努力しなければならない。」もちろん彼は努力した。ただ、同時代者たちがそれに気づかなかったのである。〈Pro captu lectoris habent sua fata libelli.〉この有名な言葉をゲーテはドイツ語に翻訳した。「本には本の人生がある。」(42)

三　一八一四年十二月二十一日のゲーテ
――「私の作品が揃って販売されるのを見られる最後の機会になるかもしれない……と思いながら」（一八一四―一八一六年）

一八一四年十二月二十四日、次の詩句が生まれた。「愛し、飲み、歌っていれば／キーゼルの泉はおまえを若返らせよう。」三日前の二十一日、すでに触れたコッタ宛の書簡を書いたとき、ゲーテの気持ちはこのように高揚していた。キーゼル、生命の泉の守護者、あのハーフィズに不滅の名声を約束した者。その名を呼び、その人の姿を眼前に思い浮かべるゲーテ。しかし彼の楽観的な気分は野放図なものではけっしてなく、現実世界のあの地、すなわち「私たちみんなに幸福をもたらしてくれるはず」のウィーンにも視線を向けていた。ウィーン会議は遅々として進まず、そうした状況で大規模な事業への着手など、時期尚早と思えたからである。「にもかかわらず、貴下は私に大きな期待をいだかせてくださり、近々また私の作品集を出したいと言ってくださいましたので、実現の見込みが出てきました。そこで、私にとってきわめて重要なこの件について、仔細をご説明させていただきます。」彼は詳しく説明するのだが、例によって有無を言わせぬ口調をのぞかせる。新しい版では、『第一次全集』のときより報酬額を上げてほしい、「今回は二〇巻までお約束できますので、報酬額もそのことを考慮して査定していただきたい」というのである。報酬額の査定に関しては、さらに次のようにも述べる。「ひょっとすると、私自身にとって、全生涯をかけた仕事と努力の成果を楽しむことのできる最後の機会となるかもしれません。ぜひとも実現したいと思いますのも、今年の旅行中どこへ行っても、私の作品を全部揃えて購入したいという読者の強い要望が聞こえてきたからなのです。」これが一つの理由であり、もう一つの理由は次の点にあった。つまり、当然のことなのだが、彼は自分をすでに歴史的に見ていること、自分の生涯と作品とが不可分の一体であると考えていることであった。「私の自伝的著作（訳注『詩と真実』第三部までのこと）は、期待どおりの効果がありました。読者は私の作品に倫理的かつ美的な面で関心をいだいたばかりではなく、さらに作品のなかに自己形成の諸段階を探し出し、それをいかに自分に役立てることができるか知ろうと努力しているのですが、年下の人々のなかには、私の著作を手がかりに自己形成を行なってきたと好んで公言する者も多いだけに、なおさら拍車がかかっているのです。昨年、第三部の出版後、読者から多くの、さまざまな要望が寄せられたのもそのためで、私はそれには、少なくとも部分的にでも、今度の全集で十分応えることができると思うのです。」

ゲーテは、この二つの観点から、報酬の増額を要求できると考えたのであった。全二〇巻、そんな規模の全集を出せるのはこれが最後の機会になるだろう、そうであれば、新作として自伝的著作をも収録しなければならない。「このように考えますと、率直に申し上げて、私が提供し、またこれから執筆する仕事に対して、一万六千ザクセンターラーが妥当ではないかと思います。その代わり一八二三年の復活祭までという版権を喜んで承諾いたします。また、期限が過ぎても、条件が同じなら、他の出版社よりも貴社を優先したいと思います。」

彼はすでにこの全集の準備をしていた。この条件を認めてもらえるなら、すぐに新作品数編の原稿を送ることができると書いて、こう結ぶのである。「今後ともなおいっそうのご厚情をいただきたく、何卒よろしくお願い申し上げます。敬白。ゲーテ。」ウィーン会議に出席し、政治に関わっていたコッタは、一八一五年一月十一日、次のような返事を書いた。「郵便集配日を逃さないように、取り急ぎご返事いたします。あなたのご希望に沿えますことは、つねに私の最高の喜びとするところであり、お申し出の金額一万六千ターラーを私たちの契約の基本条項とする契約書を作成し、小生宛にご送付くださいますようお願い申し上げます。」さらに、他にもコッタの見解が書かれていた。「私たちの最も危険な敵である海賊版対策は、少なくともドイツでは希望がもてるが、「卑劣な海賊版を見抜ける」人が誰もいないオーストリアでは希望はもてない、また「政局」については、ザクセンが分割され、不幸にも大部分がプロイセンに帰属する。(43)」

一八一五年二月二十日ゲーテは次の書類を発送する。「契約書案（乞う、ご検討）」、「広告文案」、「全集二〇巻の内容目次」、「最初の二巻のための植字指示書」ならびに『婦人年鑑』と『朝刊』紙の寄稿を引き受ける」旨をしるした承諾書であった。

この契約書案は、だいたいのところ、一八一四年十二月二十一日付書簡の内容に従ったものである。新しく加わったのは次の条項であった。「出版社側の希望があるならば、支払い金額の一部を、五パーセントの利子で手許におくことができること。ただし、半年以内であれば、双方から自由に解約を申し出ることができるものとする。」じつに面白い提案で、作家が自分の出版社を銀行代わりに利用し、出版社は五パーセントの利子で未払い分を運用する。ゲーテが契約書に持ち込んだこの規定は、私の知る限り、当時ほとんど行なわれていなかったが、時とともに次第に頻繁に利用されるようになってゆく。今日の作家にとって、場合によっては有利な資金運用になるかもしれないが、税法上の問題も生じてくる。

ゲーテの「広告文案」には、こう書かれている。「すでに多くのことが著者自身による自伝的著作によって紹介され、よりよい理解にも楽しみにもなっておりますが、これは、今後いっそう調和のとれた全体として姿をお見せできることでありましょう。」内容目次には作品名と掲載順序が並べられている。むろん、コッタは『第二次全集』の出版が『第一次全集』の購入者に与える不利益に気づいていた。『第二次全集』といっても、実際には新たに収録される作品の数はごくわずかしかなかったのである。コッタは一八一六年『週間広告新聞』第一号に次のような広告を掲載した。

『第一次全集』をおもちの方々のために、次のような配慮がなされています。『第一次全集』の第一巻をわきによけて、その場所に今度の『第二次全集』の最初の二巻を置いてください。第一巻・第一部、第一巻・第二部というタイトルになっております。『第一次全集』第二巻からは『親和力』収録の第十三巻まではそのままにしてください。

さて第十四巻は『第一次全集』をおもちの方だけに特別に刊行されるものです。『第二次全集』第十三巻までに収録された作品のうちで『第一次全集』に収録されていないものが集められております。『第二次全集』第十四巻のあとに第十五巻から第二十巻まで六巻が続きます。したがって『第一次全集』をおもちの方々には、新しく合計九巻が配本されます。(44)

ゲーテの「広告文案」と一緒に、第一巻の第一部、第二部について、植字工長、植字工、仕上げ組工、印刷工の注文も同封されていた。ドロテーア・クーンの研究によると、当時シュトゥットガルトのコッタ印刷所では一六人から一八人の工員がヴィルヘルム・ライヒェルの監督のもとで働いていたという。原稿が検閲を通ると、植字工一人、印刷工一人が製作に取り掛かり、ライヒェル自身は校正を担当した。校正刷りが出ると、点検し校了としてもらうために出版社に送られ、校正の仕上げと校了の決定は、最初のうちはコッタが、のちには同僚が行なった。

ゲーテの『婦人年鑑』と『朝刊』紙への寄稿の意思表明は、コッタをたいそう喜ばせたであろう。ゲーテは一八一五年二月二十日付書簡の追伸で、それまであまり寄稿しなかったのは、「我儘」からではないと釈明している。「ドイツ文学では力を分散させてしまうと、影響力がどうしても低下します。日刊紙や週刊誌がたくさんあって、すぐれた作品が悪い作品と一緒くたにされて埋もれてしまう場合が目立ちます。しかしながら、これはものの道理で、いまさらどうすることもできないことです。」それでもその後ゲーテは、コッタの定期刊行物にいままでになく頻繁に寄稿する。むろん、それを自分の著作の宣伝にも利用した。例えば『朝刊』紙には『第二次全集』や『西東詩集』、『シラーの「鐘の歌」のためのエピローグ』などの広告を出した。

一八一五年三月十八日付コッタの書簡では、また政治についての意見交換がなされている。同年三月十五日開催の第一回身分制議会にベープリンゲンの議員として招集され、スポークスマンに任命されたというのである。この推挙によって「私はあらゆる時間を奪われ、一週間たってやっと閣下にお返事をできる次第です」。三月二十七日、ゲーテはコッタに宛てて、コッタが「国民全体のためにたゆまぬ努力をしていること」を嬉しく思うと書く。「現在、国の繁栄のために働くこと以上に、大切なことはありません。なぜならあらゆる合目的な行為と繁栄につながる行為は、すべての人々の模範と励ましとなり役立つからです。」のちにゲーテのこの評価は変わるのだが、この書簡は三月二十七日「その日の郵便馬車で蠟引き布につつんだ小包」で送られ、そこには『全集』の最初の四巻、『詩集』二巻、『ヴィルヘルム・マイスター』二巻が入れられた。ナポレオンのエルバ島脱出は三月の初め、ゲーテは再びこの大きな存在と向き合う。彼は手紙のなかで「最近の途方もない大事件」について語り、「世界中が興奮するというよりも固唾をのんで見守っている」と書いている。「ナポレオンの百日天下」、ナポレオンの帰還と最終的な流刑のことである。

六月二日コッタは出版契約書をゲーテに送った。この契約書にゲーテは六月十五日に署名した。契約書からは、コッタがゲーテの当初の要求をすべて呑んだことがわかる。ポケットブック版全集出版の権利も断念した。ゲーテは『第一次全集』の経験から、これを認めることを峻拒していたのである。

一八一五年になると、コッタの政治的な活動により二人の関係は疎になった。手紙は短くなり、計画されていた二回の訪問も実現しなかった。新全集の最初の二巻は秋の書籍見本市に合わせて出版され、一年後、第三巻から第八巻までの第二回配本がなされた。ゲーテは印刷の出来栄えに満足した。「謹啓、第二回配本が無事届いたことを感謝の念をもってお知らせ申し上げます。印刷も紙質もひじょうに良く見えますし、植字工長の腕前はぜひともほめてあげなければなりません。必要以上にスペースを取ることなく、詩を上手に配分してくれました。とくに『エピメーニデス』がうまくいっております」(コッタ宛、一八一六年十月二十二日)。次いで一八一七年に第九巻から第十四巻が出版され、一八一八年には第十五巻から第十八巻、そして一八一九年の第十九巻と第二十巻の出版で全集は完結した。

クレルマイアーによれば、この『第二次全集』の需要はコッタが期待したよりも大きかった。一八一七年に第一巻から第八巻までが印刷され、第九巻と第十巻の植字がなされていたとき、発行部数が増やされている。最初の八巻全部と第九巻の全紙《ボーゲン》一―一七枚、第十巻の全紙《ボーゲン》一―五枚が新しく植字し直された。

第二十巻には、その後、当初予定されなかった補遺が付けられた。ゲーテは一八一六年二月二十六日コッタ宛の手紙で「おせっかいな助言者」について書いている。もちろん実名は挙げられていないが、新版に対して「作品を年代順に並べろとおろかなことを言う」人々がいると嘆いている。ただこのことは『朝刊』紙で取り上げないようにと釘をさした。自分で小論を書き「この批判に対して楽しく、わかりやすく反論する」つもりだという。実際にゲーテは反論を書いた。三月十九日の日記には「全集で私の作品、手紙等々を年代順に配列せよという批判に対する論文」との記述があり、三月三十日の日記にはこの論文を『朝刊』紙用に口述筆記」とある。この論文は一八一六年四月二十六日の同紙に「新しいゲーテ全集について」という表題で掲載され、そのあと第二十巻の巻末に「ゲーテ作品のおよその執筆年代」という表題で、一八一九年三月の注釈補遺と一緒に収録された。

ゲーテの論考は重要であり、ゲーテ全集の編纂者を今日まで悩ませている問題でもある。ゲーテは、自分の作品がどう配列されるのがよいと思っていたのだろうか。そしてそれは、どう継承されてゆくべきなのであろうか。今日の読者はゲーテ作品をどういう順序で読みたいのだろうか。作品が成立した順だろうか、テーマ別ないしはジャンル別だろうか。さらにゲーテの場合、結局のところ重要な作家のなかでは彼ただひとりなのだが(レッシングも例外かもしれない)、作品にはつねに伝記的な要素が関わっているという事実がつけ加わる。ゲーテは断言する。『シラー全集』は年代的な配列の好例である。しかしシラーと自分とでは、根本的に違っている。シラーの場合、作品形成の時期がはっきりしていて、作品も比較的短期間に書き上げられている。「一方ゲーテの作品は」とゲーテは次のように続ける。

ひとつの才能の産物であり、その才能とは段階的に発達するのではなく、あちこちさまよい歩くものでもなく、同時的に、ある中心点からあらゆる方面に挑戦し、近くにも遠くにも影響を及ぼそうと努め、かつて切り拓いた道の多くを永久に離れる一方、他の道には長くとどまるものなのだ。もし私が同時に並行して取り組んでいた多くの作品を一つの巻にまとめようとしたら、まったくもって奇妙な混合が現れることは誰の目にも明らかである。たとえさまざまな作品をそれが芽生えた年代順に、順序立てて配列することが可能であっても、それは有意義なことではない。なぜなら構想が湧いたときと執筆着手や執筆完了のあいだには、大規模な作品はもとより小規模な作品であっても、長い時間がたっている。それどころか編集のさいに書き換えられたり、足りない部分が加筆されることもある。編集と校正の手を経て初めて、作品は世間の目に触れる形になるのである。

これが、全集をジャンル別に配列したことの、一八一六年三月時点における釈明であった[45]。

一八一九年三月の補遺でゲーテは、もういちどこのことに触れている。年代順に並べた全集について、「そのような企画が不可能だということは、これまでの巻がよく物語ってくれています[46]。」じつは一八一八年五月の時点でゲーテはコッタに、関心の高い読者のために、全集の最後の巻に簡単な作品年譜を付けたいと言っていたのである。一八一九年一月二十三日コッタがゲーテに、この「作品年譜」および「索引」のことを思い出させたとき、最後の第二十巻はすでに印刷工程に入っていた。ゲーテは一八一九年二月二十日、この「励ましのお手紙」に勇気づけられ、「私の作品を年代順に解説するという、何度も企画しながら失敗に終わった最高に厄介な仕事に、いまいちど取り掛かっています。二週間ぐらいしたら全部ではありませんが、一部をお送りできるのではないかと思います。『朝刊』紙にも書きましたように、私の作品を成立年代順に配列することはできません。だから私は、自伝的な本を五冊も書いたのです」と言っている。一八一九年三月三日には「二カ月間ぶっ続けで取り組みましたが、前世紀末までしか進みませんでした。著作を年代的に要約して解説する決心をするしかありません。論説では詳細を述べますが、その作業を先へ進めるためには、時間と気力と体力が欲しいところです」と伝えている。

図46　雑誌『芸術と古代』第1号（1816）のためのゲーテによる表紙図案とハインリヒ・マイアーによる仮綴本の表紙．ヴァイマル古典財団所蔵．

一八一九年三月の補遺でゲーテは、なぜ彼の作品を年代順に解説することがそれほど難しいかを、このようにも釈明している。彼が努力から生み出してきた作品は、「一つ一つが人生の土壌に根ざして育ってきたものばかりであり、そもそも母胎となった土壌では、行動と学習、会話と執筆がたえず影響しあって、さながらもつれをほぐすのが難しい糸球を成しております。」「それゆえに」と彼は続ける、「あの約束に少し沿おうとしただけでも、幾重もの困難に遭遇することになりました。作品成立のきっかけや機縁を語ろうと努め、周知のことと秘匿されたこと、表現されたことと残されたままのことを、美的告白と道徳的告白で結合させようとする。隙間を埋めようとして、成功作や失敗作とともに、準備段階も公表しようとして、そのさい、ある目的のために集めたものを別の目的に利用したこと、利用しそこなって無駄になったことなども公にする。人生の各段階を順を追って書く作業で、変わり映えもしない五年一〇年間をすっ飛ばしたとたん、たちまち大雑把な扱いは許されない、それはむしろ、すでに五巻の自伝の形で多少とも実現してきたような、慎重な扱い方であるべきだということが明白になってくるのです(47)。」このあとに彼の作品を含んだ簡単な年表が続く。一七六九年の『いとしい方はむずかり屋』から、一八一八年の『芸術と古代』の第三号までである。ちなみに第四号の刊行は一八一九年にずれ込んだ。だが、ゲーテ全集の編纂にあたって、著作を年代順に配列しようとする問題は、今日なお議論されている。

四　しかし賢明すぎても失敗します（一八一五―一八一九年）

――「法律がなんの助けにもならない土地ですから、賢明に振舞わなければなりません」

『第二次全集』製作中の一〇年間、ゲーテとコッタの関係はほぼ順調であった。二人は共通の願望と取り決め合ったことの実現に向けて努力した。しかし一八一五年から一九年までの数年間は、まさに大規模な政争や戦争に揺れる激動の時代、ゲーテの生活や周辺にも深刻な影響がはっきりと出ていた。一八一五年十二月十二日ゲーテは国務大臣に任命された。ウィーン会議の結果、ザクセン゠ヴァイマルは大公国に昇格、大公になったカール・アウグストは、ゲーテを「芸術と学問の発達に尽くした偉大な功績により」国務大臣に任命したのである。ゲーテは、一つの省を任され、自分の思うとおりに構成することになった。その省は一八一七年末の時点で一一の研究所を所轄した。そのお陰で――同年十二月十九日の注目すべきメモによると(48)――ゲーテは息子アウグストを協力者として、クロイターを秘書として、そしてヨーンを書記として雇用することができた。一八一六年二月七日、『エピメーニデスの目覚め』の上演は失敗に終わる。六月六日、妻クリスティアーネが「正午頃」他界、フラウエンプラーンのゲーテ家は静寂につつまれる。すでに二年前、ゲーテ家に同居し家族同然であったカロリーネ・ウルリヒもリーマーと結婚して去っていた。

しかし一八一六年、ゲーテ家はもう一度喧騒を迎える。すなわち、息子のアウグストとオッティーリエ・フォン・ポグヴィッシュの縁談が決まったのである。二人は八月三十一日に婚約、一年後の六月十七日に結婚した。しかし、老齢のゲーテが待ち望んでいた静かな生活は実現しなかった。

この頃のゲーテの生活は慌しかったが、慌しいと言えば、自分が望んだ以上に政治活動に巻き込まれたコッタの生活もまた慌しかった。一八一六年九月二十六日、彼は「私は苦労ばかり多い政治活動といい加減に縁を切りたいのです！」と嘆く。するとゲーテはコッタに「真に国を愛する穏健な志操ゆえのご心労を伺うたびに…（略）…心からの同情」を禁じえませんと伝える。「『一般新聞』が報道している最近の事件にはたいへん心が痛みます。もちろん同じような場合に同じような事態を経験しているわけではありますが、それなら世界がいつか理性を取り戻し、大国同士の争いが調停されるという希望を完全にあきらめろとでも言うのでしょうか。」一八一七年九月二日、コッタはゲーテに伝える。「長いあいだ離れていましたが」「やっと本来の仕事と学問に戻ることができました。お陰さまで私の政治生活は終わりました。」コッタの政治的活動はシュトゥットガルトの身分制議会の解散でひとまず終わっていた。

コッタは二つ目の終わりもゲーテに伝えなければならなかった。二、三日前、危うくコッタの「生命」が一巻の終わりになるところだった。「馬が私と一緒に転倒したのです。かすり傷一つせずに再び馬に乗ることができたのは、幸運以外の何物でもありません。」いわば彼は「二重に命拾い」をしたのである。

お陰で彼はゲーテの作品に専心し、新しい全集版からもたらされるであろう「大きな楽しみ」に没頭できるという。これに対しゲーテは、いかにもゲーテらしい返事をしている。「あなたの多忙な政治生活はあなたを苦しめただけでなく、私をも苦しめました。」そして「ご努力は報われましたから、今後は祖国の文学にもう少し関心を向けていただき、私の将来にも、私の道が続く限りご同伴願いたいと思います」と書いている。

ゲーテはコッタの出版企画に対してつねに厳しい注文をつけたが、にもかかわらず彼がいちばん大切にしたのは、この「同伴」ということであった。コッタ出版社が文芸年鑑の編集を企画したとき、編集者もコッタもゲーテの寄稿を欲しがったが、ゲーテは仕事を分散したくないという理由で断った。だがコッタはゲーテが他の出版社からの「この種の数多くの割に合う仕事の申し入れ」も断ったと聞き、その理由として「なぜなら私は…（略）…私たちの関係を傷つけたくないからです」と書かれているのを読んで、嬉しかっただろう。双方が気持ちよい関係を保つこと、マイナスの影響を及ぼすかもしれないことをしないこと、これが二人の関係の基本であった。

しかし、ついに不協和音が生じた。不運とはいえ回避できたはずの出来事、すんでのところで取り返しのつかない事態になるところだった。きっかけはコッタがいつも「われわれの最大の敵」と呼んで危険視していた海賊版である。一八一五年一月十一日、コッタはウィーンからゲーテに、オーストリアでは海賊版出版の状況が改善される見込みはないと報告している。すでに一八一〇年一月には、ウィーンのガイスティンガーが『ゲーテ全集』の海賊版を作るという噂があった。コッタは何度もこの海賊版を阻止しようとしたがうまくゆかない。一八一〇年一月十日ファルンハーゲン・フォン・エンゼは「泥棒印刷屋」ガイスティンガー書店から出る『全集』は「劣悪きわまりないでたらめな編集」であると報せている。じっさい一八一〇年から一八一七年に、海賊版『ゲーテ全集』全二六巻がウィーンで出版されていて、奥付には「アントン・シュトラウス印刷所。ガイスティンガー書店の委託を受けて」とある。一八一六年三月十九日、コッタは対抗措置をとることにし、走り書きでゲーテにこう伝えた。「海賊版にしたい放題なことをさせないために、私はウィーンで全集を出版せざるをえません。」しかしこの重大な報せを、彼はすぐあとに「当地ではぜひとも口絵に銅板画が…（略）…閣下の肖像画が欲しい」と言っておりますと続けて、その内容をぼかしてしまった。ゲーテは一八一六年三月二十五日付でこの連絡に返事を書いた。「ウィーン版の出版も認めざるをえません。法律がなんの助けにもならない土地ですから、賢明に振舞わなければなりません。」ゲーテはこの新版の口絵用にと、カール・ヨーゼフ・ラーベ（一八一四年から一五年にかけてゲーテ家の客としてヴァイマルに滞在、ゲーテやクリスティアーネやアウグストの肖像画を描いた）が一年前に描いた肖像画を渡した。そして一八一六年十月二十二日の追伸で、「左目が右目よりやや大きいので」、版下で若干修正するようにと頼む。

コッタのやり方はまことに賢明であった。彼はオーストリアの出版業者カール・アルムブルスターとその共同経営者カウルフースと組んでウィーン版全集を作ろうと考えたのである。アルムブルスターは一八一九年十一月二十八日帝室王立中央書籍検閲局に、「オーストリアで刊行するゲーテ全集」にゲーテの『西東詩集』を収録する許可を申請した。このようにしてオーストリアの海賊版が阻止できたのである。検閲局長がアルムブルスターに与えた一八一九年十二月一日付回答書には、「一八一〇年十月十二日現在の検閲法により、当地で原稿の検閲をうけてオーストリア帝国で印刷されたと証明されるものは、いかなるものも海賊版を出すことができない」(49)とあったのである。

コッタはこうしてシュトゥットガルトで出版された巻のうち数巻をウィーンで印刷させ、『ウィーン版全集』を作った。これで不正な海賊版が防げた。この二千五〇〇部出た『ウィーン版』は、ゲーテ作品の本文と印刷の歴史にとって、いろいろ示唆を与えてくれる。すなわち、《『ゲーテ著作集』第一巻から第二十六巻。ウィーン原典版。ウィーン、一八一六―一八二二年。Chr・カウルフース、ならびにC・アルムブルスター社、シュトゥットガルト。J・G・コッタ書店。アントン・シュトラウス印刷所》。すでに三節で示唆したように、『ウィーン版』ではシュトゥットガルトで印刷されたもののなかにあった誤植が訂正された。しかし一方でまったく新しい問題も生じた。『ウィーン版』にはウィーン独特の、そしてまた出版社独自の正書法や句読法が使われている。『ウィーン版』の校正者たちは彼らの流儀で校正し直したのである。『ウィーン版』第二十三巻と第二十四巻の『イタリア紀行』の印刷に当たっては、イェーナのフロマン印刷所から見本刷りがウィーンへ送られた。ゲーテの印刷用原稿はもはや印刷所になかったのである(50)。フロマンがコッタ宛の手紙で触れているゲーテの校正用ゲラは、コッタから出版された初版用の校正刷りのことである。『イタリア紀行』も他の作品同様、イェーナのフロマンのところで印刷されたものであった。ゲーテはこの校正用ゲラにたくさんの変更を加えていたので、もとの印刷用原稿は使いものにならなくなっていた。

『ウィーン版』第二十一巻収録の『西東詩集』は特殊な地位を占めている。というのは、それはウィーンでは違法なまま、つまり後述するようにコッタの承諾を得ないで第二十一巻として出版されたのである。ゲーテは一八一九年刊初版に用いられた原稿を保存していたので、この版にも使おうと、植字用の見本としてウィーンに送った。「謹啓、『西東詩集』の原稿、ならびに校正済みのゲラ刷りをお送りいたします。ただし、ウィーンの印刷業者と校正者には、とくに後者に依拠するようご指示いただければと思います。現在ではこちらのほうがあらゆる意味で元原稿よりも信頼性が高いからです(51)。」したがって『ウィーン版』はコッタの『原典版』よりも良い版下原稿をもとにして作られている。本文も多くの箇所でより正確であり、つまり『シュトゥットガルト版』よりもオリジナルに近いものとなっている。

ゲーテはオーストリアの不正印刷の実情を知っていた。だからこそコッタの企画を認めたのである。しかし、コッタは大きな過ちを犯してしまう。彼はゲーテが本の制作にどれほど細心の注意をはらっていたかを知っていたにもかかわらず、この『全集』の完成を連絡せず、まして献本を送ることも報酬を支払うことも怠ったのである。ゲーテのほうも、そうこうするうちに、取り決めや出版に向けての準備はおろか、『ウィーン版全集』の企画そのものを忘れてしまった。かくして不幸は起こった。カールスバートのヨハンナ・フラニーク書店での出来事で、店主はゲーテの著作の出版状況に精通していた。当時カールスバート滞在中のゲーテは、一八二三年九月二十一日、コッタに手紙をぶつける。自分はせっかく「湯治」で「望みえない以上」の健康の回復を実感していたのに、「腹立たしい目に遭わされた」ことをお伝えしないではいられません。

つまり私が、カールスバートのツム・アイゼルネン・クロイツにある書店に入ったときのことです。店には友人や見知らぬ人々も何人かおりまして、店主が彼らに『ウィーン・シュトゥットガルト版ゲーテ全集』の、昨年出版された最終巻を堂々と見せているではありませんか。購入しようとした人が私に、この本をどう思われますか、と尋ねる。そこで私は、ばか正直すぎたかもしれませんが、そんな本は知りませんよ、と答えました。ところが、よく見ると著者本人が知らない、出版者名もない「原典版」が目の前にあるではありませんか。由々しい事態です。数頁めくってみただけで、初版のひどい誤植がそのまま踏襲され、いわば固定化されてしまっているのがわかりました。

さらに、居合わせた人々には、正式な版が全二〇巻なのに、なぜこの版は全二六巻となっているのか問われるしまつ、前者を購入した人たちは大損ではないかと言うのです。どの質問にも私はまともに答えることができず、自分のことになると無関心でいい加減、不注意な人と思われてしまった次第です。

どうか私の気持ちを鎮めるために、この件についてぜひご説明をお願いいたします。なぜなら、はっきり申し上げますが、楽しかったこの夏の湯治滞在で私がうけた、ただ一つの不愉快きわまりない出来事であり、この思いをいだいて帰路につかなければならないのです。そのほかのことはここでは差し控えますが、ただ次の点だけはあえて申し添えさせていただきます。私たちの関係は、仲を取り持ってくれたシラーの思い出とも結びついていて、じつにかけがえのない、大切なものです。私が残された当地での滞在の日々を気持ちよく過ごすためにも、また今後の私の家族のためにも、私たちの関係が今後とも陰ることなく続いていってほしいのです。

十月十八日、コッタは返事をしたためる。まず、湯治は健康促進の妙薬と書き出し、それから『ウィーン版』の件がゲーテを「立腹」させたことで、「二倍も」悩んでいると言い、こう述べている（ここには良心の呵責が滲み出ている）。「じつは、ずっと以前から私は日夜、寝ても覚めてもこの不愉快きわまりない件で悩まされておりました。」それならば、なぜコッタはもっとまえにゲーテに伝えなかったのだろう。なぜ一八二三年五月十五日ライプツィヒの書籍見本市に赴く途上、ゲーテを訪問したとき、話題にしなかったのだろう。いまになってコッタは、ゲーテにほのめかすだけに終わってしまったことを、説明しなければならない。つまり、オーストリアで海賊版防止のために、アルムブルスター出版社と組んで『ウィーン廉価版』を刊行した。けれども、「私はこの件に関して閣下にもお手紙でお伝えしたと思います」。コッタは結局、一八一六年三月十九日の自分の手紙も一八一六年三月二十五日のゲーテの承諾の手紙も正確には覚えていなかった。『西東詩集』の扱いが原因でアルムブルスターと争いになり、裁判を経て陪審員の評決にまで至った経緯も打ち明ける。コッタは第二十巻が出版されたところで『全集』は完結する、とアルムブルスターに伝えていた。しかし彼はガイスティンガーの海賊版の危険性に触れ、『西東詩集』を収録し続刊を出すように迫ったというのである。この問題の経緯はこうだとは言い切れない。いったい、誰がウィーン版企画の首謀者だったのか。それすら不明なのである。たしかにコッタはこの『全集』の出版を財政的に支援した。しかし事情があまりに不透明で、即座に一件落着とはいかなかった。コッタはゲーテに手紙で述べている。経済的損失を蒙ったのは「たいへん由々しき」ことではありますが、私が心を痛めておりますのは、「この一件が閣下にすっかりご不快な時間を与えてしまったことです。――これでオーストリアの海賊版を防ぐことができたのですから、お互い良しとしなければならないでしょう。」しかし、コッタは自分がどんな危険の淵に立たされているかを自覚していた。ゲーテが引き続き別の全集の準備をしていることも、ゲーテが出版者を選ぶ自由をもっていることも知っていた。だからこそコッタはここでも、「これまでのことに免じてどうか私のことを信用していただきたいのです。私はあなたと結ばれていることを心から大切にしております」と述べて、関係改善に期待をかけるのである。ゲーテの返信は遅れ、翌一八二四年一月十四日付であった。彼はまず、「ひどいカタルに罹って」長いあいだ病床にあった、そして、「二人にとってきわめて不快な件」について、こう述べるのである。「あなたの弁明はドイツの作家が一生にわたって何度も思い出させられるあらゆる悲痛な感情を、いちどきに掻き立てました。このたびの衝撃はあまりにも痛々しく、心は陰鬱を通りこして絶望の闇につつまれてしまいました。」

図47　ズルピーツ・ボアスレー（1783–1854年）．ヨハン・ヨーゼフ・シュメラー作，鉛筆とコンテによる素描，1826年．ヴァイマル古典財団所蔵．

この「悲痛な感情」がそう簡単に消えないのは明らかである。著作者にとって出版者との信頼関係というのはそもそも大きな負担なのだが、それがある一点で崩れると、のちのちまで影響を及ぼす。ゲーテは二年後、『決定版全集』の出版をどの書店に任せるかの決断を迫られたときも、この出来事を思い出している。当時ゲーテは出版人との交渉には、その頃最も親しい友人であった美術史家ズルピーツ・ボアスレーを仲介させた。ゲーテはボアスレーに書いている。「考えてみてください。すでにしっかりと根づいていた関係を断ち切らなければならないとなれば、どれほど私が苦しむことか。しかし私のような、いつどうなるかもしれない高齢の者は、即断が迫られているのです。」この時期、正確には一八二五年六月中旬、秘書ヨーンが筆記したボアスレー宛の手紙で、郵送されなかったものがある。シュタインヒルバーはこの手紙から一部を引用している。「あの忌まわしい『ウィーン海賊版』以来、二人のあいだには本当の意味での信頼は生まれそうになかったのです。」しかし文章全体を読むと「あの忌まわしい『ウィーン海賊版』以来、二人のあいだに本当の意味での信頼は生まれそうになかったのですが、私はコッタ氏との関係が昔のように良くなることを、心から願っていたのです(52)」となっている。

ゲーテがこの出来事を忘れることができなかったのは無理もない。しかし著作者と出版者のような難しい関係において、失望や不都合な出来事、不幸な展開は故意に仕組まれたものでない限り、堪え抜き、克服されうる。人間関係というものは、それが著作者と出版者との関係であろうと、試練にたえるものなのである。

第七章 『決定版全集』

——「わが生涯の最重要の仕事」

一 「情熱的な経験」から「歴史の光に照らされた純粋な圏内」へ

同時代の出来事に対するゲーテの反応は彼の性格をよく表している。一八二四年一月十四日の手紙のなかでゲーテはいかに自分が傷つき、欺かれたと感じているか述べているが、同じ手紙のなかで早くも今後の方針を示している。それはゲーテが再び『遍歴時代』の諸断片に取り組んでいた頃のことだ。『ヴィルヘルム・マイスターの遍歴時代』の第一稿は一八二一年、復活祭書籍見本市に出版された。新聞・雑誌はすぐにこれを攻撃し、読者からも非難の声が上がった。神学者・作家であったヨハン・フリードリヒ・ヴィルヘルム・プストクーヘンの同名の作品『遍歴時代』のほうがはるかに人気があった。そのなかでプストクーヘンは『修業時代』の「自由」を揶揄し、いくつもの箇所でゲーテを激しく攻撃している。この作品は読者の好評を博した。批評家たちはプストクーヘンの駄作に空しく異を唱えたが、かえって逆効果になった。この時代の反ゲーテ的な風潮にいっそう拍車がかかってしまったのである。ゲーテは多くの作家たちと同じ態度を示した。表面的には気にしていないようでも、じつはひどく腹を立てていたのである。差し当たりゲーテは自重し、そして一八二二年三月に『遍歴時代に対する好意的関与』を『朝刊』紙に発表した。けれどもゲーテはすでに改作を決意しており、一八二九年までそれに取り組むことになる。この本の登場人物はみな、「自分たちの存在の〈目的・目標〉が〈最高者の手によって隠された秘密〉である こと、しかし自分たちの道を「思索と行動、行動と思索」によって見つけなければならないことを知って いる。彼らは有益な人物であり、活動的な存在である。この本には労働のトポスや、「競い合う活動」「ひ とりの人間が何かを見事にやり遂げること、それが肝心だ」「不言実行をいま、われわれのモットーとし なければならない」といった表現が至る所にうかがえる。

つまり、ゲーテの述べた、この時代のドイツの作家の精神を陰鬱にせざるをえなかった痛ましい感情を ひきずってはいないのである。ゲーテは新たなこと、一般にも意義のあることを成し遂げたかったのだ。 ゲーテは新たに、著作者と出版者の関係の基盤を解明するだけではなく、書くことを職業と見なす同時代 の著作者の立場を確立しようとしたのだ。

自分の作品と、新しい決定版全集の仕事が「間断なく」進行するように、勤勉で善意溢れる助手たちを 集めました、とゲーテは同じ一八二四年一月十四日の手紙のなかでにコッタに伝えている。ゲーテはまた しても、加筆予定の自らの生涯の編年史に触れている。「私のすべての文章、とりわけ往復書簡を今後ど のように上手く利用し、生涯の出来事の網の目に絡めてゆけばよいのか。この編年史はいまのままでもそ の規範を示してくれます…（略）…出来事が次つぎに情熱的な経験の砂塵を脱し、歴史の光に照らされた より純粋な圏内に歩みを進めております。」けれどもゲーテは次の仕事を見据えていた。その内容は全集 の規模によって規定される。それと同時に旧稿の校訂や、視野に入りつつあったさまざまな大著を今後ゲ ーテがどうやって完成に導いていくかも、仕事を決める重要な要素であった。だが、もはやひとりでやり 遂げることは不可能だった。「しかし、このような労苦や、助手たちの扶助・報酬に必要な少なからぬ出 費を、どのようにすれば作家やその家族、そしてまた出版者の利益につなげられるのか、それゆえどうす

図48　ゲーテの肖像画（Frl. v. フェルカーザーム作，鉛筆による素描）の付いた『遍歴時代』の初版本（シュトゥットガルト／チュービンゲン，コッタ社，1821年）．ウルリーケ・フォン・レーヴェツォーの所持品から．フランクフルト，ゲーテ博物館所蔵．

れば完全な全集をすみやかに実現できるのか、それを見通し、詳しく述べることができるのはあなたただひとりです。この点につき、あなたの洞察力溢れる説明をお願い申し上げます。」

そしてゲーテは一月十四日の手紙を次のように締めくくっている。「つねに変わらぬ信頼を寄せ、実り豊かな共同作業を確信し、謹んで署名いたします。」

コッタは二月十五日の返事で「欣喜至極です」と報せた。結局のところは疑わしい、心の重荷になっていたウィーン版全集の事件が直接的な影響を及ぼさず、それどころか新しい全集の可能性が目の前に現れたからである。だが一方で、この件に関しては「考慮・配慮すべきすべての状況を考え抜くために」「真剣な注意をはらわなければならな」かった。コッタは問題のありかを心得ていた。前回の全集がまだ本屋に並べられていることも知っていたし、版権のためには法外な報酬を支払わなければならないだろうとも予感していた。だがこのあとで、コッタはエリーザベト・フォン・ゲンミンゲン＝グッテンベルクとの「契り」について述べている。コッタはこの手紙を書いたその日に彼女と再婚したのである。コッタはエリーザベトがゲーテの友情に与れるよう頼んでいる。ひとえにエリーザベト嬢の「たぐい稀な資質」ゆえに私は決断をくだしました、と彼は書いている。「その結果美しく品行方正な存在、教養ある知性、たぐい稀な才能が私のところに導かれることになります。そして私は晩年になって［コッタは六十歳の誕生日を目前に控えていた］才気溢れる女性を傍らに従えるという、私が求め、必要としていたものを確かに見つけ出したのでした。」実際、コッタ社の従業員や数人の作家はエリーザベトの美しい心ばえを認めているが、コッタの先妻の子供たちはこの賛辞に同意していない。コッタの数多くの、ほとんど利潤をもたらさない新企画を熱心な新妻のせいだと考えていたのである。ゲーテは「あなたの人生行路に新しい見通しが開けたという」報せは私に大きな喜びをもたらしました、とお祝いの言葉を述べている。のちにゲーテはコッタ夫人にしばしば直接問い合わせをしている。エリーザベトが『婦人のためのポケットブック』の担当になったからである。

ゲーテは「われわれの共同の仕事」のために、また手紙を書くつもりであったが、しかしヴァイガント書店の出版者ヨハン・クリストフ・ヤスパーから問い合わせがあったことはこの時の手紙で報せている。ヤスパーが「読者の…（略）…度重なる要求に応える」べく『若きヴェルターの悩み』を「版を改めて世に出す」計画を立て、そのためにゲーテに「新たなまえがきとして短い文章」を求めている、というのだ。

コッタは、その出版者の願いは「ひじょうに厚かましく」、そこには何の法的根拠もなく、それゆえ新版『ヴェルター』は全集に「振り向ける」のが「より得策」だ、として強い口調でその依頼を断るよう勧めた。だがゲーテは違う考え方をした。『ヴェルター』が最初に出版されてから、ちょうど五〇年が過ぎたわけだから、記念版になるではないか、と思ったのである（作家もまた数字にこだわるのだ！　そのことでよく非難される出版者だけではなく）。一八二四年三月二十五日、ゲーテは予定していた「序詩」を完成した。「いまいちど／多くの涙を注がれた影よ／おまえは日の光のなかに歩み出ようとする。[1]」ゲーテはまたもや仲介者を探し出した。ライプツィヒの作家でヴァイマルの宮廷顧問官、ゲーテとは一八〇〇年以来親交のあったヨハン・フリードリヒ・ロッホリッツである。彼は序詩をヴァイガント社に仲介し、交渉の結果、この計五〇行、それぞれ長さの異なる五詩節からなる詩に対して五〇ドゥカーテン（一五〇ターラー）の報酬をとりつけた。五月一日にこの五〇行の詩はヴァイガントのもとに送られた。ヴァイガントは正当の権利をもってその「作者による序詩を添えた」「新版」を一八二四年に刊行すると予告することができた（ただし本に印刷された発行年は一八二五年）。

この詩は、『タッソー』からわずかな変更を施したうえ採用した有名な詩句で終わっている。「このような苦悩に巻き込まれたのはなかば己の咎《とが》とはいえ／堪え忍ぶ詩人に、神よ、語る言葉を与えたまえ。[2]」ゲーテが「ヴェルター」に再び語りかけた本当のきっかけは、あとになってようやく明らかになった。ゲーテは「極度に情熱的な状態の産物」、壮大な自画像であるこの詩を『ヴェルターに』と題して一八二七年、三編の詩を集めた『情熱の三部曲』に収録したのである。「ヴァイガントは『ヴェルター』の新版を作ろうとし、私に序文を依頼した。これはヴェルターへ捧げる詩を書く絶好のきっかけだった。けれども私の胸には、いまなお、あの情熱が残っていたので、詩はあたかも自ら望んだかのように、あの悲歌への序奏

図 49　ウルリーケ・フォン・レーヴェツォー（1804–1899）．作者不明のパステル画．1821年頃．ヴァイマル古典財団所蔵．

となったのだよ。[3]」ゲーテは三編の詩を成立順とは逆の順序で配列した。最初に置かれた詩『ヴェルターに』が最後に成立し（一八二四年三月二十五日）、最後の詩『和解』が一番先に書かれた（一八二三年八月十八日）。二番目の詩『悲歌』は一八二三年九月五日に起草され、一八二三年九月十九日に清書が完了した。

『情熱の三部曲』へと至った伝記的背景、仕事の状況、恋と苦悩の体験はよく知られている。一八二三年の二月と三月、ゲーテは重病であった。おそらくは心筋梗塞である。意識不明になることすら珍しくなかった。医者たちはなす術を知らなかったが、しかし病はやって来たときと同じように、急に姿を消した。ゲーテは同年六月、マリーエンバートに到着したとき、自分が変身を遂げ、若返ったと感じていた。『遍歴時代』のあと、おおむね自然科学の研究をし、その詩的泉は枯れ果ててしまったかのようであったゲーテ、研究「ばかり」して「個々の事実を集める」研究者と自嘲していたゲーテが、いまいちど詩を書いたのである。

ゲーテはマリーエンバートでウルリーケ・フォン・レーヴェツォーとおそらく三度目の出会いをし、激しい恋に陥った。そして当時二十歳そこそこであったウルリーケに、七十四歳のゲーテと結婚する意志がないかどうか、本人と家族に尋ねてくれるよう、カール・アウグスト大公に依頼したのである。豊かな財産と年金の提供がその条件であった。ゲーテはためらいがちな、曖昧な拒絶をうけた。レーヴェツォー一家は一八二三年八月十七日にカールスバートへと旅立った。ゲーテは絶望のうちにマリーエンバートを去り、エーガーへ向かった。数日後ゲーテはカールスバートに姿を現したが、九月五日の日記にはついに「にぎやかに挨拶をかわして別れる」と書きしるしている。(4) カールスバートからエーガーを経てゲーテはヴァイマルに戻り、その途中馬車のなかで『マリーエンバート（実際にはカールスバートであるが）の悲歌』に筆を染めた。『タッソー』から次の言葉がそのモットーに選ばれた。「人は苦しみに黙すもの、だが神は私に苦悩を語る術を与えた。(5)」この詩は疑いもなく抒情詩におけるゲーテの偉大な創造の一つである。『悲歌』という呼び名が当を得ているかどうかについてはいまでも論争が続いている。だが確かなのは、二三の詩節が偉大な技巧によって書かれていることだ。厳格に守られた、五揚格のヤンブスと、六行のシュタンツェ形式。そして各詩節が二つの交差韻と一対の韻で終わるよう配列された（すなわち ababcc という三組の韻）、ほぼ例外のない女性韻。その特徴がよく現れているのが最後の脚韻による象徴表現である。「彼ら［神々］は私を恵み豊かな唇へと押しつけておいて／私を引き離し、そして私を破滅の淵へと送る。」

ゲーテがその年の暮れ、心臓病の深刻な再発に悩んでいた頃、ツェルターはゲーテに何度も『悲歌』を朗読してやらなければならなかった。ツェルターは生命をつなぎとめたその治療法を自分で書き残している。すなわち、「苦しみ」が薬となるだろう。じっさいそれは効いたのである。さらに詩作の仕事にも役立った。最初に生まれた詩『和解』は締めくくりの詩として深い意味をもった融和の礼賛となった。「情熱は苦悩をもたらす！」しかし音楽が「天使の翼」とともに融和を促すのだ。

ゲーテはマリーエンバートでしばしばペテルスブルクのピアニスト、マリー・シマノフスカを訪れた。彼女と過ごし、そのピアノ演奏に耳を傾けることで、このときの「病的な過敏さ」を癒そうと試みたのである。シマノフスカ夫人のほうでも一八二三年十月三十日から十一月五日まで、ヴァイマルでピアノを演奏してゲーテをなぐさめ、ゲーテを運命と和解させることができた。以上が最初に出来た詩『和解』（ゲーテはフランス語版をシマノフスカに献呈した）が象徴的なクライマックスとして末尾に移された伝記的背景である。「そこには——ああ、それが永遠にとどまらんことを！——音楽と愛の二重の至福が感じられた。」(6) この表現はウルリーケにぴったりだ。彼女は結婚しないまま一八九九年まで生き、そして晩年ゲーテとの関係についてこうコメントした。「色恋沙汰がなかったわけではありませんわ。」

ゲーテはこのように、この頃マリーエンバートで改めて魔的な力と芸術、情熱と詩、絶望と音楽を同時に体験した。情熱の魔的な深みに見事に測鉛を下ろした長編『親和力』では融和を促す芸術を欠き、音楽を欠いたままであったが、いまゲーテは「涙と音の神的な価値」に身をさらすことができた。『悲歌』は情熱と絶望の表現に終わっている。「死と生が恐ろしい戦いを繰り広げる／私の胸中は激しく荒れ狂い、引き裂かれる。」(7)

『悲歌』の稿を下ろしてから七カ月後に——すでに述べたように——ヴァイガントが『ヴェルター』の記念版への序文を求め、ゲーテに近づいた。ゲーテはこの作品をいまいちど仕上げようと決意した。彼は五〇年前にすでに似たようなことを感じ、体験し、表現していたのだろうか。ヴェルターにとっては愛の告白以外に解決はなかった。半世紀後のヴェルターは情熱によって破滅しない。彼には自然と芸術による「和解」がもたらされるのである。『ヴェルターに』が三部曲の冒頭に配置され、この詩がひじょうに個人的な内容をもっているため『悲歌』は生存の限界まで引き裂かれつつも「音楽と愛の二重の至福」によって運命と和解し、自分を取りもどした老ゲーテの自画像となったのである。

二 「思索と行動」
――『決定版全集』の準備が始まる

しかしマリーエンバートの体験は詩作による「処理」にもかかわらず、ゲーテの自己認識に影響を及ぼさずにはおかなかった。ゲーテにとって変化、変身、更新がいまも昔も変わりなく重要であったのは確かだ。宰相ミュラーに向かってゲーテは一八三〇年四月二十四日次のように述べることになる。「ああ、私はいつも同じことを考えるために八十歳になったのだろうか。私はむしろ日々違うこと、新しいことを考えるよう努力しているよ。退屈な人間にならないようにね。停滞してしまわないためには、いつだってたえず変化し、新しくなり、若返らなくてはならない。[8]」だが、にもかかわらずマリーエンバートの体験はゲーテに限界を見せつけた。若返りの希望の限界、新しい恋愛関係に直面したときの体験能力の限界、内なる自然の限界、肉体的な意識の限界、進行する老化による限界。けれどもゲーテはこの苦痛を伴う経験、人間関係や友人関係がどれほど豊かであろうと結局はひとりきりで孤独なのだという認識から絶望を導き出したりはしなかった。逆に生への感謝の気持ちを強く感じ、つねに新たに自らに対峙し、「日々の要求」に向かうようになったのである。三五歳年下の友人ボアスレーに宛てた一八二六年十月二十二日の手紙に、私はゲーテ晩年の信条告白を見る。

> この上ない友よ、もし私があなたの目に興奮気味に映るとしたらお許しください。けれども神とその自然が私にこれほど多くの年月をお任せくださったからには、私は若々しい活動によって感謝をこめて称賛の気持ちを表現する以上にふさわしいことを知らないのです。私は与えられた幸福に——たとえそれがどれほど続くものであれ——ふさわしい態度を示したい。そしてどうしたらそれが実現できるだろうかと昼となく夜となく、思索し行動しています。
>
> 昼となく夜となくというのはけっして決まり文句ではありません。なぜなら私の年齢のしからしめるところの眠れずに過ごす夜の時間さえ、私は漠然とありふれた考えを追うのではなく、翌日に何をすべきか、と厳密に考察しております。そして翌朝になると忠実にそれに着手し、可能な限りやり抜くのです。そのように心がければより多くの仕事をし、そしてまだ、いつまでも朝を迎えることができると当然のように思っていた、もしくは思い込んでいた頃にやらずにいたことを、残された日々のなかで賢明にやり遂げられるかもしれません。

思索と行動を厳密に定めるというのはゲーテにとって——そしてもちろんゲーテにとってばかりではなく——非常に有益な考えである。与えられた幸福に日々ふさわしくあること。無益な行ないは道理に従って消滅してしまうがゆえに、有益に行動すること。有益なことを死と向き合いながらなすこと。なぜなら

「いつまでも朝を迎えることができる」かどうかは老年になると定かではなくなるからである。

ゲーテの最後の一〇年間は身近なことと同時に、遠く広大な精神空間に意識を集中するのが常であった。外界を遠く旅すること、例えばヴァイマルやイェーナ近辺を越えるような旅行はもう行なわれない。ヴァイマルが彼の世界となり、以後それは変わらなかった。ゲーテはフラウエンプラーンの家を彼にとっての世界都市に作り上げる。人生と仕事の数々の証明書や、コレクション、蔵書、贈物、表彰状、人々が製作したゲーテの肖像画や胸像が展示された。彼自身の博物館と言いたくなるところだが、しかし結局は孤独な人間であったゲーテはここにおそらく日々の要求を実行するための足場を作ったのであろう。多くの訪問者が謁見を求めた。紹介状を見せさえすれば、入室が許可された。フラウエンプラーンの家の敷居をまたぐことができた人々はしかし、ゲーテ閣下がぎこちなく、冷淡に振舞っているという印象をうけた。ゲーテが勲章を愛し、喜んでそれを身に付けたことで、人々はしばしば鼻白んだ。多くのドイツ人にとってゲーテはあまりにも非ドイツ的であり、多くのキリスト者にとっては敬虔さが足りなかった。『決定版全集』の最も重要な協力者であるフリードリヒ・ヴィルヘルム・リーマーは訪問客のこうした反応についてこう述べている。「何かを持ち帰りたければ、何かを持って来なければならないものだ。」さらに「探るような目つき、あからさまな注視、声高で空疎な、もしくは断定的な受け答えをしていては、ゲーテに打ち解けた態度で接してもらうことはできなかった。」エッカーマンは一八三〇年三月十四日、ゲーテの発言を記録している。「私は時には高慢、時には利己的、時には若い才能に対する嫉妬でいっぱい、時には官能の喜びにひたっている、時にはキリスト教をなおざりにする、それどころかついには祖国とわが親愛なるドイツ人への愛を見失ったと言われる始末だ。(9)」

作家の訪問はとりわけ厄介な問題であった。だがこれはゲーテに限ったことではない。私は自分自身の経験から、そのような出会いがどれほどややこしいものであるか知っている。ヘルマン・ヘッセの庭の入り口には一枚の看板が掛かっていた。「面会はお断りいたします。」さらに玄関には架空の中国の哲人メン・シエの言葉として老いゆくヘッセへの配慮が訪問者に対して求められていた。一度こう書かれていたこともある。「残念ではありますが。トーマス・マン。」ヘッセはマックス・フリッシュにぜひ訪ねてきてほしいと思っていた。だが、フリッシュにその心構えが出来たときには、ヘッセはもう亡くなっていた。サミュエル・ベケットは私の希望を容れて、たて続けにエドワード・ボンドとペーター・ハントケに会った。二人は雄弁な作家であるが、ベケットという文学的権威に対する畏敬の念と、その外貌に圧倒されて黙り込んでしまった。そのため会話はひじょうに一方的になり、ベケットはそのあとでもう作家とは会いたくないと言った。ゲーテが同時代の作家と会うことを避けていたのは、わかりすぎるくらいよくわかる。だがゲーテの「文学的家臣」を自認し、『サーダナパラス』（一八二三年）を献呈したバイロンになら喜んで会ったにちがいない。「自国の文学を創り上げヨーロッパ中を啓蒙した、わが主君、現存するすべての作家の筆頭に位置するお方に、その文学的家臣が賛辞を捧げます。(10)」このバイロン手書きの献詞をゲーテは受け取っていたが、バイロンの出版者は本にするとき、それを印刷し忘れてしまったのである！　ウィリアム・サッカレーは暖かく迎えられた。彼はのちに、晩年のゲーテの特徴をよく表すスケッチを描いている。エッカーマンは何度もゲーテが同時代のフランス文学といかに密接に関わっていたかを書きとめている。一八二六年からゲーテはフランスの雑誌『ル・グローブ』を定期購読しており、そこに作品を発表する若いフランスの作家たちを読んでいた。だがドイツの作家との関係は難しかった。エッカーマンは一八三〇年三月十四日、その様子を、注目すべき文章によって書きとめている。

そうだともエッカーマン、君も同じように思うだろう。私だって不平を言えないくらいのものだ。他の誰だって私より恵まれていたわけではないし、それどころかたいていはもっと不遇だったんだ。イギリスもフランスもわれわれのところとまったく同じだよ。モリエールはありとあらゆることに悩んでいたじゃないか。ルソーやヴォルテールもそうだ。バイロンは陰口をたたかれて、イギリスから追放され、もし夭折によって、俗物どもやその憎悪から解放されていなければ、最後には世界の果てまで逃げていっただろうよ。

このうえさらに愚昧な大衆がより高次の人間を迫害したとしたら！ いや、違う、ある才能の持ち主が別の才能の持ち主を迫害するのだ。プラーテンはハイネを怒らせ、ハイネはプラーテンを怒らせる。そして誰もが他人を悪人や嫌われ者に仕立て上げようと、やっきとなっている。平和に生活し、活動するには十分、世界は広くて大きいのに。ひとりひとりが自分の才能のなかに、煩いの種となるひとりの敵をもっているというのに。(11)

喜んで迎え入れられる客がいたことも確かだ。ゲーテが作曲理論や自分の作品に付ける音楽について語り合ったツェルター、フンボルト兄弟（一八三二年三月十七日付のゲーテの最後の手紙はヴィルヘルム・フォン・フンボルト宛であった）、植物学者フリードリヒ・ジークムント・フォークト、一八二六年六月以来ゲーテ家の掛かり付けの医者で、息子アウグストの死後、芸術・科学機関の監督官を任せられたカール・フォーゲルなどである。彼は博学な専門家であり『ゲーテの最後の病気』という論文を発表している。ツェルターやクネーベルとともにゲーテの親友のひとりであったヨハン・ハインリヒ・マイアーはいつでも歓迎された話し相手であった。宰相ミュラーは気性の激しい、お気に入りの議論の相手であった。その『ゲーテとの会話』は一八七〇年に遺稿のなかから出版され、エッカーマンとは違ったゲーテ像を描き出している。ゲーテはそこで、ミュラーが「警句詩《エピグラム》のような鋭さと刃物のような批評」と形容したように、直截な、歯に衣着せぬ物言いをしている。社会的に対等の地位にあったミュラーに対してはゲーテは秘書や書記に対してよりもはっきりと発言することができたのだ。「ああ、私も残酷になるものだ」というような発言にもうなずかざるをえない。カール・ルートヴィヒ・クネーベルとの関係はまったく違っていた。大公妃アンナ・アマーリアの次男の教育係としてフランクフルトにやって来たクネーベルは、ゲーテと公太子カール・アウグストの最初の会見のお膳立てをした。ゲーテはクネーベルの気難しさと、心気症的な性格を非難してはいたが（「クネーベルはいい男だ、けれども気分が変わりやすく、のんびりするときも何かをやろうとするときも緊張しすぎだよ」）、両者は晩年に至るまで交友があった。ともあれクネーベルの訳したルクレティウスをゲーテは何年間も持ち歩き、書評を書いてその翻訳を称賛した。またゲーテがクネーベルのスイスの描写、とりわけライン川の瀑布の描写に自身の体験を思い出して興奮し、大股で部屋を横切って歩いたことも知られている。けれども概して言えばゲーテには訪問客は負担であり、学者や友人とときどき交わす「有意義な会話」だけがその負担を和らげた。というわけでゲーテは一八二三年と一八二六年に「最重要の仕事」(12)と呼んだ、『決定版全集』の準備と『ファウスト』の完成に専念するのである。

ゲーテはどのようにその第一の「最重要の仕事」の準備を進めたのであろうか。そのやり方はいつものように正確無比であった。

ゲーテは自宅のなかに能率的に仕事のできる環境を作り上げたのである。彼は文書館を創り、有能な協力者を見つけ、さらに書籍業の歴史上画期的な試みを企てた。生涯の仕事の掉尾を飾る全集を、ドイツ連邦諸国とオーストリアの出版特権によって海賊版から保護しようとしたのである。そしてそれを達成すると、ゲーテは各出版者からの出版申し込みを悠々と受け付けたので、ついに一種の競売が始まった。コッタ社から全集を出すことに決めたのはしかるのちのことである。このようなやり方はまったく類例を見ない。

たとえ家庭に複雑な問題があったとはいえ、ゲーテは一方では仕事と義務、他方ではある程度の社交の楽しみが実現できるよう環境を整えた。家のなかには料理係と交代制の召使いたちが勤務していた。ゲーテはその監督に嫁のオッティーリエを望んでいたが、それを引き受けていたのはむしろ従者シュターデルマンであった。上流階級用の馬車を御者が世話していた。一七九九年に購入され、今日なおゲーテ・ハウスで見ることのできるものである。豪華な乗物で、旅行や訪問にはもちろんのこと、国の代表としての仕事にも用いられた。

余話――ゲーテの「善意溢れる助手たち」

一八〇四年までのゲーテ家の代々の従者はフィリップ・フリードリヒ・ザイデル（父親の代から勤めていた）、クリストフ・ズトーア、ヨハン・ゲオルク・パウル・ゲッツェ、そしてヨハン・ルートヴィヒ・ガイストであった。

一八一四年にはヨハン・カール・ヴィルヘルム・シュターデルマンがゲーテに仕える身となり、一八二六年に解雇されるまで勤めていた。シュターデルマンは奇人であった。彼はゲーテに付き添って旅行し、旅先から奉公人や書記に指示を与えた。それもゲーテの文体をグロテスクに模倣した形跡の見られる手紙によって。ゲーテの手ほどきによりシュターデルマンは鉱物学や地質学にも手を染めた。さらにまた文書館の設立にも関わっている。もし彼が、ある操作をすると虹色の反射が生ずるワイングラスを使った化学実験だけを愛し（「シュターデルマンは自然と張り合う天才だよ」とゲーテは言っている）、ワインそのものに溺れなければ、死ぬまでゲーテの従者を務めていただろう。彼は解雇されるはめになった。ゲーテはある光学研究所への就職を世話してやるが、まったく同じ理由でシュターデルマンは長く勤めていることができなかった。その後彼は救貧院に身を落ち着けるが、ここでも金さえ手に入れば酒を飲んでいた。ゲーテの生誕都市フランクフルトが一八四四年ゲーテ記念碑を落成しようとしたとき、人々はシュターデルマンを思い出し、フランクフルトに招く。シュターデルマンはゲーテの上着を着て現れ、落成式では最前列に座ったが、帰ってから救貧院の屋根裏の乾燥室で首を吊った。ゲーテの身の回りで起きた、哀れな、同情に値する運命である。だがゲーテを非難することはできないだろう。

シュターデルマンの後釜はゴットリープ・フリードリヒ・クラウゼで、一八二六年十二月一日からゲーテが亡くなるまで勤めていた。ゲーテは彼と馬が合い、日記には親しみをこめて「フリードリヒ」と呼ばれるクラウゼが何度も登場する。

『決定版全集』の仕事を進めるためのゲーテの協働スタッフにはほとんどピラミッドのようなヒエラルキーがあった。底辺には書記たちがおり、時おりベルトゥーフの公国産業社から協力者が応援に駆けつけた。その上に位置していたのは助言者や専門家である。リーマー、ゲットリング、マイアー、ソレなどで、ゲーテは彼らを「生き字引」と呼び、好んで「紐解く」のが常であった。そして特等席をエッカーマンと宰相ミュラーが占めていた。

ゲーテはこのとき三人の書記、もしくは秘書と仕事をしていた。ヨーンとクロイターとシュハルトである。(13)

ヨハン・アウグスト・フリードリヒ・ヨーンは一八一四年からゲーテのところで働いていた。彼は大公図書館の筆耕者でもあった。ヨーンはおそらくゲーテの手紙を最もたくさん口述筆記した人物である。

フリードリヒ・テーオドール・ダーフィト・クロイターは同じ図書館の書記で、のちに図書館員になった。彼はその後、図書館顧問としてゲーテの義兄ヴルピウスがおざなりに取りしきっていただけの図書館を管理した。一八一八年からゲーテに書記、個人秘書として雇われている。ゲーテが「伝記的事実」で述べているように、「若く、溌剌とした、図書・文書館の仕事に精通した男(14)」クロイターは、ゲーテの保管文書を整理し、最初の目録を作成した。彼は文書保管の仕事全体の推進役で、大規模な編集スタッフのコーディネーターであった。エッカーマンの証言によれば、ゲーテはクロイターにひじょうに満足しており、繰り返し称賛している。フリードリヒ・クロイターは完全に従属的なその仕事に対して、時おり癇癪を起こすような人物でもあった。「偉大な主人の側を右往左往するのは悲しいことです。自主性はゼロ、自分の意志をもつことは許されません。そう、まさに主人が気紛れに投げるボール投げのボールなのです。」けれども彼は仕事を続け、全集の進行に重要な役割を果たした。

ゲーテの最後の秘書、ヨハン・クリスティアン・シュハルトは裁判官の資格をもつ法律の専門家であり、ゲーテが総監を務めていた科学・芸術機関の記録係であった。その後、一八六三年にはヴァイマルの自由絵画学校の校長になっている。シュハルトはコレクションを分類・整理・カタログ化する方法を提案し、ゲーテはその試みが「上手くいった」と認めていた。一八二五年二月二十日、シュハルトは書記に任命される。ゲーテの監督のもと、彼は学術的に裏づけられた最初のコレクション目録を作成し、それをもとに一八四八年と四九年、三巻本のカタログが出版された(15)。ゲーテのコレクションの豊かさ、多様性がこれで初めて目に見える形になったのである。ゲーテはシュハルトを高く評価しており、宿舎を自ら手配してやった。一八三一年六月二十三日にはその家にシュハルトを訪ねに行っているが、これは他の協働スタッフにはしなかったことである。

シュハルトはゲーテをよく観察していた。例えば簡素な木製の本棚と箱、楕円形の机、固い椅子の置かれたひじょうに質素な仕事場をゲーテが行ったり来たりするときに、どのように両手を後ろに組んでいたかを。ゲーテは口述筆記の内容を楽々と思いつき、あたかも頭のなかであらかじめ書いておいた文章を読み上げているかのようであった、と彼は何度も感嘆している。そして口述筆記にどのような身振りが伴っていたかを記録している。「両手を広げ、体を左右に曲げながら、彼は書こうとしているもののバランスを取り、巧みな技法で仕上げていった。上手くいったときにはこう叫ぶのが常だった。〈そうだ、そのとおりだ！〉」

この頃の日記の書き込みを見ると、ほとんどどの頁にもシュハルトの名前が出てくる――シュハルトを使って構想と清書。シュハルトの手配により、いろいろなものを整理する。フランス文学と世界文学について、シュハルトを使って口述筆記。シュハルト『芸術と古代』のために口述筆記。一八二九年一月十五日、「最重要の仕事を真摯に続行」。一月三十一日、「シュハルトを使って構想を口述筆記」[16]。このようにシュハルトは疑いなく、秘書的な作業においては最も高く評価されていた協働スタッフであった。

書記や秘書のあいだにも、そして専門家たちのあいだにも、このように明確な役割分担があった。書記と秘書は勤務時間に作業をし、そのあとで報酬もうけた。ゲーテ評議会のメンバーたる専門家たちは、それだけでなく、昼食やお茶や晩に「迎えられた」。一八二二年九月八日にゲーテはすでにコッタにこう報告することができた。

それに比べて私は運が良いと言わざるをえません。友人たちが私のもとに集いきわめて熱心に私を援助してくれ、かつていろいろな時期に、良き人物が私に与えてくれたものをまとめ、活用する手助けをしてくれるのです。この夏私が留守にしているあいだ、書類戸棚が組み立てられました。そのなかには私の書いた作品、文章、論文、予備論文が、印刷されたものも印刷されなかったものもすべてしまってあります。家や旅先で書いた日記、すべての断片、のみならずある時点からの私宛の手紙のすべて、私の出した重要な手紙もいくつかの棚に分けて保管されているのです。

この分類ぶりと完全な目録に、私は旅行から帰ってきて驚かされました。そしていま、年少・年長の友人たちとともに、どのようにそれを利用し、私が神様に召されたあとも散逸させずにおくことができるか、協議しております。すべてについて詳しい内容をお知らせすることは、差し当たり控えておきます。

いずれにしろこの冬のある期間はこの仕事に当てるつもりです。われわれはできるだけ完全かつ確実にそれをやり遂げるつもりです。名前を口にするまでもなく、長年共同作業をしてきたマイアー宮廷顧問官とリーマー教授の助力が期待できるのです。

他の箇所でゲーテは「素晴らしい男たちの援助」に触れ、そしてまた「勤勉な、善意溢れる助手たちを集めた」と語っている。じっさいこのゲーテのための評議会は勤勉で、善意にみち、有能で、効果的であった。

文献学者、作家のフリードリヒ・ヴィルヘルム・リーマーはゲーテと最も密接な関係にあった。一八〇一年から一八〇三年までリーマーはヴィルヘルム・フォン・フンボルト家の教育係であった。一八〇二年、

図50　フリードリヒ・ヴィルヘルム・リーマー（1774-1845）．ヨハン・ヨーゼフ・シュメラー作，コンテによる素描，1824年以降．ヴァイマル古典財団所蔵．

一八〇三年には彼の編纂した『ギリシア・ドイツ語中型辞典』が出版されている。ゲーテは三十歳そこそこのリーマーを息子の教育係に任命している。リーマーはゲーテ家に住み込み、古代文化と古典文献学のエキスパートとしてゲーテからいっそう信頼されるようになった、文学・文献学的問題の相談役であった。アウグストと仲たがいをしたためにリーマーはゲーテ家を去り、一八一二年にはギムナジウムの教授に、一八一四年にはヴァイマルの大公図書館司書（一八三六年には上級司書）になっている。一八一九年からリーマーは再びゲーテのために働きはじめる。ゲーテは彼とエッカーマンに遺稿の整理を任せた。ゲーテはそのために八〇〇ターラーの報酬を出したが、この二人、とりわけエッカーマンが二〇巻分の遺稿に長い歳月を費やさなければならなくなるとは予想していなかっただろう。

リーマーは『決定版全集』と『ファウスト』執筆の続行という二つの「最重要の仕事」に欠かす

ことができなかった。ゲーテの日記を見ればそれが明らかだ。リーマーは詩を配列し直し、題名の正誤を確認し、各種のアンソロジーのなかの副題・中とびらを比較した。日記には次の記述が何度も現れる。「リーマーとファウスト」。ゲーテは口述筆記したテキストや手紙についてもリーマーと話し合った。一八二四年十二月十四日の日記。「リーマー教授。彼とともにさまざまな構想を検討する。彼はそのまま食事に残り、われわれはとりわけ言語がおのずと遂げた変化の実態と、そのさい生じた困難について語り合った。いろいろな意見の相違とそれを統一することの不可能はそこに端を発している。」一八二六年三月八日。「リーマー教授来訪。支配欲と支配を拒否する欲求のあいだに生ずる戦いの世界史的比較……（略）……そのままわが家で昼食。」一八二六年三月二十四日。「晩、リーマー教授。彼と一緒に口述筆記したものを一つ一つ点検する。」一八三一年二月十五日。「晩、リーマー教授。全紙《ボーゲン》第九号に目を通す。言語の特性と言語の神秘について。言語の持続的変化。新しい規則、正しいこと、間違ったことが導き出された。」このような規則に対してじつはゲーテは懐疑的だった。そして同じように「専門家」を疑っていた。この会話と関連してゲーテは日記に重要な見解をしるしている。「専門家が心地よくおくつろぎになっているのを悪くとるべきではない。ある問題を別の問題で置き換えると、無頓着な大多数の人々は、役に立ったと感ずるのだ。誰もが自分の専門分野で身を守ろうとし、そして他人にも専門分野で防御を固めることを認める。その結果、専門分野では首尾一貫した、理解力のある、卓越した男たちが、他の分野では荒唐無稽を容認し、自分の領域が邪魔されないことだけを願っているのを見て、私はいぶかしく思ったものである。学問においてもすべては倫理的で、論述は人柄に左右される。(17)」ゲーテがリーマーを高く評価していたのは、だから驚くべきことである。「彼の思慮分別と透徹した言語知識は素晴らしい。」ゲーテはリーマーがクリスティアーネの付き添い役であったカロリーネ・ヴィルヘルミーネ・ヨハンナ・ウルリヒと結婚すること

図51　カール・ヴィルヘルム・ゲットリング（1793-1869）．J. J. シュメラー作，コンテによる素描，1827年．ヴァイマル古典財団所蔵．

を認めた。彼女はゲーテからウーリと呼ばれ、ゲーテは「二人のご婦人方」を好んで話題にした。

薬屋の息子で文献学者、古典学者であったカール・ヴィルヘルム・ゲットリングはこのグループのなかでは正書法に関するいちばんの権威であった。ゲットリングはルドルフシュタットとノイヴィートのギムナジウムの教授で、一八二八年からはイェーナの古典学教授、図書館司書を務めた。ゲーテはイェーナへの旅の途中で彼と知り合いになったが、それは一八二二年のことであろう。ともあれゲーテはエウリピデスの『パエトーン』の断片の翻訳を仕上げてくれるよう、ゲットリングに頼んだのである。ゲーテは一八二五年一月八日の日記で改めてゲットリングに触れている。「主要作品の口述筆記。いろいろな構想。ゲットリング教授。」その後ゲーテ家のお茶や昼食や夕食にゲットリングが現れたことが何度も記録されている。一八二七年十月七日にはゲーテはイェーナで次のように書いている。「四時頃図書館に行く。ゲットリング教授その他の人々と会

図52　ヨハン・ハインリヒ・マイアー（1759–1832）．J. J. シュメラー作，コンテによる素描，1824年．ヴァイマル古典財団所蔵．

話。すべてはきわめて順調。」一八二九年十一月七日にはゲットリングと宮廷顧問官フォーゲルが昼食にやって来た。「私のヴァイマル記念日［ゲーテのヴァイマル入りは一七七五年の十一月七日］であることがまず話題になった。今回は家の食卓に集い、一座は陽気で機知に富んでいた。」一八三〇年四月二十二日、イタリアへ旅立つアウグストとエッカーマンが別れを告げに来たとき、ゲットリングはその場に居合わせていた。ゲットリングに関する最後の日記の書き込みは一八三〇年六月二十日の日付になっている。彼はF・S・フォークトとともにゲーテの家に居て、ゲーテは彼らと「歓談、差し当たっての事を協議した。」[18] ゲットリングはゲーテから「文法家」と呼ばれていたゲットリングはゲーテの死に至るまで、「友人」のひとりに数えられていた。

同じことはスイスの画家・美術史研究家であったヨハン・ハインリヒ・マイアーにも当てはまる。ゲーテは一七九一年に彼を教師としてヴァイマルの絵画学校に連れてきて、一八〇七年にマイアーは同校

図 53　フレデリック・ジャン・ソレ（1795–1865）．J. J. シュメラー作，コンテによる素描，1824年以降．ヴァイマル古典財団所蔵．

の校長になった。マイアーはゲーテの最も身近な芸術顧問であった。両者は同じ年に死んだ。一七九二年から一八〇二年までの一〇年間、マイアーはゲーテ家に住んだ。『プロピュレーエン』の計画はシラー、マイアーと会話したときに生まれた。ゲーテの雑誌のなかにはWKFと署名された論文がある。この省略には“Weimarer Kunstfreunde”「ヴァイマルの芸術の友」、すなわちゲーテ、シラー、マイアーが隠されている。三人はお互いに論文の原稿を編集しあったのである。当然ながら、マイアーは『決定版全集』では芸術論の本文のチェックに携わった。

ジュネーヴ出身の自然科学者、神学者、作家のフレデリック・ジャック（ジャンあるいはヤーコプとも）・ソレは一八二二年に公太子妃から息子カール・アレクサンダーの教育係としてヴァイマルに招聘された。一八二二年十二月八日、ゲーテは初めて日記でソレについて触れている。その後日記のほとんどどの頁にもソレが来訪し、ソレと会話したことがしるされている。彼はとくに自然科学関連の著作に大きな貢献をし、この分野の本文の問題について相談をうけた。作品のフランス語訳の評価になると、ソレはつねにゲーテから意見を求められた。エッカーマンはソレの人となりを見事に紹介している。「ジュネーヴ出身のソレ氏は一八二二年に進歩的な共和主義者として公太子殿下の教育を指導するためにヴァイマルに招聘され、さらにその年からゲーテの死までゲーテと親密な関係にあった。ソレはゲーテ家の食卓をよく囲み、晩の集まりにも呼ばれることが多く、お気に入りの客であった。それ以外にも彼の自然科学の知識が接点となり、交友は続いた。綿密な鉱物学者として彼はゲーテの水晶を分類し、また植物学の知識があったので、ゲーテの『植物変態論』をフランス語に翻訳し、この重要な著作をいっそう広めることができた。」[19] 一八三六年ソレはジュネーヴに帰った。

要するにゲーテが『決定版全集』の準備をし、のちにそれを実行に移すために作り上げたのは大学教育を受けた者による、驚くべき、傑出したチームであった。

協働スタッフのピラミッドの頂点に立っていたのはしかし、ヨハン・ペーター・エッカーマンであった。エッカーマンは協働スタッフのなかでは最も奇妙で、風変わりで、大きな影響力をもっていた。彼は他の者たちとは違い「家」の出身ではなく、「小屋」の出身であり、「家計の主な収入源は…（略）…一頭の雌牛」というまったくの下層階級の家族の「再婚により生まれた末子」[20]であった。以上は『ゲーテとの対話』のなかの、筆者の「人となりと出自とゲーテとの関係の始まり」を読者に知らせる序章で述べられていることである。私はこの二人の特別な関係はその最初の出会いの描写にすでによく表れていると思う。徒歩でゲッティンゲンからヴェラ渓谷を越えてヴァイマルにやって来たエッカーマンは、もともとライン地方へ旅を続けようと考えていたのであるが、一八二三年六月十日に初めてゲーテに会い、同日の日付でこのように書いている。「高貴なお姿！…（略）…齢を重ねた君主はかくもあらんと思われるような…

図 54　ヨハン・ペーター・エッカーマン（1792–1854）．J. J. シュメラー作，
コンテによる素描，1825年頃．ヴァイマル古典財団所蔵．

（略）…彼の側にいると言いようもなく心地よい。私はまるで多くの苦労と長い願望のはてに、心からの望みをようやくかなえられた人間のように、気持ちが落ち着くのだ…（略）…彼は私にもう一度会いたい、都合のよい時間に使者を送りたい、と言う…（略）…愛を感じながらわれわれは別れた。[21]」

この最初の記述が、すでに多くのことを物語っている。崇拝する詩人との最初の出会いの描写のなかにすでに愛情の表現があるのだ。ゲーテも三十歳のエッカーマンに好感をもったようで、エッカーマンは「ひじょうに幸福だった。ゲーテのどの言葉にも好意が溢れていたのだから。」

「出自」からすればエッカーマンはそんな期待はできなかったのであろう。彼は一七九二年ルーエ河畔のヴィンゼンで生まれ、極貧の環境から逃れるために、ハノーファーの狙撃兵に志願した。その後ハノーファーの軍管理局の書記になり、さらには記録係となった。それと並行してエッカーマンはギムナジウムに通い、一八二一年には除隊している。けれどもそれから二年間は給料をうけていたので、ゲッティンゲン大学で勉強することができた。だがすぐに彼は学業を中断した。法律家ではなく、作家になりたかったのである。シラー、クロプシュトック、そして何よりもゲーテの抒情詩の影響をうけてエッカーマンは詩を書き、それをゲーテに送った。のちには戯曲も書いている。その後エッカーマンはその文体からも想像がつくように、『ヴィルヘルム・マイスター』と『ファウスト』を読み、「ゲーテのこと以外は何も考えなかった。」その後も、シェイクスピア、ソフォクレス、ホメロスの「素晴らしい作品」を読み続けた。彼はこれらの高度な文学を理解するにはまだ未熟であると思い込んでいたため、「卓越した人物たちがどのような教養の道のりを歩んでひとかどのことを成し遂げたのか見てみようと」伝記類を熟読した。まさにこれが独学の人エッカーマンならではの願望であった。彼は「何かひとかどのこと」を成し遂げたかったのである。とりわけ詩と詩学の分野で。エッカーマンは再び記録係の職に就き、仕事のかたわらギムナジウムの教師からラテン語、ギリシア語の個人授業をうけた。彼は急速に進歩を遂げ、ホラティウス、ウェルギリウス、オウィディウスをどうにか翻訳できるようになり、ユリウス・カエサルを「ある程度スラスラと」読めるようになった。エッカーマンは美学と詩学にますます興味をもち、論文に挑戦した。そして一八二二年にとうとう「詩論――ゲーテを中心に」と題された草稿を完成するのである。この論文を彼はゲーテに再び送ったが、返事はなかった。だがこののち、一八二三年六月十日にあの記念すべき最初の訪問が行なわれるのである。この時の対話でゲーテは自分の最良の面を見せ、混乱・驚嘆・萎縮していた若いエッカーマンを総力をあげて完全に虜にしたのである。ゲーテはヴァイマルの宿舎を手配し、秘書クロイターにエッカーマンを「あちこち案内するよう」指示した。だが何よりもゲーテはエッカーマンの詩を称賛し、彼の美学論文についてその価値を十分に認める口振りで語った。ゲーテは「今日中に…（略）…騎馬便で」コッタに手紙を書き、出版を強く勧めることを約束した。[22]

じっさいゲーテは翌日コッタに『決定版全集』の協働スタッフにまつわる苦労に関連して次のように書いている。「今、私はハノーファー出身の若いエッカーマンの様子をずっとうかがっています。彼は私にひじょうに信頼感を与えてくれます。彼が貴社から出版したいと願っている草稿を馬車便にてお送りします…（略）…はっきりとした自在な筆跡は魅惑的ですし、この若者はシューバルトやツァウパーと同じく私を手本に自己形成をしたのですから、書くものの内容が私にとって心地よくないはずがありません。目下、当地に滞在中です。全集の準備の仕事をいくらかやってもらおうかと考えています。」[23]出会った翌日にエッカーマンを束縛して自分のものにしてしまおうとゲーテが自覚していたのも驚くべきことだ。

エッカーマンから見れば出来事が交錯し、息をつくまもなかったにちがいない。巨匠ゲーテの好意、ヴァイマルに滞在し、また訪ねてくるよう招待されたこと、原稿をほめられたこと、その上、コッタのところに推薦してもらったこと。いやそれは推薦という以上のものであった。コッタもまた、即座にそれに応えたのである（同年十月にはすでに本が出版された）。それだけではない。翌日の話し合いでエッカーマンは一方的に、「お互いもう少し親しくなるために」とゲーテからある依頼をうけた。エッカーマンはこのときゲーテの考えたとおりのことを実践しようと思った。前日、ゲーテは次のように述べていたのだ。エッカーマンの記録した最初のアフォリズムである。「あることを明確に処理できる者は、他の多くのことでも役に立つ。」

最初の依頼はといえば、次のようなものだった。ゲーテはエッカーマンに一七七二年と七三年の『フランクフルト学芸新聞』二巻を与えた。そのなかにはゲーテが書いた数多くの書評が載っていたが、署名はなかった。エッカーマンはゲーテの書評を見つけ出すよう命じられたのだ。エッカーマンならそれができる、とゲーテは考えた。「なぜならあなたは私のやり方と考え方をご存知だから。」そしてすぐにもう一つの依頼が続く。「その書評に将来の私の全集に収録される価値があるかどうか、知りたいのだ。[24]」二度目に会ったばかりなのに、なんという依頼、そしてまたこの若者の判断力に対するなんという信頼だろう！エッカーマンは、喜んで挑戦したい、ゲーテの意のままに行動できれば他に望むことはない、と言ってなんのためらいもなくこの依頼を引き受けた。ゲーテは同じ会話のなかで、エッカーマンに迫った。自分がマリーエンバートに旅立つまでヴァイマルに居てほしい、そしてその後もイェーナに滞在してほしい、それも数日間や数週間ではなく、「夏のあいだ中、私が秋口にマリーエンバートから帰って来るまで、そこに居を構えてほしい。私はすでに昨日［ということは最初の出会いの直後、しかもエッカーマンになんの相談もせずに］住居その他の件で手紙を書いておいた。あなたにとってすべてが快適で心地よいようにとね。」エッカーマンは「これほど素晴らしい提案には何の異存もない」と感じ、すべてを承諾した。報酬の契約は交わされなかった。エッカーマンは、マルティン・ヴァルザーが従属状態をテーマとして扱った戯曲のなかでじつに的確に表現しているように、「ゲーテの手中に落ちた[25]」のである。

全精力と能力をゲーテに奉仕するために費やしたエッカーマンは、その代償として悲惨な家庭生活を余儀なくされ、金銭的な理由から、部屋に飼っていた四〇羽の猛禽類、タカ、ハイタカなどを手放さなければならなかった。一八一九年に婚約した愛称「ハネレ」、ヨハンナ・ベルトラムと、彼は一八三一年になってようやく結婚したが、ゲーテはしぶしぶそれを認めた。ヨハンナは三年後に産褥で死亡する。自分の出世をあきらめたエッカーマンであるが（だが彼にゲーテから離れてうまく出世することができたであろうか）、この犠牲になることを厭わない、献身的な、仕事を喜びとした人物は、ゲーテの最も密接な協力者、対話の相手となった。エッカーマンは結局ゲーテのエゴイズムの犠牲になったのであろうか。仕事魔ゲーテの

「最重要の仕事」であった『決定版全集』と『ファウスト』を完成させようとする衝動、病的なまでの意欲の犠牲に。確かなことはゲーテの死に至るまでの九年間の仕事に対しても、遺稿の整理に対しても、ゲーテはその労働量を考えれば、あまりにも小額の報酬しか払わなかったことだ。それゆえエッカーマンは頻繁に個人授業をしなければならなかった。だがおそらくゲーテのために働くことで、エッカーマンの自我は満たされたのであろうし、まさにゲーテの意のままに行動することが彼の望みだったのだ。こうしてエッカーマンは自分に課せられた仕事に没頭した。ゲーテは外見上のことについて助言し、エッカーマンの髪形を変え、服装を指示し、宮廷の作法を説いた。だが何よりもゲーテはエッカーマンをつねに「エッカーマン博士」と紹介し、「ドクトル」の称号を用いて呼んだ。この博士号は完全なでっち上げであったが、のちにゲーテは作り話を事実に変えてしまった。イェーナ大学がゲーテの在職五十周年を記念して一八二五年の十一月、二つの博士号をゲーテの裁量に任せたとき、その一つがエッカーマンに与えられたのである。エッカーマンにとってはそれは外面的なことで、重要なのは仕事だけだったのだけれども。ゲーテはこう書いている。「彼はまるで蟻のように私の詩を一つ一つ拾い集めます。彼がいなければ夢にも思わないことでした。けれども、ひじょうにきちんとやってくれそうです…（略）…彼は収集し、区分けし、整理します。そして大いなる愛情を注いで、なんらかの成果を上げるのです…（略）…私にはもはやどうでもよいことが彼の興味をひくのです。」これ以上の称賛と、これ以上の満足があるだろうか。ゲーテはエッカーマンと『一七九七年のスイス旅行』の編集案を検討し、エッカーマンはこの会話でのゲーテの発言をメモし、あとでゲーテに見せた。「その調子で頑張ってくれたまえ」とゲーテはひじょうに尊大な口調で言っている。「何事もその場の思いつきでおざなりに済ませずに、じっくりとやり遂げなければならない。でもそうすれば最高のことが達成できるんだ。[26]」かくのごとき最高の達成を目指して、エッカーマンは努力したのである。

エッカーマンは九年間、ゲーテのために生きた。そしてゲーテは、エッカーマンのもたらしてくれる恩恵がよくわかっていた。たとえエッカーマンの世話を焼くばかりで、十分な報酬を支払ってはやらなかったにしろ。ゲーテはエッカーマンとリーマーに遺稿を任せた。差し当たり発表するつもりのなかった原稿をエッカーマンに渡し、目を通してもらった。いくつかの若書きを発表したほうがよいかどうかエッカーマンに尋ね、以前書いたものの編集をエッカーマンに頼んだ。エッカーマンこそ、ゲーテから文学的に信頼されていた人間だったのだ。エッカーマンは一八四四年三月五日ハインリヒ・ラウベに宛てて書いている。「私とゲーテの関係は、特別で、ひじょうに心細やかなものでした。それは弟子と親方の関係であり、息子と父の関係であり、無学な者と博学な者の関係でした。」「私はゲーテに週一度しか会わないこともあり、そんなときは晩に訪ねに行くのですが、毎日会うこともありました。あるときはかなりの人数の方々と一緒に、あるときは一対一で昼食を共にする幸運に恵まれたものです。けれどもわれわれの関係には実務という中心課題もありました。私はゲーテの以前書いた文章の編集を引き受けていたのです。」自分で述べているにしろ、エッカーマンの控えめな性格を考えれば、嘘とは思えない証言である。

だがエッカーマンの偉大な功績は別のところにある。ゲーテは晩年、他人と同席するときに、だんだんと無口になっていった。「石は物言わぬ教師である」とゲーテはメモしている。「それは見る者を無口にする。そして石から学ぶことのできる最上のものは、口で伝えることができない[27]。」しかしこの最上のことを伝達可能にし、ゲーテからそれを「絞り出す」ことに成功したのが、エッカーマンの歴史的な偉業である。エッカーマンによって記録された対話の信憑性をどう評価するにせよ、例えばその敬意と、調和を求める気質によって美化されすぎていると考えるにせよ、一つだけ確実なことがある。エッカーマンは目に見えて口数が少なくなってゆくゲーテを語らせ、いわば鳴り響かせることができ、晩年のゲーテの心を動かしたテーマや問題や着想やヴィジョンを再現することができ、ゲーテがどのような宇宙のなかで生きていたかを示すことができたのだ。「エッカーマンは私から文学作品を絞り出す術を誰よりも心得ている。すでに完成したもの、すでに着手されたものに対する彼の細やかな共感によって。[28]」確かにエッカーマンはゲーテの「手中に落ちた」。そしてゲーテはその献身を徹底的に利用した。けれどもエッカーマンは一八三六年にやっと出版された『晩年のゲーテとの対話』によって有名になったのではなかったか。それが数えきれないほどの版・刷を重ねた結果、今日に至るまで文学史にその名をとどめているのではないか。そして「エッカーマン」はいまなお、ゲーテを研究する者にとって必須の道具であり、欠かすことのできない資料であり、素晴らしい宝庫ではあるまいか。賢者からその知恵を代償として要求した税関役人に謝意を表したブレヒトはすでに引用した。『人間的な、あまりに人間的な』のなかでニーチェが『ゲーテとの対話』はかつて存在した最良の書物である、と書いているのに完全に同意する必要はないかもしれない。だがこの本が世紀を越えて繰り返し読まれ、繰り返し読まれなければならず、繰り返し読まれるであろう、ということは否定できない。「再読を期して《アウフ・ヴィーダーレーゼン》」というのがリルケ独特の挨拶の言葉であった。

宰相ミュラーは協働作業のピラミッドの上に、ある程度自由に漂っていたような印象を与える。フリードリヒ・テーオドール・アダム・ハインリヒ・フォン・ミュラーは一八〇七年に貴族に列せられた法律専門家で、ナポレオン戦争中、ナポレオンにすら一目置かれた役人であり、一八一五年からヴァイマルの宰相を務めていたが、やはり最も内輪の助言者のひとりであった。けれどもゲーテに匹敵する社会的地位があったため、雇われて仕事をしているといったふうではなく、弁護士としての助言を与え、倫理問題では

図 55　宰相フリードリヒ・フォン・ミュラー（1779–1849）．J. J. シュメラー作，コンテによる素描，1824年以降．ヴァイマル古典財団所蔵．

共に闘った。とりわけ出版問題においては、出版業者や出版社、書籍商、海賊版製作者に対するゲーテの疑念を支持した。ゲーテの死後、遺言を執行するときもコッタに対する彼の態度は冷たかった。だからミュラーが出版者についてのゲーテの辛辣きわまる警句をひそかに喜びながら記録していたであろうことは想像にかたくない。一八七〇年に遺稿から出版された『ゲーテとの会話』は、エッカーマンの記録と並んで、晩年のゲーテの生の発言を伝える最も重要な資料である。

ゲーテはこのスタッフの仕事をあまり厳しくは統制しなかった。基本的には物事をそのまま進行させ、時おり口をはさんで訂正するだけだった。けれども全集の構成についてはどの打ち合わせでも態度を保留したままだった。はっきりと決めていたのは、スタッフのなかでも検討された年代順の構成にはしないという点であった。全集はゲーテ全体を包括しなければならず、古いものと新しいものを別々にではなく、一つに融合されたものとして提示したかったのである。ゲーテの作品はけっして年代順に段階を踏んで発展したわけではなく、過去の経験、現在の体験、未来のヴィジョンを同時に取り入れたものなのだ。「私の作品は一つの集合体で、そこにゲーテという名前が付いているのです。」(一八三二年二月十七日)(29) そのような集合体の把握は、端からではなく真ん中から、年代を追ってではなく、総合的・同時的に行なった場合にのみ可能なのである。次の重要な発言を繰り返しておこう。ゲーテの仕事は「ひとつの才能の産物であり、その才能とは段階的に発達するのではなく、あちこちさまよい歩くものでもなく、同時的に、ある中心点からあらゆる方面に挑戦し、近くにも遠くにも影響を及ぼそうと努め、かつて切り拓いた道の多くを永久に離れる一方、他の道には長くとどまるものなのだ。」

「著者自身による決定版」の仕事という観点からすれば、実際に最後に本に手を加えた者のことも忘れてはならない。ゲーテの作品の活字が組まれ、印刷されていたアウクスブルクの印刷所に勤めていたコッタ社の職工長、校正係ヴィルヘルム・ライヒェルである。ヴィルヘルム・ライヒェルはザクセン出身の印刷工で、一八〇三年からベルトゥーフのところで働き、一八一一年にコッタ社の印刷所の職工長としてシュトゥットガルトに赴任した。一八二五年の初め、彼はアウクスブルクのコッタ社の印刷所に移った。彼は職工長と経営主任と校正係を兼ねていた。つまり彼はコッタが新型の蒸気機関高速輪転機を備え付けた印刷所を責任者として管理し、注文の整理をする一方で、印刷の正確さにも責任を負っていた。そのため、本文の組版技術の問題について作家たちと手紙のやり取りをした。

ゲーテはライヒェルがシュトゥットガルトにいた頃から彼を知っていた。コッタの手紙にはライヒェルの質問がよく同封されていたのである。一八二五年からは彼は自分でゲーテと手紙のやり取りをした。これもまた、この時期にゲーテ宛のコッタの手紙が少なくなった理由である。ゲーテはライヒェルをひじょうに信頼しており、校正刷りを一度も見ずに印刷に回してしまうこともあった。時にはその「訂正」に驚き、時には校正の間違いに腹を立てたものの、大方の場合、ゲーテはライヒェルの提案と仕事ぶりを評価していた。「校正係殿の異議や疑念に関しては、適切な処置をほどこしました、御配慮に感謝いたします」と一八一六年六月三日にゲーテはコッタ宛に書いている。ライヒェルは『決定版全集』の詩集二巻のレイアウトについて事細かに意見を述べている。彼は造本のさいの指示の出し方や、表紙のレイアウトの違い、表紙の題字ととびらの題字のいろいろな書き方をゲーテに教えたのである。全体としてはゲーテはライヒェルの仕事に「完全に」満足し、その入念な配慮を称えてメダルを贈っている。またフロマンとズルピーツ・ボアスレーに対してもライヒェルを称賛している。

校正係の仕事は今日でも欠かすことができない。本の製作過程の機械化により、人間の目によるチェックがだんだん行なわれなくなり、それどころかフロッピーディスクだけが増えてゆき、原稿は少なくなる一方だとしても、本の製作過程のある段階では校正係が本文に目を通さなければならない。校正係の仕事はリスクを伴い、献身的なだけでは不十分で、ほとんど自己を犠牲にしてようやく成し遂げられるものだ。校正係は『ドゥーデン正書法辞典』のような客観的な基準に頼るだけではなく、まさに作者の立場に立って考えなければならない。そして特徴的な文法・綴り・句読点の打ち方の癖、意識して作り上げられた個性的な文体、造語、新しい表現などを、それらが許容範囲内であるならば、一般的な正書法より優先させなければならない。校正係に課せられているのは、苦労の多い、神経をすり減らす、自己犠牲的な、多くの場合苦しみにみちた仕事である。しかもそれは割に合わない。なぜなら校正係は提案したり、間違いを直したりすることで作家の怒りを買ってしまうことが少なくなく、そのうえ、原稿を変更したお陰で出版社に多額の費用をかけてしまうこともあるからだ。ヘッセは『校正者への手紙』のなかでこの仕事に敬意を表すると同時に、その限度を指摘している。[30] 私は感謝の念とともに、一九五〇年代にS・フィッシャー社とズーアカンプ社の校正係を務めていたメッシンガー女史を思い出す。彼女は校正係を、作家の仕事を最終的に仕上げる者と考えていた。そしてまた、その厳密な仕事ぶりにより、作家の原稿がようやく完成稿となった、わがズーアカンプ社の校正係の面々。けれども生涯この仕事をやり通すことのできる者はほとんどいない。目が悪くなって仕事ができなくなることも多いし、神経が耐えられなくなることもある。ゲーテの校正者ヴィルヘルム・ライヒェルもその例外ではなかった。ドロテーア・クーンによれば彼は一八三六年の夏に「精神錯乱」に陥ったのである。[31]

さて、以上がゲーテが『決定版全集』のために集めたスタッフである。ゲーテは「年少・年長の友人の集まり」「卓越した男たちの援助」と書いているが、実態はそれ以上のものであった。それは取り憑かれたように仕事をし、まるでわが事のように献身を惜しまない、有能なチームだったのである。

私の知る限り、ゲーテのあとにもさきにも似たような大規模な協働スタッフを身の周りに作り上げ、それを駆使して同じように集中的に仕事をした作家はいない。二十世紀においては作家はほとんど一匹狼であった。トーマス・マンやリルケやヘルマン・ヘッセ（カフカは言うに及ばず）は外部の力を借りずに作品を書いて出版した。彼らは自分の手を使って原稿を書いたのだ。今日でもマルティン・ヴァルザーがそうしているように。例外はベルトルト・ブレヒトで、彼はとくに中期・後期においては、協働スタッフを使わずに執筆することは稀であった。彼らに草案を用意させ、それを利用したのである。例えば「中国語に」もとづく詩編。原詩を英訳からドイツ語に訳したのはエリーザベト・ハウプトマンであるが、最終稿を作ったのはブレヒトである。だが中国学者たちはその結果が中国語の原詩にひじょうに近づいていることに驚嘆したのであった。ブレヒトは後半生、女性の共同執筆者たちに助けられ、また彼女らの執筆を手伝った。こうして誰が作ったのかもはや定かではない詩が出来上がった。だが何よりも彼の劇作こそ集団によって創作されたものである。とはいえ、ゲーテとブレヒトが、例えばシラーやトーマス・マンと違って、執筆のさいに他者とのコミュニケーションや議論を拒まなかったという点で似通っているにしろ、ゲーテの見事に構成されたスタッフとブレヒトの集団作業を比較することはできない。ブレヒトにとっては完成されたものは何もなく、すでに書き上げた作品に対してさえ、解決と結末に到達するには、「すべてを書き変えなければならない」と言っていたが、ゲーテは議論と他人からの影響にはっきりとした限度を設けた。結局のところ、ゲーテは自分のイマジネーションを信じ、「神秘」に固執したのである。

三　「最高の勲章」
——全集の出版特権

一八二四年一月十四日のコッタ宛の手紙で、ゲーテはウィーンの海賊版事件についてのコッタの謝罪に答え、「陰鬱な精神を、またとないほど黒々とつつみ込んでいる」感情を吐露しているが、ひじょうにゲーテらしく、末尾に未来の展望を示して締めくくっている。ゲーテは、第一節で述べたように、「編年史」と名づけた仕事に再び取り組んでいます、と告げているのである。これはむかしからの計画であった。一八一九年、当時の『第二次全集』の各巻の内容と順序を発表しようとしたとき、ゲーテは「より根本的な考察」を書く必要性を強く感じたのであった。けれどもこれは思ったようには実現することができず、第二十巻の末尾にはむしろそっけない年代順の目録が載せられたにすぎなかった。けれども、人生の出来事を、その結果生まれた著作と関連づけようとする意図をゲーテはけっして放棄しなかった。『芸術と古代』第四巻第一号にゲーテは『抜粋による自伝的告白』と題した覚書を発表していた。そして今回は『年代記』にそれまで「生き抜いてきた年月」が記入されることになる。この種の記録は一〇年にわたって、ゲーテにとっては重要な意味をもっていた。それによって人生の日付や出来事が解明されるだけでなく、同時に来たるべき全集の構成が決定されるからである。つまりこの一八二四年一月十四日付の手紙に書いたような、「私のすべての文章、とりわけ往復書簡を今後どのように上手く利用し、生涯の出来事の網の目に絡めてゆけばよいのかの規範」である。ゲーテはこの手紙でも、厳密に年代順に配列された全集を否定している。「すべての出版作品に目を通し、あらゆる誤植を取り除くこと」は相変わらず重要であった。新しい全集の構成と本文の校正がどれほど重視されていたかがうかがえるが、ゲーテはこのとき構想だけではなく、協働スタッフの力を借りての全集の実現という方法も伝えている。コッタはこの重大な見通しを伝える大切な手紙に、一八二四年二月十五日、喜びながら、しかしまた控えめに返事をした。コッタは新しい全集の計画が明らかになり次第、「真剣に、注意深く検討する」つもりであった。一八二四年五月三十日、ゲーテはコッタに全集の準備の進行状況を伝えている。未発表原稿の保存が「重要な段階」に達した、保管文書は一カ所に集められたというのである。ゲーテがその文書を、家の居間から庭の側翼に至る途中の、いわゆる胸像の間《ま》に区分けして置かせ、大きな引き出しのなかに整理する準備をしていたことはエッカーマンの記述からわかっている。保管文書はゲーテが亡くなるまでその部屋にあった。さらに手紙は次のように続く。息子のアウグストとその助手たちは「全体と部分に…（略）…それぞれがそれぞれのやり方で」精通している。自分自身は「わが人生の編年史」と名づける仕事に集中的に取り組んでいる。これらすべては間近に迫りつつある全集のためであるが、それについては「入念」に話し合わなければならない。全集各巻の準備についても「入念」に考えている、とゲーテは同じ言葉を繰り返す。こうしたことをあなたにお見せし、説明したい、「なぜならこの試みの遠大な意義は言葉では表せませんので」。コッタにはその意義が認識できていなかった。あるいは見て見ぬふりをしたのかもしれない。コッタが最後にゲーテを訪問したのは一八二三年五月十五日、ライプツィヒからの帰途のことであった。そのときの話題は海賊版問題で、新しい全集については何も話し合われなかった。しかしいま、ゲーテは訪問を迫っていた。だがコッタにはその決心がつかない。彼は最新の蒸気機関の導入による印刷所の近代化について交渉するため、アウクスブルクに旅立ち、引き続きバーデン＝バーデンに湯治滞在し、さらにボーデン湖に赴いてやはり財政的に関わっていた蒸気船運行について協議する。八月二十六日から三十日にかけては、オランダ人による蒸気船を使ったロッテルダムからマインツに至るライン下りに参加している。ボーデン湖の蒸気船を最新型の船と比較するのがその目的であった。一八二四年六月十四日、コッタは「領邦議会の仕事のごたごた」のなかから、かなりそそくさとした返事を書いている。もう少し暇になればと願っております、「ヴァイマルはそれほど遠くありませんので、必要なときはお立ち寄りして、直接打ち合わせをすることもできるでしょう」。コッタは状況判断を誤っていた。「立ち寄る」以上の行動が必要なことを感じ取っていなければならなかったのである。結局、訪問も話し合いも実現しなかった。ゲーテは明らかに感情を害した。両者に深いわだかまりをもたらすことになる、ゲーテ＝シラー往復書簡の編集について最初のやり取りが行なわれたのもこの時期である。なぜヴァイマルに来てほしいというゲーテの希望にコッタが従わなかったのかは理解に苦しむところだ。手紙のなかで、他のさまざまな経済活動に触れなかったのは無理もない。出版以外の仕事をどの程度引き受けているのか、ゲーテに打ち明けるわけにはいかなかったのである。かくしてゲーテとしては、コッタにはこの重要な時期に、期待していた共同作業を引き受ける気がないのだと判断せざるをえなかった。

コッタは激しい情熱と、企業家的な、先見の明のある鋭い洞察力をもって経済活動に没頭していた。印刷工場を建て、最新型の輪転機を備え、製紙工場を設立、もしくはその経営に関与し、ハイルブロン近郊のヒペルホーフ農場や、ドッターハウゼンに農場の中心地があるプレッテンベルク領など広大な農地を買い取った。コッタはこれらの土地を所有していただけではなく、経済的に効率よく、近代的に管理していた。彼はヴュルテンベルク王国で農民の農奴制を廃止した最初の人物であり、国内のユダヤ人の地位の平等のために闘った。バーデン＝バーデンでは修道院の建物を買い取り、それを温泉旅館「バーディッシャー・ホーフ」に改築し、最新の入浴設備を取り付けた。気球や蒸気船の運行の発展に、財政的に関わっており、ヴュルテンベルク王国貯蓄銀行の共同設立者のひとりで、その頭取だった。ヴュルテンベルク王国の将来の財務大臣と見なされることもあった。とはいえコッタは書籍業の問題にも取り組み続けた。例えば一八一五年のウィーン会議ではカール・ベルトゥーフとともに著作権・出版権保護のための請願書を提出している。だが次第に大きな比重を占めるようになったのは政治活動である。一八一五年、コッタは最初の身分制憲法制定者会議にさいし、ベープリンゲン地区の議員になり、ヴュルテンベルク王国の新しい憲法をめぐって尽力する（憲法成立は一八一九年）。一八一六年には公の場所に貼り出された政治的弾劾文によって非難され、暗殺未遂事件が起きている。その後彼は六年の任期で領邦議会の下院議員になり、ゲーテとの関係がいちばんこじれていた時期に当たる一八二五年には改めてヴュルテンベルク領邦議会の議員に選ばれている。同年十二月九日には領邦議会下院の副議長になった。このようにコッタはこの頃、出版の仕事よりも経済的活動や政治的野心に精力を費やしていた。出版者としては危険な態度である。そしてじっさい、コッタは由々しい結果を迎えることになるのだ。

ゲーテはコッタの関心の変化を感じ取り、方針を改めて、「最重要の仕事」の保護を自分の手で行なおうと決意した。つまり自分の全集を海賊版から守るために、法的特権を手に入れようとしたのである。そのような方法でしか本文の伝承は最終的に保障されないことが、ゲーテには長年の経験からわかっていた。保護をうけた出版物は出版市場において独占権をもち、価値が高く、著者は多額の収入を期待できた。ゲーテはこの重大な計画を最初に、一八二五年四月四日の手紙でコッタに知らせた。「まもなく高貴なる連邦議会と合意することで、私の新たな全集の刊行に対して、議員の方々が全員一致で特権を認めてくださるかもしれません。」ゲーテはこのときの短い手紙を二回口述筆記させ、訂正を加えた。報告は誤解の余地のないように伝えられなければならなかった。だが法律家でもあったゲーテは、この請願が連邦議会をすんなり通過するとは思っていなかっただろう。こうした特権の意義をよく心得ていたコッタはすぐに返事をした。「これほど名誉ある、私の出版者としての経歴の掉尾を飾る企画を、あなたのご希望どおり実行する」ために私は「出版者としてあらゆることをいたします」。出版特権に関しては「早急に必要な手続きをなさるよう」ゲーテに助言している。そしてゲーテは行動を開始した。

ゲーテの出願の動機は明白である。多額の費用を注ぎ込み、協働スタッフたちと力を尽くしてゲーテは新しい全集を作ろうとしていた。自分で原典と定めた本文を望みどおりの形式で、決めたとおりの配列で世に送ろうという全集である。その本文が海賊版化され、場合によっては新たな誤植を含んだまま流布する可能性は阻止しなければならなかった。これまでは海賊版の誤植が外国の翻訳出版でもそのままになっていたので、今後はこの本文をすべての翻訳の原典にする。この出版特権は出版物を画期的な方法で保護し、独占権をもたらすであろう。出版者の利益にもつながり、それゆえ著者は「自分と家族のために」より高額の報酬を要求できる。ゲーテはそう考えたのだ。さらに三番目の重要な動機も、控えめながら論じられることになる。ある作家の作品にそのような保護が認められれば、他の作家たちにも認められる可能性があり、それはのちに実現したような一般的な著作権・出版権につながるかもしれない、ということだ。

ゲーテはプロイセンの国務大臣で、フランクフルトで行なわれる連邦議会の公使でもあったカール・フリードリヒ・フォン・ナーグラーと面識があった。両者はお互いに、大臣・文人として認め合っていた。ナーグラーに対してゲーテは、連邦議会による出版特権を請願するという計画を打ち明けた。ナーグラーはこの計画を了承し、実現可能と見てゲーテに個人的支持とプロイセンの支持を約束した。一八二四年十一月二日、ゲーテは最初の請願書を起草し、ナーグラーに送った。そのなかでゲーテは国内外の現代文学に占める自分の地位に触れ、作品を一部歪曲してしまう海賊版による絶え間ない損害を訴え、さらに、かなりあからさまに、自分の著作が「現行の、そしてまた望みうるあらゆる良俗」に反していないことに注意を促している。[32] しかしこの最初の請願書でゲーテは重大な勘違いをしていた。というのもかつての皇帝や諸侯の管轄をいま、連邦議会が引き継いだと明らかに信じていたからだ。「けれどもいまや全ドイツの主権の連合であるこの高貴なる連邦議会が、かつてはその指示や決定が個々の手にゆだねられていた事柄を、全体として定めるべきなのではないでしょうか。[33]」けれども連邦議会にその権限はなかった。ゲーテはナーグラーにその請願書を内密に扱い、まず実現可能であるかどうかを調べてほしいと頼んだ。ナーグラーは上役の外務大臣ベルンストルフ伯爵と話し合った。伯爵は一八一九年カールスバートでゲーテと知り合い、ゲーテの作品をやはり評価していたのである。両者の意見は一致した。連邦議会にはこのような特権を認める権限はないが、もしかすると議員たちがこの「ドイツ精神の英雄」の請願をきっかけに特例をつくるかもしれない、と考えたのである。ナーグラーはウィーンにはたらきかけようと、この問題に関するプロイセンの外交文書をメッテルニヒに手渡した。「フォン・ゲーテ氏によってここに提出された申請書に鑑みれば、ドイツ文学に関する同氏の卓越した功績を考慮して例外的に無料で特権を授与することが決議されるべきである」(34)。メッテルニヒは協力する意向を示したので、これでプロイセンとオーストリアを味方につけることができ、ゲーテの請願には最良の条件が整った。請願書の日付は一八二五年一月十一日となっている。


高貴なる連邦議会よ！

かくのごとき気高き場所から全体を見渡すことが、個々の事柄を好意的にご覧くださることと矛盾しないということを前提に、私はあえて以下に述べる事柄を高貴なる連邦議会に提出させていただく次第です。

一八一五年にシュトゥットガルトのJ・G・コッタ社と結んだ、当時の私の文学的・美学的著作に関する向こう七年間の契約が、時がたつにつれ終了したとき、私はさらに大規模な全集の計画を考えていたのでした。それは以前の全集二〇巻のみならず、その後個々に出版された作品、さらに未発表の多くの原稿を含む予定のものでした。そしてまた、文学・美学的著作の次には歴史的・批評的・芸術的論文が続き、最後に自然科学に関するものを持ってこようと思っていたのです。

当然、そのように概観するうちに、生涯のさまざまな労苦が目に浮かび、これほど多岐にわたる仕事に対して、それにふさわしい利益と報酬を得たいという願望が抗いがたく生じたのです。そのような利益と報酬にドイツの作家はたいていの場合、与ることができないのです。

しかしながら、公に認められた知的所有権を個々の著作のために守る手だては、すでに書籍印刷技術の発明後まもなくして出現していたのでした。諸法律が不十分な状況下、それは個々に出版特権の請願を行なうことでした。十六世紀初頭にあっては皇帝の保護状が十分な保障となっていたのです。王や諸侯もやはり保護状を授与し、そしてこの状態がごく近年まで続いてきました。

けれどももはや現代においては、全ドイツの主権の連合であるこの高貴なる連邦議会が、それまでその指示や決定が個々の手にゆだねられていた、そしていまもそのままになっている事柄を統一して履行すべきではないでしょうか。そしてそのような行為により、ドイツの文学と精神教養を重視することを、はっきりと力強く示すべきなのではないでしょうか。

それゆえ、かくも長いあいだ祖国で働き、現行の、そして望みうるいかなる良俗にも反していない、その純粋な活動が具眼の士には明らかなひとりの作家が、権限をおもちの方々の連合に請願するとき、彼はあまりにも思い上がった希望を口にしていることになるでありましょうか。自身と家族のために自費出版ができるようお願いすることが。もしくは出版者にその精神的生産物から商業的な利益を生み出す権利を譲渡する場合は、その出版者にも法的保護が与えられるようお願いすることが。

しかしながら私はいささかの己惚れもなく次のように申し上げることができます。この長い人生で、気高き君主たちが——そのうちの最も好意溢れる方々は運命の好意により幸いにも実り多き健康を保っておられるのですが——このうえないご好意を何度も示してくださり、私をひいきにし、顕彰してくださったこと。それゆえおそらくこの至高の場所で、皆様が老いた忠実な崇拝者・僕《しもべ》をおおむね好意的にご覧になってくださるであろうと期待できること。そのさい私はまた、いとやんごとなき各省庁ならびに連邦議会公使の方々の定評あるご協力を、はばかりながらお願い申し上げたいのです。

私の試みにそのような期待がもてることに勇気づけられ、ここに以下のお願いをうやうやしく述べさせていただきます。

高貴なる連邦議会の決議により、私の作品の新たな全集に出版特権が付与され、ドイツの全連邦国において海賊版からの保護が保障されること、そのさい、没収その他の刑罰を指示し、それが海賊版という犯罪行為に対して将来なされるであろう普遍的な連邦決議によってさらに確立されること、またこの点についてはすべてのドイツ連邦国から法律の適用をうけ、個々の政府に申請すれば、特別な出版特権が無料で私に付与されると確約されること。

最後に、私にとってかくも重要な、またドイツ文学全体にとって意義ある一件に関し、高貴なる連邦議会が寛大なご意見とご好意溢れる結論に達してくださるよういまいちど、衷心よりお願い申し上げることをお許しいただきたいと思います。

ヴァイマル、一八二五年一月十一日。(35)

いまやゲーテのこの大胆な企ては公の知るところとなった。だが大方の予想に反し、ゲーテはけっして賛意を表されただけではなく、むしろ逆に、ゲーテが請願書のなかであまりにも高い自己評価をしているとして、批判や非難を加える者の数は増えていった。ゲーテの友人のなかにさえ、経済的利益の執拗な追求に不快感を示す者がいた。物質的目標を強調することは、大家の肖像にはふさわしくないと思われたのである。その例としてヨハン・ディーデリヒ・グリースを挙げておこう。ゲーテに高く評価されていた人物で、イェーナの宮廷顧問官、ゲーテが何度も取り組んだスペイン・イタリア文学の翻訳者でもあった。そのカルデロンの翻訳はゲーテによって引用されている。グリースは一八二六年十一月十一日に、友人でかつてシラーの息子の家庭教師を務めた、オスナーブリュックの学校長ベルンハルト・ルドルフ・アーベケンに手紙を書いている。ゲーテの崇拝者でゲーテからも一目置かれていた人物である。「この初夏にゲーテ家に長期間滞在していたボアスレーが、ゲーテは三九の連邦国家すべての出版特権を新しい全集に印刷させるという気違い沙汰を思いついた、と語っていました。ボアスレーはこの無茶苦茶な考えを思いとどまらせようと、全力を尽くしましたが、無駄でした。ゲーテの決意は固かったそうです。周りでおべっかを使うリーマーやエッカーマンらの一味がゲーテをさらに焚きつけているのです……（略）……心弱い老人をこのような不名誉な行動に誘惑したのはこの連中です。彼らの責任は重いでしょう[36]。」

ゲーテの協力者たちが出版特権の請願を強く勧めたというグリースの説が間違っていることはまえに述べたとおりだが、しかしひとたびこのような噂が世間に広まると、それはなかなか消えなかった。だがゲーテの行動を不審に思ったのは友人たちだけではない。連邦議会のヴュルテンベルク公使フォン・トロットはゲーテの作品に感嘆していたものの、本国政府に宛てた報告書のなかで、ゲーテは経済的利益のために「連邦議会」の「秩序に例外」を求めた、これはこの偉大な詩人の汚点であると言わざるをえない、として遺憾の意を表明した。そしてフォン・トロットはゲーテの請願をはっきりと拒絶している。「この点につきフォン・ゲーテ氏は、連邦による単一の特権が批判にさらされていること、目標を達成するには個々の政府からの特別な特権が必要であることを自分で感じ取ったようです。それゆえこの請願は虚栄と、自尊心をくすぐる特例によって一挙に、面倒な手間暇をかけずに目標を達成したいという期待からなされたものだという意見に傾かざるをえません[37]。」

ゲーテのたっての要望には、しかし徹底的な論議が重ねられ、その結果、連邦議会には不法な海賊版を制裁によって禁ずる中心的な権力はないこと、その憲法によれば議会は連邦加盟国の内政に影響を及ぼすことはできないこと、議会が個々の活動団体を阻止することは不可能であることが明らかになった[38]。とはいえ、公使たちは功績ある詩人の請願を却下して恥をかかせたり、その要望を厳格に拒否してしまうこと

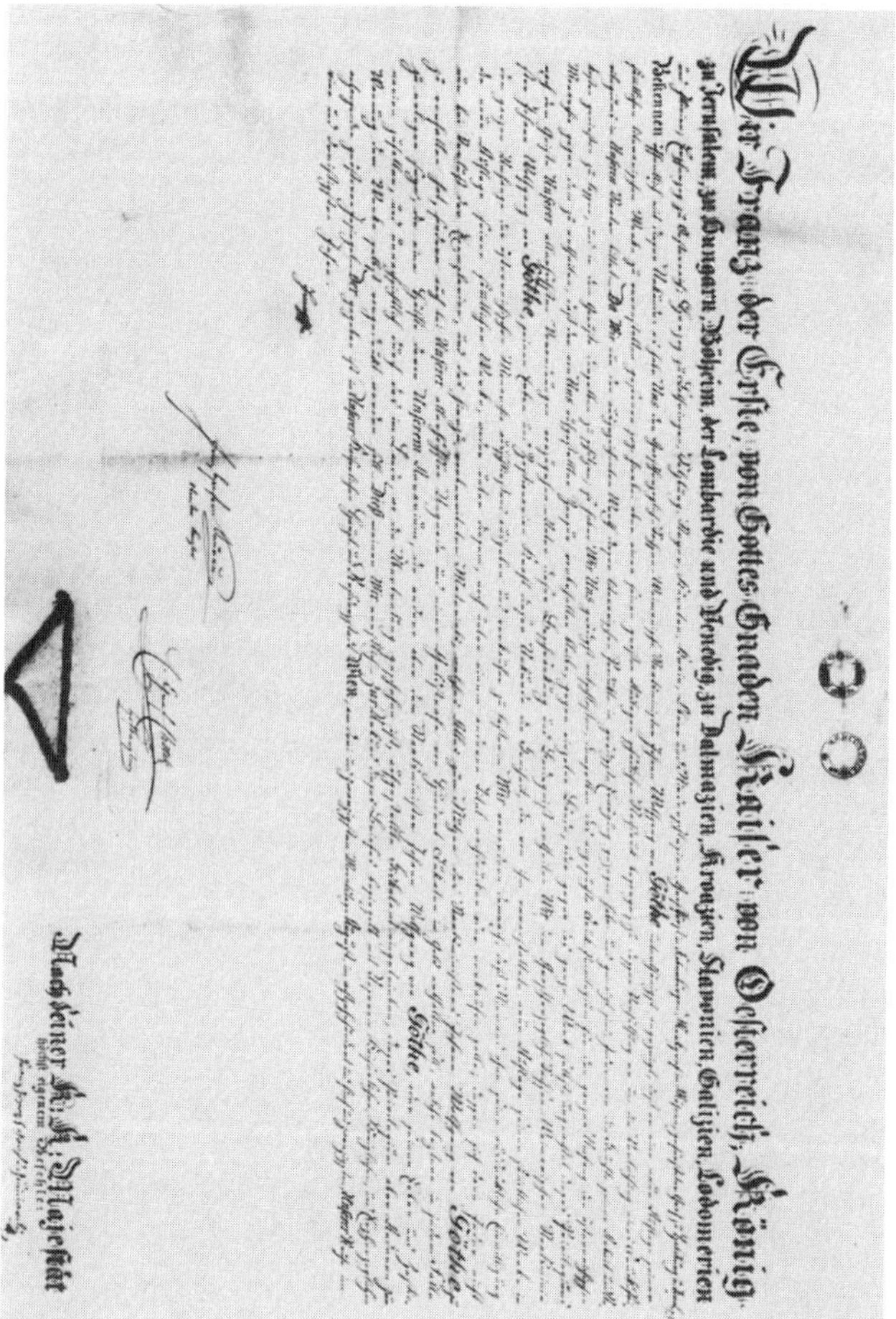
Wir Franz der Erste, von Gottes Gnaden Kaiser von Oesterreich; König
zu Jerusalem, zu Hungarn, Böheim, der Lombardie und Venedig, zu Dalmazien, Croazien, Slavonien, Galizien, Lodomerien
Nach Seiner k. k. Majestät

図56　ゲーテの『決定版全集』のためのオーストリアの出版特権．1825年，
ヴァイマル古典財団所蔵．

は避けたかった。それゆえ彼らは一八二五年七月に各自の政府に問い合わせ、驚嘆すべきことには、早くも翌月中には承諾が与えられはじめたのである。連邦議会は憲法上の理由から請願を受け容れることはできないとゲーテ本人が知るよりもさきに、一八二五年七月十五日、ザクセンの出版特権が最初にゲーテのもとに届いた。これでゲーテにも連邦議会ではなく、各政府の承認が必要なことが明らかになったのである。かくしてゲーテは三九カ国それぞれに問い合わせをするかどうかの決断を迫られた。だが三九を数えるドイツ連邦国と自由都市のうち三七政府まではゲーテに改めて請願を求めなかった。バイエルン王国とヴュルテンベルク王国だけが引き続き態度を保留した。カール・アウグスト大公はミュンヘンとシュトゥットガルトにはたらきかけ、そのあとからゲーテは両政府に改めて請願書を提出し、ようやく承認されたのである。もっともヴュルテンベルク王国は版権保護を一二年間しか認めなかった。一八二五年の暮れにはすべての連邦国家の許可書が出そろった。出版特権の期限はさまざまだった。ゲーテの望みどおり、保護期間が五〇年に及ぶものもあれば、無期限有効のものすらあった。なかでもオーストリアとプロイセンによる出版特権許可は華々しい出来事であった。一八二五年八月二十三日、皇帝フランツ一世はオーストリアの出版特権書類に署名した。この出版特権はゲーテの希望したとおりのものであった。書類そのものもゲーテの気に入った。ナーグラーの記録によれば、金のカプセルに入った印章のついた羊皮紙の書類であった。ナーグラーはプロイセンの書類がこれに見劣りするような形式で送付されることのないよう、大臣に連絡しているのである。メッテルニヒはゲーテに、結果に満足している旨、書き送っている。ただし同じ手紙で、オーストリアが克服しなければならない特殊な障害についても述べている。オーストリアの支配下にはハンガリー、ガリシア、クロアチア、ロンバルディアなど、地理的には本国よりも広く、やはり出版保護地域に組み込まなければならない、非ドイツ語圏があったからである。

一八二六年一月二十三日付プロイセンからの出版特権はゲーテに最も大きな喜びをもたらした。この特権獲得には長い時間がかかった。前年暮れに四つの帝国自由都市ブレーメン、フランクフルト、ハンブルク、リューベックの出版特権が最後に到着してから、ゲーテは十二月、宰相ミュラーにプロイセン政府にはたらきかけるよう依頼した。さらにゲーテはナーグラーにオーストリアの出版特権を見せ、出版特権に関する特別な希望を直筆でまとめたものを渡した。ナーグラーはそれをプロイセン政府に仲介し、彼のほうからも特権は少なくても五〇年間、もしくは無期限有効にしてほしいとつけ加えた。一八二六年一月二十三日フリードリヒ・ヴィルヘルム三世は書類にサインした。ゲーテのたっての望みにより、この出版特権は「プロイセン王国法大全」（一八二六年四月二十一日）に収められて出版された。ゲーテの勝利である。特権はまさに希望どおりで、保護期間は無期限、その対象は著者本人と相続人に及び、海賊版には刑罰が定められたので、出版者も保護されることになった。「私はあなたの祖国にお礼を言わなければなりません。」フレーベによればゲーテはベルリンからの訪問客に向かってこう言ったという。「私の所有物、すなわち全集の出版を保護してくださったことに対して。」[39] そしてゲーテは自らこのプロイセンの特権は「最高の勲章」であると書き残している。[40]

ゲーテはこの重大な懸案で目標を達成した。けれどもまた、一連の出来事により、すっかり疲弊してしまった。一八二五年十二月二十六日には友人カール・フリードリヒ・ラインハルト伯（一八〇七年、カールスバートでゲーテと知り合い、ゲーテをボアスレー兄弟に紹介した人物でもある）に次のように書いている。「ほとんど外出していません。部屋からもめったに出ません。この一年間というもの、特権請願沙汰で私はまったく息をつく暇もありませんでした。でもそれも片づいたも同然です。連邦諸国のあいだで成し遂げなければならなかったようなことはもうたくさんです…（略）…全集の出版者も決まりそうですので、来年には待ち望んだ仕事に着手することができるでしょう[41]。」

すべての国から出版特権を得、『決定版全集』の企画はようやくゲーテが思い描いていたとおりのものになった。だが結局のところ屈辱的に感じられたかもしれない、不快な請願沙汰を経験したこの年、ゲーテは多くのことを学んだ。出版特権を論ずるときには、ゲーテは自作の保護よりも、他の作家にもたらされた利益のほうに主眼を置くようになったのである。連邦議会への請願に関しては憲法上の理由からゲーテは成功を収めることはできなかったが、議員たちはゲーテの功績を認めて、結局それぞれの国の許可が得られるよう手はずを整えた。その成り行きの気まずさを、ゲーテはいかにも彼らしいやり方で処理した。厳密な法的見地からすれば、『決定版全集』には各国の出版特権が一つ一つ記載されなければならないはずである。だがそれはゲーテの本意ではなかった。ゲーテは連邦議会による出版特権という最初の構想が記録に残ることを望み、そして事実上、現行の法制度を無視したのである。全集のとびらに法的に見て完全に間違いとも完全に正しいとも言い切れない、次のような言葉が燦然と輝いているのはそのためだ。「高貴なるドイツ連邦の出版特権をうけて」。かくして、この全集はゲーテと息子のアウグストが一八二五年十一月のコッタ宛の手紙で「掛け値なしの国民的行事」と名づけたにふさわしい意義を獲得したのである。

四　まるで競売の観あり
――三六人の出版者がコッタを押しのけようとする

『決定版全集』が出版特権を得たというニュースはたちまち出版者たちのあいだに広まり、一八二五年のライプツィヒ復活祭書籍見本市に一大センセーションを巻き起こした。事情通にとってはゲーテの新しい完全な決定版全集とその特権許可が出版社にとっておよそ何を意味していたかは明らかであったにちがいない。「国民的行事」「国民的記念碑」――コッタの一八二五年十月七日付のゲーテ宛の手紙の表現である――はその空前絶後の独占的地位によりこの上ない威信をもつだけではなく、とりもなおさず大きな出版事業であったにちがいない。ゲーテ自身がそう考えており、それなりの報酬をうけ、「最終的収益」によって自分と息子と孫の生活が何年間も保障されることを望んでいた。そのためゲーテはライプツィヒその他から次々と届く出版申し込みを平然と受け付けた。コッタとは全集の件でまだ文通を続け、その関係を清算してしまおうと考えていたわけではないにしろ、コッタに関して感情を害するに十分な理由はいくつもあった。ウィーンの海賊版全集はしこりとなった。その報酬がいまだに支払われていないという報告をゲーテはうけたのである。それに加え、コッタが訪問に同意せず、全集の件に関してもためらいがちに、「煮え切らない」返事をしていたことがゲーテを怒らせた。そこでゲーテはさもなければそれほどよくは見なかったであろう出版申込書をじっくりと検討し、決断に時間をかけた。できるだけ多額の報酬を支払わせるために、ゲーテが出版者を競合させ、交渉を故意に長引かせているというフランクフルトの出版者、ファレントラップの推測を裏づけるものは手紙のやり取りのなかには見いだせない[42]（すでに述べたように ヴァレントラップは、自身の証言によれば、かつて『若きヴェルターの悩み』の出版を断っていた。それゆえ本が成功したいまとなっては、苦々しく思っていたとしても不思議はないかもしれない）。フレーベの言うように、ゲーテとコッタの不和が公の知るところとなり、ゲーテは公然と「彼の生涯の仕事の総決算を他の出版社に任せ」ようとを考えていた、という推測も証拠を欠いている。コッタとの関係が基本的には揺るぎなかったことや、その「確固たる関係」を知っていたのはごく限られた人々だけだったのだ。それに新版全集という事実とその特権許可は、それだけで出版者たちの大きな公的関心をひくに十分であっただろう。

一八二五年四月四日、ゲーテはコッタに「近日中に」出版特権について合意がまとまるだろうと伝えている。ゲーテは自分の出版者を次のように励ましている。「この重要な、まさに唯一無二の機会に、助言と助力によって、あなたほど私の力になってくれる人物はいません。それゆえいま、差し当たってご報告しておく次第です。どうぞ引き受けていただけた場合の仕事の進め方についてあなたの卓見を伝えてくださいますよう。またそれとともに長年の幸福な関係をいまいちど新たにし、その掉尾を飾ってくださいますよう。昔変わらぬ信頼と新たな希望をこめて、署名させていただきます。」

コッタはすぐに「いかなる準備も整っております」とゲーテに受け合っているが、またしてもヴァイマルには赴かず、ボーデン湖に出かけて、その後蒸気船でライン川を旅している。五月七日、コッタはゲーテに「二週間後に友人のボアスレーと数週間の予定でパリに旅行する」つもりであると伝えている。コッタはゲーテの前回の手紙の内容をボアスレーに教えた。ボアスレーはゲーテが他の出版者からの申し込みを受けていることを知っており、それをコッタに報せた。パリへの旅行は二カ月間の予定であったので、ヴァイマルでくだされる決定のことを考えればコッタはあまり心穏やかではなかっただろう。そこで彼は、ゲーテにいまいちどはっきりとした返事をさせてほしいとボアスレーに頼んだ。ボアスレーは言われたとおり、一八二五年五月十四日ゲーテに手紙を書いた。「このあいだのお手紙はちょうどコッタがボーデン湖から帰宅したときに到着しました。私はあなたのお気持ちを考えて、コッタとの会話のついでに、重大な出版申し込みが何通かあなたのところに届いている旨伝えなければならないと思いました――これに対するコッタの返事は、望むところだ、これで基準ができる、他の者が自信をもって実現できると考えている提案ならば、それ以上のことをしてみせよう、というものでした。ついでながら、彼はあなたの計画がまだわからず、全集がどのくらいの規模になり、版権をどれだけの期間任せてくれるのか不明だ、と申しておりました。この大切な件でヴァイマルを訪問する準備はできており、ただ目下のところは緊急の商用があるので不可能であることはあなたに手紙で伝えてあるとも申しておりました。さらに、もし自分がヴァイマルを訪問するまで待ちきれないというのであれば、少なくともとりあえずの意見が伝えられるよう、あなたの計画とその他の詳細を教えていただきたい、とのことでした。」ボアスレーの手紙が届くとすぐ、ゲーテは一八二五年五月二十日の返信で、コッタの要望どおり全集の説明をした。ゲーテはコッタがパリに発つまえに返事が欲しかったので、その口調は早口で切迫していた。手紙には予定されている全集四〇巻の正確で詳細な内容目録が同封されていた。「疑問の余地のないよう、多少の説明も加えておきました。」「ですから速やかにはっきりとしたご返事がいただけるものと期待しております。」その手紙――抜き差しならない場合の常で、簡潔で、有無を言わせぬ、的確な手紙――には二通の下書きが残されているが、最終稿ではゲーテはさらに突っ込んだことを書いた。とりわけ次の箇所。コッタはゲーテがいかに感情を害していたか悟らざるをえなかったにちがいない。ゲーテはすぐにも聞きたかった「決定的」な返事を文書で求め、コッタのヴァイマル訪問を自分のほうから断っている。「お返事をいただくため、以下のことをつけ加えておきます。版権は一二年間譲渡いたします。ただしできるだけ速やかな印刷・操業をその条件とします。ライプツィヒから届くかなりの数の出版申し込みにはすぐ返事をしなければならないので、あなたが私と家族の者に認めることのできる金額を率直に言ってください。それが私の作家人生の総決算です。よく考えてみれば、この重要事項も、その他のことも直接会ってお話しする必要はないわけです。ですから、いま述べた理由から、パリに発つまえに、私がどうすべきかについて早急にお返事くださいますようよろしくお願いする次第です。」この手紙はヨーンの筆跡で書かれており、ゲーテは直筆で「敬具」という挨拶と署名を書き加えている。

この日、一八二五年五月二十日には同じ件でさらに二通の手紙が書かれている。一通はゲーテ自身のもの、もう一通はカール・アウグスト・ベッティガーのものだ。ゲーテはコッタとの橋渡し役であったボアスレー宛にこう書いている。ボアスレーの要請に従って、さっそく全集四〇巻の内容一覧を書き送りました、コッタはもはやためらっている場合ではない、私は「決定的な、最初で最後の申し込み」を期待しているのです——この手紙は重要である。ゲーテはコッタからの申し込みを求めた同じ日に、内心ではコッタとの「確固たる関係」を必要とあらば破棄する準備があったのである。

正直に本音を申し上げます。ここだけの話です。私の新しい全集の件で、私はもう二年前にコッタ氏に申し込みをしました。彼はこの件を後回しにしていましたが、私のほうでも全集のためにまだいろいろとやらなければならないことがあったので、我慢していたのです。コッタのこのあいだの手紙が私の意向に沿っているのを見たときは、ですから、これまでのことは水に流しました。この仕事の見積もりをするのがどんなに簡単かは、詳しい予備知識もないのにライプツィヒの書籍見本市から重要な出版申し込みが相次いでいるのを見てもわかります。そしてこれらの申し込みのせいで、コッタと直接会って話をする必要も生じたのでした。

どんな大きな事業でも一目で見抜くコッタ氏は、この目下の全集の企画を誰よりもよく見積もることができます。もう何年もまえから、個々の事情に精通しているのですから。けれども私はあなたの示唆したとおり、詳細な計画表を送り、その返事として、最初で最後の決定的な申し出を待ち望んでいるのです。要するにこの全集計画の著者にどれだけの金額が支払われるのかということです。私は彼がこの点につきできるだけ早く決断をくだしてほしいと思わずにはいられません。というのも、内密に取り扱うと約束した、これまでの出版申し込みに、近日中に承諾か否かの返事をしなければならないからです。

考えて見てください。すでにしっかりと根づいていた関係を断ち切らなければならないとなれば、どれほど私が苦しむことか。しかし私のような、いつどうなるかもしれない高齢の者は、即断が迫られているのです。あなたは私とコッタの双方をあらゆる意味でよくご存知です。ですからこの件につき、親身になってお考えくださいますよう。(43)

ボアスレーはこの言葉に従って、コッタを説得しようと努めた。そしてコッタのほうでもゲーテの手紙にはすぐに返事をしなければならなかった。その後、やはり五月二十日に書かれたベッティガーからの手紙を受け取ったからである。ベッティガーがいかがわしい人物であることはすでに述べた。一八一七年以来、彼はコッタと親密な関係にあった。コッタはこのとき、古い貴族の家柄であったコッタ家と自分を結びつけようとし、社交界のありとあらゆる波にもまれたベッティガーがザクセンのコッタ家とのつながりを証明してやることになったのである。このコッタ家の系図はローラーがコッタ社の社史で明らかにしたように、古代ローマ皇帝ネロ、さらには双子のロムルス、レムスにまで遡っていた。ベッティガーの尽力はじっさい功を奏した。一八一七年十一月二十四日、コッタはヴュルテンベルク王から貴族に列せられ、コッタ・フォン・コッテンドルフ男爵となったのである。[44] 一八二一年に引退してからというもの、ベッティガーはヴァイマルでコッタの社交界用のアンテナ役を果たし、コッタの新聞のためにゴシップやスキャンダルなど、いずれにしても不謹慎な話題を広めた。そのため、ベッティガーの厚かましい性格もあいまって、ゲーテとの論争が生じている。ベッティガーはライプツィヒとヴァイマルの最新の動向に通じており、コッタにそれを伝えた。「ライプツィヒでは連邦議会の特権をうけた、年代順によるゲーテの決定版全集の企画が大きな話題になっております。多くの書籍商がゲーテに出版申し込みをしています。ゲーテは断らずに、そのすべてに丁寧に返事を書いております。最近ではあなたが四万ターラーの資金の提供を申し出たという噂が広まりました。けれどもゲーテは相続人のために長期的な印税を切望しているとのことです。どうなることやら。」

コッタはすぐに行動した。事態が深刻なことを認識したのである。彼はパリに発つ二日前に「取り急ぎご返事」する必要に迫られた。

前回のわれわれの契約によれば、私には、条件が同じ場合は、他の出版者に対する優先権が認められていますので、最高額の出版申し込みに匹敵する額でお引き受けすると申し上げるだけでも良いのかもしれませんが、それでは私の商売の流儀に反します。そこで私は次のように申し上げたい。全四〇巻のあなたの新全集への最高額の出版申し込みに、さらに一万ターラーを上乗せした報酬額を向こう一二年間で喜んでお支払いいたします――

印刷・操業を可能な限り速やかに行なうよう配慮するのは言うまでもございません。私が私たちの結びつきをどれほど貴重に思っているか、それを常日頃から示しているのと同じことでございます。一二年後、同じ条件で競合した場合には、他社に対する優先権がいただけるものと存じます――

明後日までにわれわれは出発しなければなりません。ご返事はパリの銀行家ラフィット氏とその商会宛に送ってくださるようお願いしてもよろしいでしょうか。

この手紙をどう判断するかは意見の分かれるところだろう。ヘルベルト・G・ゲプフェルトは「誇り高い、出版界の王者にふさわしい返事」という見方をしているが、私には同意できない。手紙の冒頭と末尾でコッタは法的見解を引き合いに出しているが、これは作家に対してはつねにマイナスの作用をもたらすものだ。作家はたいてい、出版に関して不安を抱いたり、契約条項に縛られることを嫌う。最高額の出版申し込みを一万ターラー上回る金額を「喜んで」お支払いしたいというもう一つの表現は私には不適切に思える。その代わりに他社の出版申し込みの内容をよく検討してみるべきだったのだ。コッタなら他社との版の質の違いをあえて問うこともできたであろう。なんといってもこれまでの、本の製作技術とアウクスブルクの校正スタッフの経験をゲーテに示唆できるのは大きな利点なのだから。私はこの「一万ターラー上回る」という申し出はむしろ後ろめたさの現れであり、誇張された鷹揚な態度であると思う。そうやって留守中の二カ月間の心配ごとを振り切ろうとしているのである。だが、ひょっとすると、これはコッタの意見によれば金が何より大事というアウグスト・フォン・ゲーテのためにとくに書いたことなのかもしれない。

ゲーテはパリには返事を出さず、沈黙を守った。七月三十日、旅行から帰ってきたコッタは、むしろ感情を害した調子で、次のように書いている。パリに返事をくださるようお願い申し上げ、日々この願いが実現するのを期待しておりました。「けれどもかの地においても、本日帰り着いた当地でも望みはかなえられておりません。あなたの沈黙が私をひどく苦しめているとつけ加えてもよろしいかと存じます。」フアルンハーゲンからお体の調子は良いとうかがっております、ですので「なぜ私の手紙にお返事がいただけないのか、その理由を考えあぐねております。あなたの健康状態のせいではないとわかっているのは安心ですが、私の態度にも思い当たるふしはございませんので、お返事がいただけないのはなんらかの支障がたまたま生じたからなのでしょう。」コッタには本当に理由がわからず、ゲーテが返事をしなかったのは「たまたま生じた支障」のせいだったのであろうか。コッタはここでゲーテが込み入った商談のさいには仲介者の助言と助力を強く求めていたのを思い出し、次のように言う。「私たちの経済的問題に暖かく、慎重に対処してくれた永遠の友シラーは残念ながらもう助けてはくれません。シラーの思い出とそれにまつわるすべてのこと、長い時間のなかでやさしく、美しく思い出に積み重なっていったすべてのことが、私を支持し、あらゆる誤解を解いてくれるにちがいありません。万が一なんらかの誤解が生じてしまったとしても。」そしてコッタはゲーテがはっきりと言葉に出して断ったことをつけ加えている。「もしお話なさりたいのでしたら、いまならいつでもあなたのもとにお伺いすることができます。」

ゲーテはこの問いかけをとりあえずは無視し、自分のほうから懸案を第三者の仲介に任せるよう提案する。「あらゆる意味においてかけがえのなかった友の不在を長年悲しんできただけに、私たち双方があれほどすぐれた、まだ若い男に出会い、わだかまりのない信頼関係を築いた幸福は語らずにはいられません。」このすぐれた、まだ若い男とはズルピーツ・ボアスレーであり、彼は多少ためらったあとで、この難しい役目を引き受けた。

だがこの数カ月間、とくにコッタがパリに滞在しているあいだに、ゲーテの側にはいろいろな変化が生じていた。その原因の一つはゲーテが息子のアウグストにどんどん「商売の」交渉をやらせるようになったことである。他方、ゲーテはコッタの態度に感情を害していたので、頭のなかでは他の出版社と契約を結ぶ可能性を検討せずにはいられなかった。復活祭書籍見本市のあとにゲーテのもとに届いた出版申し込みはそれだけの効果があったのだ。ゲーテは数々の交渉計画を進め、その一部は自分の名前で口述筆記させ、その他はアウグストに署名させた。

こうして検討が重ねられていくなか、自費出版もしかるべき考慮の対象となった。それはゲーテにとってまんざら経験のないことでもなかったのである。ドイツ連邦議会に宛てた請願書のなかでも、出版者を引き合いに出すのに先駆けて自家出版について述べている。今回新たに自費出版の提案をしたのはヴァイマルの宮廷書籍商、ヨハン・ヴィルヘルム・ホフマンであった。彼は一八〇二年に出版書店を受け継ぎ、ゲーテはその店をよく知っていた。一七八六年九月の日記にすでにそれについての記述が見られる。おそらくゲーテのところに最も多くの書籍を納品したのはこの出版書店であろう。のちにホフマンはむしろ息子のアウグストと親交を深め、コッタに対する鬱憤をぶちまけている。いわく、コッタは本の値段を釣り上げすぎる、コッタ社の本は粗悪（「無味乾燥で、つぶれていて、誤植だらけ」）だ、コッタはかつてウィーンの海賊版を使ってゲーテをないがしろにしたいかがわしい商売をした、等々。一八二五年四月二十五日付アウグスト宛の手紙では、出版特権の請願はコッタのアイデアにちがいありません、コッタは「巨額の資産にさらに屋上屋を重ねようと」したのです、と書いている。アウグストはその言葉を真にうけてしまいコッタの財産に何度も触れ、コッタは作家の収入を犠牲にして商売をしているという、コッタを妬む人々による推測を鸚鵡返しにした。コッタはとりわけシラーの著作の出版によって巨額の利益を目論んでいると噂され、ホフマンはその額を四〇万ターラーと見積もり、ゲーテ自身がそれだけの利益を実現してみてはいかがかと説得を試みたのである。けれどもゲーテはかつての自費出版の経験を忘れていなかったからであろう、この意見を受け容れなかった。その後ホフマンはさらに、通常の八つ折判とポケットブック版で三五万ターラーの利潤を上げるつもりだと申し出たが、ゲーテは手を出さなかった。書籍商としてのホフマンを高く買っていたことは確かだが、出版者としては未知数であり、四〇巻もの全集が製作という点でも、組織的な販売・宣伝という点でも一介の素人によって実現できるはずはなかった。

ヴァイマルのゲーテ＝シラー文書館では、ゲーテの出版関連書類のなかの「書籍業者からの出版申し込み」の書類の束をぜひとも見ておくべきだろう。書記か秘書の手によって配置されたものではあろうが、しかし、書類はゲーテがおそらくそれを手にとって読んだ順番のままになっている。全部で三六通の出版申し込みが届いていた。ゲーテが強く心を動かされていたことは容易に想像できる。しかしまた、それによってあらゆる交渉が予想よりもずっと難しくなり、その数カ月間というもの、ゲーテは決定に悩んだことであろう。ドロテーア・クーンとヴァルトラウト・ハーゲンはこの「書籍商からの出版申し込み」を分析し、要約している。それによるとゲーテはブロックハウス兄弟商会とは自分で直々に交渉し、最も大きなチャンスを認めている。ブレスラウのヨーゼフ・マックスやベルリンの出版書籍商ゲオルク・アンドレアス・ライマーとも事前に交渉をしていた。コッタ宛の五月二十日付の手紙を出した直後、ゲーテのもとには九通の申し込みが届いていた。その年の暮れにはさらに一三通、それ以外の申し込みは一八二六年初頭に到着した。クーンとハーゲンは報酬の金額順に出版者名を列挙している。

ハーン（ハノーファー、他の出版社と共同出資）　一一万八千ターラー
ハイアー（ギーセン）　八万五千ターラー
シュレジンガー（ベルリン）　六万ターラー
ブロックハウス兄弟商会　五万ターラー、のちに七万ターラーに増額
マックス（ブレスラウ）　三万ターラー
ヘニングス（ゴータ）　三万ターラー
グライナー（グラーツ）　約一万七千ターラー

以下の出版者は報酬抜きの出版申し込みをしている。アルノルト（ドレスデン）、バウムゲルトナー（ライプツィヒ）、フライシャー（ライプツィヒ）、グレディッチュ（ライプツィヒ）、ヘルマン（フランクフルト）、レスケ（ダルムシュタット）、ライマー（ベルリン）、ザウアーレンダー（アーラウ）、ファレントラップ（フランクフルト）、ヴァリスハウサー（ウィーン）、ヴェーシェ（フランクフルト）。こうした出版者の競合とはある程度一線を画す形でゴータの『商人通信』紙の事務所が報酬二〇万ターラーで出版を申し出ている。『ゲーテ著作の印刷史のための資料と証言』にはこれらの出版申し込みとそれにもとづく交渉が記述され、注釈が付されている。

ゲーテはいったいどう思っていたのだろう。このような形で、世間の注目を浴びながら繰り広げられた事件は文学・出版史上、例がなかった。ゲーテにとっては自分の仕事、「総決算」ができるだけ原稿に忠実に伝えられることが重要であったにちがいない。国内外における作品の影響や、それにもとづくすべての本の出版、単行本や、アンソロジーや、翻訳や、発展してゆくゲーテ研究のますます多岐に及ぶ二次資

料など、すべてはこの全集に掛かっていることがゲーテにはわかっていた。のみならず「自分と家族」にとってのもう一つの「総決算」が全集次第であることも。そしてゲーテ自身が決断をくださなければならないのも明らかであった。息子のアウグストであれ、ゲーテ・スタッフのメンバーであれ、その肩代わりをすることはできないのであるから。ゲーテは確かに有利な立場にあった。書籍市場における自分の「価値」と世間的名声はもう証明済みであった。空前絶後の状況である――この状況を利用せずにおく手はない。フリーデンタールが三六の出版申し込みについて次のように結論しているのは、当を得ていると言えるだろう。「それはほとんど競売のようなものであった。ゲーテはこれを見て自分の影響力が広大な範囲に及ぶのを知り、満足したであろう。自ら作り上げた大ゲーテ帝国である。それはドイツ連邦よりも大きく、長持ちしたのである。」(45)

五 「ドイツ中がもっぱらの噂。あの恵まれたゲーテ全集を出版するのはコッタか？」

その後もゲーテとボアスレーとコッタのあいだで全集の交渉は続けられていたが、何度も問題が生じては停滞した。ゲーテは従者シュターデルマンをとおしてメンペルという作家の原稿を受け取っており、それを一八二四年七月二十一日、「ご高配のうえ、出版の可否を自由にご決断くださるよう」という言葉を添えてコッタに送った。腫瘍を患っていたコッタはこの言葉を額面どおりに受け取りしばらくは何もしなかったが、催促をうけてようやく腰を上げ、コッタ社には不適当だとして原稿を作者に送り返した。メンペルはシュターデルマンをとおしてゲーテに苦情を言い、ゲーテはコッタが自分の推薦をぞんざいに扱ったことに腹を立てた。ゲーテは作者にこう述べたそうである。「私の推薦があまり役に立たなかったのは残念だが、コッタ氏は［原稿を］あんなに長く手許にとめておくべきではなかった。」この原稿をめぐる議論は一八二五年の五月から七月まで尾を引いたが、ちょうどその頃コッタにはまったく別の問題が生ずる。すなわち『決定版全集』である。メンペルの原稿はその後、フライシャーが採用し、じっさいに出版された。ところがメンペルはのちに、原稿がコッタ社に不当に足止めを食ったという理由で、厚かましくもゲーテに賠償金を請求している。

ゲーテはときどき交渉に疲れ、息子のアウグストに肩代わりを願ったが、そのたびにアウグストが、どの出版社が全集に最良なのかをさほど考えず、誰が最も高額の報酬を支払うかだけを念頭においているのを思い知らなければならなかった。そして、このこともコッタの耳には入っていた。教えたのはかつてのイェーナの医務参事官で、のちにベルトゥーフの公国産業社の共同出資者となったルートヴィヒ・フリードリヒ・フロリープである。彼もやはりコッタにニュースを提供していた。フロリープは一八二五年七月二日にコッタに報告している。「あなたの刊行したシラーの著作の成功はG（訳注　ゲーテ）に、それも父親よりは息子のほうに、強い印象を与えたようです。Gの決定版全集の所有権を確保するために、連邦議会で審議が行なわれて以来、Gは主にこの全集のアイデアを練り、準備を進めています。」ゲーテの不満の原因はウィーン版全集とあなたの態度が煮え切らないことにあり、他方では他社の出版申し込みが続々と届いています。「父親Gの心は相変わらずあなたに傾いていますが、息子のほうはそれほどでもなく、この息子が——父親に最大の（決定的な！）影響を与えているのです…（略）…あなたもご存知のように、Gは満足しているとき、もしくは不満のある場合は、はっきりと言葉で言うよりも、ほのめかしや、身振りで表します。彼の心はまだあなたに傾いています。しかし――」
コッタは抱えきれないほど他の仕事を抱え、政治活動にも巻き込まれ、ゲーテの再三に及ぶ不信感に驚き、心を痛めていた。ひょっとすると、他の出版者との競争を余儀なくされたことで、その職業倫理を傷つけられていたのかもしれない。もう長いあいだ、ゲーテ作品の製作と普及の功績を自負してきたのであるから――コッタはためらっていた。それも取り返しがつかなくなるくらいに。だから、おそらくこの「彼の心はまだあなたに傾いています。しかし――」というフロリープの言葉が一八二五年八月二十七日に「計画と提案」としてまとめられた、コッタからの申し出のきっかけになったのであろう。

あらゆる海賊版から保護された、あなたの全集の報酬についてパリに発つまえに書いた手紙のなかで、私はどの出版者よりも一万ターラー多く支払うつもりだと申し出ましたが、それによって私は、私たちの関係がただ単に契約にもとづくものではなく、私がそれを何よりも貴重に思っていることを示したかったのです。他社の申し出ている金額が五万ターラーに達しましたので、私の支払額は六万ターラーになりました。あなたのご子息は一〇万ターラーまで金額を釣り上げようとのお考えでした。読者の反応によってはそれも、あるいはそれ以上の額も実現可能です――

私の提案は次のとおりです。六万ターラーを報酬の基本額と定め、予約講読者数が二万人を越えたら、その後一万人ごとにさらに二万ターラーずつお支払いしてゆくのです。ですから六万ターラーはまず無条件の固定額であり、もし三万人の予約購読者が現れた場合は八万ターラー、四万人なら一〇万ターラー、五万人なら一二万ターラー、という具合に私のほうから報酬をお支払いいたします。このような方法をとれば、報酬は読者数に応じて増えてゆきますが、かといってそれだけで決まってしまうわけではありません。予約期間は一年間に限定することができますから、やがてはっきりとした見通しも立つことでしょう――

販売価格はひじょうに安く押さえなければなりません。四〇巻でおよそ一四～一六ターラー、できるだけ多数の予約購読者を得るためです。

この計画はあなたのご子息の希望に沿うものであると自負してもよろしいかと存じます。以上が、あなたに対する変わらぬ崇敬の念と、かねてからの貴重な関係を細心の注意をはらって尊重し、また、今後もぜひそれを維持してゆきたいという気持ちの表れであることは、とにもかくにも保証いたします。

ゲーテはほっとしたのであろう、九月二日、この「説明」を受領したことを知らせ、それが今後の交渉の基礎になるように、と希望している。この手紙の署名にゲーテは「信頼を寄せて」と書き添えた。そしてさらに「わくわくするような喜びとともに目前に迫ったわれわれの記念日」の前夜に手紙をしたためました、とつけ加えている。

一八二五年九月三日、カール・アウグスト大公は治世五十周年を祝い、ゲーテもまた十一月七日のために準備をしていた。この日、少々早めにゲーテ自身の在職五十周年が祝われることになっていたのである(ゲーテは一七七六年六月十一日にヴァイマルの公職に就いた)。ゲーテは基本的にこの記念日の祝賀ムードのうちに、全集出版の懸案事項にもケリをつけたいと思っていた。ゲーテはボアスレーに「たぐい稀なる祭りを祝う町」について報告しつつ、次のように告白している。「あなたの仲介により、かつての貴重な関係の回復とかくも重大な商談の成立まで一緒に祝うことができ、私はここ数日まことに良い気分です。」

だがこの商談はまだ終わったわけではなかった。

ゲーテは商談成立を祝うつもりでいたのと同じ日に、息子のアウグストと話し、アウグストは契約原案をコッタに送ることになった。一八二五年九月十四日の日記には次のような記述が見られる。「息子とともにコッタに対する契約条項を起草。」[46]その翌日。「コッタに対する契約条項を口述筆記。」アウグストも九月十六日にコッタ宛に手紙を書いている。「同封のものをお届けしてもよいとの許可を父から貰い、長い歳月を乗り越えてきた父とあなたの関係の恩恵に、私や家族の者も与れるのがどれほど喜ばしいことであるか、この機会に述べさせていただきます。それが未来に向けてより深い意味を帯び、確実に運用されればされるほど、その価値は高まります。私がこの関係を完全に理解していることは、受け合ってもよろしいかと存じます。」

この「同封のもの」とはコッタの八月二十七日の提案を土台とした最初の契約案、および出版技術と出版特権に関する二通の書状である。契約案は「新しい」全集について一六項目に分けて述べている。全部で四〇巻となること、報酬（契約書にサインする段階での五千ターラーを含め、まず六万ターラーが支払われる。最終契約書では本が一万部売れるごとにゲーテが二万ターラーずつ受け取ることになった）、契約延長の問題、それから、その直後にもそのあとでも厄介な問題となった予約講読冊数と本の販売部数の算定などである。同封の書状Aには印刷の質に対する要求と、配本の分量および印刷期日に関する質問、原稿引き渡しの日時、そして校正に最大の注意をはらうようにという注文が含まれていた。ゲーテは全集用に作業スタッフを作り上げていたが、コッタもそれに倣ってほしい、そして「校正済みの見本を送り、予測できなかった問題の相談ができる経験豊かな文筆家が作業に加わるのが望ましい。」

書状Bにはいまいちど、出版特権が到着したこと、および「交渉と出版特権の全体像をどのようにして印刷して読者に知らせるか」というゲーテの懸念が述べられている。ゲーテにとっては「連邦議会」での審議を公にすることが大切だったので、予約購読者の名前と一緒に出版特権の審議を「先行分冊（先行巻）として読者に提供する」ことが提案されている。九月十九日、ゲーテはそのための資料をコッタに送った。

十月七日にコッタはゲーテの契約案に返事を出した。すべての条項に同意いたします、ただし契約延長の交渉につきましては「条件が同じ場合の当方の優先権」をつけ足していただきたい、技術的な条件につきましては異存ございません（じっさいコッタは要望どおり、アウクスブルクに校正スタッフを集めた。ライヒェル以外では『一般新聞』の協力者、アルブレヒト・レープレートや校正のグスタフ・シュヴァープ、編集のグスタフ・コルプがその任に当たった）。同時にコッタはアウグスト・フォン・ゲーテにも手紙を書き、その将来への希望に返事をした。「ご安心ください。新たに結ばれた絆の現在・未来に及ぼす意義が大きければ大きいほど、私はあらゆる方法で以下の事実を示すべく、努力する所存です。すなわち私が、私たちの関係を生涯で最も重要な出来事の一つと考えていること。そして私の一歩一歩の歩みが、あなたの父上に対する深い尊敬とひじょうな崇拝を表していること。」

ゲーテ父子からの返事は遅れた。ゲーテは五十周年記念行事に忙殺されていたので、のちに何度も不信や苛立ちの種となった条項を、再び取り上げたのはようやく十一月二十日になってからであった。まず著者はどのようにして予約購読者数や本の売上部数を知らされるのか。ゲーテがこの問題にこだわったのは当然と言わざるをえない。報酬総額は予約購読者数と本の売り上げにかかっているのだから。だがどのようにすれば見通しが得られるのだろう。なぜこの問いが重要であるのか、その理由としてゲーテは手紙のなかで商売のやり方が不規則であった例を挙げている。コッタは『ファウスト』の単行本を平均よりも一

○グロッシェン高い一ターラーの店頭価格で販売し（書籍商ホフマンはゲーテにこの高い定価を伝え、本の質について「吸い取り紙です！」と書き添えている）、しかもゲーテに著者献本をするのを忘れてしまったのである。もう一つの要求は新全集は二種類の版で出版するように、ということであった。ゲーテ父子はコッタの「国民的記念碑」という表現を引き合いに出し、新しい全集は「掛値なしの国民的行事と呼ぶ」に値し、それゆえポケットブック版だけではなく、美しく製本した八つ折判でも上梓されるべきだと述べている。さらにゲーテは、もう交渉をまとめなければならない、と迫る。「ここしばらく出版申し込みが殺到し、なかには高貴な方からのご挨拶がついたものまであって、困り果てているのです。」（書籍商ホフマンはカール・アウグスト大公が自分の出版申し込みを援助しているとゲーテに伝えている。しかしそれを証明するものは見つかっていない。）コッタはすぐに返事をよこし、予約購読者数を把握し、書籍の売上部数を著者に承知してもらえるよう、簿記をつけて特別決算をする約束をした。だがゲーテに非難された『ファウスト』の単行本については奇妙な回答をしている。私には、誰の目にも明らかなように再販権があり、また本がいつでも発送可能な態勢を整えておかなければなりませんので、用心のために少部数印刷しておいたのです。高価なのはこの発行部数の少なさを考慮してのことです、というのだ。コッタは『ファウスト』の場合はおそらく既成の組版から印刷することができたであろうから、これは十分に納得のゆく議論ではない。だが続けてコッタは自分の無実を証明するために、やめておいたほうがよかった説明を加えてしまう。彼はゲーテに向かって書く。もし私に欺こうとする意図があれば、一八二五年という新しい発行年を奥付に記載せず、「単に古いままにしておくことができたでしょう。もし私の商売の流儀に、不実の装いを生み出すようなものがありえたとしての話ですが。」これでは著者は、良からぬごまかし方にかえって気づいてしまう。出版者がこのような理屈をこねてはならない——それも疑り深くなっている著者に対して。

「几帳面な商人」コッタとしては、なおさらそれと知りつつ不正を働いているような印象は与えたくなかったにちがいない。だが、まさにこうした申し開きの仕方が、同業者からの絶え間ない批判と、いわば反コッタを旗印とする競争相手の出版申し込み戦略に、コッタがどれほどショックを受けていたかを示している。コッタは同じような憂鬱な言葉でこの手紙を締めくくっている。「在職五十周年おめでとうございます、私自身も書籍商としてもう三八年もの年月を重ねてまいりました、「そして私の衷心よりの努力が幾多の成果を生まなかったわけではないと自負することができ、またそれによって数々の不快な出来事は帳消しになるとはいえ、この道を歩き続けるのがとても辛く感じられるのは珍しいことではありません。この道を行く限り、繊細な感情は逆なでにされてしまうのです」。

ゲーテ父子の署名のある十二月二十一日の手紙がコッタの繊細な感情を傷つけたことは確実だろう。十二月十八日の日記に見られるように、ゲーテとアウグストはこの手紙を書くために徹底的に話し合っていた。またもや、数多くの出版申し込みがきていることを露骨にほのめかしている。それらは「最近になって、緊急に検討するようにと戻ってき、われわれの最初の希望に完全に一致するわけではないにしろ、ほぼそのとおりと言ってよいほど重要なものになりました。」この頃ハノーファーのハーン書店から一五万ターラーの出版申し込みが届き、ほかならぬ宰相ミュラーまでもがこの競争を歓迎している。ゲーテ父子はコッタ宛の手紙に、聞くところによると四万部の売り上げはごく容易に実現できるようだ、と書いている。「読者に適切な方法で全集を提供すればの話ですが。」それゆえ、ザクセン貨で一〇万ターラーの報酬が期限内に漸次支払われるよう、速やかに販売に向けて「契約を結んで」いただきたい。このあとにはさらに、全集は四年間で完結し、配本は毎回五巻ずつ年に二回、作者は順次配本が行なわれるよう責任を負うものとする、という取り決めが続いている。手紙ではもういちど繰り返して全集予告の重要性が強調され、予告のなかには作者の側からの言葉を載せるものとする、と書かれているが、その次に来る言い回しはしかし、コッタにとっては侮辱とはいかないまでも、痛烈な嫌味と感じられたにちがいない。契約が切れる三年前に、作者は契約延長の可能性について交渉したく、もし意見の一致が見られなかった場合は、その後作者はコッタに対してだけではなく、「より高額の、あるいはより低額の報酬の提供者にも版権を与える」自由を有するものとする。そして今度は二枚舌的に、その理由が述べられるのだ。これは、今回一〇万ターラーという原案を再び採用した事実によるもので、「というのもこの場合、ポイントになるのは今回もそうであったように、額の多寡ではなく、出版交渉にとって大切な信頼なのですから。まさに今回もまたわれわれが、最初の計画どおり、確信をもってあなたに寄せることとなったような信頼が重要なのです。」このたびの取り決めが、「われわれ家族の今後の経済状態に安定をもたらす」よう願っている、という結びの文句から、コッタにはアウグストが自分の意見を押し通してこの新たな要求を出したことが感じ取れた。そして、自分と自分の出版社がいかに「信頼」されていないかに、深い衝撃をうけたのである。このときからコッタはゲーテに対して口を閉ざしてしまう。うっかり何かを公表してしまうようなこともしなかった。ベッティガーが一八二五年十月二十一日に「ドイツ中がもっぱらの噂です。〈あの恵まれたゲーテ全集を出版するのはコッタか？〉」と質問して挑発したときでさえ、何も言わなかった。

だがコッタには交渉のパートナー、ズルピーツ・ボアスレーがいた。ボアスレーはこの難しい状況のなか、何人にも代えがたい役割を果たす。彼はゲーテに、コッタ宛の最後の手紙に関して自分が憤慨していることをはっきり悟らせた。ゲーテが前提とした四万部の全集の売り上げは非現実的であること（これはのちにそのとおりであったことが証明された。ゲーテが亡くなるまでに売れたのはわずか一万四千部足らずであった）[48]。またコッタは、ゲーテの信頼が得られず、それよりも一万ターラー多く払うつもりでいた他社の申し込み金額をゲーテがはっきり言わないので、感情を害していること。さらにボアスレーはゲーテがおそらく意識の外に追いやっていたことを述べることができた。全集を他の出版社に譲渡した場合、コッタはこれまで出版した多数の単行本の版権を放棄しない。ということは新しい出版社は全集を揃いで売ることはできても、コッタ社との契約のある作品を単行本として販売することはできない、というのだ。ゲーテはこの議論は覆せると考えたが、まず第一に長年コッタから蒙ってきたある種の失望を指摘した。「私はコッタ氏ともう久しく心のこもった言葉を交わしておりません。それなのにどうしてわが生涯の最重要の仕事に限って、突然物事が円滑に進行するというのでしょう。[49]」だがボアスレーはあきらめなかった。そしてゲーテに、要求は極端にしすぎないほうが良い、と助言した。そもそもコッタは以前の契約に由来する優先権を行使し、他社を上回る報酬のことを主張できるはずですが、ゲーテに気をつかってそんなことはおくびにもださないのです。このボアスレーの指摘は効果的で、今度こそゲーテにははっきりとした心境の変化がうかがえた。ゲーテは再びコッタとのむかしからの関係に心をひかれるようになり、そして一八二六年一月十二日のボアスレー宛の手紙のなかでは「フォン・コッタ氏との関係を間違いなく大切に思っている[50]」ことに気づく。ゲーテはまた、一生一代のチャンスを嗅ぎつけ、版権を求めて争う書籍商ホフマンの影響をうけたアウグストのせいで、自分があまりにも要求を出しすぎ、信頼感をごく控えめにしか表明しなかったことにも気づいたのであろう。私はもう過去のことは水に流そうと思います、とゲーテはボアスレーに伝え、一八二五年十二月二十八日と一八二六年一月三日の手紙ではコッタに歩み寄って意見を一致させてほしいと頼んでいる。けれどもさらにもういちどだけゲーテの猜疑心には火がついた。ボアスレーと契約の最終稿を練っていたとき、ゲーテは激しい言葉でコッタの過去の仕打ちを非難したのだ。

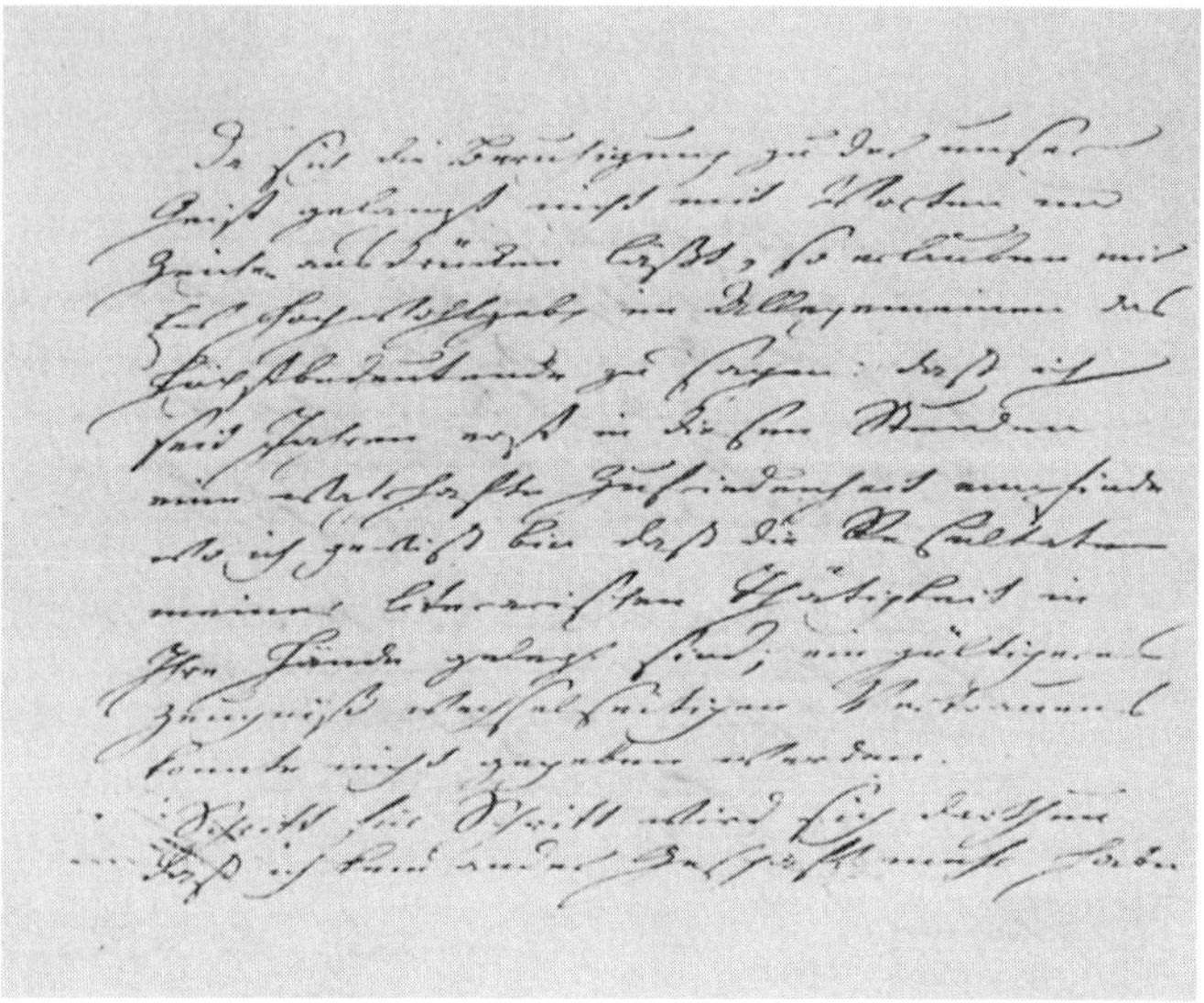

図 57 『決定版全集』出版契約締結のためのゲーテの手紙．1826年2月3日付コッタ宛．国立シラー博物館所蔵．

ですがこの交渉に横たわる主たる障害についてどうか一言させてください。すなわち、出版者がつねに自分と家族の利益を確実に把握しているのに対し、著作者にはその見当が皆目つかないのです。というのもドイツの書籍業が完全に無法状態であるのに、何が合法で、何が慣習で、さらに書籍商たちがしきたりによって何をお互いに許し合い、何を著作者に認めているのか、いったいどうやって知ることができるというのでしょう。…（略）…あなたは仲介者にふさわしく、フォン・コッタ氏がわれわれに対して主張した議論を忠実に伝えてくれました。とはいえ、それに対する反論をはっきりとつつみ隠さず述べてしまえば――それによってコッタの議論は覆せるとは思うのですが――過去のことをまた取り沙汰するという不快な事態を招きます。それ

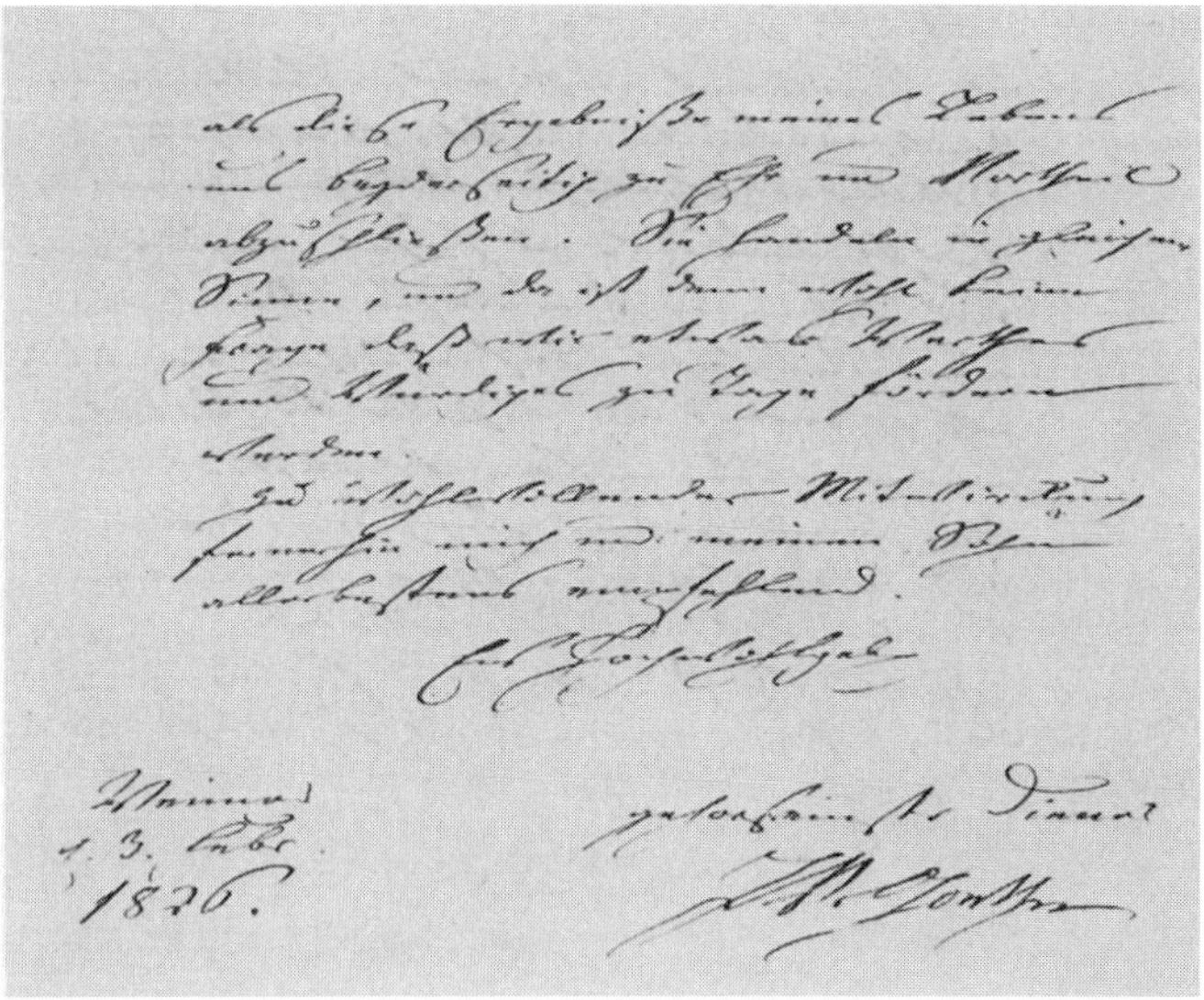

よりも、かつての良き関係をよみがえらせるのが第一なわけですから、過ぎたことは水に流しましょう。
　あなたを不快な言葉で煩わせずとも、目的は達成できるかもしれません[51]。

　けれどもボアスレーはすでにコッタとの交渉に深く関与していた。一八二六年一月の終わりにボアスレーは、コッタが契約期間を除けば、われわれが話し合った条項のすべてに同意した、契約期間は配本終了後一二年間を望んでいる、と伝えることができた。コッタはまた全集四〇巻ののちも、未発表原稿を同じ条件で出版することを申し出た。一八二六年一月二十三日の添え状で、ボアスレーははっきりとコッタに肩入れし、コッタは一万ターラー「余計に支払う」という案をひっこめました、ですからぜひともコッタと和解するように、とゲーテを熱心に説得した。

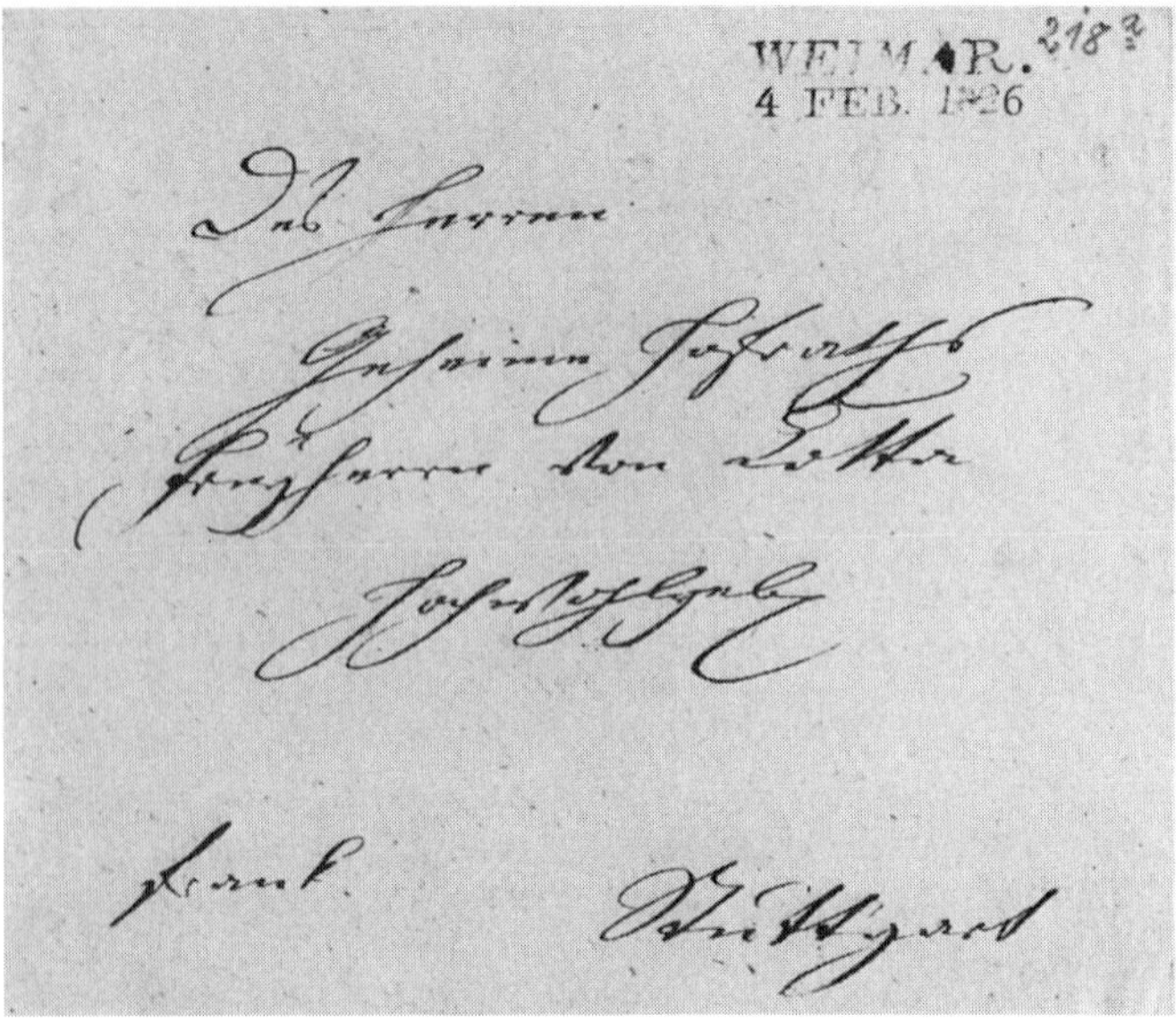

図 58　ゲーテ自筆の宛名．1826年2月3日付（消印は2月4日）コッタ宛の手紙から．図 57参照．

ここしばらくのあなたの度重なる要求に関してコッタといろいろ交渉するうちに、コッタはひとえにあなたに対する真の、深い尊敬の念から、この不愉快な措置を思いとどまったのだということが私にはわかりました。さて、もはや最も重要な用件は述べてしまいましたので、以下のことに留意していただくよう申し上げるのが、私の聖なる務めと思います——コッタがかくも「重要な商取引」においてなした個人的な配慮、それはまさに、彼との親交を今後も続けてゆくのに必要にして十分な理由になると私が考えていること。もう一つは、あなたの幸福な晩年を、望むらくは、いや、ぜひとも不快な物事によって曇らせてしまわないように、ということです——。

それゆえ、契約締結を期待してもよ

ろしいのなら、一連の交渉の印象はお忘れになり、ご子息とともにいっそう良き、新たな関係を築き上げるようお願い申し上げます。コッタを心から信頼して付き合ってあげてください。高額の出版申し込みは彼に伝え、同時に暖かい友情を示してくださいますよう。[52]

ゲーテは納得した。そしてこの手紙を「決断を導くもの」であると受けとめた。一八二六年一月三十日、まだ契約書にサインするまえに、ゲーテは簡潔な表現によってボアスレーに承諾の意を伝え、心の底から安堵した。

貴兄の言葉は然りと告げる。
されば然り！　そしてアーメン！
細かきことは追々に。[53]

二月七日、ボアスレーは日記に次のようにしるすことができた。「ゲーテからの手紙、感きわまっていた、私がゲーテの悩みと不安に終止符を打ったとのこと。[54]」その後、事態の進行はひじょうに速やかであった。ゲーテは契約期間をコッタの希望どおりにした。最初の契約案をもとにまず決定稿が起草された。契約料は六万ターラーのままであったが、ゲーテは他の出版社の出版申し込みを配慮して（ボアスレーはもうコッタにその額を伝えることが許されていた）、五千ターラーの追加を要求した。このむしろ控えめな要求は、おそらく息子の前で面目を保つためになされたものであろう。他の項目は、以前に交渉したとおりであった。献本の問題が具体的に取り扱われ、販売部数は、今後細かく内容を詰めてゆく複式簿記によって概算されることになった。全四〇巻は年二回、それぞれ五巻ずつの配本によって四年間で出版され、報酬は各回の配本分を書籍見本市に出したあと、支払われることになった。
一八二六年二月三日、ゲーテはこの契約案にサインし、二月十四日にはコッタがサインした。最終的な契約条件に署名がなされたのは、三月三日と二十日のことであった。契約案に署名した二月三日に、ゲーテはもういちどこれまでの経過をまとめ、コッタ宛の手紙に現在と未来の展望をしるした。

私たちの精神に訪れた平安は言葉では言い表せないものですから、ごくおおまかに最も大切なことを言わせていただきたい。私は、私の文学活動の成果があなたの手にゆだねられたのを確信したこの瞬間、ようやく絶えて感じたことのなかった真の満足を覚えました。お互いの信頼のこれ以上の証はないでしょう。
わが生涯の総決算を私たち双方の名誉と利益のために完結させること、それ以外にもはや私に残された仕事はないのだということが、徐々に明らかになるでしょう。あなたは私と意見を同じくして事に臨んでくださいますので、私たちが価値あるものを世に送り出すことに疑問の余地はないでしょう。今後も好意的な共同作業を息子ともども心よりお願いしつつ。

同じ日、ゲーテはボアスレーに仲介者として力を尽くしてくれたことの礼を述べた。「ああ、もし一時間あなたと話をすることができたら、私はどんなことだって誓ってしまうでしょう。紙とペンではとうてい意を尽くせません。いまはただギリシア神話に喩えを借りるのみです。あなたはアトラスとプロメーテウスを助けに来たヘラクレスさながらでした。もしこの一年間の私の悩みをご存知ならば、このような比喩も大袈裟とはお思いにならないでしょう(55)。」

出版契約交渉はすでに一年間続いていた。ゲーテとコッタの安定した関係に抵触し、それを根底から揺さぶった厳しいやり取りであった。だが結局、コッタは自社の倉庫にゲーテの「最重要の仕事」を納めることができた。二月十四日の手紙で、コッタは二月三日のゲーテの手紙を読んだときの感動、感激をうまく言い表すことができないほどであった。「私が信じ続けてきたことが、実証されたのです。あなたの高貴な感覚がここでもまた正鵠を射ました。お陰さまでひじょうに微妙な状況のなか、私たちはみな心の底から満足することができました。衷心より御礼申し上げる次第です。私の陰鬱な、掻き乱された心は再び晴れやかになりました。これからまた喜びと意欲に燃えて、この仕事に当たるとともに、私たち双方の名誉と利益のために、誇りをもって仕事を遂行し、完了させるよう、全精力を傾けます(56)。」引き続きコッタも契約に署名し、それをゲーテのもとに送った。これで今や誰が「あの恵まれたゲーテ全集」の出版者となるかが明らかになったのである。

一方、ゲーテとコッタのあいだで意見が一致し、出版契約が結ばれたことが公になると、すぐにまた妬みや批判の声がかまびすしくなった。書籍商たちはゲーテに向かって、コッタが配本期日や良質の印刷を約束どおりに実行するかどうかは当てにならない、高すぎる店頭価格が心配だ、出版中に値段を変えてしまうのではないか、などと難癖をつけたのである。ゲーテはあまりにも安易に全集をコッタの手にゆだねてしまった、というような無署名の手紙も届いたが、事態の成り行きからすれば、まったく不当な非難である。ゲーテは当然ながらまた腹を立て、友人ツェルターに宛てた一八二六年八月二十六日の手紙では、ドイツの書籍業界全体を批判した。「ドイツの書籍業界の陰鬱さをさらに解明し、覆いをはね除けて、作

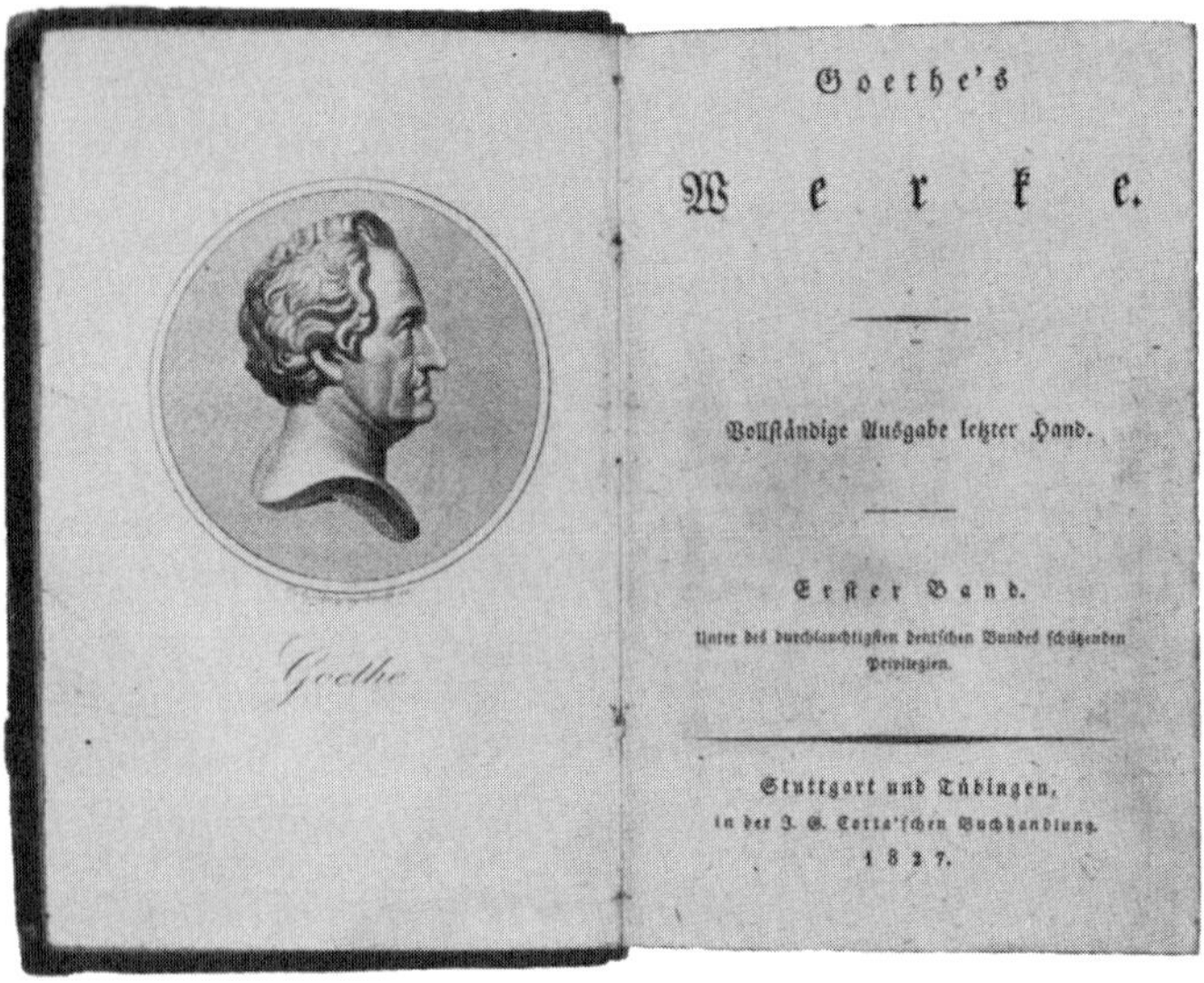

図 59　ポケットブック版『決定版ゲーテ全集』（シュトゥットガルト・チュービンゲン，コッタ社，1827年）第１巻のとびらと口絵．ゲーテの肖像画はカール・アウグスト・シュヴェルトゲブルト作（Chr. D. ラオホ作の肖像画の模写？）．

家や読者の蒙っている抑圧や欺瞞や、書籍商のきりのない金儲けを見るには、このような向かい風はまことに好都合です。この世界ではいまのところ、仲間内でさえ意見の一致がありません。ですから、それは私たちに利するというもの、今にわかるだろう[57]」

ゲーテは非難の手紙を受け取ってすでに用心していたので、自分の全集が読者にどう提供されるかを重視せざるをえなかった。それゆえ出版者のあらゆる宣伝企画にゲーテは注意をはらい、さらに自ら「決定版ゲーテ全集の広告」を起草した。全四〇巻の詳細な内容一覧がまた作成されたのである。

最初の配本となる全集五巻分は一八二七年の復活祭書籍見本市に出版された。《ゲーテ全集。著者自身による最終決定版。第一巻（全四〇巻）。高貴なるドイ

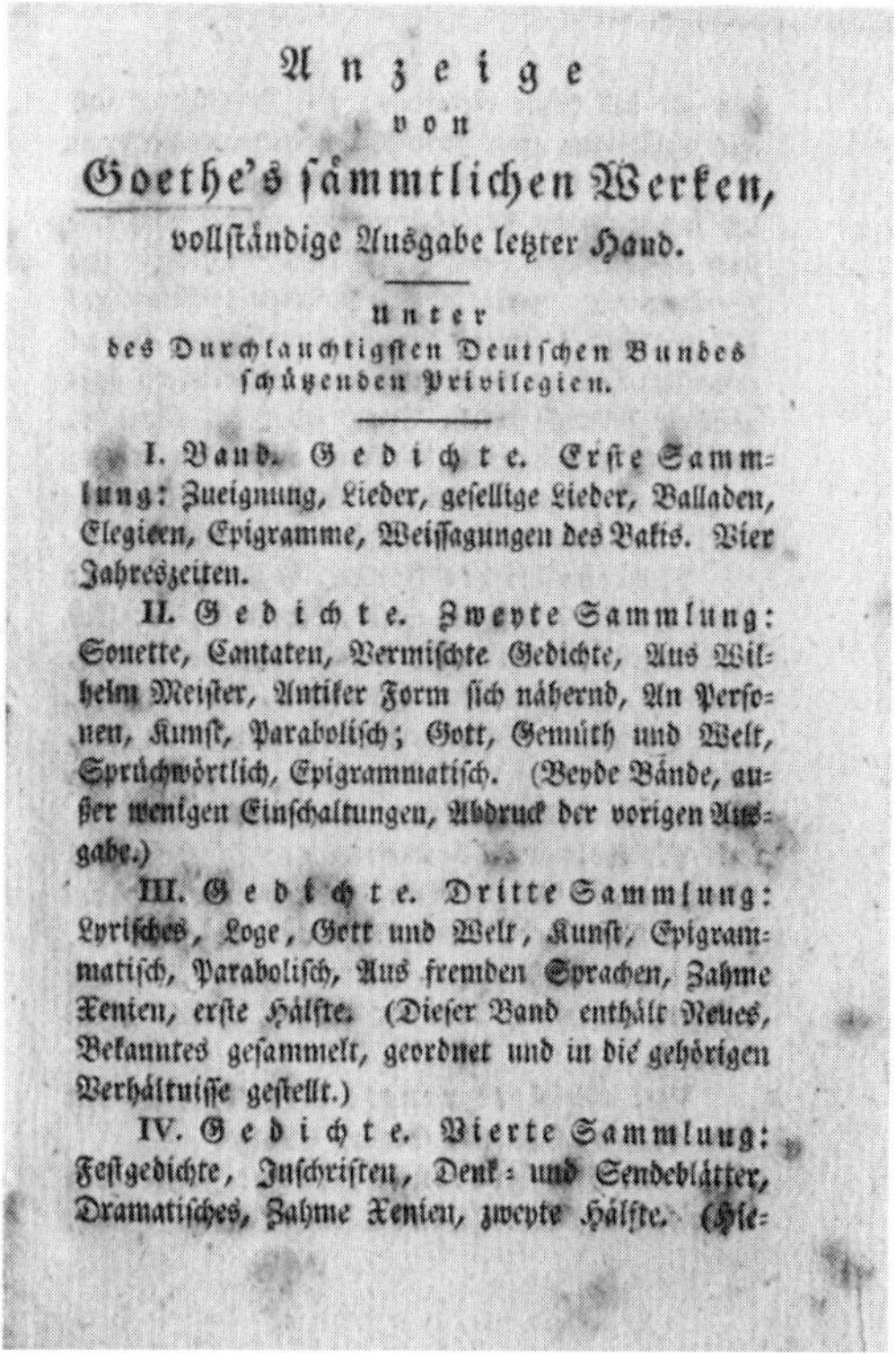

Anzeige
von
Goethe's sämmtlichen Werken,
vollständige Ausgabe letzter Hand.

Unter
des Durchlauchtigsten Deutschen Bundes
schützenden Privilegien.

I. Band. Gedichte. Erste Sammlung: Zueignung, Lieder, gesellige Lieder, Balladen, Elegieen, Epigramme, Weissagungen des Bakis. Vier Jahreszeiten.

II. Gedichte. Zweyte Sammlung: Sonette, Cantaten, Vermischte Gedichte, Aus Wilhelm Meister, Antiker Form sich nähernd, An Personen, Kunst, Parabolisch; Gott, Gemüth und Welt, Sprüchwörtlich, Epigrammatisch. (Beyde Bände, außer wenigen Einschaltungen, Abdruck der vorigen Ausgabe.)

III. Gedichte. Dritte Sammlung: Lyrisches, Loge, Gott und Welt, Kunst, Epigrammatisch, Parabolisch, Aus fremden Sprachen, Zahme Xenien, erste Hälfte. (Dieser Band enthält Neues, Bekanntes gesammelt, geordnet und in die gehörigen Verhältnisse gestellt.)

IV. Gedichte. Vierte Sammlung: Festgedichte, Inschriften, Denk- und Sendeblätter, Dramatisches, Zahme Xenien, zweyte Hälfte. (Ge-

図 60 《『決定版全集』のための広告》抜刷の 1 頁目．ゲーテが 1826年，コッタ社のために起草．ヴァイマル版全集第 1 部第 42巻第 1 分冊 109頁参照．

ツ連邦の出版特権をうけて。シュトゥットガルトおよびチュービンゲン。J・G・コッタ書店　一八二七―一八三〇年。》（訳注　本書では『決定版全集』と略称）ポケットブック版の最終配本分は一八二九年十二月に、八つ折判の最終配本分は一八三一年三月に出版された。

さてコッタはこの価値ある「国民的行事」を請け負い、安心することができたのであろうか。版権でもめることはもう二度となかった。ゲーテの没後、全集は遺稿を加えてさらに拡大された。一八三三年には『ファウスト第二部』と『詩と真実』第四巻を含む遺稿一五巻が出版された。さらに五巻の補巻を加えて全集が完結したのは一八四二年、『決定版全集』は結局、全部で六〇巻を数えることとなった。

けれども全集刊行期間中もゲーテとコッタのあいだで、いさかいの生ずるような機会は何度もあった。刊行が始まった直後には、日刊紙の広告欄やいろいろな印刷物に広告が出るのが遅すぎたということが苛立ちの種となった。絶えざる躓きの石となったのは書籍商からのリベートの要求で、コッタは気前良くそれに応じようとしていた。つまり書籍商は本をある程度注文すると、おまけとして献本を受け取ることになっていたのだが、この献本分の報酬は著者には支払われなかったのである。ゲーテは契約のなかで、一〇冊の売り上げがあった場合、一一冊目を献本としても良いことに同意していた（ちなみにこれは今日行なわれている献本の割合に一致している）。だがコッタとボアスレーは少なくとも予約購読が始まるまでは、さらに大幅に譲歩するようにとゲーテに迫った。四冊売れた場合、五冊目は献本にするように、というのがその要求であった。この助言をうけ、さらに書籍商たちの抗議に押されて、ゲーテは九月三十日、この法外な献本の割合にいやいやながら同意した。ひょっとすると、コッタが文字どおり書籍商たちと闘わなければならないことがわかったので言うとおりにしてやったという部分もあるのかもしれない。コッタが一八二七年四月十二日付の次の手紙でゲーテに報告しているように、批判の声がますます高まっていたからである。「嫉妬が引き金となって、私のもとに敵の大部分が集まってきました。けれどももし、私にのしかかる重圧や、なぜ、そしてどれほど、私が力を尽くしているかを知ったなら、私にとって代わりたいなどという気にはなかなかならないことでしょう。私は金持ち、それもひじょうな金持ちと思われておりますが、少なくてもこの点に関しては貧しく死んでゆくのかもしれません――というのも私が学芸のために支払ってきた代償を誰が理解してくれるというのでしょう！　そしてまた、多くは善意による懸命の努力の結果、私が蒙ることになった損害について。懸命の努力、そう申し上げてもよろしいかと思うのは、私がそれを義務と心得ているからです。」さらなる争点は、出版者が広告のなかで約束した各回の配本の期日を守ることができなかったことである。全集の期日どおりの配本は、ゲーテ本人にも予告されていたにもかかわらず、ゲーテは何度も、コッタ社が「約束を守らなくなった」と言われるのを耳にしなければならなかった。そしてさらにもういちどゲーテは機嫌をそこねた。今度はゲーテ＝シラーの往復書簡がその原因であった。この頃両者の関係はそうでなくとも雲行きが怪しくなっていたのであるが。

一八二七年七月には本の製作過程で問題が生じた。アウクスブルクの校正者ライヒェルが「最終校訂をうけた全集」にさらに手を加え、ある巻の作品の配列を変えてしまったのである。そのため、全紙《ボーゲン》の使用量が減るという結果になったが、これはゲーテに無断で行なわれたことであった。ゲーテは当然、自分の許可なくしてそのような「重大な決断」をくだしてはならない、と抗議した。コッタは謝罪し、遺憾の意を伝え、近日中にお許しの返事をくださるようにと、切望したが、ゲーテは口を閉ざした。

すでに同年の四月、コッタは「ドイツ古典主義ミニチュア双書」の一環としてゲーテ作品の不正な海賊版がゴータで予告されたのを知っていた。そして一八二七年十月九日に対策を講ずるようゲーテに要請した。「ゴータの海賊版が阻止できないとなると、ドイツの書籍業は致命傷を負うことになります――それは確かなことですし、また損害を蒙るのは書籍商ではなく、著者なのです。」けれどもゲーテはこの問題には手を貸さず、沈黙を守っていた。その後、一八二七年十月二十四日になってから、ゲーテは自分の態度をこう説明している。「私は友達や血縁の者や同盟者のあいだで、意見の相違が生ずると、いつも言い返すよりは口を閉ざしてきました。そういう場合は、誰もが多かれ少なかれ自分の考えに固執し、意見を戦わせるとさらなる意見の相違が生じてしまうのがふつうだからです。誤解は解明される代わりにいっそう深まります。それに対して真の仲裁役を果たすのは〈時間〉であることに私は気づきました。時がたつにつれ、行動が生ずるのです。そして友達同士では、真の関係を表す唯一有効な言葉はこの行動なのです。今回の件に関しては次のように断言しても良いでしょう。もしあなたが、存命中の作家の協力はその作品の出版にとって有利に働くはずだという私の発言を真摯に受けとめ、それを叱責と考えてくださることが最初からわかっていれば、あんなことは言わなかったでしょう。あなたと事前に話し合っておきたかったのはそのためなのです。例の評判の悪いシラーの出版における失態は、悪条件が生んだものだと私は以前から確信しておりました。」

けれどもたとえどのような困難が起ころうとも、ゲーテとコッタは結局、この全集の実現と普及のために協力しあったのであった。両者の交流に、一八二七年と二八年、主にゲーテ＝シラー往復書簡についての厄介な交渉が原因で長い中断があったのは事実である。だが一八二八年九月九日、ゲーテは息子アウグストにこう報告することができた。コッタが機を見て「関係修復を求める手紙を送ってきた。礼儀正しく、外交的な、好意ある返事を出しておいたよ。そのまえに熟慮したのは言うまでもないが」。翌日ドルンブルク城からゲーテが出した手紙は私にはそれほど礼儀正しく外交的とは思えない。その反対で、カール・アウグスト大公の死によりコッタとの関係が「際立って重要に」思われるようになったのである。

コッタ殿

ご親切なお手紙は、取り返しのつかない喪失に戒めの声を聞き、周りを見回してこの世の中に残された貴重なものは何かと注意しはじめた矢先に届きました。そのときすぐさま、あなたとの関係が際立って重要に思われたのです。そして私と家族の者の生活の安寧の掛かった仕事が、断固とした行動力で高貴な目標を追求し、知性と誠実により広く名声と信頼を勝ちえた男の手にゆだねられていることを、われながら嬉しく思います。

それゆえ今後とも相互の関係を、曇りなく澄んだ状態に保ち続けたいというのが私の望みです。あの、あまりにも早く逝ってしまった友の眼差しと忠実な協力のもとに、これほど長く続くこととなった幸多き関係の始まりを共に祝した美しい日々を記憶にとどめておけるように。

このような、そもそもの発端から現在までをつなげ、何十年もの関係をまとめた言葉に、コッタはおそらく満足したであろう。自分の最高の目標を実現したのである。彼はゲーテが「わが生涯の最重要の仕事」と呼んだ全集を自社から出版し、ゲーテの全作品を手がけることとなった。コッタはゲーテの出版者であった。

第八章　ゲーテの専属出版者コッタ（一八二五―一八三二年）

一　ゲーテとコッタの「最重要の仕事」
――「永遠の至福、しかしそれが私に克服すべき新たな課題や困難を提供するものでないとしたら、これをどうしたらよいものやら、私もわからなくなってしまう」

コッタはついにやり遂げた。二、三の出版社が所有している個々の作品の出版権を除くと、ただひとりの合法的な、ゲーテの専属出版者となったのである。しかも、期間は詩人の存命中となっていた。そのうえ彼の出版社コッタは、「永久出版権」が廃止され、著作権の保護期間が三〇年と制定される、いわゆる古典作家年の一八六七年まで、出版権を保持することになったのである。

ゲーテとコッタの関係は晩年になると以前とは違った形になっていた。ゲーテは『決定版全集』の原稿引き渡しの準備に追われる一方、シラーとの往復書簡集出版に向けた難儀きわまりない編集と交渉の仕事をどうにか続けていた。さらに、『遍歴時代』を一八二一年の「未完の」第一稿から新たに「組み立てる」というありがたくない仕事と取り組まなければならなかった。ゲーテが改作の原則として挙げたのは、「作品をばらばらに解体して、もういちど新たに組み立てること」(1)であった。この改作がいかに厄介な仕事であったかは、『ヴァイマル版全集』に公表された五〇を下らない構成案が示している(2)。この長編小説のなかに物語という形で組み込まれた『五十歳の男』を読むとわかるが、「清書原稿に達するまでには多くの下書き」が必要であったのである。ゲーテの仕事振りは驚くべきもので、集中力は並外れていた。執筆の仕方は、この頃、もっぱら口述筆記であった。この口述筆記がじっさいにはどのように行なわれていたのか、いまなお明らかにされていないが、これもまたもはや解明不可能な事柄なのかもしれない。証言としては、秘書シュハルトが『遍歴時代』に協力したさい、ゲーテがどのように口述し、自分がどうのように筆記したかについて報告している。「ゲーテの口述はよどみなく、しっかりとしていて、印刷された本を読み上げるのでなければ真似できそうにもないほどであった。口述が、邪魔が入って中断されることもなく静かに進んだとしたなら、私はほとんど神経を張りつめる必要もなかったであろう。しかし、その間に、理髪師、美容師…（略）…官房職員などが、彼らはみな予告なしに入室することが許されていたものだから、入れ替わり立ち代わり入ってきた…（略）…ドアのノックに応じて〈お入り！〉と力強い声が響くと同時に、私は口述された文章の筆記を最後まで素早く終え、入室者の退出を待った。二人きりになると私が前後関係のうえで必要と思われる範囲を読み上げる。すると、口述筆記は、まるで何事もなかったかのように次に邪魔が入って中断されるまで続くのであった。本当に私の手に余ると思われるほどで、私は部屋のなかを見回し、どこかに本とか、草案ないし下書きがあって、ゲーテは通りすがりに——というのも、彼はたえず机の周りや筆記している私の周りを歩き回ったので——それをのぞいて口述しているのではないかと疑ったのである。しかし、それらしきものは、どこにも見当たらなかった。[3]」

これに対してコンラーディはこう断言する。ゲーテがこのように「草稿なしで」口述筆記をしたのはおそらくごく限られた一時期であって、つねにそうであったわけではない。日記や死後に残されたメモ類によれば、彼が「シェーマ」と呼んだ下書きや詳細な構想にもとづいて執筆していたことが証拠づけられる。多くの場合は、前日の昼や晩にあらかじめ練り上げておき、それに拠って翌朝の口述がなされた、と言う

のである。(4)

この時期のゲーテの大きな課題、すなわち彼の二つ目の「最重要の仕事」は、『ファウスト』を完成することであった。ますます進む老いと不安定きわまりない健康状態、にもかかわらずそれが実現できたのは、まさに奇跡であった。一八三一年七月二十二日、ゲーテは『ファウスト』第二部を書き終え、原稿を封印（公表は、彼の死後、『決定版全集』の『遺稿集』第一巻）し、宰相ミュラーに対してこう告げたと言われる。「永遠の至福、しかしそれが私に克服すべき新たな課題や困難を提供するものでないとしたら、これをどうしたらよいものやら、私もわからなくなってしまう。(5)」

ゲーテの周りでは、カール・アウグスト大公、大公妃ルイーゼなど身近な人々の死が続く。シラー、ヴィーラントなど同世代の詩人たちはとっくに他界していた。バイロンやクライストなどの次の世代、またモーツァルト、シューベルト、ヴェーバーなどはみな若死にだった。「彼らが逝った」のは潮時だったのだ、とゲーテはエッカーマンに打ち明けて言う。彼らはみな「滅ぼされ」なければならなかったのだよ、「永続することを予定して作られているこの世界にあって、他の人々にも何かなすべき仕事を残しておくためにはね(6)」。聞く者をぞっとさせる言葉である。

一八二七年一月六日、シュタイン夫人が亡くなる。享年八十四。ゲーテと彼女の関係は、最後の数年間は、冷えきって情熱のかけらもなかった。死や葬儀に対するゲーテの考え方を知悉していた彼女は、遺言書で、自分の葬列はゲーテ家のそばを通ってはならないと指図する。一八三〇年十月二十六日、息子アウグストがローマで客死、二週間後ゲーテに訃報を伝えた宰相ミュラーはこう書きとめている。「彼はきわめて落ち着いて、また興奮してこの訃報を受け取った。Non ignoravi, me mortalem genuisse!（私は、自分が死すべき人間をもうけたとは、知らないではなかった）、とイタリア語で叫んだ。目は溢れる涙でいっぱいだった。[7]」アウグストと父親との関係は、生涯、「才能を見込まれた子供というドラマ」であった。つまり、周囲の期待が彼を押しつぶす。万事が親の七光り、地位も利益もすべて父親の威光のお陰でしかなかったこの息子は、中くらいの官吏の地位からついに抜け出せなかった。父親の偉大さゆえに意気阻喪し、周囲の期待も父親を計るのと同じ物差しであったために、彼は気力が萎えてしまったのである。父は息子に一冊の記念帳を贈る。むろん当時でも珍しいことではなかったが、それはしかし、彼がたどる人生の前触れであったと私には思われる。すなわち、白紙の写生帳みたいなものであれば息子も自分で記入できたであろうに、他人に何か書き入れてもらうためのサイン帳であり、そのなかにはすでにフィヒテが彼に捧げた言葉が書かれていた。「当代において及ぶ者ない人のひとり息子であるあなたに、国民はこぞって大きな期待を寄せております。あなたが立派に研鑽を積まれて、いつかお父上の現在のポストに就かれるようになるかどうか、注意深く見守っている人々が大勢おりますが、私もそのひとりであるとお考えください。[8]」これではアウグストが才能を伸ばせるはずがない。若くして酒と女、放蕩三昧に身を任せたとしてもなんの不思議もない。彼は自分の運命にほとんど抵抗もしなかったのだが、ただいちど、妻オッティーリエが発刊した雑誌『カオス』に寄稿している。「私は幼児みたいに歩行練習用の綱を付けられて／これまでのように操られるのはもう真っ平ご免だ／むしろ奈落の淵に立って／すべての足枷から解放されたい。[9]」この自由解放をイタリア旅行がもたらすはずであったが、むろん、これとても息子の心底を見抜いた父の処方箋にすぎなかった。一八三〇年十月二十六日から二十七日にかけての夜、アウグストは脳卒中で死去、ケスティウスのピラミッドの墓地に埋葬される。ゲーテは墓石を建立し、Parti antevertens（父親に先立ちし者）と碑文を刻ませる。息子の死がゲーテにとって意味したもの（その後、一八三一年二月二十三日付ツェルター宛の手紙で、息子アウグストの、最後の数週間のことを要約している）、それは、多々あったと思われるが、同時に、出版交渉や遺産相続の交渉のさいに、息子に力を貸してもらおうと思っていた彼の希望も潰えてしまったのである。一八三〇年十一月二十一日付ツェルター宛の手紙で、「最後まで試練を予期せよ！」と言って、次のようにしるしている。

この試練に関して本当に不思議で重要なことは、私が最初は新年とともに肩から降ろしてひとりの若者にゆだねることができるものとばかり信じていた重荷が、いまやまた自分で背負い、いっそうの困難にあえぎながら運び続けなければならない、ということなのです。

こうなっては、私たちを支えてくれるものは大きな義務感のみです。私には肉体的に平衡を保つこと以外に心配はありません。その他のことは自然に収まるでしょう。肉体は必然、精神は意志なのです。ですから、自分の意志がたどる最も必然的な軌道が定められている人は、そう多く心配して考え込む必要などないのです。

ゲーテが驚くほど冷静な、事務的な調子でこの手紙をツェルター宛に書いたとき、偉大な友シラーとの往復書簡の編纂を思い立って、すでに五年たっていた。それゆえゲーテはツェルターを相手にして繰り返し過去を概観し、人生の総決算をしようとしたのかもしれない。

一八三〇年十一月末、ゲーテはひどく喀血するが、死ぬかもしれないとは、いや、そもそも死ということすら考えもしない。死をさかんに笑い飛ばし、ニノン・ドゥ・ランクロは九十歳までも生きたのだよ、それもね、「八十歳になるまで、何百人もの愛人を幸福にしたり、絶望させたりしたあとなのだよ」(10)。ゲーテは死という観念を脳裏から払い除けようとした。彼にとって死は移行にすぎず、霊魂不滅を信じていた。

エッカーマンが一八二九年二月四日に記録したゲーテの誇りにみちた言葉が、それを証明している。「私たちの霊魂が不滅であるという確信は、私には、活動という概念から生まれてくるのだ。というのも、私が生涯の終焉まで休みなく活動して、現世の存在形式が私の精神を持ちこたえられなくなったなら、自然は私に別の存在形式を与えてくれる義務があるからね。」

ゲーテは『決定版全集』と『ファウスト』という二つの「最重要の仕事」を抱えて、驚くべき集中力を発揮して仕事に没頭してゆく。彼にとってコッタは、一八〇七年、一八一六年から二二年まで、そして二五年以降は、ただひとりの専属出版者であった。だが、コッタにとってはゲーテだけが著作者ではなかった。しかし、このような事実から、しばしば誤解、腹立ち、言い争いや衝突が生じ、それどころか著作者が出版者を替えるという事態になるのだが、出版者を替えてみても状況が変わるわけではない。M・ヴァルザーは今日の視点からこのように述べる。つまり、著作者には、彼が評価し、信頼し、友情さえ感ずることのできる、いやそれどころか時として愛情すら感じてしまうひとりの出版者がいるだけである。ところが著作者は、自分だけの専属出版者と思っていたのに、出版者が抱える著作者はただひとりではなく、他にも大勢いて、さながら「著作者のハレム」を囲っていることに気づくのである。こうした現実は、とヴァルザーは言う、著作者が克服しなければならない問題である。

コッタがゲーテとシラーを自分の出版社のために獲得しようと思ったとき、明晰な計算があった。二人は当代きっての大詩人である。コッタの「獲得方法」は、シラーに対しては友情を表明して彼と彼の家族に気前よく援助したこと、ゲーテに対しては彼の全著作を出版する用意があると表明し、つまりは全体として文学史上類例のない報酬を用意したことであった。しかし彼は、両詩人の全著作の面倒をみるつもりだったので、彼らの全貌を世に紹介するためには、個々の作品も、たとえ採算が取れないことが最初からわかっていたとしても、全部出版する義務を負ったのである。彼は不断の努力をして、専属出版者として抱えた著作者の作品をあらゆる手段を使って市場に売り込もうとする。そのうえさらに、将来を見越して、二人のためなら追加的な投資もためらわない。『プロピュレーエン』『芸術と古代』『自然科学一般、とくに形態学のために』などの雑誌は経費がかかりすぎ、命取りになりかねなかったが、それでもコッタは発刊して、ゲーテの人気を高めようとした。ところがゲーテのほうは、これらの雑誌や日刊紙、ことに一八〇七年コッタが発刊し、世間の評価の高かった『教養階級のための朝刊』紙に対する協力の要請に応ぜず、コッタ書店刊のさまざまな年鑑への寄稿依頼も聞き入れないばかりか、問い合わせに回答すらしないこともしばしばであった。こうしたすべてをコッタは、言葉の本当の意味で「我慢」した。見返りがあると確信していたのである。ゲーテ＝シラーという恒星は、そう彼は当然そろばんをはじいたのだが——この事情は、文学作品を扱う出版者の場合、二十世紀になっても、今日でもなお、同じである——、他の著作者たちを自社に引きつける吸引力にもなる。こうしてコッタは回を重ねるごとに当代の重要な著作者を自分の出版社に結びつけることに成功する。とりわけヘルダーとヴィーラントであり、さらにヘルダーリン、ジャン・パウル、シェリング、フィヒテ、ティーク、ヘーベル、フンボルト兄弟、シュレーゲル兄弟など、錚々《そうそう》たる顔ぶれであった。

ゲーテとの契約関係が整い、ゲーテの専属出版者となってからも、コッタは自分の他の活動もこれまでどおり続行した。一八二七年二月半ば、シュトゥットガルトの製図会社をミュンヘンに移転させる。もともと彼は、当時マスメディアの都市となりつつあったミュンヘンに心をひかれていたように思われる（一八二二年九月四日、彼はバイエルン王マックス・ヨーゼフから世襲の男爵の爵位を授与され、また息子のゲオルクは侍従の位を拝命し、皇太子ルートヴィヒは彼にミュンヘンに移住するよう勧めた）。一八二八年一月一日コッタはミュンヘンで日刊紙『外国』を発刊、また翌二九年一月一日政治新聞『内国』を発刊したが、これは一八三一年六月まで刊行された。この頃彼は、ヴュルツブルク近郊に「製紙工場ケーニヒ、コッタ&バウアー」をも設立している。その間彼はヴュルテンベルク領邦議会議員としてたえず諸国を視察してまわり、とくにベルリンには関税交渉のために何度も足を運んだ。彼の生活水準、地所や家屋からの収入、新事業への投資などが世間に大富豪の印象を与えてゆく。一出版者のこの栄華を人々が快く思うはずはない。飢え死にした作家の頭蓋骨、それを使って彼がシャンパンを飲んでいるなどと、ありもしない噂を立てられることも稀ではなかった。こうして、公然と発言する批判的な敵対者が少なからず現れてきたのである。しかし、コッタはそのことで迷わされはしなかった。彼の活動範囲は驚くほど広かったが、さまざまな仕事をこなさなければならない緊張のあまり、衰弱して病気になることも多かった。

著作者ゲーテとの関係が基本的に変化していったことは不思議ではない。コッタにはもはや細かい問題に気を配る余裕がなかった。以前は校正刷りを自分で読み、決算書を手書きで作成し、ゲーテの望み、家族の望み、家政や書籍や外国の情報などについて事細やかに配慮すること、それが彼の自慢でもあったのだが、彼はいまや製作上の技術的な問題、版の編纂などを社員のレープレートやライヒェルに任せてしまった。コッタの息子ゲオルクも時おり商売上のやり取りに介入してきた。むろん、コッタは、微妙なテーマを議論するときとか厄介な問題を解決しなければならないときは、いつも社主として加わった。厄介な問題はたいてい予期しないところで起こる。『シラー゠ゲーテ往復書簡集』出版は、なんら問題のない、ふつうの出来事のように思われた。しかし、それでもなお、著作者たちの特別な神経過敏さが原因で、思いがけない困難が生じてくる。それはまさに、ゲーテがヴィルヘルム・フォン・フンボルトに宛てた最後の手紙、一八三二年三月十七日付に書いているような、天才的芸術家を扱う場合には「意識と無意識のあいだ」に身をおいて注意をはらわなければならない「多様な関係」にほかならない。

二　二人の対話
――『シラー＝ゲーテ往復書簡集』編纂史

『シラー＝ゲーテの往復書簡集』出版を思いついた最初の人がコッタであったことは疑念の余地がない。シラーの死の直後、彼は早くもカロリーネ・フォン・ヴォルツォーゲンとこの件を話し合った（と、彼女はのちに一八二四年三月二十一日付のゲーテ宛の書簡で伝えている）。一八〇六年十二月十九日、コッタはゲーテに話を持ちかけると同時に、彼にはきわめて重要であった『教養階級のための朝刊』紙への寄稿を再度勧める。「本紙は政治ばかりでなく、すべての分野を守備範囲としております。あなたの心のなかには無数の事柄がおありでしょうから、それらにわずかに触れるだけでも読者は喜ぶにちがいありません」、と言ってからコッタは、両詩人の往復書簡も読者を喜ばせることができるとして、こう続ける。「あなたとシラーのあいだで交わしたお手紙なら二、三通でも、私には大きな贈物となりましょう。」しかし、コッタはこの贈物をすぐに手に入れることはできなかった。

一七年後、コッタはゲーテから、いまシラーの手紙を読み返しているという報せを受ける。「この数週間、私は」、とゲーテは一八二三年六月十一日付の手紙で告げる、「一七九四年から一八〇五年まで、つまり雑誌『ホーレン』へ協力を求める最初の手紙から死の数日前に書かれたものまで、シラーの全書簡を集めて整理しておりました。私の所有物のなかで最大の宝物であるかもしれません」。D・クーンによれば、ゲーテがシラーの書簡を年月日順に整理しはじめたのは一八二三年夏である。しかし彼はすでにその前年の二二年、偶然シラーの書簡と再会している、つまり、『年代記』執筆のときであった。同年六月ゲーテはシラー未亡人シャルロッテにご主人に宛てた自分の手紙を返してほしいと乞う。最初は彼の頼みに応ずる気になったシャルロッテも、おそらくは彼女の姉カロリーネ・フォン・ヴォルツォーゲンの差し金であろう、シラーの名声がライバルのゲーテのために損なわれているという意見に押されて、結局は応諾を渋るのである。わずかな金額で買い戻そうとしたのはゲーテの誤算であった。これが原因で二人の女性は態度を硬化させ、返却を拒絶するのだが、この経緯はW・v・フンボルトの手紙から知ることができる。シラーの書簡を再読して感激したとゲーテから知らされていた彼は、一八二三年十一月十二日付妻宛の手紙に書く。「ゲーテとシラー家のあいだには、往復書簡のことで一種のもめごとが起こっている」とし、この「もめごと」の性格を的確に描き出している。「シラー未亡人はしかし、この書簡から引き出せる利益を子供たちのために放棄したくないと思っているのだが、当然のことだろう。だから彼女は、夫宛のゲーテの書簡を手放す気になれず、ゲーテがいくつか案を示したけれども、わずかな金額で買い戻したいというものだったから、はねつけてしまった。」[11]

ゲーテは書簡の読み返しを続け、シラーの書簡を何編か公表しようと思いついて、一八二四年三月二十二日カロリーネに宛てて書く。これらの書簡は「高邁な、純粋な、晴朗な、無垢な二人の交友関係の証拠であり、読者の要望と出版者の関心をいやましに高めるであろうと思います」[12]。じっさいゲーテはこれらの書簡の中身に自信があったし、同時に書簡集は、またとないパートナーとして結び合った二人の友愛の証、稀有な人間的、精神的な出来事の証拠であると確信していた。『シラー書簡集』が刊行前に新聞に掲載されることになったとき、ゲーテは自分たちの交友関係についてこう述べている。「友情はじっさいに生まれ、じっさいに継続するものだが、情愛、いや愛情でさえ、すべて友情のためには役立たない。真実の、活発で生産的な友情とは、同じ歩調で人生を歩み、相手が私の目的を認め、私が彼の目的を認める、こうして私たち二人が共に確固たる信念をもって歩み続けることにある。それ以外の点でどんなに考え方や生き方の違いがあるかもしれないにしても。」友情というものをこれ以上うまく言い表すことはできまい。「守護天使もなくひとり取り残される」、そして友もなくひとり取り残される、という言葉の深い意味が理解されるのである。こうして精選されたシラーの書簡二七通は、一八二四年、『芸術と古代』第五巻第一号に掲載される。

一八二三年と二四年の日記には、ゲーテがこの頃シラーの書簡を集中的に読み返していたことが頻出する。しかし、シラー未亡人シャルロッテは依然としてゲーテの書簡の返却を拒み続けていた。彼女の手許にあったのがオリジナル、つまりこれらの書簡は写しがとられていなかった。ゲーテはこの頃ヴァイマルに滞在していたフンボルトに、法的にはどうなっているか、その状況について相談する。当時、書簡に関して所有権や出版権を規制する法律は存在しなかった。今日この問題は法律によって次のように規定される。書簡自体の所有権は、書いた人や差出人にはなく、受取人、つまりこれを所有する者にある。出版権と利用権は書簡を書いた人もしくはその相続人にとどまる。これを当時のケースに当てはめると、ゲーテに宛てたシラーの書簡はゲーテの所有物であるが、その出版に関してはシラーの遺産相続人だけが決定権を有する。逆に、ゲーテの書簡はシラーの遺産相続人のものであるが、その出版に関してはゲーテだけに決定権がある。フンボルトは、シラーの書簡はシラー家の所有物であり、シラー家のみが出版についても決定できる、という見解であった。法の規定のないこうした状況において、フンボルトは果敢に解決策を打ち出す。「私はこの問題の解決に向けて新しい動きを作ったのですが、それは次の方法によるものです」、と彼は一八二三年十一月十二日妻に宛てて書く。「まず、私がシラーからもらった書簡をゲーテに渡し、それを読み終えたらそれをシラー家に渡してほしいと頼みました。次に、シラーが書いた書簡は友人たちによって正当にシラーの子供たちの所有物であると見なされるようにと、私はやんわりゲーテの心に訴えました。[13]」この「新しい動き」とは、ゲーテとシラー家相続人の双方がこの件でフンボルトに仲介を要請したことである。フンボルトはこれに応じたものの、同じ妻宛の手紙のなかで、むろん、仲介がはたしてうまくゆくかどうか定かではない、というのは、ゲーテとシラー夫人は「互いに敬愛の念をいだき合ってはいるものの、どちらもそれぞれの見解を譲らないからである」と述べ、また、一八二三年十二月一日付妻宛の手紙では自分の見方を示している。ゲーテとシラー夫人の姉カロリーネは、「もともと疎遠になっていたのですが、いままた、カロリーネはおりに触れて、ゲーテの性格や態度について、相手が傷つくような辛辣さで応ずるというわけです。しかし、ゲーテがシラーの遺児に対してとった振舞いがけっしてほめられたものでないことも、事実です[14]」。フンボルトはシラー家と交渉を開始、その結果、カロリーネから一八二四年三月二十一日付の手紙がゲーテに届けられる。シラー家は書簡の出版に同意するが、それには「信用のできる友人」コッタを参加させるように、というのも彼ならこの「注目すべき往復書簡」に対してきっと「相当な金額」を支払ってくれるだろうから。この出版によって支払われる報酬はすべてゲーテとシラー家の折半とする。もしゲーテがこれを了承するなら、シラーに宛てた彼の書簡を返却するし、また、シラーがゲーテに宛てた書簡も彼の所有物として自由に処理してかまわない。こう言って彼女は、次のように締めくくる。「義兄シラーはあなた様を心から信頼しておりました。したがいまして、この件はあなた様の手にゆだねられていると申し上げてよろしいでしょう。シラーが同じ状況にあったなら、あなた様のためにどのような気持ちで行動したか、私にはそれがわかりますし、あなた様もそれと違った行動をけっしておとりにならないと思っております。」

この手紙の内容にゲーテは同意する。彼にとってこれ以上望めないものであったからだが、フンボルトもこの提案を呑むように彼を説得したにちがいない。この提案受諾をゲーテは誰もが知っている彼の仕方でする。つまり、彼は「指示書」(15)を作成し、それをシラー家に送付するのだが、そのさい目を通して異存がなければこれを「お好きなように」コッタに転送していただきたいと頼むのである。

事実、この文書は原則とする意思を示しており、「指示書」の性格をもっていた。すなわち、往復書簡を出版するという確定的な意図と編集はゲーテが自分の責任において行なうというきわめて重要な条項に始まり、続いて、販売によって受け取る報酬は、前述のとおり、両者の折半とする、契約期間および第二版を廉価なポケットブック版とするなどの点については、今後の話し合いで詰めるものとする、とされていた。しかし、ゲーテが最後に次の条項を添えた意図ははたして何だったのか。「特別なことに関わる多くの点については、あとから付け加えることを留保する。」コッタはこの「細部はあとで決める」という点に、経験からいって、むしろ不安な思いをしたにちがいない。

この時点ではゲーテは、自分自身の書簡をはたして自由に使用できるかどうか、その時はいつか、わからないままであった。シラー未亡人の姉カロリーネも一緒になって、コッタにもっと高い報酬、「相当な金額」を出させようとしきりに目論む。シラー夫人がコッタにこのいわゆる「指示書」を転送したのは、同年三月二十六日、こう書き添えてあった。

昨年十一月、フンボルト氏を介してゲーテ氏によって話し合いが開始され、私の姉により続行してまいりました交渉にもとづき、きわめて長いあいだ懸案となっておりました「往復書簡集」に関しまして、当方の検討結果をゲーテ氏による説明の形で同封にてあなた様にお送りいたします。あなた様がこの提案を受け容れられ、私どもに報酬の半分と将来出版される版の取り分の半分を保証してくださいますならば、私どもはすぐにゲーテ氏の書簡を彼に返却いたします。

コッタは事の重要性を認識していたので、ゲーテのもとに赴き、彼と直談判しようとするのだが、一八二四年五月八日付の手紙でまたも言い訳をしなければならない。「しかしながら、領邦議会が目下多忙をきわめており、私は全活動をそちらに振り向けねばなりません。二、三行の手紙を書く暇さえ見つけられないほどなのです。」ましてや、お訪ねすることはできそうにもありません。「シラー夫人はあの嬉しいニュースを私に送ってくださいました。あなたとシラーの往復書簡はわが社から出版させてもらってよろしいのですね。このことが私はとても嬉しくて、どんなに私の期待の気持ちが張りつめているか、筆舌に尽くしがたいほどです。ご提案の諸条件に私が即同意したことは、すでにシラー夫人があなたにお伝えしたことでしょう。むろん、私のほうの希望も書き添えてあったことと思いますが、もし可能であるならば、私は書簡のオリジナルを所有したいのです。私の子孫にとって貴重な、稀有な記念となります――これまでもご愛顧を賜っておりますので、あなたが私の希望をきっとかなえてくださるものと確信しております。」だが、コッタにはそれほど確信があったわけではない。それに、往復書簡のオリジナルを子孫の記念として所有したいというのは、かなり奇異な、無理のある要求である。出版者としての論拠であればもっと違ったものでなければならなかっただろう。つまり、私は往復書簡のオリジナルを自分の目で見て確かなイメージをいだき、写しに間違いがないかをチェックし、往復書簡の、ゲーテが当初公表するのを渋った箇所をも読んでみたい、と言うであろう。そうすれば、コッタとしても、ゲーテ自身すべてオリジナルなものを重んじているのだから、彼の気持ちに訴えかけることができたであろう。オリジナルな文書の大の収集家であったゲーテは、内容と形式を知りたがった。中身と形姿、すなわち彼にとっては外面的なものはつねに内面的なものの現れであった。しかしゲーテは、予想されたことだが、コッタの無理な要求に応ずるはずがなかった。ゲーテはもっと先のことを考えていたのである。つまり、彼の書簡は、オリジナルな形では、このさき二五年は公表を差し控えることにする。この点について彼はすでにシラー夫人と了解に達していた。その理由は容易に想像のつくものであった。すなわち、往復書簡のなかで批判され、攻撃され、あるいは侮辱さえされている人たちがまだ生存しており、彼らへの配慮が不可避と考えたのである。(16)

コッタはシラー夫人に出版を引き受ける旨を伝えるとともに、書簡のオリジナルを自由に使わしてほしいと乞う。しかし、ゲーテとはまったく無関係に、シラー夫人も渋って、ゲーテにどう断ったものかと相談するのである。ゲーテは彼女の意を汲んで、彼女のために次のような回答の草案を作成した。(17)

コッタ氏にはこのようにご返事するとよいでしょう。

謹啓　当方から申し出ました出版をお引き受けくださるとのご返事をいただきましたので、私はすぐにゲーテの書簡のオリジナルを大臣閣下にお渡ししましたところ、閣下はすぐに編集作業を開始して、清書原稿の作成に取り掛かると申しております。私たち双方にとりまして、ここでもう一度旧交を温める機会を得ますことは、大きな喜びでございます。

印刷が終わったあと書簡のオリジナルをお譲りする件につきましては、気遣われる点が多々ございますので、編集の結果を見てから、どの点まで可能かについて、改めてご返事をさせていただきたいと思っております。
この件について定めなければならないその他の詳細につきましては、私どもがいつも相談相手としておりますゲーテ閣下と交渉していただきたく、と申しますのも、お約束したことに対しましては当方もかならず同意いたしたいと考えており、何卒よろしくお願い申し上げます。

かしこ

シラー夫人はこの草案を受け取り、少し手直しして、挨拶の言葉を添えるとともに、四月十六日コッタに宛てて発信した。この措置にコッタは同意し、この同意にもとづいてシラー夫人はやっとゲーテに彼自身の書簡を手渡す気になるのである。一八二四年四月十日の日記にはこう書かれている。「宮廷顧問官夫人からシラー宛の私の書簡が届く。すぐに仕分けと整理を始め、夜更けまでその作業を続けた。(18)」ゲーテはこうしてこの作業を続け、五月半ばに書簡の半分を通読し終える。往復書簡の編集は、と一八二四年五月三十日、彼はコッタに宛てて書く、きわめて重要な、いろいろな意味で楽しい仕事です。往復書簡はすべて「友情というものの最も奥底にある秘密」を表現しているからなのですが、けれどもその編集作業については、どうも過小に見積もってしまいました。よく考えなければならない点がじつに多々出てきたのです。ゲーテがここで思い知ったことは今日に至るまで、どの編集者も体験したことである。すなわち、書簡集の編纂ほど複雑なものはない。存命中の人々に対する配慮、あまりにもプライベートな事柄に関わる文面のために蒙るかもしれない抗議、氏名や地名の綴り方、事柄に関わる陳述の検査、日付のチェック、不明な箇所の解明、明らかに間違いないし誤解と思われる箇所の除去、引用文の照合やその他多くのことに注意がはらわれねばならない。

ゲーテは一八二四年から二六年まで継続してシラーとの往復書簡を読み続ける。周囲では、最初にゲーテがシラーに宛てた書簡だけを切り離して出版できないものかという検討もなされた。しかしゲーテは、そのような分離出版案には抵抗する。彼はあくまで、往復書簡として、思想・意見の相互交換、そしてそれによりいかに有益な影響が相互に与えられたか、という形にしたかったのである。それに彼は、シラーの書簡のほうが自分のものよりも価値があると判断していた。「私のこれらの書簡は、むろん、啓発や景気づけのためにはきわめて必要なものですが」、と彼は一八二四年七月三日C・F・L・シュルツに宛てて書いている、「しかし、内面的な、独立した価値という点では、シラーの書簡にかなうものではありません。彼は私なんかよりも、人物や著作を考察する気概を有しております。そして彼のきわめて自由な、手紙による見解の吐露は、なんら条件を付けないで反射的に吐露された偽りのない言葉として、じつに計り知れないほど価値があります」。この頃の日記を見ると、ゲーテがシラー書簡の通読と整理にいかに魅了されていたかがわかる。「夕方一八〇二年のシラーの書簡を日付順に整理する。」日記にも当たって調べ、あの頃のことを思い出す。(19)」シラーと交際が始まった当初、シラーは自分にとって「第二の青春」であるとゲーテは言ったものだが、いま彼はその交際の全体を思い浮かべる。『クセーニエン』で張った共同戦線、そして『ヴィルヘルム・マイスター』執筆時のさまざまな局面での討論。まさにこのとき、彼の詩学とシラーの詩学の違いが明らかになった。つまり、シラーが理論的な省察の人であるのに対して、ゲーテは、『ヴィルヘルム・マイスター』について述べているように(クネーベル宛、一八一四年三月十六日)、「私はこの作品を、他の作品同様、夢遊病者みたいになって書いた」のである。シラーとの手紙による対話をとおして、省察と形態化、意識と無意識の弁証法がゲーテに明らかになる。それは生涯をとおしてゲーテの心を占めていた問題であった。W・v・フンボルトに宛てた最後となる、遺言風の書簡、一八三二年三月十七日付においても、ゲーテは天才的な芸術家において「意識と無意識のあいだに」生ずる「多様な関係」に触れて、こう結ぶのである。「意識と無意識は経糸《たていと》と緯糸《よこいと》との関係にも似ておりまして、私にはとても必要な比喩なのです。」(20)

『ファウスト』と『ヴァレンシュタイン』に関する創作方法についての対話は、いかにゲーテを感動させたことか。彼が長い熟慮を重ねていたのは、一七九九年十二月シラーがヴァイマルに引っ越してきたことによって生じた文通の変化について、なんらかの注釈を付けるべきかどうかであったが、それを断念し、結局は隙間を埋めて「物語風に」することも断念するのである。もちろん、仮にしたとしても、注釈や加筆充塡によって物語風にするのはゲーテには困難であったであろう。というのも、多くの事柄に関わる問題や詩作上の問題において生じたシラーとの相違点を、手紙による対話でなした以上に詳しく取り上げざるをえなくなるからである。根本的な相違は、すでに『植物変態論』についての対話のさいに生じていた。すなわち、シラーはゲーテの命題を経験ではなく、単なる理念と呼んだのであった。このような根本的な相違にもかかわらず友情関係が育まれたというのは驚くべきことである。ゲーテの創作の仕方、彼の方法、彼の「探究方法」が、シラーから批判されたというよりも挑戦をうけたのである。のちにゲーテは自分の基本的な芸術理論上の観方を公式化するが、これはシラーに向けられたものであった。「普遍的なもののために特殊なものを求める詩人と特殊なもののなかに普遍的なものを求める詩人、この両者のあいだには大きな相違がある。前者からは、特殊なものが一つの例、つまり、普遍的なものの一例にすぎないアレゴリーが生まれる。しかし、後者がポエジーの本質である。彼は特殊なものを表現するが、そのさい普遍的なものを考えたり、普遍的なものを指し示したりはしない。この特殊なものを生き生きとつかむことができる者が、同時に普遍的なものをつかんでいるのだが、その時それとは気づかないか、あるいはあとになって初めて気づくかなのである。[21]」この「大きな相違」は根本的な世界観の違いである。繰り返し言えば、こうした相容れない対立にもかかわらず二人の結びつきが保たれ、生産的に終始したのには驚かされる。二人の関係は、他の場合にさいしてもなんら変わることはなかった。すなわち、ゲーテは「ポエジーの本質」、省察と形態化、意識的な創造と無意識的な創造について、明らかにシラーと反対の見解であった。一方シラーは、自分がドイツ観念論と密接に結びついていることを明確に認識していて、彼もまたゲーテからいろいろ学びたいと思ったのである。この点が最もよく現れているのは、シラーの物語詩《バラード》『イビクスの鶴』を改作するさいに交わした書簡である。鶴は群れをなして飛ぶということをゲーテから聞いたシラーは、このことをすぐさまこの物語詩の新しい草稿に採用する。一方ゲーテは、シラーが理論から出発して具体的な経験に行き当たるさまに、感銘をうけていた。ゲーテがこのことを実際に体験して感嘆するのは、のちにライン旅行に出かけたときで、シャフハウゼンの滝では物語詩『潜水夫』でシラーが描いたとおりにライン川の水が流れていると、シラーに手紙で伝える。シラーはこう解説している。「私はこの滝の自然は水車を観察するぐらいでしか研究できなかったのですが、ホメロスのカルビュブディスの描写を細かく研究しましたので、そのお陰でこの滝の自然の場合でも私の描写が通用することになったのかもしれません。[22]」理念か経験か、ないしは意識か無意識か、という問題は創造のプロセスにおける根本問題であり、往復書簡を貫く主要なテーマとなっているのだが、このテーマは現代においても議論の続くところである。ゲーテの『色彩論』は経験に拠るものだが、往復書簡でもそのことが討論の対象となっていて、ゲーテの経験的知識がシラーの思弁的な精神と相対する様子は、読んでいてじつに魅惑的である。物理学の理論と数学におけるゲーテの敵対者はニュートンであった。ゲーテが負け、ニュートンが勝利するという形で、全物理学は現代まで発展を遂げてきた。しかし、今日、現代物理学は再び、理論と経験の関係にどうウエートづけをするかという問題に直面している。

往復書簡集を貫く第二の大きなテーマは、作品にいかに形式を与えるかという問題である。ゲーテとシラーは出発点では意見が一致していた。すなわち、古典古代の芸術作品は詩作のさいの手本として時代遅れではない。当時作られた詩の法則を探求して、当代の作品の素材や内容に応用する可能性を探ることは、いまもってなお重要なことである。書簡で二人が繰り広げるジャンルの理論に関する考察は限りなく豊かであり、以後、どの学派もここでの対話の内容をもとにして文芸理論を展開することになるのである。ゲーテは『修業時代』に対するシラーの批判を受け容れる。この長編小説に「ある種の詩的な奔放さが欠けているのは、小説形式をはみ出すまいとして、つねに悟性を満足させようとしているからです。」[23]これに反してシラーは『ヘルマンとドロテーア』を称賛し、この作品はゲーテの精神を余すところなく実現しており、読んでいる私を「神的な詩の世界」「純粋な形式」へと導いてくれると述べる。ゲーテはこれに賛意を表して、それは『修業時代』が持ちえなかった「純粋な形式」のお陰であると思う、だから「守護神が人生の収穫期に私たちにはたして何を恵んでくださるか、待つことにしましょう」[24]と述べるのである。しかし、ゲーテが『ファウスト』に再び取り掛かったとき、シラーの要求する高度の形式から離れようとして、その理由を「私は、この作品は構成が粗野なものですから、もっと気楽に構えてやってゆきたい、つまり、最高の要求を実現するというよりも、さっと触れるだけにしたいと考えている」[25]と告げる。しかし、ゲーテとシラーの偉大なところは、彼らが形式に関するこうした根本的な相違をそれぞれの独自性と見て、受け容れ合ったことである。そもそもこの二人の作家の関係で驚かされるのは、相互にいだく強い信頼の気持ち、自分の事柄に集中しても、一面的にならず、つねに相手の事柄にも心を開いていることである。作家たちの人間関係を観察するとわかるが、自分のことだけを良く思い、他人のことには反感をいだくケースがひじょうに多い。とすれば、ゲーテとシラーの関係はおそらく一回限りの出来事と言ってよいのかもしれない。

M・ヴァルザーは講演「わがシラー」において、論争を意図してゲーテのシラーとの違いを際立たせ、二人の関係は最後の一〇年間は良好で生産的な展開を「たどった」としたうえで、こう述べる。「もしこれが、一七九〇年代の後半と同じような状態でさらにもっと長く続いたならば、『マルクス＝エンゲル全集』と同じように『ゲーテ＝シラー全集』として出版するほうが良かったであろう。」[26]

一八二四年七月二十日、ゲーテはシラー書簡の一七九六年末までの分を通読し、彼の言によれば、「全体としての重要な意味をますます認識した」[27]のである。ドイツ文学の古典期を共同で創り上げた二人の詩人の個人的な証言が、いま全体を一つにまとめてみると、相互に融け合って、「他に類のない客観的な記録になる、いや、この往復書簡そのものが一つの古典的作品となるのではあるまいか」。この点にゲーテは重要な意味を認めたのである。

一八二四年十二月、秘書ヨーンがシラーの書簡の清書を開始、のちにゲーテ自身の書簡も清書される。ゲーテはこの年は、一年中をとおして、何度も往復書簡の仕事に携わる。清書原稿をチェックし、「挿入」を行ない、書簡を日付順に「整理し、そして最後に訂正を加えた」。

ゲーテははたして何に「訂正を加えた」のであろうか。彼の書き込み、および印刷された文章とオリジナル書簡との照合——これを行なった最初の人は『コッタ＝シラー往復書簡集』の編者W・フォルマーであったが——から、ゲーテの編纂方針についていくつかのヒントを得ることができる。ゲーテがやむなく省いた書簡の数がごくわずかであったこと、存命中の人たちの人権保護に必要な削除も当初考えていたよりも少なかったこと。もっともここに言う人権の「保護」とは、むしろ道徳的な観点からなされた慎重な判断であった。人権保護遵守を義務づける法律は当時まだ存在していなかったのである。

ゲーテが編纂者として、二人の関係について、個人的な面であろうと文学上の面であろうと原文を粉飾したり、原文になんらかの変更を加えたりすることを意図しなかったことも、まったく疑いの余地がない。効果を高めようとしたり、いわんや「模範文集化」を目論んだりなどしていない——この点は後代のゲーテ研究によって明らかにされている。ゲーテは共通点に対しても相違点に対しても、曖昧な点、矛盾する点に対しても、同じように是認の立場をとる。彼とシラーは「対極的な精神」であり、両者は、ちょうど彼が論文『幸運な出来事』で認めたような、「地球の直径よりも大きく隔たっている(28)」のである。にもかかわらず、二人は互いにかけがいのない大切な友であり続けた、どちらも文学のうえで強大な力であった。

原稿を印刷に付せるように仕上げる作業が、ゲーテが繰り返し決意してもさほどスムーズにいかなかったのは、もとより彼の二つの「最重要の仕事」、すなわち『決定版全集』と『ファウスト』の続稿に原因があったのだが、そのほかにも、この往復書簡集の重要性がいっそう明らかになるにつれて、はたしてどの書簡を省くべきか、ゲーテが慎重になって即断できなくなったためでもあった。むろん、往復書簡が出版されたならば「政治的な」影響は必至である、宮廷においても——いわんやますます増えてきた政敵によっても——読まれるだろう。ところがゲーテの心配をよそに、シラーの相続人たちは、未払いになっている報酬のために、仕事を急かせる。ゲーテは一八二五年七月十日付カロリーネ宛の手紙で、報酬の前払い二千ターラーは自分が立て替えてもよい、このお金は聖ミカエルの祝日（九月二十九日）にお支払いしたい、と申し出た。さらにもう一度、往復書簡の全報酬は「昔からの固い友情にもとづいて」折半となると強調し、息子アウグストにもこの取り決めを確認させた。アウグストは「上記について息子である私はいかなる場合も義務を負います」と書いて、署名するのである。奇妙なことに、ゲーテはこれを支払わず、理由はわからないのだが、シラー家にもそれ以後なんら説明もしなかった。シラー家のほうは当然不安に駆られ、しまいには腹を立ててしまう。一八二四年来ケルン控訴裁判所の司法官試補として勤めていたシラーの息子エルンストが支払いの督促に乗り出す。一八二六年三月二十二日、ゲーテに宛てて手紙を書き、契約違反を間接的に非難するとともに、約束どおり支払ってくれるよう乞うた。(29) にもかかわらず、なぜゲーテが支払いに応じなかったのかは不明である。経済的に支払えない状態であったとはほとんど考えられない。というのも、一八二六年二月にコッタから五千ターラーを受け取っているからである。『決定版全集』の契約に署名をするさい、ゲーテが交渉してさらに追加として取り決めたあの報酬であった。とすれば、ゲーテには支払う意志がなかったのである。三月二十九日ゲーテは息子アウグストを介してエルンスト・フォン・シラーに次のように伝える。『往復書簡集』の編纂はあと数カ月で終わり、原稿は印刷に付される、したがってこの理由から昨年の約束を実行する必要はもはやないと自分は感じている（奇妙な結論である）、六月二十四日にコッタに原稿を送る予定であり、そうすればコッタから報酬が支払われることになる。だが、ゲーテはまたもや編纂作業量を誤って見積もってしまい、予定の期日に入稿できなかった。

二年以上も間をおいてから、ゲーテは『往復書簡集』の件でコッタと連絡を取る。すなわち、一八二六年八月二十六日付コッタ宛の手紙で、「シラー夫人の死後［彼女は同年七月眼の手術の予後が悪くボンで逝去］、故シラーとの『往復書簡集』出版の件がまた話題になりました。原稿は完成原稿となり、お送りするばかりになっております」、と伝えるのである。

ゲーテはいかにして、一八二六年八月中に、原稿を印刷に付する状態にまで仕上げることができたのであろうか。その前の数カ月のあいだに彼は――「往復書簡」通読による効果があったのかもしれない――

自己の存在に関わる「最重要の仕事」である『ファウスト』関係の仕事をすでに終えていた（この点については後述する）。それゆえ彼は『往復書簡集』原稿の完成に向かうことができたのである。

シラーの相続人たちはその後もゲーテから何の連絡もうけなかった。E・v・シラーは、二カ月たってもゲーテからもコッタからも音沙汰がなかったので、ヴァイマルのゲーテのもとに出向いて、約束の金額を支払うように「直談判」を決意する。「この件は言語道断でありますので、ゲーテも恥じ入って支払うことになる、と私は思います」、もし要求に応じなかったならば、裁判に訴えるつもりである(30)。しかし、ゲーテは恥じ入るどころか、支払う気配もみせない。そこでシラーの息子エルンストは、九月六日ヴァイマルで、まず友達付き合いをしていたアウグストに会う。アウグストの説明は次のようなものであった。父は編纂の仕事で苦労している、全力を投じていると言ってもよいほどで、また調査や清書のために費やした費用もばかにならない。父の見解によれば、あの申し出はご家族に対する好意であって、債権法に定める拘束力をもつものではない。その後の話し合いでゲーテとE・v・シラーは合意に達して、彼は要求を撤回する。九月二十日、ゲーテは日記にこの合意について、自分も「その他、以前のことは改めた」としるしている。二人はコッタに対する「指示書」を共同で作成する。この指示書はコッタと最初に取り交わした報酬の約束、すなわち一巻に付き二千ターラー、ポケットブック版『往復書簡集』が出た場合は四千ターラーとするという取り決めにもとづいていた。E・v・シラー立会いのもとに、書簡オリジナル九七〇通が箱に収められ、封印してから蠟引き布でつつまれ、「公爵のお手許金のために」とヴァイマル政府に引き渡された。添えられていた指示は「君主の文庫（scrinio principis）」に一八五〇年まで保管すること、そして、この保管期限が過ぎたなら両者の相続人が自分の判断で使用できる、というものであった。ゲーテもE・v・シラーも指示書に署名する。エルンストは「畏敬の念にみちて」感謝する。「同時に私は、この機会に、私自身のために、また上に挙げた私の兄妹の名前におきまして、ゲーテ大臣閣下に謹んで申し上げさせていただきます。私どもは『シラー＝ゲーテ往復書簡集』の編纂のために捧げられた並々ならぬご努力を全面的に称えるとともに、閣下がこの共同の著作出版にさいして私どものためにお取りくださった愛情深い仕方に対しまして、衷心からこみ上げる感謝の念を、私と私の兄妹の名前において、謹んで閣下に申し上げさせていただきたく存じます。」ゲーテは、この九七〇通の書簡と走り書きに、編集に関わる一種のバランスシートを添付した。それに拠れば、「清書原稿、二つ折本五巻分には、一七九四年から一八〇五年に至るまでの二人の友の全往復書簡が、完璧な形で」収録されている(31)。

しかしながら、この清書原稿は即コッタに宛てて発送されたわけではない。またもや仲介者になってもらおうと、一八二六年十二月三十一日付でボアスレーに送られるのである。当のボアスレーは、コッタがじりじりしながら連絡を待ち受けている、いや、それどころか腹を立てている、なぜなら、コッタは編纂の進行状況すらゲーテ本人からではなく、彼を介して知らされてきただけなのだから、と思った。そのため彼は、まず、ご自分でコッタに宛てて一筆書いていただきたい、とゲーテに懇願した。「どうかお願いですから、私のほうからコッタ氏に原稿を手渡すことになっていると伝えるとともに、原稿をなぜ私の手を通すことになったのかなど、とりなすために彼に何かやさしい言葉を言ってください。」ゲーテはこの忠告に従って、一八二七年一月二十六日付コッタ宛の手紙で、「やさしい言葉」をかけようと苦心して、冒頭に「あなたがこの手紙を開封されたとたん、あなたが楽しい静かなひとときをおもちになっていただけたらと思います」と書く。そして、巧妙に遠回しの表現で、コッタを当惑させ、彼の良心を目覚めさせ、罪悪感すら呼び起こさざるをえないようにしてから、なぜボアスレーをこのように何度も仲介に立てるのか、その理由を述べる。「いつもあなたはお家でも旅先でも重要このうえないお仕事に取り囲まれていると思うものですから、私は緊急でない事柄を直接お伝えするのを遠慮しております。その点、私たちの友ボアスレー氏の仲介が安心でして、氏宛にあれこれ送っておきますと、氏が頃合いを見計らってあなたにお伝えしてくれるというわけです。」こう言ってからゲーテはずばり用件に入る。「先にE・v・シラー氏が来たさい彼と私とで話し合いました案を、数日前、私はボアスレー氏宛に送りました。私どもの提案は以前の取り決めに即しております。それに、こう申し上げてもよろしいかと思うのですが、このように集大成した書簡草稿は、私とシラーの諸作品を一つに束ね、かつそれを支える要の石となることでしょう。私たち二人はいったい何を欲していたのか、いかに互いに切磋琢磨して修養に励んだか、何が私たち二人の妨げとなったのか、私たちの仕事がはたしてどこまで進んだのか、そしてなぜそれ以上前進できなかったのか。こうした一切が明らかになり、大志をいだいて努力している人々の行く手を照らす良い灯火となるにちがいありません。」

さらにゲーテはこの手紙で、ちなみに、四月一日に税金を納めなければならないので、『決定版全集』の報酬として取り決めた分の残り半分を三月下旬までにお願いしたい、と書き添えている。コッタの返事は遅れて、一八二七年三月三日付、しかも、やや慎重なものであった。ボアスレーが旅行中であり、彼がいつ戻るか知らないが、とにかくまず彼の帰りを待たなければならない。報酬の支払いを少し早めてもらいたいというゲーテの希望に対して、コッタは、はっきりと、当方としては復活祭のミサ聖祭にと予定していたため、仮払いとなると「相当の額の銀行手数料」が取られる、と述べる。このように詳しく説明しなければならない理由が、じつはコッタの側にあった。ゲーテの出版のみならずシラー、ヘルダーの出版、その資金調達のために彼は銀行から融資をうけたのだが、それが重い負担となりはじめ、とりわけ息子との関係で深刻な状態に陥っていたのである(32)。

ゲーテは一八二七年三月十二日付でコッタに再度、『往復書簡集』の企画について念を押す。「シラーの書簡集は、詳細な注釈の完成を待って発送するばかりになっております」、さらに、出版が延びていることになんら責任のないはずの出版者に対して抜け目なく、この『書簡集』がまもなく出版されたなら、「両者の全集出版に対しても大きな影響」を及ぼすことでしょう、と述べる。

その後、何週間も何カ月も、コッタのゲーテおよび息子アウグストとの手紙のやり取りでは、もっぱら出版者コッタ側の次のような不平苦情の吐露だけになる。『シラー全集』では配本が遅れている、製作の質が落ちている、さらに『決定版全集』の分冊分が計算に入らないという厄介な問題がある、『決定版全集』ポケットブック版の広告の出るのが毎回遅すぎる、出ても広告として不備であるなどと、繰り返し指摘し、とりわけ報酬金額の算定については話し合わなければならないと言う。一八二七年十月三十一日になってやっとコッタは『往復書簡集』の件に話を戻すのだが、むろん、聞く側に反論の気持ちも失せてしまうような告白を伴っていた。彼はゲーテに尋ねる、『往復書簡集』の組版と印刷はいつ開始することができるか、装丁はどうするか。そして、自分としては『詩と真実』に倣って八つ折判にしたらと考えている、と伝える。しかしそれからコッタは賢く立ち回ろうとする。すなわち、『往復書簡集』のポケットブック版に対する報酬四千ターラーの要求には自分はまだ同意していない、そして、この報酬額を既定事実とする必要はないとするために、彼は以前の取り決めに言及して、あの条項は「亡きシラー夫人のためを思って経済的な観点から訂正したものである」と述べる。しかし、最後に彼は出版者として甚だ遺憾な告白をする。あの「文書」、つまり取り決めが「どこにも見つからない、おそらくあちこち移動しているうちに他の書類のなかに紛れ込んでしまったのだろう」。ゲーテは慌てたにちがいない。というのも、コッタとシラー夫人のあいだに取り決めが交わされていたことなど何も報告をうけていなかったし、コッタが言及したこともいちどもない。それに、シラー夫人は詳細な打ち合わせをしたときに、なぜ黙っていたのであろうか。自分はどちらかの側から騙されたのではないのか。ボアスレーを介して引き渡したあの「指示書」もコッタの書類のなかに紛れ込んでしまうのでは、と不安に駆られたのである。

ゲーテは、十月三十一日付コッタのこの書簡の内容について、もう一度ボアスレーと手紙で連絡を取る。ボアスレーの返信では、コッタは「領邦議会が今回はとくに紛糾しているようで、またもや身動きの取れない状態にあります」が、八つ折判に対する報酬については了解したこと、ただし彼は、すぐに組版に着手できるとは考えていない、というものであった。ゲーテは待つが、十一月十一日ボアスレーが仲介者としての情報を伝えてくる。「コッタ氏はシラー書簡集の件をまた申し出ておりますが、そのような場合に最も必要とされる断固とした姿勢が見受けられません。どうやら彼は原稿を部分的に入稿してゆくことを考えているようですが、とすれば、むろん報酬の支払いも部分的になされることになります。それゆえ私は次便でもっと詳しく書いて、この点に関しても彼の意向に沿いたいと思います。この件にいかに取り掛かり、どう進行するか、それをいちばん良く知っているのは彼なのですから。」事実、コッタには「断固とした姿勢」が欠けていた。彼は躊躇していたのである。確かに、彼の事業はこの頃うまくいっていなかった。それに、今日でも多くの出版者がそうなのだが、書簡集は通常、そんなに売れ行きのいいものではない。おまけに、原稿の分量があまりに多すぎる、そんなぶ厚い書簡集の製作は費用もかかるし、苦労も多い、と彼は考えたのである。

再び手紙で連絡を取ったのはゲーテで、はっきりとした希望を告げていた。だが、一八二七年十二月十七日付のこの手紙は、あまりにも我儘であったためにコッタの怒りを買い、ひどい不興のあまりゲーテともぎくしゃくした関係になってしまうのである。ゲーテは、「読者がもっと関心をもってくれることが…

（略）…きわめて望ましい」と言い、この『往復書簡集』がそのために役立つ、と思う。「私の目の前にあるこの素晴らしい原稿は、きわめて重要なものであります。それは一瞬にして人々の好奇心を満たし、さらに文学、哲学、美学のいずれの観点からも、その他多くの面から観ても、最高に有効な力をもち続けるでしょう。」それからゲーテは一月にボアスレーがコッタに送った「文書」を思い出させる。「ここでなされております提案にご同意くだされば、この件はすぐにも望ましい方向を取ります。要求額八千ターラーをフレーゲ社にお振り込みいただけますなら、『往復書簡集』の原稿をすぐに発送させます。私がかつて推計したよりもはるかに分量の多い書簡の集成となっております。」こう言ってから、あの件が続く。それは、出版者コッタの心を深く傷つけ、また同時代人たちを激怒させ、グラッベのような作家をして「身ぐるみ剥ごうとする者の所業」とまで言わしめた箇所であった。

貴殿が実物を見て得心がゆくように原稿を数枚同封いたします。このような原稿が九〇〇〇枚にも及ぶのでありまして、しかも、あとから順次つけ加えた多数の原稿を計算に入れていない数なのです。ですから、立派な八つ折判五巻ないし六巻ができるのに十分な分量であることは申し上げるまでもないでありましょう。

この（報酬に関する）交渉をさきに終わらせずに私が原稿をお引き渡しできないことは、シラーの遺産相続人――そのなかには二人のご婦人がおられるわけですが――に対して、私が責任を取らなければならない立場にあること、したがって、私があらゆる場合の用意をしておかなければならないことをお考えいただければ、貴殿にもおわかりいただけることでしょう。当地のシラー家弁護士であるラート・クーン氏がしかるべくあちら側の取り分について引き受けてくれるでしょうし、私としましては、私だけが満足するのではなく、シラー家の側からもそれでよいという保証が得られましたなら、とっくに箱詰めにされてあります原稿をすぐにも郵送することにしましょう。そうなれば、この仕事は私が多くの苦労、心配、費用を注いだものですが、それもやっと成就するのです。

と申しますのも、正直言って、無償で編纂を引き受けたのはお人よしの軽率さと言ってしまえばそれまでですが、そのために費やした時間は計り知れないほどでして、蒙った損害はけっして少なくないからなのです。

憤激の原因となったのは、「この（報酬に関する）交渉をさきに終わらせずに私が原稿をお引き渡しできない」という点であった。コッタがなぜ激怒したのか、それに続いて世間がなぜ同じようにいきり立ったのか、正直言って、私はこの点については彼らの反応に与することはできない。契約を結び、報酬を支払うことによって自分が何を獲得しようとしているのか、コッタがそれを知らないはずがなかった。ゲーテはすでに雑誌『芸術と古代』にシラー書簡集を掲載し、二人の文通がどのようなものなのか、そのいくつかの例をすでにコッタに示していた。そしてとうとう、今度は、コッタ自身がつねづね「第一級の作家」と呼んだゲーテ＝シラー双方の書簡の全体のことが問題になっているのである。コッタは思い出さなかったのであろうか。つまり、ゲーテが出版者に対して時おりこのような悪戯を行なっていることを。フィーヴェークも『ヘルマンとドロテーア』の原稿を読む前に、報酬額を申し出て支払わなければならなかったのである。確かに、出版によって何が得られるのか、それをあらかじめ正確に知っておくというのは、出版者としての原則である。だが、この点にいくら注意をはらってみても、この場合コッタはわかっていたにちがいないし、事の本質を彼が知らないはずがなかったのである。回答するまで驚くほど時間を費やした彼は、一八二八年二月十一日になってやっとゲーテに宛てて書く。「私は、（前年十二月十七日付）貴書簡が、そうでなくとも辛い経験によって滅入っていた私の心に、どのような印象を与えたかについてくだくだと申し上げるつもりはありませんが、とにかく、それは、ひじょうに悲しみにみちた昨年一年にとどめを刺すものでありました。」一八二七年はコッタにとって困難にみちた年であった。すでに述べた財政問題に加えて、書籍取引における未収金の回収が係争となって、名誉毀損の問題にまで発展していた。ヘルダーの相続人と長期にわたる係争を抱えていたし、海賊版および自社の新聞における検閲などのために、コッタは「ひじょうに悲しみにみちた昨年一年」のさまざまな大問題に直面していた。しかし、こうした事情の説明に続けて、彼は手紙のなかで、自分が侮辱と感じた点が何かについて述べる。「第一級の作家二人の原稿が私に八千ターラーの値段で買わないかと提示されております――にもかかわらず、原稿にあらかじめ目を通すことは私には許されていないのです。私が要求額を送金しない限り、原稿は発送していただけないというのですから。」確かに、自分としては巨匠の作品の場合、前もって商品をよく検査してから購入しその代価を支払うという原則について、例外的扱いをしている、「しかし、一方の側にだけ信頼が当然のことであるとされ、もう一方の側から不信が示されているとすれば、それはそもそもおかしなことではありますまいか」。この点が自分には「これまで味わったいちばん辛い経験」である。こう言ってから、今度は、この三〇年以上もの結びつきにおいて、どんな取り決めも約束も、自分は可能な限り良心的に果たしてきたではないか、と数え上げる。自分はたえず自分のなすべきことを果たしてきた、とくに、「そのなかには二人のご婦人がおられる」シラーの相続人に対する義務を考えてみると。そしてコッタは、シラー家にはすでに五千二六ターラーを支払っている、つまり、それはシラー家の本来の取り分より一千二六ターラーも多い金額である、と述べてから、手紙をこう結ぶのである。「このように私は率直に、いわば腹蔵なくご説明申し上げたのですから、どうかあなたのほうもご本意をお話しになっていただきたい──と申しますのも、私がどんなに心を痛めて考えてみましても、一つの思いを捨て去ることができないし、捨て去る気もない、つまり、前便であなたが述べられたことは、あなたのご本意ではないという思いがしてならならないのです。[33]」コッタはこう結んで、彼がシラー夫人および彼女の姉カロリーネとのあいだで交わした手紙を同封する。だが、これらの手紙はゲーテを喜ばせるどころか、逆に、コッタとシラーの相続人たちとのあいだでこのような交渉がなされていたことについて何も知らず、またシラー家側からなんら報告も受けていなかっただけに、ゲーテはひどく気を悪くしてしまい、コッタに返事をする気持ちにもなれず、長いあいだ沈黙してしまうのである。

ゲーテの意をうけてボアスレーは、「あなたは近頃、不愉快な思いをたくさんなさいましたね」と言ってコッタを慰めたあと、最終的な契約の提案を行なうと、コッタはボアスレーに、付帯条項を承諾したと答える。「あなたを腹立たしい気持ちにすまいという思いから、お互いに傷ついたと感じている双方のあいだを取り持つさいに必然的に避けられない不愉快なことすべてを、私は乗り越えることができました。」こうして一八二八年三月八日、『シラー＝ゲーテ書簡集』刊行の契約書に署名がなされ、法的な規定力をもつに至る。[34]契約書に署名がなされてからおよそ二週間後の三月二十三日、コッタが再度シラーの相続人に各四千ターラーを支払ってはどうかということを問い合わせてきたとき、ゲーテは腹を立てたにちがいない。ゲーテはもはや回答しなかった。「本屋などみんな悪魔に食われてしまえ！」さきに触れた、よく引用される一八二九年五月二十一日のゲーテのこの怒りの言葉が、じつにこうした気分から出たとすれば、十分理解できるというものであろう。

けれども、ゲーテの沈黙に威圧を感じたコッタは、詩人の誕生日をきっかけに関係を新たに結ぼうとして手紙をしたためる。私は「このお祝いの日にあなたに対する私の気持ちとあなたの長い沈黙に私が感じている苦痛を述べよう」と思う。自分がこんなに傷ついたのはゲーテのせいではないと固く信じてもいる。ゲーテがコッタの「関係を修復しようとする手紙」に対して「好意的に、道義的かつ外交的な」返事をすると、コッタは二つの仕方でこれに応ずる。一つは、『往復書簡集』製作の進行を速めたこと、もう一つは、ついにゲーテ訪問の意を通じたのである。

この訪問がなされたあと、手紙のやり取りによる連絡はもはや不要であった。製作は順調に進行し、もはやなんら問題がなかったからである。十一月三十日、ゲーテは『往復書簡集』第一巻を落手したことを報告する。同月のうちに第二巻が続き、一年後には残りの四巻が刊行される。こうして、『シラー＝ゲーテ往復書簡集――一七九四年から一八〇五年まで』全六巻が出揃い、一般に入手可能となるのである。ゲーテはかねてから第一巻をバイエルン王ルートヴィヒ一世に捧げようと思っていた。王はゲーテを顕彰すべく、お抱えの宮廷画家J・シュティーラーをヴァイマルに派遣し、ゲーテの肖像画を描かせる。ルートヴィヒ王への献詞は、最終巻の第六巻においてやっと公表されるのだが、献詞を捧げられた王にとっては「まことの喜び」となった。

この『往復書簡集』によってゲーテが、二人の私的な対話からさえも、彼自身とシラーにとって客観的古典的作品を、たぐい稀な記録を創造したことは間違いない。芸術理論において二人は、カントからヘーゲルに至るまでの哲学と美学を統合することによって、時代に先んじていた。ゲーテとシラーの説く理論はいかなる点でも無味乾燥なものではなかった。それは、つねに、さながら「経糸《たていと》と緯糸《よこいと》」のように、芸術創造上の実践の諸条件と結びついていた。もちろん、二人のこの関係には相互に矛盾するものが内在していたが、それは避けられないものであった。にもかかわらず、あの「友情」が成立したこと、「実践をとおして育まれ、実践をとおして継続を勝ちえた」あの友情は、まさしくこの二人の作家の人間としての大きな功績に数えられる。友情はここでも、「私たちが同じ歩調で人生をたどる」ことを意味していた。ゲーテとシラーは、たとえ第三者に対する発言においてでさえも、その密接な関係を分離することはできない。シラーは伯爵夫人シンメルマンに対して、自分をゲーテに結びつけたのは、ただ単に高い精神的な利点のみではない、と告げた。「私がかつて知り合いになったすべての人々のなかで、私にとってゲーテが人間として最も大きな価値を有する人間でなかったならば、私は彼の天才を遠くから賛美していただけでしょう。こう申してもよいかと思いますが、彼とともに過ごしたこの六年間、私は彼の性格がわからなくなったことは瞬時たりともありません。彼の生まれつきの性質には高い真実と誠実さがあって、また彼は正義と善に対してきわめて真剣なのです。それゆえ、口先人間、偽善者、詭弁家がゲーテの近くではいつも居心地の悪い思いをするというわけです。彼らがゲーテを憎むのは、彼が怖いからですし、彼が人生および学問において皮相浅薄なものを心底から軽蔑し、人を欺くうわべを忌み嫌っているからなのです。そんなわけで、彼は現在の市民文学世界において多くの人々の機嫌をそこねざるをえないのです。」(35)

ゲーテは、存命中、『往復書簡集』の刊行に対して二、三の反発を体験する。例えばグラッベは、次のように嘲ったのである。ゲーテがこの『往復書簡集』の出版でなしたことと言えば、世の中の人々に両詩人の「惨めたらしい私生活」を曝け出して見せたことであり、読者は「名刺だの献立表だの」で退屈させられる。しかしながら、この『往復書簡集』のいったいどこにそのような「惨めたらしいこと」が描かれているのであろうか。グラッベは思い違いをしたのである。『往復書簡集』に対する最初の批判的評価はファルンハーゲンに由来する。「これほど…（略）…秘伝の伝授をうけた者、秘伝の伝授を求める者、若手の作家全般にとって、とくに高い目標に達しようと格闘している詩人にとって、このように豊かな、深い影響を及ぼす、心を鼓舞する優雅な教授の仕方、実例による教示を与えてくれる書はほかにない。」

一八四七年K・ローゼンクランツは、ゲーテを扱ったエッセイのなかで、「私たちはいまではもう、私たちの文学の天空を見上げるときまって目をやることに慣れてしまった」双生の星「ディオスクロイ（訳注　ゼウスの息子で双生の兄弟カストルとポルックスのこと）」と述べた。ゲーテ研究は、このような「ディオスクロイ」の友情を高く崇める見方を、部分的にはずっと保持してきた。批判的文学史記述の創設者であるG・G・ゲルヴィヌスの著書『ゲーテの往復書簡について』を待って初めて、いちだんと批判的な口調で論ぜられるのである。(36)「世界は総体的に、あらゆる点において異なるこの二人の人間を、このような近い形で、このようなまったく独特な関係で見たことはけっしてなかったかもしれない。」ゲルヴィヌスは両作家の作品創造を叙述するために、この『往復書簡集』がいかに意味のあるものであるかを強調したが、にもかかわらず「神聖視」とディオスクロイ神話に抗議したのである。

この二つの評価はその後何十年ものあいだゲーテ研究に定着し、じっさいには今日まで決定的な力をもつものとなっている。もっともH・ピュリツは——両人の関係の限界を考慮して——むしろ「活動共同体」という言葉を用いているのだが。私にとってはこの書簡による対話の今日的な意義は、作品創造の過程を垣間見せてくれる点にある。現代文学のみならず現代芸術もこの対話から大きな利益を得ているのである。

以来、一六〇年の歳月が流れたが、文学の世界においてこの『往復書簡集』と対等に肩を並べることのできるようなものは現れていない。(37)今世紀に当てはめて考えるとすれば、J・ジョイスとS・ベケットが文通したとすれば同様に実り豊かなものになったであろう。だが、この二人は親交があったけれども、思想の交換をしたとは伝えられていない。加えて二人とも生涯のあいだ、一般的な定理を立てることを拒絶した。重要な意味をもったかもしれないもう一つの対話は、カフカとブレヒトの対話であろう。ここでも重要な本質が現れたかもしれない。前者は個人的に、寓話風に書き、後者は社会的に、類型化して書いていながら、しかし両者は「地球の直径」以上に大きく離れた別個の存在であった。

三 「本屋などみんな悪魔に食われてしまえ！」
——「かくも重要な人生の状況において結びついた」著作者と出版者

このようにコッタは『シラー＝ゲーテ往復書簡集』によって負った「試練」も克服したが、彼にはたえず新たな頭痛の種となる問題が生じた。日々の出来事に自ら関わらなければならないのは毎度のことで、例えばしばしば耳に入ってくる海賊版出版の噂、著作者に謝金を支払わない無断出版に対する抗議の叫びなどは放っておけない問題であった。

ゲーテとコッタが個人的に再会するのは、これから五年半もたった、一八二八年のことである。関税問題の交渉のためベルリンに赴いていたコッタは、帰路ヴァイマル経由でミュンヘンへ戻ることになった。一八二八年九月二十七日、彼は再婚の妻を伴ってゲーテ家に到着する。ゲーテは、この二〇年のあいだ、コッタが自分を訪れるときはいつも他の所用で出た旅行のついでで、自分に会うためにだけわざわざヴァイマルに出向いたことはいちどもなかった、と記録している。しかし、コッタにとって幸運だったのは、ゲーテがコッタの新しい妻をいたく気に入ってくれたことであった。「あなたと奥様のご訪問は」、と同年十月八日ゲーテは書いている、「私どもにとても気持ちのいい印象を残しくれましたので、私どもはしばしばしばあの時のことを思い出しては、ご夫妻のようなカップルに個人的にお会いする名誉に浴した喜びを味わっております。あなた方も私どものことを同じように思い出してくださるならば、長年にわたって続いてきた私たちの重要な関係はますます素晴らしいものとなり、お互いの長所は、相互の信頼という最も価値のある感情によって品格を増してゆくことでしょう。」とにかく、二人の関係を高く評価する言葉であるが、コッタは返書でゲーテ家のもてなしに対して大仰にお礼を述べ、自分は喜び、感動していると告げたのである。「あなたの手厚い、心温まるおもてなし、あなたが私どもに贈ってくださった永遠に忘れられないあのひととき、そしてあなたの会話にみなぎる若々しい力と軽快さ、それはあなたがいかに健康であられるかをはっきりと物語っておりました…（略）…私どもは再度ヴァイマルのあなたのお近くにいるしあわせを感じました。」これらの往復書簡から、これ以上良好な、それどころか友情にみちみちた著作者と出版者の関係はありえない、とつい推論したくなる気持ちに駆られる。「お互いの長所は、相互信頼という最も価値のある感情によって品格を増してゆくでしょう。」——しかしながら、著作者と出版者の関係がどんなに友情にみちて展開しようとも、そこにはつねに不安や疑い、ひょっとすると不信の種すら介在している。著作者の視点から見れば、出版者が有する力は、その決定的な行使によって著作者の存在そのものが直撃されるほどのものである。そんなわけでゲーテにあっても、一種の不信感がくすぶり続け、それゆえ、聞いて呆れるほど酷い非難が口を衝いて出ることもあったのである。『決定版全集』全四〇巻製作のさいのこと、ゲーテは遅れのいちいちに対して苦情を述べるのだが、これらの遅れはしかし、当時の混乱した時代状況ではまったく不可抗力であった。ナポレオン戦争によって、それぞれ異なった憲法、立法、検閲規程や郵便制度を有するドイツ小領邦国家群の大多数が重大な結果を蒙っていたのである。印刷所とヴァイマル間の校正刷りのやり取り、おまけに印刷所の移転とも重なっては、遅れや紛失が起こるのもむしろ無理のない話、そもそもが神経をいらいらさせずにはおかない状況であった。こうした事情があったからこそ、私たちの関係は「ますます素晴らしいものとなるでしょう」と述べた直後に、この関係を断ち切る破門宣告ともなったのである。来るものとばかり思っていた刷本が届かなかったとき、ゲーテは激怒し、一八二九年五月二十一日、散歩の途上、宰相ミュラーのメモによれば、「本屋などみんな悪魔に食われてしまえ！　奴らには特別な地獄がぜひとも必要だ(38)」というあの酷い言葉を吐いたと言われる。つまりは散歩しながらつい口を衝いて出た言葉であり、その後ゲーテがこの言葉を取り上げたことはいちどもなく、また『対話』にも、『日記』にも記録されてはいない。おそらく彼は、この言葉が公表されることになるなどとは思ってもいなかったのであろう。

一八二八年十一月十三日、コッタはゲーテに宛てて、再度ベルリンに一カ月滞在しなければならない、『学的批判年報』の件を片づけなければならないからだ、と告げる。この年報は一八二七年からコッタ書店が刊行していて、ヘーゲルが会長を務める学的批判協会編であった。この売れ行きが悪かったため、コッタはベルリンで助成金を得ようとしたのである。だが、彼の旅行の主たる目的は、ゲーテには告げられなかったのだが、再度の関税交渉であった。このときは往路も帰路もヴァイマルは素通りであったが、ゲーテはこのことを寛大には受け取れず、一八二八年十一月三十日コッタに、むろん「省察」と言葉は変えられてはいたが、訓戒を垂れずにはいられなかった。「さて、ここで、どうか私にある重要な省察について述べさせてください。私は、あなた方が先だって私どもをお訪ねくださったことがきっかけとなって、このように考えるようになりました。つまり、かくも重要な人生の状況において結びついた男たちは、親しく打ち解け、じかに話し合うのを長いこと躊躇すべきではありません。どんな親しい関係の人間であろうと、離れていればお互いの気持ちも離れてしまいます。出会ったとたん、すべての霧が晴れますが、遠く離れていては、立ち込める霧は濃くなるばかりなのです。」明白なことであった。今日の出版者も著作者たちに対してはこの叱責の言葉を肝に銘ずるべきで、直談は今日でも、手紙や電話などによる交渉よりも優先されなければならないのである。ゲーテは繰り返し直接会って話し合うことがいかに望ましいかを伝える。数カ月後の一八二九年二月十九日、彼は手紙をこう締めくくっている。「その他多くの件につきましては直接お会いしたさいに話したいと思います。」ゲーテは『シラー＝ゲーテ往復書簡集』の、ルートヴィヒ王に捧げる献詞をコッタに手渡したいと思っていたのだが、果たせずにいたのであった。彼はコッタに、『遍歴時代』と『ファウスト』と併行して繰り返し携わってきたあの仕事、すなわち『植物変態論』のための擁護論を送付する。同年パリで出版されたオーガスト・ピュラム・ドゥ・キャンドル著『植物器官論』に刺激をうけ、ゲーテはソレとともに自著の一章をフランス語に翻訳する作業に着手する。彼はそのために改めて植物学の研究に専念、『植物変態論』を改訂し、自論のいわば「決定版」にしようと考えたのであった。この仕事はゲーテにとってきわめて重要であったので、コッタはゲーテの希望を受け容れ、『植物変態論試論』ドイツ語対照フランス語訳版を一千四〇〇部出版したのだが、いかにも市場の需要を度外視した出版であった。ゲーテは報酬として一千ターラーを要求するが、コッタはその半額の五〇〇ターラーに値切った。

ゲーテが待ち望んだ出会いは一八二九年六月二日になされた。コッタがこのときの訪問を、「あなたが私どもに贈ってくださった愉快な素晴らしい一日」と言ってお礼を述べるのは、四カ月以上もたった十月十日であった。もちろん、旅から戻ったあと重い病気に伏したと釈明するものの、じっさいは、回復すると彼はすぐさま多方面の活動に身を投じていた。一八三〇年四月三日付書簡では、「ほとんど息をつく間もないような役務上の仕事」――コッタは領邦議会副議長として予算案を通さなければならなかった――

にもかかわらず、ゲーテが待ち望んでいる書類を同封するにさいして、ゲーテに一言挨拶を送ろうとしたと述べている。同封の書類とは『全集』の売れ行きに関するもので、これまでに売れたポケットブック版一万四千六八四冊（八つ折判は八五三冊が売れた）の予約注文者一覧であり、また何頁にもわたって予約注文をした書店の名前が一つ一つ挙げられていた。ゲーテはこれに返事を出さなかったのだが、それは売れた部数が彼の予想をほとんど満たすものでなかったからである。後日の締めの計算のさいは、分冊で売れた部数は著者に清算されなかったので、報酬の対象となる部数がさらに少なくなった。この少しあとでコッタの息子ゲオルクが手紙で、ほかならぬゲーテの誕生日に自分の息子、すなわちコッタの孫が生まれたことを伝え、ゲーテに「洗礼に代父として立ち会って」いただけないか、と乞う。ゲーテはシュトゥットガルトに赴くことはできなかったが、この子の代父の役目を引き受けた。

この間、新たな海賊出版の疑惑が浮上した。ハンブルクの二軒の書店がゲーテ全集の出版を予告したのであるが、出版社名もなければ、編集に関わる記述もきわめてずさんであり、推測では全六〇巻の全集であった。事情が解明されてみると、この両書店が言うのはコッタの全集のことであり、こうしてこの噂は、コッタが雇った弁護士の調査によれば、「間違い」であった。比較的短期間で解明されたが、この問題についてのやり取りが一八三一年までも続いた。しかしながら、正式に認められた特権手続きにもかかわらず、不正無断出版をすることが可能であると知ったゲーテは、意気消沈した。再び彼は長いこと沈黙に閉じこもってしまった。一八三一年六月十六日、彼はコッタに改めて手紙で近況を伝えるのだが、「昨年の終わりに私を襲った数々の不幸」、それによって「私の生活の進行が完全に変わってしまった」と述べる。しかし彼は自信にみちていた。「この件についても、他の事柄と同じように、私はささやかながらも活動を続けます。」だが、彼の活動はそれほど些細なものではなかった。ゲーテは『ファウスト第二部』の結末と取り組んでいたのである。

四　「最重要の仕事」

――出版者との関係に映し出された『ファウスト』編纂の経緯。「このような［コッタの］指示に従ってこの作品は着手された」

『初稿《ウル》ファウスト』

一九七二年から八二年に没するまでブライスガウのシュタウフェンで暮らしたペーター・フッヘルは、彼の詩『異邦人』がヨハン・ファウストに向けられたものではないか、と私が彼に尋ねたとき、意味深長な微笑を浮かべていた。エルハルト・ケストナーは、同様に長いことシュタウフェンに住みついていたが、学者、占星術者、大魔術師にして、人文主義者とルターならびに農民戦争の同時代人であるこの人物についていくつかの研究論文を捧げている。この人物とは、一五四〇年頃にシュタウフェンで死んだと言われるゲオルク・ツァーベル（ゲオルギウス・ザベリウス・ファウストゥス）であり、A・キッペンベルクが「人を平気で騙す悪党」(39)と呼んだこの男は、のちに「ファウストゥス」すなわち「幸運」という意味の名前を自称する。ドクトル・ファウストゥスの生涯を筋立てて描出した最初の著作が出版されるのは一五八七年、発行人はフランクフルトの出版者J・シュピースであった。『ドクトル・ファウスト物語、悪名高イ魔術師ガ／イカニシテ期限付キデ悪魔ニ魂ヲ売リ渡スニ至ッタカ／ソノ間イカナル不思議ナ出来事ヲ体験シ、自ラ仕組ンデ行ナッタカ／ソシテ最後ニ当然ノ報イトシテ罰セラレタカノ顚末』すでにこの物語においてファウストは悪魔と契約を結び、メフィストフェレス、助手のヴァーグナー、ヘレナが登場している。ゲーテはシュピースのこのファウスト本は知らなかった。彼が最初に読んだのはニュルンベルクの医師プフィッツァーによる民衆本であったと思われる。一八〇一年二月十八日ゲーテはヴァイマルの公爵図書館からシュピースのファウスト本を借り出している。しかし、ゲーテは子供の頃すでに、別の出所の、いろいろな本で読み、ファウスト伝説について最初の感銘をうけていた。シュピースのファウスト本は出版されるとすぐに英訳され、一五八八年劇作家クリストファー・マーロウがこれをもとにして『フォースタス博士の悲話』を書く。この劇は大当たりを取って、イギリスの巡業喜劇一座によってドイツでも演ぜられるのだが、こうした回り道を経てもともとドイツ起源のこの題材は生まれ故郷に戻り、民衆劇となってゆく。ゲーテがフランクフルトやシュトラースブルクで観たのは人形芝居になったファウストであった。この「人形劇の重要な主題」が彼のファウスト劇の基礎となったとして、そのときの印象を『詩と真実』のみならず『演劇的使命』のなかに書きとめた。前者には、ファウスト伝説が最終的に自分のものになったのはライプツィヒにおいてであった、としるされている。アウエルバッハの酒場でゲーテはファウストのスケッチを見ていたし、おそらく、いろんな大学生や自分に満足しきった学士ヴァーグナーのような人間にも出会ったことだろう。若いゲーテは「この世をその奥の奥で統べているもの」を知ろうとして、神秘主義やカバラの書物、占星術、パラケルススやスウェーデンボルクを研究し、G・アルノルトの『非党派的教会と異端の歴史』を読んだ。それは、のちにH・ヘットナーが「全世紀における支配的聖職者たちの醜態の活写にして、あらゆる異端者や神秘主義者を庇護するための書」と呼んだものであった。ゲーテは『詩と真実』でこう告白している。「アルノルトの根本的な考え方は私のそれとまったく一致するものであった。とりわけこの本で私が面白いと感じたのは、これまで狂気ないし瀆神と説明されていた多くの異端者について、彼らにより有利になるような考え方ができるようになったことである。」(40) こうして、悪魔と盟約を結んだファウスト像がゲーテの内部で成長してゆく。グレートヒェン像も彼には早くからはっきりとしていた。『詩と真実』第五章で彼は十四歳のときに知り合った少女のことを書いている。「この瞬間からこの少女の姿がどこへ行っても私の心から離れなかった。これが、およそ女性が私に与えた最初の、いつまでも消えない印象であった。」ファウストは教会の前でマルガレーテに出会うことになる。「彼女を家に訪ねる口実が見つからなかったし、また見つけようとも思わなかったので、私は彼女に会えるのではと思って教会へ行った。そしてすぐに彼女が座っているのを見つけ、新教の礼拝が長々と続いているあいだ中、十分に彼女を眺めることができた。外へ出て来たとき私には彼女に話しかける勇気はなかったし、後について行く勇気などあるはずもなかった。彼女が私に気づき、私の挨拶にうなずいてくれたように見えただけで、私はもうこのうえなくしあわせであった。[41]」このような体験は多くの人がするが、ゲーテの場合これを生涯、追い求めたのである。ゼーゼンハイムでは彼はフリーデリーケ・ブリオンを見捨てた。「私はいとも美しい心の持ち主を深く傷つけてしまった。」この体験もゲーテは「告解としての詩作品[42]」のなかに取り入れたのであった。

シュトラースブルク大学における論争の命題のなかで、ゲーテは嬰児殺しの刑罰の量を分析したが、その後フランクフルトに戻って弁護士となった彼は、ズザンナ・マルガレータ・ブラントの裁判に立ち会うことになる。この嬰児殺しの女は一七七二年一月十四日に処刑される[43]。父親が筆写させたこのときの裁判記録が実家で発見され、とくにフランクフルトの訴訟書類、いわゆる『犯罪録』を知ってからというもの、『詩と真実』に描出されるあの有名な箇所はこの嬰児殺しの女に関わるものであることが判明した。ゲーテはこの女性については対話でも何度も話題に取り上げている[44]。一七七三年から七五年まで彼は個々の場面の執筆に取り掛かる。ゲーテがヴァイマル入りしてからちょうど四週間たったとき、シュトゥルム・ウント・ドラング期の友人シュトルベルク伯爵が訪ねてくるが、その後シュトルベルクは一七七五年十二月六日付で妹H・v・ベルンストルフに宛ててこう報告している。「ある午後、ゲーテはなかば出来上がった『ファウスト』を朗読した。素晴らしい戯曲で、公爵夫人はいくつかの場面でひじょうに感動されておられた。」このような朗読の機会はさらに続く。ヴィーラントもその証人で、一七八一年ゲーテの誕生日のさいにティーフルトで中国の影絵芝居が上演され、そこにはイフィゲーニエやファウストが登場した。むろん、「半分しか出来ていない」ということは問題ではなかった。このヴァイマル前期の『ファウスト』がどのようなものであったのか、もし公爵夫人付き女官L・v・ゲヒハウゼンがいなかったならば、わからずじまいになったことであろう。ゲーテの朗読に感動した彼女は原稿を拝借して筆写したのである。原稿のオリジナルは散逸してしまったのだが、この写しは一八八七年になってE・シュミットにより発見される。この戯曲の初期の形を伝えるものであり、したがって一般に『初稿《ウル》ファウスト』と呼ばれる(45)。

『ファウスト断片』

ヴァイマルに住んでから最初の一〇年間、ゲーテは『ファウスト』には手をつけなかった。また、『エグモント』『イフィゲーニエ』『タッソー』などの戯曲の大作、そして長編小説『ヴィルヘルム・マイスター』も未完のままであった。新天地における種々の個人的な体験はもとより、職務上の義務、ザクセン＝ヴァイマル＝アイゼナハ公国の旧弊の除去ないしは少なくとも変えようとする国政改革の挫折――こうした経験はすべてファウスト草案のなかに取り入れられなかった。この頃ゲーテは『ファウスト』劇を完成できるとはもはや思っていなかった。一七八六年九月二日彼はゲッシェンとあの『著作集』出版の契約に署名したときも、『ファウスト』は「断片」として収録されることになった。多くの作家にとってこのような契約は形式的な性格をもつものにすぎないかもしれないが、契約は契約であり、署名した以上、それを履行しようとする。ともかく、ゲーテにとってゲッシェンと交わしたこの契約は、『ファウスト』執筆を再開する決定的なきっかけとなった。この秋ゲーテはイタリア旅行に出発する。詩的創造力を再び見いだしたい、「ローマに足を踏み入れるその日から、第二の誕生日、真の再生」を願ってのことであった。ゲッシェン版『著作集』全八巻のうち、断片的な作品を収録すると予告していた四巻を変更する。『イフィゲーニエ』『エグモント』は完成した作品となる。『ファウスト』はいちばん最後に取り掛かります」と、彼は一七八七年十二月八日アウグスト公宛に書いている。「そのまえに他の作品を全部仕上げてしまいます。この戯曲を完成するためには、私は特別に精神を引き締めなければならないのです。私を取り巻く魔法の圏を作り出すために、好意ある幸運の女神が私にその場を提供してくれるようにと願っております。」ローマでゲーテはこの魔法の圏を作り出そうと繰り返し試みる。『第二次ローマ滞在』の三月の「書簡」において、一七八八年三月一日付で報告している。「最初に『ファウスト』の計画が立てられましたが、私はこの計画がうまくゆくように願っております。もちろん、この作品を現時点で書くのと一五年前に書くのとでは同じではありえませんが、それでも逸するものは何もないでしょう。とくに、私は作品を貫く筋道を発見したように思っておりますので。全体の調子に関しても、私は自信をもっております。すでに一場面を新たに仕上げたのですが、原稿用紙を燻製にでもしたら、それがあとで書かれたものなどとは誰にも見分けがつかないと思います。長いあいだ静かに孤独にひたっているお陰で、私は自分という存在の原点に完全に連れ戻されているのですが、不思議でならないのは、自分が以前の自分と変わっていないこと、私の内部にあるものが歳月や周囲の出来事によってほとんど損なわれていない、ということです。昔の草稿を目の前にしておりますと、私はときどき考えさせられます。それはなお初めてのものであり、確かに主要な場面は下書きも作らず書きなぐったのですが、いまや時とともに紙は黄ばみ、擦り切れ（原稿は仮綴じされていなかった）、破れやすくなっていて、実際、古写本の断片のような観を呈しており、私はいま、当時私が思考と予感を働かせてかつての世界に身をおいたように、私が生きた過去の時代に身をおいて考えているのです(46)。」

ゲーテは、ヴィッラ・ボルジェーセで『北欧の場面』『魔女の厨』の執筆に成功し、それとともにこの素材にいかなる形式を与えるかという仕事が新たに開始される。彼は五脚韻のヤンブスを用いたが、これがのちにドイツ古典主義と同一視される韻律となる。さらにもう一つの、別の形の問題もゲーテはこの場面で解決する。すなわち、すでに高齢のファウストをいかにしてグレートヒェンに求愛する青年に仕立てたらよいものか、これが、メフィストフェレスがファウストに魔女の水薬を飲ませて、魔法で若返らせることになるのである。しかし、どんなに努力してみてもゲーテは『ファウスト』をイタリアでは完成できなかった。「『リラ』も『イェリー』も仕上がり、小さな詩群の編纂もまもなく終わります」と、彼は一七八八年三月二十八日付でアウグスト公宛に書いている、「ですから今年の冬のために残ったのは『ファウスト』を仕上げる仕事だけです。私はこの作品に特別の愛着をいだいておりまして、私が望む半分だけでもうまく書き上げることができればと願っているのです」。しかしそれを果たせないまま、ゲーテは一七八八年六月、ヴァイマルに帰還、新しい状況になじむ必要や個人的な問題も重なって、『ファウスト』の継続執筆を放棄する。一七八九年七月五日彼はアウグスト公にこう告白している。「『ファウスト』は断片として出版するつもりですが、その理由は一つや二つではないのです。」彼はもちろんこの断片的な作品を意味のあるように整理しようと試みた。「私は体調もよく、一生懸命仕事をしました」と、一七八九年十一月五日彼はアウグスト公に書いている。「『ファウスト』は断片となりました。つまり、今回はこのままの形で片づけたということです。ミッテルスドルフが清書しております。彼がこんな気違いじみた草稿を前にしたことはこれまで一度もなかったでしょう。いつもは〈しっかりとした、愛情のこもった、忠実な〉清書を私たち見せてくれるのが常であるほかならぬその手によって、こうしたばかげたことばかりが筆写されているのを見せられると、なんとも奇妙に感じられます。」

この報告は「断片」に終わった『ファウスト』に対して、ゲーテがある種の距離をおいていることを示しているが、ゲーテの書記にしてヴァイマルの枢密文書官であったミッテルスドルフはじっさい「草稿」を見て驚いたにちがいない。一七九〇年のゲーテは七〇年代にファウストという題材に手を付けた人間とは別人であった。当時の彼は、自分という人間が孤立していて人々に理解されていないと感じていた。「誰も私の言葉を理解しない。」しかし、その後、フランスにおける政治的事件が彼にとって「世界史のある新しい時代」という意味をもつようになる。明らかに、そのために彼はファウスト題材を扱うことがこれ以上できなくなった。『ファウスト』は断片にとどまったのである。

一七九〇年一月十日、ゲーテは気持ちが軽くなったように、『ファウスト』をゲッシェン宛に発送した、と日記にしるす。一七九〇年夏、二年遅れで、最初の『ファウスト』が刊行される。《『ゲーテ著作集』全八巻、ライプツィヒ、ゲオルク・ヨアヒム・ゲッシェン書店》である。『第七巻、一七八七―九〇年』には、『ファウスト断片』、歌劇『イェーリとベーテリ』、同『からかい、企み、仕返し』(一七九〇)が収録されていた。しかし、『ファウスト断片』は、この『ゲーテ著作集』においてのみならず、単行本《ゲーテ作『ファウスト断片』真正版》としてもゲッシェン書店から出版された。多数の海賊版が市場に出回り、なかにはゲッシェン書店刊のものより紙質のよいものもいくつかあったが、誤植の点では「真正版」よりもひどかった。

『ファウスト』が断片として、ゲーテの友人たちにさえ理解を得られまいということは、予想された。ゲーテは、全国民は自分の言葉を理解していないと主張したが、じっさいにはそうではなかった。『新ニュルンベルク文士新聞』は一七九〇年七月三十日と八月三日に論評を掲載し、そこには次のように書かれていた。「このドイツの偉大な詩人は、すでに『イフィゲーニエ』においてギリシア人の美的感覚ならびにギリシア芸術の法則性を完璧なまでに捉えたが、この巻において、様式はまったく異なってはいるが、見紛うべくもない、偉大な天才の特徴をもつ傑作を示してくれた。仮にゲーテが他の作品を書かなかったとしても、この戯曲だけで彼の名は永久に残ることであろう。ここにはドイツのシェイクスピアがいると認めてもよいだろう。」もう一つの論評はこう結ばれていた。「読み終わったとき、ああ、『ファウスト』が断片でなく完結した作品であったらなあ、という切望があとに残った。」

『悲劇第一部』（一七九七―一八〇一年）

ゲーテが「ファウスト」に再び取り掛かる気持ちになったのは、あの『幸運な出来事』、つまりシラーとのあいだに結ばれた友情にみちたパートナーシップがきっかけであった。シラーが一七九四年十一月二十九日付の書簡で、自分がいちばん気に入らない点は『ファウスト』が断片であることであるとして、「あなたの『ファウスト』につきましては、まだ印刷されていない部分の断片をぜひ読ませていただきたいという欲求が強まってきます。と申しますのも、私がこの戯曲で読んだものは、私にとってはヘラクレスのトルソのようなものであります。この戯曲の各場面には天才の力と豊穣さがあり、それは間違いなく最上の巨匠のものです。ですから私は、この作品に息づいているこの偉大な、大胆な自然を可能な限り追求してみたいと思うのです。」しかし、ゲーテはこの要望に応ずることができず、十二月二日付でシラーに返事をする。『ファウスト』については、何もお伝えすることができません。私は、あの草稿を入れてある包みの紐を解く気にはなれないのです。仕上げずに清書することはできませんし、仕上げる勇気も湧いてこないのです。将来、そのために私が何かできるとすれば、確かにあなたがご関心を寄せてくださったお陰と思います。」シラーは発言のとおりこれで折れず、繰り返し『ファウスト』ゆえの「仲裁」の役割を申し出る。しかし、ゲーテはこの問題については何年も沈黙を守るのだが、一七九七年六月二十一日、彼は自分の状態が「目下あまり嬉しいものではない」こと、そしてこれはなお数週間続くだろう、と嘆いている。だが、その翌日の、六月二十二日、彼はシラーに思いがけなくも率直にこう伝えるのである。

私の現在の状態がどうも落ち着かなくて、自分に何か仕事を課すことがどうしても必要です。そんなわけで、私は、『ファウスト』に取り掛かり、完成までいかなくとも、少なくともかなり先まで進めようと決心しました。そのために私は、すでに印刷されているところを再び解体して、すでに仕上がっている、ないしは考え出してあるものに対して大規模な整理を行ない、もともと一つの理念にすぎない計画の実行のために、もっと詳細な準備をしようとしております。そんなわけで、この理念とその表現を再び取り上げたのですが、私は自分自身の考えには矛盾がない、という確信をかなりの程度もつことができました。そこであなたにお願いしたいのですが、寝つけない夜などがありましたなら、この件をよくお考えいただき、全体に対してあなたがどんな要求をおもちであるか、それを逐一私にご教示いただければと思うのです。そんなふうにして、私自身の夢を、真の預言者として物語り解釈していただきたいのです。

この劇詩のさまざまな部分は、それらが全体の精神と調子に従うものである限り、いろいろに取り扱われることができるものですから（ちなみに、この仕事全体が主観的なものなのです）、個々の契機においてこの仕事に取り掛かることができるのです。それで私は、いまでも何かを作ることができるわけなのです。

この一日あとの六月二十三日、『ファウスト』のための詳細なシェーマ」が出来上がる。なるほどゲーテは彼のそれまでの仕事を「主観的なもの」と低く評価しているように思われるが、いかに彼がこの仕事を、とりわけシラーと論議を重ねながら先に進めようとしていたか、それは驚くべきことである。シラーは『ファウスト断片』の構成がゆるいこと、場面間の橋渡しをするものが欠けていることを批判する。もとよりシラーは作品を作るにさいして直接的に関与したわけではないが、彼の異議申し立てによって、全体の構造についてどう考えるべきか、ゲーテに明らかになっていったのである。いま彼はファウストを皇帝の宮廷に連れてゆき、ヘレナと結び合わせることができるようにしなければならない。それに、この題材に絶対必要な要素として、悪魔と契約を結ばせ、メフィストの連れを民衆本と同じように地獄へ導くべきか、救済へと導くべきかの決断をしなければならない。いま、やっと、ファウスト像が人間のドラマという意味で、いっそう明確な輪郭をとりはじめる。ファウストは、神と悪魔とのあいだにあって、罪を犯しながら、結局はひたすら救済を求め、最後には恩寵と希求した救済が与えられる人類の象徴なのである。

一七九九年七月、ゲーテは『ファウスト』の場面が「一群のキノコのように地面から生えてくるだろう」と思ったのだが、それからまた長い休止期が生ずる。シラーは、すでに詳述したように、一八〇〇年三月二十四日、コッタに相談を持ちかけ、何か「心を動かすような魅惑的な申し出」をして、ゲーテが

『ファウスト』を完成させる気になるようにしていただきたい、と乞う。コッタはこれに応えて、同年四月四日、『ファウスト』完成の代価として四千グルデンの支払いを申し出て、こうつけ加えている。「どうか私の気前の良い申し出をお受け容れください。」不思議なことに、ゲーテはこの外面的な刺激に心を動かされて『ファウスト』の仕事を再開する。「コッタの気前の良い申し出は」と同年四月十一日ゲーテはシラーに宛てて書いている、「私にはとても嬉しいものです。私は『ファウスト』について彼から来た書簡を手にしているのですが、おそらくこれはあなたが私のために仕向けてくださったのでしょう。厚くお礼申し上げます。と申しますのも、これがきっかけで、今日、私はこの作品の仕事を再び手にして、熟考したのです。」この熟考の成果は、最終的にこの作品を二部構成にすること、そして、第五幕を採用することであったが、この第五幕はすでにこの時点で書き下ろされたのかもしれない。けれどもゲーテはそれからヘレナの登場する第三幕に取り組む。彼女がファウストを「北方的」・中世的な野蛮さから救済するのである。一八〇一年四月七日に至るまで、ゲーテの日記によれば、『ファウスト』の仕事がさらに進んでいたことがわかる。ゲーテは激しい痛みを伴う顔面丹毒に罹る。一八〇一年十二月十日、シラーはあきらめきった調子でコッタに宛てて書いている。

ゲーテと彼の仕事についてお尋ねですが、残念ながら病気に罹って以来、彼は何も書いておりませんし、また書くための準備もしておりません。彼がなした計画と準備作業はすぐれたものですが、にもかかわらず私は、彼の状態が変わらない限り、何も実現しないだろうと思います。彼は自分の気分を制御できなさすぎます。彼の鈍重さは決心を鈍らせていますし、自然科学上の事柄に関して素人的に行なっている仕事が多すぎるために、集中力が散漫になっているのです。彼がはたして『ファウスト』を完成できるのか、私はほとんど疑わざるをえません。

一八〇五年五月九日没するシラーは、もはやこの完成を体験することはできなかった。

シラーの死後五カ月たってやっと、コッタとの手紙に『ファウスト』の話題が再び浮上する。ゲーテはコッタとのあいだに全一三巻の『全集』出版の契約を結んでおり、コッタは、かつてゲッシェンがそうであったように、契約内容の修正と拡大を迫った。「第四巻に何を持ってくるかは」と、ゲーテは一八〇五年九月三十日、コッタに宛てて書いている、「まだ決めかねております。どうにか可能であれば、私はただちにファウストを登場させます。ファウストとその他の木版画のような戯れの作品によって、第四巻全体の構成は良くなりますし、最初の配本がなされるとすぐ読者の関心を掻き立てることでしょう。私がおおよその見通しが立てられるように、第四巻の原稿を引き渡さなければならない最終の締め切りがいつになるか、教えていただけませんか。」コッタは「木版画のような」という語の意味を挿絵と誤解して、その木版画のための素描を送ってくれるようゲーテに乞うが、すでに述べたように、一八〇五年十一月二十五日、ゲーテはコッタに断るのである。

一八〇六年春になると、ゲーテの日記にはしばしば「リーマーとともに『ファウスト』」としるされる。『天上の序曲』が成立する。ゲーテはこのモチーフを『ヨブ記』からとったのだが、こうしてこの『天上の序曲』が大きな枠の役割を果たし、このなかで作品の全ストーリーの展開が前もって示されることになる。ストーリーはあの有名な二つの言葉、「人間は努める限り迷うものだ」(47)と「善良な人間は、暗い衝動に駆られても／正しい道をよく自覚している」において捉えることができる。

この頃、ヘレナ悲劇の最初の詩句も成立するが、これは契約したこの『全集』にはなお採録されなかった。四月二十五日、ゲーテは日記に、『ファウスト』の最終稿が印刷に付される、としるす。

コッタはライプツィヒの書籍見本市からの帰路、一八〇六年四月二十五日、ゲーテをヴァイマルに訪ねて、最終稿を直接受け取った。おりしも戦時下であり、ことにナポレオン軍によるドイツ占領のために、印刷は一八〇八年復活祭のミサ聖祭まで遅れたが、それから『ファウスト』はついに出版されるに至る。それも、コッタ書店刊『全集』全一三巻の、第八巻としてであった。同時にコッタ書店から単行本《ゲーテ作『悲劇ファウスト』チュービンゲン、一八〇八年》としても出版された。たちまち文芸批評の的となり、称賛と激しい非難、論争が巻き起こった。全体として見ると、一八三〇年一月三日にエッカーマンに対して語ったゲーテのまとめが的確に的を射ている。ちょうどジェラール・ドゥ・ネルヴァルによる『ファウスト』の最新のフランス語訳版を受け取って、「妙な思い」が彼の脳裏をよぎる、として、ゲーテはこう語るのである。「五〇年前にはヴォルテールが支配していた言語で、現在もこの本が読まれていることを考えるとね。」ヴォルテールは自分にとって重要な意味をもつ存在であった。自分に与えたその影響がいかに強烈なものであったか、もちろん、それらの影響から身を守るために、いかに苦労したか、こうしたことは私の伝記でははっきりとはわからないのだよ。こう言ってゲーテは続ける。『ファウスト』は、まったく計りえないものなのだよ。いくら悟性によって理解に近づけようとしても、それはすべて無駄な話だ。それに第一部が個人の、何か暗い状況から生まれてきたということも、考慮しなければならないのだから。しかし、この暗いところが人々の心をひきつけるのだよ。こうして、あらゆる不可解な難問に取り組むのと同じように、人々はこぞって粉骨砕身の苦労をしているというわけだ。」

『悲劇第一部』の決定稿が出版されるのは『決定版全集』第十二巻においてであった。

『悲劇第二部』（一八〇八―一八三一年）

一八〇八年五月、『悲劇第一部』が出版されたとき、ゲーテはまだリーマーとともに続編の仕事をしていた。しかし、それから『ファウスト』執筆はまたもやほとんど完全に姿を消してしまう。先に他の作品を完成しなければならなかったのである。一八〇九年には『親和力』、翌一〇年には『色彩論』、そして一一年からは『自伝』の仕事が開始された。この作品のために彼は、一八一六年十二月、「作家生活の空隙を埋める」ものが自伝であるという原則に従って、『ファウスト第二部』の粗筋を口述する。それは、「以前の構想にもとづいた、第一幕から第四幕までの粗筋」であった。ファウストは富める者となり、年老いる。そして「私たちが将来、この『第二部』の断片ないしはばらばらに書かれた部分を整理して、読者が興味をもつようなものを選ぶならば、この先の展開がどうなるか明らかになるであろう。」

ゲーテの『ファウスト第二部』との新たな取り組みは、『詩と真実』第四部および『年代記』の執筆がきっかけで（ゲーテは『決定版全集』にこれら自伝に関わる全作品を収録すべく仕上げ、完結させようとしたが、ついに果たせずに終わる）、一八二五年二月二十五日にはもう開始された。この日、彼は『詩と真実』第四部第十八章を執筆しているさいに、一八一六年に作成した「ファウストの構想」にも手をつけ、再開された『ファウスト第二部』の仕事（最初は第三幕、ヘレナの場）のために『詩と真実』第四部への関心が薄らいでしまうのである。執筆の第一段階は一八二五年二月二十六日から四月初旬までである。第二段階の開始は、一八二六年三月十二日、エッカーマンに『ファウスト第二部』の「ヘレナの場」を読んで聞かせたときで、おそらく『決定版全集』第四巻に「ヘレナの場」を『ファウスト第二部』の一部として掲載しようと決意したのである。それは、『決定版全集』の配本のたびに、当該の巻に可能な限り新作を収録することによっていっそう意味のあるものにしようとする決意に沿うもので、第十二巻に「第一幕」の冒頭の部分が先に発表されたのも、同じ意図によるものであった。『ファウスト第二部』執筆の第三段階（第一幕と第二幕の終わりの部分）は一八二九年十二月初旬に開始されるのだが、これも、配本第七巻に『ファウスト第二部』からの場面の掲載を続けたいという意図と結びついていたのかもしれない[48]。

またもや、とは言ってももう三回目になるが、ゲーテを『ファウスト第二部』と取り組む気にさせたのは、『決定版全集』に対する彼の構想上の配慮と並んで、おそらく出版者側からの強い要請であったのかもしれない。この点で注目に値するのは、個々の作品の成立が『決定版全集』の配本の進行と密接に結びついていることである。

E・グルマッハ、E・ボイトラー、J・ゲレスなどのゲーテ研究者は、ゲーテの『ファウスト第二部』の執筆計画のうち、とくに一八二六年四月十一日から六月二十四日までの期間について詳細に調査を行なった[49]。その結果、六月二十四日が「ヘレナの場面の完成[50]」の日付とされる。ゲーテは仕事の進め方を変えていた。以前は各場面を自然に、速いテンポで口述筆記させるか、自ら書いていったのだが、今度は慎重にあらかじめシェーマを作成し、それにもとづいて昼も夕べも夜も考えをめぐらせて、翌朝口述筆記のさいに物語りながら内容を書き上げてゆくのである。ツェルターもいっそう熱心に創作上の対話に加わってゆく。ゲーテは、自分が考え出し、展開し、作り上げる新しいものが同時代の人々には違和感を与えるのではないか、という思いにしばしば苛まれる。六月三日、彼は書いている。「そんなわけで、あなたに打ち明けさせていただきたいのですが、『決定版全集』の第一巻配本にふさわしい重要性を付与するために、ある重要な作品の準備作業に、とは申しても拡大するのではなく、緊縮させるようにと、着手しました。シラーの死後、目もくれなかった作品でして、今回のきっかけがなければアブラハムの膝に抱かれて

(「過ぎ去ったもののなかに眠って」の意)いたことでしょう。確かに、それは最新流行の文学に介入する性質のものであるのですが、いかなる人も見当もつかないようなものなのです。論争の調停が意図されておりますので、これによって大きな混乱が巻き起こるのが見られるのではないかと思っております。」

ゲーテの考えによれば、ヘレナの場面は、その内容から言っても、特別な形式から言っても、古典主義とロマン主義とのあいだの論争を調停するはずで、それゆえ「ヘレナ。古典主義的＝ロマン主義的夢幻劇」と題されたのである。この頃ゲーテは、この場面の上演の可能性があると考えて、それゆえヘレナの登場がいかに重要であるかを繰り返し強調したのであった。エッカーマンはゲーテの言葉がわかったように思った。「ドイツ文化はいま信じられないくらいの高みにあるのだから、このような作品が、いつまでも理解されないまま、またなんら効果のないままであるなどと、心配する必要はないのだよ。」[51]ゲーテの発言は間違ってはいなかった。ヘレナの場面の効果は今日に至るまで確かに持続しているのである。[52]

恐れていた混乱を食い止めるために、ゲーテは六月に「予告文」を書いたが、それは『第一部』と『第二部』の関係を注釈によって説明しようとするものであった。「ヘレナ。古典主義的＝ロマン主義的夢幻劇。ファウストへの幕間劇」。しかし、この予告文は発表されず、六月二十四日までゲーテは「ヘレナ」の仕事を続ける。宛名不明の手紙の断片が残っているが、そのなかでゲーテは興味深い報告をしている。

近々ヘレナについてもっと書きたいと思いますが、作品は完成しております。奇妙さと問題をはらんでいる点は私がこれまで書いた作品と同じです。この戯曲の不思議なところは、場所の変更もなくまさに三千年の歴史を扱っていて、筋と場所の一致がきわめて厳密に守られていること、第三のもの[＝時間]に関してはしかし夢幻のように流れていることです。

ゲーテは、夏にヴァイマルの自分を訪ねてくれるようツェルターに乞う。[53] 一八二六年七月七日彼はヴァイマルに到着、ゲーテは一日たってから日記にこうしるす。「ツェルター教授がヘレナの場面をひとりで読む……（略）……［彼は］私のそばにずっといて、ヘレナの冒頭の部分を私のために朗読した。」七月十一日ツェルターはヘレナの場面を読み終え、そのあとエッカーマンに手渡され、八月四日彼も最後まで読み通した。二人はゲーテと細部があまりにも変化する点について話し合う。八月十三日シュハルトが、さまざまな草稿から書き写し、清書原稿の作成を開始した。この原稿は残っていて、こうして、一八二七年一月二十六日、原稿はコッタに送られ印刷に付されるのである。この原稿は残っていて、ゲーテ、リーマー、エッカーマンとゲットリングの訂正が記入されている。ボアスレー宛の書簡からもわかるが、ヘレナ問題はその後もずっとゲーテの心を占め続けたことは、とりわけ一八二六年十月二十二日付W・v・フンボルト宛の書簡が如実に物語っている。

私は夏中自宅で過ごし、誰にも邪魔されずに『決定版全集』の仕事を続けておりました。『ファウスト第二部』に現れることになるヘレナ劇のことをまだ覚えておられますか。今世紀初めのシラーの書簡を読み返しますと、私がこの劇の冒頭の部分を彼に見せたこと、彼がその原稿を書き続けるようにと心をこめて注意してくれたことがわかります。これは私のいちばん古い構想の一つでして、人形芝居の伝承に依拠しております。ファウストはメフィストフェレスを強要して、ヘレナを自分のために手に入れさせようとするものです。私はおりをみてはこの仕事を続けましたが、作品としては完成できませんでした。展開する時間があまりにも拡大してしまったのです。と申しますのも、演じられるのは、トロイの没落からミソルンギの占領（バイロン卿が戦死した戦い）に至るまでのあいだで、まる三千年の時間の流れなのです。ですから、より高い意味では、これも時の一致と考えることができます。しかし、場所と筋の一致のほうは、ふつうの意味でもきわめて厳密に守られております。次のように題されて発表されます。

ヘレナ
古典主義的＝ロマン主義的夢幻劇
ファウストへの幕間劇

これだけではむろん説明不足ですが、けれどもこれで十分だと思います。これで、いままで書き溜めたもののなかから復活祭に出そうと考えている第一回配本の巻に、注意を向けていただけることでしょう。

十二月十七日ゲーテはヘレナのための「予告文」を加筆して長くし、「知られている『第一部』の悲惨な結末とギリシアの美女ヘレナの登場とのあいだにある溝」を埋めようとする。彼はこの「前触れ」をフンボルトに送るが、彼はエッカーマン同様、公表を思いとどまるよう忠告する。二人は、ゲーテが自分の意図を世間に知らせてしまったなら、作品を完成させる意欲がなくなってしまうのではないかと思ったのである。その後ゲーテは印刷に付されるばかりになった原稿を見て、アウクスブルクの印刷職工長ライヒェルに手紙で問い合わせる。用件は、本文の印刷に使う活字・書体のことであり、とくに変化する韻律、さまざまな長さの詩節、韻律同士の交差などのために、どの活字や書体を用いたらいいか、ということであった。原稿が一八二七年『決定版全集』第四巻に掲載されたとき（原稿は本来の作品のなかに挿入されず、別個に。一八三二年『遺稿集』第一巻になってやっと、「ヘレナの場面」が『ファウスト』を構成するものとなる）、ゲーテは組版にも印刷にも満足の意を表する。その後、一八二七年五月、『芸術と古代』にあの「予告文」がかなり短縮されて『ヘレナ。『ファウスト』への幕間劇』として掲載される。

一八二七年春、ゲーテは『皇帝の宮殿』の場面の仕事を続け、同年末にこの場面は仕上げられた。七月以降は「最重要の仕事」の執筆が順調に進む。日記には、毎日のように、「主要な目標」「主要な作品」「主要な仕事」がさらに「いっそう進んだ」「完成を目指して努めた」「促進した」と記入される。一八二八年一月十五日、ゲーテは「『ファウスト』の仕事の終わりがもはや近い」のを感ずる。彼は第一幕を「構想と清書された草稿」にもとづいて整理したあと、書記ヨーンの筆跡による二つ折判の清書原稿を、一八二八年一月二十五日の郵便馬車でアウクスブルクのコッタ印刷所宛に発送した。職工長で校正係であったライヒェルは一月二十二日、活字・書体などの組版上の指示を別に受け取っていた。「疑わしいケース[54]」が出てきた場合、その解明をゲーテはライヒェルの判断に一任した。最後に彼はライヒェルに感謝を伝える。「さまざまな種類の詩の区別が…（略）…またもや上手くなされていること、この点につきましてはあなたのご配慮と注意深さのお陰であると、ここに改めて厚くお礼申し上げます[55]」。一八二八年復活祭に『ファウスト第二部』が『決定版全集』第十二巻として出版されるのである。続いて、一八二九年には八つ折判の『全集』が出版される。どちらの版にも、「続く」という注意書きがなされていた。この続編の仕事をゲーテは続けるのだが、その出版はもはや彼の存命中に実現されなかった。

『ファウスト』の継続執筆——一八三二年三月まで（『ポケットブック版全集』）

ゲーテは、残された時間がだんだん少なくなることを意識して、何度も『ファウスト』の「草稿」と取り組むのであったが、仕事は難しかった。最高に上手くいって書けるのは一日に一枚、エッカーマンに語ったように、自分が「しかめ面で送る日々の生活によって…（略）…混乱している」と感じられる。一八二八年六月十四日カール・アウグスト大公が逝去する。ゲーテを最後に訪ねたのは五月二十八日、ベルリンに旅立つ別れの挨拶に来たのであったが、この旅の帰途帰らぬ人となったのである。ヴァイマルの日々は葬儀や追悼式に追われる。七月七日ゲーテはドルンブルクに逃れ、そこから七月二十六日付でツェルターに宛てて書いている。

私は、聖ミカエル祭に『ファウスト』の続編をあなたにお届けしたいと思っていたのですが、その希望もこのたびの不幸な出来事のために砕け散ってしまいました。もしこの作品が引き続き生命感情のいっそう高い状態を目指すものでないとしたら、読者をも現在の自分自身以上の力を高めることを強要するものでないとしたら、それはなんの価値もありません…（略）…

第二幕の冒頭の部分は上手くゆきました。ただ、このことを控えめに申し上げようと思いますのは、それがすでに書かれていなかったならば、書き上げることはないだろうからなのです。いま大切なのは、第一幕を完結させることです。最後の細部まですでに考え出されてあり、このたびの不幸な出来事がなかったならば気持ちのいい韻文となっていたことでしょう。しかし、私たちはこの先の定かならぬ時間にゆだねなければならないのです。

この「先の定かならぬ時間」とは、ゲーテのますます残り少なくなってゆく寿命である。九月十日彼はドルンブルクから戻るが、九月十八日の日記にはもう「最重要の仕事」が現れ、この言葉はほとんど毎日のように繰り返し記入される。一八二九年七月十八日から十九日にかけての夜、ゲーテはツェルターに宛てて完成が近いことを伝えている。「あなたが『ファウスト第二部』に目を向けられていると伺って、私はとても嬉しく思います。私には大きな励みとなって、他の多くのこともこれで片づく、少なくともこの作品の最も緊急な点はできるだけ早く仕上がることになるでしょう。完結は成し遂げられたも同然、そして中間の箇所についても重要なところは完成しております。ですから、もし公権力が私を捕らえて、三カ月間、高く聳える要塞のなかに閉じ込めるならば、残りはわずかとなるでしょう。私は一切をはっきりとした形で私の心にいだいているものですから、そのためにしばしば気持ちが重くなるほどです。」

しかしこの「高く聳える要塞」は実現せず、三カ月の集中作業は結局なにもならない。この年の八月、ヴァイマルでは、最初ゲーテが反対したけれども、『ファウスト第一部』が上演される。ゲーテは、登場人物をどうするか、そして彼が詳述しているとおりに、霊の出現を舞台上でいかに演出し、「わかりやすく」するか、彼は思案をめぐらせなければならなかった。

十二月になってゲーテは決意も新たに『ファウスト第二部』の仕事を再開する。彼は残された時間がもう長くないと感じていた。エッカーマンに十二月二十七日、「紙幣の場面」、三十日、「暗い廊下」と「騎士の間」の場面、年が改まった一月十日、「ファウストが母たちの国へ降りてゆく」場面を読んで聞かせる。「不思議な感動に捕らわれた」エッカーマンは説明を補足してくれるように乞うと、ゲーテはこう答えるのである。「いいま、あなたに明かすことができるのは、私はプルタルクを読んでいて、古代ギリシアでは母たちを女神と崇めることが話題になっているのを発見した、ということだけです。私が伝承に拠っているのはこの点だけで、その他はすべて私が考え出したものです。」

ゲーテは倦まずたゆまず仕事を続ける。一八三〇年一月一日の日記には「詩の原稿の編集と清書」[56]とし るされている。エッカーマンの記録によれば、ゲーテは一月に「古典的ヴァルプルギスの夜」の場面を書いていた。この劇中劇の内容および名称は、『第一部』の「ヴァルプルギスの夜」と対をなすものとしよう、というのがゲーテの意図であった。ファウストは、「ヘレナをこの世に連れて来ようとして」、メフィストフェレスによって古典的ヴァルプルギスの夜へ、冥界の入り口へと導かれる。メルヘン風なヴァルプルギスの霊たちが集う魔圏では、自然と精神が融け合い、この戯曲の幻影の時間三千年が融け合う。ヘレナを捜し求めるファウストがついに捜し求めていたものを見いだす。すると、本来生の敵対者であるメフィストフェレスが牙を剥き出す。ゲーテは、水成論、火成論を暗示しながら天地創造の記憶を呼び起こし、最後にはすべてを水と火の結合、あらゆる元素の結合の「奇跡」を鳴り響かせる。ここでは生と精神が一体である。

その後、数カ月間、ゲーテが引き続き「最重要の仕事」と取り組んでいたことは、「詩の草案を練って清書する」「詩を数編」「詩的な眼差し」と記入される日記によって証拠づけられる。[57]エッカーマンに対しては、「私に強制して文学作品を引き出してくれる術をいちばん心得ている」と感謝する。彼はゲーテの説明をこう記録している。「人間がひとりでいるのは良くない…（略）…ことにひとりで仕事をするのは良くない。何かを上手く成し遂げようと思うのなら、他人の協力と刺激が必要なのだ。『アキレウス』や他の多くのバラードがシラーのお陰だというのは、彼が私をそこまで駆り立ててくれたからなのだ。私が『ファウスト第二部』を完成できたなら、それは君の協力のお陰でもあるのだよ。これまでもよく君に言ったことだが、君に知っておいてもらうために、こうして繰り返さずにはいられないのだよ。[58]」こうして仕事を続け、六月二十五日、イタリア滞在中の息子アウグストに宛てて書く。「エッカーマン（彼はこの頃アウグストのイタリア旅行に同行していた）に伝えてくれ。『ヴァルプルギスの夜』の場面が完結した。今後さらに必要な場面に関しても、希望どおりうまくゆくと思っている。」第二幕はこれで完成する。『ヴァルプルギスの夜』が仕上がったことにより、ゲーテは『ファウスト』劇全体のなかにヘレナ劇を組み込むことに成功したのである。つまり、ファウストはヘレナのもとへと導かれる。草稿がいっそう仕上がってゆくにつれて、ゲーテにとってある考えが確固としたものになる。すなわち、この数日に書き上げたもの、自分の「最上のもの」をもはや自分の手では公刊したくないという考えであった。遺言執行人となってくれた宰相ミュラーに対して、ヴォルテールのことを再度話題にして、一七七八年ヴォルテールが新作『イレーネ』を上演させたのは間違いであったと言うのである。「ヴォルテールは、最も偉大な精神のひとりであるが、高齢になってまだ悲劇を上演するという弱点をさらけ出してしまった。私は逆で、私が書いた、そしてこれから書くかもしれない最善の作品は、公表しないでおきたいと思う気持ちが、ますます強く感じられるようになっている。」(59)

この頃、コッタ夫人エリーザベトがゲーテに再度『婦人年鑑』への寄稿を願ったとき、彼は断るのだが、一八三〇年七月九日付コッタ宛書簡の追伸でこう釈明している。「そんなわけでして、お詫びを乞わなければなりません。目下、きわめて重要な作品を生み出そうとしているのですが、なかなか上手くゆきそうにもないものですから、むしろご依頼をお断りしてお詫び申し上げたい次第なのです。」これは、ゲーテがじっさいにはすでに「重要な作品」を生み出していた頃のことで、とすればコッタ夫人を思いやった皮肉である。

書き上げようとしている作品の公表を望まないというのは、ゲーテの「謙遜」、用心深さ、あるいは老人の知恵なのであろうか。この頃ゲーテは、全編「戯れとまじめ」こもごもの『温和なクセーニエン』の詩の一つでこう詠っている。「それは賢くうまくなされたのか／何ゆえに君は友と敵の気持ちを傷つけようとするのか／大人の人は私にはもはや何の関わりもない／いま私は孫たちのことを考えなければならないのだから。」この点でゲーテのように考えて行動した作家はほとんどいない。ジョイスはなに一つ遺稿として残さなかった。プルーストは最期の年まで書き続け、臨終のベッドのなかでも作品の校正の仕事をして、ベルゴットの死を迫真的に描こうとした。S・ベケットは、自分の作品のどれを公表すべきか、すべて自分で決定しようとした。カフカは自分の草稿を破棄するよう指示したが、指示しただけであって、自ら実行はしなかった。R・ムージルは『特性のない男』の執筆で「挫折」するが、それは「自由意志」とは別のことであって、亡くなるまえに『生前中の遺稿』という表題の本を出版、「まえがき」のなかで、「読者の皆様にはご厄介をかけますが、これが最後なのですからご寛恕を」と書いたのである。

しかし、ゲーテが考えようとしたのは、「子孫」、すなわち将来の人々のことであった。それゆえ彼は全力を傾注して「さらに必要なもの」、つまり第四幕および第五幕の、なお欠けていた冒頭の場面の仕事に取り掛かる。だが、一八三〇年十一月二十五日から二十六日にかけての夜、喀血し、エッカーマンによれば「危うく死ぬところであった」。しかしながら十二月になると、ゲーテは再度、仕事に集中する。この頃の日記の数日分を紹介すると、「さらに『ファウスト』の補足」「あの詩的なものは進行中のまま」「『ファウスト』の続稿」[60]とある。ゲーテは一発勝負、つまり第五幕の完成に賭けて、第四幕に対する希望は放棄したように見えた。十二月十七日、彼は「『ファウスト』の完結とその清書」[61]とするし、一八三一年一月四日、ツェルターに打ち明けている。「『ファウスト』の最初の二幕は仕上がった。枢機卿フォン・エステがアリオストに敬意をはらおうとして発した感嘆の叫びが、おそらくここにうってつけだろう。もうたくさんだ。ヘレナは第三幕の冒頭に登場する。幕間劇のヒロインとしてではなく、ずばり、ヒロインそのものとしてだよ。この第三幕の経過については知られている。神々のご加護でどれくらい第四幕の仕事が進むか、それがまだ不確かだ。第五幕については最後の最後まですでに原稿化されている。私は、『ファウスト第二部』を、最初からバッカス祭のところまで、もう一度、順番に読み通してみようと思う。けれどもそのようなことは注意して、しないようにしている。というのも、将来他の人が代わりにしてくれるかもしれないし、新鮮な声をあげて、何かアドバイスをしてくれるだろうからね。」その後しばらく仕事が中断され、ゲーテは原稿の整理と、遺言状を作成する。四月彼はまた第五幕を取り出す。日記には四月九日、この日は本来なら「監督記録簿の点検」をしなければならなかったのに、「他の秘密のことを考える。フィレモンとバウキスおよび類似のことがひじょうに気に入る」としるす。日記の記載を見ると、八十一歳の老人が倦まずたゆまず仕事をしているのがわかる。そして、ついに、第五幕の冒頭部分が脱稿する。「この場面を意図してから」と、一八三一年五月二日エッカーマンに打ち明ける、「もう三〇年以上にもなる。ひじょうに重要だったので、それ以来私は興味を失ったことはなかったが、完成するのが難しくて、自分でも不安に思っていたのだよ。」

こののち、第五幕は完成し、わずかに小さな訂正が追加される。一八三一年六月六日エッカーマンはきわめて重要な対話を書きとめている。ゲーテは彼に『ファウスト』第五幕のまだ欠けていた部分の原稿を見せる。(62) 二人は、フィレモンとバウキスの小屋が焼けるこの場面について話し合う。ゲーテは説明して、彼のフィレモンとバウキスは古代のあの有名な夫婦と名前が同じであるにすぎない、同じような人物、同じような状況なのだから、同じ名前にすれば「有効な」効果が期待できる。それからファウストのことが話題になる。ゲーテの意図では第五幕でファウストは「ちょうど百歳になる」はずで、そのことをはっきり言っておくべきかどうか、と彼は考えをめぐらせる。続いて、結末のことが話になり、彼はエッカーマンに次の詩句に注意を促した。

霊界の高貴な一員が
悪から救われた。
たえず努力するものを
われらは救うことができる。

「この詩句には」とゲーテは言った、「ファウスト救済の鍵がある。つまり、ファウスト自身の内にどこまでもますます高まってゆく、ますます純粋になってゆく活動がある、そして天上から彼を救おうとしてやって来る永遠の愛がある。このことは、私たちの宗教観とも完全に一致している。つまり、私たちが救われるのは、単に自分の力によってだけではなく、差し伸べられる神の恩寵があってのことだからね(63)。」

ゲーテが第四幕に取り掛かったという最初の知らせはエッカーマンに由来する（一八三一年二月十一日）。ゲーテ家での食事のときに、『ファウスト』第四幕を開始したと彼に語ったというのである。二月十二日、ゲーテの日記には――「家政上の種々の件」とオッティーリエとの対話のあいだに――残された月日のあいだほとんど座右の銘となったと言っても過言でないあの言葉、「勇気をもってついに最重要の作品に着手(64)」と記入される。二月十三日彼はエッカーマンに元気な声で伝える。「何が起こるかは、知ってのとおり、すでに私はわかっていた。しかしそれをどのように描くかとなると満足できなかったので、よい着想が浮かんで嬉しく思っている。私はいま、ヘレナの場面からすでに完成している第五幕に至るまでの、未完の部分の構想を練って、詳細なシェーマとして書いておこうと思う。そうすれば私はまったく楽しみながら迷わずに仕事ができるし、まず楽しい気分にさせてくれる箇所から手をつけることができるからね。」ゲーテはたえず個々の部分の輪郭を明らかにすること、全体は謎めいたままにしておくことに意を用いていた。「そのような構成にさいしてもただ大事なことは」、と彼はエッカーマンに続ける、「個々のまとまりは意味を有してはっきりしているのに、全体としてはつねに同一の基準では測りえないようにすることなのだが、まさにそれゆえに、解けずにある問題に対する場合と同じように、人々をひきつけて何度でも考えずにはいられないようにすることができるのだよ。」

ゲーテはこの数日、『第二部』の全草稿を改めて仮綴じするのだが、未完の第四幕の当該の箇所には白紙を挟み込む。「それは間違いないよ」と、二月十七日彼はエッカーマンに打ち明ける、「こうして出来た原稿を前にすると、ここまで漕ぎ着けたのだからまだ書いていないところもぜひ完成させようという気になってくる。こうした感覚的なことのほうが思いのほか動機づけとなるものだから、いろいろ手を尽くして精神的なものに助け舟を出してやらなければならないのだよ。」一八三一年五月二日のゲーテのコメントもこの「助け舟を出す」ということに関係しているのだろう。「私はあれこれ手を尽くしているうちにまた調子が出てきたので、うまくゆけば、第四幕も次々と書き上げられるだろう。」ゲーテは自分が多くの「思考の訓練」をしなければならないことを知っていた、つまり、彼の判断では『第一部』は「主観的なもの」であるが、『第二部』で彼が望んだのは、「より高次な、よい広い、より明るい、より冷静な世界である。だから、世の中を見て回り、いくらかの経験を積んでいる人でなければ、どう対処したらよいものやら、その術も知らないだろうさ。」確かにこの言葉は、ヘレナの登場で始まり、ファウストが古代の世界と出会うことになる第三幕に向けられたものにちがいない。すでに述べたように、この第三幕によって、ゲーテは古典主義とロマン主義のあいだの争いを調停しようとしたのである。そして、ヘレナをファウストに結びつけることが考えられたのも、彼の古代にいだくイメージと中世の世界にいだくイメージを調和させることができて、初めて可能となったことも間違いない。一八三〇年三月六日ゲーテはF・J・ソレに、パリで「重要な事柄」が準備されている、と予言する。「私たちは大爆発の前夜にいるのだ。」それが現実となり、パリの七月革命のあいだに、シャルル十世は退位することになる。おそらくこの関係において、ファウストの国家観、すなわち自由な土地で自由な国民という君主のヴィジョンが理解されねばならないのかもしれない。大自然の威力に対して人間が英雄的な戦いを挑むことによって、全世界に入植しようとするファウストの計画、開拓入植というこの戯曲の結末に現れた理念の裏には、一八二四年から二五年にかけての冬に起こった北海沿岸のすさまじい高潮の被害の報せを聞いたことがあるのであろう。つまり、「世の中を見て回り、いくらか経験を積んだ人」でなければ、ゲーテの文学に「対処する」術もないのである。

五月と六月はゲーテにとって生産的な月となる。繰り返し「詩的題材」という言葉が日記に記入されている。ツェルターに仕事の進み具合を報告し、一八三一年六月一日こう断言する。「容易なことではありません。二十歳のときに自分の内部に芽生えた構想を、八十二歳になってから、しかも自分自身の外側に立って記述しようとするのですから。このように自分の内部に生き続けてきた骨格に腱や筋肉や皮膚をつけてやる、そのうえ、こうして創造されたものに襞たっぷりの衣装を着せてやる、そうしますと全体像がさながら公然の秘密となって、人々はいつまでも謎解きを楽しみ、けっして手持ちぶさたにはならないだろう――これが狙いなのですから。」さらに六月九日。「この年の初め以来、いくつも書くことができた。それを成功と見なしてもいいと思うのは、少なくとも、私には、これ以上うまく書く術がないからである。それ

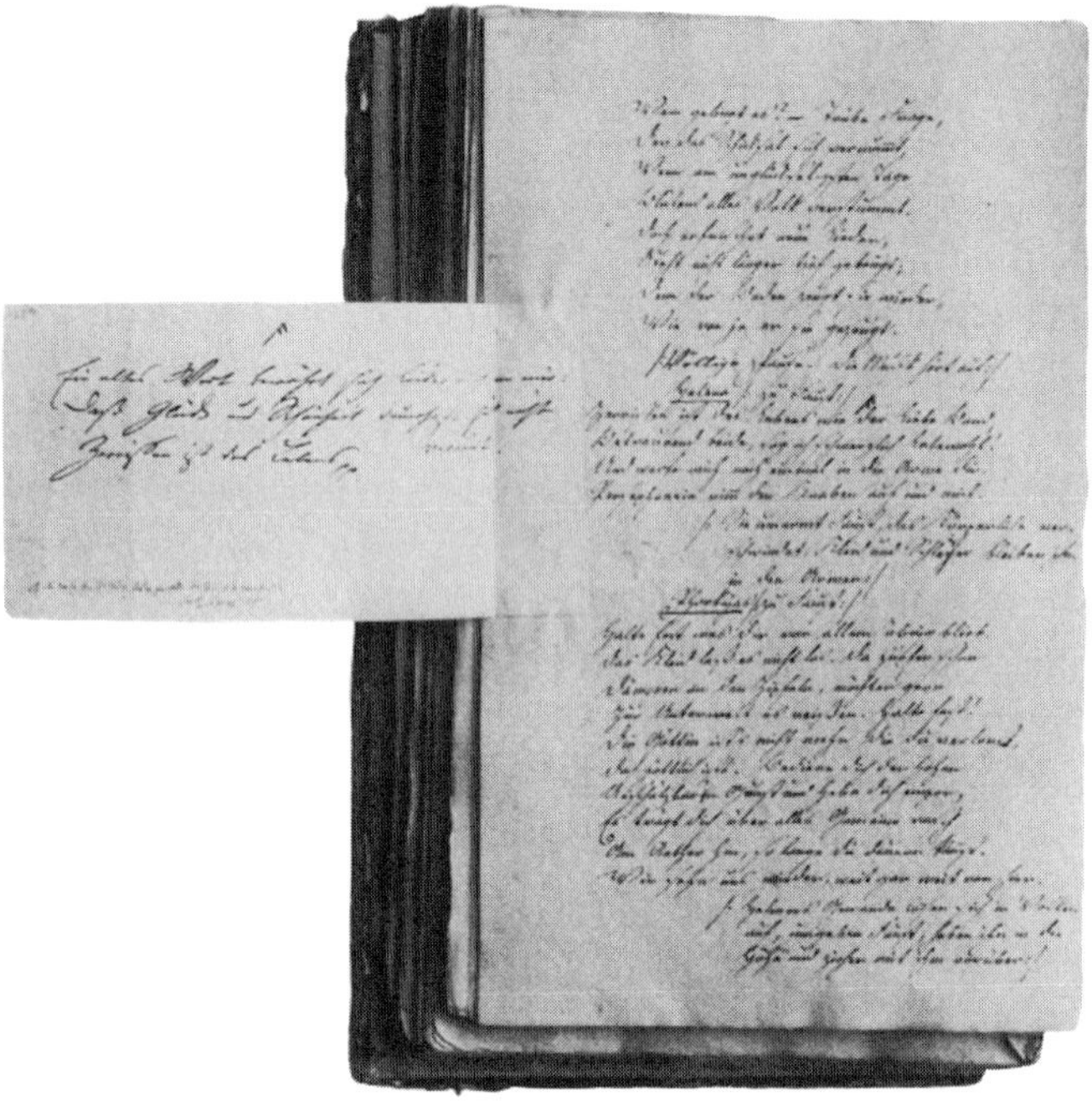

図 61　ゲーテ『ファウスト第2部』.「清書原稿」（図 62参照）のヘレナの場面，詩句 9931-9954．エッカーマンによる訂正が添付されている．ゲーテ＝シラー文書館所蔵．

ゆえこのことも同じ遺言の言葉として受け取ってほしい。」七月になるとゲーテは誕生日までに『ファウスト』の仕事を終えようという目標を課する。七月二十一日の日記には「最重要の仕事が完了」とあり、翌二十二日には「最重要の仕事をついに成し遂げる。最後の清書。清書された全原稿を仮綴じする」とある。ゲーテが最後に書いたのは、「封土授与式」（詩行一一〇八七一―一一〇九三〇）の場面であり、ここで彼の生涯のアーチが架けられる。すなわち、子供の頃、ゲーテはフランクフルトで挙行された皇帝の戴冠式を目の当たりにし、帝国の慣行に興味をいだいたものであった。一八三一年七月十四日、彼はヴァイマルの図書館からオーレンシュラーガー著『新釈金印勅書』を借り出す。子供の頃読みふけった本で、ここから多くの細部を作品に取り入れたのである。

しかしこの頃、ゲーテは、最後に成立した部分はもはや公表せずに後世のために封印しようと決意を固めてゆく。『新ベルリン月刊誌』と『ベルリン対話新聞』の発行人であるフェルスターがゲーテを訪問したのは一八三一年八月の誕生日のまえであった。フェルスターはこう記録している。私が最後にゲーテを訪問したとき、書斎の机の上には原稿を綴じた、分厚い二つ折本が二冊あった。彼はこれらを指し示しながら言った。「七つの封印が押されて『ファウスト第二部』がここにあります。私がもはや何もできなくなったとき、初めて他の人々がこれに手を触れるようにと願っている。」[65]

九月ゲーテは相変わらず本文の作成を続ける。「全体が私の目の前にある」と、一八三一年九月四日ツエルターに宛てて書いている、「私がしなければならないのは、あと小さな箇所の訂正だけです。それで封印しようと思うのですが、そうすれば私の次に続く巻の特別な重みが、それでどうなろうとも、増すかもしれません。」九月になって清書の、つまり『ファウスト第二部』全体を含むあの手書き原稿の封印が行なわれたにちがいない。仮綴じの二つ折本は一八七枚の原稿を含み、表紙には、《『ファウスト第二部』一八三一年》としるされていた。第三幕を筆写したのはシュハルトであり、それ以外はすべてヨーンであった。

原稿封印の理由を友人たちに対して繰り返し説明しなければならないと考えたゲーテは、一八三一年十二月一日、W・v・フンボルト宛に書いている。「そこで私は勇気を奮い起こして、印刷されたものもされないものも一緒にして一冊の本に仮綴じし、これに封印することにしました。これ以上あちこち手を加えたくなる誘惑を断つためでした。もちろん、そのために、最も親しい方々に見ていただくこと――これ

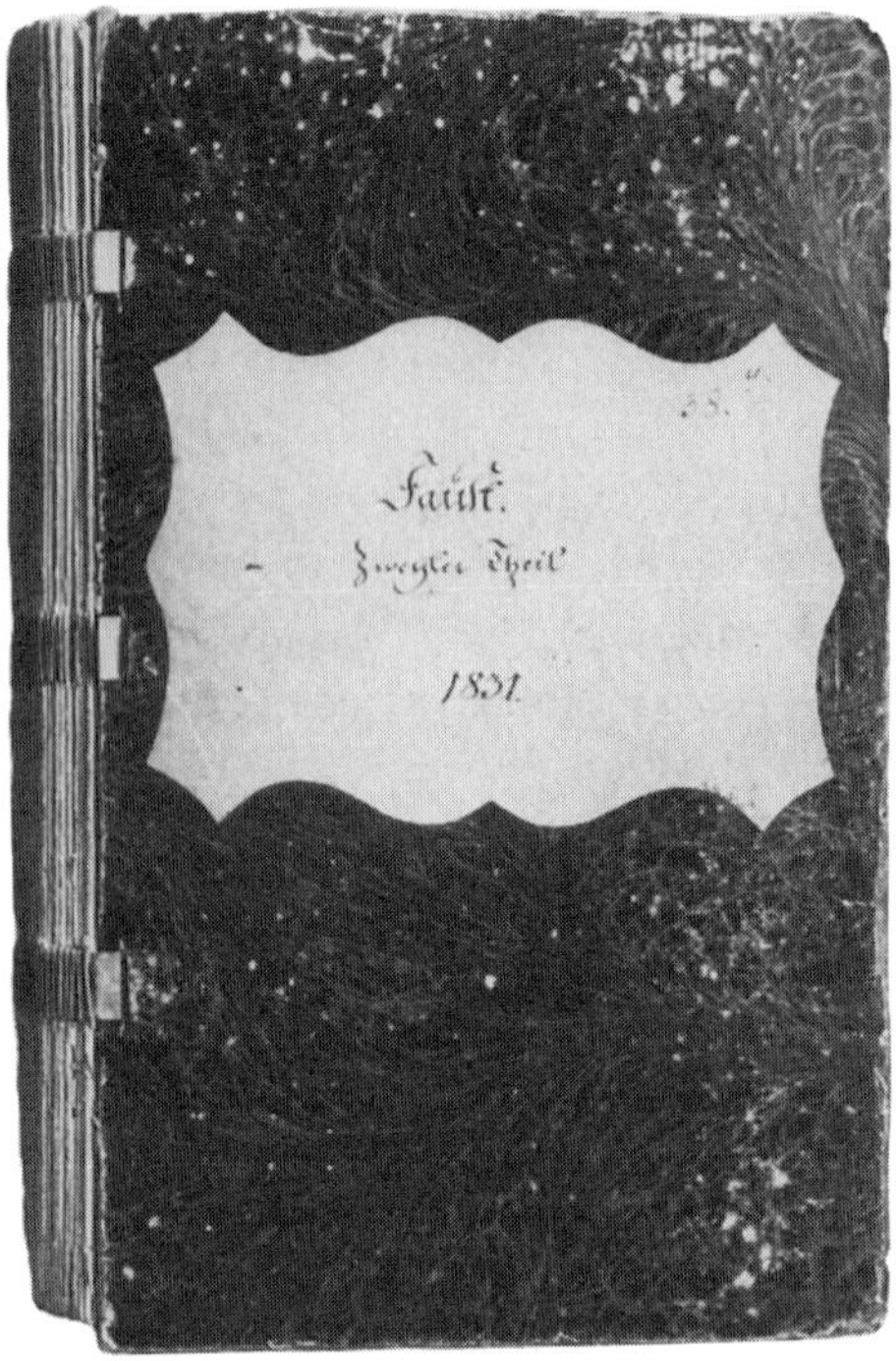

図 62 《『ファウスト第２部』1831年》1831年８月半ばに封印され，翌1832年１月８日，内輪の朗読会のために封印が解かれた「清書原稿」，ゲーテ＝シラー文書館所蔵．

こそ詩人の喜びなのですが——ができないのを、残念に思っております。」十一月二十四日ボアスレー宛。「完結した『ファウスト』に封印をしたのですが、そのときの私はあまりいい気持ちがしませんでした。と申しますのも、私がこのように思わなかったわけではないからです。つまり、私のかけがえのない、だいたい私と考え方の同じ友人の方々にも、これではすぐに楽しみを与えられなくなってしまう。まじめに意図した戯れであるこの作品を数時間かけて読んで、読みながら、長年私の念頭を離れなかったものがついにこうした形になったことを認めていただく、という楽しみなのですが……（略）……けれども、私にとって慰めとなるのは、私が心にかけている人々はみな私よりも年齢が若いので、彼らのために用意し取っておいたものを、彼らはいずれそのうちに読んで、私をしのんでくれるだろうということなのです。」

ゲーテは自分の当初の決意に固執しない。一八三二年一月、彼は封印された手書き原稿の封印を解いて、原稿の一部を息子の嫁オッティーリエに二回読んで聞かせる。そのさい起こったことはまさしく彼が恐れていたこと、つまり、作品に「あちこち手を加えたく」なったのである。一月十七日の日記には「『ファウスト』で気がついたことを二、三つけ加える。ヨーンが清書する」とある。翌十八日、「二、三書き換える」、十九日、「いくつか清書」、そして同月二十四日にはこう記入されるのである。「『ファウスト』に対する新たな刺激をうけて、主要モチーフをより大きく扱うべきだということを考えた。これは私が脱稿を急いだために、あまりにも簡潔に扱いすぎていたのである。ヨーンが清書。(66)」

ゲーテの最後の手紙は、『ファウスト』の完結が彼にとって何を意味したかを示している。彼は、自分が何を創造したのかを知っていた。同時代の人々が彼の「最重要の仕事」をなかなか理解しないだろう、なぜならこの作品はまだ完成していなかったし、作品の理解のためには読者に多くの前提条件を要求したからである。しかし、何年か、何十年か、さらに長い時がたったならば彼の作品を受け容れ、理解し、評価してくれる読者が現れるであろう、ということも、彼は固く信じていた。彼はこの希望をひたすらもち続ける。最初の反響が必ずしも励みになるものでなかったときでさえも。この頃、論評はひじょうに批判的になっていたが、ゲーテはそれらにもはやほとんど注意をはらわず、わずかにヒルシュベルクのギムナジウムの教師K・E・シューバルトの書評を読むくらいであった。この教師はゲーテに彼の講義録「ゲーテの『ファウスト』について」を送ってきたが、それは彼が『ファウスト』文学をゲーテの「主要作品、頂点ないし最高のもの」とは考えないという意見で書き出されていた。批評家の間違った評価はそれほどのものであった。

ゲーテの死後になってやっと、彼が望んだ形で、彼の「一つのまとまりを成す清書原稿」が出版される。すなわち《『ゲーテ全集』決定版全集。第四十一巻。ゲーテ遺稿集。第一巻。シュトゥットガルトおよびチュービンゲン、一八三二年。『ファウスト悲劇第二部』全五幕》であった。第一版は、一八三二年、小八つ折判のポケットブック版としても出版される。大八つ折判の出版は一八三三年であった。表題には「一八三一年夏完結」という但し書きがなされている。

断片を一つ一つ積み重ねて、老年期と青年期とのあいだの、生活、経験および知識にまたがる領域を結びつけてゆくゲーテの仕事の仕方、彼の「このようにポエジーは命令する!」という要請は、むろん一八三二年版の『ファウスト』にいろいろな結果をもたらしていた。[67] リーマーとエッカーマンによってなされた本文校訂は、妥当な、ないしは決定的な形ではけっしてない。たくさんの誤植を含み、残念なことに編集上の独断専行が見受けられるからである。こうした結果はいきおい『ヴァイマル版全集』まで影響を及ぼしているように思われる。この全集は、当時知られていたすべての原稿を包括的に収録したため全体のつながりが不明確になってしまい、作品の原文にアプローチできるのは限られた専門家だけなのである。E・シュミットが、『ファウスト第二部』の原文の基礎として採用したのは、ゲーテが自ら認めて出版した第一幕と第三幕だけであり、第二幕、第四幕と第五幕については主要な手書き原稿のみであった。このように、「思案に思案をかさねて過ごした長い人生」において展開したゲーテの執筆・編集方法は、のちのちまで影響を及ぼしていった。この点について、一八三二年三月十七日付W・v・フンボルト宛の、遺言となる、驚きに値する長文の書簡において、再度、概要を述べている。ゲーテはもはや作品執筆ばかりではなく手紙を書くのさえ体調と闘わなければならない。日記の最後の記入は「三月十六日、ヴァイマル。終日、体調不快のためベッドで過ごす(68)」であった。しかし、その翌日、三月十七日、フンボルトに宛てて次のように書くのである。

『ファウスト』の構想は、私には最初は若々しくはっきりとしていましたが、作品全体をどうつなげてゆくかとなると詳述できないままに、はや六〇年以上の歳月がたってしまいました。私はこの作品のことをつねに物静かな道連れとして共に人生を歩みながら、私がそのつどいちばん興味をひかれる箇所を取り上げて一つずつ仕上げてきましたので、『第二部』には空隙がいくつも残ってしまい、これを同じような興味を奮い起こして書き上げ、他の箇所と結びつけなければならなくなりました。この点で大きな困難が生じたことは言うまでもありません。本来なら自由に活動する創造力のみが生み出してくれることを、決意と気概をもって成し遂げなければならなかったからです。しかし、思案に思案をかさねて過ごした長い人生を後にしてもなお、それがかなわなかったとすれば、むしろ好ましいことではないでしょう。古い部分と新しい部分、あとで出来た部分と以前に出来た部分、その違いに人々が気づくとしても、私は何も怖くありません。それは、将来の読者の好意ある判断にゆだねることにしましょう。

私がいつも感謝の念をもって思い浮かべる、かけがえのない友人たち、彼らは各地に散らばっておりますが、私が生きているあいだに、彼らにひじょうに真面目に意図した諧謔と言ってよいこの作品を献呈し、作品世界を分かち合い、彼らの感想を聞かせていただければ、疑いもなく私には限りない喜びとなりましょう。けれども、現下の日々はまことに不条理で混乱をきわめておりますので、この奇妙な作品を構築するのに注いだ私の長年にわたる誠実な努力も、報われるどころか、浜辺に打ち上げられ、難破船の残骸さながら打ち棄てられて、しばらくは時間の砂に埋もれるままになってしまうにちがいないと確信しております。混乱した行動を助長する混乱した学説が、広く世の中に幅を利かせております。ですから、私の何よりも切実な願いは、私とともにあるもの、私に残されたものを可能な限り高める、私に特有なものを蒸留する［原文のまま！］（訳注　原語の cohobieren は『ファウスト』六三二五行や六八五三行などでも用いられている）ことなのです。友よ、それは、あなたも同様にあなたの居城で成し遂げようとなさっておられるわけでありますが(69)。

生涯をとおして育まれてきた作品を完成するということは、作家にとってなんという快挙、めったにない、いやたぐい稀なことであり、「長年にわたる努力」とは実際よりはるかに控えめな自己評価なのである。さらに、ゲーテは著作の大部分を刊行し、「まじめに意図した戯れ」の残りの部分を死後出版のために準備し整理することも首尾よくやってのける。それはまさしく単に彼の「最重要の仕事」、彼の最大傑作(opus maximum) であるばかりでなく、世界文学のなかでも最も偉大な作品の一つなのである。

では、この作品はゲーテの存命中にどのくらいの収入をもたらしたのか。『全集』および単行本の売れ行きはあまり良いものではなかった。上演の収支総決算をしてみると、とても大成功と言えるものではなかった。この点ではむろん、ゲーテ自身が自作を売り出すのに腕利きの興行師ではなかったことも事実である。本当のところ、ゲーテは自分の『ファウスト』は「あるがまま」の形では、舞台で上演する効果がないと信じていた。一八一五年五月一日彼は、『ファウスト』の上演を計画していたベルリンの劇場監督ブリュール伯爵に宛てて書いている。「『ファウスト』は舞台上演には縁遠い作品です。」名前を挙げる価値のある唯一の上演は、ドイツにおける『第一部』の初演で、一八二九年一月二十九日ブラウンシュヴァイクの宮廷劇場で上演されたものである。演出と舞台用の脚色、とくに上演上やむを得ない短縮と場面の入れ替えを担当したのは、A・クリンゲマンであった。この上演は成功を収め、これが刺激となって、ゲーテ八十歳の誕生日にさいして、ハノーファー、ブレーメン、ドレスデン、フランクフルト・アム・マインなどドイツ各地の劇場でも上演されるに至った。ついにはヴァイマル宮廷劇場も行動を起こし、一八二九年八月二十九日『ファウスト第一部』が上演される。ゲーテは準備段階では参加したが、初演には欠席した。同日の日記には、「晩はひとりで。劇場では『ファウスト』の上演」としるされているだけで、それ以上の注釈はない。ゲーテは上演の成功・不成功を知りたくなかったのだろうか。あるいは、準備段階で、大臣ゲーテの作品にすら検閲が干渉してきたために、失望してしまったのだろうか。今日、作者およびその戯曲の出版者が要求する原作に忠実な上演というのは、当時はおよそ考えられなかった。検閲官の手にかかると、「胸に胸を合わせて」は「目と目を合わせて」に、「靴下止め」は「腕輪」に書き換えられてしまう。ヴァイマル以外では検閲官たちの介入は手加減のないものであった。他の点ではよりリベラルであったプロテスタントのザクセンでもルターの名前が『ねずみの歌』(詩行二一二六―四九)に出てくることは許されなかった。カトリックのウィーンでは「坊主 (Pfaffen)」に「伊達男 (Laffen)」で韻を踏むことは許されず、『ファウスト』を演ずる俳優は「間抜け (Tröpfe)」「空っぽの頭 (hohle Köpfe)」という新しい韻に取り替えなければならなかった。――したがって、ゲーテ自身は、適切な形で舞台上演された『ファウスト』を見ることはついにできなかったのである。(70)

『ファウスト』文学が同時代の人々に与えた影響はきわめて多種多様の性質のものであった。一七九〇年『ファウスト断片』が出版されたとき、評論家たちはこの作品の内容をどう扱ってよいかわからなかった。おまけに当時、政治的混乱と戦争による混乱の状況にあり、プロイセンの敗北にフランス軍の占領が続いた。作品に注意をはらってくれたのはゲーテの友人たちで、K・Fr・v・ラインハルト、シラー夫人およびツェルターなどは作品をほめてくれた。しかしヴィーラントは間違った結論をしている。「あなたには、この瞬間、成功を得ようするあまり向こう見ずにならざるをえない、というのがおわかりでしょう。」ヴィーラントはこの手紙を次のように結んでいる。「こうしたすべてのことにもかかわらず、われらが友ゲーテはこの大胆不敵な作品によって、彼の大敵がかつてなした以上に自分で自分にダメージを与えてしまったのではないかと私には思われます。そして、それでも平気でいられるのは、彼の出版者だけでしょう。」ジャン・パウルも手にしている原文だけでは同意できない、が、作品が完成するまえに正しい評価などできるものではない、と述べた。グリルパルツァーはまたもや「感動」して二回読み、多くの場面が彼の「想像に火をつけ、魂を引き裂き、シラーの荒々しい、グロテスクな素描から離れ、ゲーテに対する私の愛が決定した」(日記、一八一〇年六月二十日)。いずれにせよ『ファウスト』の断片的性格が同時代の人々の創作欲をそそり、おのずとゲーテの作品を完結させようとする試みがなされた。C・シェーネ『ゲーテの「ファウスト」の続編』(一八二三)、K・ローゼンクランツ『悲劇「ファウスト」のための幕切れ後の宗教的小劇』(一八三一)などである。

一八二七年、ゲーテが第二部第三幕の「ヘレナ悲劇」を出版したとき、批評は好意的であった。しかし、この作品の重要性を強調したのは、とりわけ外国の新聞であった。ゲーテ自身は三つの評論についてとくに言及している。ロシアの文学史家S・P・シェヴィレフ、雑誌『ル・グロブ』に書評を発表したフランスのJ-J・アンペール、エディンバラの雑誌に掲載されたトーマス・カーライル「外国評論」である。ゲーテは『芸術と古代』において、これらの評論について論評している。「ここでは、スコットランド人がこの作品の秘密に迫ろうと努力し、フランス人は作品の理解に努め、ロシア人は作品をわがものにしようと腐心している。そんなわけで、カーライル氏も、アンペール氏も、シェヴィレフ氏も、事前に何か申し合わせがあったわけではないのに、芸術と自然が生み出したこの作品にいだきうる関心のすべての範疇を、余すところなく扱って見せている。これに関してさらに詳細を論ずることは、私たちの好意ある友人たちに任せておこう。彼らは、あの三重の、明確にはけっして区別できない努力の関連に注目し説明しながら、私たちにその限りなく多様な美学的な作用を解明するための願ってもないチャンスを手に入れることであろう。」全体としてみれば、ゲーテはつまり彼の『ファウスト』文学に対する書評には満足することができなかったのである。だが、同時代の人々が作品の内容に困難をもつにちがいないということは、彼自身にも明らかなことであった。『ファウスト』の死後に公表された部分が、多かれ少なかれ同時代人の無理解に遭遇したことは、もはや彼の知るところではなかった。

むろん、『第一部』は、二人の偉大な精神の持ち主に影響をもち続けた。ヘーゲルはこの作品を偉大なドイツ国民文学であると絶賛した。そして『美学講義録』において述べたように、この作品は「絶対的な哲学的悲劇であり、そこでは、一方では学問においては永遠に満足を得ることができないこと、他方では、生き生きとした実人生や現世の享楽が、そもそも主観的な知の努力を絶対的なものと調停させようとする悲劇的な試みが描かれる。その本質と姿において、一作品のなかに包括することはかつてどの劇作家も企てたことがないような内容の大きな広がりがあるのである」。ハイネも『ファウスト』に感動し、ファウストを国民的な発展の象徴と見たのであった。『ロマン派』にはこう書かれている。「ドイツ国民はあの学者ファウストそのものなのである。精神によって結局はけっして満足を知らぬ精神を捉え、物質的な享楽を求めて、否定したはずの肉体にその権利を認めるあの唯心論者そのものなのである…（略）…しかし、あの作品において深い意味をこめて予言されたことがドイツ国民において成就するまでには、ドイツ国民がまさに精神によって精神の簒奪《さんだつ》を悟り、肉体の権利を請求するまでには、いましばらく時間がかかるであろう。それは、革命なのであり、革命から生まれる娘なのである。」かくして、何十年もの歳月を経て新世紀になってからやっと、この作品の意味の探求と記述が、すなわち、ゲーテのあの根本的な構想、「自分の内部に生き続けてきた骨格」を具体的な姿に描出せんとする仕事が着手されるのである。すでに引用したように、作品完成直後ゲーテはツェルターに宛てた手紙のなかで、「容易なことではありません」と言って、こう述べた。「このように自分の内部に生き続けてきた骨格に腱や筋肉や皮膚をつけてやる、そのうえ、こうして創造されたものに襞たっぷりの衣装を着せてやる、そうしますと全体像がさながら公然の秘密となって、人々はいつまでも謎解きを楽しみ、けっして手持ちぶさたにはならないだろう――これが狙いなのですから。」この点ではゲーテはじっさい正しかった。いわば「公然の秘密」に今日なお研究者や読者があれこれ頭を悩ませているからである。この謎解きに職業的に従事している人々は欲を出さないほうがいいのかもしれない。合理性に立脚せざるをえない研究者にとっては最後に立ち入れない事柄がつねにあるからなのだが、しかし、それらが読者を楽しませ、読者の頭をあれこれ悩まし続けることであろう。ゲーテ自身は『ファウスト』を「悲劇」と名づけた。じっさい、この作品はこの世における人間の悲劇であり、そのなかに過去、現在、未来、世の移ろいやすさと永遠が包括されている。かくしてこの文学は人間であることの悲劇作品であり、「プロローグ」で天の主がこう言うのもけっして偶然ではない人間の悲劇なのである。「人間は努める限り迷うものである。」この認識にもかかわらずゲーテは晩年になってもなお人生を肯定した。「どうあっても、人生は善きものかな。」(71) 詩人自らが己の作品を悠然と振り返る。彼は死の半年前に書く。「どこにたどり着こうとも、この作品はこうして存在している。なお十分に問題をはらんでいるとしても、一つ一つの解明がけっしてなされなくとも、表情、ウインク、かすかな示唆を理解する者を、この作品は楽しませ続けるであろう。」

五　ゲーテ

――「私に深い関心を寄せてくれる人々にとって、最期までそれに値する人間であるために、いかなる好機も逃すまい、と私は心がけております」

一八三一年夏、その複合性ゆえに難渋をきわめた『ファウスト第二部』が完成する。同年六月、ゲーテは『植物変態論』のドイツ語対照フランス語訳版の仕事をも終えることができた。フロマンが刷本の一部抜きをやっと届けてきたのである。これも一向に捗らない仕事で、同年二月の時点でもまだフロマンはコッタにこう報告していた。「この本がどれくらいの厚さになるのか、いつ完成するものやら、私は申し上げることができません。」ゲーテがソレとともに原稿の作成を再開したのはつい三月、四月のことであった。けれども四月末、ゲーテはボアスレーに無事脱稿したと伝えている。「本来ならこの巻で私は自分が背負っていた重い荷を下ろせるのですが、印刷してみると全紙《ボーゲン》一五枚、それでは苦労のほどを認めてもらえそうにもありません。昨年六月から印刷にかかり、身辺の相次ぐ宿命的な出来事にも屈することなく、仕上げに細心の注意をはらって最後までやり遂げることは、私にはけっして容易ではありませんでした。」この本は一八三一年六月半ばに刊行され、ゲーテが自ら取り仕切った最後の出版物となった。彼が携わっていたもう一つの「仕事」は、ツェルターと交わした書簡の収集、整理と編集であったが、もはやその完結は彼の手に負えず、すでに述べたように、彼はこの任務をリーマーにゆだねるのである。

六月六日、ゲーテはエッカーマンに『ファウスト第二部』第五幕の、それまでまだ欠けていた冒頭の場面について説明する。ゲーテが意図したとおり百歳になったファウストは、ここで救済されなければならない。だが、それをどのように描けばよいのか。「ところで、君にだってわかるだろう」とゲーテは対話を続ける、「救済された魂が昇天してゆくというふうに結末をつける、それは、なんとも難しかった。ああいう超感覚的なことを扱う場合、もし私が自分の詩的な志向に対して、明確な輪郭をもつキリスト教教会の像や観念によって、限定する力としてプラスに作用する形式や堅固さを与えなかったなら、私はたちまち茫漠とした状況に迷い込んでしまっていたことであろう。」一八三一年七月二十二日、ゲーテは日記にしるす。「最重要の仕事を完遂。最後の清書。清書されたものすべてを仮綴じする。」数日たってエッカーマンがお昼に来たとき、ゲーテは「しあわせこのうえない」といった様子であった。「私のこれから先の命は、むしろまったくの贈物と見なしてもよいだろう。それに、いまとなっては、私がまだ何かできるかどうか、などということは、結局のところ、もうどうでもよいことだ。」(72)

それは、どうでもよいことではなかった。ゲーテは彼の「最重要の仕事」を完成したのである。この成功によって彼は解放され、自分と他の人々のために自由に生きられると感じたのであった。一八三一年六月十六日、ゲーテからコッタに宛てられた書簡の次の言葉は、こうした彼の心境を伝えるメッセージと見てよいだろう。

このようなことをあなたに告白しますのは、これまでの度重なる仕事の遅れでご迷惑をおかけしたこと、ならびに長らくご無沙汰しておりましたことをお詫びして、少しでも罪滅ぼしができればと願うからなのですが、それと同時に、私の本当の気持ちだけは、はっきりお伝えしておこうと思うのです。すなわち、私は、あなた方ご夫妻の日々が、同様に年齢を重ねられましても、外部の禍から守られて、内なる生命力により、これから先も多様で計り知れないほど、力強く活動を続けられますよう、心から祈っております。そうでなくとも歳月は以前に与えてくれたものを奪ってゆきます。外界がその持ち分を取り去ろうと意志するいまとなっては、私たちは、結局、すべてを剥ぎ去られ、寄る辺なく、立ち尽くすばかりでありましょう。

けれども、勇気のない終わり方であってはなりますまい。むしろ、はっきりとこう申し上げておきたいのです。「私に深い関心を寄せてくれる人々にとって、最期までそれに値する人間であるために、いかなる好機も逃すまい、と私は心がけております」、と。

敬具

このような言葉を聞いて、コッタはもちろん、たいそうしあわせであった。七月十日、彼も返書で心の内を告げた。「私は、日々、いかんともしがたい年齢からくる衰えを感じておりますものですから、努めて自分の活動範囲を制限しようとしておりまして、じっさいこの方向ですでにいくつか実行いたしました。けれども、私の意図は、隠居することではありません。その反対で、私はなお自分の能力にあった範囲での取引関係は保持し、そのなかで力の続く限り勇気をもって活動しようと思うのです。しかし〈勇気〉がいまの時代にはいちばん必要なのです。すべての人々にとっては深刻な時、多くの人々にとっては厳しい試練の時、と言わねばならない時代なのですから。」

二人は試練に耐えなければならなかった。ゲーテとコッタの次の書簡は、ゆうに一世代以上ものあいだ続いてきた著作者＝出版者関係の最終段階に交わしたものである。一八三一年八月二十二日、コッタはゲーテに誕生祝いの挨拶を送る。「私たちがこのたび祝おうとしております祝賀は、二重の意味で神聖なのです。それは、私たちのためにこれまで生かされてきた命を寿ぐばかりではなく、私たちのために再び贈られた命を寿ぐ祝賀なのです。そして、神の摂理がかくも賢明にお導きくださるということが目に見えるがゆえに、私たちが生きるこの深刻な時代にあっても、私たちのなかに前進への勇気と信念が湧いてくるのです。このように、敬愛する尊師よ、あなたの存在は、あらゆる面にわたって、さまざまな仕方で、あなたの友人たち、あなたの同時代人たちに良い影響を及ぼしております。そして、このように、多くの人々にとって選ばれた者としてあるあなたの定めほど、幸運でうらやましいものはありません。」するとゲーテは友情にみちた言葉でお礼を述べるのである。自分もまた「このように長年にわたって続いた実り豊かな人間関係が花開き、成熟して果実をつけたと考えております。それに反して他の多くの人々は、私の傍らにあって力強く生き、捲まず努力していたのにもかかわらず、とっくの昔に最終ゴールに達してしまわざるをえませんでした。これまでのご厚情に感謝すると同時に、今後とも、私の家族を含めて何卒よろしくお願い申し上げる次第です。私の考えや感じ方がつねに不変であること、〈ご夫妻の一途な僕《しもべ》にして友　J・W・v・ゲーテ〉と心をこめて署名できますことが、私にとって最大の喜びであることは申し上げるまでもないことなのですから。」

コッタ家からの最後の報せは「悲しい義務」を遂行するものであった。すなわちコッタの息子ゲオルクと妻ゾフィーは、ゲーテに代父になってもらった息子ヨハン・エルルバルト・アウレルの死を伝えたのであった。この報せがゲーテに届いたかどうかは不明である。

一八三二年三月二十二日、ゲーテはヴァイマルで八十二年六カ月余の生涯を閉じる。自らの人生を「芸術作品」として完成し、彼の「芸術的に真なるもの」という果実を穀倉に運び入れたのである。同年十二月コッタ書店から『ゲーテ遺稿集』全二〇巻の第一巻が出版される。同年十二月二十九日、コッタはシュトゥットガルトで、六十八年八カ月余の生涯を閉じた。

訳者あとがき

本書の翻訳にさいして底本としたのは、《Siegfried Unseld: *Goethe und seine Verleger*, Zweite, revidierte Auflage, Insel Verlag Frankfurt am Main und Leipzig 1993》である。一九九一年に出版された第一版は好評をもって迎えられ、本書「第二版の序」でも述べられているように、早くも二年後の一九九三年には第二版となった。当然、翻訳の期待が高まったのであるが、いかんせん八〇〇頁もの大著（A5変型判、本文：六六〇頁、注・出典箇所・参考文献目録・人名索引等：一三〇頁）、このため訳出困難の予想は言うまでもなく、本の規模からしておのずと他言語への翻訳出版は望めそうにもなかったのである。しかし、一九九六年英訳版《*Goethe and his Publishers*, Translated by Kenneth J. Northcott, The University of Chicago Press, Chicago and London 1996》が出版されるに至って、邦訳もぜひこれに続かなければならないという思いが、筆者だけでなくドイツ文学関係者の多く、とくにゲーテ研究者のあいだで高まっていった。

こうしたなか、一九九九年八月、筆者はゲーテ生誕二百五十周年を記念してエアフルトで開催された「ゲーテ翻訳者国際会議」に参加、同月二十八日ヴァイマルで世界各国の大勢の研究者とともに詩人の生誕を祝った。おりから「ヨーロッパ文化都市（Kulturstadt Europas）」（ギリシアの文化大臣メリナ・メルクーリの提唱により一九八五年アテネから始まる）の第十五回祝祭ともかさなって、まことに華やか、盛大、二十世紀最後の祝祭年にヴァイマルが選ばれたことの意味、すなわち、ヨーロッパ史上ヴァイマルがヤヌスさながら栄光と暗黒の双面をもついわくつきの都市であるという事実を直視し、二十一世紀へと希望を託しつつ、すべての人々の喜びと共感のうちに、ゲーテ生誕と多様なヨーロッパの協和を心から祝った。当時、まさか新世紀の門出にあのような恐ろしい、未曾有のテロが待ち伏せているなどという予感は、毫もなかったのである。ともあれ、帰途、筆者が同年六月《Siegrid Damm：*Cornelia Goethe*》の邦訳『奪われた才能――コルネリア・ゲーテ』を上梓した機縁でフランクフルトのインゼル書店を訪れたのだが、そのさい同社版権部のペートラ・クリスティーナ・ハルト氏から本書の翻訳を強く勧められ、また意見を求めたジークリット・ダム氏からも支持を得た。しかし、邦訳を引き受けるにあたってハルト氏と協議したさい、八〇〇頁にも及ぶ本書はあまりにも浩瀚すぎる、訳出作業が困難であるのみならず、このままでは日本の現在の出版状況を考えるとおそらく引き受けてくれる出版社はないであろう、と難色も示さないわけにはいかなかった。こうした事情をふまえて、後日、インゼル書店編集部より、著者の了解のもと、記述のうえで重複した箇所、いささか脱線または不要な引用と思われる箇所など、本文に関して約八二頁分を省略したものが筆者に届けられた。また、「注（Anmerkungen）」および「出典箇所（Nachweise）」に関しては、本文の省略箇所に連動する削除は当然であるとして、さらにあまりにも詳細すぎるものは訳者の判断で取捨選択してもよいとの許可をいただいた（邦訳では「注」と「出典箇所」を分けないで「注」として統一した）。したがって、本書は第二版の文字どおりの意味での全訳ではなく、インゼル書店の意向をふまえて一部（約十分の一）を省略したものである。なお、正確な比較計算はしていないが、英訳版も、通読した印象では邦訳以上に簡略化されていると思われることを申し添えておく。

さて、本書の著者ジークフリート・ウンゼルトは、ドイツ出版界のたぐい稀なサクセス・ストーリーとなった出版者である。戦後一四年、三十四歳でズーアカンプ書店の社主となった彼は、現代文学を中心に重要な作品を次つぎと出版したばかりか、一九六三年にはインゼル書店を併合、創業者アントン・キッペンベルク以来の古典作家出版の伝統を引き継ぐことによって、現代文学のズーアカンプ、古典文学のインゼルとして相互補完の体制を整える。さらに、法律専門書のノモス書店、ユダヤ人文学のユダヤ書店、そして一九八一年にはドイツ古典作家書店というように、買収ないし新設によって子会社を従え、一種のコンツェルンを形成してゆく。ウンゼルトは現代文学の重要な作品を出版したばかりでなく、作家たちと友情を育み、家父長的な性格ゆえに作家たちに身を挺して尽くした。出版者であることは彼の使命であり、この揺るぎない確信にもとづいて打ち出す彼の企画は、廉価本の文芸叢書《エディツィオーン・ズーアカンプ》や文庫本《ズーアカンプ・タッシェンブーフ》、そして内外の現代文学を集めた叢書《ビブリオテーク・ズーアカンプ》などにも象徴されるように、戦後のドイツ文化の発展にとって、つねに大きな寄与となり、ついには「ズーアカンプ文化」という言葉が語られるまでになる。しかし、この偉大な出版者も、世紀転換後の二〇〇二年に没した。まず、生涯を素描しておこう。

ウンゼルトは、一九二四年九月二十八日、社会福祉事務官の父ルートヴィヒ・ウンゼルトと母マリーナ・マグダレーナ（旧姓ケーゲル）の長男として、ドイツ南西部の都市ウルムに生まれた。ナチスの台頭・政権奪取・第三帝国へと続く激動の時代、ウンゼルトも軍国主義的愛国心教育を掲げる「ユングフォルク（少年団）」「ヒトラー・ユーゲント（青年団）」の洗礼をうけるとともに、一九四二年十月実科ギムナジウムを仮卒業すると、同年末に海軍に通信兵として入隊、九死に一生を得て一九四六年一月に帰還する。祖国潰滅の空白、ドイツの罪、ナチ突撃隊長としてユダヤ人を迫害した父ルートヴィヒの罪、そして若さゆえにとはいえ戦争に加担した自分の罪——虚無感と罪悪感に苛まれるこの年が、彼にとって新しい人生の出発点になる。ウンゼルト二十一歳、すなわち、正規卒業にすべく復学した実科ギムナジウムで旧師オイゲン・ツェラーと再会、彼をとおしてヘルマン・ヘッセを知り、『シッダルダ』や『荒野の狼』を読んで、「わが道」を突き進む勇気を得たこと、これがウンゼルトのいわば第二の誕生年となるのである。

一九四六年夏、めでたく正規卒業となったウンゼルトは、同年十月ウルムのアイギス書店で見習いを始め、翌四七年九月に職人試験に合格、チュービンゲンのJ・C・B・モール書店に入社するとともにチュービンゲン大学に入学、二足のわらじをはいて苦学しながら出版の実務と学位取得のための研究を積み重ね、五〇年には父親から書店を受け継いだ友人ペーター・モイアーに協力すべく、ハイデンハイムに移る。この間、ウンゼルトは、アイギス書店で見習いをしていた一九四六年、クリスマスに発売されたヘッセの未来小説『ガラス玉遊戯』を、ペーター・ズーアカンプに直接手紙を書いて手に入れ、この作品について論文を書いて著者宛に送る。これがきっかけとなって、文通が始まり、一九五一年、『詩人という天職について のヘッセの観方』で学位を取得、ヒルデガルト・シュミートと結婚、二人でスイスにヘッセを訪問して、彼からペーター・ズーアカンプを紹介されるのである。こうしてウンゼルトは同年十月ズーアカンプ書店に入社する。むろん、最初は試験採用、しかも担当分野は製作、販売、宣伝、そして時には編集などさまざま、要するにアルバイト的な何でも屋としての採用であった。

ところで、ペーター・ズーアカンプ（一八九一―一九五九）は文芸部員、演出家、教員として働いたあと、一九三三年、雑誌『ノイエ・ルントシャウ（新展望）』の編集者としてベルリンのフィッシャー書店に迎えられる。三六年フィッシャーがナチ政権に追われて亡命、ベルマン・フィッシャー書店として欧米数箇所を転々としているあいだ、ズーアカンプは同社国内残留部門（S・フィッシャーKG）を率いてナチ政権下の苦難に堪えたあと、一九五〇年五月フィッシャー社から分離独立する形で自社をフランクフルト・アム・マインに創設する。それは、書籍や雑誌の刊行が各占領軍政府（米英仏露）の検閲から解放されてわずか二年後、また、冷戦体制下ドイツが分断され、ドイツ連邦共和国（西ドイツ）とドイツ民主共和国（東ドイツ）が発足した翌年のことであった。つまり、ウンゼルトが入社したのは、まさに新生ドイツとともに歩みはじめた草創期のズーアカンプ書店であった。ズーアカンプ・六十歳、ウンゼルト・二十七歳、そしてヘッセ・七十四歳。父親と息子にもひとしい年齢差のある出版者と出版者志望者であったが、両者はいずれもヘッセの求道と忍苦のうちに貫かれる不屈の平和主義的態度に、ナチ時代の克服と新時代の指針を見いだしたのである。草創期に集まった協力者の退社、後任の入社と絶えず入れ替わるなか、ウンゼルトは持ち前のバイタリティーと宣伝およびマーケティングの才によって頭角を現し、ズーアカンプの片腕となり、すでに一九五七年には後継者と目される。そして、いわゆる「無限責任社員」というズーアカンプと同じ地位を経て、一九五九年三月、創業者の死とともに三十四歳の若さで社主となるのである。

この時点における社員数は二〇名足らず、年間の出版点数は三〇冊程度、利益もあげられないちっぽけなズーアカンプ書店も、戦後ドイツの経済復興、そして書籍見本市に象徴されるような金融都市フランクフルトの経済的発展の波にのって、飛躍的な成長を遂げてゆく。ウンゼルトは体制批判的な若手作家の集会「四七年グループ」にも積極的に参加し、新人発掘に意欲を見せる一方、すでに述べたように守備範囲を文学に限定せずに、社会科学・哲学の分野にまで手を広げ、ドイツ有数の出版社にのし上がってゆく。その興隆の軌跡は、彼が手がけた作家の名前を挙げただけでも、一目瞭然であろう。ヘッセ、ブレヒト、ローベルト・ヴァルザー、ベンヤミン、ブロッホ、アドルノ、ハーバーマス、ツェラーン、カザック、ノサック、トーマス・ベルンハルト、ヨーンゾーン、エンツェンスベルガー、外国作家ではバーナード・ショー、プルースト、ジョイスなど、じつに錚々たる顔ぶれである。

ところで、本書は、ウンゼルトの生涯ならびにゲーテ研究のなかで、はたしてどう位置づけられるのだろうか。ウンゼルトの七八年の生涯を概観して気づくのは、その人並みはずれた旺盛な出版活動と並んで、エッセイ・解説・講演・論文・著作など、彼が執筆活動にもじつに精力的に手を染めていることである。生来の文学好き、自ら物書きになろうとした一時期もあったようであるが、しかし彼の執筆活動の最終的な目的は、著作者と出版者という二つの存在、とりわけ後者をどう考えるか、つまり出版者としての自己規定の問題であったと言えるであろう。というのも、このことは、一九七八年の『著作者と出版者』を先触れとして、一九九一年に出版される本書『ゲーテと出版者』が、ウンゼルトの畢生の大作となっているからにほかならない。

周知のように、一九六八年は戦後ドイツの文化的転換期である。奇跡的復興を続ける西ドイツ、そして人々が経済的繁栄を謳歌し、保守化してゆくにつれて、早くも五〇年代後半から文学の政治への傾斜の状況が顕著になってゆくが、それは六八年の学生運動・女性解放運動の嵐となって頂点に達する。前年「四七年グループ」の集まりが終焉、書籍見本市の開催すら妨害される状況下、ウンゼルトは自社内においても編集者たちの反乱という苦い体験をする。彼の独裁体制が激しく糾弾されたのである。これが自己の存在について省察する動機になったことは言うまでもない。同年十一月、彼はある講演のなかで初めて著作者と出版者について講演を行ない、それがのちに『著作者と出版者』として結実する。転換期の混乱した状況において、四十四歳のウンゼルトが頼みとしたのは、戦地から復員した二十一歳のときと同じく、やはり文学であった。ヘッセやリルケであり、そしてやがて集中的にゲーテと関わってゆく。一九七八年、インゼル文庫一千冊目の記念として『ゲーテの日記とリルケの七編の詩』を出版する一方、すでに述べたように八一年のドイツ古典作家書店の設立とともに、「ドイツ古典作家叢書」に収録すべき二十世紀最大となる『ゲーテ全集』(全四〇巻、通称フランクフルト版)の出版に取り組んでゆく。そして、「まえがき」にも述べられているように、七九年から一二年間、つまり八〇年代のほとんどすべてを本書『ゲーテと出版者』の執筆に費やすのである。

さきに本書は出版者ウンゼルトの自己規定の書であると言ったが、著作者と出版者を考えるためにはまず、両者のあいだに介在する「本」とは何か、を問わなければなるまい。ウンゼルトはブレヒトに手がかりをつかむ。すなわち、ブレヒトが『ガリレイの生涯』のなかで主人公ガリレイに何気なく言わせている「神聖なものとして崇められる…(略)…商品である本」という言葉を取り上げ、「神聖なもの」と「商品」を結び合わせた逆説性ゆえに、「本」の定義として、これ以上望めないほど的確であると指摘する。そのうえで、「本」を介在して向き合う著作者と出版者の関係は、前者が「預言者のごとくキレやすい人種」(ホラティウス)であることは言うまでもないにせよ、後者も精神と金銭、心と商品を結びつけるという矛盾のあいだに身をおくがゆえに、もともと問題をはらんだ存在であるとする(本書「序論」一頁)。この定義から出発して、ウンゼルトは本書の目的を、「今日の著作者＝出版者関係という問題に精通し…(略)…ている現代の一出版者として、ゲーテと当時の出版者の関係に今日的な視点からアプローチすること」(「まえがき」)であると告げ、ゲーテと彼が関わった出版者の関係を個々の作品や全集に即して考察してゆくのである。ヴァイガント、ミュリウス、ゲッシェン、ウンガー、フィーヴェーク、そして最後に専属出版者コッタ——確かに出版直後ドイツの各紙に載った書評にあるように、豊富すぎるほどの資料を用いて、ゲーテが著作と出版、精神的産物とその商品化というパラドックスのなかで、どう振舞ったか、あるいは振舞わざるをえなかったかに焦点を当てて、ゲーテと出版者の赤裸々な人間関係を炙り出していくさまは、きわめて説得的であると言ってよい。ここには、出版という観点から見たゲーテの全生涯が、各領邦国家を超えて通用する著作権がなかった時代における出版の現状が、海賊出版の実態とそれに対するゲーテの闘いも含めて、きわめて詳細に描かれている。その意味ではひとつのゲーテ伝ともゲーテ時代の書籍印刷出版史とも受け取れるであろう。しかし、いますこし著者自身に引きつけて注意深く読むならば、本書がウンゼルトの自己規定の書であること、すなわちペーター・ミヒャルツィクが言うように、ウンゼルトの出版者としての自己確認、自己練磨、求道の書であることに気づくであろう。「ウンゼルトは最も大きな手本に照らして著作者と出版者の関係の確認を試みている。ゲーテとコッタ、そして二人の結びつきという形で自分のために一種の超自我を作り上げる。つまり、彼はコッタの役割を演じながら、ゲーテという理想的な著作者を、自分が向かい合い、かつ自分の尺度とすべき人とするのである」(Peter Michalzik: *Unseld. Eine Biographie.* Karl Blessing Verlag München 2002, S. 296)。ウンゼルトはゲーテの仕事《ビジネス》に対する明確な態度表明である次の言葉を、繰り返し引用する。「簡潔に、有無を言わせず、的確に!」ゲーテが出版者に対してとったこの態度は、まさにわが意を得たり、ウンゼルトは自分にも有効な教訓であると認識する。つまり、いまやゲーテこそ己の師であり、社会主義圏における激震、ベルリンの壁の崩壊、ドイツ再統一へと進展する新たな激動の状況下、いま再び毅然として「わが道」を歩むための指針をゲーテの生き方に見いだすのである。こうしてウンゼルトは、戦後ドイツの最も偉大な出版者、自社内の一切をとり仕切り、己の確信にもとづく出版活動に全責任をもとうとする、おそらく古いタイプの最後の出版者像を自ら完成する。その意味では、ズーアカンプから引継ぎ、粉骨砕身して築き上げた出版王国と同じように、本書もまた、まさに彼のライフ・ワークそのものであった。

ウンゼルトは、本書執筆中のおよそ一二年間のあいだに、私生活のうえでも深刻な危機に見舞われる。息子ヨアヒムとの後継者問題、長年連れ添った妻ヒルデガルトとの離婚、そして若いユダヤ系の女性作家ウラ・ベルケヴィッチュとの再婚である。こうした二者択一の葛藤に苛まれるあいだ、ウンゼルトの執筆を支えたのは、編集者ブルゲル・ツェー女史であった。本書が彼女に捧げられているのも当然と言えよう。二〇〇二年十月二十六日、ウンゼルトは他界、彼が一代で築き上げたと言ってよい出版王国は統治者を失う。危ぶまれたとおりの展開と言うべきか、彼が生前に社主に指定したといわれるギュンター・ベルクとウンゼルト未亡人ウラ・ベルケヴィッチュとの覇権闘争が伝えられる。ズーアカンプ書店の作家たちは、大黒柱・家父長ウンゼルトを失って、いまさらのように寂しがっていると聞く。偉大な人物の後継問題は、いつの時代でも繰り返される悲劇にすぎないとしても、せめてウンゼルトが生涯抱き続け、未来へと託したつねに刺激的な出版事業の夢が、潰えないようにと願うばかりである。

次にもう一点、ゲーテ研究における本書の位置づけについて若干述べておきたい。周知のように、ゲーテは長いあいだ「詩聖」だの「オリンポス神」だのと崇められてきたが、一九六〇年代になって脱神話化が顕著になる。すなわち、六三年、R・フリーデンタールが清新な筆致で人間ゲーテを描き出し、この脱神話化の方向は八〇年代になってK・R・マンデルコウやC・O・コンラーディの事実に即したゲーテ論となって受け継がれてゆく。こうした脱神話化という意味では、ゲーテのいわば周辺研究における労作も見逃してはなるまい。例えば旧東ドイツ出身のS・ダムは、レンツの伝記、ゲーテの妹コルネリアや妻クリスティアーネを扱った作品で証明したように、ゲーテ神話の森のなかに捨てられてきた弱者の生涯を発掘、検証、再構築して、対比的手法によってゲーテのありのままの姿を提示した。その意味では、本書もまた同様に脱神話化に寄与する周辺研究の労作と位置づけることもできるであろう。というのも、ウンゼルトはドロテーア・クーン編『ゲーテ＝コッタ往復書簡』を正当に評価し、これによって著作者ゲーテと出版者コッタの関係に肉薄しているからである。この書簡集の出版については、諸事情があったにせよ、従来「文献学者にとってコッタの手紙は、程度の差はあれ、いずれも純粋な商業取引上の通信でしかなく、また、ゲーテを商業的なレベルで見たくないというのが大方の声でもあった」（本書二八六―二八七頁）という経緯がある。とすれば、ゲーテ自身、自分に不利な資料を繰り返し焼却したように、ゲーテ学者たちもまた「詩聖」の名を汚すと思われる点はあえて隠蔽してきた、つまり、暗黙のうちにゲーテ崇拝の神話の森を育てる片棒を担いだのである。しかし、ウンゼルトは「往復書簡には、高揚と落下の揺れのなかで展開する魅力的な人間関係の現場が、そのまま保存されている」（本書二八七頁）と指摘する。すなわち、ゲーテが出版者との関係において見せた不信も勘定高さも居丈高な振舞いも、「著作」と「出版」というパラドックスのなかで暴露したゲーテのきわめて人間的な一面であったとする。現代の出版者としての豊富な経験に照らしてなされた結論であるだけに、じつに説得的と言うほかはない。本書には、まぎれもなく脱神話化された新しいゲーテ像を見ることができるのである。

本書の翻訳に着手してから、はや四年近い歳月が流れた。この間、当初の計画が何度も変更を余儀なくされたことは言うまでもない。とりわけ共訳者については、最初四名で始めたのだが、眞岩啓子氏が都合により下訳の段階で退かれた。そのため、最終的には次のとおり、いささかバランスを欠く分担となった。

まえがき・序論・第一章・第三章・第四章・第八章――西山
第二章・第六章――関根／西山
第五章・第七章――酒巻

また、西山が全体を通読・精読して、可能な限り訳文の正確を期し、全体的な統一をはかったつもりだが、なにぶんにも大部なものゆえ、不備な点が多々残ったのではないかという不安をぬぐいきれない。ひとえにご教示をお願いする次第である。

なお、「人名索引」は日本女子大学文学部基礎・総合共同研究室助手稲垣雅美氏が準備してくれた資料にもとづいて関根が作成、また、読者の便宜をはかるべく原書にはない「ゲーテの著作索引」を付けたが、その作成は眞岩氏が準備してくれた資料にもとづいて酒巻が担当した。

本書の邦訳にさいして参照した文献は多数にのぼるが、とくに『ゲーテ全集』(潮出版社、一九八一)およびE・シュタイガー/三木正之・小松千里・平野雅史他訳『ゲーテ』(人文書院、一九八二)の二書を挙げておきたい。前者はゲーテの著作からの引用の訳出や年譜の記述のさいに、後者は「ゲーテの著作索引」の作成のさいに参照させていただいた。厚くお礼申し上げます。

最後に、本書の完成にご協力いただいたすべての方々に対して、この場をお借りして心から感謝の意を表したい。とりわけ、昨今の厳しい出版事情にもかかわらず、本書の出版を快諾され、筆者の公務の関係による圧倒的な遅れをも忍耐強く見守ってくださった法政大学出版局の平川俊彦氏、ならびに窓口となってつねに親切に対応してくださった藤田信行氏に、衷心から厚くお礼を申し上げます。

二〇〇五年新春

訳者代表　西山力也

人名索引

ア

アイスラー　Eissler, Kurt Robert　(1908-1999)　71
アイヒェンドルフ　Eichendorff, Joseph von　(1788-1857)　184
アイブル　Eibl, Karl　(1940-)　84
アウソニウス　Ausonius　(310頃-394頃)　423
アーデルング　Adelung, Johann Christoph　(1732-1806)　121
アドルノ　Adorno, Theodor W.　(1903-69)　1-2
アブー・イスハーク　Abu, Ishaq Indhü　401
アーベケン　Abeken, Bernhard Rudolf　(1780-1866)　311, 493
アルニム　Arnim, Achim　(本名 Ludwig Joachim)　von　(1781-1831)　371
アルニム　Arnim, Bettina (本名 Elisabeth) von (旧姓 Brentano)　(1785-1859)　349, 350, 371
アルノルト　Arnold, Gottfried　(1666-1714)　573
アルムブルスター　Armbruster, Carl Anton　(1787-1831頃)　427, 442, 443, 445, 446
アルント　Arndt, Ernst Moritz　(1769-1860)　387, 416
アレクサンドル一世　Alexander I.　(1777-1825)　(在位1801-1825)　65, 322, 355
アンナ アマーリア (ザクセン＝ヴァイマル＝アイゼナハ公妃)　Anna Amalia, Herzogin von Sachsen-Weimar-Eisenach　(1739-1807)　45, 46, 64, 69, 122, 141, 154, 462
アンペール　Ampère Jean-Jacques　(1800-1864)　608, 609

イ

イフラント　Iffland, August Wilhelm　(1759-1814)　23, 285, 309, 390, 391, 394, 396
イルテン (リンゲン, カロリンゲン, ミゼル)　Ilten, Caroline von　(1757頃-？)　77
インマーマン　Immermann, Karl Leberecht　(1796-1840)　40

ウ

ヴァイガント　Weygand, Christian Friedrich　(1742頃-1807)　36, 37, 42, 43, 44, 51, 116, 453, 456
ヴァイサー　Weißer, Carl Gottlob　(1779-1815)　363
ヴァイセ　Weiße, Christian Felix　(1726-1804)　41
ヴァイトマン　Weidmann, Moritz Georg　(1658-1693)　129
ヴァクスムート　Wachsmuth, Andreas　(1890-)　288
ヴァッサーマン　Wassermann, Jakob　(1873-1934)　216

ヴァリスハウサー　Wallishaußer, Johann Baptist　509
ヴァル　Wall, Anton（本名 Christian Leberecht Heyne）（1751-1821）　167
ヴァルザー　Walser, Martin　（1927-）　7, 236, 477, 484, 537, 552
ヴァルツェル　Walzel, Oskar　（1864-1944）　378
ヴァルトナー伯爵令嬢　Waldner, Luise Adelaide Gräfin　（1746-1830）　77
ヴァルトハルト　Walthard, Beat Ludwig　42
ヴィットマン　Wittmann, Reinhard　288
ヴィトゲンシュタイン　Wittgenstein, Ludwig　（1889-1951）　57
ヴィトコフスキー　Witkowski, Georg　（1863-1939）　196, 197, 288
ヴィーラント　Wieland, Christoph Martin　（1733-1813）　28, 33, 39, 41, 46, 50, 60-62, 88, 102-105, 111, 117, 121, 122, 128-134, 143, 146, 147, 170, 184, 185, 198, 202, 205, 207, 221-223, 232, 234, 264, 298, 303, 305, 358, 377, 429, 534, 538, 575, 608
ヴィルヘルム三世，ヴュルテンベルク王　Wilhelm III., König von Württemberg　216
ヴィレマー（通称マリアンネ）　Willemer, Maria Anna（Marianne）Katharina Theresia（旧姓 Jung）（1784-1860）　口絵13, 372, 373, 409, 410, 415, 416, 417-423
ヴィレマー　Willemer, Johann Jakob von　（1760-1838）　3, 409, 410, 415, 416, 419, 421
ヴィンケルマン　Winckelman, Johann Joachim　（1717-1768）　176, 277, 283
ヴェーシェ　Wesché, W.L.　509
ヴェーバー　Weber, Karl Maria von　（1786-1826）　534
ヴェーバー　Weber, Bernhard Anselm　（1764-1821）　391, 392
ウェリントン公爵　Wellington, Arthur Wellesley Herzog von　（1769-1852）（英）　390
ウェルギリウス　Vergil（Publius Virgilius Maro）（前70-前19）　475
ヴォルツォーゲン　Wolzogen, Wilhelm Friedrich Ernst von　（1762-1809）　291, 363
ヴォルツォーゲン　Wolzogen, Friederike Sophie Caroline Augusta von　（1763-1847）（旧姓 von Lengefeld）　202, 540, 541, 543, 544, 553, 563
ヴォルテール　Voltaire, François Marie Arouet　（1694-1778）　132, 349, 404, 461, 584, 594
ヴォルトマン　Woltmann, Karl Ludwig von　（1770-1817）　190, 244, 266
ヴォルフ　Wolff, Anna Amalie Christiane（旧姓 Malcolmi）（1783-1851）　309
ヴォルフ　Wolff, Kurt　（1887-1963）　241
ヴォルフ　Wolf, Friedrich August　（1759-1824）　143, 198, 252
ウーラント　Uhland, Johann Ludwig　（1787-1862）　237
ヴルピウス　Vulpius, Christiane →ゲーテ，クリスティアーネ Goethe Christiane von を見よ
ヴルピウス　Vulpius, Christian August　（1762-1827）　362, 367, 369, 465
ウルリヒ　Ulrich, Caroline →リーマー Riemer, Caroline を見よ
ヴルンプ　Wurmb, Christiane von　（1781-1858）　311

ヴレーデ　Wrede, Karl Philipp von　(1767-1838)　389
ウンガー　Unger, Friederike Helene（旧姓 von Rothenburg）（1751-1813）　160, 161, 195
ウンガー　Unger, Johann Friedrich Gottlob　(1753-1804)　8, 100, 132, 137, 139, 158-161, 164, 165, 172-174, 177, 179, 182, 183, 185-197, 205, 238, 249, 251, 260, 299, 315, 317, 325, 327
ウンツェルマン　Unzelmann, Karl Wilhelm Ferdinand　(1753-1832)　115

エ

エウリピデス　Euripides　（前480頃-前406）　470
エーザー　Oeser, Friederike Elisabeth　(1748-1829)　15
エッカーマン　Eckermann, Johann Peter　(1792-1854)　7, 15, 16, 70, 87, 153, 165, 167, 169, 171, 192, 311, 343, 344, 423, 427, 429, 459-462, 464, 465, 468, 471, 473-481, 486, 494, 534, 537, 584, 585, 587-589, 591-598, 600, 604, 612
エッカーマン　Eckermann, Johanna（旧姓 Bertram）（1801-1834）
エッティンガー　Ettinger, Karl Wilhelm　(?-1804)　124, 137, 139, 160
エンゲル　Engel, Johann Jakob　(1741-1802)　245, 249
エンツェンスベルガー　Enzensberger, Hans Magnus　(1929-)　236, 241

オ

オウィディウス　Ovid　(Publius Ovidius Naso)　（前43-後17頃）　248, 306, 475
オドネル　O'Donell von Tyrconnel, Josephine　(1779-1833)　387
オーレンシュラーガー　Olenschlager, Johann Nikolaus von　(1711-1778)　601

カ

カイザー　Kayser, Phillip Christoph　(1755-1823)　68
ガイスティンガー　Geistinger, Joseph　(1769-1829)　334, 393, 441, 442, 446
ガイスラー　Geißler, Adam Friedrich　(1757-1800)　111
ガイスト　Geist, Johann Jakob Ludwig　(1776-1854)　257, 272, 273, 294, 463
カウフマン　Kauffmann, Angelika　(1741-1807)　109
カウルフース　Kaulfuß, Chr.　427, 442, 443
カエサル　Cäsar, Julius　（前100-後44）　475
ガダマー　Gadamer, Hans-Georg　(1900-2002)　382
カトゥルス　Catullus, Gaius Valerius　（前84頃-前54）　248
カフカ　Kafka, Franz　(1883-1924)　1, 4, 38, 76, 484, 567, 595
カーライル　Carlyle, Thomas　(1795-1881)　608, 609
カリオストロ，アレッサンドロ伯爵　Cagliostro, Alessandro Graf von　(1743-1795)　154, 162-164
ガル　Gall, Franz Joseph　(1758-1828)　310, 363
カール アウグスト　Carl August, Herzog Großherzog von Sachsen-Weimar-Eisenach

(1757-1828)　5, 46, 60, 66, 67, 72, 74, 80, 86, 95, 99, 102, 116, 127, 140, 144, 156, 157, 202, 223, 248, 262, 263, 265, 291, 355, 362, 363, 366, 384, 385, 387, 390, 402, 439, 455, 462, 496, 513, 516, 530, 534, 576, 577, 591
カール　アレクサンダー　Karl, Alexander　(1818-1901)　473
カール オイゲン，ヴュルテンベルク公爵　Karl Eugen, Herzog von Württemberg (1728-1793)　66, 217, 263
カール七世　Karl VII.　(1697-1745)　347
カール フリードリヒ大公　Carl Friedrich, Großherzog von Sachsen-Weimar-Eisenach (1783-1853)　291, 301, 355
ガルヴェ　Garve, Christian　(1742-1798)　41, 207, 249
カルデロン　Calderon de la Barca, Pedro　(1600-1681)　493
カルプ　Kalb, Johann August Alexander von　(1747-1814)　67
カント　Kant, Immanuel　(1724-1804)　50, 65, 103, 234, 245, 249, 253, 377, 564
カンバーランド　Cumberland, Richard　(1732-1811)　69
カンペ　Campe, Joachim Heinrich　(1746-1818)　205

キ

キッペンベルク　Kippenberg, Anton　(1874-1950)　1, 572
キャンドル　Candolle, Augustin Pyrame de　(1778-1841)　570
キューゲルゲン　Kügelgen, Marie von　371
キルムス　Kirms, Franz　(1750-1826)　390, 391

ク

グツコ　Gutzkow, Karl　(1811-1878)　40
クニッゲ　Knigge, Adolph Freiherr　(1751-1796)　48
クネーベル　Knebel, Karl Ludwig von　(1744-1834)　46, 99, 116, 118, 120, 121, 160, 175, 187, 190, 264, 342, 357, 391, 397, 398, 461, 462, 548
クライスト　Kleist, Ewald Christian von　(1715-1759)　194
クライスト　Kleist, Heinrich von　(1777-1811)　534
クライスト　Kleist, Friedrich Wilhelm von　(1762-1823)　386
グライム　Gleim, Johann Wilhelm Ludwig　(1719-1803)　102, 251
クラウス　Kraus, Georg Melchior　(1737-1806)　45, 139, 154, 362
クラウゼ　Krause, Gottlieb Friedrich　(1805-1860)　30, 464
グラッベ　Grabbe, Christian Dietrich　(1801-1836)　428, 560, 565
グリース　Gries, Johann Diederich　(1775-1842)　493, 494
グリム　Grimm, Herman　(1828-1901)　418, 422
グリム　Grimm, Jakob Ludwig Karl　(1785-1863)　355
グリルパルツァー　Grillparzer, Franz　(1791-1872)　608
クリンガー　Klinger, Friedrich Maximilian von　(1752-1831)　34, 45
クリンゲマン　Klingemann, August　(1777-1831)　607

クルージウス　Crusius, Siegfried Leberecht　(1737-1824)　220, 223, 227-228, 238
グルーバー　Gruber, Johann Gottfried　(1774-1851)　105
グルマッハ　Grumach, Ernst　(1902-1967)　586
グレディッチュ　Gleditsch, Johann Friedrich　(1653-1716)　37, 509
グレニヒャー　Gränicher, Samuel　(1758-1813)　口絵3
クレーマー　Krämer, Wilhelm　49
クレルマイアー　Kurrelmeyer, Wilhelm　188, 435
クロイター　Kräuter, Friedrich Theodor David　(1790-1856)　391, 400, 425, 439, 464, 465, 475
クロイツァー　Creuzer, Georg Friedrich　(1771-1858)　421
クローディウス　Clodius, Christian August　(1738-1784)　15
クロプシュトック　Klopstock, Friedrich Gottlieb　(1724-1803)　33, 39, 45, 169, 170, 245, 475
クーン　Kuhn, Isabella　141, 143
クーン　Kuhn, Dorothea　xi, 287-289, 294, 312, 317, 320, 321, 375, 433, 484, 508, 540

ケ

ケストナー　Kästner, Erhart　572
ケストナー　Kestner, Charlotte Sophie Henriette　(旧姓 Buff)　(1753-1828)　5
ケストナー　Kestner, Johann Georg Christian　(1741-1800)　5, 27, 31, 116
ゲッシェン　Göschen, Georg Joachim　(1752-1828)　口絵3, 8, 14, 55, 58-59, 60-62, 71, 99-101,103-107,109-115,117-124,126-135,158, 160, 161, 196, 204, 220-230, 232, 239, 244, 299, 302-306, 310, 315-317, 325, 575, 576, 578, 583
ゲッツェ　Götze, Johann Georg Paul　(1759-1835)　99, 121, 463
ゲットリング　Göttling, Karl Wilhelm　(1793-1869)　427, 464, 470, 471, 588
ゲーテ，オッティーリエ ヴィルヘルミーネ エルネスティーネ ヘンリエッテ　Goethe, Ottilie Wilhelmine Ernestine Henriette (旧姓 Pogwisch)　(1796-1872)　82, 440, 463, 535, 597, 603
ゲーテ，カタリーナ エリーザベト（通称アーヤ夫人）　Goethe, Katharina Elisabeth (Frau Aja)　(旧姓 Textor)　(1731-1808)　4, 7, 115, 183, 255, 261, 349
ゲーテ，コルネリア　Goethe, Cornelia　(1750-1777)　12, 13, 15, 25, 27, 36, 71, 73
ゲーテ，フリードリヒ ゲオルク　Goethe, Friedrich Georg　(1657-1730)　4
ゲーテ，ユーリウス アウグスト ヴァルター　Goethe, Julius August Walther　(1789-1830)　306, 390, 439, 440, 442, 461, 468, 471, 486, 498, 505, 507, 510, 511-515, 517-519, 523, 524, 530, 534, 535, 553-555, 558, 594
ゲーテ，ヨハン カスパル　Goethe, Johann Caspar　(1710-1782)　4, 5, 6, 14, 261, 262
ゲーテ，ヨハンナ クリスティアーネ ゾフィア（旧姓ヴルピウス）　Goethe, Johanna

Christiane Sophia（旧姓Vulpius）（1765-1816） 口絵10, 82, 103, 142, 145, 262, 273, 306, 355, 359-362, 364-367, 369-374, 409, 423, 440, 442, 469
ゲヒハウゼン　Göchhausen, Luise Ernestine Christiane Juliane von （1752-1807） 575
ゲプフェルト　Göpfert, Herbert G. （1907-） 288, 505
ケラー　Keller, Gottfried （1819-1890） 184
ゲルヴィヌス　Gervinus, Georg Gottfried （1805-1871） 566
ゲルステンベルク　Gerstenberg, Heinrich Wilhelm von （1737-1823） 41, 42
ケルナー　Körner, Karl Theodor （1791-1813） 60, 387
ケルナー　Körner, Christian Gottfried （1756-1831） 60, 101-105, 114, 180, 183, 198, 222, 228, 238, 244, 245, 249, 264, 265, 387
ゲレス　Göres, Jörn （1931-） 586
ゲレルト　Gellert, Christian Fürchtegott （1715-1769） 23, 33
ケンプ　Kemp, Friedhelm （1914-） 288

コ

コーゼガルテン，Kosegarten, Johann Gottfried Ludwig （1792-1860） 口絵12, 426, 427
ゴッシェン子爵　Goschen, George Joachim Viscount （1831-1907） 60, 100, 105, 107, 128, 135, 305
コッタ　Cotta, Wilhelmine（旧姓 Haas）（1771-1821） 口絵9
コッタ・エリーザベト ゾフィー　Cotta, Elisabeth Sophie von（旧姓 Gemmingen-Guttenberg）（1789-1859） 452, 567, 594
コッタ，クリストフ フリードリヒ　Cotta, Christoph Friedrich （1758-1838） 217
コッタ　Cotta, Sophie （旧姓 von Adlerflycht） 614
コッタ　Cotta, Johann Georg （1796-1863） 538, 557, 571, 614
コッタ（出版者コッタの代父） Cotta, Johann Friedrich（Pate des Verlegers J. F. Cotta） 217
コッタ　Cotta, Johann Friedrich von Cottendorf （1764-1832） 口絵8, 口絵11, 2, 4, 8, 9, 44, 55, 62, 166, 173, 189-191, 196, 207, 211, 216-219, 228-246, 250, 253, 254, 257, 258, 260, 266, 271-288, 290-294, 298-305, 307, 309, 310, 312-330, 333-336, 340-348, 350, 351, 353, 354, 357, 358, 359, 362, 366-370, 371, 374-376, 378, 382, 384, 388, 389, 393, 400, 401, 423, 426, 428, 430-435, 437, 439-446, 448, 450-453, 466, 475, 476, 481, 482, 485-489, 491, 498-508, 510-512, 514-532, 537, 538-540, 543-547, 554-564, 567-571, 581-584, 590, 594, 611, 612-615
コッタ　Cotta, Johann Friedrich Just Ladislaus Herlembald（Erlbald）Aurel 571, 614
コッタ　Cotta, Rosalie（旧姓 Pyrker） 217
ゴッター　Gotter, Pauline 365
ゴッター　Gotter, Friedrich Wilhelm （1746-1797） 30, 365

コツェブー　Kotzebue, August Friedrich Ferdinand　(1761-1819)　23, 328
ゴットシェート　Gottsched, Johann Christoph　(1700-1766)　15, 23, 32
ゴットヘルフ　Gotthelf, Jeremias　(1797-1854)　233
コッホ　Koch, Heinrich Gottfried　(1703-1775)　34
コドヴィェツキ　Chodowiecki, Daniel Nikolaus　(1726-1801)　37, 53, 54, 208, 210
コランクール　Caulaincourt, Armand Augustin　(1773-1827)　390
ゴルトフリードリヒ　Goldfriedrich, Johann　(1870-1945)　47
コルネリウス　Cornelius, Peter von　(1783-1867)　155
コルブ　Kolb, Gustav Eduard　(1798-1865)　515
コルブ　Kolb, Johannes　(1736-1809)　273
コロレド　Colloredo, Hieronymus von　(1775-1822)　388
ゴンチャロフ　Gontscharow, Iwan Alexandrowitsch　(1812-1891)　214
コンラーディ　Conrady, Karl Otto　(1926-)　72, 533

サ

ザイデル　Seidel, Philipp Friedrich　(1755-1820)　6, 99, 100, 111-113, 117-119, 463
ザイトリン　Seidlin, Oskar　(1911-)　212
ザウアーレンダー　Sauerländer, Heinirch Remigius　(1775-1847)　509
サシー　Sacy, Antoine Isaac de　(1758-1838)　427
サッカレー　Thackeray, William　(1811-1863)　460
サァーディ　Saadi, Scheich Moslih ud Din　(1215頃-1292)　416
ザフィグニー　Savigny, Friedrich Carl von　(1779-1861)　155
ザルツマン　Salzmann, Johann Daniel　(1722-1812)　26
サン＝テニャン　Saint-Aignan, Etienne Baron de　384, 385

シ

シェイクスピア，ウィリアム　Shakespeare, William　(1564-1616)　24, 26, 27, 39, 41, 45, 93, 94, 97, 357, 366, 475, 579
シェヴィレフ　Schewireff, Stepan Petrowitsch　608, 609
シェシャン王　Sedschan　401, 402
シェーネ　Schöne, Albrecht　(1925-)　xi, 344, 345
シェーネ　Schöne, Carl　608
シェーネマン，アンナ エリーザベト（通称リリー）　Schönemann, Anna Elisabeth (Lili)　(1758-1817)　45, 46, 74, 75, 347, 352
シェリング　Schelling, Friedrich Wilhelm　(1775-1854)　184, 284, 353, 538
シェル　Schöll, Adolf　(1805-1882)　90
シェーレ　Scheele, Karl Wilhelm　(1742-1786)　68
シェーンコップ（通称ケートヒェン）　Schönkopf, Anna Katharina　(Käthchen) (1746-1810)　14, 15, 22, 36

シック　Schick, Christian Gottlieb　(1776-1812)　口絵9
シマノヴィツ　Simanowiz, Ludovike　(1759-1827)　口絵6
シマノフスカ　Szymanowska, Maria　(旧姓 Wolowska)　(1789-1831)　456
シャドウ　Schadow, Johann Gottfried　(1764-1850)　282
シャミッソー　Chamisso, Adelbert von　(1781-1838)　213
ジャン パウル　Jean Paul　(本名 Johann Paul Friedrich Richter)　(1763-1825)　50, 184, 234, 238, 245, 249, 353, 538, 608
シュヴァープ　Schwab, Gustav Benjamin　(1792-1850)　237, 515
シュヴェルトゲブルト　Schwerdgeburth, Karl August　(1785-1878)　526
シュタイガー　Staiger, Emil　(1909-1987)　378
シュタイン Stein,　Gottlieb Ernst Josias Friedrich Freiherr von　(1735-1793)　6, 74
シュタイン　Stein, Gottlob Friedrich Constantin (Fritz)　(1772-1844)　99, 142, 175, 360
シュタイン夫人　Stein, Charlotte Albertine Ernestine von　(1742-1827)　口絵2, 6, 17, 67, 70-97, 99, 103, 106, 116-118, 140, 142, 145, 146, 175, 248, 307, 332, 360, 362, 365, 534
シュタイン　Stein, Heinrich Friedrich Karl Freiherr vom und zum　(1757-1831)　385, 416
シュタインヒルバー　Steinhilber, Hans Dieter　447
シュターデルマン　Stadelmann, Johann Carl Wilhelm　(1782-1844)　372, 409, 463, 464, 510, 511
シュタルク　Stark, Johann Christian　(父親)　(1753-1811)　358
シュッツ　Schütz, Christian Georg　(父親)　(1718-1791)　138
シュッツ　Schütz, Christian Gottfried　(1747-1832)　250, 251
シュテーデル　Städel, Anna Rosina (Rosette) Magdalena　(1782-1845)　415
シュテーデル　Städel, Johann Friedrich　(1728-1816)　257
シュティーラー　Stieler, Joseph Karl　(1781-1858)　口絵14, 564
シュティフター　Stifter, Adalbert　(1805-1868)　184
シュテルンベルガー　Sternberger, Dolf　(1907-1989)　286
シュトック　Stock, Johanna Dorothea (Dora)　(1760-1832)　60
シュトライバー (ミゼル・ヴィクトルンゲン)　Streiber, Victoria　77
シュトラウス　Strauß, Anton　(1775-1827)　442, 443
シュトル　Stoll, Joseph Ludwig　(1778-1815)　392, 393
シュトルベルク　Stolberg, Christian zu　(1748-1821)　45, 74
シュトルベルク　Stolberg, Friedrich Leopold zu　(1750-1819)　45, 74, 575
シュトレッカー　Strecker, Ludwig　口絵4
シュハルト　Schuchardt, Johann Christian　(1799-1870)　464-466, 533, 588, 601
シューバルト　Schubarth, Karl Ernst　(1796-1861)　92, 476, 603
シューバルト　Schubart, Christian Friedrich Daniel　(1739-1791)　131
シュピース　Spieß, Johann　(1540頃-1610頃)　572, 573

ジュフロワ　Jouffroy, Claude-François　(1751-1832)　68
シューベルト　Schubert, Franz Peter　(1797-1828)　160, 534
シュミーダー　Schmieder, Christian Gottlieb　43
シュミット　Schmidt, Werner　(1896-)　102
シュミット　Schmidt, Erich　(1853-1913)　575, 604
シュミット　Schmitt, Carl　(1888-1985)　270
シュミット　Schmidt, Christian Friedrich　(1780-1850)　291
シュメッタウ　Schmettau, Friedrich Wilhelm Karl von　(1742-1806)　362
シュメラー　Schmeller, Johann Joseph　(1796-1841)　口絵16, 344, 447, 468, 470-472, 474, 481
シュラーブレンドルフ　Schlabrendorf, Gustav von　(1750-1824)　217
シュルツ　Schultz, Christoph Friedrich Ludwig　(1781-1834)　135, 548
シュルツェ　Schulze, Caroline　(1745-1815)　14
シュルテス　Schultheß, Barbara　(1745-1818)　176
シュレーゲル　Schlegel, August Wilhelm　(1767-1845)　143, 178, 189, 198, 210, 245, 299, 310, 353, 538
シュレーゲル　Schlegel, Friedrich　(1772-1829)　143, 184, 310, 353, 538
シュレーター　Schröter, Corona Elisabeth Wilhelmine　(1751-1802)　6, 14, 18, 76, 86, 96
シュレーダー　Schröder, Friedrich Ludwig　(1744-1816)　34
シュレーダー　Schröder, Rudolf Alexander　(1878-1962)　240, 285-286
シュロッサー　Schlosser, Rebecca Elisabeth　410
ジョイス　Joyce, James　(1882-1941)　566, 595
ショーペンハウアー　Schopenhauer, Arthur　(1788-1860)　365
ショーペンハウアー　Schopenhauer, Johanna　(1766-1838)　365, 373
シラー　Schiller, Friedrich　(1759-1805)　口絵6, 2, 7, 8, 34, 50, 60, 61, 74, 85, 95, 101, 103-105, 114, 122, 127, 128, 132, 133, 135, 147, 161, 167-169, 178, 179, 180-185, 188-191, 193-195, 198-202, 207-209, 212, 219-233, 235-240, 242-255, 257-261, 263-277, 279, 281, 282, 284, 286, 290-294, 297-303, 305-316, 328, 341, 345, 346, 350, 353, 377, 436, 445, 472, 475, 485, 487, 493, 506, 508, 511, 529, 530, 532, 534, 536-538, 540, 541-543, 548-565, 570, 579-583, 586, 588, 593, 608
シラー　Schiller, Friedrich Wilhelm Ernst von　(1796-1841)　554, 555, 557
シラー　Schiller, Luise Antoinette Charlotte（旧姓 von Lengefeld）(1766-1826)　224, 225, 321, 365, 541-547, 558, 559, 563, 608
シンメルマン　Schimmelmann, Charlotte　565

ス

ズーアカンプ　Suhrkamp, Peter　(1891-1959)　1, 216, 241
スウェーデンボルク　Swedenborg, Emmanuel von　(1688-1772)　573

スコット　Scott, Sir Walter　(1771-1832)　35
スターン　Sterne, Laurence　(1713-1768)　147
ズッコー　Succow, Wilhelm Karl Friedrich　291
ズトーア　Sutor, Christoph Erhard　(1754-1838)　463

セ

ゼッケンドルフ　Seckendorf, Franz Karl Leopold von　(1775-1809)　392, 393
ゼッケンドルフ　Seckendorff, Karl Friedrich Siegmund von　(1744-1785)　96, 366
セリム一世（サルタン）　Selim I., Sultan　(1470-1520)　416

ソ

ゾイフェルト　Seuffert, Bernhard　(1853-1938)　119
ソフォクレス　Sophokles　（前496頃-406頃）　475
ソレ　Soret, Frédéric Jacques（Jean, Jakob）　(1795-1865)　464, 472, 473, 570, 599, 611

タ

ダイネット　Deinet, Johann Konrad　(1735-1797)　20, 29
ダット　Datt, Johann Philipp　(1654-1722)　24
ダールベルク　Dalberg, Karl Theodor von　(1744-1817)　248
ダントン　Danton, Georges　(1759-1794)　203
ダンネッカー　Dannecker, Johann Heinrich von　(1758-1841)　272

チ

チェリーニ　Cellini Benvenuto　(1500-1571)　248, 258, 260, 277, 283, 284, 400
チンギス・ハーン　Dschingis Chan　(1167-1227)　402

ツ

ツァウパー　Zauper, Josef Stanislaus　(1784-1850)　476
ツァーベル，ゲオルク　Zabel, Georg　（1480頃-1540頃）　572
ツァーン　Zahn, Christian Jakob　(1765-1830)　218, 219, 272
ツィーグラ　Ziegra, Christian　41
ツィーゲザル　Ziegesar, Sylvie von　(1785-1855)　332
ツィンマーマン　Zimmermann, Johann Georg　(1728-1795)　5, 73, 74
ツェルター　Zelter, Carl Friedrich　(1758-1832)　口絵15, 34, 158, 159, 160, 195, 269, 299, 306, 309, 310, 392, 455, 461, 525, 535, 536, 586, 588, 591, 592, 595, 599, 601, 608, 610, 611

テ

ティーク　Tieck, Ludwig　(1773-1853)　184, 353, 538

ティッシュバイン　Tischbein, Johann Heinrich Wilhelm　(1751-1829)　98
ディドロ　Diderot, Denis　(1713-1784)　65, 135, 302
ディービッチュ　Diebitsch, Johann Carl Friedrich Anton Graf von　(1785-1831)　385
ティムール ラング　Timur-Leng　(1336-1405)　402
テイラー　Taylor, William　(1765-1836)　159
ディルタイ　Dilthey, Wilhelm　(1833－1911)　378
デッカー　Decker, Georg Jacob　(1732-1799)　223
デープリン　Döblin, Alfred　(1878-1857)　289
デーメツ　Demetz, Peter　172
デュレンマット　Dürrenmatt, Friedrich　(1921-)　270
テリング　Törring, Josef August　(1753-1826)　35
デルブリュック　Delbrück, Johann Friedrich Ferdinand　(1772-1848)　93

ト

ドゥノン　Denon, Dominique Vivant　(1747-1825)　364
ドゥンカー　Duncker, Carl Friedrich Wilhelm　(1781-1869)　391, 397
ドストエフスキー　Dostojewski, Fjodor M.　(1821-1881)　214
トラットナー　Trattner, Johann Thomas　(1717-1798)　49
トロット　Trott, N. von　494

ナ

ナーグラー　Nagler, Karl Ferdinand Friedrich von　(1770-1846)　490, 496, 497
ナポレオン1世　Napoleon I. Bonaparte　(1769-1821)　42, 184, 216, 320, 321, 322, 342, 354-358, 362-364, 366, 384-390, 395, 397, 402, 411, 415, 434, 480, 584

ニ

ニコライ　Nicolai, Christoph Friedrich　(1733-1811)　160, 205, 251, 252
ニーチェ　Nietzsche, Friedrich　(1844-1900)　480
ニーブール　Niebuhr, Barthold Georg　(1776-1831)　155
ニュートン　Newton, Sir Isaac　(1643-1727)　288, 343, 550

ネ

ネルヴァル　Nerval Gérard de　(1808-1855)　584
ネロ　Nero　(37-68)（在位54-68）　504

ノ

ノヴァリース　Novalis（本名 Hardenberg, Fridrich von）　(1772-1801)　184

ハ

ハイツ　Heitz, Johann Heinrich　20
ハイネ　Heyne, Christian Gottlob　(1729-1812)　143, 167
ハイネ　Heine, Heinrich　(1797-1856)　429, 461, 609
ハイメル　Heymel, Alfred Walter　(1878-1914)　240
バイロン　Byron, George Noel Gorden, Lord　(1788-1824)　460, 461, 534
ハインゼ　Heinse, Johann Jacob Wilhelm　(1746-1803)　41, 45
ハウク　Haug, Johann Christoph Friedrich　(1761-1829)　229
ハウプトマン　Hauptmann, Elisabeth　(1897-1973)　484
ハウプトマン　Hauptmann, Gerhart　(1862-1946)　35, 216, 241
バウムゲルトナー　Baumgärtner, Adam Friedrich Gotthelf　(1759-1843)　509
パウリヌス　Paulinus von Nola　(353頃-431)　423
パウルス　Paulus, Heinrich Eberhard Gottlob　(1761-1851)　421
バーガー　Bager, Johann Daniel　(1734-1815)　口絵1
ハーゲン　Hagen, Waltraud　xi, 185, 333, 508
ハーゼンクレーヴァー　Hasenclever, Walter　(1890-1940)　215
ハッケルト　Hackert, Jakob Philipp　(1737-1807)　346, 350
バトゥー　Batteux, Abbé Charles　(1713-1780)　18
ハーバーマス　Habermas, Jürgen　(1929-)　184
ハーフィズ　Hafis, Mohammed Schems ed-din　(1320頃-1390)　400-405, 409, 411, 412, 415, 416, 418, 419, 430
バブーフ　Babeuf, François　(1760-1797)　203
バーボ　Babo, Joseph Marius von　(1756-1822)　34
ハーマン　Hamann, Johann Georg　(1730-1788)　146
パラケルスス　Paracelsus　(1493-1541)　573
パラーディオ　Palladio, Andrea　(1508-1580)　156, 157
バルサモ　Balsamo, Giuseppe →カリストロ Cagliostro を見よ
ハルデンベルク　Hardenberg, Friedrich von →ノヴァーリスを見よ
バールト　Bahrdt, Karl Friedrich　(1741-1792)　33
パルム　Palm, Johann Philipp　(1766-1806)　104
ハントケ　Handke, Peter　(1942-)　xi, 241, 247, 460
ハンマー＝プルクシュタル　Hammer-Purgstall, Joseph von　(1774-1856)　400, 401, 412, 419

ヒ

ビーアバウム　Bierbaum, Otto Julius　(1865-1910)　240
ピストリウス　Pistorius, Wilhelm Friedrich　(1702-1778)　24
ビーダーマン　Biedermann, Flodoard von　(1858-1934)　158
ヒュットナー　Hüttner, Johann Christoph, H.　(1766-1847)　217

ピュリツ　Pyritz, Hans　(1905-1958)　566
ビュルガー　Bürger, Gottfried August　(1747-1794)　33,45,46
ビューロ フォン デンネヴィッツ 伯爵　Bülow von Dennewitz, Friedrich Wilhelm Graf　(1755-1816)　386
ヒンブルク　Himburg, Christian Friedrich　(1733-1801)　43, 53-55, 70, 106, 113, 116, 118, 119, 189, 190

フ

ファウスト　Faust, Johann　(1480頃-1540頃)　572
ファータナーム　Vaternahm, Otto Friedrich　197, 288
フーアマン　Fuhrmann, Manfred　xi
ファルク　Falk, Johannes Daniel　(1768-1826)　367
ファルンハーゲン フォン エンゼ　Varnhagen von Ense, Karl August　(1785-1858)　234, 441, 506, 565
ファレントラップ　Varrentrapp, Franz　(1884-1956)　37, 500, 509
フィーヴェーク　Vieweg, Johann Friedrich　(1761-1835)　127, 197, 205-209, 211, 212, 214, 389, 561
フィッシャー　Fischer, Samuel　(1859-1931)　1, 216, 241
フィヒテ　Fichte, Johann Gottlieb　(1762-1814)　48, 103, 178, 184, 207, 234, 244-246, 249, 266, 284, 353, 535, 538
フェルスター　Förster, Friedrich Christoph　(1791-1868)　601
フォークト　Voigt, Christian Gottlob von　(1743-1819)　291, 363
フォークト　Voigt, Friedrich Siegmund　(1781-1850)　461, 471
フォーゲル　Vogel, Carl　(1798-1864)　461, 471
フォーゲル　Vogel, Christian Georg Karl　(1760-1819)　62, 121
フォス　Voß, Johann Heinrich（父親）　(1751-1826)　178, 198, 200, 205, 302
フォス　Voß, Johann Heinrich（息子）　(1779-1822)　302, 306, 366
フォルスター　Forster, Johann Georg Adam　(1754-1794)　217, 262
フォルマー　Vollmer, Wilhelm　(1828-1887)　286, 552
プーシキン　Puschkin, Aleksandr Sergejewitsch　(1799-1837)　214
プストクーヘン　Pustkuchen, Johann Friedrich Wilhelm　(1793-1834)　428, 449
ブッフ　Buff, Charlotte →ケストナー Kestner, Charlotte Sophic Henriette を見よ
フッヘル　Huchel, Peter　(1903-1981)　572
フーバー　Huber, Ludwig Ferdinand　(1764-1804)　300
ブーフホルツ　Buchholz, Friedrich　(1768-1843)　321
フュスリ　Füssli, Johann Heinrich　(1741-1825)　257
フライシャー　Fleischer, Johann Benjamin Georg　(？-1796)　14, 124, 509, 511
フライシュハウアー　Fleischhauer, Johann Georg　(1737-1815)　43
プフライデラー　Pfleiderer, Christoph Friedrich　217
ブライトコップ　Breitkopf, Bernhard Christoph　(1695-1777)　7-8, 17, 18, 32

ブライトコップ　Breitkopf, Bernhard Theodor　(1749-1820)　18
ブライトコップ　Breitkopf, Johann Gottlob Immanuel　(1719-1794)　18
ブラッハマン　Brachmann, Louise　(1777-1822)　258, 259
プラーテン　Platen, August von　(1796-1835)　461
フランツ一世　Franz I.（オーストリア皇帝，神聖ローマ皇帝としてはフランツ二世）(1768 - 1835)（在位 1804 - 1835）　134, 322, 496
ブラント　Brandt, Susanna Margaretha　(1748-1772)　574
ブリオン　Brion, Friederike Elisabeth　(1752-1813)　22, 574
ブーリ　Bury, Friedrich　(1763-1835)　口絵10
プリーストリ　Priestley, Joseph　(1733-1804)　68
フリッシュ　Frisch, Max　(1911-1991)　221, 270, 460
フリーデンタール　Friedenthal, Richard　(1896-1979)　21, 83, 510
フリードリヒ二世（大王）　Friedrich II., der Große　(1712-1786)（在位1740-1786）　34, 65, 66, 95, 223, 357, 366
フリードリヒ ヴィルヘルム二世　Friedrich, Wilhelm II.　(1744-1797)（在位1786-1797）　65, 210, 385
フリードリヒ ヴィルヘルム三世　Friedrich Wilhelm III.　(1770-1840)（在位1797-1840）　497
フリードリヒ　Friedrich, Wilhelm　(1805-1879)　215
フリードリヒ クリスティアン，アウグステンブルク伯爵　Friedrich Christian, Herzog von Augustenburg　228, 251, 254
フリードリヒ フェルディナント コンスタンティン（ザクセン＝ヴァイマル＝アイゼナハ）　Friedrich Ferdinand Constantin von Sachsen-Weimar-Eisenach　(1758-1793)　46
ブリュヒャー　Blücher, Gebhard von　(1742-1819)　386
ブリュール伯爵　Brühl, Carl Friedrich Moritz Paul Graf von　(1772-1837)　396, 397, 606
プルースト　Proust, Marcel　(1871-1922)　595
ブルダハ　Burdach, Konrad　(1859-1936)　424
プルタルク　Plutarch　(46頃-125頃)　592
ブルーメンタール　Blumenthal, Lieselotte　(1906-1992)　121
ブルーメンハーゲン　Blumenhagen Wilhelm　(1781-1839)　375
ブルーメンベルク　Blumenberg, Hans　(1920-1996)　40
プレッシング　Plessing, Friedrich Victor Leberecht　(1749-1806)　97
ブレヒト　Brecht, Bertolt　(1898-1956)　1, 4, 27, 28, 83, 168, 171, 172, 174, 202, 213, 221, 265, 270, 289, 423, 480, 484, 485, 567
フレーベ　Fröbe, Heinz　497, 500
ブレンターノ　Brentano, Bettina →アルニム Arnim, Bettina を見よ
ブロックハウス　Brockhaus, Friedrich　(1800-1865)　und Heinrich　(1804-1879)　508

プロペルティウス　Properz　(Sextus Propertius)　(前50頃-前16)　248
フロマン　Frommann, Karl Friedrich Ernst　(1765-1837)　8, 343, 344, 347, 350, 425-427, 443, 483, 611
フローリアン　Florian, Jean-Pierre Claris de　(1755-1794)　167
フロリープ　Froriep, Ludwig Friedrich von　(1779-1847)　511, 512
フンボルト　Humboldt, Alexander von　(1769-1859)　178, 219, 353, 461, 538
フンボルト　Humboldt, Wilhelm von　(1767-1835)　103, 143, 178, 179, 183-184, 185, 207, 211, 244-246, 251, 266, 281, 353, 388, 393, 395, 461, 467, 538, 539, 541-544, 548, 588, 589, 601, 604, 605
フンボルト　Humboldt, Caroline Friederike von　(1766-1829)　197, 202

ヘ

ベガス　Begas, Karl　(1794-1854)　口絵15
ベケット　Beckett, Samuel　(1906-1989)　221, 460, 566, 595
ヘーゲル　Hegel, Georg Wilhelm Friedrich　(1770-1831)　169, 204, 355, 429, 564, 569, 609
ベッカー　Becker, Zacharias　(1752-1822)　104
ヘス　Heß, L.　410
ペーターゼン　Petersen, Julius　(1878-1941)　84, 116
ヘッセ　Hesse, Hermann　(1877-1962)　1, 4, 184, 216, 221, 270, 460, 483, 484
ヘッセン＝ダルムシュタット方伯　Ludwig X., Landgraf von Hessen-Darmstadt　(1753-1830)　35
ヘッセン＝ダルムシュタット方伯夫人カロリーネ　Louise Caroline Henriette, Landgräfin von Hessen-Darmstadt　(1761-1829)　28, 30
ヘットナー　Hettner, Hermann　(1821-1882)　573
ヘッベル　Hebbel, Christian Friedrich　(1813-1863)　2
ベッティガー　Böttiger, Carl August　(1760-1835)　126, 127, 185, 189, 203-206, 208, 209, 256, 257, 320, 328, 358, 502-504, 518
ベートーヴェン　Beethoven, Ludwig van　(1770-1827)　355
ヘニング　Henning, Gustav Adolph　(1797-1869)　口絵5
ヘニングス　Hennings, Leopold Dorotheus von　(1791-1866)　251
ヘーベル　Hebel, Johann Peter　(1760-1826)　353, 538
ベーリッシュ　Behrisch, Ernst Wolfgang　(1738-1809)　11, 15, 16, 18
ヘルダー　Herder, Maria Caroline von　(旧姓 Flachsland)　(1750-1809)　144
ヘルダー　Herder, Johann Gottfried von　(1744-1803)　6, 24, 26, 27, 39, 56, 67, 84, 99, 100, 102, 103, 112-114, 117, 121, 142, 144, 146, 147, 166, 169, 178, 205, 246, 248, 249, 251, 252, 263, 285, 293, 353, 377, 538, 557, 562
ヘルダーリン　Hölderlin, Friedrich　(1770-1843)　169, 178, 237, 245, 255, 270, 353, 538
ヘルツリープ，ヴィルヘルミーネ（通称ミンナ）　Herzlieb, Wilhelmine (Minna)

(1789-1865)　332
ペルテス　Perthes, Friedrich Christoph　(1772-1843)　134
ベルトゥーフ　Bertuch, Karl　(1777-1815)　313, 488
ベルトゥーフ　Bertuch, Friedrich Johann Justin　(1747-1822)　口絵5, 49, 102, 103, 105, 106, 110, 111, 113, 114, 117, 122, 123, 131, 132, 141, 142, 145, 147, 154, 166, 222, 313, 393, 464, 482, 511
ベルトラム，Bertram, Johanna →エッカーマン Eckermann, Johanna を見よ
ベルネ　Börne, Ludwig　(1786-1837)　399, 428
ベルンストルフ　Bernstorff, Christian Günther von　(1769-1835)　490
ベルンストルフ　Bernstorff, Henriette Friederike von　575
ベルンハルト　Bernhard, Thomas　(1931-1989)　197, 236
ヘーン，Hehn, Viktor　(1813-1890)　90
ベンヤミン　Benjamin, Walter　(1892-1940)　38, 331

ホ

ボアスレー　Boisserée, Johann Sulpiz　(1783-1854)　373, 402, 404, 409, 416, 421, 422, 424, 447, 458, 483, 494, 497, 500-503, 506, 510, 513, 518, 519, 521, 523, 524, 528, 556, 559, 560, 563, 588, 602, 611
ボイエ　Boie, Heinrich Christian　(1744-1806)　30, 31
ホイス　Heuss, Theodor　(1844-1963)　219
ボイトラー　Beutler, Ernst　(1885-1960)　212, 586
ボーデ　Bode, Johann Joachim Christoph　(1730-1793)　33
ボドーニ　Bodoni, Giambattista　(1740-1813)　133
ポープ　Pope, Alexander　(1688-1744)　132
ホフマン　Hoffmann, Johann Wilhelm　(1777-1859)　8, 507, 508, 516, 519
ホフマンスタール　Hofmannsthal, Hugo von　(1874-1929)　201
ホメロス　Homer　(前750頃-前700頃)　26, 96, 133, 198, 200, 248, 475, 550
ボーマルシェ　Beaumarchais, Pierre-Auguste Caron de　(1732-1799)　184
ホラティウス　Horaz　(前65-前8)　1, 19, 88, 247, 475
ボルタ　Volta, Alessandro　(1745-1827)　68
ボルヒマイアー　Borchmeyer, Dieter　(1941-)　34
ホルン　Horn, Johann Adam　(1749-1806)　13
ボンド　Bond, Edward　(1934-)　460

マ

マイアー　Maier, Jacob　34
マイアー　Meyer, Johann Heinrich　(1760-1832)　155, 173, 200, 205, 245, 246, 306, 371, 423, 438, 461, 464, 467, 471, 472
マイル　Meil, J. W.　(1733-1805)　52
マクシミリアン一世（バイエルン王）　Maximilian I. Joseph　(1756-1825)　(在位

1806-1824)　216, 538
マクロート　Macklot, Karl Friedrich　(？-1839)　49
マルケルト　Markert, Kurt　288
マックス　Max, Joseph Elias　508
マートン　Merton, Robert K.　288
マホメット　Mohammed　(570頃-632)　405-407, 413
マラー　Marat, Jean Paul　(1743-1793)　203
マリア テレジア　Maria Theresia　(1717-1780)　49, 65, 347
マリア パヴローヴナ　Maria Pawlowna　(1786-1859)　291, 472
マリア ルドヴィカ 皇后　Maria Ludovica Beatrice　(1787-1816)　384, 385, 387
マルコ ポーロ　Marco Polo　(1254-1324)　412
マレー　Maret, Hugués Bernard　(1763-1839)　358
マーロウ　Marlowe, Christopher　(1564-1593)　573
マン　Mann, Thomas　(1875-1955)　1, 2, 4, 169, 184, 202, 216, 241, 265, 270, 460, 484, 485
マンガー　Manger, Klaus　132
マンゾー　Manso, Johann Caspar Friedrich　(1760-1826)　252

ミ

ミッテルスドルフ　Mittelsdorf, Johann Martin　578
ミヒャエリス，Michaelis, Carl Heinrich August Salomon　(1768-1844)　207
ミュラー　Müller, Friedrich Theodor Adam Heinrich (Kanzler) von　(1779-1849)　82, 101, 103, 357, 457, 461, 462, 464, 480, 481, 497, 517, 534, 569, 594
ミュラー　Müller, Johannes von　(1752-1809)　355, 357
ミュリウス　Mylius, Christlob August　(生没年不詳)　56-58, 63, 101
ミルトン　Milton, John　(1608-1674)　132

ム

ムシュク　Muschg, Adolf　(1934-)　171, 236
ムージル　Musil, Robert　(1880-1942)　595
ムバリサディン　Mubarisuddin　403

メ

メーザー　Möser, Justus　(1720-1794)　24, 29, 34
メッテルニヒ　Metternich, Klemens Wenzel Lothar, Fürst von　(1773-1859)　386, 388, 395, 490, 491, 496
メーナー　Möhner, Adolf　428
メーリケ　Mörike, Eduard　(1804-1875)　184
メルク　Merck, Johann Heinrich　(1741-1791)　口絵4, 5, 20, 28, 29, 30, 41, 57, 58, 101
メンペル　Mämpel, Johann Jacob Christian　(1791-1862)　510, 511

モ

モーザー　Moser, Friedrich Karl Ludwig Freiherr von　(1723-1798)　77
モーツァルト　Mozart, Wolfgang Amadeus　(1756-1791)　357, 534
モバレツォディン　Mobarezo'd-Din, Mozzaffariden　401
モムゼン　Mommsen, Katharina　413
モリエール　Molière　(1622-1673)　461
モーリッツ　Moritz, Karl Philipp　(1757-1793)　127, 158, 159, 163, 164, 207
モンゴルフィエ　Montgolfier, J. M. (1740-1810) und J. E.　(1745-1799)　68
モンテスキュー　Montesquieu, Charles de　(1689-1755)　349

ヤ

ヤーゲマン　Jagemann, Caroline Henriette Friederike　(1777-1848)　361
ヤーゲマン　Jagemann, Christian Joseph　(1753-1804)　116
ヤコービ　Jacobi, Friedrich Heinrich　(1743-1819)　11, 41, 45, 62, 64, 170, 184, 207
ヤコービ　Jacobi, Johann Georg　(1740-1814)　41, 45
ヤーコプ　Jakob, Ludwig Heinrich von　(1759-1827)　252
ヤーコプス　Jacobs, A.　口絵5
ヤスパー　Jasper, Johann Christoph　(？-1849)　43, 452

ユ

ユンカー　Juncker, Hermann　(1838-1899)　口絵1
ユング　Jung, Marianne →ヴィレマー Willemer を見よ

ヨ

ヨーゼフ二世　Joseph II.　(1741-1790)　65, 67, 334
ヨルク　Yorck von Wartenburg, Johann David Ludwig　(1759-1830)　385
ヨーン　John, Johann August Friedrich　(1794-1854)　口絵16, 387, 439, 447, 464, 465, 502, 552, 590, 601, 603

ラ

ライツ　Reisz, Elias Löb　68
ライヒ　Reich, Philipp Erasmus　(1717-1787)　8, 49, 129, 218
ライヒ＝ラニツキー　Reich-Ranicki, Marcel　(1920-)　353, 354
ライヒェル　Reichel, Wilhelm　(1783-1836)　433, 482-484, 515, 529, 539, 589, 590
ライヒャルト　Reichardt, Johann Friedrich　(1752-1814)　139
ライボルト　Leybold, K. J. Th.　(1786-1844)　口絵8
ライマー　Reimer, Georg Andreas　(1776-1842)　508, 509
ラインハルト　Reinhard, Karl Friedrich von　(1761-1837)　82, 497, 608

ラインハルト　Reinhard, Franz Volkmar　(1753-1812)　332, 342, 356
ラインベック　Reinbeck, Georg　(1766-1849)　375, 376
ラインホルト　Reinhold, Carl Leonhard　(1758-1823)　128
ラーヴァター　Lavater, Johann Caspar　(1741-1801)　41, 45, 50, 68, 72, 310
ラウベ　Laube, Heinrich　(1806-1884)　479
ラオホ　Rauch, Christian Daniel　(1777-1857)　526
ラップ　Rapp, Gottlob Heinrich von　(1761-1832)　272, 273
ラファエロ　Raffael　(1483-1520)　144, 357
ラーベ　Raabe, Carl Joseph　(1780-1849)　442
ラーベナー　Rabener, Gottlieb Wilhelm　(1714-1771)　33
ラボアジエ　Lavoisier, Antoine Laurent de　(1743-1794)　68
ラーマン　Ramann　372
ラ ロッシュ　La Roche, Marie Sophie von　(1731-1807)　31, 44
ランガー　Langer, Ernst Theodor　(1743-1820)　18, 19
ランクロ　Lenclos, Ninon de　(1620-1705)　536
ランヌ　Lannes, Jean　(1769-1809)　362

リ

リップス　Lips, Johann Heinrich　(1758-1817)　口絵7, 109, 138
リヒター　Richter, Caroline Leopoldine Friederike　234
リヒテンベルク　Lichtenberg, Georg Christoph　(1742-1799)　50, 175, 248, 255, 266
リービヒ　Liebich, Karl　391
リーマー　Riemer, Caroline Wilhelmine Henriette Johanna（旧姓 Ulrich）(1790-1855)　371, 440, 469
リーマー　Riemer, Friedrich Wilhelm　(1774-1845)　186, 187, 313, 323, 324, 330, 347, 350, 362, 391, 411, 427, 440, 459, 464, 467-469, 479, 494, 583, 585, 588, 604, 611
リルケ　Rilke, Rainer Maria　(1875-1926)　1, 409, 480, 484
リンデナウ伯爵　Lindenau, Graf von　(1755-1842)　11, 18

ル

ルイ十六世　Ludwig, XVI., König von Frankreich　(1754-1793)（在位1774-1792）　203
ルイーゼ，Luise Augusta, Herzogin von Sachsen-Weimar-Eisenach　(1757-1830)　→ Carl August の夫人　46, 96, 355, 534, 575
ルカーチ　Lukács, Georg　(1885-1971)　270
ルクレティウス　Lukrez（Titus Carus Lukretius）（前98-前55）　462
ルソー　Rousseau, Jean-Jacques　(1712-1778)　65, 86, 461
ルター　Luther, Martin　(1438-1546)　391, 572, 607

ルーデン　Luden, Heinrich　(1780-1847)　377
ルートヴィヒ一世，カール アウグスト，バイエルン国王　Ludwig I. Karl August, König von Bayern　(1786-1868)　(在位1825-1848)　538, 564, 570
ルボミルスキー侯　Lubomirsky, Fürst　217

レ

レーヴェツォー　Levetzow, Theodore Ulrike Sophie von　(1804-1899)　451, 454-456
レーヴェツォー，Levezow, Jakob Andreas Conrad　(1770-1835)　397
レスケ　Leske, Karl Wilhelm　(1784-1837)　509
レッケ　Recke, Charlotte Elisabeth (Elisa) Constantia von der　(1754-1833)　373
レッシング　Lessing, Gotthold Ephraim　(1729-1781)　29, 33, 39, 50, 56, 65, 143, 205, 222, 234, 436
レーフィン　Levin, Rahel Antonie Friederike　(1771-1833)　202
レープレート　Lebret, Albrecht　515, 539
レンゲフェルト　Lengefeld, Charlotte →シラー Schiller, Luise Antoinette Charlotte を見よ

ロ

ローヴェ　Lowe, S.M.　345
ローヴォルト　Rowohlt, Ernst　(1887-1960)　1, 241
ローゼ　Lose, Johann Jacob de　口絵13
ローゼンクランツ　Rosenkranz, Karl　(1805-1879)　566, 608
ロッホリッツ　Rochlitz, Johann Friedrich　(1769-1842)　453
ローテ　Lothe, J.Ch.　115
ロベスピエール　Robespierre, Maximilien de　(1758-1794)　203
ローラー　Lohrer, Liselotte　207, 233, 504
ローラム　Loram, Ian C.　13, 21, 197, 288

ワ

ワシントン　Washington, George　(1732-1799)　65, 169
ワット　Watt, James　(1736-1819)　68

ゲーテの著作索引

（1）抒情詩

朝の嘆き　Morgenklage　370
新しい愛，新しい生命　Neues Lieben, Neues Leben　45
アネッテ　Annette　13, 16, 18
許婚の男　Bräutigam　82, 83
異名　Beiname　404
イルメナウ　Ilmenau　62
ヴェネツィアの警句詩《エピグラム》　Venezianische Epigramme　170, 173, 260
ヴェルターに　An Werther　43, 453, 454, 457
運命よ，なぜわれらに深い眼差しを与えたのか　Warum gabst du uns die tiefen Blicke　88
永遠に　Für Ewig　93
遠方　Ferne　90
訪れ　Der Besuch　370
おやすみ　Gute Nacht　411, 412
穏健なクセーニエン　Zahme Xenien　399, 595
御者クロノスに　An Schwager Kronos　45
ギンゴ・ビローバ　Ginkgo biloba　420, 421
クセーニエン　Xenien　82, 96, 191-193, 257, 258, 548
厳粛な納骨堂のなかだった　Im ernsten Beinhaus war's　310
幸福な夫婦　Die glücklichen Gatten　370
杯　Becher　90
捧げる言葉　Zueignung（Der Morgen kam...）　84
四季　Vier Jahreszeiten（Epigramme）　173
始原の言葉，オルフェウス風に　Urworte, Orphisch　69
芝居愛好者のための片面刷り　Einblattdrucke für Theaterliebhaber　14
至福の憧れ　Selige Sehnsucht　407
情熱の三部曲　Trilogie der Leidenschaft　43, 454
初期ヴァイマル詩集　Erste Weimarer Gedichtsammlung　17
シラーの「鐘の歌」のためのエピローグ　Epilog zu Schillers Glocke　301, 307, 309, 434
シルヴェストル・ドゥ・サシー　Silvestre de Sacy　427
新歌曲集　Neue Lieder　18, 19, 75
西東詩集　West-östlicher Divan　286, 351, 373, 392, 402-405, 408-413, 415, 416, 424-429, 434, 442, 443, 446
創造と生命賦与　Erschaffen und Beleben　405

旅人の夜の歌　Wandrers Nachtlied（Der du von dem Himmel bist...）　86, 88
著作者　Der Autor　12
月に寄す　An den Mond　90-92, 95
似合い同士　Gleich und Gleich　370
日記　Tagebuch　370
バーキスの予言　Weissagungen des Bakis　173
悲歌（マリーエンバート悲歌）　Elegie（Was soll ich nun...）　43, 454-457
二つの世界のあいだで　Zwischen beiden Welten　90, 93-94
冬とティムール　Der Winter und Timur　402
プロメーテウス　Prometheus　45
ヘジラ（遁走）　Hegire　405, 411
真夜中に　Um Mitternacht　82
見つけた　Gefunden　370
目配せ　Wink　404
より高きものと最高のもの　Höheres und Höchstes　425
リダに　An Lida　90
ローマ悲歌　Römische Elegien　81, 247-249, 370
和解　Aussöhnung　43, 454, 456
和解の勧め　Vorschlag zur Güte　75

（2）叙事文学

アキレウス　Achilleis　297, 593
ヴィルヘルム・マイスターの演劇的使命　Wilhelm Meisters theatralische Sendung　175, 176, 573
ヴィルヘルム・マイスターの修業時代　Wilhelm Meisters Lehrjahre　35, 172, 174, 176-180, 183-189, 203, 247, 249, 260, 269, 296, 313, 318, 319, 325, 434, 449, 475, 548, 551, 575
ヴィルヘルム・マイスターの遍歴時代　Wilhelm Meisters Wanderjahre　97, 286, 310, 330, 335, 352, 449, 451, 454, 532, 533, 570
自己の意志に逆らうサルタン　Der Sultan wider Willen　56
親和力　Die Wahlverwandtschaften　101, 181, 260, 317, 330-332, 347, 394, 433, 456, 585
ドイツ避難民歓談集　Unterhaltungen deutscher Ausgewanderten　247
秘儀　Die Geheimnisse　84, 85, 93
ヘルマンとドロテーア　Hermann und Dorothea　42, 127, 166, 190, 195-199, 201-208, 210-213, 247, 260, 262, 273, 281, 296, 388, 389, 551, 561
メガプラツォーンの息子たちの旅　Reise der Söhne Megaprazons　172
ライネケ狐　Reineke Fuchs　172, 175, 184, 261, 296, 297
若きヴェルターの悩み　Die Leiden des jungen Werthers　3, 36-44, 46, 51, 53, 69, 73, 108, 115-118, 121, 210, 212, 263, 296, 303, 356, 358, 377, 452, 453, 456,

500

（3）戯　曲

新しく開設された道徳的・政治的人形劇場　Neueröffnetes moralisch-politisches Puppentheater　36, 108
イェリーとベーテリー　Jery und Bädely　70, 108, 122, 295, 577, 578
いとしい方はむずかり屋　Die Laune des Verliebten　14, 69, 295, 297, 439
ヴァイマルで行なわれた劇場スピーチ　Theaterreden, gehalten zu Weimar　173
ヴィラ・ベラのクラウディーネ　Claudine von Villa-Bella　56, 58, 63, 108, 157, 295
エグモント　Egmont　98, 108, 265, 295, 303, 575, 576
エピメーニデスの目覚め　Des Epimenides Erwachen　359, 391, 392, 394, 396-400, 435, 440
エルヴィンとエルミーレ　Erwin und Elmire　51, 69, 108, 157, 295
エルペノール　Elpenor　108, 324, 325
オーバーキルヒの少女　Das Mädchen von Oberkirch　168
神々，英雄，ヴィーラント　Götter, Helden, Wieland　51
からかい，企み，仕返し　Scherz, List, und Liebe　122, 297, 578
クラヴィーゴ　Clavigo　28, 36, 51, 75, 108, 295, 303
兄妹　Die Geschwister　70, 71, 108, 113, 295
劇化された鉄の手をもつゴットフリート・フォン・ベルリヒンゲンの物語（ゲッツ・フォン・ベルリヒンゲン）　Geschichte Gottfriedens von Berlichingen mit der eisernen Hand, dramatisiert　3, 24-30, 33-35, 39, 41, 44, 50, 51, 69, 108, 210, 263, 295, 303
シーザーとマホメット　Cäsar und Mahomet　57
市民将軍　Der Bürgergeneral　137, 166-168, 172, 284, 296
シュテラ　Stella　51, 56, 57, 58, 63, 101, 108, 295
庶出の娘（オイゲーニエ）　Die natürliche Tochter　137, 172, 260, 284-286, 295, 310
煽動された人々　Die Aufgeregten　150, 168, 169, 171, 172, 284
大コフタ　Der Groß-Cophta　137, 162, 163, 165, 166, 172, 284, 296, 297
タウリスのイフィゲーニエ　Iphigenie auf Tauris　71, 85, 86-88, 98, 108, 113, 121, 157, 159, 295, 303, 575, 576, 579
多感の勝利　Der Triumph der Empfindsamkeit　70, 96, 108, 113, 296
同罪者たち　Die Mitschuldigen　14, 29, 69, 108, 124, 295
鳥　Die Vögel　70, 108, 113, 296
トルクヴァート・タッソー　Torquato Tasso　43, 44, 85-87, 98, 108, 120-122, 135, 137, 147, 157, 295, 303, 453, 455, 575
パンドラ　Pandora　347, 392-394
ファウスト　Faust　42, 58, 98, 108, 122, 152, 247, 277, 284, 293, 296, 297, 318, 319, 323, 326, 327, 352, 462, 468, 469, 475, 478, 515, 516, 534, 537, 549, 551, 553, 555, 570

初稿《ウル》ファウスト　Urfaust　572-575
ファウスト断片　Faust, ein Fragment　122, 575-579, 581, 607, 608
ファウスト第一部　Faust I　286, 324, 579-584, 585, 587, 589, 592, 593, 598, 606, 607, 609
ファウスト第二部　Faust II　142, 528, 571, 585-612
ファラオの王位継承者　Pharaos Nachfolger　12, 57
プルンダースヴァイレルンの歳の市の祭り　Jahrmarktsfest zu Plundersweilern　31, 69
プロゼルピーナ　Proserpina　63
魔笛（続編）　Die Zauberflöte zweiter Teil　297
漁師の娘　Die Fischerin　70, 108
リラ　Lila　64, 108, 122, 152, 295, 577
われらがもたらすもの――プロローグ，ラオホシュテット新劇場こけら落としに際して　Was wir bringen. Vorspiel bei Eröffnung des neuen Schauspielhauses zu Lauchstädt　283, 296

（4）芸術と文学

ヴィンケルマンとその世紀　Winckelmann und sein Jahrhundert　176, 277, 283
永遠のシェイクスピア　Shakespeare und kein Ende　94
シェイクスピアの日に寄せて　Zum Shakespeares Tag　24, 39
収集家とその仲間たち　Der Sammler und die Seinigen　378
従来未検討であった聖書に関わる二つの重要な問題　Zwo wichtige, bisher unerörterte biblische Fragen　20
新任＊＊＊牧師に宛てた＊＊＊牧師の手紙　Brief des Pastors ＊＊＊ an den neuen Pastor zu ＊＊＊　20, 21, 50
過ぎ去った世紀における芸術の歴史　Geschichte der Kunst im verflossenen Jahrhundert　277
西東詩集　注解と論考　West-östlicher Divan. Noten und Abhandlungen　402, 403, 412-414, 418, 425, 429
1791年9月9日の金曜会開会の辞　Rede zur Eröffnung der Freitagsgesellschaft am 9. September 1791　115
ドイツ建築について　Von deutscher Baukunst　20, 21
フィリップ・ハッケルト伝　Philipp Hackert. Biographische Skizze, meist nach dessen eigenen Aufsätzen entworfen von Goethe　350
文学のサンキュロット主義　Literarischer Sansculottismus　247
遍歴時代に対する好意的関与　Geneigte Teilnahme an den Wanderjahren　449
ラモーの甥 注釈　Anmerkungen über Personen und Gegenstände, die in dem Dialog Rameaus Neffe erwähnt werden　306

（5）自伝的作品

イタリア紀行　Italienische Reise　97, 120, 140, 142, 144, 155, 163-164, 286, 352, 443
詩と真実　Aus meinem Leben, Dichtung und Wahrheit　3, 8, 11, 14, 16, 17, 22, 24, 28, 29, 32, 36, 44, 46, 54, 83, 85, 146, 286, 335, 345, 346, 350-352, 402, 403, 528, 558, 573, 574, 585
シュタイン夫人のためのイタリア旅日記　Tagebuch der Italienischen Reise für Frau von Stein　98, 152
1797年のスイス旅行　Reise in die Schweiz 1797　478
第二次ローマ滞在　Zweiter römischer Aufenthalt（3.Teil der Italienischen Reise）139, 143, 352, 576
年代記　Tag- und Jahreshefte oder Annalen. Als Ergänzung meiner sonstigen Bekenntnisse　161, 308, 350, 401, 415, 486, 541, 585
フランス従軍記1792年　Campagne in Frankreich 1792　150, 163, 284
ローマの謝肉祭　Das Römische Carneval　126, 137-141, 143, 144, 145, 147, 148, 150, 151, 154, 160-162, 165, 172, 183

（6）自然科学論

花崗岩について　Über den Granit　69
幸運な出来事　Glückliches Ereignis　268, 281, 553, 579
光学論　Beiträge zur Optik　102
色彩論　Schriften zur Farbenlehre　xiv, 125, 290, 306, 321, 325, 343-345, 347, 550, 585
植物変態論　Die Metamorphose der Pflanzen　14, 124, 125, 146, 473, 549, 570, 611

（7）翻　訳

タンクレード　Tancred. Nach Voltaire　283, 295
ベンヴェヌート・チェリーニ自伝　Leben des Benvenuto Cellini　248, 258, 260, 277, 283, 284, 400
マホメット　Mahomet. Nach Voltaire　283, 295
ラモーの甥　Rameaus Neffe. Ein Dialog von Diderot　135, 302

（8）その他

イェーナ博物館　Museen zu Jena　101
イルメナウ鉱山報告書　Nachricht von dem Ilmenauischen Bergwesen　68
イルメナウ新鉱山開山の辞　Rede bei Eröffnung des neuen Bergbaus zu Ilmenau　65
ヴァイマルを統治する公爵夫人に宛てた女性の淑徳集　Die Weiblichen Tugenden an die regierende Herzogin von Weimar　64
カリオストロと呼ばれるジュゼッペ・バルザモの系図　Des Joseph Balsamo, genannt Cagliostro, Stammbaum　126, 164, 165
カール・フリードリヒ公子誕生の祝典　Feyer der Geburtsstunde Carl Friedrichs　64-

参考文献目録

ゲーテ　全集　作品　書簡

A: *Goethe's Werke*, 13 Bde., Tübingen: J. G. Cotta 1806–1810.

B: *Goethe's Werke*, 20 Bde., Stuttgart und Tübingen: J. G. Cotta 1815–1819.

BA: *Goethe. Berliner Ausgabe*, hg. vormals Aufbau-Verlag, Lektorat Deutsches Erbe unter der Leitung von Siegfried Seidel, 22 Bde und 1 Supplement-Bd., Berlin und Weimar 1956–1978 (²1967–1973; ³1971ff.) [sog. *Berliner Ausgabe*].

Biedermann, Flodoard Frhr. von (Hg.), *Goethes Gespräche*, 5 Bde., Leipzig 1909.

Biedermann/Herwig: *Goethes Gespräche*. Eine Sammlung zeitgenössischer Berichte aus seinem Umgang, auf Grund der Ausgabe und des Nachlasses von Flodoard Freiherrn von Biedermann ergänzt und hg. v. Wolfgang Herwig, 5 Bde. (in 6), Zürich und Stuttgart 1965–1987.

Biedermann, *Unger*: *Johann Friedrich Unger im Verkehr mit Goethe und Schiller. Briefe und Nachrichten*. Mit einer einleitenden Übersicht über Ungers Verlegertätigkeit hg. v. Flodoard Freiherrn von Biedermann, Berlin 1927.

Bode, *Briefe: Goethe in vertraulichen Briefen seiner Zeitgenossen*, zusammengestellt von Wilhelm Bode, neu hg. v. Regine Otto und Paul-Gerhard Wenzlaff, 3 Bde., München ²1982 (zuerst Berlin und Weimar 1979).

C¹: *Goethe's Werke. Vollständige Ausgabe letzter Hand*, 40 Bde., Stuttgart und Tübingen: J. G. Cotta 1827–1830. –Fortgeführt als: *Goethe's nachgelassene Werke*, 20 Bde. (= Vollständige Ausgabe letzter Hand, Bd. 41–60), hg. v. Johann Peter Eckermann und Friedrich Wilhelm Riemer, Stuttgart und Tübingen: J. G. Cotta 1832–1842 [sog. *Taschenausgabe*].

C³: *Goethe's Werke. Vollständige Ausgabe letzter Hand*, 40 Bde., Stuttgart und Tübingen: J. G. Cotta 1827–1830. –Fortgeführt als: *Goethe's nachgelassene Werke*, 20 Bde. (= Vollständige Ausgabe letzter Hand, Bd. 41–60), hg. v. Johann Peter Eckermann und Friedrich Wilhelm Riemer, Stuttgart und Tübingen: J. G. Cotta 1833–1842 [sog. *Oktavausgabe*].

DjG: *Der junge Goethe*, hg. v. Hanna Fischer-Lamberg, [neu bearb., 3. Ausgabe], 5 Bde. (und 1 Reg. -Bd.), Berlin bzw. (Bd. 5 und Reg.-Bd.) Berlin und New

York 1963–1974.
FA: *Johann Wolfgang Goethe. Sämtliche Werke. Briefe, Tagebücher und Gespräche*, 40 Bde. (in 41). (I. Abteilung: *Sämtliche Werke*, 27 Bde. [in 28], II. Abteilung: *Briefe, Tagebücher und Gespräche*, 13 Bde.), Frankfurt/Main 1985ff. (Bibliothek deutscher Klassiker) [sog. *Frankfurter Ausgabe*].
Flach: *Goethes ämtliche Schriften. Veröffentlichung des Staatsarchivs Weimar*, hg. v. Willy Flach (Bd.1) und Helma Dahl (Bde. 2–4), Weimar 1950–1987.
GA: *Johann Wolfgang Goethe. Godenkausgabe der Werke, Briefe und Gespräche. 28. August 1949*, 24 Bde., hg. v. Ernst Beutler, 1. Aufl., Zürich 1948–1954, und 3 Erg.-Bde., Zürich und Stuttgart 1960–1971 [sog. *Gedenkausgabe*].
Goethe, Johann Wolfgang, *Das Römische Carneval*, Verkleinerter photomechanischer Nachdruck nach einem unbeschnittenen Exemplar der Erstausgabe von 1789 aus dem Besitz des Goethe-Museums Düsseldorf. Mit einem Nachwort von Harald Keller, Dortmund 1978.
Goethe, Johann Wolfgang, *Das Römische Carneval*, hg. v. Isabella Kuhn, Frankfurt am Main 1984.
Goethe, Johann Wolfgang, *Elegie von Marienbad*, Faksimile einer Urschrift, September 1823. Mit einem Kommentarband herausgegeben von Christoph Michel und Jürgen Behrens in Verbindung mit Wolf von Engelhardt, Renate Grumach, Rudolf Hirsch, Dorothea Kuhn und Ernst Zinn, Frankfurt am Main 1983.
Goethe, Johann Wolfgang, *West-östlicher Divan*, hg. v. Hans-J. Weitz, Frankfurt am Main ^{4}1981.
Goethes Römische Elegien, nach der ältesten Handschrift, hg. v. Albert Leitzmann, Bonn 1912.
Goethe über die Deutschen, hg. v. Hans-J. Weitz, Frankfurt am Main 1978.
Goethe-Carl August: *Briefwechsel des Großherzogs Carl August mit Goethe*, hg. v. Hans Wahl, 3 Bde., Berlin 1915–1918 (= IV. Abteilung von *Carl August. Darstellungen und Briefe zur Geschichte des Weimarischen Fürstenhauses und Landes*, hg. v. Erich Marcks).
Goethe-Christiane: *Goethes Briefwechsel mit seiner Frau*, hg. v. Hans Gerhard Gräf, 2 Bde., Frankfurt am Main 1916.
Goethe-Cotta: *Goethe und Cotta, Briefwechsel 1797 – 1832*. Textkritische und kommentierte Ausgabe, hg. v. Dorothea Kuhn, 3 Bde., Stuttgart 1983.
Goethe-Stein: *Goethes Briefe an Charlotte von Stein*, 3 Bde., hg. v. Julius Petersen, Leipzig 1907.

Goethe-Stein (Fränkel): *Goethes Briefe an Charlotte von Stein*, hg. v. Jonas Fränkel, umgearb. Neuausgabe, 3 Bde., Berlin 1960.

Goethe-Willemer: *Marianne und Johann Jakob Willemer. Briefwechsel mit Goethe*, hg. v. Hans-J. Weitz, Frankfurt am Main 1965.

Goethe-Zelter: *Der Briefwechsel zwischen Goethe und Zelter in den Jahren 1796–1832*, hg. v. Friedrich Wilhelm Riemer, 6 Bde. (in 3), Berlin 1833/34.

HA: *Goethes Werke. Hamburger Ausgabe in 14 Bänden* (und 1 Reg.-Bd.), hg. v. Erich Trunz, Hamburg 1948–1964 (neu bearb. Aufl. [Bd.1–2: 13. Aufl.; Bd. 3, 4, 6–8, 11: 11. Aufl.; Bd. 5, 9, 12: 10 Aufl.; Bd.13: 9 Aufl.; Bd. 10: 8. Aufl. und Bd. 14: 7. Aufl.] München 1981 [Bd. 3 wurde mittlerweile durch die 13., neu bearb. und erw. Aufl. von 1986 ersetzt. Diese entspricht der Trunzschen Sonderausgabe des *Faust*, München 1986]) [sog. *Hamburger Ausgabe*].

HA Briefe: *Goethes Briefe. Hamburger Ausgabe in 4 Bänden*, hg. v. Karl Robert Mandelkow und Bodo Morawe, Hamburg 1962 (recte 1961)–1967 (München ^{4}1988 [Bd. I] bzw. ^{3}1988 [Bde. 2–4]).

Hecker, *Maximen: J. W. Goethe. Maximen und Reflexionen*, Text der Ausgabe von 1907 mit den Erläuterungen und der Einleitung Max Heckers, Frankfurt am Main 1976.

MA: *Johann Wolfgang Goethe, Sämtliche Werke nach Epochen seines Schaffens. Münchner Ausgabe*, 21 Bde. (in 26), hg. v. Karl Richter, Herbert G. Göpfert, Norbert Miller und Gerhard Sander, München 1985ff. [sog. *Münchner Ausgabe*].

Michel: *Johann Wolfgang Goethe. Italienische Reise*, hg. v. Christoph Michel, Frankfurt am Main 1976.

N: *Goethe's neue Schriften*, 7 Bde., Berlin: J. F. Unger 1792–1800.

Q: *Goethe's poetische und prosaische Werke in zwei Bänden*, hg. v. Friedrich Wilhelm Riemer und Johann Peter Eckermann, Stuttgart und Tübingen: J. G. Cotta 1836 und 1837 [sog. *Quartausgabe*].

S: *Goethe's Schriften*, 8 Bde., Leipzig: G. J. Göschen 1787–1790.

SzL: Goethe, Johann Wolfgang, *Schriften zur Literatur*, hg. v. Der Akademie der Wissenschaften der DDR, 7 Bde., Berlin 1970–1982.

Vollmer: *Briefwechsel zwischen Schiller und Cotta*, hg. v. Wilhelm Vollmer, Stuttgart 1876.

WA: *Goethes Werke*, 4 Abteilungen, 133 Bde. (in 143), hg. im Auftrage der Großherzogin Sophie von Sachsen. (I. Abteilung: *Goethes Werke*, 55 Bde. [in 63], II. Abteilung: *Goethes Neturwissenschaftliche Schriften*, 13 Bde. [in 14], III. Abteilung: *Goethes Tagebücher*, 15 Bde., [in 16], IV. Abteilung:

Goethes Briefe, 50 Bde.), Weimar 1887–1919 (Nachdruck: München 1987) [sog. *Weimarer Ausgabe*].

二次文献

Adelung, Johann Christoph, *Vollständige Anweisung zur Deutschen Orthographie nebst einem kleinen Wörterbuche für die Aussprache, Orthographie, Biegung und Ableitung*, Leipzig: Weygand 1788.

Adorno, Theodor W., *Dank an Peter Suhrkamp*, in: *In Memoriam Peter Suhrkamp*, Frankfurt am Main 1959.

Beißner, Friedrich, *Geschichte der deutschen Elegie*, Berlin [2]1961.

Benjamin, Walter, *Gesammelte Schriften*, 7 Bde., hg. v. Rolf Tiedemann, Frankfurt am Main 1989.

Berg, Gunter, *Die Selbstverlagsidee bei deutschen Autoren im 18. Jahrhundert*, in: AGB 6 (1966).

Bernhard, Thomas, *Die Macht der Gewohnheit*, in: *Die Stücke*, Frankfurt am Main 1983.

Beutler, Ernst, *Worterklärung zu den Faustdichtungen*, Zürich 1950.

Blumenberg, Hans, *Epigonenwallfahrt*, in: Akzente 37 (1990).

Blumenthal, Hermann, *Zeitgenössische Rezensionen und Urteile über Goethes >Götz< und >Werther<*, Berlin 1935.

Boehlich, Walter (Hg.), *Der Hochverratsprozeß gegen Gervinus*, Frankfurt am Main 1967.

Böttiger: *Literarische Zustände und Zeitgenossen, In: Schilderungen aus Karl Aug. Böttiger's handschiriftlichem Nachlasse*, hg. v. K. W. Böttiger, Leipzig 1838, 2 Bde. (in 1).

Bohadti, Gustav, *Friedrich Johann Justin Bertuch*, Berlin 1970.

Bohn, Volker, *Johann Wolfgang Goethe*, in: *Genie und Geld. Vom Auskommen deutscher Schriftsteller*, hg. v. Karl Corino, Reinbek 1991.

Boisserée, *Tagebücher: Sulpiz Boisserée. Tagebücher 1808 – 1854*, hg. v. Hans-J. Weitz, 4 Bde., Darmstadt 1978.

Bosse, Heinrich, *Autorschaft ist Werkherrschaft. Über die Entstehung des Urheberrechts aus dem Geist der Goethezeit*, Paderborn u.a. 1981.

Bradish, Joseph A. von, *Goethes Beamtenlaufbahn*, New York 1937.

Bräuning-Oktavio, Hermann, *Der Erstdruck von Goethes Götz von Berlichingen*, Darmstadt 1923.

Braun, *Urteil*: *Goethe im Urtheile seiner Zeitgenossen. Zeitungskritiken, Berichte, Notizen, Goethe und seine Werke betreffend*, hg. v. Julius W.

Braun, 3 Bde., Berlin 1883–1885.

Brecht, Bertolt, *Briefe*, hg. und kommentiert v. Günter Glaeser, Frankfurt am Main 1981.

Brecht, Bertolt, *Werke*. Große kommentierte Berliner und Frankfurter Ausgabe, 30 Bde., Berlin und Frankfurt am Main 1988ff.

Brenner, Peter J. (Hg.), *Plenzdorfs Neue Leiden des jungen W.*, Frankfurt am Main 1982.

Breuer, Dieter, *Geschichte der literarischen Zensur in Deutschland*, Heidelberg 1982.

Conrady: Karl Otto Conrady, *Goethe. Leben und Werk*, 2 Bde., Königstein/Ts. 1985.

Die Horen. Einführung und Kommentar von Paul Raabe. Beiband zu der im Jahre 1959 in sechs Doppelbänden erschienenen, photomechanisch hergestellten Neuausgabe der >Horen<, Stuttgart 1959.

Eissler, K. R., *Goethe, eine psychoanalytische Studie 1775 – 1786*, aus dem Amerikanischen übersetzt von Peter Fischer in Verbindung mit Wolfram Mauser und Johannes Cremerius, hg. v. Rüdiger Scholz, 2 Bde., Frankfurt am Main 1983.

Emrich, Wilhelm, *Die Symbolik von Faust II*, Berlin 1943.

Friedenthal: Richard Friedenthal, *Goethe. Sein Leben und seine Zeit*, München 1963.

Fröbe: Heinz Fröbe, *Die Privilegierung der Ausgabe »letzter Hand« Goethes sämtlicher Werke. Ein rechtsgeschichtlicher Beitrag zur Goetheforschung und zur Entwicklung des literarischen Urheberrechts*, in: AGB 2 (1960).

Fuhrmann, Manfred, *Die vier Jahreszeiten bei den Griechen und Römern,* in: *Die vier Jahreszeiten im 18. Jahrhundert* (Beiträge zur Geschichte der Literatur und Kunst im 18. Jahrhundert 10), Heidelberg 1986, S. 9-17.

Fuhrmann, Manfred, *Fasnacht als Utopie: Vom Saturnalienfest im alten Rom,* in: *Narrenfreiheit: Beiträge zur Fastnachtsforschung*, hg. v. H. Bausinger u.a., Tübingen 1980, S. 29–42.

Fuhrmann, Manfred, *Wunder und Wirklichkeit–Zur Siebenschläferlegende und anderen Texten aus christlicher Tradition*, in: *Funktionen des Fiktiven* (Poetik und Hermeneutik 10), hg. v. Henrich und W. Isar, München 1983, S. 209-224.

Geiger, Ludwig, *Aus Göschens und Bertuchs Correspondenz*, in: GJb 2 (1881).

Genast, Eduard, *Tagebuch eines alten Schauspielers*, Leipzig 1862.

Genton, E., *Goethes Straßburger Promotion*, Basel 1971.
Giesecke, Ludwig, *Die geschichtliche Entwicklung des deutschen Urheberrechts*, Göttingen 1957 (Göttinger rechtswissenschaftliche Studien 22).
Goedeke, Karl, *Grundriß zur Geschichte der deutschen Dichtung*, Dresden 1901.
Goldfriedrich, *Buchhandel* : Johann Goldfriedrich, Geschichte des Deutschen Buchhandels, 3 Bde. (und 1 Reg. bd.), Leipzig 1908–1913(1923).
Goschen: *Das Leben Georg Joachim Göeschens von seinem Enkel Viscount Goschen*. Deutsche, vom Verfasser bearbeitete Ausgabe, übersetzt von Th. A. Fischer, 2 Bde., Leipzig: G. J. Göschen'sche Verlagshandlung 1905. –Ursprüngl. engl.: Viscount George Joachim Goschen, *The Life and Times of Georg Joachim Göschen, Publisher and Printer of Leipzig 1752 – 1828*, 2 Bde., London 1903.
Gruber, J. G., *C. M. Wielands Leben. Mit Einschluß vieler noch ungedruckter Briefe und einem Porträt Wielands*, Leipzig: Göschen 1827.
Grumach, *Müller: Kanzler von Müller. Unterhaltungen mit Goethe*. Kritische Ausgabe, besorgt v. Ernst Grumach, Weimar 1956.
Grumach, Ernst, *Prolog und Epilog im Faustplan von 1797*, Weimar 1952.
Habermas, Jürgen, *Strukturwandel der Öffentlichkeit*, Frankfurt am Main 1990.
Hagen, *Drucke: Die Drucke von Goethes Werken*, hg. v. Waltraud Hagen, Berlin 1971 (^{2}1983) (= eine überarb. und erw. Neuauflage von Hagen, *Gesamt- und Einzeldrucke*).
Hagen, *Werke*: Waltraud Hagen, *Goethes Werke auf dem Markt des deutschen Buchhandels. Eine Untersuchung über Auflagenhöhe und Absatz der zeitgenössischen Goethe-Ausgaben*, GJb 100 (1983).
Hecker, Max (Hg.), *Zelters Tod. Ungedruckte Briefe*, in: Jahrbuch der Sammlung Kippenberg, Bd. 7(1927/1928).
Hehn, Viktor, *Goethe und das Publikum. Eine Literaturgeschichte im Kleinen*, hg. v. E. Thurnher, Berlin 1988.
Herder, Johann Gottfried, *Briefe*, 14 Bde., hg. v. Karl Heinz Hahn, Weimar 1982.
Hesse, Hermann, *Ausgewählte Briefe*, Frankfurt am Main 1987.
Heuss, Theodor, *Von Ort zu Ort. Wanderungen mit Stift und Feder*, hg. v. Friedrich Kaufmann und Hermann Leins, Tübingen 1959.
Hof, Walter, *Goethe und Charlotte von Stein*, Frankfurt am Main 1979.
Humboldt, Wilhelm von, *Über Göthe's »Herrmann und Dorotea«*, in: Ästhetische Versuche. Erster Teil, Braunschweig 1799.
Jean Paul, *Vorschule der Ästhetik*, Hamburg 1804.
Kafka, Franz, *Briefe an Milena*, Frankfurt am Main 1966.

Kafka, Franz, *Gesammelte Werke*, hg. v. Max Brod [ohne Bandzählung], Briefe 1902–1924, Frankfurt am Main 1958, S.103.

Kahn-Wallerstein, Carmen, *Marianne von Willemer– Goethes Suleika*, Frankfurt am Main 1984.

Karthaus, Ulrich, *Friedrich Schiller,* in: *Genie und Geld. Vom Auskommen deutscher Schriftsteller*, hg. v. Karl Corino, Reinbek 1991.

Kippenberg, Anton, *Der Wandel der Faustgestalt bis zu Goethe,* in: *Reden und Schriften*, Wiesbaden 1952.

Kliemann, Horst (Hg.), *Stundenbuch für Letternfreunde*, mit einem Vorwort von Ernst Penzoldt, Berlin und Frankfurt am Main 1954.

Krippendorff, Ekkehart, *Wie die Großen mit den Menschen spielen. Versuch über Goethes Politik*, Frankfurt am Main 1988.

Kühn, Dieter, *Flaschenpost für Goethe*, Frankfurt am Main 1985.

Küntzel, Ulrich, *Die Finanzen großer Männer*, Berlin/Wien 1984.

Kurrelmeyer, Wilhelm, *Zu den Doppeldrucken von Goethes Werken*, in: MLN 27 (1912).

Kurrelmeyer, Wilhelm, *Doppeldrucke der Goethe-Ausgabe letzter Hand*, in: MLN 61 (1946).

Lohrer: Liselotte Lohrer, *Cotta Geschichte eines Verlags 1659–1959*, Stuttgart 1959.

Loram: Ian C. Loram, *Goethe and the Publication of his Works*, Diss. Yale University New Haven 1949.

Lüderssen, Klaus, *Notizen über Goethes Verhältnis zum Recht. Gedächtnisschrift für Peter Noll*, Zürich 1984.

Mann, Thomas, *Goethes Laufbahn als Schriftsteller. Zwölf Essays und Reden zu Goethe*, Frankfurt am Main 1982.

Markert: Karl Markert, *Goethe und der Verlag seiner Werke*, in: GJb 12 (1950).

Mayer, Hans, *Goethe*, Frankfurt am Main 1973.

Mayer, *Spiegelungen: Goethe im 20. Jahrhundert. Spiegelungen und Deutungen*, hg. v. Hans Mayer, Neuausgabe Frankfurt am Main 1987.

Merton, Robert K., *Auf den Schultern von Riesen. Ein Leitfaden durch das Labyrinth der Gelehrsamkeit*, übersetzt von Reinhard Kaiser, Frankfurt am Main 1983.

Mey, Hans Joachim (Hg.), *Im Namen Goethes. Der Briefwechsel Marianne von Willemer und Hermann Grimmm*, Frankfurt am Main 1988.

Milch, Werner, *Wandlungen der Faust-Deutung*, in: Zeitschrift für Deutsche Philologie 1951.

Mommsen, Katharina, *Goethe und die arabische Welt*, Frankfurt am Main 1988.

Mösr, Justus, *Von dem Faustrecht*, in: Osnabrückische Intelligenzblätter, April 1770.

Müller, Friedrich von / Reich-Ranicki, Marcel, *Betrifft Goethe. Rade (1832) und Gegenrede (1982)*, Zürich und München 1982.

Müller, Joachim, *Goethes >Trilogie der Leidenschaft<, –Lyrische Tragödie und >Aussöhnende Abrundung<*, in: Jahrbuch des Freien Deutschen Hochstifts 1978.

Muschg, Adolf, *>Die Aufgeregten< von Goethe. Politisches Drama in 40 Auftritten*, Zürich 1971.

Otto, Eckermann: Johann Peter Eckermann. *Gespräche mit Goethe in den letzten Jahren seines Lebens*, hg. v. Regine Otto, München ^{2}1984 (zuerst Berlin und Weimar 1982).

Perels, Christoph, *Leben und Rollenspiel. Marianne von Willemer, geb. Jung 1784 – 1860*, Ausstellungskatalog, Frankfurt am Main: Freies Deutsches Hochstift / Goethe-Museum 1984.

Perels, Christoph, *Unmut, Übermut und Geheimnis*, in: Jahresgabe 1987/88 des Ortsvereins Hamburg der Goethe-Gesellschaft in Weimar.

Plenzdorf, Ulrich, *Die neuen Leiden des jungen W.*, Frankfurt am Main 1973.

QuZ: *Quellen und Zeugnisse zur Druckgeschichte von Goethes Werken*, 4 Bde. hg. vom Institut für deutsche Sprache und Literatur der Deutschen Akademie der Wissenschaften zu Berlin, bearb. v. Waltraud Hagen (Bd.1) bzw. hg. vom Zentralinstitut für Literaturgeschichte der Akademie der Wissenschaften der DDR (Bde. 2–4), bearb. v. Waltraud Hagen (Bd. 2), Edith Nahler und Horst Nahler (Bd.3) und Inge Jensen (Bd.4), Berlin 1966 –1986 (Bd.1 = Ergänzungsband 2 zur Akademie-Ausgabe).

Schadewaldt, Wolfgang, *Faust und Helena. Zu Goethes Auffassung vom Schönen und der Realität des Realen im Zweiten Teil des >Faust<*, in: DVjS 30 (1956).

Schimmel, Annemarie, *Mystische Dimensionen des Islam*, Aalen 1979.

Schlaffer, Heinz, *Faust Zweiter Teil. Die Allegorie des 19. Jahrhunderts*, Stuttgart 1981.

Schmidt: Karl Schmidt, *Schillers Sohn Ernst*, Paderborn 1893.

Schneider, Hermann, *Urfaust? Eine Studie*, Tübingen 1949.

Schönberger, Otto, *»Dichtung und Liebe«. Zu Goethes Gedicht »Das Tagebuch«*, in: Jahrbuch des Freien Deutschen Hochstifts (1988).

Schöne, Albrecht, *Goethes Farbentheologie. Mit einem Anhang »Goethes*

Gedichte zur Farbenlehre≪, München 1987.
Schubarth, Karl Ernst, *Zur Beurteilung Goethes mit Beziehung auf verwandte Literatur und Kunst*, Breslau 1818.
Schuchardt, Christian (Hg.), *Goethe's Kunstsammlungen*, 3 Bde., Jena 1848/49, Nachdruck in einem Band: Hildesheim und New York 1976.
SNA: *Schillers Werke. Nationalausgabe*, hg. im Auftrag der Nationalen Forschungs-und Gedenkstätten der klassischen deutschen Literatur in Weimar (Goethe-und Schiller-Archiv) und des Schiller-Nationalmuseums in Marbach, 43. Bde. geplant, Weimar 1943ff. [sog. *Schiller-Nationalausgabe*].
Staiger, Emil (Hg.), *Der Briefwechsel zwischen Schiller und Goethe*, Frankfurt am Main 1966.
Steinhilber: Hans-Dieter Steinhilber, *Goethe als Vertragspartner von Verlagen*, Diss. Hamburg 1960.
Ungern-Sternberg, *Schriftsteller*: Wolfgang von Ungern-Sternberg, *Schriftsteller und Literarischer Markt*, in: Hansers Sozialgeschichte der deutschen Literatur, Bd. 3, München 1980.
Unseld, Joachim, *Franz Kafka. Ein Schiriftstellerleben. Die Geschichte seiner Veröffentlichungen*, mit einer Bibliographie sämtlicher Drucke und Ausgaben der Dichtungen Franz Kafkas 1908–1924, Frankfurt am Main 1984.
Unseld, Siegfried, >*Das Tagebuch*<. *Goethes und Rilkes* >*Sieben Gedichte*<, Frankfurt am Main 1978.
Unseld, Siegfried, *Der Autor und sein Verleger*, Frankfurt am Main 1978.
Unseld, Siegfried, *Goethes Gedicht* >*Gegenwart*<, in: Frankfurter Anthologie 10, Frankfurt am Main 1986.
Varnhagen von Ense, Karl August, *Denkwürdigkeiten des eignen Lebens I– III* (*Werke*, Bde. 1–3), hg. v. Konrad Feilchenfeldt, Frankfurt am Main 1988.
Vaternahm: Otto Friedrich Vaternahm, *Goethe und seine Verleger*, Diss. Heidelberg 1916.
Vulpius, Walther, *Das Stammbuch von August von Goethe*, in: Deutsche Rundschau, Bd. 68 (1891).
Wagner, Karl (Hg.), *Briefe an und von Johann Heinrich Merck*, Darmstadt 1838.
Walser, Martin, *In Goethes Hand. Szenen aus dem 19. Jahrhundert*, Frankfurt am Main 1984.
Walser, Martin, *Liebeserklärungen*, Frankfurt am Main 1983.
Widmann, *Buchhandel*: Hans Widmann, *Geschichte des Buchhandels*, Wiesbaden 1975.
Wiese, Benno von, *Die deutsche Tragödie von Lessing bis Hebbel*, Hamburg

1948.

Witkowski: Georg Witkowski, *Geothe und seine Verleger*. Vortrag in: Börseblatt 72 (1906). –Wiederabdruck in: Georg Witkowski, *Miniaturen*, Leipzig 1922.

Wittmann, Reinhard, *Die Buchhändler sind alle des Teufels. Goethe und seine Verleger*, in: Börsenblatt 27. / 30. 3. 1982.

Wolzogen, *Schiller*: Caroline von Wolzogen, *Schillers Leben*, verfaßt aus Erinnerungen der Familie, seinen eigenen Briefen und den Nachrichten seines Freundes Körner, 2 Bde., Stuttgart 1830.

略 語

AGB: *Archiv für Geschichte des Buchwesens.*

CG: *Corpus der Goethezeichnungen. Bearbeitet von Gerhart Femmel. 7 Bde. (in 10)*, Leipzig 1958–1973.

DVjS: *Deutsche Vierteljahrsschrift für Literaturwissenschaft und Geistesgeschichte.*

FDH: *Freies Deutsches Hochstift / Goethe-Museum*, Frankfurt am Main.

GJb: *Goethe Jahrbuch / Jahrbuch der Goethe-Gesellschaft.*

GMD: *Goethe-Museum*, Düsseldorf.

GNM: *Goethe-Nationalmuseum* in der SWK, Weimar.

GSA: *Goethe-und-Schiller-Archiv* in der SWK, Weimar.

MLN: *Modern Language Notes.*

SNM: *Schiller-Nationalmuseum* (mit Cotta-Archiv), Marbach a. N.

SWK: *Stiftung Weimarer Klassik*, Weimar.

注

出典の表示は，略称を用いてごく簡潔にしるしてあるので，著者名・書名・発行地・発行年などの詳細は巻末の「参考文献目録」を参照のこと．「注」にのみ現れる参考文献は当該箇所で原語どおりの記載を原則とした．ゲーテの全集の表示は，『記念版』，『ヴァイマル版』，『フランクフルト版』など通称を用いたが，そのほか『若いゲーテ』（DjG）や『文学論集』（SzL）など，また『シラー全集』（SNA）は，検索の便宜を考えて欧文略語表示を添えたものもある．なお，『ゲーテ著作の印刷史のための資料と証言』は頻出するので欧文略語《QuZ》を用いた．

まえがき

1．R. K. マートン『巨人の肩に乗って』2頁，なお，本書288頁および第4章「注41」も参照．

2．『記念版』第16巻248頁．

序　論

1．ツェルター宛，1826年8月26日，『ヴァイマル版』第4部第41巻129頁．

2．ブレヒト『ガリレイの生涯』，『ベルリン＝フランクフルト注釈版全集』第5巻282頁参照．ブレヒトが主人公ガリレイに何気なく言わせているこの言葉は，「神聖なもの」と「商品」とを結び合わせた逆説性ゆえに，「本」の定義として，これ以上望めないほど見事で，的確なものとなっている．

3．アドルノ『回想のペーター・ズーアカンプ』11頁以下．

4．ゲーテ宛，1802年3月17日，『シラー全集』（SNA）第39巻の1，216頁．コッタ文書館蔵書展目録『ゲーテとコッタ』（《Marbacher Magazin》1976年第1号）において，作成者D. クーンが報告している．

5．〔訳者注〕シラー宛，1802年3月19日．

6．1932年トーマス・マンがヴァイマルで行なった講演『作家としてのゲーテの生涯』《*Goethes Laufbahn als Schriftsteller. Zwölf Essays und Reden Zu Goethe*》39頁．

7．同上，40頁．

8．エッカーマン『ゲーテとの対話』1830年3月14日（10日），『記念版』第24巻732頁以下，およびゲーテの『ホーレン』寄稿論文『文学のサンキュロット主義』（1795）中の「ドイツの作家」についての記述，『文学論集』（SzL）

第1巻15頁参照.

9.『詩と真実』第4部第19章,『フランクフルト版』第1部第14巻834頁.

10.『詩と真実』第4部第17章, 同上, 773頁.

11.『詩と真実』第3部第13章, 同上, 641頁.

12. J. G. ツィンマーマン, 1775年1月19日付, ボーデ『書簡集』第1巻101頁.

13. 18世紀70年代に父カスパルが資産から毎年2700グルデンの収入を得ていたとすれば, ゲーテが1776年1月から6月の半年分としてアウグスト公のお手許金から支払われた600ターラーは, ひじょうに少額というわけではない. 当時ザクセンターラーはほぼ2フランクフルトグルデンに相当し, したがって1200グルデンとなるからである. おまけにゲーテは無料の住居のほか, イルム河畔に家具付きの庭の家（ガルテンハウス）を与えられていた. 当時と今日の貨幣価値を比較するのは困難であるが, 1ターラーが40マルク（したがって, 1グルデンが20マルク）に相当するという見方がある. R. ヴィットマン『本屋などみんな悪魔に食われてしまえ！　ゲーテと出版者』,《Börsenblatt》紙1982年3月27-30日, および Ul. キュンツェル『偉人たちの財政』を参照.

14. この時期のゲーテの資産総額を正確に評価するためには, 地所（5000ターラー相当）および彼の膨大な芸術品コレクションの資産価値も計算に入れなければならない. Ul. カルトハウス『フリードリヒ・シラー』, K. コリーノ編『天才と金銭. ドイツの作家たちの生計』（ラインベック　1991）153頁, および同書140-50頁の V. ボーン『ゲーテの収入状況』を参照.

15.〔訳者注〕シラーからコッタ宛, 1802年5月18日.

16.『詩と真実』第3部第12章.『フランクフルト版』第1部第14巻563頁.

第1章

1.『詩と真実』第2部第7章,『フランクフルト版』第1部第14巻324-326頁.

2.『ハンブルク版書簡』第1巻166頁以下.

3.『フランクフルト版』第1部第1巻1263頁.

4.『詩と真実』第2部第6章, 同上, 第1部第14巻266頁.

5.『詩と真実』第3部第13章, 同上, 623頁.

6.『フランクフルト版』第1部第24巻415頁以下. 同第1部第4巻686頁以下および第5巻1148頁以下も参照.

7. 同上, 第1部第14巻325頁および326頁. ゲーテはベーリッシュの清書による私家版詩集『アネッテ』は失われたと思っていたが, ヴァイマルの女官ルイーゼ・フォン・ゲヒハウゼンの遺品中から発見され, 1896年『ヴァイマル版』第37巻に収録される. その後, 復刻本（ファクシミリ）が出版されて

いる．《*Annette, Leipzig 1767. Von Ernst Wolfgang Behrisch geschriebene Liedersammlung des Leipziger Studenten Goethe*》, Leipzig 1923; eine zweite Faksimile-Ausgabe, Insel Verlag Frankfurt am Main 1965.

8．『詩と真実』第2部第7章，『フランクフルト版』第1部第14巻309頁．

9．『フランクフルト版』第1部第1巻729頁参照．

10．同上，729–734頁参照．

11．オットー編『エッカーマン』41頁．

12．A. Ch. バトゥー（1730–1780）は，フランスの美学者，文芸批評家．その文学論《*Traité sur les Beaux-Arts réduits à un même principe*》(1746）における模倣（ミメシス）論は当時の文学理論の基準とされ，ゴットシェートに影響を与える．1751年 J. A. シュレーゲルにより《*Einschränkung der schönen Künste auf einen einzigen Grundsatz*》として独訳される．なお，同書の1759年版がゲーテの父カスパルの蔵書のなかにあった．

13．『ハンブルク版書簡』第1巻101頁．『フランクフルト版』第1部第1巻95頁も参照．

14．『新年の歌』，『フランクフルト版』第1部第1巻81頁．

15．同上，96頁．

16．印刷された法律得業士論文の表題は次のとおり．《*Postiones juris quas auspice deo inclyti jureconsultorum ordinis consensu pro licentia summos in utroque jure honores rite consequendi in alma Argentinensi die VI. Augusti MDCCLXXI. h. l. q. c. publice defendet Johannes Wolfgang Goethe Moeno-Francofurtensis. Argentorati ex Officina Johannis Henrici Heitzii, Universit. Typographi*》

17．W. v. ウンゲルン＝シュテルンベルク『作家』133–185頁，および J. ゴルトフリードリヒ『書籍出版販売業』第3巻187頁および204頁以下参照．出版者 F. J. エッケブレヒトの報告によれば，1779年には「正価取引の」書店が70軒あった．1791年には，総計398社の出版社のうち29社がライプツィヒの書籍見本市で出版業を専業とする会社の代表となっていた（ヴィートマン『書籍出版販売業』104頁以下参照）．90年代になって書籍販売業が広く出版業から分離しはじめた．次の書を参照．Hans Gerth: *Bürgerliche Intelligenz um 1800. Zur Soziologie des deutschen Frühliberalisumus*, hg. v. Ulrich Herrmann, Göttingen 1976, S. 100.

18．ウンゲルン＝シュテルンベルク前掲書，173頁．

19．『フランクフルト版』第1部第14巻289頁以下．

20．『ベルリン版』第7巻834頁．

21．同上，835頁．ユストゥス・メーザー「自力防衛権（ファウストレヒト）について」は『オスナブリュック広報新聞』(1770年4月）に掲載．

22．『ゲッツ』の編纂史については H. ブロイミング＝オクターヴィオ《ゲ

ーテの『ゲッツ・フォン・ベルリヒンゲン』の初版》(1923) を参照.

23.『フランクフルト版』第1部第14巻620頁以下.

24. 同上，第1部第4巻248頁.

25. 同上，713頁.

26.『詩と真実』第3部第12章，『フランクフルト版』第1部第14巻550頁以下.

27.『詩と真実』第3部第15章，同上，721頁.

28.『神の最新の啓示に対する序曲』(《*Prolog zu den neuesten Offenbarungen Gottes*》, verdeutscht durch Dr. Carl Friedrich Bahrdt, Gießen 1774). 神学教授 C. F. Bahrdt を揶揄した笑劇の小編で，これも実際はダルムシュタットのメルクとの共同による自費出版であり，発行地 Gießen は訳者とされる Dr. Bahrdt の居住地.

29. D. ブロイアー『ドイツ文芸書検閲史』143頁. なお，18世紀における検閲については次の書を参照. H. H. Houben: *Verbotene Literatur*, 2 Bde., Berlin 1920, Bremen 1928 , und *Der ewige Zensor*, Kronberg 1978.

30.『フランクフルト版』第1部第1巻155頁以下.

31.『ヴァイマル版』第4部第2巻98頁.

32.『フランクフルト版』第1部第14巻563頁以下.

33. こうした事情については次の書を参照. H. G. Göpfert : Artikel《*Buchhandel*》in Bd.1 des *Reallexikons der deutschen Literaturgeshichte*. Ungern-Sternberg: *Schriftsteller*, S. 176-202. G. Berg: *Selbstverlagsidee bei deutschen Autoren im 18. Jahrhundert*, in: Ausgabe 6 (1966), Sp. 1371-1396.

34. J. ゴルトフリードリヒ『ドイツ書籍出版販売の歴史』第3巻126頁.

35.『フランクフルト版』第1部第4巻780頁以下.

36. *De la littérature allemande*, Berlin 1780 (Leo Schidrowitz: *Der unbegabte Goethe*, o. O. u. J., S.13).

37.『ゲッツ』の同時代の反響および演出史についてはD. ボルヒマイアーの解説（『フランクフルト版』第1部第4巻780-794頁）を参照.

38.『ミュンヘン版』第5巻122頁以下.

39. 1774年にはライプツィヒで笑劇『神々，英雄，ヴィーラント』がいくつかの版で出版されている. J. M. R. レンツの強い勧めに応じたものだが，印刷はライン河畔ケールでなされた.

40. 例えば101頁では härine とすべきところ härne となっている. W. ハーゲン『ゲーテの作品の印刷』110-118頁参照.

41. W. ベンヤミン『全集』第2巻の2，703頁以下.

42.『ヴェルター』の影響が今日まで及んでいる例として，プレンツドルフ『若いWの新しい悩み』(1974) が挙げられるが，そのポケットブック版

(1983) は出版後10年間で100万部に及ぶベストセラーとなった．『ヴェルター』影響史については次を参照のこと．Hermann Blumenthal: *Zeitgenössische Rezensionen und Urteile über Goethes <Götz> und <Werther>*, Berlin 1935. Georg Jäger: *Die Werther-Wirkung. Ein rezeptionsästhetischer Modellfall*, in: *Historizität in Sprach- und Lietraturwissenschaft*, hg. v. Walther Müller-Seidel, München 1974, S. 389–409. Georg Jäger: *Die Leiden des alten und neuen Werther. Kommentare, Abbildungen, Materialien*, München 1984.

43．H. ブルーメンベルク『エピゴーネンの聖地詣で』,《*Akzente*》誌第37号所収, 272–282頁.

44．R. フリーデンタール『ゲーテ．その生涯と時代』162頁.

45．『ヴェルター』の印刷史については『ヴァイマル版』所収 B. ゾイフェルトの解説（第1部第19巻312頁以下）を参照.

46．ヴェツラル近郊の小村でガルベンハイムのこと.

47．『フランクフルト版』第1部第2巻456頁以下.

48．ボーデ編『書簡』第1巻69頁.

49．1775年8月のヨハンナ・ファルマー宛の手紙,『ヴァイマル版』第4部第2巻284頁.

50．『若いゲーテ』(DjG) 第5巻263頁.

51．『詩と真実』第4部第20章,『フランクフルト版』第1部第14巻843頁.

52．『フランクフルト版』第1部第4巻774頁.

53．『詩と真実』第4部第16章, 同上, 第1部第14巻733頁以下.

54．ヘッカー編『箴言と省察』62番.

55．『フランクフルト版』第1部第4巻631頁.

56．ハンス＝J. ヴァイツ編『西東詩集』78頁.

57．L. ヴィトゲンシュタインがルードヴィヒ・フォン・フィッカーに宛てた未発表の手紙．William Bartley III により伝えられたもの．《*Wittgenstein, ein Leben*, München 1983》50頁.

58．ミュリウスのこの手紙は次の書に所収．K. ヴァーグナー編《*Briefe an und von Johann Heinrich Merck*, Darmstadt 1838》53頁以下.

第2章

1．G. J. ゴッシェン『ゲオルク・ヨアヒム・ゲッシェンの生涯』第1巻105頁．原著の英語版については巻末の参考文献目録を参照のこと.

2．同上, 第1巻102頁.

3．1783年9月3日．『フランクフルト版』(第1部第1巻268頁) による引用.

4．W. フラッハ編『ゲーテの公務上の文書』第1巻241頁.

5．『ゲーテ＝アウグスト公往復書簡』第１巻12頁．

6．J. A. v. ブラディシュ『ゲーテの官吏としての履歴』70頁参照．

7．ゲーテのアメリカ独立への共感は，例えば次のような発言に表れている．「もし私たちが20年若かったら，北アメリカへと航海したのに」（宰相ミュラーによる，1819年５月10日）．「30年前に何人かの友人とアメリカに行っていたら，いったいどうなっただろうね…？」（ボアスレー宛，1819年８月２日）あるいは『修業時代』のなかの有名な言葉．「僕は帰国する．そして，僕の家のなかで，果樹園のなかで，僕を囲む家族にむかって，言おう．〈ここがアメリカ，ほかにはけっしてない！〉」『ミュンヘン版』第５巻433頁．

8．シャルロッテ・フォン・シュタイン宛，1782年６月13日，『ヴァイマル版』第４部第５巻341頁．

9．同上，第４部第６巻232頁．

10．W. フラッハ編前掲書，第１巻204頁および412-436頁．

11．同上，第１巻74頁以下，115頁以下および245頁以下．

12．『ハンブルク版書簡』第１巻316頁．

13．『ヴァイマル版』第４部第５巻308頁．

14．『フランクフルト版』第１部第25巻311-321頁．

15．『ハンブルク版書簡』第１巻199頁．

16．シャルロッテ・フォン・シュタイン宛，1783年８月10日，『ヴァイマル版』第４部第６巻39頁．

17．J. W. ブラウン編『同時代人の判断におけるゲーテ』第１巻398頁以下．

18．K. R. アイスラー『ゲーテ．精神分析学的研究1775-1786年』（全２巻）．1963年にアメリカで出た本書のドイツ語訳が出版されたのは20年後の1983年，しかも不思議なことに1986年までほとんど注目されなかった．改訂版『ハンブルク版』の文献目録にアイスラーの名前は出てこないし，また，K. O. コンラーディやA. シェーネの最近の著作にもこの研究についての言及はない．私は第１巻を読んでみたが，たいして得るところはなかった．アイスラーの分析の中心にあるのはゲーテの妹コルネリアに対する関係である．すなわち，近親相姦というタブー，所有欲，罪悪感に苛まれるこの兄妹愛こそ性愛の観点から見たゲーテの人生の秘密を解く鍵である，つまり，そもそも性交渉がタブー，結婚が不可能な女性になぜ彼が繰り返し惚れたのかの理由が，いや彼の詩的ファンタジーのそもそもの起源がこの点にある，とアイスラーは説明する．シュタイン夫人との関係に彼は「患者であり分析者である状況の特性」を見て，なんのためらいもなくシュタイン夫人を「無性欲」「不感症」の女性であるとし，繰り返しコルネリアと比較しては，この二人の女性はどちらも夫と同じ問題をもったであろう，と述べるのである．いったい，アイスラーはどうしてそんなことを知っているのか．どうして，38歳のゲーテがローマでインポテンツを克服して初めての性体験をすることができた，などと．アイスラーは最低の駄

洒落をも辞さない．例えば，ゲーテの「イタリアへ (gen Italien)」の旅は「生殖器へ（＝Genitalien)」の旅，といった有様である．このようなのぞき見趣味的な観点をとるべきではない．――アイスラーが断定している箇所では，私はつねに疑念をいだいてしまうのである．

19．J. ペーターゼン編『ゲーテのシャルロッテ・フォン・シュタイン宛書簡』（全３巻）第１巻301頁以下．第１巻の付録としてシュタイン夫人からツィンマーマンに宛てられた２通の手紙が掲載されているが，ツィンマーマンに付された注のなかで解説がなされている．

20．『ヴァイマル版』第１部第53巻393頁．

21．『フランクフルト版』第１部第１巻250頁．

22．『ハンブルク版書簡』第１巻233頁．

23．同上，239頁．

24．J. フレンケル編『ゲーテのシャルロッテ・フォン・シュタイン宛書簡集』第１巻５頁．

25．『イタリア旅日記』，1775年10月30日，『ヴァイマル版』第３部第１巻８頁以下．

26．『フランクフルト版』第１部第２巻409頁．

27．同上，第１部第４巻446頁．

28．ミュラーが ユーリア・フォン・エーグロフシュタインに宛てた手紙(1823年９月19日)，E. グルマッハ『ミュラー』300頁．

29．『ヴァイマル版』第３部第１巻51頁．

30．『フランクフルト版』第１部第１巻608頁．

31．ツィンマーマン宛，1776年３月８日，ボーデ編『書簡』第１巻169頁．

32．『フランクフルト版』第１部第１巻230頁．

33．『ヴァイマル版』第４部第３巻45頁以下．

34．ミゼル（Misel）はエルザス方言 mûs（子ねずみ）の縮小語で，「かわいい少女・娘」の意．

35．カフカ『ミレナへの手紙』199頁．

36．『フランクフルト版』第１部第１巻229頁．

37．ゲーテは1778年５月15日から20日までベルリンに滞在した．したがって，ベンヤミンが『新ロシア大百科事典』の「ゲーテ」の項で「そういうわけでゲーテはベルリンには一度も足を踏み入れなかった」としるしているのは思い違いである．この経緯については次の書の R. ティーデマンの注釈を参照．『ヴァルター・ベンヤミン全集』第３巻の２，1465頁以下．

38．『イタリア旅日記』，『ヴァイマル版』第３部第１巻227頁．

39．同上，227頁．

40．シャルロッテ・フォン・シュタイン宛の手紙（ヴァイマル，1776年６月29日付）中にしるされた詩，『フランクフルト版』第１部第１巻231頁参照．

41. 1776年7月22日付でイルメナウから発信された手紙に添えられた詩，同上，232頁参照.

42.『シュタイン夫人のための…（略）…イタリア旅日記』.

43.《Schicksal der Handschrift 》zur《*Metamorphose der Pflanzen*》,『フランクフルト版』第1部第24巻414頁以下参照.

44.『フランクフルト版』第1部第1巻589頁.

45. 宰相ミュラーの報告. グルマッハ前掲書，334頁より引用.

46.『フランクフルト版』第1部第2巻702頁および「成立史」(1219–1222頁) 参照.

47.《『遍歴時代』に対する好意的関与》,『文学論集』(SzL) 第3巻305頁.

48.『フランクフルト版』第1部第14巻842頁. ゲーテはこの箴言を「魔神的なもの (das Dämonische)」の定義と関連づけて述べている.「しかし，魔神的なものが最も恐ろしい現象となるのは，それが誰かひとりの人間に圧倒的な力をもって現れる場合である. これまでの人生において私は，ある時は近くで，ある時は遠くから，そうした人々を何人か観察することができた. 彼らは，知力の点でも才能の点でも，必ずしも最もすぐれた人物であるとは限らないし，また，善意が取り柄の人物であることも稀である. しかし，彼らは巨大な力の発信源となり，その信じられないほどの大きな力を，あらゆる被造物のみならず，四大（エレメント）にさえも及ぼすのである…（略）…彼らに匹敵する人物が同時に見いだされることは稀か，皆無である. 彼らに打ち勝つことができるのは，彼らが闘いを挑む宇宙そのものをおいてほかにはない. そして，このようなことが実際に観察されたことから,〈神にあらざれば，何者も神に抗うことはなしえず〉というあの奇妙な，しかし恐ろしい箴言が生じたのであろう.」『詩と真実』の第3部までは，それぞれ冒頭にモットーが掲げられているが，ゲーテの死後，1833年に出版された第4部だけはモットーがない. 編集に携わったエッカーマン，リーマー，宰相ミュラーらがモットーを掲げようと思ったのは，リーマーの記憶では，それがゲーテの考えでもあったからである. リーマーの手記によれば，ゲーテは1807年5月16日，草稿に <Nihil contra deum nisi deus ipse!> と書きとめ,「神にあらざれば，何者も神に抗うことはなしえず」という字義どおりの解釈に対して,「神は神によってしか相拮抗しえない」という意訳を提案した. リーマーの日記によれば，1810年7月3日，ゲーテは次のように付言した.「じつに素晴らしい箴言で，限りなく応用が可能だ. 神はつねに自分自身と向かい合っている. 人間のなかに現れた神は，人間のなかで，再び自分自身と向かい合うのである.」

49. R. フリーデンタール『ゲーテ. その生涯と時代』262頁.

50. J. ペーターゼン編『ゲーテのシャルロッテ・フォン・シュタイン宛書簡』の序文より.

51. 1784年から85年にかけて成立.『ヴァイマル版』第1部第16巻169–

183頁.

52.『フランクフルト版』第1部第1巻9頁以下．アイブルの注釈については747頁以下を参照.

53. 1937年，ナチスはミューズの園エッタースブルク城の近くにブーヘンヴァルト強制収容所を建設した．1938年5月初めから8月末までこの収容所に囚われていたエルンスト・ヴィーヒェルトは戦後，この獄中体験を『死者の森』として書く．そのなかで彼は二度，あの「樫の木」のもとを散歩するゲーテとシュタイン夫人の姿に思いを馳せ，それとなく示している．Ernst Wiechert: *Der Totenwald*, Zürich 1946, dann Berlin 1963.

54.『ヴァイマル版』第3部第1巻113頁.

55. カロリーネ・ヘルダーは，1789年3月20日付夫宛の手紙で，ゲーテが『タッソー』の「本当の意味」をこのように語った，と報告している.

56. アウグステ・シュトルベルク伯爵夫人宛，1775年9月19日，『若きゲーテ』(DjG) 第5巻260頁.

57. “Aequam memento［rebus in arduis servare mentem]”『ヴァイマル版』第3部第1巻13頁.

58.『フランクフルト版』第1部第5巻603頁，詩行1652.

59. 同上，第1部第1巻229頁以下および注釈参照.

60.『ハンブルク版書簡』第1巻212頁.

61.『フランクフルト版』第1部第1巻230頁以下，詩行27–36.

62. 同上，詩行39–48.

63. 同上，詩行51以下.

64. ヘーン (Viktor Hehn)《*Über Goethes Gedichte*, Stuttgart/Berlin 1911》，125–129頁.

65. A. シェル編《*Göthe's Briefe an Frau von Stein aus den Jahren 1776–1826*》，ヴァイマル，発行年次記載なし．1700通の手紙ないし使いの者を介してお互いに届け合った短い文（ふみ），それらに添えられた数々の詩，これらすべての書類は1806年シュタイン家が略奪に遭ったさい，掻き回されてごっちゃになってしまった．シャルロッテはこれらの手紙類を息子のフリッツに，フリッツは甥のカール・フォン・シュタインに遺贈，そしてこの甥から最終的にザクセン大公夫人へと遺贈される．大多数の詩は同時代の人々が知らないものばかり，また，ゲーテのシュタイン夫人との関係がどの程度のものであったのかも不明であった．彼女には率直に心情を告白したゲーテも，同時代の人々に対しては自分たちの関係を覆い隠した．シュタイン夫人のことになるとエッカーマンにもその他の話し相手にも口をつぐんだのである．1886年になってやっと，W. フィーリッツ，H. デュンツァーやJ. ヴァーレらによる調査研究を踏まえて，E. シュミットがこれらの遺稿を『ヴァイマル版』の第4部に編纂するに至った．これにもとづき1907年J. ペーターゼンが『ゲーテのシャルロ

ッテ・フォン・シュタイン宛書簡集』（全3巻）を編纂，こうして初めてこれらの手紙は一般に好んで読まれるようになった．

66．『フランクフルト版』第1部第1巻240頁および311頁．

67．『始原の言葉・オルペウスの教え（*Urworte. Orphisch*）』，同上，第1部第2巻501頁．

68．同上，第1部第1巻302頁．

69．同上，966頁．

70．『ハンブルク版書簡』第3巻426頁．

71．『フランクフルト版』第1部第2巻473頁．

72．同上，473頁以下．

73．『文学論集』（SzL）第1巻251頁．

74．同上，255頁．

75．『ヴァイマル版』第3部第1巻74頁．

76．『フランクフルト版』第1部第5巻116頁．

77．『ヴァイマル版』第1部第5巻の1，265頁．

78．同上，第1部第42巻の2，57頁．《*Wiederholte Spiegelungen*》

79．シャルロッテ・フォン・レンゲフェルト宛，1786年12月25日，ボーデ編『書簡』第1巻325頁．

80．『ハンブルク版書簡』第2巻9頁．

81．『ヴァイマル版』第4部第8巻14-16頁．

82．同上，16頁以下（《QuZ》第1巻34頁以下）．

83．ビーダーマン『ウンガー』のほか次の書を参照．《*Johann Friedrich Unger. Denkmal eines berlinischen Künstlers von seinem Sohne*》, Berlin 1805 (Neuauflage 1926).

84．『フランクフルト版』第1部第1巻547頁．

85．『ヴァイマル版』第3部第1巻77頁．

86．同上，第1部第20巻41頁．

87．同上，第1部第53巻299頁．

88．E. グルマッハ『ミュラー』141頁．

89．Gustav Bohadti: *Friedrich Johann Justin Bertuch*, Berlin 1970, S. 26.

90．『ヴァイマル版』第4部第8巻282頁以下．

91．J. G. グルーバー『C. M. ヴィーラントの生涯』第4部第7巻13頁以下．

92．G. J. ゴッシェン前掲書，第1巻106頁以下．

93．『ヴァイマル版』第4部第7巻237頁．

94．《QuZ》第1巻203-205頁参照．このとき交わした契約書の全文が掲載されている．

95．発行者は Siegmund Frhr. von Bibra．引用は《Quz》第1巻22頁による．

96．《Quz》第1巻23頁以下．

97. ヴィーラント宛，1787年1月17日，《QuZ》第1巻58頁．なお，「ガイスラー・ジュニア」とは娯楽小説作家の Adam Friedrich Geißler (1757–1800) のこと．

98. W. ハーゲン『ゲーテ全集の印刷』100頁参照．販売結果の概要は次のようになっている．

	配本部数	返本部数	売却部数
第1巻—第8巻（予約注文による）	692冊（うち80冊は献本）	9冊	603冊
第1巻—第4巻	602冊	66冊	536冊
第5巻	518冊	40冊	478冊
第8巻	417冊	—	417冊

99.『ヴァイマル版』第4部第8巻344頁．

100. 同上，282頁以下．

101.『文学論集』(SzL) 第1巻12頁．

102. C. A. ベッティガー宛，1797年6月2日，『ヴァイマル版』第4部第12巻135頁．

103. J. W. ブラウン編『同時代人の判断における』第2巻2頁以下．

104. ペーターゼン編前掲書，第2巻393頁．

105. 多くの著者にとって校正は苦痛である．書いたものは執筆のさいなじんでいた原稿の形から離れ，組版によってすっかり感じが変わってしまっているし，おまけにしばしば校正刷り自体が読みにくい．書かれたものがその著者から離れる第一歩が踏み出されたわけである．私はあるときハイナー・ミュラーに，ゲーテが自分の作品の校正刷りを読むのを嫌ったどころか拒否さえしたと話して聞かせると，驚いたことに彼はこう答えたのである．私も同じように嫌いでならないが，私の場合は自分で校正を読むしかない．なにしろ私には代わって校正を引き受けてくれるヘルダーみたいな人物はいないからだ．ゲーテにあっては，とミュラーは先を続け，校正刷りを読むということは，組版されて活字化された原稿はいわば亡骸だという意識があり，ゲーテが人の葬式に出席するのを嫌ったのと同じなのだ，と言ったのである．じっさい，ゲーテは葬儀への参列を嫌った．「天上の序曲」で彼は，「亡骸なんていうのは真っ平ごめんですよ／猫が死んだ鼠を相手にしないのと同じですよ」，とメフィストに言わせている．(『記念版』第5巻151頁) また，J. D. ファルクとの対話にもこうある．「葬列は私が好むものではない」(1813年1月25日)．

106.『ヴァイマル版』第1部第19巻325–327頁には，この相違についての詳細な説明がなされている．さらに，W. ハーゲン『ゲーテ全集の印刷』6頁も参照のこと．

107.『ヴァイマル版』第1部第19巻331頁参照．新版編纂のさい，初版と再版のどちらを底本とすべきか，という問題は，今後もほとんど解決しえない

であろう．いかに対処すべきかについては，今日の私たちは「かすかに感じ取る」，つまり〈erahnen〉または〈erahnden〉するより仕方がないのではないか．1787年ゲーテは〈ahnden〉〈Ahndung〉と書いたが，ヴァイマルでは現代風の〈ahnen〉〈Ahnung〉を用いた．当時の雰囲気からすると〈Ahndung〉が正しいにしても，今日の読者なら〈Ahnung〉のほうを好むかもしれない．しかし読者にしても，「結婚する」という動詞が〈heurathen〉ないし〈heuraten〉なのか，または〈heirathen〉なのかという問題に対する編集者の苦労を解する気持ちを，できるものならもってほしいものである．「僕は感ずる」を切迫感のある〈ich fühl's〉とすべきか落ち着きのある〈ich fühl es〉とすべきか．初版に頻出する省略符を付けたつづり方によって作品世界の事件の切迫性が表現されていることは明白である．1824年，ヴァイガント社刊『記念版』(1825) の表題をゲーテが自ら訂正して以来，二格語尾の s を省いた《Die Leiden des jungen Werther》が定着した．1824年１月２日，ゲーテはエッカーマンに語っている．「あのなかには，私の胸のうちが，数限りない感情や思いが盛られているので，内容としてはこの本の10冊分にも相当するものなのだ…（略）…あれは，まったく危険な火矢だ．」ゲーテの出版に携わる編集者にとっても，確かにこの作品の本文（ほんもん）は危険な火矢なのである．

108．この18世紀のいわゆる《Duden》は1778年にライプツィヒのヴァイガント書店から出版された．《*Vollständige Anweisung zur Deutschen Orthographie, nebst einem kleinen Wörterbuche für die Aussprache, Orthographie, Biegung und Ableitung*》Von Johann Christoph Adelung, Curfürstl. Sächs. Hofrath und Ober-Bibliothecarius in Dresden. ゲーテは原稿を書き写すさいの統一のためにこの字書を使うことを定めたのだが，私の知る限りでは，彼はアーデルングについても彼の著書についても一度も言及していない．

109．L. ブルーメンタール《*Die Tasso-Handschriften*》『ゲーテ年鑑』第12巻（1951）89–125頁．

110．『第二次ローマ滞在』の1788年３月の「通信」参照．

111．『フランクフルト版』第１部第24巻416頁以下．

112．L. Gerhardt: *K.A.Böttiger und G.J.Göschen im Briefwechsel*, Leipzig 1911, S.12f.

113．《『ヴィーラント全集』第１巻，1794年，ライプツィヒ，ゲオルク・ヨアヒム・ゲッシェン》「緒言」VI頁以下．

114．G. J. ゴッシェン前掲書，第２巻58頁．

115．K. マンガー編『アーガトン物語』(『ヴィーラント全集』第３巻所収) フランクフルト・アム・マイン，1986年，915頁．

116．歴史の皮肉とも言うべきか，L. ローラ著『コッタ』には，1883年の項にこう書かれている．「ゲッシェン書店の買収．同書店はゲッシェンの死後

10年目にコッタの所有となる．一方，ヴァイトマン書店のほうは存続し，同書店が王立プロイセン科学アカデミーのドイツ委員会編『ヴィーラント全集』(21巻) の出版を引き受けるのである．」

117．《*Schicksal der Handschrift*（zur *Metamorphose der Pflanzen*)》『フランクフルト版』第１部第24巻416頁．

118．K. ゲデケ『ドイツ文学歴史概説』第４巻518頁．

119．『フランクフルト版』第１部第24巻416頁．

120．G. J. ゴッシェン前掲書，第１巻200頁および206頁．

第３章

1．イタリア美術・文学の偉大な学者H. ケラーは，次のように述べている．「『イタリア紀行』を読む読者がどうしても腑に落ちないのは，ゲーテがローマの謝肉祭を記述したことなのだが，この祝祭の叙述が…（略）…1788年イタリアからの帰国直後にすでになされた事実を知ったなら，いっそう驚くことであろう．」《1789年刊初版『ローマの謝肉祭』の写真製版による縮小復刻版》（1978年）に添えられたH. ケラーの「あとがき」119頁以下参照．「『ローマの謝肉祭』の冒頭にはこのような祝祭が存在することに対する驚きが描かれている．いったい誰がどうやって，この祭りを眼前にして腹立たしく不機嫌になっている者にペンを執らせたのであろうか．」――謝肉祭のユートピア的な意味づけについては次の書を参照のこと．M. フールマン『ユートピアとしての謝肉祭．古代ローマのサトゥルヌス祭について』29–42頁．

2．この経緯については『記念版』第11巻に添えられたE. ボイトラーの「序文」を参照のこと．1816年と翌17年に第１部と第２部が出版されたとき，この２巻本の題名はいずれも『わが生涯より．われもまたアルカディアに！』となっていたが，『決定版全集』において初めて『イタリア紀行』と命名されるとともに，副題「われもまたアルカディアに！」というモットー（ラテン語<Et in Arcadia Ego>の訳）は削除されるに至った．このラテン語の言い回しが初めて現れるのはローマのシドニーの画においてであるが，プーサンの２枚の名画によって広く知られるようになった．彼の２枚の画では，牧人たちが豪華な石棺に刻まれた文字を解読しようとしている．つまり，墓碑銘と解され，J. G. ヤコービの『冬の旅』ではしばしば引用されている．「美しい野原で〈われもアルカディアにありき〉という墓碑銘のある墓碑に出会うたびに，私は友人たちにその墓碑を指し示し，私たちは立ち止まり，握手しあってから先へ進んでいった．」ヴィーラントもヘルダーもこの意味で用いており，後者に至っては大著『人類歴史哲学考』第７巻第１章において，こう述べている．「〈われもアルカディアにありき〉は，たえず変化し，たえず生まれ変わっている創造における，すべての生きとし生けるものの墓碑銘である．」B. スネルはアルカ

ディアという名称の転義の由来を次のように立証した．ウェルギリウスの牧歌の一部は，舞台をアルカディアにしている．それは「精神的景観」であるとして，スネルはこう述べる．ここにあるのは象徴的な景観，つまり平和と調和と幸福の象徴にほかならない．「われもアルカディアにありき．われも幸福の国にありき．幸多く，幸を自覚してこの地にあったのだ.」 H. v. アイネムは「アルカディアでもわれ［死］はすぐ近くにあり」と訳した．——ゲーテは1787年1月ローマでアルカディア協会に入会を許された．それは1690年創設の国立アカデミーで，創始者たちはペトラルカやピンダロスの詩的形式を育み，会議はボスコ・パラジオの野外で行なわれた．このアカデミーが「アルカディア・イタリア文学アカデミー（Accademia letteraria italiana dell' Arcadia）」となって今日も存続しているのである．

3．ミヒェル編『イタリア紀行』193頁．

4．同上，291頁．

5．『記念版』第11巻464頁．

6．ゲーテからゲッシェン宛，1789年6月22日．「ヴルピウス氏について言えば，この青年にあなたのご助言ご支援を賜ることができますれば幸甚に存ずる次第，繰り返しお願い申し上げます．氏は多くの長所をもっておりますし，また才能がないわけでもありません．出版業における需要は広範囲にわたっているでしょうから，彼のような青年が，ご鞭撻をいただいて，ささやかな生活費を稼ぐことができないとすれば，不思議というものでしょう．私自身もおりにふれて彼に援助の手を差し伸べようと思っておりますが，ただ彼がどうするかはについては，まったく彼自身の問題であり，私が口をはさむことではありません.」（『ヴァイマル版』第4部第9巻134頁以下）——ゲーテは1788年6月18日イタリア旅行からヴァイマルに帰着するのだが，のちに彼は，クリスティアーネと出会ったのは，1788年7月12日，土曜日，であったとしている（「あの7月12日を…（略）…共に祝おう.」クリスティアーネ宛，1810年7月3日）．とすれば，彼は出会いから1年後にはもう彼女の兄クリスティアン・アウグストに肩入れしていたことになる．それも，よりにもよってゲッシェンに推挙したのである．ゲッシェンがどんな返事をしたかは不明であるが，ゲーテのほうでは1791年ヴルピウスに劇場の勤め口を世話し，97年にはヴァイマル図書館司書のポストを与え，こうしてヴルピウスは1798年，彼の盗賊怪奇小説『リナルド・リナルディーニ』が「通俗娯楽小説の手本」とされる大当たりを取って，相当の収入を得るようになるのである．

7．『フランクフルト版』第1部第14巻893頁．

8．同上，第1部第24巻414頁以下．

9．『ヴァイマル版』第4部第9巻15頁．

10．シラーからケルナー宛，1788年9月12日，『シラー全集』（SNA）第25巻107頁．

11.『年代記』1789年の項,『ヴァイマル版』第1部第35巻12頁以下.

12. ミヒェル編前掲書, 639頁.

13.『フランス従軍記』,『ヴァイマル版』第1部第33巻261頁.

14. ヘッカー編『箴言と省察』998番.

15. エッカーマンとの対話, 1825年4月27日, オットー編『エッカーマン』496頁.

16.『フランクフルト版』第1部第5巻54頁.

17. ヘッカー編前掲書, 833番. この言葉は長いあいだゲーテの厳格な順法主義への信仰告白, 支配体制を確固としたものにするための意思表示であると見なされてきた. 同様に響く箴言が引用される.「世の中に法律がないよりは, 君の身に不当なことが起こったほうがましというもの, それゆえ, 各々が法律に従うべし.」「国家にとって重要なのは所有物が確実安全であることだけであり, 所有の正当性うんぬんなどは, 国家にはほとんど関係のないことである.」――H. マイアーは著書『ゲーテ』のなかで, この箴言が草された動機についてはこれまでほとんど言及されてこなかったと述べるとともに, この「有名かつ評判の悪い箴言」を啓蒙的な思考に組み入れて考えようと試みている. 彼によれば, この箴言に含まれる意味は「市民的な秩序思考」であって,「絶対主義の正統性の主張」ではない(『ゲーテ』43頁). ――1983年フランクフルトの刑法学者K. リューダーセンはこの箴言をきっかけとして, ゲーテの法に対する関係について考察した. 彼はこの問題に関する法律学的研究の現状を概観するとともに, 法に対するゲーテの姿勢を分析したG. ラートブルフの研究について詳述し, 法に関するゲーテの発言について言われてきた従来の表面的な言説を著しく相対的に考え直す立場をとるに至った. ゲーテの説く「真実はもっと深いところに根ざしていて, さらにその真実は――(ルソーからヘーゲルまでの)政治哲学が説いてきたものと比べると――別の構造をもっている. そもそもゲーテにとって重要だったのは, 態度表明でも, ましてや〈理解してもらうこと〉でもない. ただただ, 彼が…(略)…〈芸術的に真なるもの〉と呼んだものの創造にほかならなかった…(略)…社会的・人間的問題からインスピレーションをうけ, その解決を最重要とする作家もいるかもしれない. 例えば, ディケンズしかり, ペーター・ヴァイスしかりである. しかし, それは――限りない博識にもかかわらず――ゲーテにはできない相談であった.」(『ゲーテの法に対する関係についての覚書』75頁以下)

18. エッカーマンとの対話, 1824年1月4日, オットー編前掲書, 472頁.

19.『ヴァイマル版』第1部第35巻10頁以下.

20. F. J. ベルトゥーフ/G. M. クラウス編『奢侈と流行のジャーナル』第5巻(ヴァイマル&ゴータ, 1790年), 3-47頁.

21. ビーダーマン編『ウンガー』(1926年)H. ベルトルト活字鋳造所, 私家版. 奥付:「本ベルトルト活字版第19版はダルムシュタット宮廷印刷所で製

作される．印刷部数700部．」この本はゲーテと出版者ウンガーとの関係を研究する者にとって，不可欠の資料となっている．

22．ウンガー夫人宛，1796年6月13日，『ヴァイマル版』第4部第11巻92頁．

23．『ヴァイマル版』第1部第31巻299–303頁．

24．1791年6月1日付，《QuZ》第1巻227頁以下．

25．オットー編前掲書，389頁．

26．『才気に富んだ唯一の言葉による促進（*Bedeutende Fördernis durch ein einziges geistreiches Wort*）』，『フランクフルト版全集』第1部第24巻595–599頁参照，出典は597頁．

27．『フランクフルト版』第1部第25巻41頁．

28．『市民将軍』第14場，『ヴァイマル版』第1部第17巻307頁．

29．『フランス従軍記』，『ヴァイマル版』第1部第33巻63頁．

30．オットー編前掲書，472頁．

31．A. ムシュク《『ゲーテの「煽動された人々」』，40場の政治劇》1971年，68頁．フリーデリーケが「革命が起こる」と叫ぶと，ヤーコプはエッカーマンが書きとめたこの言葉を文字どおり朗読するのである．

32．ブレヒト『全集』第12巻（＝『詩集』第2巻）310頁以下，および注釈448頁以下を参照．

33．P. デーメツ《『ゲーテの「煽動された人々」』ドイツにおける政治文学の問題に寄せて（*Goethes "Die Aufgeregten". Zur Frage der politischen Dichtung in Deutschland*, Hannoversch-Münden 1952），9頁．

34．『ヴァイマル版』第4部第15巻52頁および《QuZ》第1巻357頁参照．

35．『ヴァイマル版』第3部第1巻34頁．

36．『修業時代』第5巻第3章，同上，第1部第22巻149頁．

37．《QuZ》第1巻242頁以下．

38．ブルーメンベルクの『エピゴーネンの聖地詣で』についてはすでに言及した（本書40頁）が，彼はウンガーのこの言葉を「(ゲーテの）作品と時代の雰囲気との不調和」という自分の命題のために利用している．彼のこの判断は条件法を使って述べられているものの，つまりはインマーマンやグツコの，ゲーテが時代の傾向を引き起こしたのではなくて，時代の傾向を表現しただけにすぎないとする見解に同感の意を表明しようとしているように思われる．

39．『年代記』1794年の項，『ヴァイマル版』第1部第35巻35頁以下．

40．『親和力』第2部第5章，同上，第1部第20巻262頁．

41．『シラー全集』(SNA）第28巻270頁．

42．ジャン・パウル『美学入門』ハンブルク，1804年．

43．J. ハーバーマス『「一般大衆の構造的変化」のための研究補説』，フランクフルト・アム・マイン，1990年．

44.『ヴァイマル版』第4部第24巻202頁および《QuZ》第1巻488頁.

45. ハンス＝J. ヴァイツは「ドイツ人に関する」ゲーテの発言を完璧なまでに収集した. 収集量の総計は驚くべき数を誇る. ゲーテはドイツ人「というもの」がどうしても好きになれず, 思っていることを腹蔵なく述べた. ドイツ人のほうもなぜゲーテに対して打ち解けた態度をとらないのか, その理由が一つや二つでないことは彼も知っていた. 文学的デビューを飾った『ゲッツ』や『ヴェルター』の時点ですでにある種の人々の反応は露骨に示されていたし, その後も彼の生き方, 彼のいわゆる民族意識の欠如はもとより, キリスト教への信仰心がいま一つ明確でないと思われたために, 彼は憎しみと嘲笑を買ったのである. ゲーテは評価されほめ称えられても, 愛されることは稀であった. 彼が精神的に深く傷ついたのは, ドイツ人の同胞が自分の作品をほとんど読まないという事実, 自分は同胞から理解されないという痛感であった. しかしながらヴァイツが収集した発言集を読むと,「ドイツ人」なる存在が, ゲーテが妥協できなかったもの, いや, それどころか彼がついに発見できなかったもの, つまりこの「ドイツ（という国家）」と同義であることが明らかになる.「ドイツだって？　しかしそれはどこにあるのか？　私はその国を見つけることができない／学問が始まり, 政治が終わるところなのだから」, とゲーテとシラーが共同執筆した『クセーニエン』第122番は告げる. 1813年3月13日, ゲーテはH. ルーデンとの対話でこう語った.「ドイツは私にとっても熱い関心事である. 私はドイツ国民のことを考えると, しばしば激しい痛みを感じた. ドイツ国民ひとりひとりはとても卑しからぬ存在であるが, 全体としてはとても悲惨である」(『記念版』第22巻713頁). ヴァイツの収集は, 最初雑誌に掲載されたあと, 1949年コンスタンツの出版社から出版され, ゲーテの発言のアクチュアリティーは戦後の混乱期にあった当時のドイツの, トーマス・マンやカール・ヤスパースらに影響を与えた. ヴァイツは「あとがき」にこう書いている.「ゲーテ――最も偉大なドイツ人にしてヴァイマル市民――は, 世界市民であると同時に, 最も偉大なヨーロッパ人になることができた. 自由であり, ドイツ人を病ませる原因となったあのドイツ的特性からもはや解放されていたからである. このことも, 私たちドイツ人が世界の国々の人々と共にあることに目を向けるとき, 私たちへの呼びかけなのである.」増補改訂版《*Goethe über die Deutschen*》1978年.

46.『フランクフルト版』第1部第1巻506頁.

47.『ゲーテ＝ツェルター往復書簡』第6巻162頁.

48.『ヴァイマル版』第4部第12巻58頁, 79頁ならびに《QuZ》第1巻327頁.

49. ビーダーマン／ヘルヴィヒ編『対話録』第1巻669頁.

50. Th. ベルンハルト『習慣の力』286頁.

51. C. v. ヴォルツォーゲン『シラーの生涯』第2巻172頁.

52. K. W. ベッティガー編『文学的状況と同時代の人々』74頁以下.
53.『ヴァイマル版』第1部第50巻267頁.
54. 同上，第4部第12巻11頁.
55. イェーナおよびライプツィヒの『一般文学新聞』1797年12月11日，12日，13日に掲載されたA. W. シュレーゲルの書評.
56. W. v. フンボルト「ゲーテの『ヘルマンとドロテーア』について」《*Ästhetische Versuche*》第1部所収，1頁.

第4章

1. S. ウンゼルト『著作者と出版者』27頁以下.
2. ゲオルク・フォルスター（1754–94）はフランス革命に共感をいだき，1792年フランス軍によるマインツ占領後ジャコバン倶楽部が結成されると，熱狂的な一員となる．翌93年マインツ共和国の代表としてパリに赴き，国民公会においてマインツとフランスの政治的統一を提案するが，マインツはプロイセン王の率いる反革命軍により奪回される．このためフォルスターは国賊として侮蔑され，1794年パリで客死した.

グスターフ・フォン・シュラーブレンドルフ伯爵（1750–1824）は，コッタがパリに訪ねた頃から死ぬまで同市に住みつき，パリの隠遁者，「パリのディオゲネス」の異名をとった．市民社会初期におけるドイツとフランス双方の利益を仲介する重要な人物で，その並外れた個性的魅力ゆえに多くのドイツ人が彼を訪問した.

ヨハン・クリストフ・H. ヒュットナー（1766–1847）はすぐれた語学力によって公使として中国に赴き，貴重な見聞を伝えたほか，のちにイギリス外務省の通訳となり，本国に見聞を伝えた．彼の報告にはゲーテも与り，感謝している．イギリス通としてコッタにとって貴重な存在であり，親交を続け，『英国雑報』の編纂を彼に依頼した.

3. フォルマー編『シラー＝コッタ往復書簡』VI頁.
4. 同上，VII頁.
5. ホイス《*Von Ort zu Ort. Wanderungen mit Stift und Feder*》31頁.
6. Th. A. フィッシャー『ゲオルク・ヨアヒム・ゲッシェンの生涯』第2巻58頁.
7. シャルロッテ・フォン・レンゲフェルト宛，1788年6月19日，『シラー全集』(SNA) 第25巻73頁.
8. ゲッシェン宛，1789年2月10日，同上，第25巻201頁.
9. L. ローラー『コッタ』55頁.
10. コッタからE. ガンス宛，1826年12月（日付不詳）．F. J. フロマン『ドイツ書籍出版販売組合史』（ライプツィヒ，1875年，82頁）にもとづく引用.

L. ローラー同書，88頁および『ゲーテ＝コッタ往復書簡集』第3巻の1，15頁も参照.

11．コッタ宛，1802年11月27日.

12.『シラー全集』(SNA) 第27巻15頁.

13．K. ヴォルフは自社雑誌の創刊によって作家たちとの関係で共同作業を目指した良いお手本である．雑誌は指標であり，危険な競争の指標ともなる．S. フィシャーにとってはそれが『ヴァイセ・ブレッター』であった．同誌はフィッシャー書店とその作家たちに論争を挑み，「その親分豚…（略）…トーマス・マン」と「いまや白痴同然のハウプトマン」に反論したのである．発刊の趣旨が大仰な言葉で公表された．「『ヴァイセ・ブレッター』は若い世代の作家たちのための機関誌である．ちょうど『ノイエ・ルントシャウ』が古い世代の作家たちの機関誌であるがごとし.」『ヴァイセ・ブレッター』は最初は自社から出版された．もちろんすでにE. ローヴォルトが出版社設立のさいに文芸新聞の発刊を目論んだがうまくゆかず，ローヴォルトとヴォルフが二人して，1912年末に共同雑誌『旗ざお』を発刊しようとするも失敗に終わる．F. ブライが定期刊行物《*Loser Vogel*》を発刊するが，12号（そのうち6号がヴォルフから出版される）を数えたあと，1913年3月廃刊となる．ヴォルフは高級雑誌『アルカディア』を計画するも，これまた失敗，こうして彼は急進的評論を展開する隔週刊行雑誌《*Pan 2*》を引き受けるのだが，この企画も，クルト・トゥホルスキーから彼に託された季刊誌『オリオン』同様，彼は放棄してしまうのである.『変身』が最初に掲載されたのは『ヴァイセ・ブレッター』誌上であった．J. ウンゼルト『フランツ・カフカ』98頁以下参照.

14．M. フーアマン『ギリシア・ローマ人たちにおける四季』(『18世紀における四季』所収) 9–17頁.

15.『シラー全集』(SNA) 第22巻106頁.

16.「契約書」第4項と第9項，同上，第27巻208頁.

17．ケルナー宛，1794年12月29日，同上，112頁.

18．1795年2月19日，同上，146頁.

19．A. ライツマン編『ローマ悲歌』34頁.

20.『シラー全集』(SNA) 第28巻93頁.

21．コッタ宛，1795年11月16日，同上，104頁.

22．W. v. フンボルト宛，同上，124頁.

23.『シラー全集』(SNA) 第37巻の1，91頁以下.

24．K. H. キーファー編《J.W. Goethe, *Französiche satyrische Kupferstiche*, München 1988》25頁.

25．シラーからルイーゼ・ブラッハマン宛，1798年7月5日，『シラー全集』(SNA) 第29巻251頁.

26．『ホーレン』および以下の文献を参照．Fr. マイアー《*Schillers Horen*

als Verlagswerk betrachtet, Leipzig 1941》，G. シュルツ《*Schillers Horen. Politik und Erziehung. Analyse einer deutschen Zeitschrift*, Heidelberg 1960》およびC. v. ヴォルツォーゲン『シラーの生涯』.

27. ケルナー宛，1787年8月12日，『シラー全集』(SNA) 第24巻110頁.

28. ケルナー宛，1787年9月10日，同上，152頁.

29. この言葉はヴィーラント一家に向けられたものである.

30. ケルナー宛，1787年8月29日，『シラー全集』(SNA) 第24巻149頁.

31. 『フランクフルト版』第1部第24巻437頁.

32. ブレヒト《*Arbeitsjournal*, Bd. 2, Frankfurt am Main 1973》795頁以下参照.

33. シラー宛，1794年12月23日，『シラー全集』(SNA) 第35巻117頁.

34. 『プロピュレーエン』第3巻第2号．G. シャドウの論文《*Über einige in den Propyläen nachgedruckte Sätze Goethes, die Ausübung der Kunst in Berlin betreffend*》．ゲーテはこの論文を，1801年12月20日シェリングを介して受け取る．返事を出そうと考えるが，思い直してやめた.

35. ビーダーマン／ヘルヴィヒ編前掲書，第1巻887頁.

36. R. A. シュレーダー《ゲーテの『庶出の娘』》(マイアー《*Spiegelungen*》所収) 242頁.

37. D. Sternberger: *Parabel von der Verfolgung. Gedanken zu Goethes*, 《*Natürlicher Tochter*》, in: Frankfurter Allgemeine Zeitung, 4. 12. 1982.

38. D. クーンは「序」で「この往復書簡集の編纂史」を詳述し，次のように述べている.

すでに1875年と1880年，ゲーテ研究者・編纂者であったヘルマン・ウーデ (1845–79) とヴィルヘルム・アルント (1838–95) はコッタ宛ゲーテ書簡のみの公表を提案した．コッタ書簡のほうは商業書簡の性格ゆえに公表は断念してもかまわないと考えたのである．しかし，このように判断したのはおそらく，コッタの書簡が語調のうえでシラーとのあの友愛にみち溢れた書簡の響きとは違っていたということばかりではなく，死後コッタ書簡が譲渡されていった状況もからんでいたのであろう．シラーの遺稿中にあったコッタの書簡は相続者であるシラーの娘エミリー・フォン・グライヘン＝ルスヴルムを通して利用できるようになる．しかし，ゲーテの書簡は遺稿中にあってまだ利用することはできなかった．1885年この遺稿がゲーテの孫たちの遺贈としてザクセン＝ヴァイマル大公妃ゾフィーの手に渡ったとき，彼女の命によりゲーテの著作・書簡・日記を収録した全集出版の準備が整う．いわゆる『ヴァイマル＝ゾフィー版全集 (Weimarer Sophienausgabe)』であり，その最初の数巻が早くも1887年に出版されるのである．これによりおそらくコッタ書簡の編纂計画もまた息を吹き返すことになったと思われる．1887年ヴィルヘルム・フォルマーの死により，出版社の文書館は，ルートヴィヒ・フォン・ライストナー

(1845–96) が就任するまで２年のあいだ主を失う．フォルマーと同じく編集畑の出であったライストナーは，早速引き継いだ計画に取り掛かる．『ゾフィー版』編纂のためにコッタ文書館にあるゲーテの草稿が必要となり，とくに1893年から刊行される「書簡の部」のためにゲーテのコッタ宛書簡がどうしても欲しいと要請されたさい，カール・フォン・コッタは父コッタのゲーテ宛書簡の写しとの交換を条件とするのである．1895年，ヴァイマルのゲーテ＝シラー文書館の館長ベルンハルト・ズパーン（1845–1911）はシュトゥットガルト編纂案に同意，コッタのゲーテ宛書簡はそのためにヴァイマルで筆写された．

1895年ライストナーはカール・フォン・コッタに報告書を送付，そのなかで彼は『ゾフィー版』に収録する全ゲーテ書簡集を刊行するまえに，ゲーテ＝コッタ往復書簡をできるだけ速やかに出版したいという意向を表明する．彼が考えた往復書簡は注釈を付さず，日誌もしくは年報『コッタ文庫館から』という程度のもので，書簡以外の他の記録文書も掲載しようとしたのである．二人の往復書簡に関する資料や証言があまりにも多すぎるうえに，当時その大部分が未発表とあっては，注釈作成の作業は克服しがたい大きな障害に阻まれてしまう．ライストナーにはこの認識があったにちがいない．彼の自筆報告書から，彼がコッタ文書およびゲーテの遺稿から得た資料の価値を認めていたこと，彼がシュトゥットガルトおよびヴァイマルでいかに編纂に専心し，資料の分量の大きさを知っていたことが読み取れる．この編纂作業はしかし，1896年彼の早世によって未完に終わる．彼の後任者オットー・ロムメルル（1836–1909）は引き継いだこの仕事をほとんど進めることができなかったようだ．逆に，ゲーテ書簡の1808–1810年分の写し（ライストナーの手元に保管されたあと忘れ去られていたのだが）は，『ゾフィー版』に収録される．すなわち，これによりゲーテのコッタ宛書簡はほぼ完全な形で公表されるに至った．のちに出る巻では，考証資料として注解のためにコッタ書簡が部分的に印刷されるようになり，こうして未発表のものが少なくなってゆくことが期待できるようになっていった（D. クーン編『ゲーテ＝コッタ往復書簡』第３巻の１，29頁以下）．

39．とりわけ私が依拠したのはヘルベルト・G．ゲプフェルトの諸著作であり，感謝の意を表明したい．ただし，彼の最新の著『ブライトコップからコッタまで．ゲーテ著作の印刷史のために』は，残念ながら本書の執筆には間にあわなかった．

40．ドロテーア・クーン《*Goethe und Cotta, Briefwechsel 1797–1832*. Textkritische und kommentierte Ausgabe, hg. V. Drothea Kuhn, 3 Bde., Stuttgart 1983》は，第１巻と第２巻は往復書簡集，ゲーテの書簡269通，コッタの書簡352通を収録，第３巻は２分冊（700頁強）から成り，収録する注，注解，解説，事項説明および索引をの精密さはまさに称賛すべき功績と言ってよい．

41．マートンは『巨人の肩に乗って』(1965) において，ニュートンのこの言葉が，ローベルト・フック宛1675年２月５日付書簡にあることを突きとめ，さらにこの言葉の起源をたどり，ベルンハルト・フォン・シャルトルがおよそ1126年に言ったとしている．ここからマートンは，学問進歩の歴史のうえでひじょうに啓発的なこの箴言の注目に値する系統樹を導き出している．

42．1938年８月，ブレヒトがA. デーブリンの60歳の誕生日に贈った言葉．ブレヒト『書簡集』375頁．

第５章

1．『ゲーテ＝アウグスト公往復書簡』第１巻331頁．

2．『シラー全集』第40巻の１，251頁以下．

3．『ヘルダー全集』は1806–1820年にかけて全45巻が10回の配本によって出版された．製本にかかった費用，14年間に及ぶ製作期間の費用総額，およびその後の販売・保管費を考えれば，「何の危険も冒していない」というコッタの言葉にはかなりの無理がある．フォルマー編『シラー＝コッタ往復書簡集』538頁．

4．原語は Aufsatz.　ゲーテ＝シラー往復書簡集の多くの版においてこの〈Aufsatz〉の説明はなされていない．シュタイガーも彼が編纂した『往復書簡集』(1966) において「〈Aufsatz〉不詳」としるした (1034頁)．しかし，この言葉はむろん不詳なわけではない．〈Aufsatz〉は動詞〈aufsetzen〉からの派生語であり，文字で書かれたものを意味する．すなわち，ゲーテ時代この語は文書や目録の草稿の意味で用いられていたのである．『グリム大辞典』には，〈Satzung〉〈Auflage〉を当て，ラテン語で「上におくこと，規約，教え・伝達」と説明し，ルター訳『マタイ伝』15の２の「なぜあなたの弟子たちは，昔の人の教えを破るのですか (Warum übertreten deine Jünger der Ältesten Aufsätze?)」を例文として挙げている．

5．『ゲーテ＝コッタ往復書簡』第３巻の１，193頁以下．

6．『ゲーテ著作印刷史資料』(QuZ) 第１巻377–379頁．

7．同上，379頁以下．

8．両詩人のこの時の出会いについて，ゲーテの看病をしていたフォスの息子は，1806年８月12日神学者 A. H. ニーマイアーに次のように報告している．「先に回復したのはシラーでした．そして再び外に出られるようになると，彼はすぐに愛するゲーテを訪問したのです．私はそれに先立ち，シラーが見舞いにくることをゲーテに伝えました．私はこの再会の場に居合わせました…(略) …二人は互いに抱きつき，長い，心のこもった口づけを交わしました．どちらか一方がついに言葉を発するまで，二人は抱き合ったままでした．自分の病気にも相手の病気にも一切触れず，二人は晴れやかな精神状態で再び一体

になるという混じり気のない喜びを味わったのです.」

9.《QuZ》第1巻399頁以下.

10. ゴッシェン『ゲオルク・ヨアヒム・ゲッシェンの生涯』第2巻228頁.

11. ビーダーマン編『ゲーテ対話録』178頁.

12.『ヴァイマル版』第1部第25巻191頁.

13. オットー編『エッカーマン』180頁.

14.『ゲーテ＝コッタ往復書簡』第3巻の1, 202頁.

15. 同上, 202頁.

16. 同上, 211頁.

17. コッタ宛, 1806年2月24日. 前掲書, 第1巻135頁.

18. ゲーテ宛, 1806年10月（日不詳), 前掲書, 第3巻の1, 217頁.

19.『文学論集』(SzL) 第3巻283頁.

20. ベンヤミンのあの有名な『《親和力》論』は, 彼が身をおいていた当時の存在状況をしるすばかりではなく, 彼の及ぼした, もしくは及ぼさなかった影響, 作家たちによる高い評価と学者たちによる無評価の経緯をしるす好個の著作となっている. ローヴォルト社は『《親和力》論』の出版を申し出るが, 出版は実現しなかった. 1964年になってやっとインゼル社から出版されるのである. ベンヤミンのこの論文をインゼル文庫の第812巻として出版することに踏み切ったのは, 私が同社を引き継いでからなされた決断の一つであった.

21.『ヴァイマル版』第1部第20巻107頁.

22. オットー編前掲書, 341頁.

23. クレルマイアー《*Die Doppeldrucke von Goethes Werken, 1806–1808*》in: MLN 26 (1911), 133–137頁. クレルマイアーはいくつかの論文で二重印刷の問題を詳細に論じている.《*Zu den Doppeldrucken von Goethes Werken*》in: MLN 27 (1912), 174–176頁.《*Die Doppeldrucke der zweiten Cotta'schen Ausgabe von Goetehs Werken*》in: MLN 31 (1916), 275–280頁.《*Zu den Doppeldrucken der Goethe-Ausgabe 1806*》in: MLN 43 (1928), 245–246頁.《*Doppeldrucke von Goethes Neuen Schriften 1792–1800*》in: MLN 47 (1932), 281–292頁.《*Doppeldrucke der Goethe-Ausgabe letzter Hand*》in: MLN 61 (1946), 145–153頁.《*Doppeldrucke von Goethes Tasso, 1816*》in: MLN 31 (1916), 94–95頁.

24.『ゲーテ年鑑』第28号 (1966年), 179–196頁.

25. J. W. ブラウン『同時代の判断におけるゲーテ』第3巻, 128–148頁. 引用は147頁.

26.『ゲーテ＝コッタ往復書簡』第1巻229頁以下.

27. 1827年2月1日および1829年2月19日, オットー編前掲書, 203頁, 205頁.

28. 同上, 464頁.

29. E. H. Bois-Reymond: *Goethe und kein Ende*, Berlin 1882, S. 29.
30. エッカーマンとの対話，1824年5月2日（J. P. Eckermann: *Gespräche mit Goethe*, hg. v. Fritz Bergemann, Wiesbaden 1955, S.106f.）
31. オットー編前掲書，100頁.
32. A. シェーネ『ゲーテの色彩の神学』（1987）135頁.
33.『文学論集』（SzL）第2巻53頁.
34.『フランクフルト版』第1部第14巻12頁.
35.『ヴァイマル版』第3部第4巻120頁.
36.『フランクフルト版』第1部第14巻931頁以下.
37.『ヴァイマル版』第4部第21巻408頁以下.
38.『フランクフルト版』第1部第14巻486頁.
39.『ヴァイマル版』第3部第12巻329頁.
40. Fr. v. ミュラー／M. ライヒ＝ラニツキー『ゲーテに関して』（1982）68頁以下.
41.『ヴァイマル版』第3部第3巻391頁.
42. E. グルマッハ前掲書，285頁.
43. この演説についてドロテーア・クーンは興味深い経緯を伝えている．高名な歴史家ミュラーにより行なわれた演説はセンセーションを巻き起こした．ミュラーは「1806年秋にナポレオンに会い，ナポレオンを辛らつに批判する立場からナポレオンの崇拝者に変貌していたのである．」演説の対象はナポレオンの天才，およびフリードリヒ大王であった．ミュラーの演説は激しい批判を浴びた．コッタの知り合いであった大臣ウルリヒ・レープレヒト・フォン・マンデルスロー伯爵は次のように述べている．「ミュラーの演説を聞いたときは，感心できませんでした．はじめ，私は，ミュラーの精神にはフランス製の上着が我慢ならないのだ，と思いました．入れ物と中身がしっくりこないのです．」ゲーテは激しく非難されたミュラーの力になりたいと思い，リーマーにこの演説を下訳させた．そしてそれをさらに「徹底的に書き直した」のである．フォン・マンデルスローは書いている．「けれども『朝刊』紙に掲載された演説の翻訳はなんと素晴らしいことでしょう．ここにはかつてのミュラーの面影が認められます．フランス語では同じ人物だとは思えません．」（『ゲーテ＝コッタ往復書簡集』第3巻の1，233頁以下）
44. オットー編前掲書，323頁.
45. 同上，579頁.
46. 1808年12月2日，『ゲーテ＝コッタ往復書簡集』第1巻187頁.
47.『ヴァイマル版』第4部第19巻377頁.
48. 1988年7月12日，すなわち200回目の記念日に，『フランクフルター・アルゲマイネ』紙にエックハルト・クレスマンの記事が掲載され，「ゲーテの家宝」クリスティアーネが偲ばれた．これを見てもわかるように，この日付は

広く知られている．

49.『ヴァイマル版』第４部第９巻124頁．

50. *Die Erinnerungen der Karoline von Jagemann*, hg. v. Eduard von Bamberg, Dresden 1926, S. 97.

51.『ヴァイマル版』第３部第３巻174頁．

52.『ゲーテ＝コッタ往復書簡』第１巻148頁以下．

53.『ヴァイマル版』第４部第20巻102頁以下．

54. 1978年，私はインゼル文庫の第1000巻において，この詩を確かな原文にもとづいて初めて解釈し，この詩の出典，伝達，受容について初めて詳細に記述した．次の書を参照．Otto Schönberger: *“Dichtung und Liebe”. Zu Goethes Gedicht “Das Tagebuch”*. in: Jahrbuch des Freien Deutschen Hochstifts, 1988, S. 60ff.

55. 1816年５月22日，『ゲーテ＝クリスティアーネ往復書簡』第２巻397頁．

56.『ヴァイマル版』第３部第５巻239頁．

57.『ゲーテ＝コッタ往復書簡』第３巻の1，265頁．

58. この点に関してはヘルダーの歴史哲学やシュトルム・ウント・ドラングの美学もゲーテの認識の下敷きとなった．

59.『ハンブルク版』第12巻81頁．

60. 同上，84頁．

61. 同上，42頁．

62.『芸術作品の真実と真実性について』，『ヴァイマル版』第１部第47巻257–266頁，引用は262頁．

63. ヘッカー編『箴言と省察』1113番．

64.『記念版』第13巻245頁．

65.『ハンブルク版』第12巻34頁．

第６章

１.「聖七兄弟殉教者」については，以下を参照のこと．M. フーアマン「奇跡と現実――聖七兄弟殉教者伝およびその他のキリスト教伝説のために」『架空的なものの機能』所収，209–244頁．

２. この版も詩行277–291を欠いたままであった．この経緯については，ゲーテ書簡，K. Fr. v. ラインハルト宛，1811年１月22日を参照．

３. ボーデ編『書簡』第２巻417頁．

４.『パンドラ』は，断片ながら定稿として，コッタ書店刊『第二次全集』第11巻に初めて収録された．ゲーテは生涯この戯曲を「愛しい子」（クネーベル宛，1808年５月３日，４日）と呼び，特別な価値を認めていた．それゆえに，この作品を『決定版全集』の掉尾を飾る戯曲として最終巻に収録するという扱

いをしたのである．ゲーテ書簡，カーライル宛，1831年１月２日も参照．
５．『エピメーニデスの目覚め』ベルリン，1815年，66頁．
６．『フランクフルト版』第１部第２巻743頁．
７．『ヴァイマル版』第４部第25巻259頁．
８．ヴァイマルの俳優ゲーナストは『ある老俳優の日記』第１巻247頁において，『エピメーニデスの目覚め』のヴァイマル公演の模様を報告している．「凱旋行進のさい最初に登場したのはブリュッヒヤー率いるプロイセン軍，次いでシュヴァルツェンベルク率いるオーストリア軍，ヴィトゲンシュタイン率いるロシア軍と続き，そして最後にウェリントン率いるイギリス軍の登場となった．各国軍はそれぞれ…（略）…端役の努める兵士10名から成り，したがって観客はこの祖国解放戦争による犠牲者がどのような人間であったかがよく理解できた．」（ビーダーマン／ヘルヴィヒ『対話録』第２巻1132頁も参照）のちにツェルターによって作曲された合唱「兄弟よ，立ち上がれ，世界の解放のために」の「上へ，前へ，進め」というリフレインはブリュッヒヤーに，すなわち「前進将軍」に向けられたものである．1814年11月８日，ベルリンのジングアカデミーにおいてこの歌がブリュッヒャー元帥臨席のもとで演奏されたが，老元帥は涙を流しておられた，とツェルターは同日ゲーテ宛の手紙で報告している．
９．ボーデ編前掲書，第２巻645頁．
10．『ヴァイマル版』第１部第36巻91頁．
11．同上，第１部第７巻143頁．
12．ボアスレー『日記』第１巻314頁．
13．『ヴァイマル版』第１部第７巻154頁以下．
14．『詩と真実』第３部第15章，『フランクフルト版』第１部第14巻693頁以下．
15．ボアスレー前掲書，第１巻234頁．
16．ゲーテが自伝的作品『ビンゲンの聖ロッフス祭』を書いたのは，この頃であることを思い出しておこう．1816年９月27日ボアスレーに宛てた手紙のなかで，この作品の性格を「一つの陽気な，本質においては敬虔な叙述」であると述べている．そもそも彼はこの作品には早くから「陽気な作用」（ボアスレー宛，1816年８月７日）を望んでいたのである．
17．1978年，私はヘッセ講演のためにテヘランに招かれた．トーマス・ベルンハルトがこれを聞いたとき，彼はまったく自発的に自分も同行しようと申し出たのである．当然のこと私たちはシーラーズへ，ハーフィズ＝ゲーテへと向かった．ハーフィズなくして『ディーヴァン』はありえないからである．シーラーズに来てみると，ハーフィズの墓は1939年に改造されて記念碑になっていたが，その前に佇んでいたとき，ベルンハルトが「ハーフィズは生きている」と言った．私たちにはゲーテの言葉が予言のように思われたのである．

「どこであろうとハーフィズを知る人々のあいだで彼の名が告げられると，大勢の恋人たちが追憶によみがえり喜びとなるのである.」

18．初期の賛歌『マホメットを歌う』，『フランクフルト版』第1部第4巻249頁以下を参照.

19．アンネマリー・シンメルは『イスラム教の神秘的次元』(244頁）で次のように述べ，この問題の本質を衝く，すぐれた見解を示している.「この特徴がイスラム教の信仰の中心にある．というのも，キリスト教においては，まだ生まれていない神の言葉を受け取り具体的な形で広く世界に贈ったのは処女マリアであった．それと同じように，預言者が文盲の人であらねばならなかったのは，まだ生まれていない神の言葉が預言者を介して書の形で示されるまで純粋に保つためなのである．すなわち，預言者は悟性的な知識の穢れをうけていない容器であり，それゆえにこそ彼は自分に託された言葉を完全に純粋なまま広く他者へ伝えることができたのである.」

20．『ヴァイマル版』第4部第25巻40頁.

21．『教養階級のための朝刊』紙，1814年9月28日．また，『ゲーテ＝ヴィレマー書簡集』289頁以下を参照.

22．『ヴァイマル版』第4部第25巻28頁.

23．同上，第4部第24巻148頁.

24．宰相ミュラーのメモ，1819年2月24日による.

25．『年代記』1817年の項には次のように書かれている.「ディーヴァンのために私はオリエントの特質に関する私の研究を継続し，多大な時間を費やした．しかし，オリエントでは写本はきわめて貴重なものなので，私がなした行為も奇異ではないであろう．すなわち私は，とくに言語自体を研究するのではなく，熱心に写本の清書に専念し，戯れと真面目こもごも，手元にあるオリエンタルの写本に倣って，可能な限り感じよく，いや，いろいろな伝統的な装飾もつけて模写しようとしたのである．注意深い読者なら，これらの詩を仔細に考察するさいに，こうした精神的・技術的努力を見逃すことはないであろう.」『ヴァイマル版』第1部第36巻125頁以下.

26．『ヴァイマル版』第1部第7巻1頁.

27．カタリーナ・モムゼンは『ゲーテとアラブの世界』(1988）において，フリッツ・シュトリヒの基礎研究『ゲーテと世界文学』がアラビア文学に対するゲーテの関係に言及していないと的確に指摘し，こうしてゲーテのアラブの世界との関係が全体的に描出されるに至った．1953年以来モムゼンは多数の著書でこの問題を扱っている.

28．K. E. Ölsner: *Mahomed. Darstellung des Einflusses seiner Glaubenslehre auf die Völker des Mittelalters*. Aus dem Französischen übersetzt von E. D. M., Frankfurt 1810.

29．『ヴァイマル版』第1部第7巻39頁.

30. 同上，第１部第36巻102頁.

31. 同上，第３部第５巻179頁.

32. H. Grimm: *Goethe und Suleika*, in: Preuß. Jahrbücher 24, 1869, S.13.

33. ゲーテは「符牒」の項において意思の疎通をする「別の方法」について，それは「才知と心情にみちている」と同時に「最高の詩作品にも匹敵する」と述べている.『ヴァイマル版全集』第１部第７巻130頁以下参照.

34. ゲーテの『ギンゴ・ビローバ』は日本で広く知られている. 銀杏の葉は東京，そして東京大学のシンボルである. 1985年11月私はそこで講演をしたのだが，そのおりあるドイツ文学者が，「歌（Lieder)」を「唇（Lippen)」と翻訳してしまった日本人がおりますよ，と冗談っぽく言ったのである. この日本人翻訳者は次の問いに答えを出したのではなかったのか. つまり，ゲーテが自分の歌で，自分の詩作品ないし唇で，自分が「一つにして二つ」なのだということをマリアンネに感じさせようとした. カルメン・カーン＝ヴァラーシュタインが突きとめたと主張しているように，ゲーテがこの９月25日に「31歳の女性にただ一度の口づけ」をした，ということを彼はすでに知っていたのではないか. カーン＝ヴァラーラーシュタイン『マリアンネ・フォン・ヴィレマー』126頁参照.

35.『ヴァイマル版』第３部第５巻183頁以下.

36.『西東詩集』の自伝的背景は，長いあいだ隠されていた. マリアンネとゲーテの『西東詩集』との関係を研究していたヘルマン・グリムは，マリアンネ・ヴィレマーが死んで10年後に，マリアンネがゲーテの「ズライカ」だというそれまで硬く守られていた秘密を公開した. グリムは1868年ハルヴィッツ書店で編纂されていた『西東詩集』にマリアンネがゲーテのこの詩集に特別な影響を与えたこと，いくつかの詩がマリアンネの作であるということを証明した論文を付けたいと申し入れたが断られた. そこで彼は，1869年『ゲーテとズライカ』という論文を別にして出版した. グリムとマリアンネとの往復書簡については以下を参照.《*Im Namen Goethes. Der Briefwechsel Marianne von Willemer und Herman Grimm*》hg.v. Hans Joachim Mey, Frankfurt am Main 1988.

37.『ヴァイマル版』第３部第５巻186頁.

38.『文学論集』(SzL) 第３巻309頁.

39. 翻訳についてのゲーテの考え方は，『ヴァイマル版』第１部第７巻237頁以下参照.

40.『ヴァイマル版』第４部第48巻156頁.

41. H. ハイネ『ロマン派』《*Werke und Briefe*, hg. v. Hans Kaufmann, Berlin 1961, Bd. 5》所収，58頁.

42. 人口に膾炙するこの箴言は，３世紀の韻律学者テレンティアーヌス・マウルス（Terentianus Maurus）の『英雄叙情詩（*Carmen heroicum*)』中の

詩『ホラティウスの詩作品・音節・韻律について（De litteris, syllabis et metris Horatii）』の1286行に由来する．読者が本をどう受け入れるか，本にもそれぞれの運命がある．すなわち，本の運命というのは，読者の理解力，理解意欲，こころざし次第なのである．1825年に設立されたドイツ書籍出版販売組合の紋章はこのラテン語の箴言である．ゲーテは〈Auch Bücher haben ihr *Erlebtes.*〉と訳した．ヘッカー『箴言』231番参照．

43．『ゲーテ＝コッタ往復書簡』第1巻266頁．

44．『文学論集』（SzL）第3巻306頁に拠る．

45．同上，311頁以下．

46．同上，342頁．

47．同上，342頁．

48．国務大臣の指名はゲーテが旅行で不在中になされた．彼がこの新しい任務のためのスタッフの採用を申請したのは2カ月後のことである．世界におけるヴァイマルの地位，そしてそのヴァイマルで占める国務大臣のポストがゲーテにとっていかに名誉あるものであったか，彼のメモはその気持ちを如実に伝えている．「ヴァイマルが学問・芸術の栄える文化都市であるという名声は，ドイツ中に，いや，ヨーロッパ中に広まっている．そのため，学問・文芸の問題的な事例については，当地に助言を求めるというのが伝統になったのである．ヴィーラント，ヘルダー，シラーやその他の人々はひじょうに大きな信頼の念を呼び起こしたので，彼らのもとにはこの種の照会が何度もなされたのだが，彼らは不快な気持ちを抑えて答えるか，あるいは少なくとも丁重に断わるのが常であった．私自身もそのような要求や要請にもう十分悩まされ続けてきたのだけれども，私が生き残ったために（訳注　上記の作家たちはみな他界している），あの大きな，あまり儲けにもならない遺産が図らずも私に転がり込んできたのである．」『ヴァイマル版』第4部第26巻187頁以下．

49．《QuZ》第1巻611頁による．

50．同上，第1巻，1472番．

51．ゲーテからフロマン宛，1819年1月21日，『ヴァイマル版』第4部第31巻67頁．

52．シュタインヒルバー『出版者の契約相手としてのゲーテ』121頁．なお，ゲーテの手紙の言葉については，『ヴァイマル版』第4部第50巻240頁参照．

第7章

1．『ヴァイマル版』第1部第3巻19頁．

2．同上，20頁．

3．エッカーマンとの対話，1831年12月1日，オットー編『エッカーマン』659頁．

4．『ヴァイマル版』第3部第9巻109頁.

5．同上，第1部第3巻21頁.

6．同上，27頁.

7．『フランクフルト版』第1部第2巻461頁.

8．E. グルマッハ『ミュラー』189頁.

9．オットー編前掲書，630頁以下.

10. Elsie M. Butler: *Byron and Goethe. Analysis of a Passion*, London 1956, S. 68.

11. オットー編前掲書，631頁.

12. 『決定版全集』との関連で「最重要の仕事（Hauptgeschäft）」という概念が初めて現れるのは，1823年12月13日付ボアスレー宛の手紙のなかである.「私の文学的遺産を守り，完全な全集に少なくとも着手する」という，高齢のゲーテに課せられた「最重要の仕事」.『ファウスト』の完成に関しては，1826年2月11日の日記の記述その他に「最重要の仕事」という表現が使われている（『遍歴時代』もしばらくのあいだそう呼ばれることがあった）.

13. 従者たちのゲーテの仕事に対する意義は次の学術論文でも論じられている．Walter Schleif: *Goethes Diener*, Berlin und Weimar 1965.

14. 『ヴァイマル版』第1部第36巻291頁.

15. 第1巻「銅版画，木版画，素描，絵画」，第2巻「石彫刻，ブロンズ，メダル，硬貨，古代の壺」，第3巻「鉱物その他の自然科学コレクション」．C. シュハルト編《*Goethe's Kunstsammlungen*》，イェーナ，1848/49年，全3巻.（全1巻の復刻版はヒルデスハイム／ニューヨーク，1976.）

16. 『ヴァイマル版』第3部第12巻7，15頁.

17. 同上，第3部第13巻30頁.

18. 同上，第3部第12巻260頁.

19. 『エッカーマンとの対話』第3部「まえがき」参照.

20. オットー編前掲書，11頁.

21. 同上，33頁.

22. 同上，24–32頁参照.

23. このように文学史的には無名の作家を引き合いに出さざるをえなかったことは，74歳のゲーテが自分の「流派」の例をほとんど挙げられなかったことを示している．ゲーテはシューバルトとツァウパーについて『年代記』で述べている．ゲーテを「手本に自己形成した」両者の作品とは次のとおり．Karl Ernst Schubarth: *Zur Beurtheilung Goehtes mit Beziehung auf verwandte Literatur und Kunst*, Breslau 1818. Josef Stanislaus Zauper: *Studien über Goethe. Als Nachtrag zur deutschen Poetik aus Goethe*, Wien 1822. この2冊はゲーテの蔵書に収められていた.

24. オットー編前掲書，33頁以下.

25. M. ヴァルザーは『ゲーテの手中にあって』(1984) において，ゲーテやゲーテの作品に対するエッカーマンの自己犠牲的な献身を，ドイツ古典主義のドイツ史に対する関係から説明している.

26. R. フリーデンタール『ゲーテ．その生涯と時代』658頁以下.

27. ヘッカー『箴言』719番.

28. グルマッハ前掲書，191頁.

29. ビーダーマン／ヘルヴィヒ編『対話録』第3巻の2，839頁による引用. 原文はフランス語 “Mon œuvre est celle d’un être collectif et elle porte le nom de Goethe.”

30. H. ヘッセ『書簡選集』(1987) 229頁以下.

31.『ゲーテ＝コッタ往復書簡』第3巻の2，298頁.

32.『ヴァイマル版』第4部第39巻3頁.

33. 同上.

34. フレーベ『ゲーテ〈決定版全集〉の出版特権』1582頁，注226.

35.『ヴァイマル版』第4部第39巻82–85頁.

36.『ゲーテ年鑑』(GJb) 1884年，254頁.

37. フレーベ前掲書，1586–1591頁.

38. フレーベの報告は，プロイセン公使の推薦やバイエルンとヴュルテンベルクの激しい抵抗など，それぞれの公使の意見を詳細に伝えている. 1562–1571頁および1578–1602頁では，ゲーテ時代の著作権および法的（というよりは無法的）状況が著作者と出版者の関係に及ぼした影響が分析され，さらにゲーテが出版特権を実現するまでの歴史が探られている.

39. フレーベ前掲書，1594頁.

40. Wilhelm Bode: *Goethe in Beruf und Erwerb*, in: Propyläen 5, Nr. 7 (1907), S. 99.

41.『ヴァイマル版』第4部第40巻198頁以下.

42. Hans Heinrich Borcherdt: *Das Schriftstellertum von der Mitte des 18. Jahrhunderts bis zur Gründung des Deutschen Reichs*, in: Schriften des Vereins für Sozialpolitik 152, hg. v. Ludwig Sinzheimer, München 1922, S. 63.

43.『ヴァイマル版』第4部第39巻196頁以下（《QuZ》第2巻177頁以下).

44.〈Cotta〉はアトレリウス家のいわゆる第三名であった. ルネッサンス期には貴族のあいだで古代ローマに先祖の由来を探るのが流行っていた. 近代のコッタ家もこの流行に倣ったのであろう. そのさい，名前が同じであることが役立ったのである（M. フーアマンの指摘による).

45. フリーデンタール前掲書，671頁.

46.『ヴァイマル版』第3部第10巻102頁.

47.『ゲーテ＝コッタ往復書簡』第1巻190頁.

48. H. ハーゲン『印刷されたゲーテ著作』55頁.

49.『ゲーテ＝コッタ往復書簡集』第３巻の2，138頁.
50.『ヴァイマル版』第４部第40巻243頁 (《QuZ》第２巻297頁).
51. 同上，241頁以下.
52.《QuZ》第２巻304頁以下.
53.『ヴァイマル版』第４部第40巻273頁（《QuZ》第２巻306頁).
54. ボアスレー『日記』第２巻５頁.
55.『ヴァイマル版』第４部第40巻283頁（《QuZ》第２巻308頁).
56.『ゲーテ＝コッタ往復書簡』第２巻155頁.
57.『ヴァイマル版』第４部第41巻129頁（《QuZ》第２巻371頁).

第８章

1．『ヴァイマル版』第１部第42巻の１，112頁.

2．『フランクフルト版』第１部第10巻799–845頁には，これらの構成案から選び出されたものが収録されている.

3．引用は，ビーダーマン編『対話録』518頁に拠る.

4．コンラーディ『ゲーテ．生涯と作品』第２巻474頁.

5．E. グルマッハ『ミュラー』169頁.

6．1828年３月11日，オットー編『エッカーマン』587頁.

7．ミュラーからロホリッツ宛，1830年11月15日．次の書を参照. Karl Heinz Hahn《*Goethe beim Tode seines Sohnes*, in: GJb 18 (1956), S. 180-189. 引用は180頁 .

8．《J. G. Fichte-Gesamtausgabe der Bayerischen Akademie der Wissenschaften, hg. v. Reinhard Lauth und Hans Gliwitzky》「書簡」第５巻320頁以下. また，W. ヴルピウス『アウグスト・フォン・ゲーテのサイン帳』《Deutsche Rundschau》第68巻（1891）も参照.

9．『カオス』第１巻（1829/30）第27号.

10. エッカーマンとの対話，1830年２月14日，オットー編前掲書，340頁.

11. ボーデ編『書簡』第３巻167頁.

12.『ヴァイマル版』第４部第38巻86頁.

13. ボーデ編前掲書，第３巻167頁.

14. 同上，175頁.

15. 原語 Erlaß. は動詞 erlassen から出来た逆成語. erlassen の原義は loslassen「放つ」，entlassen「…に去ることを許す」，freilassen「釈放する」であったが，18世紀になって「(法律・条令などを）発する，発布する，公布する」を意味するようになった．したがって Erlaß はここでは「発布，公布」または「命令，布告，指示」を意味する．それゆえ訳者は「指示書」と訳しておいた．ただし，原注に掲載のこの指示書の全文は省略する.

16. もちろんゲーテは，コッタが書簡のオリジナルに大きな関心をもつだろうと思っていた．そのような自筆書簡が入手できれば自社の書庫が豊かになるばかりでない．ゲーテの編集作業によって版下とオリジナルとのあいだにわずかでも相違が生じていたからである．それゆえゲーテは――シラー夫人も同意したのであったが――往復書簡のオリジナルは封印して，25年間ヴァイマル政府に保管を依頼して，この期間が過ぎてから初めて完全な編集がなされるように決めたのである．25年後ゲーテとシラーの相続人がこの全書簡を売却できるものとする．事実，コッタの孫カール・フォン・コッタはこれを手に入れ，『大公妃ゾフィー・フォン・ヴァイマルの委任により編纂されるヴァイマル版全集』のために提供するのである．これらの自筆書簡は現在ヴァイマルのゲーテ＝シラー文書館に保管されている．

17.『ヴァイマル版』第４部第38巻329頁．

18. 同上，第３部第９巻204頁．

19. 同上，第４部第９巻221頁，227頁，242頁など参照．

20. 同上，第４部第49巻282頁．

21. ヘッカー編『箴言と省察』279番．

22.『シラー全集』(SNA) 第29巻145頁以下．

23. ゲーテ宛，1797年10月20日．

24. シラー宛，1797年10月30日，『シラー全集』(SNA) 第37巻の1，170頁．

25. シラー宛，1797年６月27日，同上，52頁．

26. M. ヴァルザー『愛の告白』169頁．

27.『ヴァイマル版』第３部第９巻246頁．

28.『フランクフルト版』第１部第24巻436頁．

29. K. シュミット『シラーの息子エルンスト』277頁以下．

30. 同上，292頁．

31. D. クーン編『ゲーテ＝コッタ往復書簡』192頁以下．

32. この点に関しては，D. クーンが今日フォン・ゲミンゲン＝グッテンベルク男爵家に所蔵されているゲオルク・フォン・コッタの日記断片を調査した結果がある．「コッタの債務額は1826年には膨れ上がり，彼の子供たちゲオルクとイーダは母方から相続した地所を担保にして23万グルデンの保証を引き受けなければならなかった．これを大きな犠牲と見たゲオルクは，この年の日記を次のように結んでいる．〈今年，父が引き受けた出版関係の費用は，『シラー全集』(20年期限)：７万ターラーもしくは13万6000フロリーン，『ゲーテ全集』：６万ターラーもしくは10万8000フロリーン，『ヘルダー全集』および他のいくつかの著作集：６万フロリーン，さらにこの宮殿の購入費［ミュンヘンのロイヒテンベルク・パレ：８万グルデン］を加えると，総額40万［グルデンもしくは21万ターラー］もの金額である．いったいどうするつもりなのか，私には父の気持ちが理解できない．いつものことなのだが，不安でたまらない

気持ちで私は新年を迎えなければならない.〉」D. クーン編『ゲーテ＝コッタ往復書簡』第3巻の2，163頁.

33. クーン編同上，第2巻226頁.

34. 同上，第2巻231頁.

35. シャルロッテ・フォン・シンメルマン宛，1800年11月23日，『シラー全集』(SNA) 第30巻212-215頁.

36. ゲルヴィヌスは著名な文学史家・政治家で，ゲッティンゲン七教授のひとりであり，ハイデルベルク大学名誉教授，またフランクフルト国民会議代議士などを歴任した. 1853年，彼は『19世紀歴史序論』を出版，19世紀の傾向が不可避的に民主主義と自由解放に向かわざるをえないという確信を述べた. この書はスキャンダルを巻き起こし，彼は「国家反逆の煽動および立憲君主制に対する反対教唆」のかどで起訴される. 禁固2カ月の判決は上告では破棄されるが，正式の無罪判決はついに出なかった. 次の書を参照. ベーリヒ編『ゲルヴィヌスに対する反逆罪裁判』(1967).

37. 今日，私たちは『フロベール＝ツルゲーネフ往復書簡集』を読むことができる. フランス文学とロシア文学の巨匠であり，モーパッサンの言を借りれば「一対の巨人」であるこの二人の作家は，親交を結んだけれども，自分の事柄にのみ注意を集中して，互いに一方が他方に自分の創作過程に関する内的な問題を明かすには至らなかった. 次の書を参照. G. Flaubert / I. Turgenjev《*Briefwechsel 1863–1880*》Aus dem Französischen von Eva Moldenhauer. Mit einem Vorwort hg. v. Walter Boehlich und kommentiert v. Peter Urban, Berlin 1989.

38. グルマッハ前掲書，176頁.

39. キッペンベルク『ゲーテに至るまでのファウスト像の変遷』(A. Kippenberg《*Rden und Schriften*》所収) 270頁.

40. 『詩と真実』第2部第8章，『フランクフルト版』第1部第14巻382頁.

41. 同上，185頁.

42. 同上，566頁.

43. この裁判については次の書を参照.《*Das Leben und Sterben der Kindsmörderin Susanna Margaretha Brandt*. Nach den Prozeßakten der Kaiserlichen Freien Reichsstadt Frankfurt am Main, den sog. Criminalia, 1771, dargestellt von Siegfried Birkner. Mit zeitgenössischen Abbildungen》, Frankfurt am Main 1989.

44. 『詩と真実』第14章，『フランクフルト版』第1部第14巻655頁以下.

45. 次の書も参照. H. シュナイダー『初稿 (ウル) ファウスト？』(1949).

46. ミヒェル編『イタリア紀行』694頁以下.

47. ゲーテは主の口から，悪魔は自分を完全に自由であると感じてもかまわないが，「真の神の子」である天使たちは神の創造を楽しむことになろう，

と語らせている．天使たちはメフィストフェレスが属する堕天使とは対立する存在である．ゲーテはすでに『シェイクスピアの日に寄せて』（1771）のなかで，「私たちが悪と呼んでいるものは，善のもう一方の側面にすぎない」と述べたが，以来つねに彼はこの複合的な観方を実践し続けた．

48．W. ハーゲンから著者S. ウンゼルト宛の手紙．

49．グルマッハ『1797年のファウスト構想におけるプロローグとエピローグ』（1952），ボイトラー『ファウスト文学のための言葉の説明』（1950）およびゲレス『インゼル社刊「ファウスト」第1部と第2部のファクシミリ版のための別冊』（1970）．

50．『ヴァイマル版』第3部第10巻208頁．

51．1827年1月29日．

52．20世紀に及ぶ影響を扱った代表的論文として次の論文を挙げておく．シャーデヴァルト『ファウストとヘレナ』《Deutsche Vierteljahrsschrift》第30巻（1956）に掲載，現在はマイアー《*Spiegelungen*》（1987）に所収．

古典文献学者シャーデヴァルトは芸術作品の「根源的な地平」を示そうとして，最高の美としてのヘレナの形姿，彼女の本質と作用，ファウストとの結びつきに注目し，この結びつきにゲーテが意図したのは，近代のヨーロッパに重要な影響をもつ古典的なものとロマン的なもの，ギリシアと西欧の出会いを現実のこととして示そうとしたのだ，とする．次の研究書も参照．エムリヒ『ファウスト第2部の象徴性』（1943），ヴィーゼ『レッシングからヘッベルに至るドイツ悲劇』（1948），ミルヒ『ファウスト解釈の変遷』（1951），シュラッファー『ファウスト第2部』（1981）．

53．『ヴァイマル版』第3部第10巻214頁．

54．ゲーテからライヒェル宛，同上，第4部第43巻261頁．

55．ゲーテからライヒェル宛，1828年3月28日，同上，第4部第44巻44頁．

56．同上，第3部第12巻175頁．

57．同上，175–220頁．

58．1830年3月7日，オットー編前掲書，346頁．

59．グルマッハ前掲書，194頁．

60．『ヴァイマル版』第3部第12巻343頁以下．

61．同上，345頁．

62．同上，第3部第13巻59頁．

63．『ミュンヘン版』第19巻456頁．

64．『ヴァイマル版』第3部第13巻28頁．

65．ビーダーマン／ヘルヴィヒ編『対話録』第3巻の2，799頁．

66．『ヴァイマル版』第3部第13巻210頁．

67．W. v. フンボルト宛，1831年12月1日付書簡を参照，『ヴァイマル版』第4部第49巻166頁．

68.『ヴァイマル版』第3部第13巻234頁.

69. 同上, 第4部第49巻282頁以下.

70. 次の書を参照のこと. Heinrich Hubert Houben《*Der ewige Zensor*》Kronnberg 1978.

71.『花婿』,『ヴァイマル版全集』第1部第4巻107頁.

72. 1831年6月6日. 次の書を参照. J. P. Eckermann: *Gespräch mit Goethe*, hg. v. Fritz Bergmann, Wiesbaden 1955, S. 472.

《叢書・ウニベルシタス　822》
ゲーテと出版者——一つの書籍出版文化史
2005年7月30日　初版第1刷発行

ジークフリート・ウンゼルト
西山力也／坂巻隆裕／関根裕子 訳
発行所　財団法人 法政大学出版局
〒102-0073 東京都千代田区九段北3-2-7
電話03(5214)5540／振替00160-6-95814
製版，印刷　平文社／鈴木製本所

Printed in Japan

ISBN4-588-00822-6

著者紹介：

ジークフリート・ウンゼルト（Siegfried Unseld）
1924年生まれの現代ドイツの出版者．ナチス政権下の激動の時代ヒトラー・ユーゲントの洗礼を受け42年海軍の通信兵として入隊，46年帰還後は実科ギムナジウムに復学し卒業．47年職人試験に合格しJ.C.B. モール書店に入社，同年チュービンゲン大学に入学，二足のわらじをはいて出版実務と学位取得のために研鑽を積む．この頃に書いたヘルマン・ヘッセの小説論文がきっかけで当の作家ヘッセと文通（ヘッセ70歳，ウンゼルト23歳）が始まり，51年彼の紹介でズーアカンプ書店に入社，草創期の当書店の諸部門で多彩な才能を発揮，59年創業者のペーター・ズーアカンプの死とともに34歳の若さで社主となる．63年には古典文学のインゼル書店を併合し，さらに法律専門のノモス書店，ユダヤ人文学のユダヤ書店などを次々に傘下に入れ一大コンツェルンを形成する．出版者であることを己の使命とし，文学，社会科学，哲学のほか多分野にわたる内外の著作家，ヘッセ，ブレヒト，ベンヤミン，ブロッホ，アドルノ，ハーバーマス，ツェラーン，プルースト，ジョイスらを出版し，ゆるぎない友情を育んだ．戦後のドイツ文化の発展に大きく貢献し，「ズーアカンプ文化」などという言葉も生まれた．
2002年10月26日死去．

訳者紹介：

西山力也（にしやま　りきや）
1942年生まれ．東京大学大学院人文科学研究科修士課程（ドイツ文学専攻）修了．ゲーテ時代の文学・文化を研究．現在，日本女子大学文学部教授．日本ゲーテ協会・ヴァイマル=ゲーテ協会会員．主な著書：『ドイツ文学——歴史と鑑賞』（共編　朝日出版社），『郁文堂独和辞典』『ドイツ文学回遊』（共著　郁文堂）．主な訳書：ジークリット・ダム『コルネリア・ゲーテ——奪われた才能』（郁文堂）．

坂巻隆裕（さかまき　たかひろ）
1969年生まれ．筑波大学大学院文芸言語研究科博士課程（ドイツ文学専攻）満期退学．チュービンゲン大学留学．ドイツ近・現代文学を研究．現在，日本女子大学・神奈川大学非常勤講師．

関根裕子（せきね　ゆうこ）
1960年生まれ．筑波大学大学院文芸言語研究科博士課程（ドイツ文学専攻）満期退学．ウィーン大学留学．ウィーン世紀転換期文学・文化を研究．現在，早稲田大学・明治大学・日本女子大学非常勤講師．日本ブラームス協会会員．主な訳書：『ブラームスの「実像」』『ブラームス回想録集（全３巻）』（共訳　音楽之友社）．

叢書・ウニベルシタス

				(頁)
1	芸術はなぜ必要か	E.フィッシャー／河野徹訳	品切	302
2	空と夢〈運動の想像力にかんする試論〉	G.バシュラール／宇佐見英治訳		442
3	グロテスクなもの	W.カイザー／竹内豊治訳		312
4	塹壕の思想	T.E.ヒューム／長谷川鉱平訳	品切	316
5	言葉の秘密	E.ユンガー／菅谷規矩雄訳		176
6	論理哲学論考	L.ヴィトゲンシュタイン／藤本, 坂井訳		350
7	アナキズムの哲学	H.リード／大沢正道訳		318
8	ソクラテスの死	R.グアルディーニ／山村直資訳		366
9	詩学の根本概念	E.シュタイガー／高橋英夫訳		334
10	科学の科学〈科学技術時代の社会〉	M.ゴールドスミス, A.マカイ編／是永純弘訳	品切	346
11	科学の射程	C.F.ヴァイツゼカー／野田, 金子訳	品切	274
12	ガリレオをめぐって	オルテガ・イ・ガセット／マタイス, 佐々木訳		290
13	幻影と現実〈詩の源泉の研究〉	C.コードウェル／長谷川鉱平訳	品切	410
14	聖と俗〈宗教的なるものの本質について〉	M.エリアーデ／風間敏夫訳		286
15	美と弁証法	G.ルカッチ／良知, 池田, 小箕訳	品切	372
16	モラルと犯罪	K.クラウス／小松太郎訳		218
17	ハーバート・リード自伝	北條文緒訳		468
18	マルクスとヘーゲル	J.イッポリット／宇津木, 田口訳	品切	258
19	プリズム〈文化批判と社会〉	Th.W.アドルノ／竹内, 山村, 板倉訳	品切	246
20	メランコリア	R.カスナー／塚越敏訳		388
21	キリスト教の苦悶	M.de ウナムーノ／神吉, 佐々木訳		202
22	アインシュタイン ゾンマーフェルト 往復書簡	A.ヘルマン編／小林, 坂口訳	品切	194
23 24	群衆と権力（上・下）	E.カネッティ／岩田行一訳		440 356
25	問いと反問〈芸術論集〉	W.ヴォリンガー／土肥美夫訳		272
26	感覚の分析	E.マッハ／須藤, 廣松訳		386
27 28	批判的モデル集（I・II）	Th.W.アドルノ／大久保健治訳	〈品切 品切〉	I 232 II 272
29	欲望の現象学	R.ジラール／古田幸男訳		370
30	芸術の内面への旅	E.ヘラー／河原, 杉浦, 渡辺訳	品切	284
31	言語起源論	ヘルダー／大阪大学ドイツ近代文学研究会訳		270
32	宗教の自然史	D.ヒューム／福鎌, 斎藤訳		144
33	プロメテウス〈ギリシア人の解した人間存在〉	K.ケレーニイ／辻村誠三訳	品切	268
34	人格とアナーキー	E.ムーニエ／山崎, 佐藤訳		292
35	哲学の根本問題	E.ブロッホ／竹内豊治訳		194
36	自然と美学〈形体・美・芸術〉	R.カイヨワ／山口三夫訳	品切	112
37 38	歴史論（I・II）	G.マン／加藤, 宮野訳	I・品切 II・品切	274 202
39	マルクスの自然概念	A.シュミット／元浜清海訳	品切	316
40	書物の本〈西欧の書物と文化の歴史, 書物の美学〉	H.プレッサー／轡田収訳		448
41 42	現代への序説（上・下）	H.ルフェーヴル／宗, 古田監訳	品切	上・220 下・296
43	約束の地を見つめて	E.フォール／古田幸男訳	品切	320
44	スペクタクルと社会	J.デュビニョー／渡辺淳訳	品切	188
45	芸術と神話	E.グラッシ／榎本久彦訳		266
46	古きものと新しきもの	M.ロベール／城山, 島, 円子訳		318
47	国家の起源	R.H.ローウィ／古賀英三郎訳	品切	204
48	人間と死	E.モラン／古田幸男訳		448
49	プルーストとシーニュ（増補版）	G.ドゥルーズ／宇波彰訳		252
50	文明の滴定〈科学技術と中国の社会〉	J.ニーダム／橋本敬造訳	品切	452
51	プスタの民	I.ジュラ／加藤二郎訳		382

				(頁)
52 53	社会学的思考の流れ（Ⅰ・Ⅱ）	R.アロン／北川, 平野, 他訳		Ⅰ・350 Ⅱ・392
54	ベルクソンの哲学	G.ドゥルーズ／宇波彰訳		142
55	第三帝国の言語LTI〈ある言語学者のノート〉	V.クレムペラー／羽田, 藤平, 赤井, 中村訳		442
56	古代の芸術と祭祀	J.E.ハリスン／星野徹訳		222
57	ブルジョワ精神の起源	B.グレトゥイゼン／野沢協訳		394
58	カントと物自体	E.アディッケス／赤松常弘訳		300
59	哲学的素描	S.K.ランガー／塚本, 星野訳		250
60	レーモン・ルーセル	M.フーコー／豊崎光一訳		268
61	宗教とエロス	W.シューバルト／石川, 平田, 山本訳	品切	398
62	ドイツ悲劇の根源	W.ベンヤミン／川村, 三城訳		316
63	鍛えられた心〈強制収容所における心理と行動〉	B.ベテルハイム／丸山修吉訳	品切	340
64	失われた範列〈人間の自然性〉	E.モラン／古田幸男訳		308
65	キリスト教の起源	K.カウツキー／栗原佑訳		534
66	ブーバーとの対話	W.クラフト／板倉敏之訳		206
67	プロデメの変貌〈フランスのコミューン〉	E.モラン／宇波彰訳		450
68	モンテスキューとルソー	E.デュルケーム／小関, 川喜多訳	品切	312
69	芸術と文明	K.クラーク／河野徹訳		680
70	自然宗教に関する対話	D.ヒューム／福鎌, 斎藤訳		196
上・71 下・72	キリスト教の中の無神論（上・下）	E.ブロッホ／竹内, 高尾訳		上・234 下・304
73	ルカーチとハイデガー	L.ゴルドマン／川俣晃自訳	品切	308
74	断　想　1942—1948	E.カネッティ／岩田行一訳		286
75 76	文明化の過程（上・下）	N.エリアス／吉田, 中村, 波田, 他訳		上・466 下・504
77	ロマンスとリアリズム	C.コードウェル／玉井, 深井, 山本訳		238
78	歴史と構造	A.シュミット／花崎皋平訳		192
79 80	エクリチュールと差異（上・下）	J.デリダ／若桑, 野村, 阪上, 三好, 他訳		上・378 下・296
81	時間と空間	E.マッハ／野家啓一編訳		258
82	マルクス主義と人格の理論	L.セーヴ／大津真作訳		708
83	ジャン=ジャック・ルソー	B.グレトゥイゼン／小池健男訳		394
84	ヨーロッパ精神の危機	P.アザール／野沢協訳		772
85	カフカ〈マイナー文学のために〉	G.ドゥルーズ, F.ガタリ／宇波, 岩田訳		210
86	群衆の心理	H.ブロッホ／入野田, 小崎, 小岸訳		580
87	ミニマ・モラリア	Th.W.アドルノ／三光長治訳		430
88 89	夢と人間社会（上・下）	R.カイヨワ, 他／三好郁郎, 他訳		上・374 下・340
90	自由の構造	C.ベイ／横越英一訳	品切	744
91	1848年〈二月革命の精神史〉	J.カスー／野沢協, 他訳		326
92	自然の統一	C.F.ヴァイツゼカー／斎藤, 河井訳	品切	560
93	現代戯曲の理論	P.ションディ／市村, 丸山訳	品切	250
94	百科全書の起源	F.ヴェントゥーリ／大津真作訳	品切	324
95	推測と反駁〈科学的知識の発展〉	K.R.ポパー／藤本, 石垣, 森訳		816
96	中世の共産主義	K.カウツキー／栗原佑訳	品切	400
97	批評の解剖	N.フライ／海老根, 中村, 出淵, 山内訳		580
98	あるユダヤ人の肖像	A.メンミ／菊地, 白井訳		396
99	分類の未開形態	E.デュルケーム／小関藤一郎訳		232
100	永遠に女性的なるもの	H.ド・リュバック／山崎庸一郎訳	品切	360
101	ギリシア神話の本質	G.S.カーク／吉田, 辻村, 松田訳		390
102	精神分析における象徴界	G.ロゾラート／佐々木孝次訳		508
103	物の体系〈記号の消費〉	J.ボードリヤール／宇波彰訳		280

叢書・ウニベルシタス

No.	書名	著者／訳者		(頁)
153	エクスタシーの人類学	I.M.ルイス／平沼孝之訳		352
154	ヘンリー・ムア	J.ラッセル／福田真一訳		340
155	誘惑の戦略	J.ボードリヤール／宇波彰訳		260
156	ユダヤ神秘主義	G.ショーレム／山下, 石丸, 他訳		644
157	蜂の寓話〈私悪すなわち公益〉	B.マンデヴィル／泉谷治訳	品切	412
158	アーリア神話	L.ポリアコフ／アーリア主義研究会訳	品切	544
159	ロベスピエールの影	P.ガスカール／佐藤和生訳		440
160	元型の空間	E.ゾラ／丸小哲雄訳		336
161	神秘主義の探究〈方法論的考察〉	E.スタール／宮元啓一, 他訳		362
162	放浪のユダヤ人〈ロート・エッセイ集〉	J.ロート／平田, 吉田訳		344
163	ルフー，あるいは取壊し	J.アメリー／神崎巌訳		250
164	大世界劇場〈宮廷祝宴の時代〉	R.アレヴィン, K.ゼルツレ／円子修平訳	品切	200
165	情念の政治経済学	A.ハーシュマン／佐々木, 旦訳		192
166	メモワール〈1940-44〉	レミ／築島謙三訳		520
167	ギリシア人は神話を信じたか	P.ヴェーヌ／大津真作訳	品切	340
168	ミメーシスの文学と人類学	R.ジラール／浅野敏夫訳	品切	410
169	カバラとその象徴的表現	G.ショーレム／岡部, 小岸訳		340
170	身代りの山羊	R.ジラール／織田, 富永訳	品切	384
171	人間〈その本性および世界における位置〉	A.ゲーレン／平野具男訳		608
172	コミュニケーション〈ヘルメスⅠ〉	M.セール／豊田, 青木訳		358
173	道　化〈つまずきの現象学〉	G.v.バルレーヴェン／片岡啓治訳	品切	260
174	いま, ここで〈アウシュヴィッツとヒロシマ以後の哲学的考察〉	G.ピヒト／斎藤, 浅野, 大野, 河井訳		600
175 176 177	真理と方法〔全三冊〕	H.-G.ガダマー／轡田, 麻生, 三島, 他訳		Ⅰ・350 Ⅱ・ Ⅲ・
178	時間と他者	E.レヴィナス／原田佳彦訳		140
179	構成の詩学	B.ウスペンスキイ／川崎, 大石訳	品切	282
180	サン=シモン主義の歴史	S.シャルレティ／沢崎, 小杉訳		528
181	歴史と文芸批評	G.デルフォ, A.ロッシュ／川中子弘訳		472
182	ミケランジェロ	H.ヒバード／中山, 小野訳	品切	578
183	観念と物質〈思考・経済・社会〉	M.ゴドリエ／山内昶訳		340
184	四つ裂きの刑	E.M.シオラン／金井裕訳		234
185	キッチュの心理学	A.モル／万沢正美訳		344
186	領野の漂流	J.ヴィヤール／山下俊一訳		226
187	イデオロギーと想像力	G.C.カバト／小箕俊介訳		300
188	国家の起源と伝承〈古代インド社会史論〉	R.=ターパル／山崎, 成澤訳		322
189	ベルナール師匠の秘密	P.ガスカール／佐藤和生訳		374
190	神の存在論的証明	D.ヘンリッヒ／本間, 須田, 座小田, 他訳		456
191	アンチ・エコノミクス	J.アタリ, M.ギヨーム／斎藤, 安孫子訳		322
192	クローチェ政治哲学論集	B.クローチェ／上村忠男編訳		188
193	フィヒテの根源的洞察	D.ヘンリッヒ／座小田, 小松訳		184
194	哲学の起源	オルテガ・イ・ガセット／佐々木孝訳	品切	224
195	ニュートン力学の形成	ベー・エム・ゲッセン／秋間実, 他訳		312
196	遊びの遊び	J.デュビニョー／渡辺淳訳	品切	160
197	技術時代の魂の危機	A.ゲーレン／平野具男訳	品切	222
198	儀礼としての相互行為	E.ゴッフマン／浅野敏夫訳		376
199	他者の記号学〈アメリカ大陸の征服〉	T.トドロフ／及川, 大谷, 菊地訳		370
200	カント政治哲学の講義	H.アーレント著, R.ベイナー編／浜田監訳		302
201	人類学と文化記号論	M.サーリンズ／山内昶訳	品切	354
202	ロンドン散策	F.トリスタン／小杉, 浜本訳		484

No.	書名	著者／訳者		(頁)
203	秩序と無秩序	J.-P.デュピュイ／古田幸男訳		324
204	象徴の理論	T.トドロフ／及川馥, 他訳	品切	536
205	資本とその分身	M.ギヨーム／斉藤日出治訳		240
206	干　渉〈ヘルメスII〉	M.セール／豊田彰訳		276
207	自らに手をくだし〈自死について〉	J.アメリー／大河内了義訳	品切	222
208	フランス人とイギリス人	R.フェイバー／北條, 大島訳		304
209	カーニバル〈その歴史的・文化的考察〉	J.カロ・バロッハ／佐々木孝訳	品切	622
210	フッサール現象学	A.F.アグィーレ／川島, 工藤, 林訳		232
211	文明の試練	J.M.カディヒィ／塚本, 秋山, 寺西, 島訳		538
212	内なる光景	J.ポミエ／角山, 池部訳		526
213	人間の原型と現代の文化	A.ゲーレン／池井望訳		422
214	ギリシアの光と神々	K.ケレーニイ／円子修平訳	品切	178
215	初めに愛があった〈精神分析と信仰〉	J.クリステヴァ／枝川昌雄訳		146
216	バロックとロココ	W.v.ニーベルシュッツ／竹内章訳		164
217	誰がモーセを殺したか	S.A.ハンデルマン／山形和美訳		514
218	メランコリーと社会	W.レペニース／岩田, 小竹訳		380
219	意味の論理学	G.ドゥルーズ／岡田, 宇波訳		460
220	新しい文化のために	P.ニザン／木内孝訳		352
221	現代心理論集	P.ブールジェ／平岡, 伊藤訳		362
222	パラジット〈寄食者の論理〉	M.セール／及川, 米山訳		466
223	虐殺された鳩〈暴力と国家〉	H.ラボリ／川中子弘訳		240
224	具象空間の認識論〈反・解釈学〉	F.ダゴニェ／金森修訳		300
225	正常と病理	G.カンギレム／滝沢武久訳		320
226	フランス革命論	J.G.フィヒテ／桝田啓三郎訳		396
227	クロード・レヴィ=ストロース	O.パス／鼓, 木村訳		160
228	バロックの生活	P.ラーンシュタイン／波田節夫訳	品切	520
229	うわさ〈もっとも古いメディア〉増補版	J.-N.カプフェレ／古田幸男訳		394
230	後期資本制社会システム	C.オッフェ／寿福真美編訳	品切	358
231	ガリレオ研究	A.コイレ／菅谷暁訳		482
232	アメリカ	J.ボードリヤール／田中正人訳	品切	220
233	意識ある科学	E.モラン／村上光彦訳		400
234	分子革命〈欲望社会のミクロ分析〉	F.ガタリ／杉村昌昭訳		340
235	火，そして霧の中の信号―ゾラ	M.セール／寺田光徳訳		568
236	煉獄の誕生	J.ル・ゴッフ／渡辺, 内田訳		698
237	サハラの夏	E.フロマンタン／川端康夫訳		336
238	パリの悪魔	P.ガスカール／佐藤和夫訳		256
239 240	自然の人間的歴史（上・下）	S.モスコヴィッシ／大津真作訳	品切	上・494 下・390
241	ドン・キホーテ頌	P.アザール／円子千代訳	品切	348
242	ユートピアへの勇気	G.ピヒト／河井徳治訳	品切	202
243	現代社会とストレス〔原書改訂版〕	H.セリエ／杉, 田多井, 藤井, 竹宮訳		482
244	知識人の終焉	J.-F.リオタール／原田佳彦, 他訳		140
245	オマージュの試み	E.M.シオラン／金井裕訳		154
246	科学の時代における理性	H.-G.ガダマー／本間, 座小田訳		158
247	イタリア人の太古の知恵	G.ヴィーコ／上村忠男訳		190
248	ヨーロッパを考える	E.モラン／林　勝一訳		238
249	労働の現象学	J.-L.プチ／今村, 松島訳		388
250	ポール・ニザン	Y.イシャグプール／川俣晃自訳		356
251	政治的判断力	R.ベイナー／浜田義文監訳	品切	310
252	知覚の本性〈初期論文集〉	メルロ=ポンティ／加賀野井秀一訳		158

			（頁）
253	言語の牢獄	F.ジェームソン／川口喬一訳	292
254	失望と参画の現象学	A.O.ハーシュマン／佐々木，杉田訳	204
255	はかない幸福—ルソー	T.トドロフ／及川馥訳　品切	162
256	大学制度の社会史	H.W.プラール／山本尤訳	408
257 258	ドイツ文学の社会史（上・下）	J.ベルク，他／山本，三島，保坂，鈴木訳	上・766 下・648
259	アランとルソー〈教育哲学試論〉	A.カルネック／安斎，並木訳	304
260	都市・階級・権力	M.カステル／石川淳志監訳　品切	296
261	古代ギリシア人	M.I.フィンレー／山形和美訳　品切	296
262	象徴表現と解釈	T.トドロフ／小林，及川訳	244
263	声の回復〈回想の試み〉	L.マラン／梶野吉郎訳	246
264	反射概念の形成	G.カンギレム／金森修訳	304
265	芸術の手相	G.ピコン／末永照和訳	294
266	エチュード〈初期認識論集〉	G.バシュラール／及川馥訳	166
267	邪な人々の昔の道	R.ジラール／小池健男訳	270
268	〈誠実〉と〈ほんもの〉	L.トリリング／野島秀勝訳　品切	264
269	文の抗争	J.-F.リオタール／陸井四郎，他訳	410
270	フランス革命と芸術	J.スタロバンスキー／井上尭裕訳　品切	286
271	野生人とコンピューター	J.-M.ドムナック／古田幸男訳	228
272	人間と自然界	K.トマス／山内昶，他訳	618
273	資本論をどう読むか	J.ビデ／今村仁司，他訳	450
274	中世の旅	N.オーラー／藤代幸一訳	488
275	変化の言語〈治療コミュニケーションの原理〉	P.ワツラウィック／築島謙三訳	212
276	精神の売春としての政治	T.クンナス／木戸，佐々木訳	258
277	スウィフト政治・宗教論集	J.スウィフト／中野，海保訳	490
278	現実とその分身	C.ロセ／金井裕訳	168
279	中世の高利貸	J.ル・ゴッフ／渡辺香根夫訳	170
280	カルデロンの芸術	M.コメレル／岡部仁訳	270
281	他者の言語〈デリダの日本講演〉	J.デリダ／高橋允昭編訳	406
282	ショーペンハウアー	R.ザフランスキー／山本尤訳	646
283	フロイトと人間の魂	B.ベテルハイム／藤瀬恭子訳	174
284	熱　狂〈カントの歴史批判〉	J.-F.リオタール／中島盛夫訳	210
285	カール・カウツキー 1854-1938	G.P.スティーンソン／時永，河野訳	496
286	形而上学と神の思想	W.パネンベルク／座小田，諸岡訳　品切	186
287	ドイツ零年	E.モラン／古田幸男訳	364
288	物の地獄〈ルネ・ジラールと経済の論理〉	デュムシェル，デュピュイ／織田，富永訳	320
289	ヴィーコ自叙伝	G.ヴィーコ／福鎌忠恕訳　品切	448
290	写真論〈その社会的効用〉	P.ブルデュー／山縣熙，山縣直子訳	438
291	戦争と平和	S.ボク／大沢正道訳	224
292	意味と意味の発展	R.A.ウォルドロン／築島謙三訳	294
293	生態平和とアナーキー	U.リンゼ／内田，杉村訳	270
294	小説の精神	M.クンデラ／金井，浅野訳	208
295	フィヒテ-シェリング往復書簡	W.シュルツ解説／座小田，後藤訳	220
296	出来事と危機の社会学	E.モラン／浜名，福井訳	622
297	宮廷風恋愛の技術	A.カペルラヌス／野島秀勝訳　品切	334
298	野蛮〈科学主義の独裁と文化の危機〉	M.アンリ／山形，望月訳	292
299	宿命の戦略	J.ボードリヤール／竹原あき子訳	260
300	ヨーロッパの日記	G.R.ホッケ／石丸，柴田，信岡訳	1330
301	記号と夢想〈演劇と祝祭についての考察〉	A.シモン／岩瀬孝監修．佐藤，伊藤，他訳	388
302	手と精神	J.ブラン／中村文郎訳	284

				(頁)
303	平等原理と社会主義	L.シュタイン／石川, 石塚, 柴田訳		676
304	死にゆく者の孤独	N.エリアス／中居実訳		150
305	知識人の黄昏	W.シヴェルブシュ／初見基訳		240
306	トマス・ペイン〈社会思想家の生涯〉	A.J.エイヤー／大熊昭信訳		378
307	われらのヨーロッパ	F.ヘール／杉浦健之訳		614
308	機械状無意識〈スキゾ-分析〉	F.ガタリ／高岡幸一訳		426
309	聖なる真理の破壊	H.ブルーム／山形和美訳		400
310	諸科学の機能と人間の意義	E.パーチ／上村忠男監訳		552
311	翻　訳〈ヘルメスIII〉	M.セール／豊田, 輪田訳		404
312	分　布〈ヘルメスIV〉	M.セール／豊田彰訳		440
313	外国人	J.クリステヴァ／池田和子訳		284
314	マルクス	M.アンリ／杉山, 水野訳	品切	612
315	過去からの警告	E.シャルガフ／山本, 内藤訳		308
316	面・表面・界面〈一般表層論〉	F.ダゴニェ／金森, 今野訳		338
317	アメリカのサムライ	F.G.ノートヘルファー／飛鳥井雅道訳		512
318	社会主義か野蛮か	C.カストリアディス／江口幹訳		490
319	遍　歴〈法, 形式, 出来事〉	J.-F.リオタール／小野康男訳		200
320	世界としての夢	D.ウスラー／谷　徹訳		566
321	スピノザと表現の問題	G.ドゥルーズ／工藤, 小柴, 小谷訳		460
322	裸体とはじらいの文化史	H.P.デュル／藤代, 三谷訳		572
323	五　感〈混合体の哲学〉	M.セール／米山親能訳		582
324	惑星軌道論	G.W.F.ヘーゲル／村上恭一訳		250
325	ナチズムと私の生活〈仙台からの告発〉	K.レーヴィット／秋間実訳		334
326	ベンヤミン-ショーレム往復書簡	G.ショーレム編／山本尤訳		440
327	イマヌエル・カント	O.ヘッフェ／薮木栄夫訳		374
328	北西航路〈ヘルメスV〉	M.セール／青木研二訳		260
329	聖杯と剣	R.アイスラー／野島秀勝訳		486
330	ユダヤ人国家	Th.ヘルツル／佐藤康彦訳		206
331	十七世紀イギリスの宗教と政治	C.ヒル／小野功生訳		586
332	方　法　2．生命の生命	E.モラン／大津真作訳		838
333	ヴォルテール	A.J.エイヤー／中川, 吉岡訳		268
334	哲学の自食症候群	J.ブーヴレス／大平具彦訳		266
335	人間学批判	レペニース, ノルテ／小竹澄栄訳		214
336	自伝のかたち	W.C.スペンジマン／船倉正憲訳		384
337	ポストモダニズムの政治学	L.ハッチオン／川口喬一訳		332
338	アインシュタインと科学革命	L.S.フォイヤー／村上, 成定, 大谷訳		474
339	ニーチェ	G.ピヒト／青木隆嘉訳		562
340	科学史・科学哲学研究	G.カンギレム／金森修監訳		674
341	貨幣の暴力	アグリエッタ, オルレアン／井上, 斉藤訳		506
342	象徴としての円	M.ルルカー／竹内章訳	品切	186
343	ベルリンからエルサレムへ	G.ショーレム／岡部仁訳		226
344	批評の批評	T.トドロフ／及川, 小林訳		298
345	ソシュール講義録注解	F.de　ソシュール／前田英樹・訳注		204
346	歴史とデカダンス	P.ショーニュー／大谷尚文訳		552
347	続・いま, ここで	G.ピヒト／斎藤, 大野, 福島, 浅野訳		580
348	バフチン以後	D.ロッジ／伊藤誓訳		410
349	再生の女神セドナ	H.P.デュル／原研二訳		622
350	宗教と魔術の衰退	K.トマス／荒木正純訳		1412
351	神の思想と人間の自由	W.パネンベルク／座小田, 諸岡訳		186

				(頁)
352	倫理・政治的ディスクール	O.ヘッフェ／青木隆嘉訳		312
353	モーツァルト	N.エリアス／青木隆嘉訳		198
354	参加と距離化	N.エリアス／波田，道籏訳		276
355	二十世紀からの脱出	E.モラン／秋枝茂夫訳		384
356	無限の二重化	W.メニングハウス／伊藤秀一訳	品切	350
357	フッサール現象学の直観理論	E.レヴィナス／佐藤，桑野訳		506
358	始まりの現象	E.W.サイード／山形，小林訳		684
359	サテュリコン	H.P.デュル／原研二訳		258
360	芸術と疎外	H.リード／増渕正史訳	品切	262
361	科学的理性批判	K.ヒュプナー／神野，中才，熊谷訳		476
362	科学と懐疑論	J.ワトキンス／中才敏郎訳		354
363	生きものの迷路	A.モール，E.ロメル／古田幸男訳		240
364	意味と力	G.バランディエ／小関藤一郎訳		406
365	十八世紀の文人科学者たち	W.レペニース／小川さくえ訳		182
366	結晶と煙のあいだ	H.アトラン／阪上脩訳		376
367	生への闘争〈闘争本能・性・意識〉	W.J.オング／高柳，橋爪訳		326
368	レンブラントとイタリア・ルネサンス	K.クラーク／尾崎，芳野訳		334
369	権力の批判	A.ホネット／河上倫逸監訳		476
370	失われた美学〈マルクスとアヴァンギャルド〉	M.A.ローズ／長田，池田，長野，長田訳		332
371	ディオニュソス	M.ドゥティエンヌ／及川，吉岡訳		164
372	メディアの理論	F.イングリス／伊藤，磯山訳		380
373	生き残ること	B.ベテルハイム／高尾利数訳		646
374	バイオエシックス	F.ダゴニェ／金森，松浦訳		316
375 376	エディプスの謎（上・下）	N.ビショッフ／藤代，井本，他訳		上・450 下・464
377	重大な疑問〈懐疑的省察録〉	E.シャルガフ／山形，小野，他訳		404
378	中世の食生活〈断食と宴〉	B.A.ヘニッシュ／藤原保明訳	品切	538
379	ポストモダン・シーン	A.クローカー，D.クック／大熊昭信訳		534
380	夢の時〈野生と文明の境界〉	H.P.デュル／岡部，原，須永，荻野訳		674
381	理性よ，さらば	P.ファイヤアーベント／植木哲也訳		454
382	極限に面して	T.トドロフ／宇京頼三訳		376
383	自然の社会化	K.エーダー／寿福真美監訳		474
384	ある反時代的考察	K.レーヴィット／中村啓，永沼更始郎訳		526
385	図書館炎上	W.シヴェルブシュ／福本義憲訳		274
386	騎士の時代	F.v.ラウマー／柳井尚子訳	品切	506
387	モンテスキュー〈その生涯と思想〉	J.スタロバンスキー／古賀英三郎，高橋誠訳		312
388	理解の鋳型〈東西の思想経験〉	J.ニーダム／井上英明訳		510
389	風景画家レンブラント	E.ラルセン／大谷，尾崎訳		208
390	精神分析の系譜	M.アンリ／山形頼洋，他訳		546
391	金《かね》と魔術	H.C.ビンスヴァンガー／清水健次訳		218
392	自然誌の終焉	W.レペニース／山村直資訳		346
393	批判的解釈学	J.B.トンプソン／山本，小川訳	品切	376
394	人間にはいくつの真理が必要か	R.ザフランスキー／山本，藤井訳		232
395	現代芸術の出発	Y.イシャグプール／川俣晃自訳		170
396	青春　ジュール・ヴェルヌ論	M.セール／豊田彰訳		398
397	偉大な世紀のモラル	P.ベニシュー／朝倉，羽賀訳		428
398	諸国民の時に	E.レヴィナス／合田正人訳		348
399 400	バベルの後に（上・下）	G.スタイナー／亀山健吉訳		上・482 下・
401	チュービンゲン哲学入門	E.ブロッホ／花田監修・菅谷，今井，三国訳		422

				(頁)
402	歴史のモラル	T.トドロフ／大谷尚文訳		386
403	不可解な秘密	E.シャルガフ／山本,内藤訳		260
404	ルソーの世界〈あるいは近代の誕生〉	J.-L.ルセルクル／小林浩訳	品切	378
405	死者の贈り物	D.サルナーヴ／菊地,白井訳		186
406	神もなく韻律もなく	H.P.デュル／青木隆嘉訳		292
407	外部の消失	A.コドレスク／利沢行夫訳		276
408	狂気の社会史〈狂人たちの物語〉	R.ポーター／目羅公和訳	品切	428
409	続・蜂の寓話	B.マンデヴィル／泉谷治訳		436
410	悪口を習う〈近代初期の文化論集〉	S.グリーンブラット／磯山甚一訳		354
411	危険を冒して書く〈異色作家たちのパリ・インタヴュー〉	J.ワイス／浅野敏夫訳		300
412	理論を讃えて	H.-G.ガダマー／本間,須田訳		194
413	歴史の島々	M.サーリンズ／山本真鳥訳		306
414	ディルタイ〈精神科学の哲学者〉	R.A.マックリール／大野,田中,他訳		578
415	われわれのあいだで	E.レヴィナス／合田,谷口訳		368
416	ヨーロッパ人とアメリカ人	S.ミラー／池田栄一訳		358
417	シンボルとしての樹木	M.ルルカー／林 捷 訳		276
418	秘めごとの文化史	H.P.デュル／藤代,津山訳		662
419	眼の中の死〈古代ギリシアにおける他者の像〉	J.-P.ヴェルナン／及川,吉岡訳		144
420	旅の思想史	E.リード／伊藤誓訳		490
421	病のうちなる治療薬	J.スタロバンスキー／小池,川那部訳		356
422	祖国地球	E.モラン／菊地昌実訳		234
423	寓意と表象・再現	S.J.グリーンブラット編／船倉正憲訳		384
424	イギリスの大学	V.H.H.グリーン／安原,成定訳		516
425	未来批判 あるいは世界史に対する嫌悪	E.シャルガフ／山本,伊藤訳		276
426	見えるものと見えざるもの	メルロ=ポンティ／中島盛夫監訳		618
427	女性と戦争	J.B.エルシュテイン／小林,廣川訳		486
428	カント入門講義	H.バウムガルトナー／有福孝岳監訳		204
429	ソクラテス裁判	I.F.ストーン／永田康昭訳		470
430	忘我の告白	M.ブーバー／田口義弘訳		348
431 432	時代おくれの人間（上・下）	G.アンダース／青木隆嘉訳		上・432 下・546
433	現象学と形而上学	J.-L.マリオン他編／三上,重永,檜垣訳		388
434	祝福から暴力へ	M.ブロック／田辺,秋津訳		426
435	精神分析と横断性	F.ガタリ／杉村,毬藻訳		462
436	競争社会をこえて	A.コーン／山本,真水訳		530
437	ダイアローグの思想	M.ホルクウィスト／伊藤誓訳	品切	370
438	社会学とは何か	N.エリアス／徳安彰訳		250
439	E.T.A.ホフマン	R.ザフランスキー／識名章喜訳		636
440	所有の歴史	J.アタリ／山内昶訳		580
441	男性同盟と母権制神話	N.ゾンバルト／田村和彦訳		516
442	ヘーゲル以後の歴史哲学	H.シュネーデルバッハ／古東哲明訳		282
443	同時代人ベンヤミン	H.マイヤー／岡部仁訳		140
444	アステカ帝国滅亡記	G.ボド,T.トドロフ編／大谷,菊地訳		662
445	迷宮の岐路	C.カストリアディス／宇京頼三訳		404
446	意識と自然	K.K.チョウ／志水,山本監訳		422
447	政治的正義	O.ヘッフェ／北尾,平石,望月訳		598
448	象徴と社会	K.バーク著,ガスフィールド編／森常治訳		580
449	神・死・時間	E.レヴィナス／合田正人訳		360
450	ローマの祭	G.デュメジル／大橋寿美子訳		446

			(頁)
550	ハイデガーと実践哲学	O.ペゲラー他,編／竹市,下村監訳	584
551	彫　像	M.セール／米山親能訳	366
552	人間的なるものの庭	C.F.v.ヴァイツゼカー／山辺建訳	852
553	思考の図像学	A.フレッチャー／伊藤誓訳	472
554	反動のレトリック	A.O.ハーシュマン／岩崎稔訳	250
555	暴力と差異	A.J.マッケナ／夏目博明訳	354
556	ルイス・キャロル	J.ガッテニョ／鈴木晶訳	462
557	タオスのロレンゾー〈D.H.ロレンス回想〉	M.D.ルーハン／野島秀勝訳	490
558	エル・シッド〈中世スペインの英雄〉	R.フレッチャー／林邦夫訳	414
559	ロゴスとことば	S.プリケット／小野功生訳	486
560 561	盗まれた稲妻〈呪術の社会学〉(上・下)	D.L.オキーフ／谷林眞理子,他訳	上・490 下・656
562	リビドー経済	J.-F.リオタール／杉山,吉谷訳	458
563	ポスト・モダニティの社会学	S.ラッシュ／田中義久監訳	462
564	狂暴なる霊長類	J.A.リヴィングストン／大平章訳	310
565	世紀末社会主義	M.ジェイ／今村,大谷訳	334
566	両性平等論	F.P.de ラ・バール／佐藤和夫,他訳	330
567	暴虐と忘却	R.ボイヤーズ／田部井孝次・世志子訳	524
568	異端の思想	G.アンダース／青木隆嘉訳	518
569	秘密と公開	S.ボク／大沢正道訳	470
570 571	大航海時代の東南アジア(I・II)	A.リード／平野，田中訳	I・430 II・598
572	批判理論の系譜学	N.ボルツ／山本,大貫訳	332
573	メルヘンへの誘い	M.リューティ／高木昌史訳	200
574	性と暴力の文化史	H.P.デュル／藤代,津山訳	768
575	歴史の不測	E.レヴィナス／合田,谷口訳	316
576	理論の意味作用	T.イーグルトン／山形和美訳	196
577	小集団の時代〈大衆社会における個人主義の衰退〉	M.マフェゾリ／古田幸男訳	334
578 579	愛の文化史(上・下)	S.カーン／青木,斎藤訳	上・334 下・384
580	文化の擁護〈1935年パリ国際作家大会〉	ジッド他／相磯,五十嵐,石黒,高橋編訳	752
581	生きられる哲学〈生活世界の現象学と批判理論の思考形式〉	F.フェルマン／堀栄造訳	282
582	十七世紀イギリスの急進主義と文学	C.ヒル／小野，圓月訳	444
583	このようなことが起こり始めたら…	R.ジラール／小池,住谷訳	226
584	記号学の基礎理論	J.ディーリー／大熊昭信訳	286
585	真理と美	S.チャンドラセカール／豊田彰訳	328
586	シオラン対談集	E.M.シオラン／金井裕訳	336
587	時間と社会理論	B.アダム／伊藤,磯山訳	338
588	懐疑的省察 ABC〈続・重大な疑問〉	E.シャルガフ／山本,伊藤訳	244
589	第三の知恵	M.セール／及川馥訳	250
590 591	絵画における真理(上・下)	J.デリダ／高橋,阿部訳	上・322 下・390
592	ウィトゲンシュタインと宗教	N.マルカム／黒崎宏訳	256
593	シオラン〈あるいは最後の人間〉	S.ジョドー／金井裕訳	212
594	フランスの悲劇	T.トドロフ／大谷尚文訳	304
595	人間の生の遺産	E.シャルガフ／清水健次,他訳	392
596	聖なる快楽〈性，神話，身体の政治〉	R.アイスラー／浅野敏夫訳	876
597	原子と爆弾とエスキモーキス	C.G.セグレー／野島秀勝訳	408
598	海からの花嫁〈ギリシア神話研究の手引き〉	J.シャーウッドスミス／吉田,佐藤訳	234
599	神に代わる人間	L.フェリー／菊地,白井訳	220
600	パンと競技場〈ギリシア・ローマ時代の政治と都市の社会学的歴史〉	P.ヴェーヌ／鎌田博夫訳	1032

			（頁）
601	ギリシア文学概説	J.ド・ロミイ／細井, 秋山訳	486
602	パロールの奪取	M.セルトー／佐藤和生訳	200
603	68年の思想	L.フェリー他／小野潮訳	348
604	ロマン主義のレトリック	P.ド・マン／山形, 岩坪訳	470
605	探偵小説あるいはモデルニテ	J.デュボア／鈴木智之訳	380
606 607 608	近代の正統性〔全三冊〕	H.ブルーメンベルク／斎藤, 忽那 佐藤, 村井訳	I・328 II・390 III・318
609	危険社会〈新しい近代への道〉	U.ベック／東, 伊藤訳	502
610	エコロジーの道	E.ゴールドスミス／大熊昭信訳	654
611	人間の領域〈迷宮の岐路II〉	C.カストリアディス／米山親能訳	626
612	戸外で朝食を	H.P.デュル／藤代幸一訳	190
613	世界なき人間	G.アンダース／青木隆嘉訳	366
614	唯物論シェイクスピア	F.ジェイムソン／川口喬一訳	402
615	核時代のヘーゲル哲学	H.クロンバッハ／植木哲也訳	380
616	詩におけるルネ・シャール	P.ヴェーヌ／西永良成訳	832
617	近世の形而上学	H.ハイムゼート／北岡武司訳	506
618	フロベールのエジプト	G.フロベール／斎藤昌三訳	344
619	シンボル・技術・言語	E.カッシーラー／篠木, 高野訳	352
620	十七世紀イギリスの民衆と思想	C.ヒル／小野, 圓月, 箭川訳	520
621	ドイツ政治哲学史	H.リュッベ／今井道夫訳	312
622	最終解決〈民族移動とヨーロッパのユダヤ人殺害〉	G.アリー／山本, 三島訳	470
623	中世の人間	J.ル・ゴフ他／鎌田博夫訳	478
624	食べられる言葉	L.マラン／梶野吉郎訳	284
625	ヘーゲル伝〈哲学の英雄時代〉	H.アルトハウス／山本尤訳	690
626	E.モラン自伝	E.モラン／菊地, 高砂訳	368
627	見えないものを見る	M.アンリ／青木研二訳	248
628	マーラー〈音楽観相学〉	Th.W.アドルノ／龍村あや子訳	286
629	共同生活	T.トドロフ／大谷尚文訳	236
630	エロイーズとアベラール	M.F.B.ブロッチェリ／白崎容子訳	304
631	意味を見失った時代〈迷宮の岐路IV〉	C.カストリアディス／江口幹訳	338
632	火と文明化	J.ハウツブロム／大平章訳	356
633	ダーウィン, マルクス, ヴァーグナー	J.バーザン／野島秀勝訳	526
634	地位と羞恥	S.ネッケル／岡原正幸訳	434
635	無垢の誘惑	P.ブリュックネール／小倉, 下澤訳	350
636	ラカンの思想	M.ボルク=ヤコブセン／池田清訳	500
637	羨望の炎〈シェイクスピアと欲望の劇場〉	R.ジラール／小林, 田口訳	698
638	暁のフクロウ〈続・精神の現象学〉	A.カトロッフェロ／寿福真美訳	354
639	アーレント＝マッカーシー往復書簡	C.ブライトマン編／佐藤佐智子訳	710
640	崇高とは何か	M.ドゥギー他／梅木達郎訳	416
641	世界という実験〈問い，取り出しの諸カテゴリー，実践〉	E.ブロッホ／小田智敏訳	400
642	悪　あるいは自由のドラマ	R.ザフランスキー／山本尤訳	322
643	世俗の聖典〈ロマンスの構造〉	N.フライ／中村, 真野訳	252
644	歴史と記憶	J.ル・ゴフ／立川孝一訳	400
645	自我の記号論	N.ワイリー／船倉正憲訳	468
646	ニュー・ミメーシス〈シェイクスピアと現実描写〉	A.D.ナトール／山形, 山下訳	430
647	歴史家の歩み〈アリエス　1943-1983〉	Ph.アリエス／成瀬, 伊藤訳	428
648	啓蒙の民主制理論〈カントとのつながりで〉	I.マウス／浜田, 牧野監訳	400
649	仮象小史〈古代からコンピューター時代まで〉	N.ボルツ／山本尤訳	200

			(頁)
700	マリア〈処女・母親・女主人〉	K.シュライナー／内藤道雄訳	678
701	マルセル・デュシャン〈絵画唯名論〉	T.ド・デューヴ／鎌田博夫訳	350
702	サハラ〈ジル・ドゥルーズの美学〉	M.ビュイダン／阿部宏慈訳	260
703	ギュスターヴ・フロベール	A.チボーデ／戸田吉信訳	470
704	報酬主義をこえて	A.コーン／田中英史訳	604
705	ファシズム時代のシオニズム	L.ブレンナー／芝健介訳	480
706	方　法　4．観念	E.モラン／大津真作訳	446
707	われわれと他者	T.トドロフ／小野，江口訳	658
708	モラルと超モラル	A.ゲーレン／秋澤雅男訳	
709	肉食タブーの世界史	F.J.シムーンズ／山内昶監訳	682
710	三つの文化〈仏・英・独の比較文化学〉	W.レペニース／松家，吉村，森訳	548
711	他性と超越	E.レヴィナス／合田，松丸訳	200
712	詩と対話	H.-G.ガダマー／巻田悦郎訳	302
713	共産主義から資本主義へ	M.アンリ／野村直正訳	242
714	ミハイル・バフチン　対話の原理	T.トドロフ／大谷尚文訳	408
715	肖像と回想	P.ガスカール／佐藤和生訳	232
716	恥〈社会関係の精神分析〉	S.ティスロン／大谷，津島訳	286
717	庭園の牧神	P.バルロスキー／尾崎彰宏訳	270
718	パンドラの匣	D.&E.パノフスキー／尾崎彰宏，他訳	294
719	言説の諸ジャンル	T.トドロフ／小林文生訳	466
720	文学との離別	R.バウムガルト／清水健次・威能子訳	406
721	フレーゲの哲学	A.ケニー／野本和幸，他訳	308
722	ビバ リベルタ！〈オペラの中の政治〉	A.アーブラスター／田中，西崎訳	478
723	ユリシーズ グラモフォン	J.デリダ／合田，中 訳	210
724	ニーチェ〈その思考の伝記〉	R.ザフランスキー／山本尤訳	440
725	古代悪魔学〈サタンと闘争神話〉	N.フォーサイス／野呂有子監訳	844
726	力に満ちた言葉	N.フライ／山形和美訳	466
727	産業資本主義の法と政治	I.マウス／河上倫逸監訳	496
728	ヴァーグナーとインドの精神世界	C.スネソン／吉水千鶴子訳	270
729	民間伝承と創作文学	M.リューティ／高木昌史訳	430
730	マキアヴェッリ〈転換期の危機分析〉	R.ケーニヒ／小川，片岡訳	382
731	近代とは何か〈その隠されたアジェンダ〉	S.トゥールミン／藤村，新井訳	398
732	深い謎〈ヘーゲル，ニーチェとユダヤ人〉	Y.ヨベル／青木隆嘉訳	360
733	挑発する肉体	H.P.デュル／藤代，津山訳	702
734	フーコーと狂気	F.グロ／菊地昌実訳	164
735	生命の認識	G.カンギレム／杉山吉弘訳	330
736	転倒させる快楽〈バフチン，文化批評，映画〉	R.スタム／浅野敏夫訳	494
737	カール・シュミットとユダヤ人	R.グロス／山本尤訳	486
738	個人の時代	A.ルノー／水野浩二訳	438
739	導入としての現象学	H.F.フルダ／久保，高山訳	470
740	認識の分析	E.マッハ／廣松渉編訳	182
741	脱構築とプラグマティズム	C.ムフ編／青木隆嘉訳	186
742	人類学の挑戦	R.フォックス／南塚隆夫訳	698
743	宗教の社会学	B.ウィルソン／中野，栗原訳	270
744	非人間的なもの	J.-F.リオタール／篠原，上村，平芳訳	286
745	異端者シオラン	P.ボロン／金井裕訳	334
746	歴史と日常〈ポール・ヴェーヌ自伝〉	P.ヴェーヌ／鎌田博夫訳	268
747	天使の伝説	M.セール／及川馥訳	262
748	近代政治哲学入門	A.バルッツィ／池上，岩倉訳	348

			(頁)
749	王の肖像	L.マラン／渡辺香根夫訳	454
750	ヘルマン・ブロッホの生涯	P.M.リュツェラー／入野田真右訳	572
751	ラブレーの宗教	L.フェーヴル／高橋薫訳	942
752	有限責任会社	J.デリダ／高橋, 増田, 宮﨑訳	352
753	ハイデッガーとデリダ	H.ラパポート／港道隆, 他訳	388
754	未完の菜園	T.トドロフ／内藤雅文訳	414
755	小説の黄金時代	G.スカルペッタ／本多文彦訳	392
756	トリックスターの系譜	L.ハイド／伊藤誓, 他訳	652
757	ヨーロッパの形成	R.バルトレット／伊藤, 磯山訳	720
758	幾何学の起源	M.セール／豊田彰訳	444
759	犠牲と羨望	J.-P.デュピュイ／米山, 泉谷訳	518
760	歴史と精神分析	M.セルトー／内藤雅文訳	252
761 762 763	コペルニクス的宇宙の生成〔全三冊〕	H.ブルーメンベルク／後藤, 小熊, 座小田訳	I・412 II・ III・
764	自然・人間・科学	E.シャルガフ／山本, 伊藤訳	230
765	歴史の天使	S.モーゼス／合田正人訳	306
766	近代の観察	N.ルーマン／馬場靖雄訳	234
767 768	社会の法（1・2）	N.ルーマン／馬場, 上村, 江口訳	1・430 2・446
769	場所を消費する	J.アーリ／吉原直樹, 大澤善信監訳	450
770	承認をめぐる闘争	A.ホネット／山本, 直江訳	302
771 772	哲学の余白（上・下）	J.デリダ／高橋, 藤本訳	上・ 下・
773	空虚の時代	G.リポヴェツキー／大谷, 佐藤訳	288
774	人間はどこまでグローバル化に耐えられるか	R.ザフランスキー／山本尤訳	134
775	人間の美的教育について	F.v.シラー／小栗孝則訳	196
776	政治的検閲〈19世紀ヨーロッパにおける〉	R.J.ゴールドスティーン／城戸, 村山訳	356
777	シェイクスピアとカーニヴァル	R.ノウルズ／岩崎, 加藤, 小西訳	382
778	文化の場所	H.K.バーバ／本橋哲也, 他訳	490
779	貨幣の哲学	E.レヴィナス／合田, 三浦訳	230
780	バンジャマン・コンスタン〈民主主義への情熱〉	T.トドロフ／小野潮訳	244
781	シェイクスピアとエデンの喪失	C.ベルシー／高桑陽子訳	310
782	十八世紀の恐怖	ベールシュトルド, ポレ編／飯野, 田所, 中島訳	456
783	ハイデガーと解釈学的哲学	O.ペゲラー／伊藤徹監訳	418
784	神話とメタファー	N.フライ／高柳俊一訳	578
785	合理性とシニシズム	J.ブーヴレス／岡部, 本郷訳	284
786	生の嘆き〈ショーペンハウアー倫理学入門〉	M.ハウスケラー／峠尚武訳	182
787	フィレンツェのサッカー	H.ブレーデカンプ／原研二訳	222
788	方法としての自己破壊	A.O.ハーシュマン／田中秀夫訳	358
789	ペルー旅行記〈1833-1834〉	F.トリスタン／小杉隆芳訳	482
790	ポール・ド・マン	C.ノリス／時実早苗訳	370
791	シラーの生涯〈その生活と日常と創作〉	P.ラーンシュタイン／上西川原章訳	730
792	古典期アテナイ民衆の宗教	J.D.マイケルソン／箕浦恵了訳	266
793	正義の他者〈実践哲学論集〉	A.ホネット／日暮雅夫, 加藤泰史, 他訳	460
794	虚構と想像力	W.イーザー／日中, 木下, 越谷, 市川訳	
795	世界の尺度〈中世における空間の表象〉	P.ズムトール／鎌田博夫訳	536
796	作用と反作用〈ある概念の生涯と冒険〉	J.スタロバンスキー／井田尚訳	460
797	巡礼の文化史	N.オーラー／井本, 藤代訳	332
798	政治・哲学・恐怖	D.R.ヴィラ／伊藤, 磯山訳	422
799	アレントとハイデガー	D.R.ヴィラ／青木隆嘉訳	558
800	社会の芸術	N.ルーマン／馬場靖雄訳	760